CONTOS COMPLETOS

COPYRIGHT © 2004-2021 BY EDITORA LANDMARK LTDA
TODOS OS DIREITOS RESERVADOS À EDITORA LANDMARK LTDA.
TEXTO ADAPTADO À NOVA ORTOGRAFIA DA LÍNGUA PORTUGUESA DECRETO NO 6.583, DE 29 DE SETEMBRO DE 2008

PRIMEIRA EDIÇÃO:
"THE HAPPY PRINCE AND OTHER TALES": DAVID NUTT PUBLISHER, LONDRES; MAIO DE 1888.
"THE PICTURE OF MR. W. H.": BLACKWOOD'S MAGAZINE, LONDRES; 1889.
"LORD ARTHUR SAVILE'S CRIME AND OTHER STORIES": JAMES R. OSGOOD, MCILVAINE & CO., LONDRES; 1891
"A HOUSE OF POMEGRANATES": JAMES R. OSGOOD, MCILVAINE & CO., LONDRES, 1891

DIRETOR EDITORIAL: FABIO PEDRO-CYRINO
TRADUÇÃO, PREFÁCIO E NOTAS: LUCIANA SALGADO
REVISÃO: FRANCISCO DE FREITAS
REVISÃO E ADEQUAÇÃO TEXTUAL: FABIO PEDRO-CYRINO

DIAGRAMAÇÃO E CAPA: ARQUÉTIPO DESIGN+COMUNICAÇÃO
IMPRESSÃO E ACABAMENTO: ASSOCIAÇÃO RELIGIOSA E GRÁFICA IMPRENSA DA FÉ

> WILDE, OSCAR (1854-1900)
> CONTOS COMPLETOS / OSCAR WILDE; {TRADUÇÃO, PREFÁCIO E NOTAS DE LUCIANA SALGADO}
> -- SÃO PAULO: LANDMARK, 2013.
>
> CONTEÚDO: O PRÍNCIPE FELIZ E OUTROS CONTOS -- O RETRATO DO SR. W. H. --
> O CRIME DE LORDE ARTHUR SAVILE E OUTRAS HISTÓRIAS -- A CASA DAS ROMÃS.
>
> CONTEÚDO ORIGINAL: THE HAPPY PRINCE AND OTHER TALES -- THE PICTURE OF MR. W. H.
> -- LORD ARTHUR SAVILE'S CRIME AND OTHER STORIES -- A HOUSE OF POMEGRANATES
>
> EDIÇÃO BILÍNGUE: PORTUGUÊS/INGLÊS
> EDIÇÃO ESPECIAL DE LUXO
> ISBN 978-85-8070-033-6
>
> 1. CONTOS INGLESES. I. SALGADO, LUCIANA. II. TÍTULO.
>
> 13-11640   CDD: 823.91
>
> ÍNDICES PARA CATÁLOGO SISTEMÁTICO:
> 1. CONTOS : LITERATURA INGLESA   823.91
>
> 3ª REIMPRESSÃO REVISADA E REDIAGRAMADA: JANEIRO 2021

TEXTOS ORIGINAIS EM INGLÊS DE DOMÍNIO PÚBLICO.
RESERVADOS TODOS OS DIREITOS DESTA TRADUÇÃO E PRODUÇÃO.
NENHUMA PARTE DESTA OBRA PODERÁ SER REPRODUZIDA ATRAVÉS DE QUALQUER MÉTODO, NEM SER DISTRIBUÍDA E/OU ARMAZENADA
EM SEU TODO OU EM PARTES ATRAVÉS DE MEIOS ELETRÔNICOS SEM PERMISSÃO EXPRESSA DA EDITORA LANDMARK LTDA, CONFORME
LEI N° 9610, DE 19/02/1998

EDITORA LANDMARK
RUA ALFREDO PUJOL, 285 - 12° ANDAR - SANTANA
02017-010 - SÃO PAULO - SP
TEL.: +55 (11) 2711-2566 / 2950-9095
E-MAIL: EDITORA@EDITORALANDMARK.COM.BR

WWW.EDITORALANDMARK.COM.BR

IMPRESSO NO BRASIL
PRINTED IN BRAZIL
2021

OSCAR WILDE

CONTOS COMPLETOS

O PRÍNCIPE FELIZ E OUTROS CONTOS - O RETRATO DO SR. W. H. - O CRIME DE LORDE ARTHUR SAVILE E OUTRAS HISTÓRIAS - A CASA DAS ROMÃS

EDIÇÃO BILÍNGUE PORTUGUÊS - INGLÊS

THE HAPPY PRINCE AND OTHER TALES - THE PORTRAIT OF MR. W. H. - LORD ARTHUR SAVILE'S CRIME AND OTHER STORIES - A HOUSE OF POMEGRANATES

TRADUÇÃO E NOTAS
LUCIANA SALGADO

SÃO PAULO – BRASIL
2021

PREFACE

This collection presents the short stories published in 1891 and produced during the happiest, and least turbulent, period of Oscar Wilde's life. Born in 1854 in Dublin, Ireland, Wilde lived in the bustling English capital, attending to parlors of writers and leading figures of his time. In these meetings, Wilde was able to demonstrate his talent not only as a writer, but also as an interpreter, reading aloud the stories he produced, with the intonation, the emphasis and the diction proper to the actors. Exquisite storyteller, he enchanted English circles with irony, with the formal precision of the texts and, of course, with his own presence. Those who had the privilege of hearing him said that his cadenced, modulated voice, his dramatic interpretation, and his peculiar charisma were simply irresistible.

In his stories, the characters, who have no names, are designated by the function they perform or merely for what they are, and Wilde draws on the use of fables by lending human life to birds and to animals in a kind of fantastic realism that serves to focus the different points of view of each question. Without deepening in issues such as social differences or a certain political connotation to texts, Wilde masterfully addresses the brutal suffering of the lower strata of English society, the abyssal distance separating the futility of the nobility and the misery of the vassals. Justice is made, Wilde does not spare royalty and the upper bourgeoisie by dissecting with fine irony the customs and the *savoir faire* of these social strata, by showing their intrigue, sorcery and betrayals.

In Oscar Wilde's stories for children, princes and princesses are not lived happily ever after.

With a clear narrative, Wilde at the same time as he had charmed many, when becoming famous still in life, he had also irritated to others, mainly to the high bourgeoisie, with satires and slight criticisms to the English customs. It is important to note that, at that time, there was no concern about social assistance. These ones were completely disregarded by the more privileged classes as well as by the State itself. At this point Wilde's concern was to look more carefully at those who were born and died invisible and ignored.

In spite of this, the author did not intend to turn his work into a political, social or engaged speech in any type of movement with a view to changing the state of things. Wilde wandered unconcernedly about in various subjects by making clear, in his texts and in real life, the belief in Art as an end in itself, with no pretense except to be beautiful and agreeable. Wilde considered artists without any practical function in society, whose only purpose should be to see and be seen. Hedonist, Wilde was always concerned with wearing the latest fashion way, adding personal and extravagant

PREFÁCIO

A presente coletânea apresenta os contos escritos entre 1888 e 1891, produzidos durante o período mais feliz, e menos turbulento da vida de Oscar Wilde. Nascido em 1854 em Dublin, Irlanda, Wilde viveu na efervescente capital inglesa, a frequentar ciclos de escritores e de figuras de destaque da época. Nessas reuniões, Wilde valia-se para demonstrar o seu talento não só como escritor, mas também como intérprete, ao ler em voz alta os contos que produzia, com a entonação, a ênfase e a dicção próprias dos atores. Exímio contador de histórias, encantava os círculos ingleses com ironia, com a precisão formal dos textos e, claro, com a sua própria presença. Aqueles que tiveram o privilégio de ouvi-lo, diziam que a sua voz cadenciada, modulada, a sua interpretação dramática e o seu carisma peculiar eram simplesmente irresistíveis.

Em seus contos, os personagens, que não possuem nomes, são designados pela função que exercem ou meramente pelo aquilo que são e Wilde vale-se do recurso das fábulas ao emprestar vida humana a pássaros e a animais numa espécie de realismo fantástico que serve para enfocar os diferentes pontos de vista de cada questão. Sem aprofundar-se em temas como diferenças sociais ou certa conotação política aos textos, Wilde aborda com maestria o sofrimento brutal dos estratos mais baixos da sociedade inglesa, a distância abissal que separa a futilidade da nobreza e a miséria dos vassalos. Justiça seja feita, Wilde não poupa a realeza e a alta burguesia ao dissecar com fina ironia os costumes e o *savoir faire* dessas camadas sociais ao evidenciar as intrigas, os sortilégios e as traições.

Nos contos para crianças de Oscar Wilde, os príncipes e as princesas não são felizes para sempre.

Com uma narrativa clara, Wilde ao mesmo tempo em que encantava a muitos, ao tornar-se célebre ainda em vida, irritava a outros, sobretudo à alta burguesia, com sátiras e críticas leves aos costumes ingleses. É importante notar que à época não havia como hoje a preocupação com a assistência social. Esses eram completamente desconsiderados tanto pelas classes mais privilegiadas como pelo próprio Estado. Nesse ponto, destacava-se a preocupação de Wilde em olhar com mais cuidado para aqueles que nasciam e morriam invisíveis e ignorados.

Apesar disso, não havia por parte do autor a intenção de transformar a obra num discurso político, social ou engajado em qualquer tipo de movimento com vistas a alterar o estado das coisas. Wilde passeava despreocupadamente por diversos assuntos ao deixar claro em seus textos e na vida real a crença na Arte como fim em si mesma sem outra pretensão exceto a de ser bela e agradável. Wilde considerava os artistas sem qualquer função prática na sociedade, com a única finalidade de verem e de serem vistos. Hedonista, Wilde preocupava-se em se vestir sempre à última moda, acrescen-

touches, as we can be seen in a notorious sequence of photographs. The reverence for Beauty appears in his stories in the form of long descriptions of flowers, of palaces, or of handsome young lads who occupy a prominent role in his narratives. The richness of detail values the work of the artisan whom Wilde so admired at the expense of the massified and industrialized thing.

During the reading it is important to note the rapidity of the dialogues that evolve in a crescendo of complexity and dramatic intensity, when alternating the markedly theatrical style, with another more literary in which a narrator tells the whole story to us, as the case of "Lord Arthur Savile's Crime", in which sometimes we feel before a theatrical performance, with actors entering and leaving the stage as contained in the speeches, with another, more literary, as in "The Portrait of Mr. W. H.", in which a narrator tells us the whole story. Wilde approaches the theme that for him had become a sort of fixation: the human beings and their doubles. The image is not always faithful to what is expected of its or itself. The image, which acquires strength and life of its own, that comes to exist thanks or despite the one that originated it: in "The Birthday of the Infanta", the little Dwarf lived happily until confronted with his image in a mirror and in "The Young King", the monarch was happy, until being confronted with the harsh reality of life and society; and in "The Picture of Mr. W. H.", is offered us a tragic story. Tragic inside the tale and tragic inside the real life. According to some contemporary critics, when writing it Oscar Wilde signed his own sentence, in a kind of premeditated suicide.

With a literary style between the tale and the essay, the author makes it clear, far too clear to the time, when homosexuality was considered a prisonable offense, his sexual preferences, stating that these were also Shakespeare's preferences. In addressing two highly explosive themes for conservative Victorian society: the predilection for boys and the sexuality of the untouchable Shakespeare, who is known to believe that human nature is bisexual, Wilde provided arguments for his detractors to condemn him. The text, written in 1889, was published clandestinely in 1897. After that the text was lost for several years until it was recovered in 1973 and incorporated into the complete works.

Wilde fills his stories with analyzes and moral parables for all ages.

The tales that the readers now have at their hands know nothing of the tragedy that is coming and will destroy the life of the writer in later years, nor do they know about the twists that fate has reserved for him.

His stories were written with joy, to be read with joy, preferably aloud to an audience, even if it were imaginary, as Oscar Wilde had conceived them.

tando toques pessoais e extravagantes, como pode-se ser visto numa notória sequência de fotografias. A reverência pela Beleza aparece em seus contos sob a forma de longas descrições, de flores, palácios ou belos jovens que ocupam papel de destaque nas suas narrativas. A riqueza de detalhes valoriza o trabalho do artesão que Wilde admirava em detrimento da coisa massificada e industrializada.

Durante a leitura é importante notar a rapidez dos diálogos que evoluem num crescendo de complexidade e de intensidade dramáticas, ao alternar o estilo notadamente teatral com outro mais literário em que um narrador conta-nos toda a história, como o caso de "O Crime de Lorde Arthur Savile", em que, por vezes, nos sentimos diante de uma representação cênica, com atores entrando e saindo do palco conforme a deixa contida nas falas, com outro, mais literário, como em "O Retrato do Sr. W. H.", em que um narrador conta-nos toda a história. Wilde aborda o tema que para ele havia tornado-se uma espécie de fixação: os seres humanos e os seus duplos. A imagem nem sempre fiel ao que espera-se dela ou de si. A imagem que adquire força e vida própria, que passa a existir graças ou apesar daquele que originou-a: no "O Aniversário da Infanta", o Anãozinho viveu feliz até ser confrontado com a sua imagem em um espelho e em "O Jovem Rei" o monarca era feliz até ser confrontado com a dura realidade da vida e da sociedade; e em "O Retrato do Sr. W. H." é nos ofertado uma história trágica. Trágica no conto e trágica na vida real. Segundo alguns críticos contemporâneos, ao escrevê-lo Oscar Wilde assinou a sua própria sentença, em uma espécie de suicídio premeditado.

Com um estilo literário entre o conto e o ensaio, o autor deixa clara, clara até demais para a época, quando a homossexualidade era considerada crime passível de prisão, suas preferências sexuais, ao afirmar serem estas também as de Shakespeare. Ao abordar dois temas altamente explosivos para a conservadora sociedade vitoriana: a predileção por rapazes e a sexualidade do intocável Shakespeare, que, sabe-se, acreditava que a natureza humana é bissexual, Wilde forneceu argumentos para que seus detratores o condenassem. O texto, escrito em 1889, foi publicado clandestinamente em 1897. Depois disso, o texto ficou perdido por vários anos até ser recuperado em 1973 e incorporado às obras completas.

Wilde preenche os seus contos com análises e parábolas morais para todas as idades.

Os contos que os leitores agora têm às mãos nada sabem da tragédia que está por vir e que irá destruir a vida do escritor nos anos posteriores, tão pouco sabem sobre as reviravoltas que o destino reservou-lhe.

Os seus contos foram escritos com alegria para serem lidos com alegria, preferencialmente em voz alta para uma plateia, ainda que esta seja imaginária, como Oscar Wilde concebera-os.

THE HAPPY PRINCE AND OTHER TALES

TO
CARLOS BLACKER*

---

* Carlos Blacker (1857-1928), a writer, philologist and literature theorist, a member of the English aristocracy, was a personal friend of the couple Constance and Oscar Wilde, and was witnessed their marriage. A close friend, he financed the production of the play "Lady Wildmere's Fan" and was one of the few who remained with Oscar Wilde after his release and exile in Paris, helping him financially.

O PRÍNCIPE FELIZ E OUTROS CONTOS

PARA
CARLOS BLACKER*

---

* Carlos Blacker (1857-1928), escritor, filólogo e teórico da literatura, membro da aristocracia inglesa, era amigo pessoal do casal Constance e Oscar Wilde, tendo sido testemunha do casamento do casal. Amigo íntimo, financiou a produção da peça "O Leque de Lady Wildmere" e foi um dos poucos que permaneceu ao lado de Oscar Wilde após a sua libertação e exílio em Paris, auxiliando-o financeiramente.

THE HAPPY PRINCE

High above the city, on a tall column, stood the statue of the Happy Prince. He was gilded all over with thin leaves of fine gold, for eyes he had two bright sapphires, and a large red ruby glowed on his sword-hilt.

He was very much admired indeed. "He is as beautiful as a weathercock", remarked one of the Town Councillors who wished to gain a reputation for having artistic tastes; "only not quite so useful," he added, fearing lest people should think him unpractical, which he really was not.

"Why can't you be like the Happy Prince?", asked a sensible mother of her little boy who was crying for the moon. "The Happy Prince never dreams of crying for anything."

"I am glad there is some one in the world who is quite happy", muttered a disappointed man as he gazed at the wonderful statue.

"He looks just like an angel", said the Charity Children* as they came out of the cathedral in their bright scarlet cloaks and their clean white pinafores.

"How do you know?", said the Mathematical Master, "you have never seen one."

"Ah! but we have, in our dreams," answered the children; and the Mathematical Master frowned and looked very severe, for he did not approve of children dreaming.

One night there flew over the city a little Swallow. His friends had gone away to Egypt six weeks before, but he had stayed behind, for he was in love with the most beautiful Reed. He had met her early in the spring as he was flying down the river after a big yellow moth, and had been so attracted by her slender waist that he had stopped to talk to her.

"Shall I love you?", said the Swallow, who liked to come to the point at once, and the Reed made him a low bow. So he flew round and round her, touching the water with his wings, and making silver ripples. This was his courtship, and it lasted all through the summer.

"It is a ridiculous attachment," twittered the other Swallows; "she has no money, and far too many relations"; and indeed the river was quite full of Reeds. Then, when the autumn came they all flew away.

After they had gone he felt lonely, and began to tire of his lady-love. "She has no conversation," he said, "and I am afraid that she is a coquette, for she is always flirt-

---

* Orphan boys who live in charity homes.

O PRÍNCIPE FELIZ

Acima da cidade, sobre uma coluna alta, repousava a estátua do Príncipe Feliz. Estava inteiramente coberto com folhas finas de ouro puro; no lugar dos olhos, havia duas safiras brilhantes e um rubi vermelho, enorme, ardia no punho de sua espada.

De fato, ele era muito admirado. "É belo como a rosa dos ventos", observou um dos Conselheiros da Cidade, que desejava obter reputação pelo seu gosto artístico; "só que não é muito útil", acrescentou, temendo que as pessoas o considerassem pouco prático, o que ele realmente não era.

"Por que não podeis ser como o Príncipe Feliz", perguntou uma mãe sensata ao seu filhinho que suplicava por coisas impossíveis. "O Príncipe Feliz nunca suplicou por nada, nem em sonho."

"Estou feliz por haver alguém no mundo que esteja bastante feliz", murmurou o homem frustrado assim que se deparou com a maravilhosa estátua.

"Parece-se com um anjo", disseram as Crianças Caridosas* tão logo saíram da catedral com seus brilhantes mantos escarlates e seus aventais brancos e limpos..

"Como podeis saber?", disse o Professor de Matemática, "se nunca olhastes para um?"

"Ah! mas vemos em nossos sonhos", responderam as crianças; e o Professor de Matemática franziu as sobrancelhas com um olhar severo, pois ele não aprovava que as crianças sonhassem.

Certa noite, um Andorinho sobrevoou a cidade. Os seus amigos tinham ido ao Egito seis semanas antes, mas ele ficou para trás, por estar apaixonado pela mais bela das Canas. Ele a conheceu no início da primavera, enquanto estava voando pelo rio atrás de uma grande mariposa amarela e tinha ficado tão atraído pela sua cintura delgada que havia parado para falar com ela.

"Poderia amar-vos?", disse o Andorinho, que gostava de ir direto ao ponto, e a Cana curvou-se, em uma pequena saudação. Então ele voou várias vezes em torno dela, tocando a água com as suas asas, provocando ondulações prateadas. Essa era a sua maneira de cortejá-la, e assim o fez durante todo o verão.

"É uma fixação ridícula", gorjearam as outras Andorinhas; "ela não tem dinheiro nenhum, mas tem um monte de parentes"; pois, de fato, o rio estava completamente tomado de Canas. Então, quando chegou o outono, todas voaram para longe.

Depois que partiram ele sentiu-se só, e começou a cansar-se da sua amada. "Ela não tem assunto", disse ele, "e estou com medo de que seja leviana, por estar

---

* Meninos órfãos que moram em asilos de caridade.

ing with the wind." And certainly, whenever the wind blew, the Reed made the most graceful curtseys. "I admit that she is domestic", he continued, "but I love travelling, and my wife, consequently, should love travelling also."

"Will you come away with me?", he said finally to her; but the Reed shook her head, she was so attached to her home.

"You have been trifling with me", he cried. "I am off to the Pyramids. Good-bye!", and he flew away.

All day long he flew, and at night-time he arrived at the city. "Where shall I put up?", he said; "I hope the town has made preparations."

Then he saw the statue on the tall column.

"I will put up there," he cried; "it is a fine position, with plenty of fresh air." So he alighted just between the feet of the Happy Prince.

"I have a golden bedroom," he said softly to himself as he looked round, and he prepared to go to sleep; but just as he was putting his head under his wing a large drop of water fell on him. "What a curious thing!", he cried; "there is not a single cloud in the sky, the stars are quite clear and bright, and yet it is raining. The climate in the north of Europe is really dreadful. The Reed used to like the rain, but that was merely her selfishness."

Then another drop fell.

"What is the use of a statue if it cannot keep the rain off?", he said; "I must look for a good chimney-pot", and he determined to fly away.

But before he had opened his wings, a third drop fell, and he looked up, and saw... Ah! what did he see?

The eyes of the Happy Prince were filled with tears, and tears were running down his golden cheeks. His face was so beautiful in the moonlight that the little Swallow was filled with pity.

"Who are you?", he said.

"I am the Happy Prince."

"Why are you weeping then?", asked the Swallow; "you have quite drenched me."

"When I was alive and had a human heart", answered the statue, "I did not know what tears were, for I lived in the Palace of *Sans-Souci*,* where sorrow is not allowed to enter. In the daytime I played with my companions in the garden, and in the evening I led the dance in the Great Hall. Round the garden ran a very lofty wall, but I never cared to ask what lay beyond it, everything about me was so beautiful. My courtiers called me the Happy Prince, and happy indeed I was, if pleasure be happiness. So I lived, and so I died. And now that I am dead they have set me up here so high that I can see all the ugliness and all the misery of my city, and though my heart is made of lead yet I cannot chose but weep."

---

*   Palace of Tranquility.

sempre flertando com o vento." E, de fato, sempre que o vento soprava, a Cana fazia as mais graciosas reverências. "Aceito que ela seja caseira", prosseguiu ele, "mas amo viajar e a minha esposa, consequentemente, também deveria amar as viagens."

"Irieis embora comigo?", disse ele, finalmente, mas a Cana balançou a cabeça, pois ela era muito apegada à sua casa.

"Estivestes brincando comigo", lamentou ele. "Vou para as pirâmides. Adeus!", e voou para longe.

E voou durante todo o dia e ao cair da noite alcançou a cidade. "Onde poderei me hospedar?", disse ele; "Espero que a cidade tenha feito os preparativos."

Então ele avistou a estátua sobre a alta coluna.

"Hospedar-me-ei lá", exclamou; "é um bom lugar, repleto de ar fresco". Assim, ele pousou exatamente entre os pés do Príncipe Feliz.

"Tenho uma cama de ouro", disse suavemente para si ao olhar ao redor, e preparou-se para dormir; mas, tão logo acomodou a sua cabeça sob a sua asa, uma espessa gota d'água caiu sobre ele. "Que coisa interessante!", exclamou; "não há uma única nuvem no céu, as estrelas estão perfeitamente claras e brilhantes, e ainda assim chove. O clima do norte da Europa é mesmo espantoso. A Cana costumava gostar da chuva, mas era puro egoísmo da parte dela."

Então outra gota caiu.

"Qual a utilidade de uma estátua se não pode nos proteger da chuva?", disse ele; "Devo procurar por uma boa cobertura de chaminé", e decidiu ir embora.

Mas antes de ele ter aberto as suas asas, uma terceira gota caiu; ele olhou para cima e então viu... Ah! E o que ele viu?

Os olhos do Príncipe Feliz estavam repletos de lágrimas, e as lágrimas escorriam pela sua face dourada. O seu rosto estava tão belo sob a luz da lua que o Andorinho tomou-se de pena.

"Quem sois vós?", disse ele.

"Eu sou o Príncipe Feliz."

"Então por que chorais?", perguntou o Andorinho; "deixate-me bem encharcado."

"Quando estava vivo e possuía um coração humano", respondeu a estátua, "não conhecia lágrimas, porque eu vivia no Palácio de *Sans-Souci**, onde não era permitido que a tristeza entrasse. Durante o dia brincava no jardim com os meus companheiros e à noite conduzia a dança no Grande Salão. Ao redor do jardim erguia-se um muro grandioso, imponente, mas nunca me preocupei em perguntar o que havia além dele, pois tudo em minha vida era belo. Os meus cortesãos chamavam-me de Príncipe Feliz, e eu era mesmo feliz, se prazer significasse felicidade. Assim vivi, e assim morri. E, agora que estou morto, puseram-me aqui no alto de onde posso avistar toda a fealdade e a miséria da minha cidade, e ainda que o meu coração seja moldado em chumbo, não tenho escolha a não ser chorar."

* Palácio da Tranquilidade.

"What! is he not solid gold?", said the Swallow to himself. He was too polite to make any personal remarks out loud.

"Far away", continued the statue in a low musical voice, "far away in a little street there is a poor house. One of the windows is open, and through it I can see a woman seated at a table. Her face is thin and worn, and she has coarse, red hands, all pricked by the needle, for she is a seamstress. She is embroidering passion-flowers on a satin gown for the loveliest of the Queen's maids-of-honour to wear at the next Court-ball. In a bed in the corner of the room her little boy is lying ill. He has a fever, and is asking for oranges. His mother has nothing to give him but river water, so he is crying. Swallow, Swallow, little Swallow, will you not bring her the ruby out of my sword-hilt? My feet are fastened to this pedestal and I cannot move."

"I am waited for in Egypt", said the Swallow. "My friends are flying up and down the Nile, and talking to the large lotus-flowers. Soon they will go to sleep in the tomb of the great King. The King is there himself in his painted coffin. He is wrapped in yellow linen, and embalmed with spices. Round his neck is a chain of pale green jade, and his hands are like withered leaves."

"Swallow, little Swallow," said the Prince, "will you not stay with me for one night and be my messenger? The boy is so thirsty and the mother so sad."

"I don't think I like boys", answered the Swallow. "Last summer, when I was staying on the river, there were two rude boys, the miller's sons, who were always throwing stones at me. They never hit me, of course; we swallows fly far too well for that, and besides, I come of a family famous for its agility; but still, it was a mark of disrespect."

But the Happy Prince looked so sad that the little Swallow was sorry. "It is very cold here," he said; "but I will stay with you for one night, and be your messenger."

"Thank you, little Swallow", said the Prince.

So the Swallow picked out the great ruby from the Prince's sword, and flew away with it in his beak over the roofs of the town.

He passed by the cathedral tower, where the white marble angels were sculptured. He passed by the palace and heard the sound of dancing. A beautiful girl came out on the balcony with her lover. "How wonderful the stars are," he said to her, "and how wonderful is the power of love!"

"I hope my dress will be ready in time for the State-ball," she answered; "I have ordered passion-flowers to be embroidered on it; but the seamstresses are so lazy."

He passed over the river, and saw the lanterns hanging to the masts of the ships. He passed over the Ghetto, and saw the old Jews bargaining with each other, and weighing out money in copper scales. At last he came to the poor house and looked in. The boy was tossing feverishly on his bed, and the mother had fallen asleep, she was so tired. In he hopped, and laid the great ruby on the table beside the woman's thimble. Then he flew gently round the bed, fanning the boy's forehead with his wings. "How cool I feel", said the boy, "I must be getting better"; and he sank into a delicious slumber.

"Quê? Não é feito de ouro maciço?", disse o Andorinho para si mesmo, pois era educado demais para emitir qualquer tipo de opinião pessoal em voz alta.

"Longe daqui", prosseguiu a estátua com uma voz baixa e melodiosa, "numa pequena rua há uma casa pobre. Uma das janelas está aberta e através dela posso ver uma mulher sentada à mesa. O seu rosto é frio e macilento, as suas mãos são vermelhas e ásperas, picadas de agulhas, por ser costureira. Está bordando flores de maracujá em um vestido de cetim para a dama de honra preferida da Rainha usar no próximo baile da Corte. Numa cama no canto do quarto o seu pequeno filho está deitado, enfermo. Está febril e pede por laranjas. A sua mãe nada lhe oferece além da água do rio e por isso ele chora. Andorinho, Andorinho, pequeno Andorinho, não poderíeis levar-lhe o rubi do cabo da minha espada? Meus pés estão presos ao pedestal e não posso me mover."

"Esperam por mim no Egito", disse Andorinho. "Meus amigos voam por todo o Nilo e conversam com as enormes flores-de-lótus. Em breve, dormirão na tumba do Grande Rei. O próprio Rei está pintado no sarcófago. Está envolto em linho amarelo, embalsamado com especiarias. Em torno do pescoço há uma corrente de jade verde pálido, e as suas mãos são como folhas secas."

"Andorinho, pequeno Andorinho", disse o Príncipe, "não ficaríeis comigo apenas uma noite e ser meu mensageiro? O menino tem sede e a mãe está triste".

"Não sei se gosto de meninos", respondeu o Andorinho. "No verão passado, quando estava hospedado no rio, havia dois garotos grosseiros, os filhos do moleiro, que sempre me jogavam pedras. Nunca me acertaram, naturalmente, pois nós Andorinhas voamos bem demais, e além do mais, venho de uma família famosa pela sua habilidade; mas ainda assim isso demonstra desrespeito."

Mas o Príncipe Feliz parecia muito triste e o Andorinho arrependeu-se. "Está muito frio aqui", disse; "mas ficarei convosco por uma noite e serei vosso mensageiro."

"Muito obrigado, pequeno Andorinho", disse o Príncipe.

Então o Andorinho removeu da espada do Príncipe o grande rubi e voou, carregando-o no bico, por sobre os telhados da cidade.

Passou pela torre da catedral, onde estavam esculpidos os anjos de mármore branco. Passou pelo palácio e ouviu os sons da dança. Uma bela jovem veio à sacada com o seu amado. "Como são maravilhosas as estrelas", ele disse para ela, "e como é maravilhosa a força do amor!"

"Espero que meu vestido esteja pronto para o baile da Corte", disse ela. "Ordenei que fossem bordadas flores-de-maracujá, mas a costureira é tão preguiçosa."

Ele passou pelo rio e viu as lanternas penduradas nos mastros dos barcos. Passou pelo gueto e viu os velhos judeus barganhando entre si, pesando dinheiro em balanças de cobre. Por fim chegou à casa pobre e olhou para dentro. Na cama, o menino agitava-se, febril, e a sua mãe havia caído no sono de tanto cansaço. Com um salto, ele pousou o grande rubi sobre a mesa, perto do dedal da mulher. Então voou gentilmente ao redor da cama, abanando as asas na fronte do menino. "Como sinto-me refrescado", disse o garoto, "devo estar melhorando"; e ele afundou em um delicioso sono.

Then the Swallow flew back to the Happy Prince, and told him what he had done. "It is curious," he remarked, "but I feel quite warm now, although it is so cold."

"That is because you have done a good action", said the Prince. And the little Swallow began to think, and then he fell asleep. Thinking always made him sleepy.

When day broke he flew down to the river and had a bath. "What a remarkable phenomenon," said the Professor of Ornithology as he was passing over the bridge. "A swallow in winter!" And he wrote a long letter about it to the local newspaper. Every one quoted it, it was full of so many words that they could not understand.

"Tonight I go to Egypt", said the Swallow, and he was in high spirits at the prospect. He visited all the public monuments, and sat a long time on top of the church steeple. Wherever he went the Sparrows chirruped, and said to each other, "What a distinguished stranger!" so he enjoyed himself very much.

When the moon rose he flew back to the Happy Prince. "Have you any commissions for Egypt?", he cried; "I am just starting."

"Swallow, Swallow, little Swallow," said the Prince, "will you not stay with me one night longer?"

"I am waited for in Egypt," answered the Swallow. "Tomorrow my friends will fly up to the Second Cataract. The river-horse couches there among the bulrushes, and on a great granite throne sits the God Memnon. All night long he watches the stars, and when the morning star shines he utters one cry of joy, and then he is silent. At noon the yellow lions come down to the water's edge to drink. They have eyes like green beryls, and their roar is louder than the roar of the cataract.

"Swallow, Swallow, little Swallow," said the Prince, "far away across the city I see a young man in a garret. He is leaning over a desk covered with papers, and in a tumbler by his side there is a bunch of withered violets. His hair is brown and crisp, and his lips are red as a pomegranate, and he has large and dreamy eyes. He is trying to finish a play for the Director of the Theatre, but he is too cold to write any more. There is no fire in the grate, and hunger has made him faint."

"I will wait with you one night longer", said the Swallow, who really had a good heart. "Shall I take him another ruby?"

"Alas! I have no ruby now," said the Prince; "my eyes are all that I have left. They are made of rare sapphires, which were brought out of India a thousand years ago. Pluck out one of them and take it to him. He will sell it to the jeweller, and buy food and firewood, and finish his play."

"Dear Prince," said the Swallow, "I cannot do that"; and he began to weep.

"Swallow, little Swallow," said the Prince, "do as I command you."

So the Swallow plucked out the Prince's eye, and flew away to the student's garret. It was easy enough to get in, as there was a hole in the roof. Through this he darted, and came into the room. The young man had his head buried in his hands, so he did not hear the flutter of the bird's wings, and when he looked up he found the beautiful sapphire lying on the withered violets.

Assim, o Andorinho voou de volta para o Príncipe Feliz, e contou-lhe o que fizera. "Curioso", reparou, "pois sinto-me aquecido agora, apesar de estar tão frio."

"Isso é porque fizestes uma boa ação", disse o Príncipe. E o Andorinho começou a pensar e logo se sentiu sonolento, pensar sempre lhe dava sono.

Quando o dia amanheceu, ele voou para o rio e banhou-se. "Que fenômeno notável", disse o Professor de Ornitologia enquanto atravessava aponte. "Uma Andorinho no inverno!" E escreveu um longo artigo sobre o fato para o jornal da cidade. Todos citaram o artigo, pois estava repleto de palavras que ninguém entendia.

"Esta noite parto para o Egito", disse o Andorinho, tão animado com a perspectiva. Visitou todos os monumentos públicos e passou longo tempo sobre o alto da torre da igreja. Onde quer que fosse, os pardais gorjeavam e diziam entre si, "Que visitante ilustre!" e ele se divertia muito.

Quando surgiu a lua, ele voou de volta para o Príncipe Feliz. "Tendes alguma recomendação para o Egito?", exclamou; "pois estou partindo."

"Andorinho, Andorinho, pequeno Andorinho", disse o Príncipe, "não ficaríeis comigo uma noite mais?"

"Esperam por mim no Egito", respondeu o Andorinho. "Amanhã meus amigos voarão por sobre a segunda catarata. Ali, o hipopótamo deita-se entre as Canas e em um grande trono de granito está sentado o deus Memnon. Durante toda a noite ele observa as estrelas e quando brilha a estrela da manhã, solta um brado de satisfação e silencia. Ao meio-dia os leões dourados vêm à beira-d'água para aplacar a sede. Os seus olhos parecem berilos verdes e o rugido é mais potente que o estrondo da catarata."

"Andorinho, Andorinho, pequeno Andorinho", disse o Príncipe, "longe, cruzando a cidade, vejo um jovem em um sótão. Está inclinado sobre uma escrivaninha coberta de papéis e dentro de um copo ao seu lado está um ramalhete de violetas murchas. O seu cabelo é castanho e ondulado, os lábios rubros como as romãs e possui grandes olhos sonhadores. Tenta terminar uma peça para o Diretor do Teatro, mas está muito frio para poder continuar. Não há fogo na grelha e a fome o fez desmaiar."

"Ficarei convosco por mais uma noite", disse o Andorinho, que tinha um coração realmente bom. "Devo levar a ele o outro rubi?"

"Ai de mim! Agora não tenho mais nenhum rubi", disse o Príncipe, "meus olhos são tudo o que me resta. São feitos de safiras raras, trazidas da Índia há milhares de anos. Arranqueis um deles e dai ao jovem. Ele o venderá a algum joalheiro, então poderá comprar comida e lenha e terminar a peça."

"Caro Príncipe", disse o Andorinho, "não posso fazer isso"; e começou a chorar.

"Andorinho, pequeno Andorinho", disse o Príncipe, "fazei como vos ordeno".

Então o Andorinho arrancou o olho do Príncipe e voou para o sótão do estudante. Foi bem fácil entrar, pois havia um buraco no telhado. Atirou-se por ele e entrou no quarto. O jovem tinha a cabeça enterrada entre as mãos, por isso não ouviu o esvoaçar das asas do pássaro e, quando ergueu os olhos, viu a bela safira repousando sobre as violetas murchas.

"I am beginning to be appreciated", he cried; "this is from some great admirer. Now I can finish my play", and he looked quite happy.

The next day the Swallow flew down to the harbour. He sat on the mast of a large vessel and watched the sailors hauling big chests out of the hold with ropes. "Heave a-hoy!" they shouted as each chest came up. "I am going to Egypt!", cried the Swallow, but nobody minded, and when the moon rose he flew back to the Happy Prince.

"I am come to bid you good-bye", he cried.

"Swallow, Swallow, little Swallow," said the Prince, "will you not stay with me one night longer?"

"It is winter," answered the Swallow, "and the chill snow will soon be here. In Egypt the sun is warm on the green palm-trees, and the crocodiles lie in the mud and look lazily about them. My companions are building a nest in the Temple of Baalbec, and the pink and white doves are watching them, and cooing to each other. Dear Prince, I must leave you, but I will never forget you, and next spring I will bring you back two beautiful jewels in place of those you have given away. The ruby shall be redder than a red rose, and the sapphire shall be as blue as the great sea."

"In the square below", said the Happy Prince, "there stands a little match-girl. She has let her matches fall in the gutter, and they are all spoiled. Her father will beat her if she does not bring home some money, and she is crying. She has no shoes or stockings, and her little head is bare. Pluck out my other eye, and give it to her, and her father will not beat her."

"I will stay with you one night longer," said the Swallow, "but I cannot pluck out your eye. You would be quite blind then."

"Swallow, little Swallow," said the Prince, "do as I command you."

So he plucked out the Prince's other eye, and darted down with it. He swooped past the match-girl, and slipped the jewel into the palm of her hand. "What a lovely bit of glass", cried the little girl; and she ran home, laughing.

Then the Swallow came back to the Prince. "You are blind now," he said, "so I will stay with you always."

"No, little Swallow," said the poor Prince, "you must go away to Egypt."

"I will stay with you always", said the Swallow, and he slept at the Prince's feet.

All the next day he sat on the Prince's shoulder, and told him stories of what he had seen in strange lands. He told him of the red ibises, who stand in long rows on the banks of the Nile, and catch gold-fish in their beaks; of the Sphinx, who is as old as the world itself, and lives in the desert, and knows everything; of the merchants, who walk slowly by the side of their camels, and carry amber beads in their hands; of the King of the Mountains of the Moon, who is as black as ebony, and worships a large crystal; of the great green snake that sleeps in a palm-tree, and has twenty priests to feed it with honey-cakes; and of the pygmies who sail over a big lake on large flat leaves, and are always at war with the butterflies.

"Começo a ser apreciado", exclamou, "isso veio de um grande admirador. Agora posso concluir a minha peça", e parecia completamente feliz.

No dia seguinte o Andorinho voou até o porto. Sentou-se no mastro de um grande navio e observou os marinheiros puxarem com uma corda grandes arcas de dentro de um porão. "Erguei, ó de bordo!", gritavam a cada caixote içado. "Vou para o Egito!", gritava o Andorinho, mas ninguém se importava e quando a lua surgiu, voou ao encontro do Príncipe Feliz.

"Vim para dar-vos adeus", exclamou ele.

"Andorinho, Andorinho, pequeno Andorinho", disse o Príncipe, "não ficaríeis comigo uma noite mais?"

"É inverno", respondeu Andorinho, "e a neve gelada logo chegará. No Egito, o sol aquece as palmeiras verdejantes e os crocodilos deitam-se na lama, preguiçosos. Os meus companheiros fazem ninhos no Templo de Baalbec, e as pombas rosas e brancas os observam, arrulhando uma com as outras. Querido Príncipe, preciso deixar-vos, mas nunca vos esquecerei, e na próxima primavera trarei duas belas joias no lugar daquelas que vós ofertastes. O rubi será mais rubro que a rosa vermelha e a safira será tão azul quanto o grande mar."

"Na praça, logo abaixo", disse o Príncipe, "encontra-se uma pequena menina dos fósforos. Ela deixou os fósforos caírem na sarjeta e agora eles estão estragados. Apanhará do seu pai se não levar nenhum dinheiro para casa e por isso está chorando. Ela não tem meias ou sapatos e a sua cabecinha está descoberta. Arranqueis o meu outro olho e dai-vos a ela, para que ela não apanhe do pai."

"Permanecerei convosco por mais uma noite", disse o Andorinho, "mas não posso arrancar-vos o olho. Ficaríeis completamente cego se eu o fizer."

"Andorinho, pequeno Andorinho", disse o Príncipe, "fazei como vos ordeno".

Então ele arrancou o outro olho do Príncipe e voou com ele como um dardo para baixo. Desceu sobre a menina dos fósforos e deslizou a joia para a palma da sua mão. "Que belo pedacinho de vidro", exultou a menininha, e correu para casa, rindo.

Então o Andorinho retornou até o Príncipe. "Estais cego agora", disse ele, "por isso ficarei convosco para sempre."

"Não, pequeno Andorinho", disse o pobre Príncipe, "deveis ir para o Egito."

"Ficarei sempre convosco", disse o Andorinho, e dormiu aos pés do Príncipe.

No dia seguinte, ele se sentou no ombro do Príncipe e contou-lhe histórias sobre o que vira em terras estrangeiras. Contou-lhe sobre os íbis vermelhos que ficam enfileirados nos bancos de areia do Nilo, apanhando peixes dourados com os bicos. Falou-lhe sobre a esfinge, que é tão antiga quanto o próprio mundo, que vive no deserto e que tudo sabe; sobre os mercadores que caminham lentamente ao lado dos seus camelos, carregando contas de âmbar nas mãos. Contou-lhe sobre o Rei das Montanhas da Lua, negro como o ébano e que venera um imenso cristal; sobre a grande serpente verde que dorme em uma palmeira e que possui vinte sacerdotes para alimentá-la com bolos de mel. Sobre os pigmeus que velejam o grande lago sobre amplas folhas planas e que estão sempre em guerra com as borboletas.

"Dear little Swallow," said the Prince, "you tell me of marvellous things, but more marvellous than anything is the suffering of men and of women. There is no Mystery so great as Misery. Fly over my city, little Swallow, and tell me what you see there."

So the Swallow flew over the great city, and saw the rich making merry in their beautiful houses, while the beggars were sitting at the gates. He flew into dark lanes, and saw the white faces of starving children looking out listlessly at the black streets. Under the archway of a bridge two little boys were lying in one another's arms to try and keep themselves warm. "How hungry we are!", they said. "You must not lie here", shouted the Watchman, and they wandered out into the rain.

Then he flew back and told the Prince what he had seen.

"I am covered with fine gold", said the Prince, "you must take it off, leaf by leaf, and give it to my poor; the living always think that gold can make them happy."

Leaf after leaf of the fine gold the Swallow picked off, till the Happy Prince looked quite dull and grey. Leaf after leaf of the fine gold he brought to the poor, and the children's faces grew rosier, and they laughed and played games in the street. "We have bread now!" they cried.

Then the snow came, and after the snow came the frost. The streets looked as if they were made of silver, they were so bright and glistening; long icicles like crystal daggers hung down from the eaves of the houses, everybody went about in furs, and the little boys wore scarlet caps and skated on the ice.

The poor little Swallow grew colder and colder, but he would not leave the Prince, he loved him too well. He picked up crumbs outside the baker's door when the baker was not looking and tried to keep himself warm by flapping his wings.

But at last he knew that he was going to die. He had just strength to fly up to the Prince's shoulder once more. "Good-bye, dear Prince!", he murmured, "will you let me kiss your hand?"

"I am glad that you are going to Egypt at last, little Swallow," said the Prince, "you have stayed too long here; but you must kiss me on the lips, for I love you."

"It is not to Egypt that I am going", said the Swallow. "I am going to the House of Death. Death is the brother of Sleep, is he not?"

And he kissed the Happy Prince on the lips, and fell down dead at his feet.

At that moment a curious crack sounded inside the statue, as if something had broken. The fact is that the leaden heart had snapped right in two. It certainly was a dreadfully hard frost.

Early the next morning the Mayor was walking in the square below in company with the Town Councillors. As they passed the column he looked up at the statue: "Dear me! how shabby the Happy Prince looks!", he said.

"How shabby indeed!" cried the Town Councillors, who always agreed with the Mayor; and they went up to look at it.

"The ruby has fallen out of his sword, his eyes are gone, and he is golden no

"Querido Andorinho", disse o Príncipe, "contaste-me a respeito de coisas espantosas, porém mais espantoso que tudo é o sofrimento dos homens e das mulheres. Não há mistério tão grande quanto a miséria. Voai por sobre a minha cidade, pequeno Andorinho, e dizei-me o que avistais por lá."

Então o Andorinho sobrevoou a grande cidade e viu os ricos se divertindo em suas belas casas enquanto os mendigos sentavam-se nos portões. Voou por becos escuros e viu as faces lívidas das crianças famintas olhando indiferentes e desanimadas nas ruas sombrias. Sob o arco da ponte, dois pequenos garotos deitavam-se nos braços um do outro, tentando se manterem aquecidos. "Como estamos famintos!", diziam. "Não podeis vos deitar aqui", gritou o guarda, e eles vagaram pela chuva afora.

Então o Andorinho retornou e contou ao Príncipe o que havia visto.

"Estou coberto de puro ouro", disse o Príncipe, "deveis retirá-lo, folha por folha, e dar-vos aos pobres. Os vivos sempre acham que o ouro pode fazê-los felizes."

Folha por folha do refinado ouro o Andorinho retirou, até o Príncipe tornar-se completamente tosco e cinzento. Folha por folha do refinado ouro ele entregou aos pobres, e os rostos das crianças se tornaram mais rosados, elas riam e brincavam nas ruas. "Temos pão agora!", exultavam.

Então veio a neve e em seguida a geada. As ruas pareciam feitas de prata de tão brilhantes e resplandecentes; longos pingentes de gelo, como punhais de cristal, penduravam-se nos beirais das casas; as pessoas cobriam-se de peles; menininhos usavam gorros escarlates e deslizavam sobre o gelo.

O pobre e pequeno Andorinho sentia cada vez mais frio, mas não abandonaria o Príncipe, pois o amava muito. Colhia migalhas na frente da padaria quando o padeiro não estava olhando e batia as asas na tentativa de manter-se aquecido.

Por fim, ele percebeu que estava morrendo. Só teve forças para voar até o ombro do Príncipe mais uma vez. "Adeus, querido Príncipe", murmurou, "vós me permitirias beijar a vossa mão?"

"Estou contente que finalmente voarás para o Egito, pequeno Andorinho," disse o Príncipe. "Ficastes tempo demais; mas deveis beijar-me nos lábios, pois vos amo."

"Não é para o Egito que estou partindo", disse o Andorinho, "estou indo para a Morada da Morte. A Morte é a irmã do Sono, não é?"

E beijou o Príncipe Feliz nos lábios e caiu morto aos seus pés.

Nesse momento um estranho barulho ecoou do interior da estátua, como se algo tivesse se quebrado. De fato, o coração de chumbo partira-se em dois. Fazia, sem dúvida, um frio tremendamente severo.

Logo cedo, na manhã seguinte, o Prefeito caminhava na companhia dos Conselheiros da Cidade. Ao passar pela coluna, olhou para a estátua: "Meu Deus! Como o Príncipe Feliz parece acabado!", disse ele.

"Deveras acabado!", exclamaram os Conselheiros da Cidade, que sempre concordavam com o Prefeito, e puseram-se a olhá-la.

"O rubi desprendeu-se da espada, os olhos se foram e não está mais dourado",

longer," said the Mayor in fact, "he is litttle beter than a beggar!"

"Little better than a beggar," said the Town Councillors.

"And here is actually a dead bird at his feet!", continued the Mayor. "We must really issue a proclamation that birds are not to be allowed to die here." And the Town Clerk made a note of the suggestion.

So they pulled down the statue of the Happy Prince.

"As he is no longer beautiful he is no longer useful," said the Art Professor at the University.

Then they melted the statue in a furnace, and the Mayor held a meeting of the Corporation to decide what was to be done with the metal. "We must have another statue, of course", he said, "and it shall be a statue of myself."

"Of myself," said each of the Town Councillors, and they quarrelled. When I last heard of them they were quarrelling still.

"What a strange thing!", said the overseer of the workmen at the foundry. "This broken lead heart will not melt in the furnace. We must throw it away."

So they threw it on a dust-heap where the dead Swallow was also lying.

"Bring me the two most precious things in the city," said God to one of His Angels; and the Angel brought Him the leaden heart and the dead bird.

"You have rightly chosen", said God, "for in My garden of Paradise this little bird shall sing for evermore, and in My city of gold the Happy Prince shall praise Me."

THE END

disse o Prefeito. "Na verdade, parece pouco melhor que um mendigo!"

"Pouco melhor que um mendigo", replicaram os Conselheiros da Cidade.

"E há até mesmo um pássaro morto a seus pés!", prosseguiu o Prefeito. "De fato, precisamos editar uma proclamação proibindo pássaros de morrerem aqui." E o Escrevente da Cidade redigiu uma nota com a sugestão.

Então derrubaram a estátua do Príncipe Feliz.

"Como perdeu a sua beleza, perdeu também a sua utilidade", disse o Professor de Arte da Universidade.

Então derreteram a estátua na fornalha e o Prefeito convocou uma reunião da Corporação para decidir o que seria feito com o metal. "Precisamos de outra estátua, naturalmente", disse ele, "e deve ser uma estátua de mim mesmo."

"De mim mesmo!", disseram cada um dos Conselheiros da Cidade, e começaram a discutir. Da última vez que ouvi falar deles ainda estavam discutindo.

"Que coisa estranha!", disse o inspetor dos operários da fundição. "Esse coração partido de chumbo não derrete na fornalha. Devemos atirá-lo fora."

E arremessaram-no num monte de poeira, onde também jazia o Andorinho.

"Trazei-me as duas coisas mais preciosas da cidade", disse Deus a um de Seus Anjos, e o Anjo trouxe-Lhe o coração de chumbo e o pássaro morto.

"Fizeste a escolha acertada", disse Deus, "pois no Meu Jardim no Paraíso este passarinho deverá cantar para sempre e na Minha cidade de ouro o Príncipe Feliz deverá louvar-Me."

FIM

THE NIGHTINGALE AND THE ROSE

"She said that she would dance with me if I brought her red roses", cried the young Student; "but in all my garden there is no red rose."

From her nest in the holm-oak tree, the Nightingale heard him, and she looked out through the leaves, and wondered.

"No red rose in all my garden!", he cried, and his beautiful eyes filled with tears. "Ah, on what little things does happiness depend! I have read all that the wise men have written, and all the secrets of philosophy are mine, yet for want of a red rose is my life made wretched."

"Here at last is a true lover!", said the Nightingale. "Night after night have I sung of him, though I knew him not: night after night have I told his story to the stars, and now I see him. His hair is dark as the hyacinth-blossom, and his lips are red as the rose of his desire; but passion has made his face like pale ivory, and sorrow has set her seal upon his brow."

"The Prince gives a ball tomorrow night," murmured the young Student, "and my love will be of the company. If I bring her a red rose she will dance with me till dawn. If I bring her a red rose, I shall hold her in my arms, and she will lean her head upon my shoulder, and her hand will be clasped in mine. But there is no red rose in my garden, so I shall sit lonely, and she will pass me by. She will have no heed of me, and my heart will break."

"Here indeed is the true lover," said the Nightingale. "What I sing of, he suffers - what is joy to me, to him is pain. Surely Love is a wonderful thing. It is more precious than emeralds, and dearer than fine opals. Pearls and pomegranates cannot buy it, nor is it set forth in the marketplace. It may not be purchased of the merchants, nor can it be weighed out in the balance for gold."

"The musicians will sit in their gallery", said the young Student, "and play upon their stringed instruments, and my love will dance to the sound of the harp and the violin. She will dance so lightly that her feet will not touch the floor, and the courtiers in their gay dresses will throng round her. But with me she will not dance, for I have no red rose to give her"; and he flung himself down on the grass, and buried his face in his hands, and wept.

"Why is he weeping?", asked a little Green Lizard, as he ran past him with his tail in the air.

"Why, indeed?" said a Butterfly, who was fluttering about after a sunbeam.

"Why, indeed?" whispered a Daisy to his neighbour, in a soft, low voice.

"He is weeping for a red rose", said the Nightingale.

A ROUXINOL E A ROSA

"Ela disse que dançaria comigo se eu lhe trouxesse rosas vermelhas", exclamou o jovem Estudante, "mas em todo o meu jardim não há uma única rosa vermelha."

Do seu ninho, na árvore de carvalho, a Rouxinol o ouviu, e olhou por entre as folhas, curiosa.

"Nem uma única rosa vermelha em todo o jardim!", lamentou-se ele, e os seus belos olhos encheram-se de lágrimas. "Ah! Como a felicidade depende de coisas tão simples! Li tudo o que os sábios escreveram e possuo todos os segredos da Filosofia, ainda assim, por desejar uma rosa vermelha, minha vida foi arruinada."

"Aqui, finalmente, está um verdadeiro apaixonado!", disse a Rouxinol. "Noite após noite tenho cantado a respeito dele, apesar de não conhecê-lo: noite após noite contei sua história para as estrelas, e agora eu o vejo. Os seus cabelos são negros como o jacinto em flor e os seus lábios são rubros como as rosas que deseja; mas a paixão tornou-lhe a face pálida como o marfim e a tristeza marca-lhe a fronte."

"O Príncipe dará um baile amanhã à noite", murmurou o jovem estudante, "e a minha amada estará sem companhia. Se levasse para ela uma rosa vermelha, dançaria comigo até o amanhecer. Se levasse para ela uma rosa vermelha, poderia envolvê-la em meus braços; repousaria a cabeça em meu ombro e a mão ficaria presa à minha. Mas não existe uma única rosa vermelha em meu jardim, então me sentarei sozinho no baile e ela passará por mim. Não reparará em mim e isso partirá o meu coração".

"Trata-se mesmo de um verdadeiro apaixonado", disse a Rouxinol. "O que canto, ele sofre; o que para mim é diversão, para ele é dor. Certamente o Amor é algo maravilhoso. Tem mais valor que as esmeraldas e é mais desejado que preciosas e refinadas opalas. Pérolas e granadas não podem comprá-lo, ainda que esteja exposto no mercado. Não pode ser comprado por mercadores, nem vendido a peso de ouro."

"Os músicos se sentarão em seus lugares na galeria", disse o jovem Estudante, "e tocarão os seus instrumentos de corda e a minha amada dançará ao som de harpas e violinos. Dançará com tanta leveza que os seus pés não tocarão o piso e as cortesãs em seus alegres vestidos se reunirão em torno dela. Mas comigo ela não dançará, porque não tenho uma rosa vermelha para oferecer-lhe", e atirando-se na relva, escondeu o seu rosto entre as mãos e chorou.

"Por que chora?", perguntou a pequena Lagartixa Verde ao passar correndo, com a cauda erguida, ao lado do jovem.

"Por que, de fato?", disse a Borboleta esvoaçando por perto sob um raio de sol.

"Por que, de fato?", sussurrou a Margarida ao vizinho com voz baixa e suave.

"Ele chora por uma rosa vermelha", disse a Rouxinol.

"For a red rose?" they cried; "how very ridiculous!" and the little Lizard, who was something of a cynic, laughed outright.

But the Nightingale understood the secret of the Student's sorrow, and she sat silent in the oak-tree, and thought about the mystery of Love.

Suddenly she spread her brown wings for flight, and soared into the air. She passed through the grove like a shadow, and like a shadow she sailed across the garden.

In the centre of the grass-plot was standing a beautiful Rose-tree, and when she saw it she flew over to it, and lit upon a spray.

"Give me a red rose," she cried, "and I will sing you my sweetest song."

But the Tree shook its head.

"My roses are white," it answered; "as white as the foam of the sea, and whiter than the snow upon the mountain. But go to my brother who grows round the old sun-dial, and perhaps he will give you what you want."

So the Nightingale flew over to the Rose-tree that was growing round the old sun-dial.

"Give me a red rose," she cried, "and I will sing you my sweetest song."

But the Tree shook its head.

"My roses are yellow," it answered; "as yellow as the hair of the mermaiden who sits upon an amber throne, and yellower than the daffodil that blooms in the meadow before the mower comes with his scythe. But go to my brother who grows beneath the Student's window, and perhaps he will give you what you want."

So the Nightingale flew over to the Rose-tree that was growing beneath the Student's window.

"Give me a red rose," she cried, "and I will sing you my sweetest song."

But the Tree shook its head.

"My roses are red," it answered, "as red as the feet of the dove, and redder than the great fans of coral that wave and wave in the ocean-cavern. But the winter has chilled my veins, and the frost has nipped my buds, and the storm has broken my branches, and I shall have no roses at all this year."

"One red rose is all I want", cried the Nightingale, "only one red rose! Is there no way by which I can get it?"

"There is away," answered the Tree; "but it is so terrible that I dare not tell it to you."

"Tell it to me," said the Nightingale, "I am not afraid."

"If you want a red rose," said the Tree, "you must build it out of music by moonlight, and stain it with your own heart's-blood. You must sing to me with your breast against a thorn. All night long you must sing to me, and the thorn must pierce your heart, and your life-blood must flow into my veins, and become mine."

"Por uma rosa vermelha?", exclamaram; "mas que ridículo!" e a pequena Lagartixa, que era um pouco cínica, riu bem alto.

Mas a Rouxinol compreendeu o segredo da tristeza do Estudante e, sentada em um ramo de carvalho, meditou a respeito do mistério do Amor.

Subitamente, ela estendeu as suas asas castanhas para voar e ergueu-se nos ares. Passou pelo bosque como uma sombra, e como uma sombra voou através do jardim.

No centro do canteiro de grama havia uma bela roseira e quando a Rouxinol a viu, voou em sua direção, pousando em um dos ramos.

"Dai-me uma rosa vermelha", clamou, "e cantarei a mais doce melodia."

Mas a Roseira meneou a sua cabeça.

"As minhas rosas são brancas", respondeu; "tão brancas quanto a espuma do mar e mais brancas que a neve sobre a montanha. Porém, ide vós até o meu irmão que cresce perto do relógio de sol e talvez ele vos darás o que desejais."

Assim, a Rouxinol sobrevoou a Roseira que crescia próxima do antigo relógio de sol.

"Dai-me uma rosa vermelha", clamou, "e cantarei a mais doce melodia."

Mas a Roseira meneou a sua cabeça.

"As minhas rosas são amarelas", respondeu; "tão amarelas quanto os cabelos das sereias que se sentam no trono de âmbar e mais amarelas que o narciso em flor na campina antes que o ceifador venha com sua foice. Porém, ide vós até o meu irmão que cresce abaixo da janela do Estudante, e talvez ele vos darás o que vós desejais."

Assim, a Rouxinol sobrevoou a roseira que crescia abaixo da janela do Estudante.

"Dai-me uma rosa vermelha", clamou, "e cantarei a mais doce melodia."

Mas a Roseira meneou a sua cabeça.

"As minhas rosas são vermelhas", respondeu; "tão vermelhas quanto os pés das pombas e mais vermelhas que os grandes leques de corais que ondulam e ondulam na caverna oceânica. Mas o inverno resfriou as minhas veias e a geada queimou os meus botões, a tempestade quebrou os meus galhos e não terei rosas este ano."

"Uma única rosa vermelha, é tudo o que quero", lamentou a Rouxinol. "Apenas uma rosa vermelha! Não existe nenhuma maneira de consegui-la?"

"Existe uma", respondeu a Roseira, "mas é tão terrível que não tenho coragem de vos contardes."

"Contai para mim", disse a Rouxinol, "não tenho medo".

"Se quiserdes uma rosa vermelha", disse a Roseira, "deverás forjá-la com música ao luar e tingi-la com o sangue do vosso coração. Devereis cantar para mim com um espinho no peito. Toda a noite devereis cantar para mim e o espinho deverá furar o vosso coração; vosso sangue vital deverá fluir para minhas veias e tornar-se-á meu."

"Death is a great price to pay for a red rose", cried the Nightingale, "and Life is very dear to all. It is pleasant to sit in the green wood, and to watch the Sun in his chariot of gold, and the Moon in her chariot of pearl. Sweet is the scent of the haw-thorn, and sweet are the bluebells that hide in the valley, and the heather that blows on the hill. Yet Love is better than Life, and what is the heart of a bird compared to the heart of a man?"

So she spread her brown wings for flight, and soared into the air. She swept over the garden like a shadow, and like a shadow she sailed through the grove.

The young Student was still lying on the grass, where she had left him, and the tears were not yet dry in his beautiful eyes.

"Be happy," cried the Nightingale, "be happy; you shall have your red rose. I will build it out of music by moonlight, and stain it with my own heart's-blood. All that I ask of you in return is that you will be a true lover, for Love is wiser than Philosophy, though she is wise, and mightier than Power, though he is mighty. Flame-coloured are his wings, and coloured like flame is his body. His lips are sweet as honey, and his breath is like frankincense."

The Student looked up from the grass, and listened, but he could not under-stand what the Nightingale was saying to him, for he only knew the things that are written down in books.

But the Oak-tree understood, and felt sad, for he was very fond of the little Nightingale who had built her nest in his branches.

"Sing me one last song," he whispered; "I shall feel very lonely when you are gone."

So the Nightingale sang to the Oak-tree, and her voice was like water bubbling from a silver jar.

When she had finished her song the Student got up, and pulled a note-book and a lead-pencil out of his pocket.

"She has form," he said to himself, as he walked away through the grove, "that cannot be denied to her; but has she got feeling? I am afraid not. In fact, she is like most artists; she is all style, without any sincerity. She would not sacrifice herself for others. She thinks merely of music, and everybody knows that the arts are selfish. Still, it must be admitted that she has some beautiful notes in her voice. What a pity it is that they do not mean anything, or do any practical good." And he went into his room, and lay down on his little pallet-bed, and began to think of his love; and, after a time, he fell asleep.

And when the Moon shone in the heavens the Nightingale flew to the Rose-tree, and set her breast against the thorn. All night long she sang with her breast against the thorn, and the cold crystal Moon leaned down and listened. All night long she sang, and the thorn went deeper and deeper into her breast, and her life-blood ebbed away from her.

She sang first of the birth of love in the heart of a boy and a girl. And on the top-most spray of the Rose-tree there blossomed a marvellous rose, petal following

"A Morte é um preço alto a ser pago por uma rosa vermelha", lamentou-se a Rouxinol, "e a vida é cara a todos. É prazeroso pousar na floresta verde e observar o sol em sua carruagem de fogo, e a lua em sua carruagem de pérolas. Doce é o aroma da pequena roseira e doces são as campânulas que se escondem no vale e a urze que floresce na colina. Ainda assim o Amor é melhor que a vida, e o que é o coração de um pássaro comparado ao coração de um homem?"

Então ela abriu as asas castanhas para voar, e lançou-se nos ares. Sobrevoou o jardim como uma sombra, e como uma sombra flutuou através do bosque.

O jovem Estudante permanecia deitado na relva, onde ela o deixara, e as lágrimas em seus belos olhos ainda não haviam secado.

"Alegrai-vos", gritou a Rouxinol, "alegrai-vos, pois terás a vossa rosa vermelha. Eu a forjarei com minha música à luz da lua, e a tingirei com o sangue de meu próprio coração. Tudo o que eu vos peço em troca é que sede um amante sincero, pois o Amor é mais sábio que a Filosofia, ainda que esta seja sábia, e mais poderoso que a Força, ainda que esta seja poderosa. Suas asas têm a cor do fogo, e rubro como as chamas é o seu corpo. Seus lábios são doces como o mel, e seu hálito é como um incenso."

O Estudante olhou acima da relva e ouviu, mas não pôde compreender o que a Rouxinol dizia para ele, pois ele conhecia apenas as coisas que estavam escritas nos livros.

Mas a árvore de Carvalho compreendeu e entristeceu-se, pois havia se tornado íntimo da Rouxinol, que fizera o ninho em seus galhos.

"Cantai-me uma última canção", sussurrou, "eu me sentirei muito só quando vós partirdes".

E a Rouxinol cantou para o Carvalho, e sua voz lembrava o murmúrio da água fluindo de um jarro de prata.

Quando ela terminou a canção, o Estudante levantou-se e puxou do bolso um lápis e um caderno de notas.

"Ela tem estilo", disse para si mesmo enquanto caminhava pelo bosque, "isso não se pode negar, mas será que ela tem sentimentos? Temo que não. Na verdade, ela é como a maioria dos artistas: possui toda a técnica, mas não há sinceridade. Ela não se sacrificaria pelos outros, pois se preocupa apenas com a música, e todos sabem que as artes são egoístas. Ainda assim, é preciso admitir que ela atinge belas notas com a voz. É pena que isso não signifique nada, nem faça algo de bom na prática." E então ele entrou em seu quarto, deitou-se na pequena cama e começou a pensar no seu amor; e depois de um tempo, caiu no sono.

E quando a Lua resplandeceu no céu, a Rouxinol voou até a roseira e pôs o seu peito contra o espinho. Por toda a noite ela cantou com o espinho cravado no seu peito, e a fria Lua de cristal inclinou-se para ouvi-la. Durante toda a noite ela cantou, e o espinho cravou-se cada vez mais fundo dentro do seu peito, enquanto esvaía-se o seu sangue vital.

Primeiro cantou o nascimento do amor no coração de um rapaz e de uma moça. E no topo do ramo mais alto da Roseira floresceu uma rosa esplêndida, pétala

petal, as song followed song. Pale was it, at first, as the mist that hangs over the river; pale as the feet of the morning, and silver as the wings of the dawn. As the shadow of a rose in a mirror of silver, as the shadow of a rose in a water-pool, so was the rose that blossomed on the topmost spray of the Tree.

But the Tree cried to the Nightingale to press closer against the thorn. "Press closer, little Nightingale", cried the Tree, "or the Day will come before the rose is finished."

So the Nightingale pressed closer against the thorn, and louder and louder grew her song, for she sang of the birth of passion in the soul of a man and a maid.

And a delicate flush of pink came into the leaves of the rose, like the flush in the face of the bridegroom when he kisses the lips of the bride. But the thorn had not yet reached her heart, so the rose's heart remained white, for only a Nightingale's heart's-blood can crimson the heart of a rose.

And the Tree cried to the Nightingale to press closer against the thorn. "Press closer, little Nightingale," cried the Tree, "or the Day will come before the rose is finished."

So the Nightingale pressed closer against the thorn, and the thorn touched her heart, and a fierce pang of pain shot through her. Bitter, bitter was the pain, and wilder and wilder grew her song, for she sang of the Love that is perfected by Death, of the Love that dies not in the tomb.

And the marvellous rose became crimson, like the rose of the eastern sky. Crimson was the girdle of petals, and crimson as a ruby was the heart.

But the Nightingale's voice grew fainter, and her little wings began to beat, and a film came over her eyes. Fainter and fainter grew her song, and she felt something choking her in her throat.

Then she gave one last burst of music. The white Moon heard it, and she forgot the dawn, and lingered on in the sky. The red rose heard it, and it trembled all over with ecstasy, and opened its petals to the cold morning air. Echo bore it to her purple cavern in the hills, and woke the sleeping shepherds from their dreams. It floated through the reeds of the river, and they carried its message to the sea.

"Look, look!" cried the Tree, "the rose is finished now"; but the Nightingale made no answer, for she was lying dead in the long grass, with the thorn in her heart.

And at noon the Student opened his window and looked out.

"Why, what a wonderful piece of luck!", he cried; "here is a red rose! I have never seen any rose like it in all my life. It is so beautiful that I am sure it has a long Latin name"; and he leaned down and plucked it.

Then he put on his hat, and ran up to the Professor's house with the rose in his hand.

The daughter of the Professor was sitting in the doorway winding blue silk on a reel, and her little dog was lying at her feet.

"You said that you would dance with me if I brought you a red rose," cried the

por pétala, como uma canção seguida por outra. Pálida, no início, como a bruma que paira sobre o rio; pálida como os pés da manhã e prateada como as asas da aurora. Como a sombra de uma rosa refletida em um espelho de prata, como a sombra de uma rosa em uma lagoa, assim era a rosa que floresceu no ramo mais alto da Roseira.

Mas a Roseira suplicou à Rouxinol que apertasse mais o peito contra o espinho."Apertai mais, pequena Rouxinol", clamou a Roseira, "ou o dia romperá antes que a rosa esteja terminada."

E a Rouxinol pressionou mais contra o espinho e sua música cresceu mais e mais, pois cantava o nascimento da paixão na alma de um homem e de uma mulher.

Um delicado rubor rosado surgiu entre as folhas da rosa, como o rubor na face do noivo ao beijar os lábios da noiva. Porém, o espinho ainda não atingira o coração, e assim o coração da rosa permanecia branco, pois apenas o sangue do coração de um rouxinol pode tingir de vermelho o coração de uma rosa.

E a Roseira suplicou à Rouxinol que pressionasse ainda mais contra o espinho. "Apertai mais, pequena Rouxinol", clamou a Roseira, "ou o dia romperá antes que a rosa esteja terminada."

Então a Rouxinol aproximou-se ainda mais, o espinho tocou seu coração e ela sentiu uma pontada de dor aguda. Mais e mais penetrante era a dor, e a música crescia mais e mais impetuosa, pois ela cantava o Amor sublimado pela Morte, o Amor que não morre no sepulcro.

E a esplêndida rosa tingiu-se de rubro, como a rosa do firmamento oriental. Rubro era o anel de pétalas e rubro como o rubi era o coração.

Mas a voz da Rouxinol tornou-se fraca, as suas pequenas asas começaram a bater e um véu cobriu os seus olhos. Mais e mais fraca tornou-se a música e ela sentiu alguma coisa asfixiando-lhe a garganta.

Com isso, a sua música irrompeu uma última vez. A Lua branca a ouviu e esquecendo-se da alvorada, demorou-se no céu. A rosa vermelha a ouviu, e estremeceu inteira em êxtase, abrindo as pétalas para o ar frio da manhã. Eco levou o canto até a sua caverna púrpura nas colinas, despertando os pastores dos seus sonhos. A melodia flutuou através dos juncos do rio e eles carregaram a sua mensagem até o mar.

"Olhai, olhai!", exclamou a Roseira, "a rosa está pronta agora"; mas a Rouxinol não deu reposta, pois jazia morta na relva alta, com o espinho cravado no seu coração.

Ao meio-dia o Estudante abriu a sua janela e olhou ao redor.

"Ora, mas que grande golpe de sorte!", exultou; "eis aqui uma rosa vermelha! Nunca vi uma rosa como esta em toda a minha vida. Ela é tão linda que eu garanto que seu nome científico é imenso"; e inclinou-se e apanhou a rosa.

Então, ele pôs o seu chapéu e correu até a casa do Professor com a rosa em suas mãos.

A filha do Professor estava sentada à porta, enrolando fios de seda azuis em um carretel, e o seu pequeno cachorro deitava-se a seus pés.

"Disseste que dançarias comigo se eu vos trouxesse uma rosa vermelha", cla-

Student. "Here is the reddest rose in all the world. You will wear it tonight next your heart, and as we dance together it will tell you how I love you."

But the girl frowned.

"I am afraid it will not go with my dress", she answered; "and, besides, the Chamberlain's nephew has sent me some real jewels, and everybody knows that jewels cost far more than flowers."

"Well, upon my word, you are very ungrateful", said the Student angrily; and he threw the rose into the street, where it fell into the gutter, and a cart-wheel went over it.

"Ungrateful!", said the girl. "I tell you what, you are very rude; and, after all, who are you? Only a Student. Why, I don't believe you have even got silver buckles to your shoes as the Chamberlain's nephew has"; and she got up from her chair and went into the house.

"What I a silly thing Love is", said the Student as he walked away. "It is not half as useful as Logic, for it does not prove anything, and it is always telling one of things that are not going to happen, and making one believe things that are not true. In fact, it is quite unpractical, and, as in this age to be practical is everything, I shall go back to Philosophy and study Metaphysics."

So he returned to his room and pulled out a great dusty book, and began to read.

THE END

mou o Estudante, "eis a rosa mais vermelha de todo o mundo. Vós a usarás esta noite, próxima ao coração, e enquanto estivermos dançando, vos dirá o quanto eu vos amo."

Mas a garota aborreceu-se.

"Temo que essa rosa não combine com o meu vestido", respondeu ela, "além do mais, o sobrinho do Camarista enviou-me joias verdadeiras, e todos sabem que joias são muito mais caras que flores."

"Bem, no meu entender, vós sois muito ingrata", disse, furioso, o Estudante e atirou a rosa na calçada, onde ela caiu na sarjeta e foi esmagada por uma roda de uma carroça.

"Ingrato!", disse a moça. "Vou dizer-vos o que sois, sois muito grosseiro e, além do mais, quem sois vós? Apenas um Estudante. Porque não acredito nem que os vossos sapatos tenham fivelas de prata, como as do sobrinho do Camarista"; e ela levantou-se da sua cadeira e entrou na casa.

"Que coisa estúpida é o Amor", disse o Estudante enquanto caminhava. "Não possui nem a metade da utilidade da Lógica, porque não prova nada e está sempre dizendo às pessoas coisas que não vão acontecer, fazendo-as acreditar em coisas que não são verdadeiras. Na verdade, é completamente inútil, e, como nos dias de hoje, ser útil é tudo o que importa, voltarei à Filosofia e ao estudo da Metafísica."

E sendo assim, ele retornou para o seu quarto, puxou um grande livro empoeirado e começou a ler.

FIM

THE SELFISH GIANT

Every afternoon, as they were coming from school, the children used to go and play in the Giant's garden.

It was a large lovely garden, with soft green grass. Here and there over the grass stood beautiful flowers like stars, and there were twelve peach-trees that in the spring-time broke out into delicate blossoms of pink and pearl, and in the autumn bore rich fruit. The birds sat on the trees and sang so sweetly that the children used to stop their games in order to listen to them. "How happy we are here!" they cried to each other.

One day the Giant came back. He had been to visit his friend the Cornish Ogre, and had stayed with him for seven years. After the seven years were over he had said all that he had to say, for his conversation was limited, and he determined to return to his own castle. When he arrived he saw the children playing in the garden.

"What are you doing here?", he cried in a very gruff voice, and the children ran away.

"My own garden is my own garden," said the Giant; "anyone can understand that, and I will allow nobody to play in it but myself." So he built a high wall all round it, and put up a notice-board.

TRESPASSERS WILL BE PROSECUTED

He was a very selfish Giant.

The poor children had now nowhere to play. They tried to play on the road, but the road was very dusty and full of hard stones, and they did not like it. They used to wander round the high wall when their lessons were over, and talk about the beautiful garden inside. "How happy we were there," they said to each other.

Then the Spring came, and all over the country there were little blossoms and little birds. Only in the garden of the Selfish Giant it was still winter. The birds did not care to sing in it as there were no children, and the trees forgot to blossom. Once a beautiful flower put its head out from the grass, but when it saw the notice-board it was so sorry for the children that it slipped back into the ground again, and went off to sleep. The only people who were pleased were the Snow and the Frost. "Spring has forgotten this garden," they cried, "so we will live here all the year round." The Snow covered up the grass with her great white cloak, and the Frost painted all the trees silver. Then they invited the North Wind to stay with them, and he came. He was wrapped in furs, and he roared all day about the garden, and blew the chimney-pots down. "This is a delightful spot", he said, "we must ask the Hail on a visit." So the Hail came. Every day for three hours he rattled on the roof of the castle till he broke most of the slates, and then he ran round and round the garden as fast as he could go. He

O GIGANTE EGOÍSTA

Todas as tardes, ao voltarem da escola, as crianças costumavam brincar no jardim do Gigante.

Era um jardim grande e adorável, com grama verde e macia. Aqui e ali, por entre a grama, havia belas flores, iguais às estrelas. Havia doze pessegueiros que na estação primaveril irrompiam em delicados botões rosados e perolados, e, no outono, ficavam carregados de frutas saborosas. Os pássaros pousavam nas árvores e cantavam tão docemente que as crianças costumavam interromper seus jogos para ouvi-los. "Como somos felizes aqui!", elas diziam umas às outras.

Um dia o Gigante retornou. Tinha ido visitar um amigo, o Ogro da Cornualha, e ficado com ele por sete anos. Passados os sete anos, o Gigante já havia conversado sobre tudo o que sabia, pois os seus assuntos eram limitados, e então resolveu voltar ao seu próprio castelo. Ao chegar, viu as crianças brincando no jardim.

"O que fazeis no meu jardim?", gritou com uma voz muito rude, e as crianças fugiram para longe.

"O meu jardim, é o meu jardim", disse o Gigante, "qualquer um pode entender isso, e eu não permitirei que ninguém brinque nele além de mim mesmo." Sendo assim, ergueu um muro alto ao redor de todo o jardim, e afixou uma placa:

OS INVASORES SERÃO PROCESSADOS

Tratava-se de um Gigante bem egoísta.

As pobres crianças não tinham onde brincar. Tentaram brincar na rua, mas a rua estava muito empoeirada e cheia de pedras duras e não gostaram. Costumavam perambular entorno do muro alto quando as aulas acabavam e de conversar a respeito do lindo jardim que havia dentro dele. "Como éramos felizes lá", diziam entre si.

Então veio a Primavera, e por todo o país havia pequenas floradas e passarinhos. Apenas no jardim do Gigante Egoísta ainda era inverno. Os pássaros não se preocupavam em cantar lá, pois não havia crianças, e as árvores esqueceram-se de florescer. Apenas uma pequenina flor pôs a cabeça para fora da relva, mas quando viu a placa com o aviso ficou tão triste pelas crianças que escorregou para a terra novamente, voltando a dormir. Os únicos satisfeitos eram a Neve e a Geada. "A Primavera esqueceu-se desse jardim", exclamaram, "assim sendo moraremos aqui durante todo o ano." A Neve cobriu a grama com seu grande manto branco, e a Geada tingiu as árvores de prata. E convidaram o Vento do Norte para ficar com elas, e ele veio. Estava envolto em peles e rugiu todo o dia sobre o jardim, derrubando as coberturas das chaminés. "Este lugar é encantador", disse ele, "devemos chamar o Granizo para uma visita." E veio o Granizo. Por três horas todos os dias bramia no telhado do castelo até quebrar a maioria das telhas de ardósia, e então corria de novo e de novo em torno

was dressed in grey, and his breath was like ice.

"I cannot understand why the Spring is so late in coming," said the Selfish Giant, as he sat at the window and looked out at his cold white garden; "I hope there will be a change in the weather."

But the Spring never came, nor the Summer. The Autumn gave golden fruit to every garden, but to the Giant's garden she gave none. "He is too selfish," she said. So it was always Winter there, and the North Wind, and the Hail, and the Frost, and the Snow danced about through the trees.

One morning the Giant was lying awake in bed when he heard some lovely music. It sounded so sweet to his ears that he thought it must be the King's musicians passing by. It was really only a little linnet singing outside his window, but it was so long since he had heard a bird sing in his garden that it seemed to him to be the most beautiful music in the world. Then the Hail stopped dancing over his head, and the North Wind ceased roaring, and a delicious perfume came to him through the open casement. "I believe the Spring has come at last", said the Giant; and he jumped out of bed and looked out.

What did he see?

He saw a most wonderful sight. Through a little hole in the wall the children had crept in, and they were sitting in the branches of the trees. In every tree that he could see there was a little child. And the trees were so glad to have the children back again that they had covered themselves with blossoms, and were waving their arms gently above the children's heads. The birds were flying about and twittering with delight, and the flowers were looking up through the green grass and laughing. It was a lovely scene, only in one corner it was still winter. It was the farthest corner of the garden, and in it was standing a little boy. He was so small that he could not reach up to the branches of the tree, and he was wandering all round it, crying bitterly. The poor tree was still quite covered with frost and snow, and the North Wind was blowing and roaring above it.

"Climb up! little boy," said the Tree, and it bent its branches down as low as it could; but the boy was too tiny.

And the Giant's heart melted as he looked out. "How selfish I have been!" he said; "now I know why the Spring would not come here. I will put that poor little boy on the top of the tree, and then I will knock down the wall, and my garden shall be the children's playground for ever and ever." He was really very sorry for what he had done.

So he crept downstairs and opened the front door quite softly, and went out into the garden. But when the children saw him they were so frightened that they all ran away, and the garden became winter again. Only the little boy did not run, for his eyes were so full of tears that he did not see the Giant coming. And the Giant stole up behind him and took him gently in his hand, and put him up into the tree. And the tree broke at once into blossom, and the birds came and sang on it, and the little boy stretched out his two arms and flung them round the Giant's neck, and kissed him. And the other children, when they saw that the Giant was not wicked any longer, came running back, and with them came the Spring. "It is your garden now, little children," said the Giant, and he took a great axe and knocked down the wall. And when the

do jardim, tão rápido quanto podia. Vestia-se de cinza e o seu hálito era como gelo.

"Não consigo entender por que a Primavera está demorando tanto para chegar", disse o Gigante Egoísta ao sentar-se à janela e observar o seu jardim branco e gelado. "Espero que haja uma mudança no clima."

Mas a Primavera não chegou nunca, nem o Verão. O Outono trouxe frutas douradas para todos os jardins, mas para o jardim do Gigante não trouxe nenhuma. "Ele é muito egoísta", disse o Outono. Assim, era sempre Inverno lá, e o Vento do Norte, o Granizo, a Geada e a Neve dançavam sem parar ao redor das árvores.

Certa manhã o Gigante estava acordado, deitado em sua cama, quando ouviu uma música adorável. Soou tão doce para seus ouvidos que pensou que fosse o Rei dos Músicos quem estava passando. Na verdade era apenas um pequeno pintarroxo que cantava do lado de fora da janela, mas fazia tanto tempo que não se ouvia um pássaro cantar em seu jardim, que lhe pareceu ser aquela a mais bela música em todo o mundo. Então o Granizo parou de dançar sobre sua cabeça, o Vento do Norte cessou seu rugido e um perfume delicioso chegou até ele pela janela aberta. "Creio que a Primavera chegou finalmente", disse o Gigante, pulando da cama e olhando para fora.

E o que ele viu?

Viu a cena mais maravilhosa do mundo. As crianças entraram por um pequeno buraco no muro e agora estavam sentadas nos galhos das árvores. Em toda árvore que ele olhava havia uma criancinha sentada. As árvores estavam tão satisfeitas de terem as crianças de volta que se cobriram com botões de flores, e balançavam os braços gentilmente acima da cabeça das crianças. Os pássaros voavam em volta e gorjeavam, encantados, as flores espiavam e riam por entre a grama verde. Era uma cena adorável e em apenas um canto do jardim ainda era Inverno. Era o canto mais remoto do jardim e nele havia um menininho. De tão pequenino, não conseguia alcançar o galho da árvore e perambulava em torno dela, chorando amargamente. A pobre árvore ainda estava completamente coberta de gelo e neve, e o Vento do Norte soprava e rugia sobre ela.

"Suba, menininho!", disse a Árvore, e curvou os seus galhos o mais baixo que pode, mas o menino era pequeno demais.

E quando o Gigante olhou para fora, o seu coração derreteu. "Como eu tenho sido egoísta!", disse, "agora sei porque a Primavera não pôde vir até aqui. Porei esse pobre menininho no topo da árvore, e depois derrubarei o muro, e o meu jardim será o parque das crianças para todo o sempre." Ele estava mesmo muito arrependido do que tinha feito.

Desceu as escadas sorrateiramente, abriu a porta da frente devagarzinho e entrou no jardim. Mas quando as crianças o viram, ficaram tão assustadas que saíram correndo, e o jardim tornou-se Inverno novamente. Só o menininho não correu, pois seus olhos estavam tão cheios de lágrimas que não viu o Gigante se aproximando. O Gigante parou atrás dele, pegou-o gentilmente pela mão e colocou-o no alto da árvore. A árvore floriu pela primeira vez e pássaros vieram cantar nos galhos; o menininho abriu os braços, atirou-os em torno do pescoço do Gigante e o beijou. As outras crianças, ao verem que o Gigante deixara de ser mau, voltaram correndo, e com elas veio a Primavera. "Agora o jardim é vosso, criancinhas", disse o Gigante, e pegando um grande machado, golpeou o muro até derrubá-lo. E ao meio-dia, quando as pessoas

people were going to market at twelve o'clock they found the Giant playing with the children in the most beautiful garden they had ever seen.

All day long they played, and in the evening they came to the Giant to bid him good-bye.

"But where is your little companion?", he said: "the boy I put into the tree." The Giant loved him the best because he had kissed him.

"We don't know," answered the children; "he has gone away."

"You must tell him to be sure and come here tomorrow", said the Giant. But the children said that they did not know where he lived, and had never seen him before; and the Giant felt very sad.

Every afternoon, when school was over, the children came and played with the Giant. But the little boy whom the Giant loved was never seen again. The Giant was very kind to all the children, yet he longed for his first little friend, and often spoke of him. "How I would like to see him!" he used to say.

Years went over, and the Giant grew very old and feeble. He could not play about any more, so he sat in a huge armchair, and watched the children at their games, and admired his garden. "I have many beautiful flowers", he said; "but the children are the most beautiful flowers of all."

One winter morning he looked out of his window as he was dressing. He did not hate the Winter now, for he knew that it was merely the Spring asleep, and that the flowers were resting.

Suddenly he rubbed his eyes in wonder, and looked and looked. It certainly was a marvellous sight. In the farthest corner of the garden was a tree quite covered with lovely white blossoms. Its branches were all golden, and silver fruit hung down from them, and underneath it stood the little boy he had loved.

Downstairs ran the Giant in great joy, and out into the garden. He hastened across the grass, and came near to the child. And when he came quite close his face grew red with anger, and he said, "Who hath dared to wound thee?" For on the palms of the child's hands were the prints of two nails, and the prints of two nails were on the little feet.

"Who hath dared to wound thee?", cried the Giant; "tell me, that I may take my big sword and slay him."

"Nay!" answered the child; "but these are the wounds of Love."

"Who art thou?", said the Giant, and a strange awe fell on him, and he knelt before the little child.

And the child smiled on the Giant, and said to him, "You let me play once in your garden, today you shall come with me to my garden, which is Paradise."

And when the children ran in that afternoon, they found the Giant lying dead under the tree, all covered with white blossoms.

THE END

iam para o mercado, encontraram o Gigante brincando com as crianças no mais belo jardim que já tinham visto.

Brincaram durante todo o dia e ao anoitecer elas vieram até o Gigante para se despedir.

"Mas onde estás o vosso pequeno companheiro?", disse ele: "o menino que pus na árvore?" O Gigante o amava mais que aos outros porque ele o havia beijado.

"Não sabemos", responderam as crianças; "ele foi embora."

"Deveis dizer a ele para ter confiança e vir até aqui amanhã", disse o Gigante. Mas as crianças disseram não saber onde ele morava, e que nunca o tinham visto antes; e o Gigante sentiu-se muito triste.

Todas as tardes, ao terminarem as aulas, as crianças vinham brincar com o Gigante. Mas o menininho a quem o Gigante amava nunca mais foi visto. O Gigante era muito gentil com todas as crianças, embora desejasse muito rever seu primeiro amiguinho, falando nele com frequência. "Como gostaria de vê-lo!", costumava dizer.

Os anos se passaram e o Gigante tornou-se muito velho e fraco. Não podia mais brincar, então se sentava em uma imensa poltrona e observava as crianças em seus jogos, admirando o jardim. "Tenho muitas flores bonitas", dizia ele; "mas as crianças são as flores mais belas."

Em uma manhã de Inverno, ele olhou para fora da janela enquanto se vestia. Agora já não odiava o Inverno, pois sabia que era simplesmente o sono da Primavera e que as flores estavam descansando.

De repente esfregou os seus olhos, admirado, e olhou repetidas vezes. Era com certeza uma cena espantosa. No canto mais afastado do jardim havia uma árvore repleta de flores brancas. Os galhos eram inteiramente dourados e deles pendiam frutas prateadas, e sob os galhos estava o menininho que ele amava.

O Gigante correu pelas escadas com grande alegria, e entrou no jardim. Cruzou a grama, apressado, e chegou perto da criança. Ao chegar bem perto, o seu rosto ficou vermelho de raiva e disse, "Quem ousou vos ferir?", pois na palma das mãos da criança havia a marca de dois cravos, e as marcas de dois cravos estavam em seus pequeninos pés.

"Quem ousou vos ferir?", bradou o Gigante; "dizei-me e eu o matarei com minha grande espada."

"Não deveis!", respondeu a criança, "pois estas são as feridas do Amor."

"Quem sois vós?", disse o Gigante e tomado por uma grande reverência, ajoelhou-se perante a criancinha.

E a criança sorriu para o Gigante e disse, "Deixaste-me brincar em vosso jardim uma vez, hoje devereis vir comigo até o meu jardim, que é o Paraíso."

E quando as crianças correram para o jardim naquela tarde, encontraram o Gigante morto sob a árvore, todo coberto de flores brancas.

FIM

THE DEVOTED FRIEND

One morning the old Water-rat put his head out of his hole. He had bright beady eyes and stiff grey whiskers and his tail was like a long bit of black india-rubber. The little ducks were swimming about in the pond, looking just like a lot of yellow canaries, and their mother, who was pure white with real red legs, was trying to teach them how to stand on their heads in the water.

"You will never be in the best society unless you can stand on your heads," she kept saying to them; and every now and then she showed them how it was done. But the little ducks paid no attention to her. They were so young that they did not know what an advantage it is to be in society at all.

"What disobedient children!", cried the old Water-rat; "they really deserve to be drowned."

"Nothing of the kind", answered the Duck, "every one must make a beginning, and parents cannot be too patient."

"Ah! I know nothing about the feelings of parents", said the Water-rat; "I am not a family man. In fact, I have never been married, and I never intend to be. Love is all very well in its way, but friendship is much higher. Indeed, I know of nothing in the world that is either nobler or rarer than a devoted friendship."

"And what, pray, is your idea of the duties of a devoted friend?", asked a Green Linnet, who was sitting in a willow-tree hard by, and had overheard the conversation.

"Yes, that is just what I want to know", said the Duck; and she swam away to the end of the pond, and stood upon her head, in order to give her children a good example.

"What a silly question!", cried the Water-rat. "I should expect my devoted friend to be devoted to me, of course."

"And what would you do in return?", said the little bird, swinging upon a silver spray, and flapping his tiny wings.

"I don't understand you", answered the Water-rat.

"Let me tell you a story on the subject," said the Linnet.

"Is the story about me?", asked the Water-rat. "If so, I will listen to it, for I am extremely fond of fiction."

"It is applicable to you", answered the Linnet; and he flew down, and alighting upon the bank, he told the story of The Devoted Friend.

"Once upon a time", said the Linnet, "an honest little fellow named Hans."

"Was he very distinguished?", asked the Water-rat.

O AMIGO DEVOTADO

Uma manhã, o velho Arganaz pôs a cabeça para fora da toca. Seus olhos eram pequenos e brilhantes como contas, com bigodes espessos cinzas e a cauda longa como um pedaço de cana-da-índia escura. Os patinhos nadavam em bando na lagoa, como um monte de canários amarelos, e a mãe deles, de um branco puro, com pernas muito vermelhas, tentava ensiná-los como manterem a cabeça erguida fora da água.

"Vós nunca fareis parte da alta sociedade se não conseguirdes manter a cabeça erguida", continuou dizendo a eles; e de vez em quando mostrava como deveria ser feito. Mas os patinhos não prestavam atenção. Eram muito jovens e não sabiam qual a vantagem de pertencer à alta sociedade.

"Que crianças desobedientes!", exclamou o velho Arganaz; "merecem mesmo se afogarem".

"Nada fora do normal", respondeu a Pata, "um dia, todos devem começar aprendendo do princípio, e a paciência dos pais nunca é excessiva".

"Ah! Nada sei a respeito do sentimento dos pais", disse o Arganaz; "Não sou um homem de família. Na verdade, nunca me casei e não pretendo me casar nunca. O amor é muito bom ao seu modo, mas a amizade está muito acima. De fato, não conheço nada no mundo que seja mais nobre ou mais raro que uma amizade dedicada."

"E quais, dizei-me por favor, imaginais serem os deveres de um amigo devotado", perguntou o Pintarroxo que ouvira a conversa, pousado num salgueiro próximo.

"Sim, é precisamente isso o que eu quero saber", disse a Pata; e ela nadou até o extremo do lago, e com a sua cabeça erguida, a fim de dar a seus filhos um bom exemplo.

"Que pergunta estúpida!", exclamou o Arganaz. "Devo esperar que meu amigo dedicado seja dedicado a mim, naturalmente".

"E o que daríeis em troca?", disse o passarinho, balançando-se sobre um ramo prateado, batendo as suas asinhas.

"Não vos compreendo", respondeu o Arganaz.

"Deixai-me contar uma história sobre esse assunto", disse o Pintarroxo.

"É uma história a meu respeito?", perguntou o Arganaz. "Se for, ouvirei, pois sou absolutamente apaixonado por histórias."

"É aplicável a vós", respondeu o Pintarroxo; e então, desceu voando e acomodando-se sobre o banco, contou a história do Amigo Devotado.

"Era uma vez", disse o Pintarroxo, "um amigo honesto chamado Hans".

"Ele era muito distinto?", perguntou o Arganaz.

"No," answered the Linnet, "I don't think he was distinguished at all, except for his kind heart, and his funny round good-humoured face. He lived in a tiny cottage all by himself, and every day he worked in his garden. In all the country-side there was no garden so lovely as his. Sweet-william grew there, and Gilly-flowers, and Shepherds'-purses, and Fair-maids of France. There were damask Roses, and yellow Roses, lilac Crocuses, and gold, purple Violets and white. Columbine and Ladysmock, Marjoram and Wild Basil, the Cowslip and the Flower-de-luce, the Daffodil and the Clove-Pink bloomed or blossomed in their proper order as the months went by, one flower taking another flower's place, so that there were always beautiful things to look at, and pleasant odours to smell.

"Little Hans had a great many friends, but the most devoted friend of all was big Hugh, the Miller. Indeed, so devoted was the rich Miller to little Hans, that be would never go by his garden without leaning over the wall and plucking a large nosegay, or a handful of sweet herbs, or filling his pockets with plums and cherries if it was the fruit season.

"'Real friends should have everything in common,' the Miller used to say, and little Hans nodded and smiled, and felt very proud of having a friend with such noble ideas.

"Sometimes, indeed, the neighbours thought it strange that the rich Miller never gave little Hans anything in return, though he had a hundred sacks of flour stored away in his mill, and six milch cows, and a large flock of woolly sheep; but Hans never troubled his head about these things, and nothing gave him greater pleasure than to listen to all the wonderful things the Miller used to say about the unselfishness of true friendship.

"So little Hans worked away in his garden. During the spring, the summer, and the autumn he was very happy, but when the winter came, and he had no fruit or flowers to bring to the market, he suffered a good deal from cold and hunger, and often had to go to bed without any supper but a few dried pears or some hard nuts. In the winter, also, he was extremely lonely, as the Miller never came to see him then.

"'There is no good in my going to see little Hans as long as the snow lasts', the Miller used to say to his wife, 'for when people are in trouble they should be left alone, and not be bothered by visitors. That at least is my idea about friendship, and I am sure I am right. So I shall wait till the spring comes, and then I shall pay him a visit, and he will be able to give me a large basket of primroses and that will make him so happy.'

"'You are certainly very thoughtful about others,' answered the Wife, as she sat in her comfortable armchair by the big pinewood fire; 'very thoughtful indeed. It is quite a treat to hear you talk about friendship. I am sure the clergyman himself could not say such beautiful things as you do, though he does live in a three-storied house, and wear a gold ring on his little finger.'

"'But could we not ask little Hans up here?', said the Miller's youngest son. 'If poor Hans is in trouble I will give him half my porridge, and show him my white rabbits.'

"Não", respondeu o Pintarroxo, "não creio que ele fosse nem um pouco distinto, exceto pela espécie de coração que possuía e por ser seu rosto redondo, engraçado e bem-humorado. Vivia sozinho em uma pequena cabana e trabalhava todos os dias no jardim. Em toda aquela parte da cidade não havia nenhum jardim tão adorável como o dele. Lá cresciam cravinas, goivos, bolsas-de-pastor e botões-de-ouro. Havia Rosas adamascadas e Rosas amarelas, Açafrão lilás e dourado, Violetas brancas e púrpuras. Rosas silvestres e Columbinas, Agrião-do-prado, Manjerona, Manjericão selvagem, Prímula silvestre, Íris, Narciso e Cravo vermelho brotavam na hora certa, conforme os meses se passavam, uma flor ocupando o lugar da outra, de forma que sempre havia belas coisas a se ver e deliciosos aromas a se aspirar.

"O pequeno Hans tinha muitos grandes amigos, mas o amigo mais dedicado de todos era o corpulento Hugo, o Moleiro, dono do moinho. De fato, o rico Moleiro era tão dedicado ao pequeno Hans que nunca deixava o jardim sem antes se inclinar por sobre o muro e apanhar um grande ramalhete, ou um monte de ervas aromáticas, ou encher os bolsos de ameixas e cerejas, quando era a época.

"'Amigos de verdade deveriam ter tudo em comum', o Moleiro costumava dizer, e o pequeno Hans concordava sorrindo e orgulhoso por ter um amigo com ideias tão nobres.

"É verdade que às vezes os vizinhos achavam estranho que o rico Moleiro nunca tivesse dado nada em troca ao pequeno Hans, apesar de possuir centenas de sacos de farinha estocados em seu moinho, seis vacas leiteiras e um grande rebanho de ovelhas cobertas de lã. Mas Hans nunca preocupou sua cabeça com essas coisas, e nada lhe dava prazer maior do que ouvir todas aquelas coisas maravilhosas que o Moleiro costumava dizer a respeito do altruísmo e da verdadeira amizade.

"Então o pequeno Hans cultivava o jardim. Durante a primavera, o verão e o outono ele foi muito feliz, mas quando chegou o inverno e não havia nenhuma fruta ou flor para levar ao mercado, sofreu um bom tanto com o frio e a fome, e com frequência tinha que dormir sem jantar, comendo apenas com algumas peras secas ou algumas nozes endurecidas. No inverno, também, ele ficou completamente solitário, pois o Moleiro nunca foi visitá-lo.

"'Não há nada de proveitoso em visitar o pequeno Hans enquanto durar a neve', o Moleiro costumava dizer à esposa, 'porque quando as pessoas passam por dificuldades elas devem ser deixadas em paz em vez de ser incomodadas por visitas. Ao menos é esta minha ideia sobre amizade e tenho certeza de que estou certo. Por isso devo aguardar até que chegue a primavera, e então farei uma visita, e ele poderá me oferecer uma grande cesta com prímulas, o que o deixará muito feliz.'

"'Vós certamente sois muito atencioso com os outros', respondeu a esposa, sentada na confortável poltrona em frente à lareira, 'deveras atencioso. É muito prazeroso ouvirdes-vos falar sobre a amizade. Tenho certeza de que o próprio clérigo não é capaz de dizer coisas tão belas quanto vós, apesar dele viver em uma casa enorme e de usar um anel de ouro no dedinho.'

"'Mas nós não podemos chamar o pequeno Hans para vir aqui?', disse o filho mais jovem. 'Se o pobre Hans passa por dificuldades poderei dar-lhe a metade do meu mingau, e mostrar-lhes os meus coelhos brancos.'

"'What a silly boy you are'! cried the Miller; 'I really don't know what is the use of sending you to school. You seem not to learn anything. Why, if little Hans came up here, and saw our warm fire, and our good supper, and our great cask of red wine, he might get envious, and envy is a most terrible thing, and would spoil anybody's nature. I certainly will not allow Hans' nature to be spoiled. I am his best friend, and I will always watch over him, and see that he is not led into any temptations. Besides, if Hans came here, he might ask me to let him have some flour on credit, and that I could not do. Flour is one thing, and friendship is another, and they should not be confused. Why, the words are spelt differently, and mean quite different things. Everybody can see that.'

"'How well you talk!', said the Miller's Wife, pouring herself out a large glass of warm ale; 'really I feel quite drowsy. It is just like being in church.'

"'Lots of people act well', answered the Miller; 'but very few people talk well, which shows that talking is much the more difficult thing of the two, and much the finer thing also'; and he looked sternly across the table at his little son, who felt so ashamed of himself that he hung his head down, and grew quite scarlet, and began to cry into his tea. However, he was so young that you must excuse him."

"Is that the end of the story?", asked the Water-rat.

"Certainly not," answered the Linnet, "that is the beginning."

"Then you are quite behind the age", said the Water-rat. "Every good story-teller nowadays starts with the end, and then goes on to the beginning, and concludes with the middle. That is the new method. I heard all about it the other day from a critic who was walking round the pond with a young man. He spoke of the matter at great length, and I am sure he must have been right, for he had blue spectacles and a bald head, and whenever the young man made any remark, he always answered 'Pooh!' But pray go on with your story. I like the Miller immensely. I have all kinds of beautiful sentiments myself, so there is a great sympathy between us."

"Well", said the Linnet, hopping now on one leg and now on the other, "as soon as the winter was over, and the primroses began to open their pale yellow stars, the Miller said to his wife that he would go down and see little Hans.

"'Why, what a good heart you have!', cried his Wife; 'you are always thinking of others. And mind you take the big basket with you for the flowers.'

"So the Miller tied the sails of the windmill together with a strong iron chain, and went down the hill with the basket on his arm.

"'Good morning, little Hans,' said the Miller.

"'Good morning,' said Hans, leaning on his spade, and smiling from ear to ear.

"'And how have you been all the winter?', said the Miller.

"'Well, really', cried Hans, 'it is very good of you to ask, very good indeed. I am afraid I had rather a hard time of it, but now the spring has come, and I am quite happy, and all my flowers are doing well.'

"'We often talked of you during the winter, Hans', said the Miller, 'and wondered how you were getting on.'

"'Que garoto estúpido vós sois!', exclamou o Moleiro. 'Não sei mesmo qual a utilidade de mandarde-vos à escola. Vós pareceis não aprender nada. Pois, se o pequeno Hans vier até aqui e vir a nossa lareira aquecida, a nossa ceia, o nosso imenso barril de vinho tinto, pode ser que ele fique com inveja, e inveja é a coisa mais terrível que há, e pode arruinar o caráter de qualquer um. Certamente não permitirei que a natureza de Hans seja arruinada. Sou seu melhor amigo e sempre o vigiarei, e cuidarei para que nunca seja levado em tentação. Além do mais, se Hans vier aqui, pode ser que me peça um pouco de farinha a crédito, e isso não posso fazer. Farinha é uma coisa e amizade é outra, elas não devem ser confundidas porque não são o mesmo e significam coisas completamente distintas. Todo mundo pode ver isso.'

"'Como vós falais bem!', disse a esposa, servindo-se de um grande copo de cerveja morna. 'Na verdade, estou até me sentindo sonolenta. É como estar na igreja.'

"Muitos agem bem', respondeu o Moleiro, 'mas pouquíssimos falam bem, o que mostra que falar é muito mais difícil que agir e muito mais refinado também'; e dirigiu um olhar severo ao outro lado da mesa, ao seu filhinho, que estava tão envergonhado que abaixou a cabeça, vermelho, e começou a chorar, derramando lágrimas em seu chá. Apesar disso, ele era tão jovem que não se pode deixar de desculpá-lo."

"Esse é o fim da história?", perguntou o Arganaz.

"Certamente que não", respondeu o Pintarroxo, "este é apenas o começo."

"Então estais completamente atrasado no tempo", disse o Arganaz. "Todo bom contador de histórias hoje em dia começa pelo fim e então vai para o começo e conclui com o meio. Esse é o novo método. Ouvi tudo a respeito disso outro dia, de um crítico que caminhava perto do lago com um jovem. Ele falou longamente sobre o assunto, e tenho certeza de que estava certo, pois ele era careca e tinha óculos azuis, e quando o jovem fazia alguma observação, ele respondia: 'Bobagem!' Mas por favor continue com vossa história. Estou gostando imensamente do Moleiro. Também tenho todo tipo de sentimentos belos, por isso há grande empatia entre nós."

"Bem", disse o Pintarroxo, pulando de uma perna a outra, "tão logo o inverno acabou, e as prímulas começaram a abrir suas pálidas estrelas amarelas, o Moleiro disse à esposa que poderia descer e fazer uma visita a Hans.

"'Nossa, como tendes um bom coração!', exclamou a esposa, 'estais sempre pensando nos outros. E lembrai-vos de levar uma cesta grande para as flores.'

"Então o Moleiro atou a velas do moinho com uma corrente forte de ferro e desceu a colina com a cesta em seu braço.

"'Bom dia pequeno Hans', disse o Moleiro.

"'Bom dia', disse Hans, inclinando-se sobre a pá, com um sorriso largo.

"'E como vós passastes o inverno?', disse o Moleiro.

"'Bem, na verdade', lamentou-se Hans, 'é muito bom terdes perguntado, muito bom mesmo. Passei por maus momentos, mas agora chegou a primavera e estou plenamente feliz, pois todas as minhas flores vão bem.'

"'Falamos de você com frequência durante o inverno, Hans', disse o Moleiro 'imaginando como você estaria se saindo.'

"'That was kind of you,' said Hans; 'I was half afraid you had forgotten me.'

"'Hans, I am surprised at you', said the Miller; 'friendship never forgets. That is the wonderful thing about it, but I am afraid you don't understand the poetry of life. How lovely your primroses are looking, by-the-bye!'

"'They are certainly very lovely', said Hans, 'and it is a most lucky thing for me that I have so many. I am going to bring them into the market and sell them to the Burgomaster's daughter, and buy back my wheelbarrow with the money.'

"'Buy back your wheelbarrow? You don't mean to say you have sold it? What a very stupid thing to do'!

"'Well, the fact is,' said Hans, 'that I was obliged to. You see the winter was a very bad time for me, and I really had no money at all to buy bread with. So I first sold the silver buttons off my Sunday coat, and then I sold my silver chain, and then I sold my big pipe, and at last I sold my wheelbarrow. But I am going to buy them all back again now.'

"'Hans', said the Miller, 'I will give you my wheelbarrow. It is not in very good repair; indeed, one side is gone, and there is something wrong with the wheel-spokes; but in spite of that I will give it to you. I know it is very generous of me, and a great many people would think me extremely foolish for parting with it, but I am not like the rest of the world. I think that generosity is the essence of friendship, and, besides, I have got a new wheelbarrow for myself. Yes, you may set your mind at ease, I will give you my wheelbarrow.'

"'Well, really, that is generous of you', said little Hans, and his funny round face glowed all over with pleasure. 'I can easily put it in repair, as I have a plank of wood in the house.'

"'A plank of wood!', said the Miller; 'why, that is just what I want for the roof of my barn. There is a very large hole in it, and the corn will all get damp if I don't stop it up. How lucky you mentioned it! It is quite remarkable how one good action always breeds another. I have given you my wheelbarrow, and now you are going to give me your plank. Of course, the wheelbarrow is worth far more than the plank, but true, friendship never notices things like that. Pray get it at once, and I will set to work at my barn this very day.'

"'Certainly', cried little Hans, and he ran into the shed and dragged the plank out.

"'It is not a very big plank,' said the Miller, looking at it, 'and I am afraid that after I have mended my barn-roof there won't be any left for you to mend the wheel-barrow with; but, of course, that is not my fault. And now, as I have given you my wheelbarrow, I am sure you would like to give me some flowers in return. Here is the basket, and mind you fill it quite full.'

"'Quite full?', said little Hans, rather sorrowfully, for it was really a very big basket, and he knew that if he filled it he would have no flowers left for the market and he was very anxious to get his silver buttons back.

"'Well, really', answered the Miller, 'as I have given you my wheelbarrow, I don't

"Foi bem gentil', disse Hans. 'Tive medo de que tivésseis me esquecido.'

"'Hans, estou surpreso convosco', disse o Moleiro, 'amizade nunca se esquece. Isso é o que há de maravilhoso nela, mas temo que vós não compreendas a poesia da vida. A propósito, como estão adoráveis as vossas prímulas!'

"'Com certeza estão mesmo admiráveis', disse Hans, 'e é uma grande sorte para mim tê-las em tão grande quantidade. Vou levá-las ao mercado, vendê-las à filha do prefeito e com o dinheiro, comprar de volta o meu carrinho de mão.'

"'Comprar de volta seu carrinho de mão? Vós quereis dizer que vós vendeste-lo? Que coisa mais idiota de se fazer!'".

"'Bem, na verdade', disse Hans, 'fui obrigado a fazê-lo. Sabeis que o inverno foi muito duro para mim e eu realmente não tinha nenhum dinheiro para comprar pão. Assim, primeiro vendi os botões de prata de meu casaco de domingo, depois vendi a minha corrente de prata, então vendi o meu grande cachimbo, e por último vendi o carrinho de mão. Mas agora estou indo comprar tudo isso de volta.'

"'Hans', disse Miller, "dar-vos-ei o meu carrinho de mão. Não está em muito bom estado; na verdade, está faltando um lado, e há alguma coisa errada com o aro da roda, mas apesar disso, vou dá-lo a vós. Sei que isso é muita generosidade da minha parte, e um grande número de pessoas me achariam muito tolo por partilhá-lo assim, mas não sou como o resto do mundo. Penso que a generosidade é a essência da amizade, e, além do mais, tenho um carrinho de mão novinho para mim mesmo. Sim, podeis ficar tranquilo, dar-vos-ei o meu carrinho de mão.'

"'Bem, isso é muito generoso de vossa parte', disse o pequeno Hans, com a sua face redonda e engraçada, repleta de satisfação. 'Posso consertá-lo facilmente, pois tenho em casa uma prancha de madeira.'

"'Uma prancha de madeira!', disse o Moleiro, 'ora, mas é justamente disso que preciso para consertar o telhado do celeiro. Há um buraco enorme nele e o milho ficará todo úmido se não der um jeito naquilo. Que sorte mencionardes isto! É verdadeiramente digno de nota como uma boa ação sempre produz outra. Eu vos dei o meu carrinho e agora vós dar-me-ás a prancha. Naturalmente, o carrinho de mão é muito mais valioso que a prancha, mas, sinceramente, a amizade nunca menciona essas coisas. Por gentileza, pegai primeiro a prancha e eu consertarei meu telhado ainda hoje.'

"'Certamente', exclamou o pequeno Hans, correndo para dentro de sua choupana e arrastando a prancha para fora.

"'Não é uma prancha muito grande', disse o Moleiro, 'olhando para ela, temo que após ter consertado o telhado do celeiro não sobrará nada para que vós useis no carrinho de mão. Mas, naturalmente, isso não é minha culpa. E agora que eu vos dei meu carrinho de mão, tenho certeza de que vós gostaríeis de me dar algumas flores em retribuição. Aqui está a cesta, e vós não se importarás de enchê-la completamente.'

"'Completamente?', disse o pequeno Hans cheio de pesar, porque a cesta era de fato muito grande; ele sabia que se a enchesse não sobrariam flores para levar ao mercado e ele estava bastante ansioso para ter de volta seus botões de prata.

"'Bem', respondeu o Moleiro, 'realmente vos dei meu carrinho de mão, e não

think that it is much to ask you for a few flowers. I may be wrong, but I should have thought that friendship, true friendship, was quite free from selfishness of any kind.'

"'My dear friend, my best friend', cried little Hans, 'you are welcome to all the flowers in my garden. I would much sooner have your good opinion than my silver buttons, any day'; and he ran and plucked all his pretty primroses, and filled the Miller's basket.

"'Good-bye, little Hans', said the Miller, as he went up the hill with the plank on his shoulder, and the big basket in his hand.

"'Good-bye', said little Hans, and he began to dig away quite merrily, he was so pleased about the wheelbarrow.

"The next day he was nailing up some honeysuckle against the porch, when he heard the Miller's voice calling to him from the road. So he jumped off the ladder, and ran down the garden, and looked over the wall.

"There was the Miller with a large sack of flour on his back.

"'Dear little Hans', said the Miller, 'would you mind carrying this sack of flour for me to market?'

"'Oh, I am so sorry', said Hans, 'but I am really very busy today. I have got all my creepers to nail up, and all my flowers to water, and all my grass to roll.'

"'Well, really', said the Miller, 'I think that, considering that I am going to give you my wheelbarrow, it is rather unfriendly of you to refuse.'

"'Oh, don't say that,' cried little Hans, 'I wouldn't be unfriendly for the whole world'; and he ran in for his cap, and trudged off with the big sack on his shoulders.

"It was a very hot day, and the road was terribly dusty, and before Hans had reached the sixth milestone he was so tired that he had to sit down and rest. However, he went on bravely, and as last he reached the market. After he had waited there some time, he sold the sack of flour for a very good price, and then he returned home at once, for he was afraid that if he stopped too late he might meet some robbers on the way.

"'It has certainly been a hard day', said little Hans to himself as he was going to bed, 'but I am glad I did not refuse the Miller, for he is my best friend, and, besides, he is going to give me his wheelbarrow.'

"Early the next morning the Miller came down to get the money for his sack of flour, but little Hans was so tired that he was still in bed.

"'Upon my word', said the Miller, 'you are very lazy. Really, considering that I am going to give you my wheelbarrow, I think you might work harder. Idleness is a great sin, and I certainly don't like any of my friends to be idle or sluggish. You must not mind my speaking quite plainly to you. Of course I should not dream of doing so if I were not your friend. But what is the good of friendship if one cannot say exactly what one means? Anybody can say charming things and try to please and to flatter, but a true friend always says unpleasant things, and does not mind giving pain. Indeed, if he is a really true friend he prefers it, for he knows that then he is doing good.'

acho que seja muito pedir algumas flores. Posso estar errado, mas pensava que amizade, amizade verdadeira, estivesse completamente livre de toda espécie de egoísmo.'

"'Meu querido amigo, meu melhor amigo', exclamou o pequeno Hans, 'podeis ficar com todas as flores do meu jardim. Prefiro a vossa opinião aos meus botões de prata, a qualquer tempo', e correu para colher todas as suas adoráveis prímulas e com elas encher o cesto do Moleiro.

"'Adeus, pequeno Hans', disse o Moleiro, enquanto descia a colina com a prancha em seus ombros e a cesta no braço.

"'Adeus', disse o pequeno Hans, e começou a cavar alegremente, pois estava muito satisfeito por ter ganho o carrinho de mão.

"No outro dia ele estava fixando algumas madressilvas no pórtico quando ouviu a voz do Moleiro chamando por ele da rua. Então, pulou da escada, correu pelo jardim, e olhou por sobre o muro".

"Lá estava o Moleiro com um grande saco de farinha nas costas.

"'Querido pequeno Hans', disse o Moleiro, 'vós vos importaríeis em carregar este saco de farinha até o mercado para mim?'

"'Ó, sinto muito', disse Hans, 'mas estou mesmo muito ocupado hoje. Tenho todas essas trepadeiras para fixar, essas flores para regar e essa grama para cortar.'

"'Bem', disse o Moleiro, 'na verdade pensei que, considerando que vou vos dar o meu carrinho de mão, seria perfeitamente descortês de vossa parte recusar.'

"'Ó, não diga isso', exclamou o pequeno Hans, 'não seria descortês por nada no mundo'; e buscou o chapéu e com dificuldade carregou o grande saco nos ombros.

"Fazia um dia muito quente, a estrada estava terrivelmente empoeirada e antes que Hans tivesse chegado ao marco que indicava a sexta milha, teve que se sentar para descansar. Mesmo assim prosseguiu bravamente e afinal alcançou o mercado. Depois de ter esperado por lá algum tempo, vendeu o saco de farinha por um preço muito bom e então voltou direto para casa, pois estava com medo que se demorasse pudesse encontrar alguns ladrões pelo caminho.

"'Este foi mesmo um dia duro', disse o pequeno Hans a si mesmo enquanto ia para a cama, 'mas estou feliz por não ter recusado o pedido do Moleiro, pois ele é meu melhor amigo, e, além do mais, ele me dará um carrinho de mão.'

"Cedo na manhã seguinte, o Moleiro desceu para buscar o dinheiro do saco de farinha, mas o pequeno Hans estava tão cansado que permanecia na cama.

"'No meu entender', disse o Moleiro, 'sois muito preguiçoso. Realmente, considerando que vou dar-vos o meu carrinho, penso que deveríeis trabalhar mais. A preguiça é um grande pecado e certamente não gostaria que nenhum amigo meu fosse preguiçoso ou indolente. Não deveis se aborrecer por eu falar francamente. É claro que nem sonharia em dizê-lo se não fosse vosso amigo. Mas qual a vantagem da amizade se alguém não pode dizer exatamente o que pensa? Todo mundo pode dizer coisas encantadoras e agradar e lisonjear, mas um amigo sincero sempre diz coisas desagradáveis e não se importa em causar sofrimento. Na verdade, se ele for mesmo um amigo sincero, prefere agir dessa forma, pois sabe que assim faz o que é certo.'

"'I am very sorry,' said little Hans, rubbing his eyes and pulling off his night-cap, 'but I was so tired that I thought I would lie in bed for a little time, and listen to the birds singing. Do you know that I always work better after hearing the birds sing?'

"'Well, I am glad of that', said the Miller, clapping little Hans on the back, 'for I want you to come up to the mill as soon as you are dressed, and mend my barn-roof for me.'

"Poor little Hans was very anxious to go and work in his garden, for his flowers had not been watered for two days, but he did not like to refuse the Miller, as he was such a good friend to him.

"'Do you think it would be unfriendly of me if I said I was busy?', he inquired in a shy and timid voice.

"'Well, really', answered the Miller, 'I do not think it is much to ask of you, considering that I am going to give you my wheelbarrow; but of course if you refuse I will go and do it myself.'

"'Oh! on no account', cried little Hans and he jumped out of bed, and dressed himself, and went up to the barn.

"He worked there all day long, till sunset, and at sunset the Miller came to see how he was getting on.

"'Have you mended the hole in the roof yet, little Hans?', cried the Miller in a cheery voice.

"'It is quite mended', answered little Hans, coming down the ladder.

"'Ah!', said the Miller, 'there is no work so delightful as the work one does for others.'

"'It is certainly a great privilege to hear you talk', answered little Hans, sitting down, and wiping his forehead, 'a very great privilege. But I am afraid I shall never have such beautiful ideas as you have.'

"'Oh! they will come to you', said the Miller, 'but you must take more pains. At present you have only the practice of friendship; some day you will have the theory also.'

"'Do you really think I shall?', asked little Hans.

"'I have no doubt of it', answered the Miller, 'but now that you have mended the roof, you had better go home and rest, for I want you to drive my sheep to the mountain tomorrow.'

"Poor little Hans was afraid to say anything to this, and early the next morning the Miller brought his sheep round to the cottage, and Hans started off with them to the mountain. It took him the whole day to get there and back; and when he returned he was so tired that he went off to sleep in his chair, and did not wake up till it was broad daylight.

"'What a delightful time I shall have in my garden', he said, and he went to work at once.

"'Sinto muito', disse o pequeno Hans, esfregando os olhos e despindo o pijama, 'mas estava tão cansado que pensei que pudesse ficar na cama um pouco mais, ouvindo os pássaros cantar. Sabia que sempre trabalho melhor depois de ouvir o canto dos pássaros?'

"'Bem, fico feliz com isso', disse o Moleiro, dando tapinhas nas costas de Hans, 'pois quero que vós vás ao moinho assim que estiverdes vestido e conserteis o telhado do celeiro para mim.'

"O pobre pequeno Hans estava ansioso para trabalhar em seu jardim, pois suas flores não eram regadas há dois dias, mas não queria recusar o pedido do Moleiro, pois este era um grande amigo.

"'Acharia descortês de minha parte se eu vos dissesse que estou muito ocupado?', perguntou com uma voz tímida e modesta.

"'Bem', disse o Moleiro, 'na verdade não acredito que seja pedir muito, considerando que dar-vos-ei o meu carrinho de mão, mas, naturalmente, se recusardes farei eu mesmo.'

"'Ó, não seja por disso', exclamou o pequeno Hans, e, pulando da cama, vestiu-se e foi até o celeiro.

"Ele trabalhou lá durante todo o dia, até o entardecer, e ao pôr-do-sol o Moleiro veio ver como estava indo.

"'Já consertou o buraco no telhado, pequeno Hans', gritou o Moleiro em uma voz animada.

"'Está totalmente consertado', disse o pequeno Hans, descendo a escada.

"'Ah!', disse o Moleiro, 'não há trabalho tão prazeroso quanto aquele que se faz para os outros.'

"'É certamente um grande privilégio ouvir-vos falar', respondeu o pequeno Hans, sentando-se e limpando a testa, 'um privilégio muito grande. Mas temo nunca ter tido ideias tão belas quanto as vossas.'

"'Ó, vós as terás', disse o Moleiro, 'mas precisai esforçar-vos mais. Até o momento vós só conhecestes a amizade na prática, algum dia também irás conhecê-la na teoria.'

"'Acreditais realmente que eu poderia?', perguntou o pequeno Hans.

"'Não tenho dúvida disso', respondeu o Moleiro, 'mas agora que consertastes o telhado é melhor irdes para casa descansar, pois quero que leveis as minhas ovelhas à montanha amanhã.'

"O pequeno Hans estava com receio de dizer qualquer coisa a esse respeito, e logo cedo na manhã seguinte o Moleiro trouxe as ovelhas próximo da cabana e Hans levou-as até a montanha. Ele precisou do dia todo para levá-las até lá e trazê-las de volta, e ao retornar estava tão cansado que dormiu na sua cadeira, e não acordou antes do sol já estar alto.

"'Que horas deliciosas passarei em meu jardim', disse ele, e antes de qualquer coisa, começou a trabalhar.

"But somehow he was never able to look after his flowers at all, for his friend the Miller was always coming round and sending him off on long errands, or getting him to help at the mill. Little Hans was very much distressed at times, as he was afraid his flowers would think he had forgotten them, but he consoled himself by the reflection that the Miller was his best friend. 'Besides,' he used to say, 'he is going to give me his wheelbarrow, and that is an act of pure generosity.'

"So little Hans worked away for the Miller, and the Miller said all kinds of beautiful things about friendship, which Hans took down in a note-book, and used to read over at night, for he was a very good scholar.

"Now it happened that one evening little Hans was sitting by his fireside when a loud rap came at the door. It was a very wild night, and the wind was blowing and roaring round the house so terribly that at first he thought it was merely the storm. But a second rap came, and then a third, louder than any of the others.

"'It is some poor traveller,' said little Hans to himself, and he ran to the door.

"There stood the Miller with a lantern in one hand and a big stick in the other.

"'Dear little Hans', cried the Miller, 'I am in great trouble. My little boy has fallen off a ladder and hurt himself, and I am going for the Doctor. But he lives so far away, and it is such a bad night, that it has just occurred to me that it would be much better if you went instead of me. You know I am going to give you my wheelbarrow, and so, it is only fair that you should do something for me in return.'

"'Certainly', cried little Hans, 'I take it quite as a compliment your coming to me, and I will start off at once. But you must lend me your lantern, as the night is so dark that I am afraid I might fall into the ditch.'

"'I am very sorry', answered the Miller, 'but it is my new lantern, and it would be a great loss to me if anything happened to it.'

"'Well, never mind, I will do without it', cried little Hans, and he took down his great fur coat, and his warm scarlet cap, and tied a muffler round his throat, and started off.

"What a dreadful storm it was! The night was so black that little Hans could hardly see, and the wind was so strong that he could scarcely stand. However, he was very courageous, and after he had been walking about three hours, he arrived at the Doctor's house, and knocked at the door.

"'Who is there?', cried the Doctor, putting his head out of his bedroom window.

"'Little Hans, Doctor.'

"'What do you want, little Hans?'

"'The Miller's son has fallen from a ladder, and has hurt himself, and the Miller wants you to come at once.'

"'All right!', said the Doctor; and he ordered his horse, and his big boots, and his lantern, and came downstairs, and rode off in the direction of the Miller's house, little Hans trudging behind him.

"Mas, de um jeito ou de outro, nunca tinha tempo de cuidar das flores, pois o amigo Moleiro sempre aparecia e o mandava fazer serviços trabalhosos e demorados, ou levava-o para trabalhar no moinho. O pequeno Hans ficava muito aflito às vezes, com medo de que suas flores pensassem que ele as havia esquecido, mas se consolava com a ideia de que o Moleiro era seu melhor amigo. 'Além do mais', costumava dizer, 'ele vai me dar o carrinho de mão, e esse é um ato de pura generosidade.'

"Então o pequeno Hans continuou a trabalhar para o Moleiro, e o Moleiro dizia todo tipo de coisas belas a respeito da amizade, que Hans anotava em um caderninho e costumava ler à noite, pois era um estudante muito aplicado.

"Então em uma noite o pequeno Hans estava sentado perto da lareira quando ouviu baterem forte à porta. Era uma noite tempestuosa e o vento soprava e rugia ao redor da casa tão terrivelmente que a princípio pensou que fosse apenas a tempestade. Mas ouviu a segunda batida, e então a terceira, mais alta que as anteriores.

"'É algum pobre viajante', disse o pequeno Hans para si, e correu para a porta.

"Lá estava o Moleiro com uma lanterna na mão e um longo bastão na outra.

"'Querido pequeno Hans', exclamou o Moleiro, 'estou com um grande problema. Meu filhinho caiu da escada e machucou-se e estou indo ao Médico. Mas ele mora muito longe, e está uma noite terrível, então me ocorreu que seria muito melhor se vós fôsseis em meu lugar. Sabeis que vos darei o meu carrinho de mão e assim seria muito amável se vós pudésseis me fazer algo em troca.'

"'Certamente', exclamou, o pequeno Hans, 'considero uma grande gentileza vossa vir chamar-me e irei agora mesmo. Mas vós precisais me emprestar a lanterna, pois a noite está muito escura e eu tenho medo de cair em algum buraco.'

"'Sinto muito', respondeu o Moleiro, 'mas essa é minha lanterna nova e para mim seria uma grande perda se alguma coisa acontecesse a ela.'

"'Bom, não faz mal, irei sem ela', declarou o pequeno Hans, e pegou o grande casaco de pele, o seu grosso barrete escarlate, amarrou o cachecol ao redor do pescoço e partiu.

"Que terrível tempestade era aquela! A noite estava tão escura que o pequeno Hans mal podia enxergar, e o vento estava tão forte que ele mal conseguia se manter em pé. Contudo, era muito corajoso, e depois de ter andado por três horas, chegou à casa do Médico e bateu na porta.

"'Quem está aí?', exclamou o Médico, pondo a sua cabeça para fora do quarto.

"'O pequeno Hans, Doutor.'

"'O que quer, pequeno Hans?'

"'O filho do Moleiro caiu da escada e se machucou, e o Moleiro quer que o senhor vá até lá.'

"'Muito bem!', disse o Médico; arrumou o cavalo, as grandes botas, a lanterna, desceu as escadas e cavalgou na direção da casa do Moleiro; o pequeno Hans caminhava atrás dele.

"But the storm grew worse and worse, and the rain fell in torrents, and little Hans could not see where he was going, or keep up with the horse. At last he lost his way, and wandered off on the moor, which was a very dangerous place, as it was full of deep holes, and there poor little Hans was drowned. His body was found the next day by some goatherds, floating in a great pool of water, and was brought back by them to the cottage.

"Everybody went to little Hans' funeral, as he was so popular, and the Miller was the chief mourner.

"'As I was his best friend', said the Miller, 'it is only fair that I should have the best place'; so he walked at the head of the procession in a long black cloak, and every now and then he wiped his eyes with a big pocket-handkerchief.

"'Little Hans is certainly a great loss to every one', said the Blacksmith, when the funeral was over, and they were all seated comfortably in the inn, drinking spiced wine and eating sweet cakes.

"'A great loss to me at any rate', answered the Miller; 'why, I had as good as given him my wheelbarrow, and now I really don't know what to do with it. It is very much in my way at home, and it is in such bad repair that I could not get anything for it if I sold it. I will certainly take care not to give away anything again. One always suffers for being generous.'"

"Well?", said the Water-rat, after a long pause.

"Well, that is the end", said the Linnet.

"But what became of the Miller?", asked the Water-rat.

"Oh! I really don't know," replied the Linnet; "and I am sure that I don't care."

"It is quite evident then that you have no sympathy in your nature," said the Water-rat.

"I am afraid you don't quite see the moral of the story," remarked the Linnet.

"The what?", screamed the Water-rat.

"The moral."

"Do you mean to say that the story has a moral?"

"Certainly", said the Linnet.

"Well, really," said the Water-rat, in a very angry manner, "I think you should have told me that before you began. If you had done so, I certainly would not have listened to you; in fact, I should have said 'Pooh,' like the critic. However, I can say it now"; so he shouted out "Pooh" at the top of his voice, gave a whisk with his tail, and went back into his hole.

"And how do you like the Water-rat?" asked the Duck, who came paddling up some minutes afterwards. "He has a great many good points, but for my own part I have a mother's feelings, and I can never look at a confirmed bachelor without the tears coming into my eyes."

"Mas a tempestade foi piorando mais e mais, a chuva caía torrencialmente e o pequeno Hans não conseguia ver para onde estava indo, nem seguir o cavalo. Por fim ele perdeu o caminho, e perambulou pelo pântano, que era um lugar muito perigoso, pois estava repleto de buracos fundos, e, ao cair em um deles, o pobre pequeno Hans afogou-se. O corpo foi encontrado no dia seguinte por alguns pastores, boiando em uma pequena lagoa, e eles o levaram até a cabana.

"Todos foram ao funeral do pequeno Hans, pois ele era muito querido, e o Moleiro liderou o acompanhamento do enterro.

"'Como eu era o seu melhor amigo', disse, 'é muito justo que ocupe o melhor lugar', e assim caminhou até o início da procissão, vestindo um manto longo e negro; de vez em quando enxugava os olhos com um grande lenço.

"'O pequeno Hans é certamente uma grande perda para todos nós', disse o Ferreiro quando o funeral já tinha acabado e todos estavam sentados confortavelmente na taverna, bebendo vinho com especiarias e comendo bolos gostosos.

"'Uma grande perda para mim acima de tudo', respondeu o Moleiro. 'Ora, tinha praticamente dado a ele meu carrinho de mão e agora realmente não sei o que fazer com aquilo. Está atrapalhando muito em casa e encontra-se em tão mau estado que não conseguirei nada por ele se o vender. Certamente terei mais cuidado em não oferecer mais nada novamente. A pessoa sempre sofre por ser generosa.'"

"E então?", disse o Arganaz após uma longa pausa.

"E então esse é o fim", disse o Pintarroxo.

"Mas o que aconteceu com o Moleiro?", perguntou o Arganaz.

"Ó! Realmente não sei", replicou o Pintarroxo, "e não me importo, de fato."

"É perfeitamente claro que não dispondes de nenhuma solidariedade no vosso caráter", disse o Arganaz.

"Temo que não tenhais percebido a moral da história", observou o Pintarroxo.

"Sobre o quê?", berrou o Arganaz.

"A moral".

"Estais tentando dizer que esta história tem uma moral?"

"Com certeza", disse o Pintarroxo.

"Ora, é mesmo?" disse o Arganaz, de forma bastante ameaçadora. "Acho que vós deveríeis ter me dito isso antes de começar a contar. Se vós o tivésseis feito, eu com certeza não teria dado ouvido, na verdade, eu deveria ter dito: 'Bobagem!', como o crítico. De qualquer forma, posso dizer isso agora." E então gritou, "Bobagem!" o mais alto que pôde, abanou a cauda rispidamente e entrou na toca.

"E o que pensais do Arganaz?", perguntou a Pata, que chegou nadando poucos minutos mais tarde. "Ele tem muitos argumentos bons, mas, do meu lado, tenho sentimentos maternos e não consigo olhar para um solteiro inveterado sem que me venham lágrimas aos olhos."

"I am rather afraid that I have annoyed him," answered the Linnet. "The fact is, that I told him a story with a moral."

"Ah! that is always a very dangerous thing to do," said the Duck.

And I quite agree with her.

THE END

"Receio tê-lo aborrecido", respondeu o Pintarroxo. "A verdade é que eu contei a ele uma história que tem uma moral."

"Ah! Isso é sempre uma coisa perigosa de se fazer", disse a Pata.

E eu concordo completamente com ela.

FIM

THE REMARKABLE ROCKET

The King's son was going to be married, so there were general rejoicings. He had waited a whole year for his bride, and at last she had arrived. She was a Russian Princess, and had driven all the way from Finland in a sledge drawn by six reindeer. The sledge was shaped like a great golden swan, and between the swan's wings lay the little Princess herself. Her long ermine-cloak reached right down to her feet, on her head was a tiny cap of silver tissue, and she was as pale as the Snow Palace in which she had always lived. So pale was she that as she drove through the streets all the people wondered.

"She is like a white rose!" they cried, and they threw down flowers on her from the balconies.

At the gate of the Castle the Prince was waiting to receive her. He had dreamy violet eyes, and his hair was like fine gold. When he saw her he sank upon one knee, and kissed her hand.

"Your picture was beautiful," he murmured, "but you are more beautiful than your picture"; and the little Princess blushed.

"She was like a white rose before," said a young Page to his neighbour, "but she is like a red rose now"; and the whole Court was delighted.

For the next three days everybody went about saying, "White rose, Red rose, Red rose, White rose"; and the King gave orders that the Page's salary was to be doubled. As he received no salary at all this was not of much use to him, but it was considered a great honour, and was duly published in the Court Gazette.

When the three days were over the marriage was celebrated. It was a magnificent ceremony, and the bride and bridegroom walked hand in hand under a canopy of purple velvet embroidered with little pearls. Then there was a State Banquet, which lasted for five hours. The Prince and Princess sat at the top of the Great Hall and drank out of a cup of clear crystal. Only true lovers could drink out of this cup, for if false lips touched it, it grew grey and dull and cloudy.

"It's quite clear that they love each other," said the little Page, "as clear as crystal!" and the King doubled his salary a second time. "What an honour!", cried all the courtiers.

After the banquet there was to be a Ball. The bride and bridegroom were to dance the Rose-dance together, and the King had promised to play the flute. He played very badly, but no one had ever dared to tell him so, because he was the King. Indeed, he knew only two airs, and was never quite certain which one he was playing; but it made no matter, for, whatever he did, everybody cried out, "Charming! charming!"

O FOGUETE EXTRAORDINÁRIO

O filho do Rei estava prestes a se casar e por isso havia alegria geral. Ele tinha esperado um ano todo por sua noiva e finalmente ela havia chegado. Era uma princesa russa, que conduzira por toda a viagem, desde a Finlândia, um trenó puxado por renas. O trenó tinha a forma de um grande cisne dourado e entre as asas do cisne repousava a pequena Princesa. O longo manto de arminho se estendia até os pés; na cabeça, trazia um delicado gorro de tecido de prata e sua pele era tão clara quanto o Palácio de Neve em que sempre havia morado. Era tão clara que quando desfilou pelas ruas todas as pessoas ficaram admiradas.

"Ela é como uma rosa branca", exclamavam eles, e atiravam-lhe flores das sacadas.

No portão do Castelo, o Príncipe esperava para recebê-la. Tinha os olhos sonhadores cor de violeta e os cabelos pareciam feitos de puro ouro. Quando a viu, dobrou-se sobre os joelhos e beijou-lhe a mão.

"O vosso retrato era belo", murmurou ele, "mas vós sois mais bela que o retrato"; e a pequena Princesa corou.

"Antes se parecia com uma rosa branca", disse um jovem Pajem ao companheiro, "mas agora é mais como uma rosa vermelha", e toda a Corte estava maravilhada.

Pelos três dias seguintes as pessoas comentaram, por toda parte: "Rosa branca, Rosa vermelha, Rosa vermelha, Rosa branca", e o Rei ordenou que dobrassem o salário do pajem. Como ele não recebia mesmo nenhum salário, isso não lhe valeu muito, mas foi considerada uma grande honra, e teve grande destaque na Gazeta da Corte.

Ao final dos três dias o casamento foi celebrado. Foi uma cerimônia magnífica e os noivos caminharam de mãos dadas sob um dossel de veludo púrpura bordado com pérolas. Então foi oferecido um banquete oficial, que durou cinco horas. O Príncipe e a Princesa sentaram-se na parte superior do grande salão e beberam em taças de cristal límpido. Apenas amantes verdadeiros podem beber nessas taças, pois se lábios com falsidade tocarem-nas, as taças se tornarão cinza, escuras e embotadas.

"É perfeitamente claro que eles se amam", disse o pequeno Pajem, "tão claro como cristal!", e o Rei dobrou-lhe o salário mais uma vez. "Que grande honra!", exclamaram todos os cortesãos.

Após o banquete haveria um baile. A noiva e o noivo dançaram juntos a Dança da Rosa, e o Rei prometeu tocar a flauta. Ele tocava muito mal, mas ninguém nunca ousara dizer-lhe, pois ele era o Rei. De fato, sabia tocar apenas duas canções e nunca estava completamente certo de qual estava executando, mas não tinha importância, pois, seja lá o que fizesse, todos exclamavam, "Encantador! Encantador!"

The last item on the programme was a grand display of fireworks, to be let off exactly at midnight. The little Princess had never seen a firework in her life, so the King had given orders that the Royal Pyrotechnist should be in attendance on the day of her marriage.

"What are fireworks like?", she had asked the Prince, one morning, as she was walking on the terrace.

"They are like the Aurora Borealis," said the King, who always answered questions that were addressed to other people, "only much more natural. I prefer them to stars myself, as you always know when they are going to appear, and they are as delightful as my own flute-playing. You must certainly see them."

So at the end of the King's garden a great stand had been set up, and as soon as the Royal Pyrotechnist had put everything in its proper place, the fireworks began to talk to each other.

"The world is certainly very beautiful", cried a little Squib. "Just look at those yellow tulips. Why! if they were real crackers they could not be lovelier. I am very glad I have travelled. Travel improves the mind wonderfully, and does away with all one's prejudices."

"The King's garden is not the world, you foolish Squib", said a big Roman Candle; "the world is an enormous place, and it would take you three days to see it thoroughly."

"Any place you love is the world to you," exclaimed a pensive Catherine Wheel, who had been attached to an old deal box in early life, and prided herself on her broken heart; "but love is not fashionable any more, the poets have killed it. They wrote so much about it that nobody believed them, and I am not surprised. True love suffers, and is silent. I remember myself once... But it is no matter now. Romance is a thing of the past."

"Nonsense!", said the Roman Candle, "Romance never dies. It is like the moon, and lives for ever. The bride and bridegroom, for instance, love each other very dearly. I heard all about them this morning from a brown-paper cartridge, who happened to be staying in the same drawer as myself, and knew the latest Court news."

But the Catherine Wheel shook her head, "Romance is dead, Romance is dead, Romance is dead," she murmured. She was one of those people who think that, if you say the same thing over and over a great many times, it becomes true in the end.

Suddenly, a sharp, dry cough was heard, and they all looked round.

It came from a tall, supercilious-looking Rocket, who was tied to the end of a long stick. He always coughed before he made any observation, so as to attract attention.

"Ahem! ahem!", he said, and everybody listened except the poor Catherine Wheel, who was still shaking her head, and murmuring, "Romance is dead."

"Order! order!" cried out a Cracker. He was something of a politician, and had always taken a prominent part in the local elections, so he knew the proper Parliamentary expressions to use.

O último item da programação era uma grande demonstração de fogos de artifício, a ser feita exatamente à meia-noite. A pequena Princesa nunca havia visto fogos de artifício em toda a sua vida, por isso o Rei deu ordem aos Pirotécnicos reais para que dessem especial atenção ao dia do casamento.

"Com o que fogos de artifício se parecem?", ela havia perguntado ao Príncipe, certa manhã, enquanto caminhavam pelo terraço.

"Eles se parecem com a Aurora Boreal", disse o Rei, que sempre respondia às perguntas endereçadas a outras pessoas, "só que muito mais naturais. Eu mesmo os prefiro em lugar das estrelas, pois sempre se sabe quando eles surgirão, e são encantadores como a minha flauta. Não podeis deixar de assisti-los."

Assim, na parte extrema do jardim do Rei, uma grande plataforma foi erguida, e tão logo os Pirotécnicos Reais haviam posto tudo em seus lugares apropriados, os fogos de artifício começaram a falar entre si.

"O mundo é mesmo muito belo", exclamou um pequeno Buscapé. "Basta olhar para essas tulipas amarelas. Ora! Ainda que fossem bombinhas de verdade, não poderiam ser mais adoráveis. Estou muito satisfeito de ter viajado. Viagens aperfeiçoam o intelecto maravilhosamente e suprimem todos os preconceitos de uma pessoa."

"O jardim do Rei não é o mundo, seu Buscapé tolo"; disse uma grande Vela Romana, "o mundo é um lugar imenso, e vós levareis três dias para vê-lo por inteiro".

"Qualquer lugar que vós ameis será o mundo para vós mesmo", exclamou a pensativa Roda de Santa Catarina, que se sentiu atraída por uma velha caixa de pinho na juventude e vangloriava-se de ter o coração partido, "mas o amor não está mais na moda, os poetas o mataram. Eles escreveram tanto a esse respeito que ninguém mais acredita nele, e isso não me surpreende. Verdadeiros amantes sofrem, e em silêncio. Lembro-me de mim mesma no início... mas isso não importa agora. Romantismo é coisa do passado."

"Bobagem!", disse a Vela Romana, "Romantismo nunca morre: é como a lua, e vive eternamente. Os noivos, por exemplo, amam muito carinhosamente um ao outro. Eu ouvi tudo a respeito deles esta manhã de um cartucho de papel marrom, que calhou de estar na mesma gaveta que eu, e sabia das últimas notícias da Corte."

Mas a Roda de Santa Catarina meneou a cabeça, "o Romantismo está morto, morto, morto", murmurou. Era uma dessas pessoas que pensavam que se dissesse algo de novo e de novo um grande número de vezes, acabaria se tornando realidade.

De repente ouviram uma tosse aguda e seca, e então todos olharam ao redor.

Veio de um Foguete altivo, aparentemente arrogante, que estava preso na ponta de uma estaca comprida. Sempre tossia antes de fazer qualquer observação, fazia isso para chamar atenção.

"Aham! Aham!", disse ele, e todos ouviram, menos a pobre Roda de Santa Catarina, que ainda meneava a cabeça murmurando, "O Romantismo está morto".

"Ordem! Ordem!", gritou um Petardo. Era um político, até certo ponto, e sempre tivera parte significativa nas eleições locais, por isso sabia as expressões parlamentares próprias para a ocasião.

"Quite dead," whispered the Catherine Wheel, and she went off to sleep.

As soon as there was perfect silence, the Rocket coughed a third time and began. He spoke with a very slow, distinct voice, as if he was dictating his memoirs, and always looked over the shoulder of the person to whom he was talking. In fact, he had a most distinguished manner.

"How fortunate it is for the King's son", he remarked, "that he is to be married on the very day on which I am to be let off. Really, if it had been arranged beforehand, it could not have turned out better for him; but, Princes are always lucky."

"Dear me!", said the little Squib, "I thought it was quite the other way, and that we were to be let off in the Prince's honour."

"It may be so with you," he answered; "indeed, I have no doubt that it is, but with me it is different. I am a very remarkable Rocket, and come of remarkable parents. My mother was the most celebrated Catherine Wheel of her day, and was renowned for her graceful dancing. When she made her great public appearance she spun round nineteen times before she went out, and each time that she did so she threw into the air seven pink stars. She was three feet and a half in diameter, and made of the very best gunpowder. My father was a Rocket like myself, and of French extraction. He flew so high that the people were afraid that he would never come down again. He did, though, for he was of a kindly disposition, and he made a most brilliant descent in a shower of golden rain. The newspapers wrote about his performance in very flattering terms. Indeed, the Court Gazette called him a triumph of Pylotechnic art."

"Pyrotechnic, Pyrotechnic, you mean", said a Bengal Light; "I know it is Pyrotechnic, for I saw it written on my own canister."

"Well, I said Pylotechnic", answered the Rocket, in a severe tone of voice, and the Bengal Light felt so crushed that he began at once to bully the little squibs, in order to show that he was still a person of some importance.

"I was saying," continued the Rocket, "I was saying,...What was I saying?"

"You were talking about yourself", replied the Roman Candle.

"Of course; I knew I was discussing some interesting subject when I was so rudely interrupted. I hate rudeness and bad manners of every kind, for I am extremely sensitive. No one in the whole world is so sensitive as I am, I am quite sure of that."

"What is a sensitive person?" said the Cracker to the Roman Candle.

"A person who, because he has corns himself, always treads on other people's toes", answered the Roman Candle in a low whisper; and the Cracker nearly exploded with laughter.

"Pray, what are you laughing at?" inquired the Rocket; "I am not laughing."

"I am laughing because I am happy", replied the Cracker.

"That is a very selfish reason", said the Rocket angrily. "What right have you to be happy? You should be thinking about others. In fact, you should be thinking

"Totalmente morto", sussurrou a Roda de Santa Catarina, e voltou a dormir.

Tão logo se obteve completo silêncio, o Foguete tossiu três vezes e começou a falar. Falava com voz muito lenta e distinta, como se estivesse ditando um livro de memórias, e sempre olhava por cima dos ombros para as pessoas a quem se dirigia. De fato, ele tinha modos muito polidos.

"Quão afortunado é isto para o filho do Rei", observou, "que tenha se casado no mesmo dia em que serei lançado. Verdade, se isso tivesse sido previamente combinado, não poderia ter sido melhor para ele, mas um Príncipe tem sorte."

"Meu Deus!", disse o pequeno Buscapé, "pensei que fosse justamente o contrário e que nós seríamos lançados em homenagem ao Príncipe."

"Pode ser que seja no vosso caso", respondeu ele, "na verdade, eu não tenho dúvida de que seja assim, mas comigo é diferente. Eu sou um Foguete Extraordinário, e sou o filho de pais também extraordinários. A minha mãe era a mais ilustre Roda de Santa Catarina do seu tempo, e era famosa pela sua dança graciosa. Quando fez a sua grande apresentação pública, girou dezenove vezes antes de se apagar, e a cada volta, lançou pelos ares sete estrelas rosadas. Media três pés e meio de diâmetro e era feita com pólvora da melhor qualidade. O meu pai era um Foguete, como eu, de procedência francesa. Voou tão alto que as pessoas temeram que não descesse nunca mais. Entretanto, por estar bem disposto, ele desceu, e fez a descida mais brilhante de todas, em uma abundante chuva dourada. Os jornais escreveram sobre o desempenho usando termos bastante lisonjeiros. Na verdade, a Gazeta da Corte chamou-o de o 'triunfo da Arte Pilotécnica'".

"Pirotécnica, pirotécnica, é o que quereis dizer", exclamou o Fogo de Bengala. "Sei que é pirotécnica, pois vi isso escrito no meu próprio tubo."

"Bem, disse pilotécnica", respondeu o Foguete, em um tom de voz severo, e o Fogo de Bengala sentiu-se tão diminuído que começou a ameaçar os pequenos busca-pés, com a intenção de mostrar que ele ainda era uma pessoa de alguma importância.

"Estava dizendo", continuou o Foguete, "estava dizendo... o que mesmo?"

"Vós estáveis falando sobre vós mesmo", replicou a Vela Romana.

"Naturalmente, sabia que estava discorrendo sobre um assunto interessante quando fui tão rudemente interrompido. Detesto rudeza e maus modos de toda a espécie, pois sou extremamente sensível. Ninguém em todo o mundo é tão sensível quanto eu, tenho plena certeza disso."

"O que é uma pessoa sensível?", perguntou o Petardo para a Vela Romana.

"É uma pessoa que, por ter calos, vive pisando nos dedos dos outros", respondeu a Vela Romana, sussurrando baixinho; e o Petardo por pouco não explodiu de tanto rir.

"Com licença, do que estais a rir?", inquietou-se o Foguete. "Não estou rindo"

"Estou rindo porque sou feliz", replicou o Petardo.

"Essa é uma razão bastante egoísta", disse o Foguete, com bastante raiva. "Que direito tendes de ser feliz? Deveríeis pensar nos outros. Na verdade, everíeis pensar

about me. I am always thinking about myself, and I expect everybody else to do the same. That is what is called sympathy. It is a beautiful virtue, and I possess it in a high degree. Suppose, for instance, anything happened to me tonight, what a misfortune that would be for every one! The Prince and Princess would never be happy again, their whole married life would be spoiled; and as for the King, I know he would not get over it. Really, when I begin to reflect on the importance of my position, I am almost moved to tears."

"If you want to give pleasure to others", cried the Roman Candle, "you had better keep yourself dry."

"Certainly," exclaimed the Bengal Light, who was now in better spirits; "that is only common sense."

"Common sense, indeed!", said the Rocket indignantly; "you forget that I am very uncommon, and very remarkable. Why, anybody can have common sense, provided that they have no imagination. But I have imagination, for I never think of things as they really are; I always think of them as being quite different. As for keeping myself dry, there is evidently no one here who can at all appreciate an emotional nature. Fortunately for myself, I don't care. The only thing that sustains one through life is the consciousness of the immense inferiority of everybody else, and this is a feeling that I have always cultivated. But none of you have any hearts. Here you are laughing and making merry just as if the Prince and Princess had not just been married."

"Well, really," exclaimed a small Fire-balloon, "why not? It is a most joyful occasion, and when I soar up into the air I intend to tell the stars all about it. You will see them twinkle when I talk to them about the pretty bride."

"Ah! what a trivial view of life!", said the Rocket; "but it is only what I expected. There is nothing in you; you are hollow and empty. Why, perhaps the Prince and Princess may go to live in a country where there is a deep river, and perhaps they may have one only son, a little fair-haired boy with violet eyes like the Prince himself; and perhaps some day he may go out to walk with his nurse; and perhaps the nurse may go to sleep under a great elder-tree; and perhaps the little boy may fall into the deep river and be drowned. What a terrible misfortune! Poor people, to lose their only son! It is really too dreadful! I shall never get over it."

"But they have not lost their only son", said the Roman Candle; "no misfortune has happened to them at all."

"I never said that they had," replied the Rocket; "I said that they might. If they had lost their only son there would be no use in saying anything more about the matter. I hate people who cry over spilt milk. But when I think that they might lose their only son, I certainly am very much affected."

"You certainly are!", cried the Bengal Light. "In fact, you are the most affected person I ever met."

"You are the rudest person I ever met", said the Rocket, "and you cannot understand my friendship for the Prince."

"Why, you don't even know him", growled the Roman Candle.

em mim, e espero que todos os demais façam o mesmo. Isto é o que se chama de solidariedade. É uma bela virtude, e eu a possuo em alto grau. Suponha, por exemplo, que alguma coisa me aconteça esta noite, que desgraça não seria para todos nós! O Príncipe e a Princesa nunca mais seriam felizes novamente, toda a vida de casados deles estaria arruinada. E quanto ao Rei, sei que ele não conseguiria superar isso. Realmente, quando começo a refletir sobre a importância da minha posição, quase sou levado às lágrimas."

"Se pretendeis oferecer divertimento aos outros", disse a Vela Romana, "é melhor que vos mantenhais enxuto."

"Certamente", exclamou o Fogo de Bengala, que já estava com melhor disposição, "é apenas uma questão de bom senso."

"Bom senso, de fato!", disse o Foguete, indignado, "esqueceis de que sou bastante raro e muito extraordinário. Ora, qualquer um pode ter bom senso, desde que não tenha muita imaginação. Mas tenho imaginação, por isso nunca penso nas coisas como realmente são; sempre penso nelas como sendo completamente diferentes. Quanto a me manter enxuto, é evidente que não há ninguém aqui capaz de apreciar um temperamento emotivo. Felizmente para mim não me importo. A única coisa que sustenta uma pessoa ao longo da vida é a consciência da imensa inferioridade dos demais, e este é um sentimento que sempre cultivei. Mas nenhum de vós tendes coração. Êi-vos, rindo e se divertindo como se o Príncipe e a Princesa não tivessem acabado de se casar."

"Bem, na verdade", exclamou o Balãozinho, "por que não? Esta é a mais feliz das ocasiões, e quando eu me lançar no ar, pretendo contar às estrelas sobre isso. Vós as vereis cintilar quando eu falar a elas sobre este lindo casamento."

"Ah! Que visão trivial da vida!", disse o Foguete, "mas é apenas o que eu esperava. Não há nada em vós, vós sois oco, vazio. Ora, talvez o Príncipe e a Princesa morem em um país em que exista um rio profundo, e talvez eles tenham apenas um único filho, um lindo menino louro de olhos cor-de-violeta como o próprio Príncipe; talvez, certo dia, ele vá passear com a babá, e talvez a babá adormeça sob um grande sabugueiro, e possa ser que o garotinho caia no rio profundo e morra afogado. Que terrível desgraça! Pobre gente, perder seu único filho! É realmente muito terrível! Eu nunca me recuperaria disso!"

"Mas eles não perderam o único filho", disse a Vela Romana, "nenhuma desgraça ocorreu a eles, de nenhum tipo."

"Eu nunca disse que havia ocorrido", replicou o Foguete, "eu disse que poderia ocorrer. Se eles tivessem perdido o único filho, nada mais deveria ser dito sobre o assunto. Odeio pessoas que choram sobre o leite derramado. Mas quando penso que eles poderiam perder o único filho, certamente fico muito afetado."

"Vós certamente ficais", exclamou o Fogo de Bengala, "de fato, vós sois a pessoa mais afetada que eu já conheci."

"E vós sois a pessoa mais rude que eu já conheci", disse o Foguete, "e não podeis compreender a amizade que tenho para com o Príncipe."

"Ora, vós nem o conheceis", resmungou a Vela Romana.

"I never said I knew him", answered the Rocket. "I dare say that if I knew him I should not be his friend at all. It is a very dangerous thing to know one's friends."

"You had really better keep yourself dry", said the Fire-balloon. "That is the important thing."

"Very important for you, I have no doubt", answered the Rocket, "but I shall weep if I choose"; and he actually burst into real tears, which flowed down his stick like rain-drops, and nearly drowned two little beetles, who were just thinking of setting up house together, and were looking for a nice dry spot to live in.

"He must have a truly romantic nature", said the Catherine Wheel, "for he weeps when there is nothing at all to weep about"; and she heaved a deep sigh, and thought about the deal box.

But the Roman Candle and the Bengal Light were quite indignant, and kept saying, "Humbug! humbug!" at the top of their voices. They were extremely practical, and whenever they objected to anything they called it "Humbug!"

Then the moon rose like a wonderful silver shield; and the stars began to shine, and a sound of music came from the palace.

The Prince and Princess were leading the dance. They danced so beautifully that the tall white lilies peeped in at the window and watched them, and the great red poppies nodded their heads and beat time. Then ten o'clock struck, and then eleven, and then twelve, and at the last stroke of midnight every one came out on the terrace, and the King sent for the Royal Pyrotechnist.

"Let the fireworks begin," said the King; and the Royal Pyrotechnist made a low bow, and marched down to the end of the garden. He had six attendants with him, each of whom carried a lighted torch at the end of a long pole.

It was certainly a magnificent display.

"Whizz! Whizz!", and went the Catherine Wheel, as she spun round and round. Boom! Boom! went the Roman Candle. Then the Squibs danced all over the place, and the Bengal Lights made everything look scarlet. "Good-bye", cried the Fire-balloon, as he soared away, dropping tiny blue sparks. "Bang! Bang!", answered the Crackers, who were enjoying themselves immensely. Every one was a great success except the Remarkable Rocket. He was so damp with crying that he could not go off at all. The best thing in him was the gunpowder, and that was so wet with tears that it was of no use. All his poor relations, to whom he would never speak, except with a sneer, shot up into the sky like wonderful golden flowers with blossoms of fire. "Huzza! Huzza!", cried the Court; and the little Princess laughed with pleasure.

"I suppose they are reserving me for some grand occasion," said the Rocket; "no doubt that is what it means," and he looked more supercilious than ever.

The next day the workmen came to put everything tidy.

"This is evidently a deputation," said the Rocket; "I will receive them with becoming dignity" so he put his nose in the air, and began to frown severely as if he were thinking about some very important subject. But they took no notice of him at all till they were just going away. Then one of them caught sight of him.

"Nunca disse que o conhecia", respondeu o Foguete. "Ouso dizer que se o conhecesse, não seria seu amigo. É muito perigoso conhecer os amigos."

"Seria mesmo muito melhor se vós vos mantivésseis enxuto", disse o Balãozinho, "isto é uma coisa importante."

"Muito importante, sem dúvida", respondeu o Foguete, "mas vou chorar se preferir assim", e realmente explodiu em lágrimas que escorreram estaca abaixo como gotas de chuva e quase afogaram dois pequenos besouros que acabavam de decidir morar juntos, e estavam procurando por um lugar seco e agradável para viver.

"Deve ter um temperamento verdadeiramente romântico", disse a Roda de Santa Catarina, "pois chora mesmo quando não há absolutamente nada pelo que chorar"; e deu um suspiro profundo, pensando na caixa de pinho.

Mas a Vela Romana e o Fogo de Bengala estavam completamente indignados, e continuaram dizendo, "Impostor! Impostor!" o mais alto que podiam. Eram extremamente práticos e sempre que objetavam contra algo, gritavam, "Impostor!"

E então a lua surgiu como um esplendoroso escudo de prata, as estrelas puseram-se a brilhar e um som de música veio do castelo.

O Príncipe e a Princesa estavam presidindo a dança. Dançavam tão lindamente que as brancas e altas flores-de-lis espiavam da janela para assisti-los, e as grandes papoulas vermelhas balançavam a cabeça no compasso da música. Então soaram dez badaladas, onze, e por fim deu meia-noite; então, todos saíram para o terraço e o Rei mandou chamar o Pirotécnico Real.

"Que comecem os fogos", disse o Rei; o Pirotécnico Real fez uma longa reverência e rumou para o extremo do jardim. Levava seis ajudantes consigo, cada um portando uma tocha na ponta de um longo mastro.

Com certeza foi uma magnífica exibição.

"Whizz! Whizz!", e foi a Roda de Santa Catarina girando e girando. "Boom! Boom!", e partiu a Vela Romana. Então os Busca-pés dançaram por todos os lados e o Fogo de Bengala fez tudo parecer escarlate. "Adeus!", gritou o Balãozinho ao ser lançado no ar, derramando faísquinhas azuis. "Bang! Bang!", responderam os Petardos que se divertiam imensamente. Todos foram um grande sucesso, exceto o Foguete Extraordinário. Estava tão encharcado pelas lágrimas que não pôde ser lançado de modo algum. O que tinha de melhor era a pólvora e esta estava tão molhada pelas lágrimas que não tinha mais utilidade. Todos os seus parentes pobres, com quem nunca falava sem demonstrar desprezo, explodiram no céu como esplêndidas flores douradas com botões de fogo. "Huzza! Huzza!", clamava a Corte, e a Princesinha ria com prazer.

"Suponho que tenham me reservado para uma grande ocasião", disse o Foguete, "não tenho dúvida disso", e olhava ao redor com mais soberba do que nunca.

No dia seguinte os empregados vieram pôr tudo em ordem.

"Evidentemente trata-se de uma delegação", disse o Foguete, "eu a receberei com a devida dignidade", empinou o nariz e franziu bastante o cenho, como se estivesse pensando a respeito de um assunto muito importante. Mas não lhe deram a menor atenção até o momento de irem embora. Então um deles o viu.

"Hallo!" he cried, "what a bad rocket!" and he threw him over the wall into the ditch.

"BAD Rocket? BAD Rocket?" he said, as he whirled through the air; "impossible! GRAND Rocket, that is what the man said. BAD and GRAND sound very much the same, indeed they often are the same"; and he fell into the mud.

"It is not comfortable here," he remarked, "but no doubt it is some fashionable watering-place, and they have sent me away to recruit my health. My nerves are certainly very much shattered, and I require rest."

Then a little Frog, with bright jewelled eyes, and a green mottled coat, swam up to him.

"A new arrival, I see!", said the Frog. "Well, after all there is nothing like mud. Give me rainy weather and a ditch, and I am quite happy. Do you think it will be a wet afternoon? I am sure I hope so, but the sky is quite blue and cloudless. What a pity!"

"Ahem! Ahem!", said the Rocket, and he began to cough.

"What a delightful voice you have!", cried the Frog. "Really it is quite like a croak, and croaking is of course the most musical sound in the world. You will hear our glee-club this evening. We sit in the old duck pond close by the farmer's house, and as soon as the moon rises we begin. It is so entrancing that everybody lies awake to listen to us. In fact, it was only yesterday that I heard the farmer's wife say to her mother that she could not get a wink of sleep at night on account of us. It is most gratifying to find oneself so popular."

"Ahem! Ahem!", said the Rocket angrily. He was very much annoyed that he could not get a word in.

"A delightful voice, certainly", continued the Frog; "I hope you will come over to the duck-pond. I am off to look for my daughters. I have six beautiful daughters, and I am so afraid the Pike may meet them. He is a perfect monster, and would have no hesitation in breakfasting off them. Well, good-bye: I have enjoyed our conversation very much, I assure you."

"Conversation, indeed!", said the Rocket. "You have talked the whole time yourself. That is not conversation."

"Somebody must listen", answered the Frog, "and I like to do all the talking myself. It saves time, and prevents arguments."

"But I like arguments", said the Rocket.

"I hope not", said the Frog complacently. "Arguments are extremely vulgar, for everybody in good society holds exactly the same opinions. Good-bye a second time; I see my daughters in the distance and the little Frog swam away.

"You are a very irritating person", said the Rocket, "and very ill-bred. I hate people who talk about themselves, as you do, when one wants to talk about oneself, as I do. It is what I call selfishness, and selfishness is a most detestable thing, especially to any one of my temperament, for I am well known for my sympathetic nature. In fact, you should take example by me; you could not possibly have a better model. Now that

"Olhem!", exclamou, "que foguete imprestável!", e atirou-o por cima do muro, para dentro do fosso.

"Foguete IMPRESTÁVEL! IMPRESTÁVEL!", disse ao rodopiar pelo ar, "Impossível! EXTRAORDINÁRIO, foi o que o homem disse. IMPRESTÁVEL e EXTRAORDINÁRIO se parecem e, de fato, são a mesma coisa"; e caiu no meio da lama.

"Aqui não é confortável", observou, "mas não há dúvida de que se trata de uma estação de águas da moda, e eles me enviaram para que eu restabelecesse minha saúde. Meu nervos estão verdadeiramente em pedaços e eu exijo descanso."

Então um pequeno sapo de olhos brilhantes como joias e pele verde malhada nadou até ele.

"Vejo um recém-chegado!", disse o sapo. "Bem, afinal não há nada como a lama. Deem-me um tempo chuvoso e um fosso e serei plenamente feliz. Achai que choverá à tarde? Pois espero que sim, mas o céu está tão azul e sem nuvens. Que pena!"

"Aham! Aham!", disse o Foguete, e começou a tossir.

"Que voz maravilhosa vós possuis!", exclamou o sapo. "Sinceramente, parece um coaxar e esse é, naturalmente, o som mais musical do mundo. Ouvireis nosso coral esta noite. Nós nos sentamos no tanque do velho Pato, perto da casa do fazendeiro, e tão logo aparece a lua, nós começamos. É tão encantador que todo mundo se mantém acordado para nos escutar. De fato, ainda ontem eu ouvi a esposa do fazendeiro dizer à mãe dela que não conseguia pregar os olhos a noite toda por nossa causa. É o que há de mais prazeroso: ser uma pessoa assim, tão popular."

"Aham! Aham!", fez o Foguete, com raiva. Estava muito irritado por não conseguir entrar na conversa.

"Uma voz deliciosa, certamente!", continuou o Sapo. "Espero que vós venhais ao tanque dos Patos. Sairei para procurar por minhas filhas. Tenho seis belas filhas e estou muito apreensivo de que o Lúcio possa encontrá-las. Ele é um perfeito monstro e não hesitaria em comê-las no café da manhã. Bem, adeus: Apreciei muito o nosso diálogo, isso eu vos garanto."

"Nosso diálogo, deveras!", disse o Foguete. "Apenas vós que falastes o tempo todo, e sobre vós mesmo. Isso não é um diálogo."

"Alguém precisa escutar", respondeu o Sapo, "e eu gosto de falar o tempo todo sobre mim mesmo. Isso economiza tempo e previne debates."

"Mas eu gosto de debates", disse o Foguete.

"Não creio", respondeu o Sapo, com complacência. "Debates são extremamente grosseiros, pois todos os que pertencem à sociedade têm as mesmas opiniões. Adeus, mais uma vez. Estou vendo as minhas filhas ali adiante", e nadou para longe.

"Sois uma pessoa muito irritante", disse o Foguete, "e muito mal educada. Odeio pessoas que falam sobre si mesmas, como vós, quando outras querem falar sobre si mesmas, como eu. A isso chamo de egoísmo e egoísmo é o que há de mais detestável, especialmente para alguém com o meu temperamento, pois sou conhecido por minha índole solidária. Na verdade, deveríeis me tomar como exemplo, pois não

you have the chance you had better avail yourself of it, for I am going back to Court almost immediately. I am a great favourite at Court; in fact, the Prince and Princess were married yesterday in my honour. Of course you know nothing of these matters, for you are a provincial."

"There is no good talking to him", said a Dragon-fly, who was sitting on the top of a large brown bulrush; "no good at all, for he has gone away."

"Well, that is his loss, not mine", answered the Rocket. "I am not going to stop talking to him merely because he pays no attention. I like hearing myself talk. It is one of my greatest pleasures. I often have long conversations all by myself, and I am so clever that sometimes I don't understand a single word of what I am saying."

"Then you should certainly lecture on Philosophy", said the Dragon-fly; and he spread a pair of lovely gauze wings and soared away into the sky.

"How very silly of him not to stay here!", said the Rocket. "I am sure that he has not often got such a chance of improving his mind. However, I don't care a bit. Genius like mine is sure to be appreciated some day"; and he sank down a little deeper into the mud.

After some time a large White Duck swam up to him. She had yellow legs, and webbed feet, and was considered a great beauty on account of her waddle.

"Quack, quack, quack!", she said. "What a curious shape you are! May I ask were you born like that, or is it the result of an accident?"

"It is quite evident that you have always lived in the country," answered the Rocket, "otherwise you would know who I am. However, I excuse your ignorance. It would be unfair to expect other people to be as remarkable as oneself. You will no doubt be surprised to hear that I can fly up into the sky, and come down in a shower of golden rain."

"I don't think much of that", said the Duck, "as I cannot see what use it is to any one. Now, if you could plough the fields like the ox, or draw a cart like the horse, or look after the sheep like the collie-dog, that would be something."

"My good creature", cried the Rocket in a very haughty tone of voice, "I see that you belong to the lower orders. A person of my position is never useful. We have certain accomplishments, and that is more than sufficient. I have no sympathy myself with industry of any kind, least of all with such industries as you seem to recommend. Indeed, I have always been of opinion that hard work is simply the refuge of people who have nothing whatever to do."

"Well, well", said the Duck, who was of a very peaceable disposition, and never quarrelled with any one, "everybody has different tastes. I hope, at any rate, that you are going to take up your residence here."

"Oh! dear no," cried the Rocket. "I am merely a visitor, a distinguished visitor. The fact is that I find this place rather tedious. There is neither society here, nor solitude. In fact, it is essentially suburban. I shall probably go back to Court, for I know that I am destined to make a sensation in the world."

"I had thoughts of entering public life once myself", remarked the Duck; "there

poderíeis encontrar modelo melhor. Agora que tendes a chance, deveríeis tirar o melhor proveito disso, pois estou prestes a voltar à Corte. Sou o grande favorito na Corte, na verdade, o Príncipe e a Princesa casaram-se ontem em minha homenagem. Naturalmente vós não conheceis nada sobre esse assunto, pois sois muito provinciano."

"Não há vantagem em repreendê-lo", disse a Libélula que estava sentada no topo de um grande junco marrom, "nenhuma vantagem afinal, pois ele já foi embora."

"Bem, o prejuízo é dele, não meu", respondeu o Foguete. "Não vou parar de falar com ele simplesmente porque ele não presta atenção. Gosto de me ouvir falando. Esse é um dos meus grandes prazeres. Costumo ter longas conversas comigo mesmo e sou tão esperto que às vezes não compreendo o que estou dizendo."

"Então vós certamente deveríeis dar aulas de Filosofia", disse a Libélula e, abrindo as adoráveis asas de gaze, elevou-se na direção dos céus.

"Que estupidez da parte dele não estar aqui!", disse o Foguete. "Estou certo de que não é com frequência que teria a chance de aprimorar a mente. Não me importo nem um pouco. Gênios como eu com certeza serão apreciados um dia", e afundou um pouco mais na lama.

Após algum tempo uma grande Pata branca nadou até ele. Tinha patas amarelas, com membranas entre os dedos, e era considerada linda por causa do seu gingado.

"Quack, quack, quack!", disse ela. "Que forma curiosa vós tendes! Posso perguntar se nascestes assim ou se fostes resultado de algum acidente?"

"É perfeitamente claro que sempre vivestes no campo", respondeu o Foguete, "de outra maneira saberia quem eu sou. De qualquer forma, desculpo a vossa ignorância. Seria injusto esperar que outras pessoas fossem tão notáveis quanto eu mesmo. Sem dúvida ficareis surpresa ao ouvir que posso voar pelo céu e retornar como uma chuva dourada."

"Não acho isto grande coisa", disse a Pata, "pois não vejo qual a utilidade disto para alguém. Agora, se vós pudésseis arar os campos como o boi, ou puxar uma carroça, como o cavalo, ou vigiar as ovelhas, como o cão Collie, já seria alguma coisa."

"Minha boa criatura", exclamou o Foguete, em um tom de voz bem arrogante, "vejo que vós pertenceis às classes mais baixas. Uma pessoa na minha posição nunca é útil. Nós temos muitos talentos, e isso é mais que suficiente. Eu não nutro muita simpatia por nenhum tipo de trabalho, menos ainda por esses serviços que vós vedes como recomendáveis. Deveras, sempre fui da opinião de que trabalho duro é simplesmente o refúgio daquelas pessoas que não têm nada mais a fazer."

"Bem, bem", disse a Pata, que sempre mantinha um temperamento muito pacífico e nunca discutia com ninguém, "cada um tem o seu gosto. De qualquer forma, espero que vós estejais a pensar em manter residência por aqui."

"Ó, de jeito nenhum!", exclamou o Foguete. "Sou meramente um visitante, um ilustre visitante. Acho este lugar bem tedioso. Não existe aqui nenhum tipo de sociedade, nem de privacidade. De fato, é essencialmente suburbano. Provavelmente voltarei para a Corte, pois sei que meu destino é fazer muito sucesso no mundo."

"Também já pensei em entrar para a vida pública", observou a Pata; "existem

are so many things that need reforming. Indeed, I took the chair at a meeting some time ago, and we passed resolutions condemning everything that we did not like. However, they did not seem to have much effect. Now I go in for domesticity, and look after my family."

"I am made for public life," said the Rocket, "and so are all my relations, even the humblest of them. Whenever we appear we excite great attention. I have not actually appeared myself, but when I do so it will be a magnificent sight. As for domesticity, it ages one rapidly, and distracts one's mind from higher things."

"Ah! the higher things of life, how fine they are!" said the Duck; "and that reminds me how hungry I feel"; and she swam away down the stream, saying, "Quack, quack, quack!"

"Come back! come back!", screamed the Rocket, "I have a great deal to say to you"; but the Duck paid no attention to him. "I am glad that she has gone," he said to himself, "she has a decidedly middle-class mind"; and he sank a little deeper still into the mud, and began to think about the loneliness of genius, when suddenly two little boys in white smocks came running down the bank, with a kettle and some faggots.

"This must be the deputation," said the Rocket, and he tried to look very dignified.

"Hallo!", cried one of the boys, "look at this old stick! I wonder how it came here"; and he picked the rocket out of the ditch.

"OLD Stick!", said the Rocket, "impossible! GOLD Stick, that is what he said. Gold Stick is very complimentary. In fact, he mistakes me for one of the Court dignitaries!"

"Let us put it into the fire!" said the other boy, "it will help to boil the kettle."

So they piled the faggots together, and put the Rocket on top, and lit the fire.

"This is magnificent!", cried the Rocket, "they are going to let me off in broad day-light, so that every one can see me."

"We will go to sleep now", they said, "and when we wake up the kettle will be boiled"; and they lay down on the grass, and shut their eyes.

The Rocket was very damp, so he took a long time to burn. At last, however, the fire caught him.

"Now I am going off!", he cried, and he made himself very stiff and straight. "I know I shall go much higher than the stars, much higher than the moon, much higher than the sun. In fact, I shall go so high that..."

"Fizz! Fizz! Fizz!", and he went straight up into the air.

"Delightful!", he cried, "I shall go on like this forever. What a success I am!"

But nobody saw him.

Then he began to feel a curious tingling sensation all over him.

tantas coisas que precisam de reformas! Na verdade, presidi uma reunião há algum tempo atrás, e nós aprovamos medidas condenando tudo o que não nos agradava. De qualquer modo, isso não pareceu ter surtido muito efeito. Agora entrei para a vida doméstica e tomo conta apenas de minha família."

"Fui feito para a vida pública", disse o Foguete, "bem como todos de minha família, mesmo os mais humildes. Onde um de nós se apresente, chama grande atenção. Ainda não me apresentei realmente, mas quando o fizer, será um espetáculo magnífico. E quanto à vida doméstica, envelhece-se muito rápido e desvia a mente das coisas elevadas da vida."

"Ah! as coisas mais elevadas da vida, são tão boas!", disse a Pata. "Faz-me lembrar o quanto tenho fome", e nadou pelo ribeirão, dizendo, "Quack! Quack! Quack!"

"Voltai! Voltai!", gritou o Foguete, "tenho algo muito importante para vos dizer", mas a Pata não lhe deu atenção. "Estou feliz que tenha ido", disse para si, "decididamente tem uma mentalidade de classe média", e afundou um pouco mais na lama; começava a refletir a respeito da solidão dos gênios quando, de repente, dois garotinhos vestindo macacões brancos vieram correndo ladeira abaixo, com uma chaleira e alguns gravetos.

"Deve ser essa a delegação", disse o Foguete, e procurou parecer muito respeitável.

"Olhe!", gritou um dos garotos, "olhe para essa vareta estragada! Gostaria de saber como veio parar aqui"; e puxou o Foguete de dentro do fosso.

"Vareta ESTRAGADA?", disse o Foguete. "Impossível! Vareta DOURADA, foi o que ele disse. Vareta dourada é muito lisonjeiro. Na verdade, ele me confundiu com um dos dignitários da Corte!"

"Vamos pô-la no fogo", disse o outro menino, "vai ajudar a ferver a chaleira."

Empilharam os gravetos juntos, puseram o Foguete no topo e acederam o fogo.

"Isso é magnífico!", exclamou o Foguete, "eles vão me lançar em plena luz do dia, assim todos poderão me ver."

"Vamos dormir agora", disseram, "e quando acordarmos a chaleira já terá fervido"; e os meninos deitaram na grama, fechando os olhos.

O Foguete estava bastante úmido, por isso levou muito tempo para queimar. Entretanto, por fim, o fogo pegou.

"Agora serei lançado!", exclamou, aprumando a postura bem ereta. "Tenho certeza de que irei muito além das estrelas, muito mais alto que a lua, mais alto ainda que o sol. Na verdade, irei tão alto que..."

"Fizz! Fizz! Fizz!", e ele subiu direto para o céu.

"Delicioso!", gritou, "subirei assim para sempre. Que sucesso eu sou!"

Mas ninguém o viu.

Então, começou a sentir uma estranha sensação de formigamento por todo o corpo.

"Now I am going to explode," he cried. "I shall set the whole world on fire, and make such a noise that nobody will talk about anything else for a whole year."

And he certainly did explode.

"Bang! Bang! Bang!", went the gunpowder. There was no doubt about it.

But nobody heard him, not even the two little boys, for they were sound asleep.

Then all that was left of him was the stick, and this fell down on the back of a Goose who was taking a walk by the side of the ditch.

"Good heavens!", cried the Goose. "It is going to rain sticks"; and she rushed into the water.

"I knew I should create a great sensation", gasped the Rocket, and he went out.

THE END

"Agora estou pronto para explodir", gritou ele; "e porei fogo no mundo todo, e farei tanto barulho que ninguém falará de outra coisa durante o ano todo".

E ele explodiu, com certeza.

"Bang! Bang! Bang!", fez a pólvora. Disso não restava a menor dúvida.

Mas ninguém escutou, nem mesmo os menininhos, pois estavam em um sono profundo.

Então, tudo o que sobrou dele foi a vareta, que caiu sobre as costas de um Ganso que estava dando um passeio ao lado do fosso.

"Deus do céu!", gritou o Ganso. "Está chovendo varetas!", e correu para a água.

"Eu sabia que causaria grande sensação", arquejou o Foguete e então expirou.

FIM

THE PICTURE OF MR. W. H.

O RETRATO DO SR. W. H.

CHAPTER I

I had been dining with Erskine in his pretty little house in Birdcage Walk, and we were sitting in the library over our coffee and cigarettes, when the question of literary forgeries happened to turn up in conversation. I cannot at present remember how it was that we struck upon this somewhat curious topic, as it was at that time, but I know that we had a long discussion about Macpherson, Ireland, and Chatterton*, and that with regard to the last I insisted that his so-called forgeries were merely the result of an artistic desire for perfect representation; that we had no right to quarrel with an artist for the conditions under which he chooses to present his work; and that all Art being to a certain degree a mode of acting, an attempt to realise one's own personality on some imaginative plane out of reach of the trammelling accidents and limitations of real life, to censure an artist for a forgery was to confuse an ethical with an aesthetical problem.

Erskine, who was a good deal older than I was, and had been listening to me with the amused deference of a man of forty, suddenly put his hand upon my shoulder and said to me, "What would you say about a young man who had a strange theory about a certain work of art, believed in his theory, and committed a forgery in order to prove it?"

"Ah! that is quite a different matter", I answered.

Erskine remained silent for a few moments, looking at the thin grey threads of smoke that were rising from his cigarette. "Yes", he said, after a pause, "quite different."

There was something in the tone of his voice, a slight touch of bitterness perhaps, that excited my curiosity. "Did you ever know anybody who did that?", I cried.

'Yes,' he answered, throwing his cigarette into the fire, "a great friend of mine, Cyril Graham. He was very fascinating, and very foolish, and very heartless. However, he left me the only legacy I ever received in my life."

"What was that?", I exclaimed. Erskine rose from his seat, and going over to a tall inlaid cabinet that stood between the two windows, unlocked it, and came back to where I was sitting, holding in his hand a small panel picture set in an old and somewhat tarnished Elizabethan frame.

It was a full-length portrait of a young man in late sixteenth-century costume, standing by a table, with his right hand resting on an open book. He seemed about

---

* Macpherson published poems supposedly written by Ossian, a very famous work in the first half of the nineteenth century. William Henry Ireland published, from 1795, what they said were unpublished manuscripts of Shakespeare; later he admitted they were a fraud. Thomas Chatterton published, in the eighteenth century, poems attributed to a monk named Rowley, provoking great excitement in the literary milieu.

CAPÍTULO I

Estava jantando com Erskine em sua casinha em Birdcage Walk; nos encontrávamos na biblioteca, tomando café e fumando cigarros, quando por acaso surgiu o assunto sobre falsificações literárias. No momento não consigo me lembrar como viemos a tratar de tema tão específico, como era esse naquela ocasião, mas sei que tivemos uma longa discussão a respeito de Macpherson, Ireland e Chatterton[*]. Quanto ao último, insisti em que o que chamavam de falsificações eram meramente o resultado de um desejo artístico pela representação perfeita. Não temos o direito de discutir com um artista sobre as condições sob as quais ele escolheu apresentar sua obra, uma vez que toda Arte converte-se, até certo ponto, em um tipo de atuação, no esforço de realizar a própria personalidade em algum plano imaginário, fora do âmbito dos acidentes que estorvam e das limitações da vida real; censurar um artista por uma falsificação é confundir um problema ético com outro estético.

Erskine, que era muito mais velho que eu e que me ouvia com a divertida deferência de alguém dos seus quarenta anos, de repente pôs as mãos sobre os meus ombros, e disse para mim, "O que diria sobre um jovem que possui uma estranha teoria a respeito de determinada obra de arte e fabricou uma falsificação com a intenção de prová-la?"

"Ah! Esse é um assunto completamente diferente", respondi.

Erskine permaneceu em silêncio por alguns momentos, olhando para os tênues filetes de fumaça cinza que se erguiam do cigarro. "Sim", disse ele, depois de uma pausa, "completamente diferente."

Havia algo no seu tom de voz, um leve toque de amargura, talvez, que excitou a minha curiosidade. "Conhece alguém que tenha feito isso?", perguntei.

"Sim", ele respondeu, atirando o cigarro ao fogo, "um grande amigo meu, Cyril Graham. Ele era muito fascinante, muito tolo, muito insensível. Ainda assim, me deixou a única herança que recebi em toda minha vida."

"E o que era?", exclamei. Erskine levantou-se do seu assento, caminhou até um alto armário embutido que ficava entre as duas janelas, destrancou-o e voltou ao lugar em que me sentava, segurando nas mãos um pequeno painel pintado, montado em uma velha, e um tanto manchada, moldura elisabetana.

Era o retrato de corpo inteiro de um jovem vestindo um traje dos fins do século XVI, em pé ao lado de uma mesa, com a mão direita apoiada em um livro aberto.

---

[*] Macpherson editou poemas supostamente de autoria de Ossian, obra muito famosa na primeira metade do século XIX. William Henry Ireland publicou, a partir de 1795, o que dizia serem manuscritos inéditos de Shakespeare; mais tarde admitiu tratarem-se de fraude. Thomas Chatterton publicou, no século XVIII, poemas atribuídos a um monge chamado Rowley, provocando grande celeuma no meio literário.

seventeen years of age, and was of quite extraordinary personal beauty, though evidently somewhat effeminate. Indeed, had it not been for the dress and the closely cropped hair, one would have said that the face with its dreamy wistful eyes, and its delicate scarlet lips, was the face of a girl. In manner, and especially in the treatment of the hands, the picture reminded one of François Clouet*'s later work. The black velvet doublet with its fantastically gilded points, and the peacock-blue background against which it showed up so pleasantly, and from which it gained such luminous value of colour, were quite in Clouet's style; and the two masks of Tragedy and Comedy that hung somewhat formally from the marble pedestal had that hard severity of touch – so different from the facile grace of the Italians – which even at the Court of France the great Flemish master never completely lost, and which in itself has always been a characteristic of the northern temper.

"It is a charming thing", I cried, "but who is this wonderful young man, whose beauty Art has so happily preserved for us?"

"This is the portrait of Mr. W. H.", said Erskine, with a sad smile. It might have been a chance effect of light, but it seemed to me that his eyes were quite bright with tears.

"Mr. W. H.!", I exclaimed; "who was Mr. W. H.?"

"Don't you remember?", he answered; "look at the book on which his hand is resting."

"I see there is some writing there, but I cannot make it out", I replied.

"Take this magnifying-glass and try", said Erskine, with the same sad smile still playing about his mouth.

I took the glass, and moving the lamp a little nearer, I began to spell out the crabbed sixteenth-century handwriting. "To the onlie begetter of these insuing sonnets"... "Good heavens!", I cried, "is this Shakespeare's Mr. W. H.?"

"Cyril Graham used to say so", muttered Erskine.

"But it is not a bit like Lord Pembroke**", I answered. "I know the Penshurst portraits very well. I was staying near there a few weeks ago."

"Do you really believe then that the sonnets are addressed to Lord Pembroke?", he asked.

"I am sure of it", I answered. "Pembroke, Shakespeare, and Mrs. Mary Fitton are the three personages of the Sonnets; there is no doubt at all about it."

"Well, I agree with you", said Erskine, "but I did not always think so. I used to believe... well, I suppose I used to believe in Cyril Graham and his theory."

"And what was that?", I asked, looking at the wonderful portrait, which had already begun to have a strange fascination for me.

---

* François Clouet (1485-1545) was a famous painter hired by Francis I of France.
** It refers to the third Earl of Pembroke, William Herbert (1580-1630), known for his great admiration for literature, theater and poetry and who acted as patron to the great literary names of the time, among them Shakespeare. It is said to be the mysterious Mr. W. H. to whom the playwright would have dedicated his Sonnets.

Parecia ter em torno de dezessete anos e possuía beleza excepcional, embora um pouco efeminada. Na verdade, não fosse pelo traje e pelos cabelos curtos, se poderia dizer que o rosto, com aqueles olhos melancólicos e sonhadores, os delicados lábios escarlates, pertencia a uma mulher. De certo modo, especialmente pelo tratamento dado às mãos, o quadro me lembrava uma das últimas pinturas de François Clouet[*]. O veludo negro trabalhado com fantásticos pontos dourados, o fundo azul-pavão contra o qual a figura se destacava de forma tão agradável, e do qual recebia tão luminosa coloração, eram completamente do estilo de Clouet; e as duas máscaras da Comédia e da Tragédia, penduradas um tanto formalmente no pedestal de mármore, tinham aquele toque duro e severo – tão diferente da graciosidade fácil dos italianos – que mesmo estando na Corte da França o grande mestre flamengo nunca perdera de todo, constituindo uma característica de seu temperamento nórdico.

"É uma coisa encantadora", exclamei, "mas quem é esse maravilhoso jovem, cuja beleza artística felizmente foi conservada para nós?"

"Esse é o retrato do Sr. W. H.", disse Erskine, com um sorriso triste. Talvez tivesse sido apenas o efeito da luz, mas pareceu-me que os olhos ficaram brilhantes devido às lágrimas.

"Sr. W. H.!", exclamei, "quem era o Sr. W. H?"

"Não se recorda?", respondeu ele; "olhe o livro em que ele está apoiando a sua mão".

"Vejo algo escrito, mas não consigo identificar o que seja", repliquei.

"Tome esta lente de aumento e experimente", disse Erskine, com o mesmo sorriso triste ainda brincando em seus lábios.

Peguei a lente, aproximei a lâmpada um pouco mais e comecei a soletrar a rebuscada letra manuscrita do século XVI. "Para o único gerador dos Sonetos seguintes'... Bom Deus!", bradei, "esse é o Sr. W. H., de Shakespeare?"

"Cyril Graham costumava dizer que sim", murmurou Erskine.

"Mas não se parece nem um pouco com Lorde Pembroke[**]", respondi. "Conheço o retrato de Penshurst muito bem. Estive por lá há algumas semanas atrás."

"Então acredita mesmo que os sonetos foram dedicados a Lorde Pembroke?", perguntou ele.

"Estou certo disso", respondi. "Pembroke, Shakespeare e a Mrs. Mary Fitton são os três personagens dos Sonetos, não existe nenhuma dúvida quanto a isso."

"Bem, concordo com você", disse Erskine, "mas nem sempre pensei dessa maneira. Costumava acreditar... bem, suponho que acreditava em Cyril Graham e sua teoria."

"E do que se tratava?", perguntei, olhando para o maravilhoso retrato que começava a exercer um estranho fascínio sobre mim.

---

[*] François Clouet (1485-1545) era um famoso pintor contratado por Francisco I de França.
[**] Refere-se ao terceiro Conde de Pembroke, William Herbert (1580-1630), conhecido pela sua grande admiração pela literatura, pelo teatro e pela poesia e que atuou como mecenas junto aos grandes nomes literários da época, dentre eles Shakespeare. Consta ser ele o misterioso Senhor W. H. a quem o dramaturgo teria dedicado os seus *Sonetos*.

"It is a long story", said Erskine, taking the picture away from me – rather abruptly I thought at the time – "a very long story; but if you care to hear it, I will tell it to you."

"I love theories about the Sonnets", I cried; "but I don't think I am likely to be converted to any new idea. The matter has ceased to be a mystery to any one. Indeed, I wonder that it ever was a mystery."

"As I don't believe in the theory, I am not likely to convert you to it", said Erskine, laughing; "but it may interest you."

"Tell it to me, of course", I answered. "If it is half as delightful as the picture, I shall be more than satisfied."

"Well", said Erskine, lighting a cigarette, "I must begin by telling you about Cyril Graham himself. He and I were at the same house at Eton. I was a year or two older than he was, but we were immense friends, and did all our work and all our play together. There was, of course, a good deal more play than work, but I cannot say that I am sorry for that. It is always an advantage not to have received a sound commercial education, and what I learned in the playing fields at Eton has been quite as useful to me as anything I was taught at Cambridge. I should tell you that Cyril's father and mother were both dead. They had been drowned in a horrible yachting accident off the Isle of Wight. His father had been in the diplomatic service, and had married a daughter, the only daughter, in fact, of old Lord Crediton, who became Cyril's guardian after the death of his parents. I don't think that Lord Crediton cared very much for Cyril. He had never really forgiven his daughter for marrying a man who had not a title. He was an extraordinary old aristocrat, who swore like a costermonger, and had the manners of a farmer. I remember seeing him once on Speech-day. He growled at me, gave me a sovereign, and told me not to grow up 'a damned Radical' like my father. Cyril had very little affection for him, and was only too glad to spend most of his holidays with us in Scotland. They never really got on together at all. Cyril thought him a bear, and he thought Cyril effeminate. He was effeminate, I suppose, in some things, though he was a very good rider and a capital fencer. In fact he got the foils before he left Eton. But he was very languid in his manner, and not a little vain of his good looks, and had a strong objection to football. The two things that really gave him pleasure were poetry and acting. At Eton he was always dressing up and reciting Shakespeare, and when we went up to Trinity he became a member of the A.D.C. his first term. I remember I was always very jealous of his acting. I was absurdly devoted to him; I suppose because we were so different in some things. I was a rather awkward, weakly lad, with huge feet, and horribly freckled. Freckles run in Scotch families just as gout does in English families. Cyril used to say that of the two he preferred the gout; but he always set an absurdly high value on personal appearance, and once read a paper before our debating society to prove that it was better to be good-looking than to be good. He certainly was wonderfully handsome. People who did not like him, Philistines and college tutors, and young men reading for the Church, used to say that he was merely pretty; but there was a great deal more in his face than mere prettiness. I think he was the most splendid creature I ever saw, and nothing could exceed the grace of his movements, the charm of his manner. He fascinated everybody who was worth fascinating, and a great many people who were not. He was often wilful and

"É uma longa história", disse Erskine, tomando-me a pintura – de um modo um tanto abrupto, como pensei na ocasião – "uma história muito longa, mas caso se interesse em ouvi-la, posso contá-la para você."

"Amo as teorias a respeito dos Sonetos", bradei, "mas não creio que seja convertido por uma nova ideia. Esse assunto deixou de ser um mistério para quem quer que seja. Na verdade, me pergunto se algum dia isso foi um mistério."

"Como também não acredito na teoria, é pouco provável que tente convencê--lo", disse Erskine, rindo, "mas pode ser que se interesse."

"Conte-me, claro", respondi. "Se for pelo menos a metade tão encantadora quanto a pintura, ficarei mais do que satisfeito."

"Bem", disse Erskine, acendendo um cigarro, "devo começar contando sobre o próprio Cyril Graham. Ele e eu moramos juntos em Eton. Era um ou dois anos mais velho que ele, mas éramos grandes amigos, fazíamos nossas tarefas e também nos divertíamos sempre juntos. Claro que tínhamos muito mais divertimento que tarefas, mas não sei dizer se lamento isso. É sempre uma vantagem não ter recebido uma perfeita educação mercantil e o que aprendi brincando nos campos de Eton me foi tão útil quanto o que me foi ensinado em Cambridge. Devo lhe contar que os pais de Cyril eram mortos. Afogaram-se em um horrível acidente de iate na ilha de Wight. O pai pertencera ao corpo diplomático e casara-se com a filha única de Lorde Crediton, que se tornou o tutor de Cyril quando ficou órfão. Não acredito que Lorde Crediton se preocupasse muito com Cyril. Nunca perdoou a filha por ter-se casado com alguém que sem um título. Era um aristocrata extremamente antiquado que praguejava como um carroceiro e tinha os modos de um lavrador. Lembro-me de tê-lo visto certa vez na abertura da Câmara. Rosnou para mim, deu-me um soberano e disse-me para não me tornar um 'maldito Radical' quando crescesse, como meu pai. Cyril gostava pouco dele e ficava feliz em passar a maior parte das férias conosco na Escócia. Na realidade, nunca se deram bem. Cyril o achava um poltrão e o tio o achava um efeminado. Suponho que fosse mesmo efeminado em certas coisas, apesar de cavalgar muito bem e de ser um excelente esgrimista. De fato, antes de sair de Eton, recebeu um prêmio pelo desempenho com floretes. Mas seus modos eram lânguidos, não era orgulhoso da sua aparência, além de ter fortes objeções contra futebol. As duas coisas que realmente lhe davam prazer eram a poesia e o teatro. Em Eton, estava sempre trajado a rigor, recitando Shakespeare; quando fomos para Trinity, tornou-se membro do Círculo de Atores logo no primeiro semestre. Lembro-me de sempre ter muita inveja da atuação dele. Era-lhe absurdamente dedicado; suponho que era por sermos tão diferentes em certas coisas. Eu era bem desajeitado, fraco, com pés enormes e horrivelmente sardento. Sardas acometem as famílias escocesas do mesmo jeito que a gota ataca as inglesas. Cyril costumava dizer que entre as duas preferia a gota; mas sempre deu um valor absurdo à aparência, e uma vez leu um discurso na nossa sociedade de debates, tentando provar que era melhor ter boa aparência do que ser bom. De fato, era maravilhosamente belo. As pessoas que não gostavam dele, os filisteus e os tutores do colégio e alguns jovens em preparação para a religião costumavam dizer que era bonito e nada mais; porém no seu rosto havia muito mais do que uma beleza superficial. Creio que foi a criatura mais esplêndida que conheci; nada podia superar a graça dos seus movimentos, o encanto das suas maneiras. Fascinava a todos que mereciam ser fascinados, e também outros que não mereciam. Com frequência, era teimoso e petu-

petulant, and I used to think him dreadfully insincere. It was due, I think, chiefly to his inordinate desire to please. Poor Cyril! I told him once that he was contented with very cheap triumphs, but he only laughed. He was horribly spoiled. All charming people, I fancy, are spoiled. It is the secret of their attraction.

"However, I must tell you about Cyril's acting. You know that no actresses are allowed to play at the A.D.C. At least they were not in my time. I don't know how it is now. Well, of course, Cyril was always cast for the girls' parts, and when 'As You Like It' was produced he played Rosalind. It was a marvellous performance. In fact, Cyril Graham was the only perfect Rosalind I have ever seen. It would be impossible to describe to you the beauty, the delicacy, the refinement of the whole thing. It made an immense sensation, and the horrid little theatre, as it was then, was crowded every night. Even when I read the play now I can't help thinking of Cyril. It might have been written for him. The next term he took his degree, and came to London to read for the diplomatic. But he never did any work. He spent his days in reading Shakespeare's Sonnets, and his evenings at the theatre. He was, of course, wild to go on the stage. It was all that I and Lord Crediton could do to prevent him. Perhaps if he had gone on the stage he would be alive now. It is always a silly thing to give advice, but to give good advice is absolutely fatal. I hope you will never fall into that error. If you do, you will be sorry for it.

'Well, to come to the real point of the story, one day I got a letter from Cyril asking me to come round to his rooms that evening. He had charming chambers in Piccadilly overlooking the Green Park, and as I used to go to see him every day, I was rather surprised at his taking the trouble to write. Of course I went, and when I arrived I found him in a state of great excitement. He told me that he had at last discovered the true secret of Shakespeare's Sonnets; that all the scholars and critics had been entirely on the wrong tack; and that he was the first who, working purely by internal evidence, had found out who Mr. W. H. really was. He was perfectly wild with delight, and for a long time would not tell me his theory. Finally, he produced a bundle of notes, took his copy of the Sonnets off the mantelpiece, and sat down and gave me a long lecture on the whole subject.

"He began by pointing out that the young man to whom Shakespeare addressed these strangely passionate poems must have been somebody who was a really vital factor in the development of his dramatic art, and that this could not be said either of Lord Pembroke or Lord Southampton. Indeed, whoever he was, he could not have been anybody of high birth, as was shown very clearly by the 25th Sonnet, in which Shakespeare contrasting himself with those who are 'great princes' favourites', says quite frankly:

> Let those who are in favour with their stars
> Of public honour and proud titles boast,
> Whilst I, whom fortune of such triumph bars,
> Unlook'd for joy in that I honour most.

And ends the sonnet by congratulating himself on the mean state of him he so adored.

lante; costumava achar que era terrivelmente falso e penso que isso devia-se ao seu desejo exagerado por agradar. Pobre Cyril! Certa vez disse-lhe que se contentava com vitórias fáceis demais, mas ele apenas riu. Era horrivelmente mimado. Todas as pessoas encantadoras, acredito, são mimadas. Esse é o segredo da atração que exercem.

"No entanto, devo-lhe contar a respeito do talento teatral de Cyril. Sabe que não era permitido a nenhuma atriz atuar no Círculo de Atores. Pelo menos não era, no meu tempo; não sei como é agora. Bem, naturalmente Cyril era sempre escalado para os papéis femininos, e quando produziram 'Como lhe Aprouver', ele interpretou Rosalinda. Foi um desempenho maravilhoso. Na verdade, Cyril Graham foi a única Rosalinda perfeita que eu jamais vi. É impossível descrever-lhe a beleza, a delicadeza, o refinamento do desempenho. Fez um tremendo sucesso e aquele horrível teatrinho, como era então, ficou lotado todas as noites. Até hoje, quando leio a peça, não posso evitar pensar em Cyril. Deve ter sido escrita para ele. No semestre seguinte, formou-se e veio para Londres para preparar-se para o ingresso na carreira diplomática, mas nunca concluiu os estudos. Passava os dias lendo *Sonetos* de Shakespeare e as noites, no teatro. Era, claro, louco para subir ao palco. Eu e Lorde Crediton fizemos de tudo para impedi-lo. Talvez, se tivesse se tornado ator, estaria vivo agora. Dar conselhos é sempre uma coisa estúpida de se fazer, mas dar um bom conselho é absolutamente fatal. Espero que nunca caia nesse erro. Se o fizer, vai se arrepender.

"Bem, para ir direto ao assunto, um dia recebi uma carta de Cyril pedindo-me para que fosse ao seu alojamento naquela noite. Possuía aposentos encantadores em Piccadilly, com vista para o Green Park, e como costumava vê-lo todos os dias, fiquei muito surpreso por ter dar-se ao trabalho de me escrever. É claro que fui, e ao chegar, encontrei-o em um estado de grande excitação. Disse-me ter descoberto, afinal, o verdadeiro segredo dos *Sonetos* de Shakespeare; disse-me que todos os estudiosos e críticos estavam completamente errados; e que ele era o primeiro que, trabalhando puramente com convicções pessoais, tinha descoberto o verdadeiro Sr. W. H. Estava completamente desvairado de felicidade, e por longo tempo não conseguiu me explicar a teoria. Por fim, mostrou-me um monte de anotações, pegou, de cima da lareira, uma cópia dos *Sonetos*, sentou-se e proferiu um longo discurso sobre o assunto.

"Começou afirmando que o jovem a quem Shakespeare dedicou os poemas estranhamente passionais deveria ter sido alguém de vital importância no desenvolvimento da arte dramática desse autor; e isso não poderia ser dito de Lorde Pembroke ou de Lorde Southampton. De fato, quem quer que fosse, não poderia ter sido ninguém bem nascido, o que é mostrado com muita clareza no 25º Soneto, no qual Shakespeare compara a si mesmo com os 'favoritos dos grandes príncipes', dizendo com muita franqueza:

> Deixai aqueles que são agraciados pelas estrelas
> Que de honra pública e títulos orgulhosos jactam-se,
> Que eu, a quem o destino tais triunfos impede,
> Alegra-me, sem o buscar, naquilo que mais aprecio.

E termina o soneto congratulando a si mesmo pela condição em que se encontrava aquele que tanto amava:

Then happy I, that love and am beloved
Where I may not remove nor be removed.

"This sonnet Cyril declared would be quite unintelligible if we fancied that it was addressed to either the Earl of Pembroke or the Earl of Southampton, both of whom were men of the highest position in England and fully entitled to be called 'great princes'; and he in corroboration of his view read me Sonnets CXXIV and CXXV, in which Shakespeare tells us that his love is not 'the child of state', that it 'suffers not in smiling pomp', but is 'builded far from accident'. I listened with a good deal of interest, for I don't think the point had ever been made before; but what followed was still more curious, and seemed to me at the time to dispose entirely of Pembroke's claim. We know from Meres that the Sonnets had been written before 1598, and Sonnet CIV informs us that Shakespeare's friendship for Mr. W. H. had been already in existence for three years. Now Lord Pembroke, who was born in 1580, did not come to London till he was eighteen years of age, that is to say till 1598, and Shakespeare's acquaintance with Mr. W. H. must have begun in 1594, or at the latest in 1595. Shakespeare, accordingly, could not have known Lord Pembroke till after the Sonnets had been written.

"Cyril pointed out also that Pembroke's father did not die till 1601; whereas it was evident from the line,

You had a father; let your son say so,

that the father of Mr. W. H. was dead in 1598. Besides, it was absurd to imagine that any publisher of the time, and the preface is from the publisher's hand, would have ventured to address William Herbert, Earl of Pembroke, as Mr. W. H.; the case of Lord Buckhurst being spoken of as Mr. Sackville being not really a parallel instance, as Lord Buckhurst was not a peer, but merely the younger son of a peer, with a courtesy title, and the passage in *England's Parnassus*, where he is so spoken of, is not a formal and stately dedication, but simply a casual allusion. So far for Lord Pembroke, whose supposed claims Cyril easily demolished while I sat by in wonder. With Lord Southampton, Cyril had even less difficulty. Southampton became at a very early age the lover of Elizabeth Vernon, so he needed no entreaties to marry; he was not beautiful; he did not resemble his mother, as Mr. W. H. did:

Thou art thy mother's glass, and she in thee
Calls back the lovely April of her prime;

and, above all, his Christian name was Henry, whereas the punning sonnets CXXXV and CXLIII show that the Christian name of Shakespeare's friend was the same as his own: Will.

"As for the other suggestions of unfortunate commentators, that Mr. W. H. is a misprint for Mr. W. S., meaning Mr. William Shakespeare; that "Mr. W. H. all" should be read 'Mr. W. Hall'; that Mr. W. H. is Mr. William Hathaway; and that a full stop should be placed after 'wisheth'", making Mr. W. H. the writer and not the subject

* In the original dedication of the Sonnets, it reads: *"TO THE ONLY BEGETTER OF THESE ENSUING SONNETS, Mr. WH all happiness our ever living poet wisheth the well wishing*

Por isso sou feliz, por amar e ser amado
De onde não posso me afastar, nem ser afastado.

Cyril declarou que esse soneto seria completamente ininteligível se imaginarmos ter sido dedicado ao Conde de Pembroke ou ao Conde de Southampton, ambos ocupantes de altos posto na Inglaterra, com todo direito de serem chamados 'grandes príncipes'; e para corroborar essa sua concepção, leu-me os sonetos CXXIV e CXXV, nos quais Shakespeare nos informa que o seu amado não é 'um filho da realeza', que ele 'não sofre em sorridente pompa', e que foi 'forjado longe das casualidades'. Escutei tudo com grande interesse, pois não creio que tivessem feito essa suposição antes; mas o que se seguiu era ainda mais curioso, e me pareceu naquele momento solucionar inteiramente a questão sobre Pembroke. Sabemos, por Meres, que os Sonetos foram escritos antes de 1598, e que o soneto CIV revela que a amizade de Shakespeare pelo Sr. W. H. já existia há três anos. Bem, Lorde Pembroke, nascido em 1580, não veio a Londres antes dos 18 anos de idade, isso quer dizer, antes de 1598; Segundo o soneto, o relacionamento de Shakespeare com o Sr. W. H. precisa ter começado em 1594, ou, no máximo, em 1595. Por conseguinte, Shakespeare não poderia ter conhecido Lorde Pembroke antes dos Sonetos terem sido escritos.

"Cyril afirmou também que o pai de Pembroke viveu até 1601; entretanto, fica evidente no verso,

Tiveste um pai, permita a seu filho dizer o mesmo,

que o pai do Sr. W. H. morrera em 1598. Além disso, é absurdo supor que qualquer editor da época, e o prefácio da obra foi escrito por um editor, ousasse chamar William Herbert, Conde de Pembroke, de Sr. W. H.; o caso de Lorde Buckhurst, chamado de Sr. Sackville, não é um exemplo similar, pois Lorde Buckhurst não era um par, mas o filho mais jovem de um dos pares, com um título por cortesia; e o trecho no *England's Parnassus* no qual é assim chamado, não é uma dedicatória formal e imponente, mas simplesmente uma alusão casual. O mesmo para Lorde Pembroke, cujas supostas reivindicações Cyril facilmente demoliu enquanto ouvia-o, assombrado. Quanto a Lorde Southampton, Cyril teve ainda menos dificuldade. Southampton, ainda jovem, tornou-se amante de Elizabeth Vernon, de modo que não precisou que lhe implorassem para casar; não era bonito e não se parecia com a mãe, como Mr. W. H.:

Tu és o espelho de tua mãe, e ela em ti
Evoca a encantadora primavera de sua plenitude;

e, acima de tudo, o seu nome de batismo era Henry, enquanto os sonetos CXXXV e CXLIII mostram que o nome de batismo de Shakespeare e de seu amigo eram o mesmo: Will.

"Quanto às sugestões dos infelizes comentadores: de que o Sr. W. H. é um erro de impressão, pois deveria ter sido escrito Sr. W.S., significando Sr. William Shakespeare; que 'Sr. W. H. all' deveria ser lido 'Sr. W. Hall'; ou que Sr. W. H. é o Sr. William Hathaway, e que deveria ser colocado um ponto final depois de 'deseja"', fazendo do

---

* Na dedicatória original dos *Sonetos*, lê-se: *"TO THE ONLY BEGETTER OF THESE ENSUING SONNETS, Mr. W. H. all happiness our ever living poet wisheth the well wishing adventurer in*

of the dedication, Cyril got rid of them in a very short time; and it is not worth while to mention his reasons, though I remember he sent me off into a fit of laughter by reading to me, I am glad to say not in the original, some extracts from a German commentator called Barnstorff, who insisted that Mr. W. H. was no less a person than 'Mr. William Himself'. Nor would he allow for a moment that the Sonnets are mere satires on the work of Drayton and John Davies of Hereford. To him, as indeed to me, they were poems of serious and tragic import, wrung out of the bitterness of Shakespeare's heart, and made sweet by the honey of his lips. Still less would he admit that they were merely a philosophical allegory, and that in them Shakespeare is addressing his Ideal Self, or Ideal Manhood, or the Spirit of Beauty, or the Reason, or the Divine Logos, or the Catholic Church. He felt, as indeed I think we all must feel, that the Sonnets are addressed to an individual – to a particular young man whose personality for some reason seems to have filled the soul of Shakespeare with terrible joy and no less terrible despair.

"Having in this manner cleared the way as it were, Cyril asked me to dismiss from my mind any preconceived ideas I might have formed on the subject, and to give a fair and unbiassed hearing to his own theory. The problem he pointed out was this: Who was that young man of Shakespeare's day who, without being of noble birth or even of noble nature, was addressed by him in terms of such passionate adoration that we can but wonder at the strange worship, and are almost afraid to turn the key that unlocks the mystery of the poet's heart? Who was he whose physical beauty was such that it became the very corner-stone of Shakespeare's art; the very source of Shakespeare's inspiration; the very incarnation of Shakespeare's dreams? To look upon him as simply the object of certain love-poems is to miss the whole meaning of the poems: for the art of which Shakespeare talks in the Sonnets is not the art of the Sonnets themselves, which indeed were to him but slight and secret things – it is the art of the dramatist to which he is always alluding; and he to whom Shakespeare said:

Thou art all my art, and dost advance
As high as learning my rude ignorance,
he to whom he promised immortality,
Where breath most breathes, even in the mouths of men,

was surely none other than the boy-actor for whom he created Viola and Imogen, Juliet and Rosalind, Portia and Desdemona, and Cleopatra herself. This was Cyril Graham's theory, evolved as you see purely from the Sonnets themselves, and depending for its acceptance not so much on demonstrable proof or formal evidence, but on a kind of spiritual and artistic sense, by which alone he claimed could the true meaning of the poems be discerned. I remember his reading to me that fine sonnet:

How can my Muse want subject to invent,
While thou dost breathe, that pour'st into my verse
Thine own sweet argument, too excellent
For every vulgar paper to rehearse?
O, give thyself the thanks, if aught in me

adventurer in setting forth TT. The initials TT belong to Thomas Thorpe, publisher of the work .

Sr. W. H. o autor e não o objeto da dedicatória, Cyril eliminou-as em pouco tempo. Não vale a pena citar as razões, pois me lembro de ter tido um acesso de riso quando ele leu para mim – não do original, fico feliz em dizer – algumas partes extraídas de Barnstorff, comentador alemão, que insistia que o Sr. W. H. não era ninguém senão o Sr. William Himself*. Também não admitiu nem por um momento que os Sonetos fossem meras sátiras do trabalho de Drayton e de John Davis de Hereford. Para ele, e também para mim, tratavam-se de poemas de significado sério e trágico, fruto do coração amargurado de Shakespeare, adoçados pelo mel de seus lábios. Menos ainda poderia ele admitir tratarem-se de meras alegorias filosóficas, em que Shakespeare se dirigia ao seu Eu Ideal ou à Humanidade Ideal, ou ao Espírito da Beleza, ou da Razão, ou do Divino Logos ou da Igreja Católica. Ele sentia, como penso que todos nós sentimos, que os Sonetos são dedicados a uma pessoa – a um jovem em especial, cuja personalidade por alguma razão preencheu a alma de Shakespeare com terrível alegria e também com terrível desespero.

"Abrindo caminho dessa forma, Cyril pediu que eliminasse da minha mente quaisquer ideias pré-concebidas que tivesse elaborado sobre o assunto e ouvisse com atenção e carinho a sua teoria. O problema apontado foi o seguinte: quem era o jovem contemporâneo a Shakespeare que, sem ter nascido nobre ou possuir um caráter nobre, tinha inspirado tamanha adoração passional que ainda hoje nos surpreende com sua estranha adoração; sendo quase temerário dar voltas na chave que destranca o mistério do coração do poeta? Quem era aquele, cuja beleza física era tanta a ponto de tornar-se a pedra angular da arte de Shakespeare; a verdadeira fonte inspiradora de Shakespeare; a verdadeira encarnação dos sonhos de Shakespeare? Olhá-lo como se fosse simplesmente o objeto de alguns poemas de amor é perder todo o significado dos poemas: pois a arte de que fala Shakespeare nos Sonetos não é a arte dos próprios Sonetos, que, na verdade, não foram para ele senão coisas secretas e passageiras – é a arte do dramaturgo a quem está sempre se referindo, e sobre o qual Shakespeare diz:

> Tu és toda a minha arte, e faz avançar
> Tão alto quanto o saber, a minha rude ignorância
> ele, a quem o poeta prometeu a imortalidade,
> Onde o sopro é mais intenso, ainda que nos lábios dos homens,

com certeza não era ninguém senão o jovem ator para quem foram criadas Viola e Imogênia, Julieta e Rosalinda e a própria Cleópatra. Essa era a teoria de Cyril Graham, baseada, como pode ver puramente nos próprios Sonetos, não dependendo, para sua aceitação de muitas provas demonstráveis ou de evidências formais, mas só de uma espécie de senso artístico, pelo qual só seria possível discernir o verdadeiro significado dos poemas. Lembro-me de Cyril lendo para mim este belo soneto:

> Como pode a minha Musa ansiar por um tema
> Enquanto o teu sopro, que derrama em meus versos
> Teu doce e próprio argumento, é demasiado superior
> Para que um papel comum o divulgue?
> Ó, dê graças a ti mesmo, se engrandece em mim

---

setting forth T. T." As iniciais T. T. pertencem a Thomas Thorpe, editor da obra.
Himself: ele mesmo, algo como Sr. William, ele mesmo.

Worthy perusal stand against thy sight;
For who's so dumb that cannot write to thee,
When thou thyself dost give invention light?
Be thou the tenth Muse, ten times more in worth
Than those old nine which rhymers invocate;
And he that calls on thee, let him bring forth
Eternal numbers to outlive long date

and pointing out how completely it corroborated his theory; and indeed he went through all the Sonnets carefully, and showed, or fancied that he showed, that, according to his new explanation of their meaning, things that had seemed obscure, or evil, or exaggerated, became clear and rational, and of high artistic import, illustrating Shakespeare's conception of the true relations between the art of the actor and the art of the dramatist.

"It is of course evident that there must have been in Shakespeare's company some wonderful boy-actor of great beauty, to whom he intrusted the presentation of his noble heroines; for Shakespeare was a practical theatrical manager as well as an imaginative poet, and Cyril Graham had actually discovered the boy-actor's name. He was Will, or, as he preferred to call him, Willie Hughes. The Christian name he found of course in the punning sonnets, CXXXV and CXLIII; the surname was, according to him, hidden in the seventh line of the 20th Sonnet, where Mr. W. H. is described as:

A man in hew, all Hews in his controwling*.

"In the original edition of the Sonnets 'Hews' is printed with a capital letter and in italics, and this, he claimed, showed clearly that a play on words was intended, his view receiving a good deal of corroboration from those sonnets in which curious puns are made on the words 'use' and 'usury'. Of course I was converted at once, and Willie Hughes became to me as real a person as Shakespeare. The only objection I made to the theory was that the name of Willie Hughes does not occur in the list of the actors of Shakespeare's company as it is printed in the first folio. Cyril, however, pointed out that the absence of Willie Hughes's name from this list really corroborated the theory, as it was evident from Sonnet LXXXVI that Willie Hughes had abandoned Shakespeare's company to play at a rival theatre, probably in some of Chapman's plays. It is in reference to this that in the great sonnet on Chapman, Shakespeare said to Willie Hughes:

But when your countenance fill'd up his line,
Then lack'd I matter; that enfeebled mine

the expression 'when your countenance filled up his line' referring obviously to the beauty of the young actor giving life and reality and added charm to Chapman's verse, the same idea being also put forward in the 79th Sonnet:

---

* *"A man in hew, all hews in his controlling."* Hew and Hughes present similar pronunciation, forming a play on words. Hew is the archaic form of hue: coloration.

Valiosa leitura, que submete-se ao teu olhar
Pois quem é tão tolo que não possa escrever para ti
Quando és tu mesmo quem ilumina a criação?
Sê tu a décima Musa, dez vezes mais digno
Que as antigas nove que o rimador invoca
E àquele que te chama, deixe que produza
Eternos versos para sobreviverem eternamente.

e argumentando o quanto isso corroborava a sua teoria. Na verdade, Cyril percorreu todos os Sonetos cuidadosamente e mostrou, ou imaginou ter mostrado, que, de acordo com a sua nova explanação, as coisas que pareciam obscuras, ou más, ou exageradas, tornavam-se claras e racionais e da mais artística importância, ilustrando a concepção de Shakespeare da verdadeira relação entre a arte e o ator, entre o ator e o dramaturgo.

Sem dúvida fica evidente que deve ter havido, na companhia teatral de Shakespeare, algum maravilhoso jovem ator de grande beleza, a quem o dramaturgo confiou a representação das nobres heroínas, pois Shakespeare era tanto um empresário teatral prático quanto um poeta criativo, e Cyril Graham descobriu até mesmo o nome do jovem ator. Chama-se Will, ou, como preferia ser chamado, Willie Hughes. O nome de batismo foi descoberto em um jogo de palavras, nos sonetos CXXXV e CXLIII; o sobrenome, segundo Cyril, esconde-se na sétima linha do vigésimo soneto, em que o Sr. W. H. é descrito como:

Um homem em matiz, que a todos matizes controla*

Na edição original dos Sonetos, 'Hews' está impresso com letra maiúscula e em itálico, e isso, Cyril sustentava, demonstrava claramente um trocadilho intencional, ponto de vista corroborado em grande parte por aqueles sonetos em que se fazia um curioso jogo de palavras com 'uso' e 'usura'. Claro que fui convencido a princípio, e Willie Hughes tornou-se para mim tão real quanto Shakespeare. A única objeção que fiz foi em relação ao nome de Willie Hughes não constar da lista de atores da companhia teatral de Shakespeare, impressa no primeiro fólio. Cyril, entretanto, argumentou que a omissão do nome de Willie Hughes da lista na verdade corroborava a teoria, ficando evidente no soneto LXXXVI que Willie Hughes abandonar a companhia de Shakespeare para atuar em um teatro rival, provavelmente em alguma peça de Chapman. Em referência a isso, no grande soneto sobre Chapman, Shakespeare disse sobre Willie Hughes:

Mas quando o seu semblante preenche-lhe os versos,
Os meus temas se esvaziam, se enfraquecem

a expressão 'mas quando o seu semblante preenche-lhe os versos' refere-se obviamente à beleza do jovem ator proporcionando vida e realidade, agregando encantamento aos versos de Chapman; a mesma ideia é demonstrada no 79º Soneto:

---

* *"A man in hew, all Hews in his controlling"*. Hew e Hughes apresentam pronúncia similar, formando um jogo de palavras. Hew é a forma arcaica de hue: matiz, coloração.

Whilst I alone did call upon thy aid,
My verse alone had all thy gentle grace;
But now my gracious numbers are decay'd,
And my sick Muse doth give another place;

and in the immediately preceding sonnet, where Shakespeare says:

Every alien pen has got my use
And under thee their poesy disperse,

the play upon words (use = Hughes) being of course obvious, and the phrase 'under thee their poesy disperse', meaning 'by your assistance as an actor bring their plays before the people'.

'It was a wonderful evening, and we sat up almost till dawn reading and re-reading the Sonnets. After some time, however, I began to see that before the theory could be placed before the world in a really perfected form, it was necessary to get some independent evidence about the existence of this young actor, Willie Hughes. If this could be once established, there could be no possible doubt about his identity with Mr. W. H.; but otherwise the theory would fall to the ground. I put this forward very strongly to Cyril, who was a good deal annoyed at what he called my Philistine tone of mind, and indeed was rather bitter upon the subject. However, I made him promise that in his own interest he would not publish his discovery till he had put the whole matter beyond the reach of doubt; and for weeks and weeks we searched the registers of City churches, the Alleyn MSS. at Dulwich, the Record Office, the papers of the Lord Chamberlain - everything, in fact, that we thought might contain some allusion to Willie Hughes. We discovered nothing, of course, and every day the existence of Willie Hughes seemed to me to become more problematical. Cyril was in a dreadful state, and used to go over the whole question day after day, entreating me to believe; but I saw the one flaw in the theory, and I refused to be convinced till the actual existence of Willie Hughes, a boy-actor of Elizabethan days, had been placed beyond the reach of doubt or cavil.

"One day Cyril left town to stay with his grandfather – I thought at the time, but I afterwards heard from Lord Crediton that this was not the case – and about a fortnight afterwards I received a telegram from him, handed in at Warwick, asking me to be sure to come and dine with him that evening at eight o'clock. When I arrived, he said to me, 'The only apostle who did not deserve proof was St. Thomas, and St. Thomas was the only apostle who got it'. I asked him what he meant. He answered that he had not merely been able to establish the existence in the sixteenth century of a boy-actor of the name of Willie Hughes, but to prove by the most conclusive evidence that he was the Mr. W. H. of the Sonnets. He would not tell me anything more at the time; but after dinner he solemnly produced the picture I showed you, and told me that he had discovered it by the merest chance nailed to the side of an old chest that he had bought at a farmhouse in Warwickshire. The chest itself, which was a very fine example of Elizabethan work, he had, of course, brought with him, and in the centre of the front panel the initials W. H. were undoubtedly carved. It was this monogram that had attracted his attention, and he told me that it was not till he had had the chest in his possession for several days that he had thought of making any careful examina-

Enquanto somente eu invocava teu auxílio,
Somente os meus versos tinham a tua graça gentil
Mas agora os meus graciosos versos estão decaídos
E a minha Musa enferma dá a outro o seu lugar;

e no soneto imediatamente anterior, em que Shakespeare diz:

Toda pena estrangeira imita o meu estilo
E sob ti a poesia deles se dispersa,

o jogo com as palavras (*use* [estilo] = *Hughes)* torna-se óbvio, é claro, e a frase
'*E sob ti a poesia deles se dispersa*', significa '*com a tua ajuda, como ator, trazem as
peças perante o público*'.

"Foi uma tarde maravilhosa e ficamos quase até o anoitecer lendo e relendo os
Sonetos. Após algum tempo, no entanto, comecei a ver que antes da teoria ser apresentada ao mundo em uma forma verdadeiramente perfeita, era preciso conseguir algumas evidências independentes sobre a existência deste jovem ator, Willie Hughes.
Se pudesse ser imediatamente estabelecido, não haveria nenhuma dúvida possível a
respeito da identidade de Willie Hughes com o Sr. W. H.; de outra maneira a teoria
cairia por terra. Com muita firmeza, expus esse ponto para Cyril, que ficou bastante
irritado com o que chamou de modo filisteu de pensar, e, parecendo um tanto amargo
quanto a isso. Entretanto, eu o fiz prometer que, para seu próprio bem, não deveria
publicar a descoberta até ter eliminado qualquer risco de dúvida sobre o assunto.
Por semanas a fio nós procuramos registros nas igrejas da cidade, os manuscritos de
Alleyn em Dulwich, nos registros oficiais e nos documentos do Lorde Camarista: tudo
que de fato pudesse conter qualquer alusão a Willie Hughes. Não descobrimos nada,
claro, e a cada dia a existência de Willie Hughes me parecia mais problemática. Cyril
estava em um estado lastimável, e costumava repetir a teoria dia após dia, suplicando
para que eu acreditasse; mas tinha percebido a única falha na teoria e recusei-me a
ser convencido até que a real existência de Willie Hughes, o jovem ator elisabetano,
estivesse livre de qualquer sombra de dúvida ou de qualquer objeção.

"Um dia Cyril deixou a cidade para visitar o seu avô – foi o que pensei naquele
tempo, mas posteriormente ouvi de Lorde Crediton que ele não tinha ido – e cerca de
duas semanas mais tarde recebi um telegrama dele, escrito em Warwick, pedindo-me que fosse procurá-lo e que jantasse com ele naquela noite, às oito horas. Quando
cheguei, disse-me, 'O único apóstolo que não merecia receber provas era São Tomé,
e São Tomé foi o único a obtê-las'. Perguntei-lhe o que ele queira dizer com aquilo.
Respondeu-me que não apenas estava apto a estabelecer a existência de um jovem
ator do século XVI chamado Willie Hughes como a provar, com a evidência mais
conclusiva, que esse era o Sr. W. H. dos Sonetos. Disse-me que naquele momento não
poderia revelar mais nada. Após o jantar, apresentou solenemente a pintura que lhe
mostrei, dizendo tê-la descoberto por mero acaso, pregada do lado de dentro de uma
arca que comprara em uma fazenda em Warwickshire. A própria arca, um belíssimo
exemplar do período elisabetano, ele naturalmente trouxera consigo e no meio do
painel central estavam gravadas, de modo indubitável, as iniciais W. H. Segundo ele,
tinha sido o monograma que atraíra a atenção, e que foi somente após ter estado de
posse da arca por muitos dias que lhe ocorreu fazer uma inspeção cuidadosa em seu

tion of the inside. One morning, however, he saw that one of the sides of the chest was much thicker than the other, and looking more closely, he discovered that a framed panel picture was clamped against it. On taking it out, he found it was the picture that is now lying on the sofa. It was very dirty, and covered with mould; but he managed to clean it, and, to his great joy, saw that he had fallen by mere chance on the one thing for which he had been looking. Here was an authentic portrait of Mr. W. H., with his hand resting on the dedicatory page of the Sonnets, and on the frame itself could be faintly seen the name of the young man written in black uncial letters on a faded gold ground, 'Master Will. Hews'.

"Well, what was I to say? It never occurred to me for a moment that Cyril Graham was playing a trick on me, or that he was trying to prove his theory by means of a forgery."

"But is it a forgery?", I asked.

"Of course it is", said Erskine. "It is a very good forgery; but it is a forgery none the less. I thought at the time that Cyril was rather calm about the whole matter; but I remember he more than once told me that he himself required no proof of the kind, and that he thought the theory complete without it. I laughed at him, and told him that without it the theory would fall to the ground, and I warmly congratulated him on the marvellous discovery. We then arranged that the picture should be etched or facsimiled, and placed as the frontispiece to Cyril's edition of the Sonnets; and for three months we did nothing but go over each poem line by line, till we had settled every difficulty of text or meaning. One unlucky day I was in a print-shop in Holborn, when I saw upon the counter some extremely beautiful drawings in silver-point. I was so attracted by them that I bought them; and the proprietor of the place, a man called Rawlings, told me that they were done by a young painter of the name of Edward Merton, who was very clever, but as poor as a church mouse. I went to see Merton some days afterwards, having got his address from the printseller, and found a pale, interesting young man, with a rather common-looking wife – his model, as I subsequently learned. I told him how much I admired his drawings, at which he seemed very pleased, and I asked him if he would show me some of his other work. As we were looking over a portfolio, full of really very lovely things – for Merton had a most delicate and delightful touch - I suddenly caught sight of a drawing of the picture of Mr. W. H. There was no doubt whatever about it. It was almost a facsimile - the only difference being that the two masks of Tragedy and Comedy were not suspended from the marble table as they are in the picture, but were lying on the floor at the young man's feet. 'Where on earth did you get that?', I said. He grew rather confused, and said, 'Oh, that is nothing. I did not know it was in this portfolio. It is not a thing of any value'. 'It is what you did for Mr. Cyril Graham', exclaimed his wife; 'and if this gentleman wishes to buy it, let him have it'. 'For Mr. Cyril Graham?', I repeated. 'Did you paint the picture of Mr. W. H.?' 'I don't understand what you mean', he answered, growing very red. Well, the whole thing was quite dreadful. The wife let it all out. I gave her five pounds when I was going away. I can't bear to think of it now; but of course I was furious. I went off at once to Cyril's chambers, waited there for three hours before he came in, with that horrid lie staring me in the face, and told him I had discovered his forgery. He grew very pale and said, 'I did it purely for your sake. You would not be convinced in any other way. It does not affect the truth of the theory'. 'The truth of the

interior. Certa manhã, notara que um dos lados da arca era muito mais espesso que o outro e, olhando mais de perto, encontrou um painel pintado e emoldurado, que estava pregado contra a lateral. Ao retirá-lo, descobriu a pintura que agora repousa sobre o sofá. Estava muito suja e coberta de mofo; mas ele a limpou e, para o seu imenso contentamento, viu ter encontrado por mero acaso aquilo por que estivera procurando. Ali estava um autêntico retrato do Sr. W. H., cuja mão repousava sobre a página da dedicatória dos Sonetos, e na própria moldura poderia ser visto o nome, um tanto apagado, do jovem, escrito em letras pretas e grosseiras sobre o fundo dourado desgastado, 'Master Will Hews'.

Bem, o que poderia dizer? Nunca me ocorreu que Cyril Graham estava me pregando uma peça, ou que estivesse tentando provar sua teoria por meio de uma falsificação."

"Mas é uma falsificação?", eu perguntei.

"Claro que é", disse Erskine. "Uma falsificação muito boa; mas uma falsificação, nada além disso. Achei, naquele momento, que Cyril estava um tanto calmo demais em relação a tudo isso, mas lembro-me de ele ter dito mais de uma vez que não necessitava de nenhuma prova do tipo e que julgava a teoria completa sem isso. Ri-me dele, disse-lhe que sem aquilo a teoria cairia por terra, e felicitei-o calorosamente pela maravilhosa descoberta. Combinamos que a pintura deveria se reproduzida em água-forte ou facsímile, e posicionada no frontispício da edição que Cyril faria dos Sonetos. Por três meses não fizemos nada além de examinar linha por linha cada poema até que tivéssemos resolvido todas as dificuldades do texto e dos significados. Em um dia infeliz, estava em uma loja de gravuras em Holborn quando vi sobre o balcão alguns desenhos extremamente belos feitos com ponteira de prata. Fiquei tão atraído que os comprei; o proprietário do lugar, um homem chamado Rawlings, disse-me que tinham sido obra de um jovem pintor, Edward Merton, que era muito inteligente mas tão pobre quanto um rato de igreja. Dias mais tarde, decidi visitar Merton, pois conseguira o endereço com o vendedor de gravuras; encontrei um jovem pálido e interessante, com uma esposa de aparência um tanto comum: sua modelo, soube depois. Disse-lhe o quanto admirava seus desenhos, ao que me pareceu muito satisfeito, e perguntei se poderia me mostrar alguns outros trabalhos. Enquanto olhava o fólio repleto de coisas verdadeiramente adoráveis, pois Merton tinha um toque delicado e encantador, de repente vi um esboço da pintura do Sr. W. H. Não havia qualquer duvida a respeito, era quase um facsímile, a única diferença é que as duas máscaras da Tragédia e da Comédia não estavam suspensas na mesa de mármore, como na pintura, mas encontravam-se repousando no chão, aos pés do jovem. 'Onde, neste mundo, conseguiu isso?', disse. Ele ficou um tanto confuso e respondeu, 'Ó! Isso não é nada. Não sabia que estava neste fólio. Não tem nenhum valor'. 'Esse é o desenho que vez para o Sr. Cyril Graham', exclamou a esposa, 'e se o cavalheiro deseja comprá-lo, deixe que o leve'. 'Para Cyril Graham', repeti. 'Pintou o quadro do Sr. W. H.?'. 'Não sei do que está falando', respondeu o pintor, enrubescendo. Bem, foi tudo muito terrível. A esposa contou-me tudo. Dei a ela cinco libras quando estava indo embora. Não posso suportar pensar nisso agora, mas claro que fiquei furioso. Fui imediatamente à casa de Cyril, esperei por três horas até chegasse, com aquela horrível mentira me encarando, e, quando chegou, revelei ter descoberto a falsificação. Ficou muito pálido e disse, 'Fiz isso puramente por sua causa. Não seria convencido de outra maneira. Isso não

theory!', I exclaimed; 'the less we talk about that the better. You never even believed in it yourself. If you had, you would not have committed a forgery to prove it'. High words passed between us; we had a fearful quarrel. I dare say I was unjust. The next morning he was dead."

"Dead!", I cried,

"Yes; he shot himself with a revolver. Some of the blood splashed upon the frame of the picture, just where the name had been painted. By the time I arrived – his servant had sent for me at once – the police were already there. He had left a letter for me, evidently written in the greatest agitation and distress of mind."

"What was in it?", I asked.

"Oh, that he believed absolutely in Willie Hughes; that the forgery of the picture had been done simply as a concession to me, and did not in the slightest degree invalidate the truth of the theory; and, that in order to show me how firm and flawless his faith in the whole thing was, he was going to offer his life as a sacrifice to the secret of the Sonnets. It was a foolish, mad letter. I remember he ended by saying that he intrusted to me the Willie Hughes theory, and that it was for me to present it to the world, and to unlock the secret of Shakespeare's heart."

"It is a most tragic story", I cried; "but why have you not carried out his wishes?"

Erskine shrugged his shoulders. "Because it is a perfectly unsound theory from beginning to end", he answered.

"My dear Erskine", I said, getting up from my seat, "you are entirely wrong about the whole matter. It is the only perfect key to Shakespeare's Sonnets that has ever been made. It is complete in every detail. I believe in Willie Hughes."

"Don't say that", said Erskine gravely; "I believe there is something fatal about the idea, and intellectually there is nothing to be said for it. I have gone into the whole matter, and I assure you the theory is entirely fallacious. It is plausible up to a certain point. Then it stops. For heaven's sake, my dear boy, don't take up the subject of Willie Hughes. You will break your heart over it."

"Erskine", I answered, "it is your duty to give this theory to the world. If you will not do it, I will. By keeping it back you wrong the memory of Cyril Graham, the youngest and the most splendid of all the martyrs of literature. I entreat you to do him justice. He died for this thing, don't let his death be in vain."

Erskine looked at me in amazement. "You are carried away by the sentiment of the whole story", he said. "You forget that a thing is not necessarily true because a man dies for it. I was devoted to Cyril Graham. His death was a horrible blow to me. I did not recover it for years. I don't think I have ever recovered it. But Willie Hughes? There is nothing in the idea of Willie Hughes. No such person ever existed. As for bringing the whole thing before the world – the world thinks that Cyril Graham shot himself by accident. The only proof of his suicide was contained in the letter to me, and of this letter the public never heard anything. To the present day Lord Crediton thinks that the whole thing was accidental."

"Cyril Graham sacrificed his life to a great Idea", I answered; "and if you will not tell of his martyrdom, tell at least of his faith."

afeta a verdade da teoria'. 'A verdade da teoria!', exclamei, 'quanto menos falarmos disso, melhor. Você mesmo nunca acreditou nela. Se tivesse, nunca teria feito uma falsificação para prová-la'. Dissemos palavras duras entre nós; tivemos uma temível discussão. No dia seguinte ele estava morto."

"Morto!", bradei.

"Sim; atirou em si mesmo com um revólver. Parte do sangue espirrou sobre a moldura do quadro, exatamente onde o nome fora pintado. Quando cheguei – o empregado mandara-me chamar imediatamente – a polícia já estava lá. Deixou uma carta para mim e era evidente que fora escrita em grande sofrimento e agitação mental."

"E o que ela continha?", perguntei.

"Ó, que ele acreditava absolutamente em Wille Hughes; que a falsificação da pintura tinha sido feita simplesmente como uma concessão para mim e nem de leve invalidava a verdade da teoria; e com a intenção de me mostrar o quão firme e impecável era sua confiança em tudo aquilo, iria oferecer a vida em sacrifício ao segredo dos Sonetos. Era uma carta tola e insana. Lembro-me que terminou dizendo que confiava a mim a teoria de Willie Hughes, que eu deveria apresentá-la ao mundo e destrancar o segredo do coração de Shakespeare."

"É uma história muito trágica", disse, "mas por que não cumpriu-lhe o desejo?"

Erskine encolheu os ombros. "Pois é uma teoria completamente infundada do começo ao fim", respondeu.

"Meu caro Erskine", disse, levantando-me, "está completamente enganado sobre tudo. Essa é a única chave perfeita para os Sonetos de Shakespeare que já foi elaborada até agora. É completa em todos os detalhes. Acredito em Willie Hughes."

"Não diga isso", disse Erskine gravemente; "Penso que exista algo fatal a respeito dessa ideia, e intelectualmente não há nada para se dizer sobre isso. Estudei todo o assunto, e garanto a você que a teoria é inteiramente falaciosa. É plausível até certo ponto. Depois, para. Pelo amor de Deus, meu caro jovem, não leve em consideração esse assunto de Willie Hughes. Você vai se decepcionar com isso."

"Erskine", respondi, "é seu dever oferecer essa teoria ao mundo. Se não o fizer, eu o farei. Relegando-a, você ofende a memória de Cyril Graham, o mais jovem e mais esplêndido mártir da literatura. Suplico que faça justiça. Ele morreu por isso, não permita que a morte dele seja em vão."

Erskine olhou para mim, assombrado. "Está sendo levado pela emoção da história toda", disse-me. "Esquece-se de que uma coisa não é necessariamente verdade só porque alguém morreu por isso. Eu era dedicado a Cyril Graham. Sua morte foi um horrível golpe para mim, não me recuperei por anos. Acredito nunca ter me recuperado. Mas Willie Hughes? Não há nada na teoria de Willie Hughes. Tal pessoa jamais existiu. E quanto a trazer tudo isso perante o mundo, o mundo pensa que Cyril Graham atirou em si mesmo por acidente. A única prova do suicídio está contida na carta endereçada para mim, e sobre essa carta o público nunca ouviu nada. Até hoje Lorde Crediton pensa que tudo foi um mero acidente!"

"Cyril Graham sacrificou a vida por uma grande Ideia", respondi, "e se não vai contar sobre o martírio dele, conte pelo menos sobre a sua fé."

"His faith", said Erskine, "was fixed in a thing that was false, in a thing that was unsound, in a thing that no Shakespearean scholar would accept for a moment. The theory would be laughed at. Don't make a fool of yourself, and don't follow a trail that leads nowhere. You start by assuming the existence of the very person whose existence is the thing to be proved. Besides, everybody knows that the Sonnets were addressed to Lord Pembroke. The matter is settled once for all."

"The matter is not settled!", I exclaimed. "I will take up the theory where Cyril Graham left it, and I will prove to the world that he was right."

"Silly boy!", said Erskine. "Go home: it is after two, and don't think about Willie Hughes any more. I am sorry I told you anything about it, and very sorry indeed that I should have converted you to a thing in which I don't believe."

"You have given me the key to the greatest mystery of modern literature", I answered; "and I shall not rest till I have made you recognise, till I have made everybody recognise, that Cyril Graham was the most subtle Shakespearean critic of our day."

As I walked home through St. James's Park the dawn was just breaking over London. The white swans were lying asleep on the polished lake, and the gaunt Palace looked purple against the pale-green sky. I thought of Cyril Graham, and my eyes filled with tears.

CHAPTER II

It was past twelve o'clock when I awoke, and the sun was streaming in through the curtains of my room in long slanting beams of dusty gold. I told my servant that I would be at home to no one; and after I had had a cup of chocolate and a petit-pain, I took down from the book-shelf my copy of Shakespeare's Sonnets, and began to go carefully through them. Every poem seemed to me to corroborate Cyril Graham's theory. I felt as if I had my hand upon Shakespeare's heart, and was counting each separate throb and pulse of passion. I thought of the wonderful boy-actor, and saw his face in every line.

Two sonnets, I remember, struck me particularly: they were the 53rd and the 67th. In the first of these, Shakespeare, complimenting Willie Hughes on the versatility of his acting, on his wide range of parts, a range extending from Rosalind to Juliet, and from Beatrice to Ophelia, says to him:

> What is your substance, whereof are you made,
> That millions of strange shadows on you tend?
> Since every one hath, every one, one shade,
> And you, but one, can every shadow lend

lines that would be unintelligible if they were not addressed to an actor, for the word 'shadow' had in Shakespeare's day a technical meaning connected with the stage. "The best in this kind are but shadows", says Theseus of the actors in the "Midsummer Night's Dream", and there are many similar allusions in the literature of the

"Sua fé", disse Erskine, "tinha fixação por uma coisa falsa, uma coisa infundada, uma coisa que nenhum estudioso shakespeareano aceitaria nem por um momento. A teoria seria ridicularizada. Não faça de si um tolo, não siga uma caminho que não leva a parte alguma. Começa assumindo a existência da mesma pessoa cuja a existência é justamente o que deve ser provado. Além do mais, todos sabem que os Sonetos foram dedicados a Lorde Pembroke. O assunto está encerrado definitivamente."

"O assunto não está encerrado!", exclamei. "Retomarei a teoria do ponto em que Cyril Graham a deixou, e provarei ao mundo que ele estava certo."

"Tolo!", disse Erskine. "Vá para casa: já passam das duas, e não pense mais sobre Willie Hughes. Sinto muito por ter lhe contado qualquer coisa a esse respeito, e lamento muito, de verdade, ter convencido você sobre uma coisa que eu não acredito."

"Deu-me a chave do maior mistério da moderna literatura", respondi; "e eu não descansarei enquanto não o fizer reconhecer, e enquanto não fizer que todos reconheçam, que Cyril Graham foi o crítico shakespeareano mais astuto de nossos dias."

Enquanto caminhava para casa pela St. James Park, a aurora caía sobre Londres. Os cisnes brancos dormiam no lago brilhante e o lúgubre palácio parecia púrpura contra o céu verde pálido. Pensei em Cyril Graham e os meus olhos encheram-se de lágrimas.

CAPÍTULO II

Era mais de meio-dia quando acordei, e o sol fluía através das cortinas do meu quarto em longos e oblíquos raios de luz de poeira dourada. Disse ao meu empregado que não estaria em casa para ninguém. Depois de tomar um copo de chocolate e um petit-pain, peguei da estante de livros minha cópia dos Sonetos de Shakespeare e comecei a avançar cuidadosamente por eles. Cada poema parecia corroborar a teoria de Cyril Graham. Senti como se pusesse a mão sobre o coração de Shakespeare, contando cada palpitação, cada pulsar da paixão. Pensei no maravilhoso jovem ator, e vi sua face em cada verso.

Dois sonetos, eu me lembro, tocaram-me em particular: o 53 e o 67. No primeiro desses, Shakespeare, elogiando Willie Hughes pela versatilidade na atuação e pela ampla variedade de papéis, que compreendia desde Rosalinda até Julieta, de Beatrice a Ofélia, diz para ele:

Qual é a tua substância, de que és feito,
Que milhões de estranhas sombras a ti ocorrem?
Pois todos têm, todos, apenas uma,
E tu, sendo um, pode todas emprestar

versos que seriam ininteligíveis se não fossem dedicados a um ator, pois a palavra "sombra" assumia, no tempo de Shakespeare, um significado técnico ligado ao palco. "Os melhores desse gênero não são nada além de sombras", disse Teseu sobre os atores em "Sonhos de uma noite de verão", e há muitas alusões similares

day. These sonnets evidently belonged to the series in which Shakespeare discusses the nature of the actor's art, and of the strange and rare temperament that is essential to the perfect stage-player. "How is it", says Shakespeare to Willie Hughes, "that you have so many personalities?" and then he goes on to point out that his beauty is such that it seems to realise every form and phase of fancy, to embody each dream of the creative imagination – an idea that is still further expanded in the sonnet that immediately follows, where, beginning with the fine thought,

> O, how much more doth beauty beauteous seem
> By that sweet ornament which truth doth give!

Shakespeare invites us to notice how the truth of acting, the truth of visible presentation on the stage, adds to the wonder of poetry, giving life to its loveliness, and actual reality to its ideal form. And yet, in the 67th Sonnet, Shakespeare calls upon Willie Hughes to abandon the stage with its artificiality, its false mimic life of painted face and unreal costume, its immoral influences and suggestions, its remoteness from the true world of noble action and sincere utterance.

> Ah, wherefore with infection should he live
> And with his presence grace impiety,
> That sin by him advantage should achieve
> And lace itself with his society?
> Why should false painting imitate his cheek,
> And steal dead seeming of his living hue?
> Why should poor beauty indirectly seek
> Roses of shadow, since his rose is true?

It may seem strange that so great a dramatist as Shakespeare, who realised his own perfection as an artist and his humanity as a man on the ideal plane of stage-writing and stage-playing, should have written in these terms about the theatre; but we must remember that in Sonnets CX and CXI, Shakespeare shows us that he too was wearied of the world of puppets, and full of shame at having made himself 'a motley to the view.' The 111th Sonnet is especially bitter:

> O, for my sake do you with Fortune chide,
> The guilty goddess of my harmful deeds,
> That did not better for my life provide
> Than public means which public manners breeds.
> Thence comes it that my name receives a brand,
> And almost thence my nature is subdued
> To what it works in, like the dyer's hand:
> Pity me then and wish I were renew'd...

and there are many signs elsewhere of the same feeling, signs familiar to all real students of Shakespeare.

One point puzzled me immensely as I read the Sonnets, and it was days before I struck on the true interpretation, which indeed Cyril Graham himself seems to have

na literatura da época. Esses sonetos evidentemente pertencem às séries nas quais Shakespeare discute a natureza da arte do ator, e do estranho e raro temperamento, essencial ao ator de teatro perfeito. "Como pode ser", diz Shakespeare a Willie Hughes, "que tenhas tantas personalidades?", e em seguida destaca que a beleza desse é tal que parece realizar toda forma e aspecto da fantasia, incorporar cada sonho da imaginação criativa – uma ideia que é ainda mais ampliada no soneto imediatamente posterior, que se inicia com o belo pensamento,

> Ó, quanto mais bela a beleza aparece
> Pelo doce ornamento que a verdade lhe dá!

Shakespeare convida-nos a observar como a verdade da atuação, a verdade da representação visível do palco somada à maravilha da poesia dá vida ao encanto desta, e realidade verdadeira à sua forma ideal. E ainda, no soneto 67, Shakespeare convida Willie Hughes a abandonar a artificialidade do palco, da vida falsa e mímica, de rostos pintados e trajes imaginários, com suas influências e sugestões imorais afastadas do mundo real das nobres ações e declarações sinceras.

> Ah, por que corrompido deve ele viver
> E com a tua presença agraciar a impiedade,
> Que o pecado sobre ele encontre vantagens
> E o traga preso junto a si?
> Por que deve a falsa pintura imitar-lhe o rosto
> E furtar as cores foscas da tua viva face?
> Por que a pobre beleza indiretamente buscou
> Rosas de sombras, se a tua rosa é verdadeira?

Parece estranho que um dramaturgo tão eminente quanto Shakespeare, que realizou a própria perfeição, como artista, e a própria humanidade, como ser humano, no plano ideal da dramaturgia escrevesse nesses termos a respeito do teatro. Mas devemos relembrar que nos sonetos CX e CXI, Shakespeare nos mostra estar cansado do mundo de marionetes, e completamente envergonhado de ter feito de si mesmo "um bufão aos olhos dos outros". O soneto 111 é especialmente amargo:

> Ó, por amor a mim com a Fortuna se indisponha,
> A deusa culpada pelos meus nocivos atos,
> Que nada melhor à minha via providenciou
> Além de públicos expedientes que públicos costumes geram.
> Disso advém que o meu nome uma marca receba,
> E por pouco a minha natureza é dominada
> Por aquilo que opera, como as mãos do tintureiro:
> Compadece-te de mim e deseja que eu me regenere...

e existem vestígios do mesmo sentimento em outras passagens, vestígios familiares ao estudiosos de Shakespeare.

Ao ler os Sonetos, um ponto me deixou imensamente confuso; isso aconteceu uns dias antes de eu me deparar com a verdadeira interpretação, a qual o próprio Cyril

missed. I could not understand how it was that Shakespeare set so high a value on his young friend marrying. He himself had married young, and the result had been unhappiness, and it was not likely that he would have asked Willie Hughes to commit the same error. The boy-player of Rosalind had nothing to gain from marriage, or from the passions of real life. The early sonnets, with their strange entreaties to have children, seemed to me a jarring note. The explanation of the mystery came on me quite suddenly, and I found it in the curious dedication. It will be remembered that the dedication runs as follows:

TO THE ONLIE BEGETTER OF
THESE INSUING SONNETS
MR. W. H. ALL HAPPINESSE
AND THAT ETERNITIE
PROMISED
BY
OUR EVER-LIVING POET
WISHETH
THE WELL-WISHING
ADVENTURER IN
SETTING
FORTH.
T. T.

Some scholars have supposed that the word "begetter*" in this dedication means simply the procurer of the Sonnets for Thomas Thorpe the publisher; but this view is now generally abandoned, and the highest authorities are quite agreed that it is to be taken in the sense of inspirer, the metaphor being drawn from the analogy of physical life. Now I saw that the same metaphor was used by Shakespeare himself all through the poems, and this set me on the right track. Finally I made my great discovery. The marriage that Shakespeare proposes for Willie Hughes is the marriage with his Muse, an expression which is definitely put forward in the 82nd Sonnet, where, in the bitterness of his heart at the defection of the boy-actor for whom he had written his greatest parts, and whose beauty had indeed suggested them, he opens his complaint by saying:

I grant thou wert not married to my Muse.

The children he begs him to beget are no children of flesh and blood, but more immortal children of undying fame. The whole cycle of the early sonnets is simply Shakespeare's invitation to Willie Hughes to go upon the stage and become a player. How barren and profitless a thing, he says, is this beauty of yours if it be not used:

When forty winters shall besiege thy brow
And dig deep trenches in thy beauty's field,

---

*   Begetter means: father, parent; causer, author, motivator. In famous translations, such as that of the French, made by Victor Hugo, which served as the basis for other translations in that language, this word is translated as " contractor, acquirer", changing the whole meaning of the dedication.

Graham parece não ter percebido. Não conseguia entender por que Shakespeare atribuía tanto valor ao casamento do jovem amigo. Ele mesmo tinha-se casado jovem, o que resultou em infelicidade, e era pouco provável que tivesse pedido a Willie Hughes que cometesse o mesmo erro. O jovem intérprete de Rosalinda não tinha nada a ganhar com o casamento, ou com as paixões da vida real. Os primeiros sonetos, com as estranhas súplicas para que tivesse filhos, me pareceram ser comentários em jargão profissional. A explicação do mistério me ocorreu imediatamente, encontrada nesta curiosa dedicatória. Devo lembrar que a dedicatória dizia o seguinte:

PARA O ÚNICO GERADOR
DOS SEGUINTES SONETOS
SR. W. H. TODA A FELICIDADE
E SUA ETERNIDADE
PROMETIDA
PELO
SEU POETA IMORTAL
DESEJA
COM BONS VOTOS
AVENTURAR EM
PUBLICAR
ESTA OBRA
T. T.

Alguns estudiosos lançaram a suposição de a palavra "begetter/gerador*" significa, nessa dedicatória, simplesmente a pessoa que entregou os Sonetos a Thomas Thorpe para que este os publicasse; mas essa visão é agora abandonada por todos, e as maiores autoridades concordam plenamente em que a palavra deve ser entendida no sentido de "inspirador", pois a metáfora foi desenhada segundo analogia com o mundo real. Agora vejo que a mesma metáfora foi usada pelo próprio Shakespeare ao longo dos poemas, e isso me pôs no caminho certo. Finalmente fiz minha grande descoberta. O casamento que Shakespeare propõem a Willie Hughes é o casamento com sua Musa, expressão que é definitivamente demonstrada no Soneto 82, em que, com o coração amargurado pela traição do jovem ator para quem tinha escrito seus melhores papéis, e cuja beleza em verdade tinha-o inspirado, o dramaturgo abre seu lamento, dizendo:

Concedo que tu não desposes a minha Musa,

Os filhos que o poeta implora que o jovem ator conceba não são filhos de sangue e carne, mas os filhos da imortalidade da fama. Todo o ciclo dos primeiros poemas refere-se simplesmente ao convite de Shakespeare a Willie Hughes para que vá ao placo e torne-se ator. Quão estéril e improdutiva é tua beleza, diz ele, se não é utilizada:

Quando quarenta invernos recaírem sobre a tua fronte
Cavando fundas trincheiras em teus belos campos,

---

* *Begetter* significa: genitor, pai; causador, autor, motivador. Em traduções célebres, como a do francês, feita por Victor Hugo, que serviu como base para as demais traduções naquele idioma, essa palavra é traduzida como "contratante, adquirente", alterando todo o sentido da dedicatória.

Thy youth's proud livery, so gazed on now,
Will be a tatter'd weed, of small worth held:
Then being ask'd where all thy beauty lies,
Where all the treasure of thy lusty days,
To say, within thine own deep-sunken eyes,
Were an all-eating shame and thriftless praise.

You must create something in art: my verse "is thine, and born of thee"; only listen to me, and I will "bring forth eternal numbers to outlive long date", and you shall people with forms of your own image the imaginary world of the stage. These children that you beget, he continues, will not wither away, as mortal children do, but you shall live in them and in my plays: do but,

Make thee another self, for love of me,
That beauty still may live in thine or thee.

I collected all the passages that seemed to me to corroborate this view, and they produced a strong impression on me, and showed me how complete Cyril Graham's theory really was. I also saw that it was quite easy to separate those lines in which he speaks of the Sonnets themselves from those in which he speaks of his great dramatic work. This was a point that had been entirely overlooked by all critics up to Cyril Graham's day. And yet it was one of the most important points in the whole series of poems. To the Sonnets Shakespeare was more or less indifferent. He did not wish to rest his fame on them. They were to him his 'slight Muse,' as he calls them, and intended, as Meres tells us, for private circulation only among a few, a very few, friends. Upon the other hand he was extremely conscious of the high artistic value of his plays, and shows a noble self-reliance upon his dramatic genius. When he says to Willie Hughes:

But thy eternal summer shall not fade,
Nor lose possession of that fair thou owest;
Nor shall Death brag thou wander'st in his shade,
When in eternal lines to time thou grow'st:
So long as men can breathe, or eyes can see,
So long lives this, and this gives life to thee;

the expression "eternal lines" clearly alludes to one of his plays that he was sending him at the time, just as the concluding couplet points to his confidence in the probability of his plays being always acted. In his address to the Dramatic Muse (Sonnets C and CI), we find the same feeling.

Where art thou, Muse, that thou forget'st so long
To speak of that which gives thee all thy might?
Spend'st thou thy fury on some worthless song,
Darkening thy power to lend base subjects light?

he cries, and he then proceeds to reproach the Mistress of Tragedy and Comedy for her "neglect of Truth in Beauty dyed", and says:

A orgulhosa aparência da juventude, que tantos olhares atrai,
Estará magra e desgastada, retendo muito pouco valor,
E quando perguntarem onde repousa a tua beleza:
Onde estão todos os tesouros dos seus dias de luxúria,
Diga, dentro dos teus olhos, profundamente sulcados,
Estavam a vergonha desgastada e os elogios fugazes.

Deves criar algo na arte: o meu verso "é teu, e nascido de ti"; apenas me escute, e "criarei eternos versos que sobreviverão eternamente", e tu criarás pessoas com tua própria imagem, no imaginário mundo dos palcos. Essas crianças que produzires, ele prossegue, não de desaparecerão, como as crianças mortais, mas tu viverás nelas, em minhas peças, mas,

Faça de ti outra pessoa, por amor a mim,
E que a beleza possa sempre viver na tua ou em ti.

Recolhi todas as passagens que me pareceram corroborar essa visão e que produziram forte impressão em mim, mostrando-me o quão completa a teoria de Cyril Graham realmente era. Também vi que ser muito fácil separar os versos em que falava dos próprios sonetos daqueles em que se referia ao seu grande trabalho dramático. Esse era um ponto que tinha sido inteiramente revisado pelos críticos antes de Cyril Graham. E era também um dos pontos mais importantes de toda série de poemas. Em relação aos Sonetos, Shakespeare era mais ou menos indiferente. Não desejava que sua fama repousasse neles. Para ele, eram sua "Musa superficial", como ele os chamava, e tinha a intenção, como Meres nos informou, que tivessem circulação restrita entre poucos, muito poucos amigos. Por outro lado, tinha extrema consciência do alto valor artístico de suas peças, e demonstrava nobre autoconfiança em seu gênio dramático. Quanto a Willie Hughes:

Mas o teu verão eterno não se dissipará,
E nem deves perder a posse dessa beleza;
Não deve a Morte jactar-se de envolver-te em sombras,
Quando em versos eternos no tempo tu crescerá:
Enquanto viverem os homens, ou os olhos puderem ver,
Enquanto os versos vida tiverem, neles tu viverá;

a expressão "versos eternos" alude claramente a uma das peças que o poeta tinha acabado de enviar ao ator, da mesma forma que os dois últimos versos evidenciam a confiança na probabilidade de que as peças seriam sempre encenadas. Na dedicatória à Musa Dramática (sonetos C e CI), encontramos o mesmo sentimento.

Onde estás, Musa, que por tanto tempo esqueceste
De falar com aquele que a ti dedica toda sua força?
Desperdiça teu furor em cantos sem serventia,
Obscurecendo teu poder para emprestar luz a temas vis?

ele lamenta, e em seguida prossegue acusando a senhora da Tragédia e da Comédia por seu "descaso com a Verdade colorida pela Beleza", e diz:

Because he needs no praise, wilt thou be dumb?
Excuse not silence so, for 't lies in thee
To make him much outlive a gilded tomb
And to be praised of ages yet to be.
Then do thy office, Muse; I teach thee how
To make him seem long hence as he shows now.

It is, however, perhaps in the 55th Sonnet that Shakespeare gives to this idea its fullest expression. To imagine that the 'powerful rhyme' of the second line refers to the sonnet itself, is to mistake Shakespeare's meaning entirely. It seemed to me that it was extremely likely, from the general character of the sonnet, that a particular play was meant, and that the play was none other but Romeo and Juliet.

Not marble, nor the gilded monuments
Of princes, shall outlive this powerful rhyme;
But you shall shine more bright in these contents
Than unswept stone besmear'd with sluttish time.
When wasteful wars shall statues overturn,
And broils root out the work of masonry,
Nor Mars his sword nor war's quick fire shall burn

The living record of your memory.
'Gainst death and all-oblivious enmity
Shall you pace forth; your praise shall still find room
Even in the eyes of all posterity
That wear this world out to the ending doom.
So, till the judgement that yourself arise,
You live in this, and dwell in lovers' eyes.

It was also extremely suggestive to note how here as elsewhere Shakespeare promised Willie Hughes immortality in a form that appealed to men's eyes – that is to say, in a spectacular form, in a play that is to be looked at.

For two weeks I worked hard at the Sonnets, hardly ever going out, and refusing all invitations. Every day I seemed to be discovering something new, and Willie Hughes became to me a kind of spiritual presence, an ever-dominant personality. I could almost fancy that I saw him standing in the shadow of my room, so well had Shakespeare drawn him, with his golden hair, his tender flower-like grace, his dreamy deep-sunken eyes, his delicate mobile limbs, and his white lily hands. His very name fascinated me. Willie Hughes! Willie Hughes! How musically it sounded! Yes; who else but he could have been the master-mistress* of Shakespeare's passion[1], the lord of his love to whom he was bound in vassalage[2], the delicate minion of pleasure[3], the rose of the whole world[4], the herald of the spring[5], decked in the proud livery of youth[6], the lovely boy whom it was sweet music to hear[7], and whose beauty was the very raiment of Shakespeare's heart[8], as it was the keystone of his dramatic power? How

---

* In this work of Shakespeare, the translation of master-mistress by gentleman-lady is quite controversial. Some believe that the meaning that the playwright intended to impart to his words is another.

Por ele não carecer de elogios, tu irás silenciar?
Não escuse o teu silêncio por isso, pois cabe a ti
Fazê-lo sobreviver ao sepulcro dourado
E ser aclamado em futuras eras.
Então cumpra o teu ofício, Musa; eu te ensino como
Fazê-lo visto por longo tempo como ele é agora.

É, entretanto, no soneto 55 que Shakespeare dá a essa ideia expressão mais completa. Imaginar que as "poderosas rimas" do segundo verso refere-se ao próprio soneto é enganar-se totalmente quanto a intenção completa de Shakespeare. Parece--me altamente provável, pelas características gerais do soneto, que uma peça em particular era mencionada, e não era outra senão Romeu e Julieta:

Nem o mármore, nem os monumentos dourados
Dos príncipes poderão sobreviver a estas poderosas rimas;
Mas tu deverás resplandecer com mais brilho nestes versos
Do que a pedra encardida não desfeita pelas injúrias do tempo.
E quando a guerra devastadora desmoronar as estátuas,
E incendiar os alicerces do trabalho do pedreiro,
Nem Marte com a sua espada, nem o fogo ágil da guerra poderão queimar

Os registros vivos da tua memória.
Contra a morte e as inimizades totalmente esquecidas
Deverá o teu passo avançar; o louvor a ti deverá ainda encontrar morada
Mesmo nos olhos de toda a posteridade
Que encaminha este mundo para o juízo final.
Assim, até o julgamento em que deves ressurgir,
Tu viverás nestes versos e nos olhos dos amantes.

É também extremamente sugestivo notar como aqui, e em outras passagens, Shakespeare promete a Willie Hughes a imortalidade sob uma forma que encantasse os olhos humanos, quer dizer, sob uma forma espetacular, uma peça a ser assistida.

Por duas semanas trabalhei arduamente nos Sonetos, mal saindo de casa, recusando todos os convites. A cada dia tinha a impressão de descobrir algo novo, e Willie Hughes tornou-se para mim um tipo de presença espiritual, uma personalidade sempre preponderante. Imaginei quase poder vê-lo parado, na sombra do meu quarto, do mesmo jeito que Shakespeare o descrevia: com os cabelos dourados, com a graça meiga em flor, os profundos olhos sonhadores, os delicados membros maleáveis, as mãos brancas como o lírio. Seu próprio nome me fascinava. Willie Hughes! Willie Hughes! Como soava musical! Sim, quem senão ele poderia ter sido o senhor e a senhora* da paixão de Shakespeare, o lorde[1] do seu amor, a quem se pôs vassalo, o delicado favorito do prazer[2], a rosa[3] do mundo inteiro, o arauto[4] da primavera coberto[5] com a orgulhosa libré da juventude, o adorável[6] rapaz cuja voz era música suave, cuja beleza[7] era a vestimenta do coração de Shakespeare, a pedra angular[8] da sua

---

* Nessa obra de Shakespeare, a tradução de master-mistress por senhor-senhora é bastante controversa. Alguns acreditam que seja outro o significado que o dramaturgo pretendeu conferir às suas palavras .

bitter now seemed the whole tragedy of his desertion and his shame! – shame that he made sweet and lovely[9], by the mere magic of his personality, but that was none the less shame. Yet as Shakespeare forgave him, should not we forgive him also? I did not care to pry into the mystery of his sin.

His abandonment of Shakespeare's theatre was a different matter, and I investigated it at great length. Finally I came to the conclusion that Cyril Graham had been wrong in regarding the rival dramatist of the 80th Sonnet as Chapman. It was obviously Marlowe who was alluded to. At the time the Sonnets were written, such an expression as "the proud full sail of his great verse" could not have been used of Chapman's work, however applicable it might have been to the style of his later Jacobean plays. No: Marlowe was clearly the rival dramatist of whom Shakespeare spoke in such laudatory terms; and that

Affable familiar ghost
Which nightly gulls him with intelligence,

was the Mephistopheles of his Doctor Faustus. No doubt, Marlowe was fascinated by the beauty and grace of the boy-actor, and lured him away from the Blackfriars Theatre, that he might play the Gaveston of his Edward II. That Shakespeare had the legal right to retain Willie Hughes in his own company is evident from Sonnet LXXXVII, where he says:

Farewell! thou art too dear for my possessing,
And like enough thou know'st thy estimate:
The charter of thy worth gives thee releasing;
My bonds in thee are all determinate.
For how do I hold thee but by thy granting?
And for that riches where is my deserving?
The cause of this fair gift in me is wanting,
And so my patent back again is swerving.
Thyself thou gayest, thy own worth then not knowing,
Or me, to whom thou gavest it, else mistaking;
So thy great gift, upon misprision growing,
Comes home again, on better judgement making.
Thus have I had thee, as a dream doth flatter,
In sleep a king, but waking no such matter.

But him whom he could not hold by love, he would not hold by force. Willie Hughes became a member of Lord Pembroke's company, and, perhaps in the open yard of the Red Bull Tavern, played the part of King Edward's delicate minion. On Marlowe's death, he seems to have returned to Shakespeare, who, whatever his fellow-partners may have thought of the matter, was not slow to forgive the wilfulness and treachery of the young actor.

How well, too, had Shakespeare drawn the temperament of the stage-player! Willie Hughes was one of those:

That do not do the thing they most do show,

forma dramática? Quão amarga era-me toda a tragédia da deserção e da vergonha! Vergonha que converteu em doçura e encanto[9] pela simples magia da sua personalidade, mas nada além de vergonha! Ainda assim Shakespeare o perdoou, não deveríamos também perdoá-lo? Não me preocupei em investigar o mistério do seu crime.

O fato de abandonar o teatro de Shakespeare era um assunto diferente que investiguei extensamente. Finalmente cheguei à conclusão de que Cyril Graham estava errado ao identificar como Chapmam o rival dramático do soneto 80. É óbvio que a alusão refere-se a Marlowe. Na época em que os Sonetos foram escritos, uma expressão como "a soberba vela aberta de seus grandes versos" não poderia ser usada para a obra de Chapman, embora pudesse ser aplicável as suas últimas peças, nos tempos do Rei Jaime. Não: Marlowe era claramente o rival dramático de quem Shakespeare fala em termos tão laudatórios; e que

> Amável e conhecido fantasma
> Que à noite com inteligência o engana,

era o Mefistófeles do seu Doutor Fausto. Sem dúvida, Marlowe ficou fascinado pela beleza e graça do jovem e o seduziu, retirando-o do teatro de Blackfrears, para que interpretasse Gaveston na sua peça Eduardo II. Fica evidente, no soneto LXXXVII, que Shakespeare possuía direito legal para reter Willie Hughes na sua própria companhia teatral, pois ele diz:

> Adeus! Tu és muito caro para que eu o possua,
> E sabes o bastante o quanto vales:
> A carta de valor dá a ti livramento;
> Os meus vínculos contigo estão todos concluídos.
> Pois como te prenderia sem o teu consentimento?
> E para tais riquezas, onde estão os meus merecimentos?
> Falta-me razão para tão belo presente,
> E por isso minha propriedade é de novo desviada.
> A ti mesmo tu entregaste, não conhecendo o teu próprio valor,
> Ou eu, a quem entregaste, era outro em teu conceito;
> Então o teu grande dom, sob desprezo desenvolvendo-se,
> Retorna à casa, mais uma vez, melhor valorizado.
> Até aqui foste meu, como um sonho lisonjeiro,
> No sonho, um rei, não o sendo ao despertar.

Mas aquele a quem não pôde reter com amor, não iria reter pela força. Willie Hughes tornou-se membro da companhia de Lorde Pembroke e, talvez, no pátio aberto da Taverna Red Bull, tenha encenado o papel do delicado favorito do Rei Eduardo. Com a morte de Malowe, ele parece ter retornado à companhia de Shakespeare, quem, não se importando com o que pensavam seus sócios sobre o assunto, não demorou a perdoar a teimosia e a traição do jovem ator.

Quão bem também Shakespeare definiu o temperamento dos atores! Willie Hughes era um dos que:

> Que não fazem as coisas que mais demonstram fazer,

Who, moving others, are themselves as stone.

He could act love, but could not feel it, could mimic passion without realising it.

In many's looks the false heart's history
Is writ in moods and frowns and wrinkles strange,

but with Willie Hughes it was not so. "Heaven", says Shakespeare, in a sonnet of mad idolatry:

Heaven in thy creation did decree
That in thy face sweet love should ever dwell;
Whate'er thy thoughts or thy heart's workings be,
Thy looks should nothing thence but sweetness tell.

In his "inconstant mind" and his "false heart", it was easy to recognise the insincerity and treachery that somehow seem inseparable from the artistic nature, as in his love of praise that desire for immediate recognition that characterises all actors. And yet, more fortunate in this than other actors, Willie Hughes was to know something of immortality. Inseparably connected with Shakespeare's plays, he was to live in them.

Your name from hence immortal life shall have,
Though I, once gone, to all the world must die:
The earth can yield me but a common grave,
When you entombed in men's eyes shall lie.
Your monument shall be my gentle verse,
Which eyes not yet created shall o'er-read,
And tongues to be your being shall rehearse,
When all the breathers of this world are dead.

There were endless allusions, also, to Willie Hughes's power over his audience - the 'gazers,' as Shakespeare calls them; but perhaps the most perfect description of his wonderful mastery over dramatic art was in "A Lover's Complaint", where Shakespeare says of him:

In him a plenitude of subtle matter,
Applied to cautels, all strange forms receives,
Of burning blushes, or of weeping water,
Or swooning paleness; and he takes and leaves,
In either's aptness, as it best deceives,
To blush at speeches rank, to weep at woes,
Or to turn white and swoon at tragic shows.

* * * * * * * *

So on the tip of his subduing tongue,
All kind of arguments and questions deep,
All replication prompt and reason strong,

Que, movendo os outros, são eles mesmo como pedras.

Representava o amor, mas não o sentia; mimetizava a paixão sem realizá-la.

Em muitas fisionomias, a história de um falso coração
É escrita em carrancas e cenhos franzidos e em rugas estranhas,

mas Willie Hugues não era assim. "Providência", disse Shakespeare, em um soneto de louca idolatria:

A providência em sua criação decretou
Que em tua face o doce amor deveria sempre morar;
Não importa o que estivesse em teus pensamentos ou em teu coração,
Tua aparência não se modificaria e expressaria apenas a doçura.

Em sua "mente inconstante" e seu "falso coração", era fácil reconhecer a falsidade e a traição que de alguma forma pareciam ser inseparáveis do caráter artístico, assim como o amor pelos elogios e o desejo de ser imediatamente reconhecido, que caracterizam todos os atores. E ainda, mais afortunado nesses aspectos que os outros atores, Willie Hughes conhecia algo da imortalidade. Inseparavelmente conectado às peças de Shakespeare, ele vivia nelas.

O teu nome de hoje em diante deve ter vida eterna,
Embora eu, uma vez morto, para o mundo inteiro deva morrer:
A terra poderá conceder-me um túmulo comum,
Enquanto a tua sepultura deverá repousar nos olhos dos homens.
O teu monumento deverá ser os meus versos gentis,
Que os olhos ainda não nascidos deverão contemplar,
E os lábios ainda por vir deverão interpretar,
Quando os viventes deste mundo estiverem mortos.

São intermináveis as alusões ao poder que Willie Hughes exercia sobre a audiência, os "videntes", como Shakespeare os chamava, mas talvez a descrição mais perfeita da maravilhosa maestria em arte dramática esteja em "O Lamento de um Amante", em que Shakespeare diz a respeito do ator:

Nele, a plenitude de uma tênue matéria,
Aplicada com cautério, estranhas formas recebe,
Rubores incandescentes, torrentes de lágrimas,
Ou a palidez dos desmaios; ele os toma e assume
O qual, conforme as aptidões, melhor se ajuste à ilusão,
Ruborizar com falas indecentes, chorar com desgraças,
Ou tornar-se pálido e desfalecer em apresentações trágicas.

* * * * * * * *

E assim, na ponta da tua língua subjugada,
Todo tipo de argumentos e questões profundas,
Todas as réplicas pontuais e os fortes motivos,

For his advantage still did wake and sleep,
To make the weeper laugh, the laugher weep.
He had the dialect and the different skill,
Catching all passions in his craft of will.

Once I thought that I had really found Willie Hughes in Elizabethan literature. In a wonderfully graphic account of the last days of the great Earl of Essex, his chaplain, Thomas Knell, tells us that the night before the Earl died, 'he called William Hewes, which was his musician, to play upon the virginals and to sing. "Play", said he, "my song, Will Hewes, and I will sing it to myself." So he did it most joyfully, not as the howling swan, which, still looking down, waileth her end, but as a sweet lark, lifting up his hands and casting up his eyes to his God, with this mounted the crystal skies, and reached with his unwearied tongue the top of highest heavens". Surely the boy who played on the virginals to the dying father of Sidney's Stella* was none other but the Will Hews to whom Shakespeare dedicated the Sonnets, and who he tells us was himself sweet "music to hear". Yet Lord Essex died in 1576, when Shakespeare himself was but twelve years of age. It was impossible that his musician could have been the Mr. W. H. of the Sonnets. Perhaps Shakespeare's young friend was the son of the player upon the virginals? It was at least something to have discovered that Will Hews was an Elizabethan name. Indeed the name Hews seemed to have been closely connected with music and the stage. The first English actress was the lovely Margaret Hews, whom Prince Rupert so madly loved. What more probable than that between her and Lord Essex's musician had come the boy-actor of Shakespeare's plays? But the proofs, the links – where were they? Alas! I could not find them. It seemed to me that I was always on the brink of absolute verification, but that I could never really attain to it.

From Willie Hughes's life I soon passed to thoughts of his death. I used to wonder what had been his end.

Perhaps he had been one of those English actors who in 1604 went across sea to Germany and played before the great Duke Henry Julius of Brunswick, himself a dramatist of no mean order, and at the Court of that strange Elector of Brandenburg, who was so enamoured of beauty that he was said to have bought for his weight in amber the young son of a travelling Greek merchant, and to have given pageants in honour of his slave all through that dreadful famine year of 1606-7, when the people died of hunger in the very streets of the town, and for the space of seven months there was no rain. We know at any rate that Romeo and Juliet was brought out at Dresden in 1613, along with Hamlet and King Lear, and it was surely to none other than Willie Hughes that in 1615 the death-mask of Shakespeare was brought by the hand of one of the suite of the English ambassador, pale token of the passing away of the great poet who had so dearly loved him. Indeed there would have been something peculiarly fitting in the idea that the boy-actor, whose beauty had been so vital an element in the realism and romance of Shakespeare's art, should have been the first to have brought to Germany the seed of the new culture, and was in his way the precursor of that Aufklärung or Illumination of the eighteenth century, that splendid movement which, though begun by Lessing and Herder, and brought

---

* It refers to Penelope Devereux, daughter of the Earl of Essex, eternalized by Sir Philip Sidney (1554-1586) in the sonnets he wrote in honor of her. In the verses, the muse was named Stella.

A seu critério mantêm-se atentos ou repousam
Para fazerem rir os que choram e chorar os que riem.
Possuía o dialeto e as diferentes habilidades
Capturando todas as paixões com sua vontade astuta.

Certa vez, julguei ter encontrado Willie Hughes na literatura elisabetana. Em uma maravilhosa narrativa bem delineada dos últimos dias do grande Conde de Essex, capelão da rainha, Thomas Knell nos informa que, na noite anterior à morte do conde, "ele chamou William Hewes, um músico, para que tocasse as virginais e cantasse. 'Toque minha música, Will Hewes, e eu mesmo a cantarei', disse ele. E cantou da maneira mais alegre, não como o lamento de um cisne que, mantendo a cabeça baixa, lastima seu fim, mas como a doce cotovia, levantando as mãos e erguendo os olhos para Deus, e que assim sobe aos ares cristalinos, alcançando com o incansável canto o topo mais alto dos céus". Certamente o rapaz que executou as virginais para o pai agonizante da Stella, de Sidney,[*] não era ninguém senão Will Hews a quem Shakespeare dedicou os Sonetos, e sobre quem nos diz ser "doce música para os ouvidos". Porém, Lorde Essex morreu em 1576, quando Shakespeare não tinha mais que doze anos de idade. Era impossível que aquele músico pudesse ser o Sr. W. H. dos Sonetos. Talvez o jovem amigo de Shakespeare fosse o filho daquele que tocara as virginais? Pelo menos tinha descoberto que Will Hews era um nome elisabetano. De fato, o nome Hews parecia estar fortemente conectado com a música e os palcos. A primeira atriz inglesa foi a adorável Margaret Hews, a quem o Príncipe Rubert amou loucamente. Seria muito provável que da união dela e do músico de Lorde Essex tivesse surgido o jovem ator das peças de Shakespeare. Mas as provas, as conexões, onde estavam? Ah! Não pude encontrá-las, sentia-me com se estivesse sempre às margens da absoluta comprovação, mas nunca conseguia alcançá-la.

Da vida de Willie Hughes passei a pensar em sua morte. Costumava imaginar como teria sido o seu fim.

Talvez ele tivesse sido um daqueles atores ingleses que em 1604 cruzaram o mar, seguindo para a Alemanha, e representaram diante do grande Duque Henry Julius D. Brunswick, ele próprio um grande dramaturgo da corte do estranho Eleito de Brandenburg. O duque, segundo dizem, era tão enamorado da beleza que comprou, pelo peso em âmbar, o jovem filho de um mercador ambulante grego, e fez grandes recepções em honra a seu escravo durante o horrível ano de escassez de 1606-7, quando as pessoas morriam de fome nas ruas da cidade, e que, por sete longos meses, não houve chuva. De qualquer forma sabemos que Romeu e Julieta foi encenada em Dresden em 1613, junto com Hamlet e o Rei Lear e seguramente não foi a outro senão Willie Hughes a quem, em 1615, um dos membros da comitiva do embaixador inglês entregou a máscara mortuária de Shakespeare; tênue lembrança da morte do grande poeta que o tinha amado tão afetuosamente. De fato, deveria haver algum encaixe peculiar na ideia de um jovem ator, cuja beleza tinha sido um elemento tão vital no realismo e no romance da arte de Shakespeare. Deve ter sido ele o primeiro a levar para a Alemanha a semente da nova cultura e foi, à sua maneira, o precursor da Aufklärung ou Iluminação do século XVIII, o esplêndido movimento que, embora tenha se iniciado com Lessing e Herder, alcançando a plenitude e perfeita expressão

---

[*] Refere-se a Penélope Devereux, filha do Conde de Essex, eternizada por Sir Philip Sidney (1554-1586) nos sonetos que escreveu em homenagem a ela. Nos versos, a musa recebeu o nome de Stella.

to its full and perfect issue by Goethe, was in no small part helped on by another actor – Friedrich Schröder – who awoke the popular consciousness, and by means of the feigned passions and mimetic methods of the stage showed the intimate, the vital, connection between life and literature. If this was so – and there was certainly no evidence against it – it was not improbable that Willie Hughes was one of those English comedians (*mimae quidam ex Britannia**, as the old chronicle calls them), who were slain at Nuremberg in a sudden uprising of the people, and were secretly buried in a little vineyard outside the city by some young men "who had found pleasure in their performances, and of whom some had sought to be instructed in the mysteries of the new art." Certainly no more fitting place could there be for him to whom Shakespeare said, 'thou art all my art,' than this little vineyard outside the city walls. For was it not from the sorrows of Dionysos that Tragedy sprang? Was not the light laughter of Comedy, with its careless merriment and quick replies, first heard on the lips of the Sicilian vine-dressers? Nay, did not the purple and red stain of the wine-froth on face and limbs give the first suggestion of the charm and fascination of disguise - the desire for self-concealment, the sense of the value of objectivity thus showing itself in the rude beginnings of the art? At any rate, wherever he lay – whether in the little vineyard at the gate of the Gothic town, or in some dim London churchyard amidst the roar and bustle of our great city – no gorgeous monument marked his resting-place. His true tomb, as Shakespeare saw, was the poet's verse, his true monument the permanence of the drama. So had it been with others whose beauty had given a new creative impulse to their age. The ivory body of the Bithynian slave rots in the green ooze of the Nile, and on the yellow hills of the Cerameicus is strewn the dust of the young Athenian; but Antinous** lives in sculpture, and Charmides*** in philosophy.

CHAPTER III

After three weeks had elapsed, I determined to make a strong appeal to Erskine to do justice to the memory of Cyril Graham, and to give to the world his marvellous interpretation of the Sonnets – the only interpretation that thoroughly explained the problem. I have not any copy of my letter, I regret to say, nor have I been able to lay my hand upon the original; but I remember that I went over the whole ground, and covered sheets of paper with passionate reiteration of the arguments and proofs that my study had suggested to me. It seemed to me that I was not merely restoring Cyril Graham to his proper place in literary history, but rescuing the honour of Shakespeare himself from the tedious memory of a commonplace intrigue. I put into the letter all my enthusiasm. I put into the letter all my faith.

No sooner, in fact, had I sent it off than a curious reaction came over me. It seemed to me that I had given away my capacity for belief in the Willie Hughes theory of the Sonnets, that something had gone out of me, as it were, and that I was perfectly

---

* Mimickers from Brittany.
** It refers to Emperor Hadrian's lover, killed during a hunt for hippos, on his visit to Egypt.
*** It refers to one of the comic characters of the play Trinummus, work by Plautus, Roman poet and theatrical author, whose work established dramatic language in the Latin language theater.

com Goethe, teve grande participação de outro ator – Friedrich Schröder – que despertou a consciência do público, e por meio de paixões fingidas e métodos miméticos de representação mostrou a conexão íntima e vital entre a vida e a literatura. Se foi assim, e com certeza não há nenhuma evidência contra isso, não é improvável que Willie Hughes fosse um dos atores ingleses (*mimae quidam ex Britania**, como as crônicas antigas costumavam chamá-los) que foram assassinados em Nuremberg em uma súbita revolta popular, e secretamente sepultados em um pequeno vinhedo fora da cidade por algum jovem "que encontrou prazer em suas representações, e que o procurara a fim de ser instruído a respeito dos mistérios da nova arte". Certamente não havia lugar mais adequado para aquele sobre quem Shakespeare dissera: "tu és toda a minha arte" que a pequena vinícola fora dos muros da cidade. Pois não foi da tristeza de Dionísio que nasceu a Tragédia? Não foi o riso leve da Comédia, com sua alegria imprudente e réplicas ligeiras, ouvido inicialmente dos lábios dos vinhadeiros sicilianos? Não foi a mancha púrpura e vermelha da espuma do vinho na face e nos membros a dar a primeira sugestão do charme e fascinação do disfarce, o desejo pela dissimulação de si mesmo, o senso de valor da objetividade desta forma, revelando a si mesma nos rudes princípios da arte? De qualquer modo, onde quer que ele repouse, em uma pequena vinícola ou nos portões de uma cidade gótica, em algum sombrio cemitério de Londres por entre o bramido e o alvoroço de nossa grande cidade, nenhum monumento grandioso marca seu local de descanso. Seu verdadeiro túmulo, como observou Shakespeare, são os versos do poeta, o verdadeiro monumento à permanência da arte dramática. O mesmo ocorreu a outros cuja beleza proporcionou um novo impulso criativo à época. O corpo de mármore do escravo bitínio apodrece na lama do Nilo e nas colinas amarelas do Cerâmico estão dispersas as cinzas do jovem ateniense, mas Antínoo** vive na escultura, e Cármides***, na filosofia.

CAPÍTULO III

Depois de três semanas transcorridas, determinei-me a fazer um forte apelo a Erskine para que fizesse justiça à memória de Cyril Graham e para que desse ao mundo a maravilhosa interpretação dos Sonetos, a única interpretação que explica completamente o problema. Não guardo cópia de minha carta, lamento em dizer, tampouco me foi possível localizar a original, mas lembro-me de ter coberto todas as possibilidades, preenchendo folhas de papel com apaixonada reiteração dos argumentos e provas que meu estudo sugeriam. Pareceu-me não estar apenas restaurando Cyril Graham a seu lugar próprio na história da literatura, mas resgatando a honra do próprio Shakespeare da tediosa memória de uma intriga vulgar. Na carta, coloquei todo meu entusiasmo.

No mesmo instante em que enviei a carta, curiosa reação se abateu sobre mim. Pareceu-me ter perdido a capacidade de acreditar na teoria de Willie Hughes e os Sonetos; pareceu-me que algo saíra de mim, seja lá o que fosse, e que me tornei

---

* Mímicos vindos da Bretanha.
** Refere-se ao amante de Adriano César, morto numa caçada a hipopótamos, numa visita ao Egito.
*** Refere-se a um dos personagens cômicos da peça Trinummus, obra de autoria Plautus, poeta e autor teatral romano, cuja obra estabeleceu a linguagem dramática no teatro de língua latina.

indifferent to the whole subject. What was it that had happened? It is difficult to say. Perhaps, by finding perfect expression for a passion, I had exhausted the passion itself. Emotional forces, like the forces of physical life, have their positive limitations. Perhaps the mere effort to convert any one to a theory involves some form of renunciation of the power of credence. Perhaps I was simply tired of the whole thing, and, my enthusiasm having burnt out, my reason was left to its own unimpassioned judgment. However it came about, and I cannot pretend to explain it, there was no doubt that Willie Hughes suddenly became to me a mere myth, an idle dream, the boyish fancy of a young man who, like most ardent spirits, was more anxious to convince others than to be himself convinced.

As I had said some very unjust and bitter things to Erskine in my letter, I determined to go and see him at once, and to make my apologies to him for my behaviour. Accordingly, the next morning I drove down to Birdcage Walk, and found Erskine sitting in his library, with the forged picture of Willie Hughes in front of him.

"My dear Erskine!", I cried, "I have come to apologise to you."

"To apologise to me?", he said. "What for?"

"For my letter", I answered.

"You have nothing to regret in your letter", he said. "On the contrary, you have done me the greatest service in your power. You have shown me that Cyril Graham's theory is perfectly sound."

"You don't mean to say that you believe in Willie Hughes?", I exclaimed.

"Why not?", he rejoined. "You have proved the thing to me. Do you think I cannot estimate the value of evidence?"

"But there is no evidence at all", I groaned, sinking into a chair. "When I wrote to you I was under the influence of a perfectly silly enthusiasm. I had been touched by the story of Cyril Graham's death, fascinated by his romantic theory, enthralled by the wonder and novelty of the whole idea. I see now that the theory is based on a delusion. The only evidence for the existence of Willie Hughes is that picture in front of you, and the picture is a forgery. Don't be carried away by mere sentiment in this matter. Whatever romance may have to say about the Willie Hughes theory, reason is dead against it."

"I don't understand you", said Erskine, looking at me in amazement. "Why, you yourself have convinced me by your letter that Willie Hughes is an absolute reality. Why have you changed your mind? Or is all that you have been saying to me merely a joke?"

"I cannot explain it to you", I rejoined, "but I see now that there is really nothing to be said in favour of Cyril Graham's interpretation. The Sonnets are addressed to Lord Pembroke. For heaven's sake don't waste your time in a foolish attempt to discover a young Elizabethan actor who never existed, and to make a phantom puppet the centre of the great cycle of Shakespeare's Sonnets."

"I see that you don't understand the theory", he replied.

"My dear Erskine", I cried, "not understand it! Why, I feel as if I had invented

completamente indiferente quanto ao assunto. O que teria acontecido? É difícil dizer. Talvez, ao encontrar a expressão perfeita da paixão, esgotei a própria paixão. Forças emotivas, como as forças da vida psíquica, têm suas limitações bem definidas. Talvez o mero esforço para converter outros à teoria envolva alguma forma de renúncia da força da crença. Talvez estivesse simplesmente cansado daquilo tudo e o entusiasmo se extinguiu, a razão abandonou o seu próprio julgamento desapaixonado. Desinteressei-me, e não pretendo explicar isso; não existe dúvida de que Willie Hughes repentinamente tornou-se para mim um simples mito, um sonho infundado, o capricho infantil de um homem jovem que, como os espíritos mais ardentes, estava mais ansioso para convencer os outros do que convencer a si mesmo.

Como tinha dito algumas coisas muito injustas e amargas a Erskine em minha carta, decidi visitá-lo imediatamente e pedir desculpas por meu comportamento. Com efeito, na manhã seguinte me dirigi a Birdcage Walk; encontrei Erskine sentado em sua biblioteca, com o retrato falsificado de Willie Hughes à frente.

"Meu caro Erskine", exclamei, "vim para me desculpar com você."

"Se desculpar comigo?", disse ele. "Pelo quê?"

"Por minha carta", respondi.

"Em sua carta não há nada pelo que se desculpar", ele disse, "pelo contrário, prestou-me um grande serviço com o seu esforço. Mostrou-me que a teoria de Cyril Graham é perfeitamente plausível."

"Não quer dizer que acredita em Willie Hughes?", exclamei.

"Por que não?", respondeu. "Provou-me isso. Acha que não sei estimar o valor de uma evidência?"

"Mas não existe evidência nenhuma", gemi, afundando em uma cadeira. "Quando escrevi a você, estava sob forte influência de um entusiasmo inteiramente tolo. Tinha ficado emocionado com a história da morte de Cyril Graham, fascinado com a história romântica, subjugado pela assombrosa novidade de toda a ideia. Agora vejo que essa teoria é baseada em uma desilusão. O único indício para a existência de Willie Hughes é esse quadro à sua frente, e o quadro é uma falsificação. Quanto a esse assunto, não se deixe levar pelos sentimentos; apesar do romantismo em torno da teoria de Willie Hughes, a razão é totalmente contra ela."

"Não entendo você", disse Erskine, olhando-me confuso. "Ora, você mesmo me convenceu com a sua carta, de que Willie Hughes é absolutamente real. Por que mudou de ideia? Ou será que o que você está me dizendo é apenas mais uma brincadeira?"

"Não sei explicar", respondi, "mas agora vejo que não há nada a ser dito a favor da interpretação de Cyril Graham. Os Sonetos foram dedicados a Lorde Pembroke. Pelo amor de Deus, não desperdice seu tempo na tentativa tola de descobrir um jovem ator elisabetano que nunca existiu, fazendo de uma marionete fantasma o centro do grande ciclo dos Sonetos de Shakespeare."

"Vejo que você não entendeu a teoria", ele replicou.

"Meu caro Erskine", exclamei, "não entendi! Ora, sinto como se a tivesse in-

it. Surely my letter shows you that I not merely went into the whole matter, but that I contributed proofs of every kind. The one flaw in the theory is that it presupposes the existence of the person whose existence is the subject of dispute. If we grant that there was in Shakespeare's company a young actor of the name of Willie Hughes, it is not difficult to make him the object of the Sonnets. But as we know that there was no actor of this name in the company of the Globe Theatre, it is idle to pursue the investigation further."

"But that is exactly what we don't know", said Erskine. "It is quite true that his name does not occur in the list given in the first folio; but, as Cyril pointed out, that is rather a proof in favour of the existence of Willie Hughes than against it, if we remember his treacherous desertion of Shakespeare for a rival dramatist."

We argued the matter over for hours, but nothing that I could say could make Erskine surrender his faith in Cyril Graham's interpretation. He told me that he intended to devote his life to proving the theory, and that he was determined to do justice to Cyril Graham's memory. I entreated him, laughed at him, begged of him, but it was of no use. Finally we parted, not exactly in anger, but certainly with a shadow between us. He thought me shallow, I thought him foolish. When I called on him again his servant told me that he had gone to Germany.

Two years afterwards, as I was going into my club, the hall-porter handed me a letter with a foreign postmark. It was from Erskine, and written at the *Hôtel d'Angleterre*, Cannes. When I had read it I was filled with horror, though I did not quite believe that he would be so mad as to carry his resolve into execution. The gist of the letter was that he had tried in every way to verify the Willie Hughes theory, and had failed, and that as Cyril Graham had given his life for this theory, he himself had determined to give his own life also to the same cause. The concluding words of the letter were these: "I still believe in Willie Hughes; and by the time you receive this, I shall have died by my own hand for Willie Hughes's sake: for his sake, and for the sake of Cyril Graham, whom I drove to his death by my shallow scepticism and ignorant lack of faith. The truth was once revealed to you, and you rejected it. It comes to you now stained with the blood of two lives, do not turn away from it."

It was a horrible moment. I felt sick with misery, and yet I could not believe it. To die for one's theological beliefs is the worst use a man can make of his life, but to die for a literary theory! It seemed impossible.

I looked at the date. The letter was a week old. Some unfortunate chance had prevented my going to the club for several days, or I might have got it in time to save him. Perhaps it was not too late. I drove off to my rooms, packed up my things, and started by the night-mail from Charing Cross. The journey was intolerable. I thought I would never arrive. As soon as I did I drove to the *Hôtel l'Angleterre*. They told me that Erskine had been buried two days before in the English cemetery. There was something horribly grotesque about the whole tragedy. I said all kinds of wild things, and the people in the hall looked curiously at me.

Suddenly Lady Erskine, in deep mourning, passed across the vestibule. When she saw me she came up to me, murmured something about her poor son, and burst into tears. I led her into her sitting-room. An elderly gentleman was there waiting for her. It was the English doctor.

ventado. Com certeza minha carta demonstrou a você que eu não apenas me envolvi com todo o assunto mas contribuí com provas de todo o tipo. A única falha da teoria é pressupor a existência de uma pessoa cuja existência é o objeto da disputa. Se provarmos que existiu, na companhia de Shakespeare, um jovem ator de nome Willie Hughes não será difícil fazer dele o objeto dos Sonetos. Mas como sabemos que não havia nenhum ator com esse nome na companhia do Teatro Globe, é inútil levar a investigação adiante."

"Mas isso é exatamente o que não sabemos", disse Erskine, "é completamente verdade que o nome não aparece na lista do primeiro fólio, mas como Cyril propôs, isso é mais uma prova a favor da existência de Willie Hughes do que contra ela, se lembrarmos sua deserção traidora, de Shakespeare por um dramaturgo rival."

Discutimos o assunto por horas, mas nada do que eu disse fez com que Erskine abandonasse sua fé na interpretação de Cyril Graham. Disse-me que pretendia dedicar a vida para provar a teoria, e que estava determinado a fazer justiça à memória de Cyril Graham. Eu supliquei a ele, ri-me dele, implorei, mas foi inútil. Por fim nós nos despedimos, não exatamente com raiva, mas com certeza com uma sombra entre nós. Ele me considerou frívolo, eu o considerei tolo. Quando procurei por ele novamente, seu criado me disse que tinha ido para a Alemanha.

Dois anos mais tarde, chegando ao clube, o porteiro me entregou uma carta com selo estrangeiro. Era de Erskine, escrita do *Hôtel d'Angleterre*, Cannes. Ao lê-la, fiquei tomado de horror, pois não pude acreditar que ele pudesse ser tão louco a ponto de levar adiante aquilo a que se propunha. O ponto principal da carta dizia que ele havia tentado de todas a formas provar a teoria de Willie Hughes, e tinha falhado, e como Cyril Graham dera a vida pela teoria, também estava determinado a sacrificar a própria vida pela mesma causa. Estas foram as últimas palavras da carta: "Ainda acredito em Willie Hughes, e no momento em que você receber esta carta, já terei morrido por minhas próprias mãos, por amor a Willie Hughes. Por amor a ele e por amor a Cyril Graham, a quem levei à morte por meu ceticismo frívolo e minha ignóbil falta de fé. A verdade foi uma vez revelada a você, e você a rejeitou. Agora ela volta manjada com o sangue de duas vidas, não a abandone novamente."

Foi um momento horrível. Senti-me completamente atormentado, não podia acreditar naquilo. Morrer por crenças teológicas é o pior uso que se pode fazer da vida, mas morrer por uma teoria literária! Isso me parecia impossível.

Olhei a data. A carta era de uma semana atrás. Algum acaso infeliz me impediu de ir ao clube por vários dias, do contrário a teria recebido a tempo de salvá-lo. Talvez ainda não fosse tarde demais. Fui para minha casa, empacotei minhas coisas e parti no trem noturno de Charing Cross. A viagem foi intolerável. Pareceu-me não chegar nunca. Assim que desembarquei dirigi-me ao *Hôtel d'Angleterre*. Disseram-me que Erskine tinha sido enterrado dois dias antes no cemitério inglês. Havia algo horrivelmente grotesco a respeito de toda a história. Disse todo o tipo de coisas sem sentido, e as pessoas no vestíbulo olharam curiosamente para mim.

De repente, Lady Erskine, em luto fechado, atravessou o vestíbulo. Ao me ver veio em minha direção, murmurou alguma coisa a respeito de seu pobre filho e rompeu em lágrimas; eu a deixei em sua sala de estar. Um cavalheiro idoso estava lá esperando por ela. Era um médico inglês.

We talked a great deal about Erskine, but I said nothing about his motive for committing suicide. It was evident that he had not told his mother anything about the reason that had driven him to so fatal, so mad an act. Finally Lady Erskine rose and said, "George left you something as a memento. It was a thing he prized very much. I will get it for you."

As soon as she had left the room I turned to the doctor and said, "What a dreadful shock it must have been to Lady Erskine! I wonder that she bears it as well as she does."

"Oh! she knew for months past that it was coming", he answered.

"Knew it for months past!", I cried. "But why didn't she stop him? Why didn't she have him watched? He must have been mad."

The doctor stared at me. "I don't know what you mean", he said.

"Well", I cried, "if a mother knows that her son is going to commit suicide..."

"Suicide!", he answered. "Poor Erskine did not commit suicide. He died of consumption. He came here to die. The moment I saw him I knew that there was no hope. One lung was almost gone, and the other was very much affected. Three days before he died he asked me was there any hope. I told him frankly that there was none, and that he had only a few days to live. He wrote some letters, and was quite resigned, retaining his senses to the last."

At that moment Lady Erskine entered the room with the fatal picture of Willie Hughes in her hand. "When George was dying, he begged me to give you this", she said. As I took it from her, her tears fell on my hand.

The picture hangs now in my library, where it is very much admired by my artistic friends. They have decided that it is not a Clouet, but an Oudry. I have never cared to tell them its true history. But sometimes, when I look at it, I think that there is really a great deal to be said for the Willie Hughes theory of Shakespeare's Sonnets.

THE END

Endnotes

1 Sonnet XX. 2.

2 Sonnet XXVI. 1.

3 Sonnet CXXVI. 9.

4 Sonnet CIX. 14.

5 Sonnet I. 10.

6 Sonnet II. 3.

7 Sonnet VIII. 1.

8 Sonnet XXII. 6.

9 Sonnet XCV. 1.

Falamos muito sobre Erskine, mas nada a respeito do motivo pelo qual cometera suicídio. Era evidente que ele não havia dito nada à própria mãe a respeito da razões que o tinham levado a uma ação tão insana e fatal. Por fim Lady Erskine levantou se e disse, "George deixou-lhe algo como lembrança. Era uma coisa da qual ele gostava muito. Vou dá-la a você."

Tão logo ela deixou a sala, dirigi me ao doutor e disse, "Que terrível choque não deve ter sido para Lady Erskine! Pergunto-me se ela está suportando isso tão bem quanto parece."

"Ó! Ela já sabia há meses que isso iria acontecer", ele respondeu.

"Já sabia há meses!", bradei. "Mas por que ela não o impediu? Por que não o vigiou? Deveria estar louco."

O doutor me encarou. "Eu não sei o que quer dizer", disse ele.

"Bem", exclamei, "se a mãe sabe que seu filho vai cometer suicídio..."

"Suicídio!", ele respondeu. "O pobre Erskine não cometeu suicídio. Morreu de tuberculose. Veio até aqui para morrer. No momento em que o vi, soube que não havia esperanças. Um pulmão estava perdido, o outro, muito afetado. Três dias antes de morrer, perguntou-me se havia alguma esperança. Disse-lhe francamente que não havia nenhuma, que ele só teria mais alguns poucos dias de vida. Escreveu algumas cartas então; estava completamente resignado, mantendo-se consciente até o fim."

Nesse instante Lady Erskine entrou na sala com a pintura fatal de Willie Hughes nas mãos. "Quando George estava morrendo, ele implorou-me para que lhe desse isto", disse ela. Ao tomar-lhe o quadro, suas lágrimas caíram em minhas mãos.

A pintura agora está pendurada na minha biblioteca, onde é muito admirada pelos meus amigos artistas. Decidiram que não se trata de um Clouet, mas de um Oudry. Nunca me preocupei em contar-lhes a verdadeira história. Mas, às vezes, ao olhá-lo, penso que de fato há muito o que dizer a respeito da teoria de Willie Hughes e sobre os Sonetos de Shakespeare.

FIM

Notas:

1 Soneto XX. 2.

2 Soneto XXVI. 1.

3 Soneto CXXVI. 9.

4 Soneto CIX. 14.

5 Soneto I. 10.

6 Soneto II. 3.

7 Soneto VIII. 1.

8 Soneto XXII. 6.

9 Soneto XCV. 1.

LORD ARTHUR SAVILE'S CRIME AND OTHER STORIES

O CRIME DE LORDE ARTHUR SAVILE
E OUTRAS HISTÓRIAS

LORD ARTHUR SAVILE'S CRIME

CHAPTER I

It was Lady Windermere's last reception before Easter, and Bentinck House was even more crowded than usual. Six Cabinet Ministers had come on from the Speaker's Levée* in their stars and ribands, all the pretty women wore their smartest dresses, and at the end of the picture-gallery stood the Princess Sophia of Carlsrühe, a heavy Tartar-looking lady, with tiny black eyes and wonderful emeralds, talking bad French at the top of her voice, and laughing immoderately at everything that was said to her. It was certainly a wonderful medley of people. Gorgeous peeresses chatted affably to violent Radicals, popular preachers brushed coat-tails with eminent sceptics, a perfect bevy of bishops kept following a stout *prima-donna* from room to room, on the staircase stood several Royal Academicians, disguised as artists, and it was said that at one time the supper-room was absolutely crammed with geniuses. In fact, it was one of Lady Windermere's best nights, and the Princess stayed till nearly half-past eleven.

As soon as she had gone, Lady Windermere returned to the picture-gallery, where a celebrated political economist was solemnly explaining the scientific theory of music to an indignant virtuoso from Hungary, and began to talk to the Duchess of Paisley. She looked wonderfully beautiful with her grand ivory throat, her large blue forget-me-not eyes, and her heavy coils of golden hair. *Or pur*** they were – not that pale straw colour that nowadays usurps the gracious name of gold, but such gold as is woven into sunbeams or hidden in strange amber – and they gave to her face something of the frame of a saint, with not a little of the fascination of a sinner. She was a curious psychological study. Early in life she had discovered the important truth that nothing looks so like innocence as an indiscretion; and by a series of reckless escapades, half of them quite harmless, she had acquired all the privileges of a personality. She had more than once changed her husband; indeed, Debrett*** credits her with three marriages; but as she had never changed her lover, the world had long ago ceased to talk scandal about her. She was now forty years of age, childless, and with that inordinate passion for pleasure which is the secret of remaining young.

Suddenly she looked eagerly round the room, and said, in her clear contralto voice, "Where is my cheiromantist?"

---

* A reception in honor of the Speaker - the presiding officer - of the House of Commons, the United Kingdom's lower chamber of Parliament.

** In French: Pure gold.

*** One of the English nobiliary guides.

O CRIME DE LORDE ARTHUR SAVILE

CAPÍTULO I

Era a última recepção de Lady Windermere antes da Páscoa e Bentinck House estava ainda mais repleta que o usual. Seis Ministros de Gabinete vieram da recepção do Presidente* dos Comuns com suas estrelas e faixas; todas as belas mulheres trajavam seus vestidos mais vistosos e no fim da galeria de quadros, postava-se a Princesa Sophia de Carlsrühe, uma senhora robusta de fisionomia tártara, com pequeninos olhos negros e magníficas esmeraldas, falando mal o francês o mais alto que podia, e rindo exageradamente de tudo que lhe era dito. Era certamente uma mistura maravilhosa de pessoas. Vistosas damas da corte conversavam afavelmente com extremistas Radicais; pregadores benquistos se achegavam a céticos notórios; um impecável bando de bispos seguia, de sala em sala, uma corpulenta *prima-donna*; nas escadarias, vários Acadêmicos Reais, disfarçados de artistas; e foi dito que, em dado momento, a sala de jantar ficou totalmente abarrotada de gênios. De fato, foi uma das melhores noites de Lady Windermere e a Princesa permaneceu até quase onze e meia da noite.

Assim que partiu, Lady Windermere voltou para a galeria de quadros, em que um célebre economista político explicava solenemente a teoria científica da música a um colérico virtuose húngaro, e começou a conversar com a Duquesa de Paisley. Lady Windermere parecia maravilhosamente bela, com o magnífico colo de marfim, grandes olhos de miosótis e pesadas espirais de cabelos dourados. *Or pur*** eram eles – não a cor de palha desbotada que hoje em dia usurpa o afável nome do ouro, mas o ouro forjado nos raios do sol ou oculto em estranho âmbar – e conferiam-lhe à face algo como a aura de uma santa, mas com uma boa dose do fascínio de uma pecadora. Consistia de um curioso estudo psicológico. Ainda jovem, descobrira a importante verdade de que nada parece tão inocente quanto a indiscrição, e por uma série de descuidos levianos, a metade deles quase inofensivos, conquistou todos os privilégios de uma personalidade. Trocou de marido mais de uma vez; em verdade, o Debrett*** lhe credita três casamentos; mas como nunca trocou de amante, há tempos o mundo cessou de comentar os escândalos sobre ela. Agora, contava 40 anos de idade, sem filhos, e com aquela paixão incomum pelo prazer, que é o segredo para manter-se jovem.

Subitamente, ela olhou com ansiedade ao redor da sala e disse, em sua límpida voz de contralto, "Onde está o meu quiromante?"

---

* Uma recepção em homenagem ao Presidente da Câmara dos Comuns, a Câmara Baixa do Parlamento do Reino Unido.
** Em francês: Ouro puro.
*** Um dos guias nobiliárquicos ingleses.

"Your what, Gladys?", exclaimed the Duchess, giving an involuntary start.

"My cheiromantist, Duchess; I can't live without him at present."

"Dear Gladys! you are always so original", murmured the Duchess, trying to remember what a cheiromantist really was, and hoping it was not the same as a cheiropodist.

"He comes to see my hand twice a week regularly", continued Lady Windermere, "and is most interesting about it."

"Good heavens!", said the Duchess to herself, "he is a sort of cheiropodist after all. How very dreadful. I hope he is a foreigner at any rate. It wouldn't be quite so bad then."

"I must certainly introduce him to you."

"Introduce him!", cried the Duchess; "you don't mean to say he is here?", and she began looking about for a small tortoise-shell fan and a very tattered lace shawl, so as to be ready to go at a moment's notice.

"Of course he is here; I would not dream of giving a party without him. He tells me I have a pure psychic hand, and that if my thumb had been the least little bit shorter, I should have been a confirmed pessimist, and gone into a convent."

"Oh, I see!", said the Duchess, feeling very much relieved; "he tells fortunes, I suppose?"

"And misfortunes, too", answered Lady Windermere, "any amount of them. Next year, for instance, I am in great danger, both by land and sea, so I am going to live in a balloon, and draw up my dinner in a basket every evening. It is all written down on my little finger, or on the palm of my hand, I forget which."

"But surely that is tempting Providence, Gladys."

"My dear Duchess, surely Providence can resist temptation by this time. I think every one should have their hands told once a month, so as to know what not to do. Of course, one does it all the same, but it is so pleasant to be warned. Now if some one doesn't go and fetch Mr. Podgers at once, I shall have to go myself."

"Let me go, Lady Windermere", said a tall handsome young man, who was standing by, listening to the conversation with an amused smile.

"Thanks so much, Lord Arthur; but I am afraid you wouldn't recognise him."

"If he is as wonderful as you say, Lady Windermere, I couldn't well miss him. Tell me what he is like, and I'll bring him to you at once."

"Well, he is not a bit like a cheiromantist. I mean he is not mysterious, or esoteric, or romantic-looking. He is a little, stout man, with a funny, bald head, and great gold-rimmed spectacles; something between a family doctor and a country attorney. I'm really very sorry, but it is not my fault. People are so annoying. All my pianists look exactly like poets, and all my poets look exactly like pianists; and I remember last season asking a most dreadful conspirator to dinner, a man who had blown up ever so many people, and always wore a coat of mail, and carried a dagger

"Seu o quê, Gladys?", exclamou a Duquesa, com um sobressalto involuntário.

"O meu quiromante, Duquesa; no momento, não posso viver sem ele."

"Gladys, querida, é sempre tão original", murmurou a Duquesa, tentando recordar o que exatamente era um quiromante, na esperança de que não fosse o mesmo que quiropodista.

"Ele vem regularmente, duas vezes por semana, para ver minha mão", continuou Lady Windermere, "e a maior parte do que vê é muito interessante."

"Ó céus!", disse a Duquesa a si mesma, "trata-se de um tipo de quiropodista, no final das contas. Que coisa mais desagradável. De qualquer forma, espero que seja estrangeiro. Assim, não seria de todo mau."

"Certamente devo apresentá-lo a você."

"Apresentá-lo!", exclamou a Duquesa; "você quer dizer que ele está aqui?", e começou a procurar ao redor por um pequeno leque de casco de tartaruga e um xale rendado muito puído, a fim de estar pronta para partir ao primeiro aviso.

"É claro que ele está aqui; não sonharia em dar uma festa sem ele. Disse-me que tenho a mão puramente psíquica e que se meu polegar fosse minimamente mais curto, eu seria uma pessimista convicta, e teria entrado para um convento."

"Ó, entendo!", disse a Duquesa, sentindo-se bastante aliviada; "ele prediz boa sorte, presumo."

"E má sorte também", respondeu Lady Windermere, "seja qual for o resultado. Por exemplo, no próximo ano, estarei em grande perigo, tanto em terra quanto no mar, então, viverei em um balão e todas as noites, puxarei meu jantar em uma cesta. Está tudo escrito no meu dedinho ou na palma da minha mão, esqueci em qual."

"Mas, seguramente, isso é desafiar a Providência, Gladys."

"Minha cara Duquesa, por certo a Providência pode resistir às tentações de hoje. Penso que todos deveriam ter as mãos lidas a cada mês, a fim de saber o que não deve ser feito. É claro que a pessoa o fará do mesmo jeito, mas é tão divertido ser avisado. Então, se ninguém for chamar Mr. Podgers imediatamente, irei eu mesma."

"Eu irei, Lady Windermere", disse um jovem alto e belo, que estava atento, escutando a conversa com um sorriso divertido.

"Muitíssimo obrigada, Lorde Arthur; mas temo que não o reconhecerá."

"Se for tão extraordinário quanto diz, Lady Windermere, não tenho como errar. Diga-me como ele é e eu o trarei até a senhora em um instante."

"Bem, não se parece com um quiromante. Digo que não é misterioso, esotérico ou de aspecto romântico. É pequeno, corpulento, com uma cabeça calva engraçada e grandes óculos de aros dourados; algo entre um médico da família e um advogado provinciano. Realmente sinto muito, mas não é minha culpa. As pessoas são tão irritantes. Todos meus pianistas se parecem perfeitamente com poetas e todos meus poetas perfeitamente com pianistas; lembro-me de na última temporada convidar o mais terrível conspirador para jantar, um homem que explodiu muitas pessoas, que

up his shirt-sleeve; and do you know that when he came he looked just like a nice old clergyman, and cracked jokes all the evening? Of course, he was very amusing, and all that, but I was awfully disappointed; and when I asked him about the coat of mail, he only laughed, and said it was far too cold to wear in England. Ah, here is Mr. Podgers! Now, Mr. Podgers, I want you to tell the Duchess of Paisley's hand. Duchess, you must take your glove off. No, not the left hand, the other."

"Dear Gladys, I really don't think it is quite right", said the Duchess, feebly unbuttoning a rather soiled kid glove.

"Nothing interesting ever is", said Lady Windermere; "*on a fait le monde ain-si*[*]. But I must introduce you. Duchess, this is Mr. Podgers, my pet cheiromantist. Mr. Podgers, this is the Duchess of Paisley, and if you say that she has a larger mountain of the moon than I have, I will never believe in you again."

"I am sure, Gladys, there is nothing of the kind in my hand", said the Duchess gravely.

"Your Grace is quite right", said Mr. Podgers, glancing at the little fat hand with its short square fingers, "the mountain of the moon is not developed. The line of life, however, is excellent. Kindly bend the wrist. Thank you. Three distinct lines on the rascette[**]! You will live to a great age, Duchess, and be extremely happy. Ambition: very moderate, line of intellect not exaggerated, line of heart..."

"Now, do be indiscreet, Mr. Podgers", cried Lady Windermere.

"Nothing would give me greater pleasure", said Mr. Podgers, bowing, "if the Duchess ever had been, but I am sorry to say that I see great permanence of affection, combined with a strong sense of duty."

"Pray go on, Mr. Podgers", said the Duchess, looking quite pleased.

"Economy is not the least of your Grace's virtues", continued Mr. Podgers, and Lady Winder-mere went off into fits of laughter.

"Economy is a very good thing", remarked the Duchess complacently; "when I married Paisley he had eleven castles, and not a single house fit to live in."

"And now he has twelve houses, and not a single castle", cried Lady Winder-mere.

"Well, my dear", said the Duchess, "I like..."

"Comfort", said Mr. Podgers, "and modern improvements, and hot water laid on in every bedroom. Your Grace is quite right. Comfort is the only thing our civilisation can give us."

'You have told the Duchess's character admirably, Mr. Podgers, and now you must tell Lady Flora's'; and in answer to a nod from the smiling hostess, a tall girl, with sandy Scotch hair, and high shoulder-blades, stepped awkwardly from behind the sofa, and held out a long, bony hand with spatulate fingers.

"Ah, a pianist! I see", said Mr. Podgers, "an excellent pianist, but perhaps

---

[*]   In French: "But they made the world like that."
[**] In chiromancy, it represents the part of the hand, next to the wrist, that has transverse lines.

sempre vestia uma malha e carregava uma adaga na manga da camisa; e sabe que, ao chegar, se parecia com um clérigo velho e gentil, a contar piadas a noite toda? Claro, era divertido e tudo mais, mas fiquei terrivelmente decepcionada; e ao perguntar-lhe sobre a cota de malha, ele apenas riu e disse que fazia muito frio na Inglaterra para vestir aquilo. Ah, eis Mr. Podgers! Então, Mr. Podgers, quero que leia a mão da Duquesa de Paisley. Duquesa, precisa tirar as luvas. Não, a mão esquerda não, a outra."

"Cara Gladys, na verdade não creio que isso seja perfeitamente correto", disse a Duquesa, desabotoando delicadamente uma luva, um tanto suja, de pele de cabrito.

"As coisas interessantes jamais são", disse Lady Windermere: "*on a fait le monde ainsi*. Mas devo apresentá-la. Duquesa, este é Mr. Podgers, meu quiromante particular. Mr. Podgers, esta é a Duquesa de Paisley, e se disser que ela tem a montanha da lua tão grande quanto a minha, nunca mais acreditarei em você novamente."

"Tenho certeza, Gladys, que não tem nada desse tipo em minha mão", informou a Duquesa, com seriedade.

"Vossa Graça está correta", disse Mr. Podgers, ao olhar para a mão pequena e gorda, com dedos curtos e quadrados, "a montanha da lua não está desenvolvida. Contudo, a linha da vida é excelente. Por gentileza, dobre o pulso. Obrigado. Três linhas distintas no rascette**! Viverá até uma idade avançada, Duquesa, e muito feliz. Ambição: bem moderada; linha da inteligência, sem exageros; linha do coração..."

"Ora, seja indiscreto, Mr. Podgers", exclamou Lady Windermere.

"Nada poderia me dar maior prazer", disse Mr. Podgers, curvando-se, "se a Duquesa alguma vez tivesse sido, mas lamento dizer que vejo grande constância nas suas afeições, combinada com um grande senso de dever."

"Continue, por favor, Mr. Podgers", disse a Duquesa, parecendo bem satisfeita.

"Economia não é a menor das virtudes de Vossa Graça", prosseguiu Mr. Podgers, e Lady Windermere teve um acesso de riso.

"Economia é algo muito bom", observou a Duquesa, complacente; "quando me casei com Paisley, ele tinha onze castelos e nenhuma casa decente para se viver."

"E agora ele tem doze casas e nem um único castelo", exclamou Lady Windermere.

"Bem, minha querida", disse a Duquesa, eu gosto..."

"Conforto", disse Mr. Podgers, "e modernas melhorias, água quente disponível em todos os quartos. Vossa Graça está completamente certa. Conforto é a única coisa que a nossa civilização pode nos oferecer."

"Revelou o caráter da Duquesa admiravelmente, Mr. Podgers, e agora deve nos dizer o de Lady Flora; e em resposta a um aceno de cabeça da sorridente anfitriã, uma jovem alta, de cabelos ruivos escoceses, ombros eretos, caminhou, constrangida, por detrás do sofá, e estendeu a longa mão esquelética, com dedos espatulados.

"Ah, uma pianista! Vejo...", disse Mr. Podgers, "uma excelente pianista, mas

---

* Em francês: "Mas fizeram o mundo assim."
** Em quiromancia, representa a parte da mão, junto ao punho, que possui linhas transversais.

hardly a musician. Very reserved, very honest, and with a great love of animals."

"Quite true!", exclaimed the Duchess, turning to Lady Windermere, "absolutely true! Flora keeps two dozen collie dogs at Macloskie, and would turn our town house into a menagerie if her father would let her."

"Well, that is just what I do with my house every Thursday evening", cried Lady Windermere, laughing, "only I like lions* better than collie dogs"

"Your one mistake, Lady Windermere", said Mr. Podgers, with a pompous bow.

"If a woman can't make her mistakes charming, she is only a female", was the answer. "But you must read some more hands for us. Come, Sir Thomas, show Mr. Podgers yours"; and a genial-looking old gentleman, in a white waistcoat, came forward, and held out a thick rugged hand, with a very long third finger.

"An adventurous nature; four long voyages in the past, and one to come. Been ship-wrecked three times. No, only twice, but in danger of a shipwreck your next journey. A strong Conservative, very punctual, and with a passion for collecting curiosities. Had a severe illness between the ages sixteen and eighteen. Was left a fortune when about thirty. Great aversion to cats and Radicals."

"Extraordinary!", exclaimed Sir Thomas; "you must really tell my wife's hand, too."

"Your second wife's", said Mr. Podgers quietly, still keeping Sir Thomas's hand in his. "Your second wife's. I shall be charmed"; but Lady Marvel, a melancholy-looking woman, with brown hair and sentimental eyelashes, entirely declined to have her past or her future exposed; and nothing that Lady Windermere could do would induce *Monsieur* de Koloff, the Russian Ambassador, even to take his gloves off. In fact, many people seemed afraid to face the odd little man with his stereotyped smile, his gold spectacles, and his bright, beady eyes; and when he told poor Lady Fermor, right out before every one, that she did not care a bit for music, but was extremely fond of musicians, it was generally felt that cheiromancy was a most dangerous science, and one that ought not to be encouraged, except in a *tête-à-tête*.

Lord Arthur Savile, however, who did not know anything about Lady Fermor's unfortunate story, and who had been watching Mr. Podgers with a great deal of interest, was filled with an immense curiosity to have his own hand read, and feeling somewhat shy about putting himself forward, crossed over the room to where Lady Windermere was sitting, and, with a charming blush, asked her if she thought Mr. Podgers would mind.

"Of course, he won't mind", said Lady Winder-mere, 'that is what he is here for. All my lions, Lord Arthur, are performing lions, and jump through hoops whenever I ask them. But I must warn you beforehand that I shall tell Sybil everything. She is coming to lunch with me tomorrow, to talk about bonnets, and if Mr. Podgers finds out that you have a bad temper, or a tendency to gout, or a wife living in Bayswater, I shall certainly let her know all about it."

---

* In a figurative sense the word lion can also mean "celebrity", "notable person".

não uma musicista. Muito reservada, honesta e com grande amor pelos animais."

"Verdade absoluta!", exclamou a Duquesa, voltando-se para Lady Windermere, "verdade absoluta! Flora mantém duas dúzias de cães collies em Macloskie e transformaria nossa casa na cidade num zoológico se o pai dela permitisse."

"Bem, é exatamente isso que faço com a minha casa toda quinta-feira à noite", exclamou Lady Windermere, rindo, "apenas prefiro os leões* aos cães collies."

"Seu único erro, Lady Windermere", disse Mr. Podgers, com uma reverência pomposa.

"Se uma mulher não pode cometer erros encantadores, trata-se apenas de uma fêmea", respondeu. "Mas deve ler algumas outras mãos para nós. Venha, Sir Thomas, mostre a sua a Mr. Podgers"; e um cavalheiro idoso com aparência de gênio, num colete branco, veio e estendeu a mão grossa, com o terceiro dedo muito comprido.

"Uma índole aventureira; quatro longas viagens no passado e outra por vir. Sofreu três naufrágios. Não, apenas dois, mas corre o risco de naufragar na próxima viagem. Grande membro do partido Conservador, pontual e apaixonado por colecionar curiosidades. Teve uma doença grave entre os dezesseis e dezoito anos. Herdou uma fortuna em torno dos trinta anos. Grande aversão a gatos e aos do partido Radical."

"Extraordinário", exclamou Sir Thomas; "deve, decididamente, ler a mão da minha esposa também."

"A sua segunda esposa", disse Mr. Podgers com razão, ainda segurando a mão de Sir Thomas na sua. "Sua segunda esposa. Ficarei encantado"; mas Lady Marvel, uma mulher de aparência melancólica, com cabelos castanhos e cílios emotivos, rejeitou ter o passado ou o futuro expostos publicamente; e nada que Lady Windermere pôde fazer foi capaz de induzir *Monsieur* de Koloff, o embaixador russo, a tirar ao menos as luvas. De fato, muitos pareceram apreensivos quanto a encarar o homem pequeno e excêntrico, de sorriso estereotipado, óculos de ouro e olhos de contas brilhantes; e quando disse à pobre Lady Fermor, alto e diante de todos, que ela não se importava nem um pouco com a música, mas era absolutamente apaixonada pelos músicos, houve um sentimento generalizado de que a quiromancia era a mais perigosa das ciências e que não deveria ser encorajada, exceto *tête-à-tête*.

Lorde Arthur Savile, entretanto, que não sabia nada a respeito do lamentável episódio com Lady Fermor, observava Mr. Podgers com grande interesse. Tomado de imensa curiosidade em ter a mão decifrada, mas sentindo-se um tanto tímido em oferecer-se, atravessou a sala até onde Lady Windermere estava sentada, e, com rubor gracioso, perguntou a ela se Mr. Podgers se importaria em ler-lhe a mão.

"Claro que não se importa", disse Lady Windermere, "é por isso que ele está aqui. Todos os meus leões, Lorde Arthur, são leões amestrados, e pulam através da argola sempre que eu peço a eles. Mas devo adverti-lo de antemão que direi tudo à Sybil. Ela virá almoçar comigo amanhã, para falar sobre chapéus, e se Mr. Podgers descobrir que você tem um mau temperamento, tendência a sofrer da gota ou uma esposa vivendo em Bayswater, seguramente permitirei que ela saiba a respeito."

---

*   Em sentido figurativo a palavra leão também pode significar "celebridade", "pessoa notável".

Lord Arthur smiled, and shook his head. "I am not afraid", he answered. "Sybil knows me as well as I know her."

"Ah! I am a little sorry to hear you say that. The proper basis for marriage is a mutual misunderstanding. No, I am not at all cynical, I have merely got experience, which, however, is very much the same thing. Mr. Podgers, Lord Arthur Savile is dying to have his hand read. Don't tell him that he is engaged to one of the most beautiful girls in London, because that appeared in the Morning Post a month ago."

"Dear Lady Windermere", cried the Marchioness of Jedburgh, "do let Mr. Podgers stay here a little longer. He has just told me I should go on the stage, and I am so interested."

"If he has told you that, Lady Jedburgh, I shall certainly take him away. Come over at once, Mr. Podgers, and read Lord Arthur's hand."

"Well", said Lady Jedburgh, making a little *moue*[*] as she rose from the sofa, "if I am not to be allowed to go on the stage, I must be allowed to be part of the audience at any rate."

"Of course; we are all going to be part of the audience", said Lady Windermere; "and now, Mr. Podgers, be sure and tell us something nice. Lord Arthur is one of my special favourites."

But when Mr. Podgers saw Lord Arthur's hand he grew curiously pale, and said nothing. A shudder seemed to pass through him, and his great bushy eyebrows twitched convulsively, in an odd, irritating way they had when he was puzzled. Then some huge beads of perspiration broke out on his yellow forehead, like a poisonous dew, and his fat fingers grew cold and clammy.

Lord Arthur did not fail to notice these strange signs of agitation, and, for the first time in his life, he himself felt fear. His impulse was to rush from the room, but he restrained himself. It was better to know the worst, whatever it was, than to be left in this hideous uncertainty.

"I am waiting, Mr. Podgers", he said.

"We are all waiting", cried Lady Windermere, in her quick, impatient manner, but the cheiromantist made no reply.

"I believe Arthur is going on the stage", said Lady Jedburgh, "and that, after your scolding, Mr. Podgers is afraid to tell him so."

Suddenly Mr. Podgers dropped Lord Arthur's right hand, and seized hold of his left, bending down so low to examine it that the gold rims of his spectacles seemed almost to touch the palm. For a moment his face became a white mask of horror, but he soon recovered his *sang-froid*[**], and looking up at Lady Windermere, said with a forced smile, 'It is the hand of a charming young man.

"Of course it is!", answered Lady Windermere, "but will he be a charming husband? That is what I want to know."

[*] In French: a discontent grimace.
[**] In French: cold blood.

Lorde Arthur sorriu e meneou a cabeça. "Não tenho medo", respondeu. "Sybil me conhece tão bem quanto eu a conheço."

"Ah! Fico um pouco triste em ouvir isso. A base adequada para o casamento é a má-compreensão recíproca. Não sou nada cínica, simplesmente adquiri experiência, o que, não obstante, é a mesmíssima coisa. Mr. Podgers, Lorde Arthur Savile está morrendo de vontade de que lhe leiam a mão. Não diga que está noivo de uma das moças mais lindas de Londres, pois isso foi publicado no Morning Post há um mês atrás."

"Querida Lady Windermere", exclamou a Marquesa de Jedburgh, "permita que Mr. Podgers fique aqui um pouco mais. Ele acaba de dizer que eu deveria estar nos palcos, e fiquei muito interessada."

"Se disse-lhe isso, Lady Jedburgh, com certeza devo levá-lo embora. Venha imediatamente, Mr. Podgers, e leia a mão de Lorde Arthur."

"Bem", disse Lady Jedburgh, fazendo um pequeno *moue*[*] enquanto se levantava do sofá, "se não me permitem os palcos, devem permitir ao menos que faça parte da plateia."

"Claro; todos vamos fazer parte da plateia", disse Lady Windermere; "e agora, Mr. Podgers, fique tranquilo e diga-nos algo agradável. Lorde Arthur é um dos meus favoritos especiais."

Mas quando Mr. Podgers viu a mão de Lorde Arthur, ficou estranhamente pálido e nada disse. Um arrepio passou através dele e as grandes e fartas sobrancelhas contraíram-se convulsivamente, daquele jeito peculiar e perturbador que fazia quando estava confuso. Então, imensas gotas de transpiração brotaram de sua testa amarelada, como um suor envenenado, e os dedos gordos tornaram-se frios e pegajosos.

Lorde Arthur não falhou em detectar esses estranhos sinais de agitação e, pela primeira vez na vida, sentiu medo. Teve o impulso de sair correndo da sala, mas conteve-se. Era preferível saber do pior, o que quer que fosse, do que ser deixado com essa terrível incerteza.

"Estou aguardando, Mr. Podgers", disse ele.

"Estamos todos aguardando", exclamou Lady Windermere, com a sua maneira apressada e impaciente, mas o quiromante nada respondeu.

"Creio que Arthur deva ir para os palcos", disse Lady Jedburgh, "e, depois da sua reprimenda, Mr. Podgers está temeroso de dizer isso para ele."

Mr. Podgers soltou repentinamente a mão direita de Lorde Arthur, agarrando com força a esquerda e inclinou-se tanto para examiná-la que os aros dourados dos óculos pareciam quase tocar a palma. Por um momento sua face transformou-se em uma pálida máscara de terror, mas logo recuperou o *sang-froid*[**] e, olhando para Lady Windermere, disse com um sorriso forçado, "Esta é a mão de um jovem encantador."

"Claro que é!", respondeu Lady Windermere, "mas ele será um marido encantador? É isso o que eu quero saber."

---

[*]   Em francês: muxoxo.
[**] Em francês: sangue frio.

"All charming young men are", said Mr. Podgers.

"I don't think a husband should be too fascinating", murmured Lady Jedburgh pensively, "it is so dangerous!"

"My dear child, they never are too fascinating", cried Lady Windermere. "But what I want are details. Details are the only things that interest. What is going to happen to Lord Arthur?"

"Well, within the next few months Lord Arthur will go a voyage..."

"Oh yes, his honeymoon, of course!"

"And lose a relative."

"Not his sister, I hope?", said Lady Jedburgh, in a piteous tone of voice.

"Certainly not his sister", answered Mr. Podgers, with a deprecating wave of the hand, "a distant relative merely."

"Well, I am dreadfully disappointed", said Lady Windermere. "I have absolutely nothing to tell Sybil tomorrow. No one cares about distant relatives nowadays. They went out of fashion years ago. However, I suppose she had better have a black silk by her; it always does for church, you know. And now let us go to supper. They are sure to have eaten everything up, but we may find some hot soup. François used to make excellent soup once, but he is so agitated about politics at present, that I never feel quite certain about him. I do wish *General Boulanger** would keep quiet. Duchess, I am sure you are tired?"

"Not at all, dear Gladys", answered the Duchess, waddling towards the door. 'I have enjoyed myself immensely, and the cheiropodist, I mean the cheiromantist, is most interesting. Flora, where can my tortoise-shell fan be? Oh, thank you, Sir Thomas, so much. And my lace shawl, Flora? Oh, thank you, Sir Thomas, very kind, I'm sure"; and the worthy creature finally managed to get downstairs without dropping her scent-bottle more than twice.

All this time Lord Arthur Savile had remained standing by the fireplace, with the same feeling of dread over him, the same sickening sense of coming evil. He smiled sadly at his sister, as she swept past him on Lord Plymdale's arm, looking lovely in her pink brocade and pearls, and he hardly heard Lady Windermere when she called to him to follow her. He thought of Sybil Merton, and the idea that anything could come between them made his eyes dim with tears.

Looking at him, one would have said that Nemesis had stolen the shield of Pallas, and shown him the Gorgon**'s head. He seemed turned to stone, and his face was like marble in its melancholy. He had lived the delicate and luxurious life of a young man of birth and fortune, a life exquisite in its freedom from sordid care, its beautiful boyish insouciance; and now for the first time he became conscious of the terrible mystery of Destiny, of the awful meaning of Doom.

How mad and monstrous it all seemed! Could it be that written on his hand, in characters that he could not read himself, but that another could decipher, was

---

*   *Boulanger*, in French, is the one who makes and sells bread; the baker.

**   According to Greek mythology, the one who looked at the Gorgon's eyes would become petrified.

"Todos os jovens encantadores o são", disse Mr. Podgers.

"Não creio que um marido deva ser fascinante demais", murmurou Lady Jedburgh, pensativa, "é tão perigoso!"

"Minha querida criança, eles nunca são fascinantes demais", exclamou Lady Windermere. "Mas o que quero são detalhes. Detalhes são as únicas coisas que interessam. O que vai acontecer com Lorde Arthur?"

"Bem, dentro de poucos meses Lorde Arthur fará uma viagem..."

"Ó, sim, a viagem de lua de mel, naturalmente!"

"E perderá um parente."

"Não sua irmã, espero!", disse Lady Jedburgh, em um comovente tom de voz.

"Com certeza não é a irmã", respondeu o Sr. Podgers, com um gesto de desaprovação, "um parente distante, simplesmente."

"Bem, estou terrivelmente decepcionada", disse Lady Windermere. "Absolutamente nada tenho a dizer a Sybil amanhã. Hoje em dia, ninguém se preocupa com parentes distantes. Saíram de moda há anos. Seja como for, presumo que deveria ter consigo um traje negro de seda; é sempre útil na igreja, bem sabem. E agora vamos cear. Com certeza já devoraram tudo, mas podemos encontrar um pouco de sopa quente. François costumava fazer uma sopa ótima, mas está tão envolvido com política atualmente que nunca me sinto completamente segura a respeito dele. Realmente desejo que o *General Boulanger** fique calado. Duquesa, tenho certeza de está cansada."

"Nem um pouco, cara Gladys", respondeu a Duquesa, caminhando com dificuldade em direção à porta. "Diverti-me enormemente e o quiropodista, digo, o quiromante, é muitíssimo interessante. Flora, onde pode estar meu leque de casco de tartaruga? Ó, obrigada, Sir Thomas, muito mesmo. E meu chalé rendado, Flora? Ó, Sir Thomas, muito amável, estou certa"; e a ilustre criatura finalmente conseguiu descer as escadas sem deixar cair seu frasco de essência mais que duas vezes.

Todo esse tempo Lorde Arthur permaneceu em pé ao lado da lareira, coberto por um sentimento de horror, o mesmo senso mórbido do mal a porvir. Sorriu melancolicamente para a irmã quando passou rapidamente nos braços do Lorde Plymdale, parecendo adorável no seu brocado rosa e pérolas; e mal ouviu Lady Windermere quando o chamou para acompanhá-la. Pensava em Sybil Merton e a ideia de que algo pudesse se interpor entre eles fez com que seus olhos se enchessem de lágrimas.

Olhando para ele, alguém poderia dizer que Nemesis roubara o escudo de Palas, mostrando-lhe a cabeça da Górgona**. Parecia petrificado, e a face era como o mármore, em sua melancolia. Vivera a refinada e luxuosa vida de um jovem rico e bem-nascido, uma vida extraordinária, livre de sórdidas responsabilidades, bela em sua despreocupação juvenil; e agora, pela primeira vez tornava-se consciente do terrível mistério do Destino, do medonho significado da Perdição.

Quão insensato e monstruoso tudo parecia! O que havia na sua mão, em caracteres que ele mesmo não conseguia ler, mas que outro podia decifrar, poderia ser

---

* *Boulanger*, em francês, é aquele que faz e vende o pão; o padeiro.
** Segundo a mitologia grega, aquele que mirasse os olhos da Górgona ficaria petrificado.

some fearful secret of sin, some blood-red sign of crime? Was there no escape possible? Were we no better than chessmen, moved by an unseen power, vessels the potter fashions at his fancy, for honour or for shame? His reason revolted against it, and yet he felt that some tragedy was hanging over him, and that he had been suddenly called upon to bear an intolerable burden. Actors are so fortunate. They can choose whether they will appear in tragedy or in comedy, whether they will suffer or make merry, laugh or shed tears. But in real life it is different. Most men and women are forced to perform parts for which they have no qualifications. Our Guildensterns play Hamlet for us, and our Hamlets have to jest like Prince Hal. The world is a stage, but the play is badly cast.

Suddenly Mr. Podgers entered the room. When he saw Lord Arthur he started, and his coarse, fat face became a sort of greenish-yellow colour. The two men's eyes met, and for a moment there was silence.

"The Duchess has left one of her gloves here, Lord Arthur, and has asked me to bring it to her", said Mr. Podgers finally. "Ah, I see it on the sofa! Good evening."

"Mr. Podgers, I must insist on your giving me a straightforward answer to a question I am going to put to you."

"Another time, Lord Arthur, but the Duchess is anxious. I am afraid I must go."

"You shall not go. The Duchess is in no hurry."

"Ladies should not be kept waiting, Lord Arthur", said Mr. Podgers, with his sickly smile. "The fair sex is apt to be impatient."

Lord Arthur's finely-chiselled lips curled in petulant disdain. The poor Duchess seemed to him of very little importance at that moment. He walked across the room to where Mr. Podgers was standing, and held his hand out.

"Tell me what you saw there", he said. "Tell me the truth. I must know it. I am not a child."

Mr. Podgers's eyes blinked behind his gold-rimmed spectacles, and he moved uneasily from one foot to the other, while his fingers played nervously with a flash watch-chain.

"What makes you think that I saw anything in your hand, Lord Arthur, more than I told you?"

"I know you did, and I insist on your telling me what it was. I will pay you. I will give you a cheque for a hundred pounds."

The green eyes flashed for a moment, and then became dull again.

"Guineas?", said Mr. Podgers at last, in a low voice.

"Certainly. I will send you a cheque tomorrow. What is your club?"

"I have no club hat is to say, not just at present. My address is..., but allow me to give you my card"; and producing a bit of gilt-edge pasteboard from his waistcoat pocket, Mr. Podgers handed it, with a low bow, to Lord Arthur, who read on it,

um pavoroso pecado secreto, a marca sangrenta de um crime? Não havia escapatória possível? Éramos meras peças de um jogo de xadrez, movidas por uma força invisível; vasos que o oleiro molda segundo seu gosto para honra ou vergonha? Sua razão revoltava-se, mas ainda assim sentia que alguma tragédia pairava sobre ele e que fora repentinamente convocado a suportar uma carga intolerável. Atores são tão afortunados. Podem escolher se atuarão em tragédia ou em comédia, a sofrer ou a se alegrar, a rir ou derramar lágrimas. Mas na vida real é diferente. Homens e mulheres na maioria são forçados a interpretar papéis para os quais não têm qualificação. Nossos Guildensterns interpretam Hamlet para nós e nossos Hamlets são engraçados como o Príncipe Hal. O mundo é um palco, mas a distribuição dos papéis é equivocada.

Subitamente Mr. Podgers entrou na sala. Ao ver Lorde Arthur, sobressaltou-se, e a face gorda e comum adquiriu um tipo de amarelo-esverdeado. Os olhos dos dois homens se encontraram, e por um momento houve apenas o silêncio.

"A Duquesa deixou aqui uma das suas luvas, Lorde Arthur, e pediu-me que a buscasse", disse Mr. Podgers, finalmente. "Ah, posso vê-la sobre o sofá! Boa noite."

"Mr. Podgers, devo insistir para que responda francamente a uma pergunta que vou lhe fazer."

"Outra hora, Lorde Arthur, pois a Duquesa está ansiosa. Receio que deva ir."

"Você não irá. A Duquesa não tem urgência."

"Damas não dever ser deixadas esperando, Lorde Arthur", disse Mr. Podgers, com o seu sorriso doentio. "O belo sexo é inclinado a ser impaciente."

Os lábios lindamente esculpidos de Lorde Arthur contraíram-se em um desdém petulante. A pobre Duquesa pareceu-lhe no momento ter muito pouca importância. Caminhou através da sala até onde Mr. Podgers estava e estendeu-lhe a mão.

"Diga-me o que vê aqui", disse. "Diga-me a verdade. Preciso saber. Não sou uma criança."

Os olhos de Mr. Podgers piscaram atrás dos óculos de aros dourados e ele moveu-se, inquieto, sobre um pé e sobre o outro, enquanto os dedos brincavam nervosos com a vistosa corrente do relógio.

"O que o faz pensar que vi algo na sua mão, Lorde Arthur, além do que eu lhe disse."

"Sei que viu e insisto para que me diga o que foi. Pagarei a você. Darei um cheque de cem libras."

Os olhos verdes brilharam um momento e então ficaram opacos novamente.

"Guinéus?", disse Mr. Podgers por fim, em voz baixa.

"Certamente. Enviarei um cheque amanhã. A que clube pertence?"

"Não pertenço a nenhum, quer dizer, não no momento. O meu endereço é... permita-me dar-lhe o meu cartão"; e, apresentando um pequeno cartão de visitas com bordas douradas tirado do bolso do colete, entregou-o, com uma pequena reverência, a Lorde Arthur, sendo que nele estava escrito,

MR. SEPTIMUS R. PODGERS
Professional Cheiromantist
103a. West Moon Street

"My hours are from ten to four", murmured Mr. Podgers mechanically, "and I make a reduction for families."

"Be quick", cried Lord Arthur, looking very pale, and holding his hand out.

Mr. Podgers glanced nervously round, and drew the heavy *portière** across the door.

"It will take a little time, Lord Arthur, you had better sit down."

"Be quick, sir", cried Lord Arthur again, stamping his foot angrily on the polished floor.

Mr. Podgers smiled, drew from his breast-pocket a small magnifying glass, and wiped it carefully with his handkerchief

"I am quite ready", he said.

CHAPTER II

Ten minutes later, with face blanched by terror, and eyes wild with grief, Lord Arthur Savile rushed from Bentinck House, crushing his way through the crowd of fur-coated footmen that stood round the large striped awning, and seeming not to see or hear anything. The night was bitter cold, and the gas-lamps round the square flared and flickered in the keen wind; but his hands were hot with fever, and his forehead burned like fire. On and on he went, almost with the gait of a drunken man. A policeman looked curiously at him as he passed, and a beggar, who slouched from an archway to ask for alms, grew frightened, seeing misery greater than his own. Once he stopped under a lamp, and looked at his hands. He thought he could detect the stain of blood already upon them, and a faint cry broke from his trembling lips.

Murder! that is what the cheiromantist had seen there. Murder! The very night seemed to know it, and the desolate wind to howl it in his ear. The dark corners of the streets were full of it. It grinned at him from the roofs of the houses.

First he came to the Park, whose sombre woodland seemed to fascinate him. He leaned wearily up against the railings, cooling his brow against the wet metal, and listening to the tremulous silence of the trees. "Murder! Murder!" he kept repeating, as though iteration could dim the horror of the word. The sound of his own voice made him shudder, yet he almost hoped that Echo might hear him, and wake the slumbering city from its dreams. He felt a mad desire to stop the casual passer-by, and tell him everything.

Then he wandered across Oxford Street into narrow, shameful alleys. Two women with painted faces mocked at him as he went by. From a dark courtyard came

---

*   In French: a curtain that is hung on a door or on a porch.

MR. SEPTMUS R. PODGERS
Quiromante Profissional
103a. West Moon Street

"O meu horário é das dez à quatro", murmurou Mr. Podgers, mecanicamente, "e faço um desconto para famílias."

"Rápido", disse Lorde Arthur, parecendo pálido, mantendo a mão estendida.

Mr. Podgers olhou de relance ao redo, e puxou a pesada *portière*[*] em frente à porta.

"Vai levar um pouco de tempo, Lorde Arthur, é melhor sentar-se".

"Seja rápido, meu senhor", exclamou Lorde Arthur mais uma vez, batendo o pé, com irritação, sobre o piso encerado.

Mr. Podgers sorriu, puxando do bolso do peito uma pequena lente de aumento, que limpou cuidadosamente com o lenço.

"Estou completamente pronto", ele disse.

CAPÍTULO II

Dez minutos depois, com a face lívida pelo horror e os olhos desvairados de aflição, Lorde Arthur Savile correu de Bentinck House, abrindo caminho entre a multidão de criados em casacos de pele que estava em torno da grande marquise listrada, parecendo nada ver ou ouvir. A noite estava gelada e os lampiões que circundavam o quarteirão tremulavam e piscavam no vento cortante; mas suas mãos estavam quentes de febre e a fronte queimava como fogo. Avançou sem parar, como com passos bêbados. Um policial, ao vê-lo passar, observou-o com curiosidade, e um mendigo, que saíra de uma arcada para pedir-lhe algo, assustou-se ao ver um tormento maior que o seu. Parou uma vez sob uma lâmpada e olhou para as mãos. Julgou poder detectar a mancha de sangue já sobre elas e um lamento tênue rompeu dos seus lábios trêmulos.

Assassinato! era isso o que o quiromante vira ali. Assassinato! A própria noite parecia sabê-lo e o vento desolador bramia em seu ouvido. Nas ruas, as esquinas escuras estavam repletas disso. E dos telhados das casas, a palavra sorria-lhe com malícia.

Primeiro foi ao Parque, cujo bosque lúgubre parecia fasciná-lo. Apoiou-se, exausto contra as grades, refrescando o rosto no metal molhado, escutando o silêncio trêmulo das árvores. "Assassinato! Assassinato!", continuou a repetir, como se a iteração atenuasse o horror da palavra. O som da própria voz o fazia estremecer, ainda assim, tinha a esperança de que Eco pudesse ouvi-lo e acordasse a cidade adormecida de seus sonhos. Sentiu um desejo louco de parar os passantes casuais e contar-lhes tudo.

Em seguida, vagou pelos becos estreitos e indecentes da Oxford Street. Duas mulheres maquiadas zombaram dele enquanto passava. De um pátio escuro veio o

---

[*] Em francês: uma cortina que é pendurada em uma porta ou em um pórtico.

a sound of oaths and blows, followed by shrill screams, and, huddled upon a damp door-step, he saw the crook-backed forms of poverty and eld. A strange pity came over him. Were these children of sin and misery predestined to their end, as he to his? Were they, like him, merely the puppets of a monstrous show?

And yet it was not the mystery, but the comedy of suffering that struck him; its absolute uselessness, its grotesque want of meaning. How incoherent everything seemed! How lacking in all harmony! He was amazed at the discord between the shallow optimism of the day and the real facts of existence. He was still very young.

After a time he found himself in front of Marylebone Church. The silent road-way looked like a long riband of polished silver, flecked here and there by the dark arabesques of waving shadows. Far into the distance curved the line of flickering gas-lamps, and outside a little walled-in house stood a solitary hansom, the driver asleep inside. He walked hastily in the direction of Portland Place, now and then looking round, as though he feared that he was being followed. At the corner of Rich Street stood two men, reading a small bill upon a hoarding. An odd feeling of curios-ity stirred him, and he crossed over. As he came near, the word "Murder", printed in black letters, met his eye. He started, and a deep flush came into his cheek. It was an advertisement offering a reward for any information leading to the arrest of a man of medium height, between thirty and forty years of age, wearing a billy-cock hat, a black coat, and check trousers, and with a scar upon his right cheek. He read it over and over again, and wondered if the wretched man would be caught, and how he had been scarred. Perhaps, some day, his own name might be placarded on the walls of London. Some day, perhaps, a price would be set on his head also.

The thought made him sick with horror. He turned on his heel, and hurried on into the night.

Where he went he hardly knew. He had a dim memory of wandering through a labyrinth of sordid houses, of being lost in a giant web of sombre streets, and it was bright dawn when he found himself at last in Piccadilly Circus. As he strolled home towards Belgrave Square, he met the great waggons on their way to Covent Garden. The white-smocked carters, with their pleasant sunburnt faces and coarse curly hair, strode sturdily on, cracking their whips, and calling out now and then to each other; on the back of a huge grey horse, the leader of a jangling team, sat a chubby boy, with a bunch of primroses in his battered hat, keeping tight hold of the mane with his little hands, and laughing; and the great piles of vegetables looked like masses of jade against the morning sky, like masses of green jade against the pink petals of some marvellous rose. Lord Arthur felt curiously affected, he could not tell why. There was something in the dawn's delicate loveliness that seemed to him inexpressibly pathetic, and he thought of all the days that break in beauty, and that set in storm. These rustics, too, with their rough, good-humoured voices, and their nonchalant ways, what a strange London they saw! A London free from the sin of night and the smoke of day, a pallid, ghost-like city, a desolate town of tombs! He wondered what they thought of it, and whether they knew anything of its splen-dour and its shame, of its fierce, fiery-coloured joys, and its horrible hunger, of all it makes and mars from morn to eve. Probably it was to them merely a mart where they brought their fruits to sell, and where they tarried for a few hours at most, leav-ing the streets still silent, the houses still asleep. It gave him pleasure to watch them

som de blasfêmias e pancadas seguido por gritos estridentes e, amontoadas no degrau úmido de uma porta, viu formas corcundas de pobreza e decadência. Estranha piedade recaiu sobre ele. Estariam os filhos do pecado e da miséria predestinados ao próprio fim como ele? Seriam, como ele, meras marionetes de um espetáculo monstruoso?

Mesmo assim, não era o mistério, mas a comédia do sofrimento que o atingia; a absoluta inutilidade, a grotesca ausência de sentido. Quão incoerente tudo lhe parecia! Quão ausente de qualquer harmonia! Estava atônito com a disparidade entre o otimismo superficial do dia e os fatos reais da existência. Ele era ainda muito jovem.

Após um tempo encontrou-se em frente à Igreja de Marylebone. A rua silenciosa parecia uma longa fita de prata polida, manchada aqui e ali por arabescos escuros de sombras oscilantes. À distância, curvavam-se fileiras de tremulantes lampiões e, do lado de fora de uma casinha murada, um coche solitário com o condutor dormindo no interior. Caminhou rapidamente na direção de Portland Place, olhando vez ou outra ao redor, pois temia ser seguido. Na esquina da Rich Street, dois homens estavam parados em pé lendo um pequeno cartaz em um tapume. Foi dominado por uma estranha curiosidade e atravessou a rua. Ao aproximar-se, a palavra "Assassinato", impressa em letras pretas, saltou-lhe aos olhos. Assustou-se, e um intenso rubor corou-lhe as faces. Era um aviso, oferecendo uma recompensa por qualquer informação que levasse à prisão do homem de altura mediana, entre 30 e 40 anos, chapéu coco, casaco preto e calças xadrez, com uma cicatriz no lado direito do rosto. Leu repetidas vezes, perguntando-se se aquele homem infeliz seria capturado e como conseguira a cicatriz. Talvez algum dia, o próprio nome estivesse anunciado em um cartaz nos muros de Londres. Algum dia talvez ofereceriam um preço por sua cabeça.

Esse pensamento o deixou tomado de horror. Girou nos calcanhares e correu para dentro da noite.

Onde foi dificilmente saberemos. Possuía uma vaga lembrança de vagar por um labirinto de casas sórdidas, perdido em uma teia gigante de ruas lúgubres e o dia amanhecia ao se achar finalmente em Picadilly Circus. Enquanto perambulava a caminho de casa, encontrou uma grande carroça no caminho para Covent Garden. Os carroceiros, de macacões brancos, com divertidos rostos bronzeados e grossos cabelos encaracolados, apressavam o passo, estalando chicotes, chamando-se uns aos outros vez ou outra; nas costas de um imenso cavalo cinza, guia de uma parelha barulhenta, montava um garoto gordinho, com um ramo de primavera no chapéu inclinado, segurando firmemente a crina do cavalo com as mãozinhas e rindo; as grandes pilhas de legumes pareciam montes de jade contra o céu da manhã, como montes de jade verde contra pétalas rosadas de uma magnífica rosa. Lorde Arthur sentiu-se estranhamente afetado sem saber o porquê. Havia algo no delicado encanto do amanhecer que lhe pareceu inexprimivelmente patético e pensou em todos os dias que irrompem em beleza e acabam em tempestade. Aqueles camponeses, inclusive, com vozes ásperas e bem-humoradas e jeito desinteressado, que estranha Londres viam! Uma Londres livre do pecado da noite e da fumaça do dia, uma cidade pálida e fantasmagórica, uma desolada cidade de túmulos! Perguntou-se o que pensariam a respeito, se saberiam algo sobre o seu esplendor e a sua vergonha, sobre a ardente, apaixonante alegria em cores vivas, a fome horrível, sobre tudo o que constrói e arruína da manhã à noite. Provavelmente a cidade era para eles um mercado simplesmente para a qual traziam frutas para vender e onde se demoravam apenas por algumas horas no máximo, deixando

as they went by. Rude as they were, with their heavy, hob-nailed shoes, and their awkward gait, they brought a little of a ready with them. He felt that they had lived with Nature, and that she had taught them peace. He envied them all that they did not know.

By the time he had reached Belgrave Square the sky was a faint blue, and the birds were beginning to twitter in the gardens.

CHAPTER III

When Lord Arthur woke it was twelve o'clock, and the midday sun was streaming through the ivory-silk curtains of his room. He got up and looked out of the window. A dim haze of heat was hanging over the great city, and the roofs of the houses were like dull silver. In the flickering green of the square below some children were flitting about like white butterflies, and the pavement was crowded with people on their way to the Park. Never had life seemed lovelier to him, never had the things of evil seemed more remote.

Then his valet brought him a cup of chocolate on a tray. After he had drunk it, he drew aside a heavy *portière* of peach-coloured plush, and passed into the bathroom. The light stole softly from above, through thin slabs of transparent onyx, and the water in the marble tank glimmered like a moonstone. He plunged hastily in, till the cool ripples touched throat and hair, and then dipped his head right under, as though he would have wiped away the stain of some shameful memory. When he stepped out he felt almost at peace. The exquisite physical conditions of the moment had dominated him, as indeed often happens in the case of very finely-wrought natures, for the senses, like fire, can purify as well as destroy.

After breakfast, he flung himself down on a divan, and lit a cigarette. On the mantel-shelf, framed in dainty old brocade, stood a large photograph of Sybil Merton, as he had seen her first at Lady Noel's ball. The small, exquisitely-shaped head drooped slightly to one side, as though the thin, reed-like throat could hardly bear the burden of so much beauty; the lips were slightly parted, and seemed made for sweet music; and all the tender purity of girlhood looked out in wonder from the dreaming eyes. With her soft, clinging dress of *crêpe-de-chine*, and her large leaf-shaped fan, she looked like one of those delicate little figures men find in the olive-woods near Tanagra; and there was a touch of Greek grace in her pose and attitude. Yet she was not *petite**. She was simply perfectly proportioned, a rare thing in an age when so many women are either over life-size or insignificant.

Now as Lord Arthur looked at her, he was filled with the terrible pity that is born of love. He felt that to marry her, with the doom of murder hanging over his head, would be a betrayal like that of Judas, a sin worse than any the Borgia** had ever dreamed of. What happiness could there be for them, when at any moment he might

---

* In French: small.
** Borgia: dynasty of the Church, which Pope Alexander VI has belonged, famous for the conspiracies and atrocities that it had committed.

as ruas ainda em silêncio, as casas ainda adormecidas. Sentiu prazer em observá-los enquanto passavam. Simples como eram, com os pesados sapatos rústicos, o porte desajeitado, traziam um pouco de vida consigo. Sentiu que vivam na Natureza e que ela lhes havia ensinado a paz. Invejou-os por tudo aquilo que desconheciam.

No momento em que chegou a Belgrave Square, o céu era de um azul pálido e os pássaros começavam a trinar nos jardins.

CAPÍTULO III

Quando Lorde Arthur acordou eram doze horas e o sol do meio-dia fluía através das cortinas de seda-marfim do quarto. Levantou-se e olhou para o lado de fora da janela. Uma névoa densa de calor estava suspensa sobre a grande cidade, e os telhados das casas eram como prata fosca. Na relva vibrante da praça abaixo, algumas crianças esvoaçavam por perto, como borboletas brancas, e a calçada estava lotada de pessoas a caminho do Parque. Nunca a vida pareceu-lhe tão adorável, nunca as coisas do mal pareceram tão longínquas.

Então o pajem trouxe-lhe em uma bandeja um copo com chocolate. Depois de bebê-lo, afastou para lado a pesada *portière* de pelúcia cor-de-pêssego e entrou no banheiro. A luz penetrava suavemente, vinda do alto através de placas de ônix transparente e a água no tanque de mármore reluzia como uma selenita. Mergulhou rapidamente, até que as ondas frias tocassem a pescoço, os cabelos e, em seguida, mergulhou a cabeça, pois julgava assim poder afastar a mácula de alguma memória infame. Ao emergir, quase se sentiu em paz. As condições de bem-estar físico, no momento, o dominaram, como de fato acontecia frequentemente nos casos de naturezas muito refinadas, pois os sentidos, como o fogo, podem purificar tanto quanto destruir.

Após o desjejum, afundou-se no divã e acendeu um cigarro. Na cornija saliente da lareira, emoldurada por um delicado e antigo brocado, encontrava-se uma grande fotografia de Sybil Merton, como a vira pela primeira vez no baile de Lady Noel. A pequena cabeça, primorosamente moldada, inclinava-se levemente para o lado como se a fina haste do pescoço mal sustentasse o peso de tanta beleza; os lábios levemente afastados pareciam feitos para uma melodia suave; toda a meiga pureza da juventude olhava para fora, maravilhada, de dentro dos olhos sonhadores. Com um vestido justo e delicado de *crêpe-de-chine* e o grande leque de folhas, parecia uma daquelas pequenas e delicadas figuras dos bosques de oliveiras perto de Tanagra; e havia um toque da graça grega na pose e atitude. Mas não era *petite*[*]. Tinha simplesmente uma proporção perfeita, rara em uma época em que tantas ou são altas demais ou insignificantes.

Agora, enquanto Lorde Arthur a observava, foi tomado da terrível compaixão que nasce do amor. Sentiu que casar com ela, com a sina do assassinato pairando sobre a cabeça, seria uma traição como a de Judas, um pecado pior que qualquer um dos Borgia[**] já sonhara. Que felicidade haveria para eles se a qualquer momento poderia

---

[*] Em francês: pequena.
[**] Borgia: dinastia da Igreja, a qual pertenceu o Papa Alexandre VI, famosa pelas conspirações e atrocidades cometidas.

be called upon to carry out the awful prophecy written in his hand? What manner of life would be theirs while Fate still held this fearful fortune in the scales? The marriage must be postponed, at all costs. Of this he was quite resolved. Ardently though he loved the girl, and the mere touch of her fingers, when they sat together, made each nerve of his body thrill with exquisite joy, he recognised none the less clearly where his duty lay, and was fully conscious of the fact that he had no right to marry until he had committed the murder. This done, he could stand before the altar with Sybil Merton, and give his life into her hands without terror of wrongdoing. This done, he could take her to his arms, knowing that she would never have to blush for him, never have to hang her head in shame. But done it must be first; and the sooner the better for both.

Many men in his position would have preferred the primrose path of dalliance to the steep heights of duty; but Lord Arthur was too conscientious to set pleasure above principle. There was more than mere passion in his love; and Sybil was to him a symbol of all that is good and noble. For a moment he had a natural repugnance against what he was asked to do, but it soon passed away. His heart told him that it was not a sin, but a sacrifice; his reason reminded him that there was no other course open. He had to choose between living for himself and living for others, and terrible though the task laid upon him undoubtedly was, yet he knew that he must not suffer selfishness to triumph over love. Sooner or later we are all called upon to decide on the same issue – of us all, the same question is asked. To Lord Arthur it came early in life – before his nature had been spoiled by the calculating cynicism of middle-age, or his heart corroded by the shallow, fashionable egotism of our day, and he felt no hesitation about doing his duty. Fortunately also, for him, he was no mere dreamer, or idle dilettante. Had he been so, he would have hesitated, like Hamlet, and let irresolution mar his purpose. But he was essentially practical. Life to him meant action, rather than thought. He had that rarest of all things, common sense.

The wild, turbid feelings of the previous night had by this time completely passed away, and it was almost with a sense of shame that he looked back upon his mad wanderings from street to street, his fierce emotional agony. The very sincerity of his sufferings made them seem unreal to him now. He wondered how he could have been so foolish as to rant and rave about the inevitable. The only question that seemed to trouble him was, whom to make away with; for he was not blind to the fact that murder, like the religions of the Pagan world, requires a victim as well as a priest. Not being a genius, he had no enemies, and indeed he felt that this was not the time for the gratification of any personal pique or dislike, the mission in which he was engaged being one of great and grave solemnity. He accordingly made out a list of his friends and relatives on a sheet of notepaper, and after careful consideration, decided in favour of Lady Clementina Beauchamp, a dear old lady who lived in Curzon Street, and was his own second cousin by his mother's side. He had always been very fond of Lady Clem, as every one called her, and as he was very wealthy himself, having come into all Lord Rugby's property when he came of age, there was no possibility of his deriving any vulgar monetary advantage by her death. In fact, the more he thought over the matter, the more she seemed to him to be just the right person, and, feeling that any delay would be unfair to Sybil, he determined to make his arrangements at once.

ser convocado a suportar a horrível profecia escrita em sua mão? Que estilo de vida seria o deles enquanto o Destino detivesse temível sina na sua balança? O casamento deveria ser adiado a todo custo. Quanto a isso estava determinado. Embora amasse ardentemente a moça e o simples toque dos dedos dela, ao sentarem-se juntos, fazia com que cada nervo do seu corpo vibrasse com delicada satisfação, reconhecia, entretanto, que consistia seu dever, e era completamente cônscio do fato de que não ter nenhum direito de casar-se com ela até que tivesse cometido o assassinato. Feito isso, poderia postar-se diante do altar com Sybil Merton e entregar-lhe a própria vida nas mãos, sem o horror da injustiça. Feito isso, poderia tomá-la nos braços, sabendo que nunca teria que se envergonhar dele, nunca teria que curvar a cabeça humilhada. Mas isso deveria ser feito imediatamente; quanto mais rápido, melhor para ambos.

Muitos nessa situação prefeririam a senda florida das carícias em vez de trilhar as escarpas do dever; mas Lorde Arthur era consciencioso demais para situar o prazer acima dos princípios. Havia mais do que simples paixão no seu amor; e Sybil simbolizava para ele tudo que é bom e nobre. Por um momento, sentiu uma repugnância inata por aquilo que era chamado a fazer, mas passou rapidamente. O coração lhe disse que não era um pecado, mas um sacrifício; a razão o relembrou de que não havia outro caminho possível. Tinha que escolher entre viver para si e para os outros, e a tarefa que recaía sobre si era indubitavelmente terrível, mas sabia que não deveria ser egoísta para triunfar no amor. Cedo ou tarde todos seremos chamados a decidir sobre tal questão – a todos nós, a mesma pergunta é feita. Para Lorde Arthur, chegou cedo na vida – antes do seu caráter ter-se corrompido pelo cinismo calculado da meia-idade ou do seu coração ter-se corroído pelo egoísmo superficial de então, e ele não hesitou em cumprir seu dever. Felizmente, também, para ele, não era um mero sonhador ou um diletante inútil. Se o fosse, teria hesitado, como Hamlet, e deixado a indecisão prejudicar as intenções. Mas era essencialmente prático. Vida, para ele, significava agir em vez de pensar. Possuía o mais raro dentre todas as coisas: bom-senso.

Os violentos e desordenados sentimentos da noite anterior já passaram completamente e foi quase com um sentimento de vergonha que refletiu sobre a desvairada perambulação de rua em rua, em ardente e emotiva agonia. Agora, a própria sinceridade das aflições fazia com que parecessem irreais. Perguntou-se como pôde ter sido tão tolo a ponto de discutir e delirar sobre o inevitável. A única pergunta que parecia perturbá-lo era como levar adiante; pois não era cego para o fato de que assassinato, como as religiões do mundo pagão, requer tanto uma vítima quanto um sacerdote. Por não ser nenhum gênio, não possuía inimigos; na verdade, percebeu que não era hora de satisfazer nenhum desafeto ou ressentimento pessoal, a missão em que estava comprometido era uma solenidade importante e circunspeta. Consequentemente, fez uma lista de amigos e parentes em uma folha de papel, e após cuidadosa consideração, decidiu a favor de Lady Clementina Beauchamp, uma querida senhora idosa que vivia em Curzon Street, prima em segundo grau por parte da sua mãe. Sempre gostara muito de Lady Clem, como todos a chamavam, e como ele mesmo era muito rico, tendo herdado todas as propriedades de Lorde Rugby ao atingir a maioridade, não havia a possibilidade de qualquer insinuação grosseira a respeito de obter alguma vantagem financeira com a morte dela. Na verdade, quanto mais pensava sobre o assunto, mais lhe parecia a pessoa ideal e, sentindo que qualquer atraso seria desleal para com Sybil, decidiu providenciar tudo de uma vez.

The first thing to be done was, of course, to settle with the cheiromantist; so he sat down at a small Sheraton writing-table that stood near the window, drew a cheque for £105, payable to the order of Mr. Septimus Podgers, and, enclosing it in an envelope, told his valet to take it to West Moon Street. He then telephoned to the stables for his hansom, and dressed to go out. As he was leaving the room he looked back at Sybil Merton's photograph, and swore that, come what may, he would never let her know what he was doing for her sake, but would keep the secret of his self-sacrifice hidden always in his heart.

On his way to the Buckingham, he stopped at a florist's, and sent Sybil a beautiful basket of narcissus, with lovely white petals and staring pheasants' eyes, and on arriving at the club, went straight to the library, rang the bell, and ordered the waiter to bring him a lemon-and-soda, and a book on Toxicology. He had fully decided that poison was the best means to adopt in this troublesome business. Anything like personal violence was extremely distasteful to him, and besides, he was very anxious not to murder Lady Clementina in any way that might attract public attention, as he hated the idea of being lionised at Lady Windermere's, or seeing his name figuring in the paragraphs of vulgar society – newspapers. He had also to think of Sybil's father and mother, who were rather old-fashioned people, and might possibly object to the marriage if there was anything like a scandal, though he felt certain that if he told them the whole facts of the case they would be the very first to appreciate the motives that had actuated him. He had every reason, then, to decide in favour of poison. It was safe, sure, and quiet, and did away with any necessity for painful scenes, to which, like most Englishmen, he had a rooted objection.

Of the science of poisons, however, he knew absolutely nothing, and as the waiter seemed quite unable to find anything in the library but Ruff's Guide and Bailey's Magazine, he examined the book-shelves himself, and finally came across a handsomely-bound edition of the *Pharmacopeia*, and a copy of Erskine's Toxicology, edited by Sir Mathew Reid, the President of the Royal College of Physicians, and one of the oldest members of the Buckingham, having been elected in mistake for somebody else; a *contretemps* that so enraged the Committee, that when the real man came up they black-balled him unanimously. Lord Arthur was a good deal puzzled at the technical terms used in both books, and had begun to regret that he had not paid more attention to his classics at Oxford, when in the second volume of Erskine, he found a very interesting and complete account of the properties of aconitine, written in fairly clear English. It seemed to him to be exactly the poison he wanted. It was swift - indeed, almost immediate, in its effect - perfectly painless, and when taken in the form of a gelatine capsule, the mode recommended by Sir Mathew, not by any means unpalatable. He accordingly made a note, upon his shirt-cuff, of the amount necessary for a fatal dose, put the books back in their places, and strolled up St. James's Street, to Pestle and Humbey's, the great chemists. Mr. Pestle, who always attended personally on the aristocracy, was a good deal surprised at the order, and in a very deferential manner murmured something about a medical certificate being necessary. However, as soon as Lord Arthur explained to him that it was for a large Norwegian mastiff that he was obliged to get rid of, as it showed signs of incipient rabies, and had already bitten the coachman twice in the calf of the leg, he expressed himself as being perfectly satisfied, complimented Lord Arthur on his wonderful knowledge of Toxicology, and had the prescription made up immediately.

A primeira coisa a ser feita seria, naturalmente, pagar ao quiromante; então, sentou-se em uma pequena escrivaninha tipo Sheraton, que ficava próxima à janela, preencheu um cheque de £ 105, nominal a Mr. Septimus Podgers, e, após envelopar, disse ao pajem que o entregasse na West Moon Street. Em seguida, telefonou para a cocheira para que trouxessem o seu cabriolé, e vestiu-se para sair. Ao deixar a sala, voltou-se para a fotografia de Sybil Merton, jurando que, não importa o que acontecesse, jamais a deixaria saber o que estava fazendo por amor a ela, manteria o segredo do autossacrifício escondido para sempre no seu coração.

No caminho para Buckingham, parou em um florista, e enviou para Sybil uma bela cesta de narcisos, com adoráveis pétalas brancas e de pistilos, semelhantes a olhos de faisão; ao chegar ao clube, foi direto à biblioteca, tocou o sinete e ordenou ao garçom que lhe trouxesse limonada com soda e um livro sobre Toxicologia. Estava totalmente decidido que veneno era o melhor meio a ser empregado naquela questão embaraçosa. Algo como violência pessoal era-lhe extremamente desagradável, e, além do mais, estava ansioso para matar Lady Clementina de um modo que não atraísse a atenção pública; odiava a ideia de ser tratado como celebridade na casa de Lady Windermere, ou de ver o nome nos textos da sociedade comum – os jornais. Também pensou nos pais de Sybil, que eram bastante antiquadas e poderiam objetar quanto ao casamento se houvesse algo parecido com um escândalo; entretanto, estava certo de que se lhes contasse os pormenores do caso, seriam mesmo os primeiros a apreciarem os motivos que o moveram. Tinha todas as razões, portanto, para decidir em favor do veneno. Era seguro certamente, e silencioso, e afastava qualquer necessidade de cenas dolorosas, às quais, como a maioria dos ingleses, nutria enraizada objeção.

Sobre a ciência dos venenos, contudo, nada sabia e como o garçom parecia ser incapaz de encontrar qualquer coisa na biblioteca além do Ruff's Guide e do Bailey's Magazine, examinou ele mesmo os livros da estante e, finalmente, encontrou por acaso uma edição lindamente encadernada do *Pharmacopeia*, e uma cópia do Toxicologia, de Erskine, editado por Sir Mathew Reid, Presidente da Faculdade Real de Medicina e um dos membros mais antigos de Buckingham para o qual fora eleito por engano em lugar de outro; *contretemps* que enfureceu tanto o Comitê que quando o verdadeiro candidato apresentou-se, foi recusado por unanimidade. Lorde Arthur ficou um tanto confuso com os termos técnicos usados nos livros e começou a arrepender-se de não ter prestado mais atenção às aulas em Oxford quando, no segundo volume de Erskine, encontrou um relato interessante e completo das propriedades da aconitina, escrito claramente em um inglês legível. Pareceu-lhe ser aquele exatamente o veneno que procurava. Era rápido na verdade e de efeito quase imediato, absolutamente indolor e, quando tomado em cápsulas de gelatina, modo recomendado por Sir Mathew, o sabor não era de todo desagradável. Assim sendo, anotou, no punho da camisa, a quantia necessária para uma dosagem fatal, recolocou os livros nos lugares e caminhou pela St. James's Street, na direção da Pestle & Humbey's, farmacêuticos reconhecidos. Mr. Pestle, que sempre atendia pessoalmente à aristocracia, ficou surpreso com o pedido e, de modo bem respeitoso, murmurou algo sobre a necessidade de uma receita médica. Entretanto, tão logo Lorde Arthur explicou-lhe que se destinava a um imenso mastim norueguês do qual se obrigara de se livrar, pois apresentava incipientes sinais de hidrofobia, além de já ter mordido duas vezes a perna do cocheiro, na panturrilha, demonstrou-se satisfeito, elogiando Lorde Arthur pelo espantoso conhecimento em Toxicologia, e providenciou a prescrição imediatamente.

Lord Arthur put the capsule into a pretty little silver *bonbonnière* that he saw in a shop window in Bond Street, threw away Pestle and Hambey's ugly pill-box, and drove off at once to Lady Clementina's.

"Well, *monsieur le mauvais sujet**", cried the old lady, as he entered the room, "why haven't you been to see me all this time?"

"My dear Lady Clem, I never have a moment to myself", said Lord Arthur, smiling.

"I suppose you mean that you go about all day long with Miss Sybil Merton, buying chiffons and talking nonsense? I cannot understand why people make such a fuss about being married. In my day we never dreamed of billing and cooing in public, or in private for that matter."

"I assure you I have not seen Sybil for twenty-four hours, Lady Clem. As far as I can make out, she belongs entirely to her milliners."

"Of course; that is the only reason you come to see an ugly old woman like myself. I wonder you men don't take warning. *On a fait des folies pour moi***, and here I am, a poor rheumatic creature, with a false front and a bad temper. Why, if it were not for dear Lady Jansen, who sends me all the worst French novels she can find, I don't think I could get through the day. Doctors are no use at all, except to get fees out of one. They can't even cure my heartburn."

"I have brought you a cure for that, Lady Clem", said Lord Arthur gravely. "It is a wonderful thing, invented by an American."

"I don't think I like American inventions, Arthur. I am quite sure I don't. I read some American novels lately, and they were quite nonsensical."

"Oh, but there is no nonsense at all about this, Lady Clem! I assure you it is a perfect cure. You must promise to try it"; and Lord Arthur brought the little box out of his pocket, and handed it to her.

"Well, the box is charming, Arthur. Is it really a present? That is very sweet of you. And is this the wonderful medicine? It looks like a bonbon. I'll take it at once."

"Good heavens! Lady Clem", cried Lord Arthur, catching hold of her hand, "you mustn't do anything of the kind. It is a homoeopathic medicine, and if you take it without having heartburn, it might do you no end of harm. Wait till you have an attack, and take it then. You will be astonished at the result."

"I should like to take it now", said Lady Clementina, holding up to the light the little transparent capsule, with its floating bubble of liquid aconitine. I am sure it is delicious. The fact is that, though I hate doctors, I love medicines. However, I'll keep it till my next attack."

"And when will that be?", asked Lord Arthur eagerly. "Will it be soon?"

"I hope not for a week. I had a very bad time yesterday morning with it. But one never knows."

---

*   In French: in this case, "mister naughty".
** In French: They do crazy things for me.

Lorde Arthur guardou a cápsula em uma linda e pequenina *bonbonnière* de prata, que vira em uma vitrine na Bond Street; livrou-se da feia caixinha de pílulas de Pestle & Hambley's e dirigiu-se imediatamente até a casa de Lady Clementina.

"Bem, *monsieur le mauvais sujet**", exclamou a velha senhora, enquanto ele entrava na sala, "por que não veio me ver nesse tempo todo?"

"Minha querida Lady Clem, nunca tenho um tempo para mim mesmo", disse Lorde Arthur, sorrindo.

"Suponho que esteja dizendo que passa o dia inteiro com Miss Sybil Merton, comprando chiffons e falando bobagens? Não entendo por que as pessoas fazem tanto estardalhaço quando vão se casar. No meu tempo, nunca sonhei em fazer tanta propaganda ou tanto barulho por causa disso, nem público e nem na privacidade."

"Asseguro-lhe que não vi Sybil nas últimas 24 horas, Lady Clem. Até onde eu sei, ela pertence inteiramente ao modista de chapéus."

"Naturalmente; essa é a única razão pela qual veio visitar uma velha e feia senhora como eu. Admira-me não terem sido avisados. *On a fait des folies pour moi***, e cá estou, uma pobre criatura reumática, de aparência artificial e mal-humorada. Pois, não fosse pela querida Lady Jansen, que me envia os piores romances franceses que consegue encontrar, não sei se conseguiria viver. Médicos são de todo inúteis, exceto na hora de cobrar pelos honorários. Não conseguem sequer curar minha azia."

"Trago uma cura para isso, Lady Clem", disse Lorde Arthur, circunspeto. "É uma coisa maravilhosa, inventada por um americano."

"Não creio que goste de invenções americanas, Arthur. Estou certa de que não gosto. Li uns romances americanos recentemente e são totalmente disparatados."

"Ó, mas não tem nenhum disparate a respeito disto, Lady Clem! Asseguro-lhe de que é cura perfeita. Precisa me prometer que irá provar"; Lorde Arthur tirou a caixinha do bolso e lhe entregou.

"Bem, a caixa é encantadora, Arthur. É mesmo um presente? Muito gentil da sua parte. É este o maravilhoso remédio? Parece um bonbon. Tomarei agora mesmo."

"Bom Deus! Lady Clem", exclamou Lorde Arthur, segurando-lhe a mão, "não deve fazer algo desse tipo. É um remédio homeopático e se o tomar sem ter azia ele pode fazer-lhe mal no final das contas. Espere até que seja acometida por um ataque e então o tome. Ficará surpresa com o resultado."

"Gostaria de tomá-lo agora", disse Lady Clementina, segurando contra a luz a cápsula transparente, em que flutuava a bolha de aconitina. Tenho certeza de que é deliciosa. A verdade é que, apesar de odiar médicos, adoro os remédios. Mesmo assim, guardarei isto até o meu próximo ataque."

"E quando será?", perguntou Lorde Arthur, impaciente. "Será em breve?".

"Não passará de uma semana. Ontem pela manhã, passei mal por causa disso. Mas nunca se sabe."

---

*   Em francês: nesse caso, "senhor malvadinho".
**   Em francês: Fazem loucuras por mim.

"You are sure to have one before the end of the month then, Lady Clem?"

"I am afraid so. But how sympathetic you are today, Arthur! Really, Sybil has done you a great deal of good. And now you must run away, for I am dining with some very dull people, who won't talk scandal, and I know that if I don't get my sleep now I shall never be able to keep awake during dinner. Good-bye, Arthur, give my love to Sybil, and thank you so much for the American medicine."

"You won't forget to take it, Lady Clem, will you?", said Lord Arthur, rising from his seat.

"Of course I won't, you silly boy. I think it is most kind of you to think of me, and I shall write and tell you if I want any more."

Lord Arthur left the house in high spirits, and with a feeling of immense relief.

That night he had an interview with Sybil Merton. He told her how he had been suddenly placed in a position of terrible difficulty, from which neither honour nor duty would allow him to recede. He told her that the marriage must be put off for the present, as until he had got rid of his fearful entanglements, he was not a free man. He implored her to trust him, and not to have any doubts about the future. Everything would come right, but patience was necessary.

The scene took place in the conservatory of Mr. Merton's house, in Park Lane, where Lord Arthur had dined as usual. Sybil had never seemed more happy, and for a moment Lord Arthur had been tempted to play the coward's part, to write to Lady Clementina for the pill, and to let the marriage go on as if there was no such person as Mr. Podgers in the world. His better nature, however, soon asserted itself, and even when Sybil flung herself weeping into his arms, he did not falter. The beauty that stirred his senses had touched his conscience also. He felt that to wreck so fair a life for the sake of a few months' pleasure would be a wrong thing to do.

He stayed with Sybil till nearly midnight, comforting her and being comforted in turn, and early the next morning he left for Venice, after writing a manly, firm letter to Mr. Merton about the necessary postponement of the marriage.

CHAPTER IV

In Venice he met his brother, Lord Surbiton, who happened to have come over from Corfu in his yacht. The two young men spent a delightful fortnight together. In the morning they rode on the Lido, or glided up and down the green canals in their long black gondola; in the afternoon they usually entertained visitors on the yacht; and in the evening they dined at Florian's, and smoked innumerable cigarettes on the Piazza. Yet somehow Lord Arthur was not happy. Every day he studied the obituary column in the Times, expecting to see a notice of Lady Clementina's death, but every day he was disappointed. He began to be afraid that some accident had happened to her, and often regretted that he had prevented her taking the aconitine when she had been so anxious to try its effect. Sybil's letters, too, though full of love, and trust, and tenderness, were often very sad in their tone, and sometimes he used to think that he

"Tem certeza de que será acometida por um antes do fim do mês, Lady Clem?"

"Temo que sim. Mas como está simpático hoje, Arthur! Verdadeiramente, Sybil tem-lhe feito muito bem. E agora precisa ir, pois jantarei com algumas pessoas muito tediosas, que não falam sobre escândalos, e sei que se não dormir um pouco agora, nunca conseguirei me manter acordada durante o jantar. Adeus, Arthur, dê lembranças a Sybil, e muitíssimo obrigada pelo remédio americano."

"Não se esquecerá de tomá-lo, não é, Lady Clem?", disse Lorde Arhur, erguendo-se do assento.

"Naturalmente que não irei, seu tolinho. Acho muita bondade sua pensar em mim, e se precisar de mais remédio, escrever-lhe-ei dizendo."

Lorde Arthur deixou a casa bem humorado e com uma sensação de alívio.

Naquela noite, teve um encontro com Sybil Merton. Contou a ela como, repentinamente, havia sido posto em uma posição extremamente delicada, da qual nem a honra nem o dever permitiriam-no retroceder. Disse a ela que o casamento deveria ser adiado por agora, pois até que estivesse desimpedido desse terrível embaraço, não seria um homem livre. Implorou-lhe que confiasse nele e que não tivesse nenhuma dúvida quanto ao futuro. Tudo daria certo, mas era preciso ter paciência.

O encontro teve lugar no conservatório da casa de Mr. Merton, em Park Lane, onde Lorde Arthur jantara como de costume. Sybil nunca pareceu tão feliz e por um momento Lorde Arthur sentiu-se tentado a agir como um covarde, a escrever para Lady Clementina sobre a pílula e deixar que o casamento prosseguisse, como se não houvesse no mundo alguém como Mr. Podgers. Entretanto, seu caráter superior logo se impôs, e mesmo quando Sybil afundou, chorando, em seus braços, não esmoreceu. A beleza que havia lhe instigado o sentidos tocara-lhe também a consciência. Sentiu que arruinar uma vida tão bela por causa de poucos meses de prazer seria um erro.

Permaneceu com Sybil até quase meia-noite, confortando e sendo confortado por ela, e cedo na manhã seguinte, partiu para Veneza, depois de ter escrito uma carta corajosa e resoluta a Mr. Merton a respeito da necessidade de se adiar o casamento.

CAPÍTULO IV

Em Veneza encontrou o irmão, Lorde Surbiton, que aconteceu de ter vindo de Cofu em seu próprio iate. Os jovens passaram duas agradáveis semanas juntos. Pela manhã, cavalgavam pelo Lido ou passeavam para cima e para baixo no canal, em suas compridas gôndolas negras; à tarde, costumavam receber convidados no iate; e à noite jantavam no Florian, fumando incontáveis cigarros na Piazza. Ainda assim, por algum motivo Lorde Arthur não estava feliz. Todos os dias lia a coluna de obituários do Times, na expectativa de ver a notícia da morte de Lady Clementina, mas todos os dias ficava desapontado. Começou a temer que algum tipo de acidente acontecesse a ela e sempre se arrependia de tê-la impedido de tomar a aconitina quando estava tão ansiosa para testar o efeito. As cartas de Sybil, apesar de plenas de amor, confiança, ternura, tinham sempre um tom muito melancólico e algumas vezes costumava pen-

was parted from her for ever.

After a fortnight Lord Surbiton got bored with Venice, and determined to run down the coast to Ravenna, as he heard that there was some capital cock-shooting in the Pinetum. Lord Arthur at first refused absolutely to come, but Surbiton, of whom he was extremely fond, finally persuaded him that if he stayed at Danieli's by himself he would be moped to death, and on the morning of the 15th they started, with a strong nor'-east wind blowing, and a rather choppy sea. The sport was excellent, and the free, open-air life brought the colour back to Lord Arthur's cheek, but about the 22nd he became anxious about Lady Clementina, and, in spite of Surbiton's remonstrances, came back to Venice by train.

As he stepped out of his gondola on to the hotel steps, the proprietor came forward to meet him with a sheaf of telegrams. Lord Arthur snatched them out of his hand, and tore them open. Everything had been successful. Lady Clementina had died quite suddenly on the night of the 17th!

His first thought was for Sybil, and he sent her off a telegram announcing his immediate return to London. He then ordered his valet to pack his things for the night mail, sent his gondoliers about five times their proper fare, and ran up to his sitting-room with a light step and a buoyant heart. There he found three letters waiting for him. One was from Sybil herself, full of sympathy and condolence. The others were from his mother, and from Lady Clementina's solicitor. It seemed that the old lady had dined with the Duchess that very night, had delighted every one by her wit and *esprit*, but had gone home somewhat early, complaining of heartburn. In the morning she was found dead in her bed, having apparently suffered no pain. Sir Mathew Reid had been sent for at once, but, of course, there was nothing to be done, and she was to be buried on the 22nd at Beauchamp Chalcote. A few days before she died she had made her will, and left Lord Arthur her little house in Curzon Street, and all her furniture, personal effects, and pictures, with the exception of her collection of miniatures, which was to go to her sister, Lady Margaret Rufford, and her amethyst necklace, which Sybil Merton was to have. The property was not of much value; but Mr. Mansfield, the solicitor, was extremely anxious for Lord Arthur to return at once, if possible, as there were a great many bills to be paid, and Lady Clementina had never kept any regular accounts.

Lord Arthur was very much touched by Lady Clementina's kind remembrance of him, and felt that Mr. Podgers had a great deal to answer for. His love of Sybil, however, dominated every other emotion, and the consciousness that he had done his duty gave him peace and comfort. When he arrived at Charing Cross, he felt perfectly happy.

The Mertons received him very kindly. Sybil made him promise that he would never again allow anything to come between them, and the marriage was fixed for the 7th June. Life seemed to him once more bright and beautiful, and all his old gladness came back to him again.

One day, however, as he was going over the house in Curzon Street, in company with Lady Clementina's solicitor and Sybil herself, burning packages of faded letters, and turning out drawers of odd rubbish, the young girl suddenly gave a little cry of delight.

sar que estava separado do amor dela para sempre.

Após duas semanas, Lorde Surbiton ficou cansado de Veneza e decidiu descer a costa em direção a Ravena, pois ouvira que havia uma espécie de capital da caça ao galo em Pinetum. Primeiro Lorde Arthur recusou-se terminantemente a ir, mas Subiton, por quem tinha muito afeto, por fim conseguiu persuadi-lo de que se permanecesse sozinho no hotel Danieli, ficaria entediado até a morte; na manhã do dia 15, partiram enquanto soprava o vento nordeste e o mar estava um pouco agitado. O passeio estava excelente e a vida livre, a céu aberto, devolveu o colorido ao rosto de Lorde Arthur; mas, por volta do dia 22, começou a ficar ansioso sobre de Lady Clementina, e, a despeito dos protestos de Surbiton, voltou de trem para Veneza.

Assim que desceu da gôndola, pisando nos degraus do hotel, o proprietário veio ao seu encontro com um maço de telegramas. Lorde Arthur arrancou-os das mãos dele, abrindo-os rapidamente. Tudo havia ocorrido com sucesso. Lady Clementina morrera de repente, na noite do dia 17!

Seu primeiro pensamento foi para Sybil e enviou-lhe um telegrama anunciando o retorno imediato para Londres. Em seguida, deu ordens ao pajem para que fizesse as malas para o expresso noturno, pagou aos gondoleiros cinco vezes mais que oa normal e correu para o quarto com passos leves e o coração flutuando. Lá, encontrou três cartas esperando por ele. Uma era da própria Sybil, repleta de solidariedade e condolências. As demais eram uma da sua mãe e outra do procurador de Lady Clementina. Parecia que a velha senhora jantara com a Duquesa naquela mesma noite, encantara a todos com sua perspicácia e seu *esprit*, mas fora embora um tanto cedo, queixando-se de azia. Pela manhã, foi encontrada morta na cama, sem aparentar sofrer alguma dor. Sir Mathew Reid foi enviado imediatamente, mas, é claro, não havia mais nada a ser feito, e ela foi enterrada no dia 22, no cemitério Beauchamp Chalcote. Poucos dias antes de morrer, havia feito um testamento, deixando para Lorde Arthur a pequena casa em Curzon Street, com todos os móveis, as propriedades pessoais e os quadros, exceto a coleção de miniaturas que deixara para a irmã, Lady Margareth Rufford, e o colar de ametistas, destinado a Sybil Merton. A propriedade não era de grande valor, mas Mr. Mansfield, o procurador, estava extremamente ansioso para que Lorde Arthur retornasse de imediato, se possível, pois havia uma porção de contas a serem pagas e Lady Clementina nunca mantivera as finanças em ordem.

Lorde Arthur ficou muito emocionado por Lady Clementina ter-se lembrado dele e sentiu que Mr. Podgers teria que arcar com parte da responsabilidade. O amor por Sybil, entretanto, dominava todas as outras emoções e a consciência de dever cumprido deu-lhe paz e conforto. Ao chegar em Charing Cross, sentia-se perfeitamente feliz.

Os Merton o receberam muito gentilmente. Sybil o fez prometer que nunca mais permitiria que nada se interpusesse entre ambos e o casamento foi marcado para o dia 7 de junho. A vida parecia-lhe, mais uma vez, linda e brilhante, e toda a antiga alegria retornou a ele.

Certo dia, porém, enquanto estava inspecionando a casa em Curzon Street na companhia do procurador de Lady Clementina e da própria Sybil, queimando maços de cartas apagadas, esvaziando gavetas de coisas excedentes e sem valor, a jovem de repente soltou um gritinho de contentamento.

"What have you found, Sybil?", said Lord Arthur, looking up from his work, and smiling.

"This lovely little silver *bonbonnière*, Arthur. Isn't it quaint and Dutch? Do give it to me! I know amethysts won't become me till I am over eighty."

It was the box that had held the aconitine.

Lord Arthur started, and a faint blush came into his cheek. He had almost entirely forgotten what he had done, and it seemed to him a curious coincidence that Sybil, for whose sake he had gone through all that terrible anxiety, should have been the first to remind him of it.

"Of course you can have it, Sybil. I gave it to poor Lady Clem myself."

'Oh! thank you, Arthur; and may I have the bonbon too? I had no notion that Lady Clementina liked sweets. I thought she was far too intellectual."

Lord Arthur grew deadly pale, and a horrible idea crossed his mind.

"Bonbon, Sybil? What do you mean?", he said in a slow, hoarse voice.

"There is one in it, that is all. It looks quite old and dusty, and I have not the slightest intention of eating it. What is the matter, Arthur? How white you look!"

Lord Arthur rushed across the room, and seized the box. Inside it was the amber-coloured capsule, with its poison-bubble. Lady Clementina had died a natural death after all!

The shock of the discovery was almost too much for him. He flung the capsule into the fire, and sank on the sofa with a cry of despair.

CHAPTER V

Mr. Merton was a good deal distressed at the second postponement of the marriage, and Lady Julia, who had already ordered her dress for the wedding, did all in her power to make Sybil break off the match. Dearly, however, as Sybil loved her mother, she had given her whole life into Lord Arthur's hands, and nothing that Lady Julia could say could make her waver in her faith. As for Lord Arthur himself, it took him days to get over his terrible disappointment, and for a time his nerves were completely unstrung. His excellent common sense, however, soon asserted itself, and his sound, practical mind did not leave him long in doubt about what to do. Poison having proved a complete failure, dynamite, or some other form of explosive, was obviously the proper thing to try.

He accordingly looked again over the list of his friends and relatives, and, after careful consideration, determined to blow up his uncle, the Dean of Chichester. The Dean, who was a man of great culture and learning, was extremely fond of clocks, and had a wonderful collection of timepieces, ranging from the fifteenth century to the present day, and it seemed to Lord Arthur that this hobby of the good Dean's offered him an excellent opportunity for carrying out his scheme. Where to procure

"O que encontrou, Sybil?", disse Lorde Arthur, desviando-se do seu trabalho com um sorriso.

"Esta adorávelzinha *bonbonnière* de prata, Arthur. Não é exótica? Será holandesa? Dê para mim! Sei que as ametistas não me cairão bem até ter mais de oitenta".

Era a caixa em que estava a aconitina.

Lorde Arthur sobressaltou-se, e um leve rubor subiu-lhe à face. Esquecera quase completamente do que havia feito e pareceu-lhe uma estranha coincidência que Sybil, por amor a quem passara por toda aquela angústia, tivesse sido a primeira pessoa a relembrá-lo.

"Claro que pode ficar com ela, Sybil. Eu mesmo a dei para pobre Lady Clem."

"Ó! Obrigada, Arthur; posso ficar com o bonbon também? Não tinha ideia de que Lady Clementina gostasse de doces. Pensei que era uma intelectual."

Lorde Arthur ficou mortalmente pálido e uma idéia terrível passou à mente.

"Bonbon, Sybil? O que quer dizer?", disse ele, em uma voz rouca e lenta.

"Há um aqui, isso é tudo. Parece muito velho e poeirento, e não tenho a menor intenção de comê-lo. Qual é o problema, Arthur? Como parece branco!"

Lorde Arthur cruzou a sala correndo e agarrou a caixa. Dentro, havia uma cápsula cor âmbar, com a bolha de veneno. Lady Clementina morrera de morte natural, depois de tudo!

O choque da descoberta foi quase demais para ele. Atirou a cápsula no fogo e afundou no sofá com um grito de desespero.

CAPÍTULO V

Mr. Merton ficou bem aflito com o segundo adiamento do matrimônio e Lady Julia, que já encomendara o vestido para o casamento, fez tudo o que estava ao seu alcance para convencer Sybil a romper o compromisso. Entretanto, por mais afetuosamente que Sybil amasse a mãe, entregara a vida inteira nas mãos de Lorde Arthur, e nada que Lady Julia dissesse poderia abalar sua fé. Quanto ao próprio Lorde Arthur, precisou de alguns dias para restabelecer-se da terrível decepção, por algum tempo os nervos ficaram completamente debilitados. Seu excelente bom-senso, entretanto, logo se sobrepôs e sua mente lógica e prática não o deixou por muito tempo em dúvida sobre o que fazer. Veneno provara ser um completo fracasso; dinamite, ou qualquer outro tipo de explosivo, era, obviamente, o método apropriado a se experimentar.

Consequentemente, examinou mais uma vez a lista de amigos e parentes e, depois de cuidadosa consideração, decidiu explodir o tio, o Deão de Chichester. O Deão, homem de grande cultura e conhecimentos, era extremamente aficionado por relógios, e possuía uma maravilhosa coleção deles, do século XV até os dias atuais; pareceu a Lorde Arthur que o Hobby do bondoso Deão oferecia-lhe uma excelente oportunidade de seguir adiante com seu plano. Mas, onde encontrar um mecanismo

an explosive machine was, of course, quite another matter. The London Directory gave him no information on the point, and he felt that there was very little use in going to Scotland Yard about it, as they never seemed to know anything about the movements of the dynamite faction till after an explosion had taken place, and not much even then.

Suddenly he thought of his friend Rouvaloff, a young Russian of very revolutionary tendencies, whom he had met at Lady Windermere's in the winter. Count Rouvaloff was supposed to be writing a life of Peter the Great, and to have come over to England for the purpose of studying the documents relating to that Tsar's residence in this country as a ship carpenter; but it was generally suspected that he was a Nihilist agent, and there was no doubt that the Russian Embassy did not look with any favour upon his presence in London. Lord Arthur felt that he was just the man for his purpose, and drove down one morning to his lodgings in Bloomsbury, to ask his advice and assistance.

"So you are taking up politics seriously?", said Count Rouvaloff, when Lord Arthur had told him the object of his mission; but Lord Arthur, who hated swagger of any kind, felt bound to admit to him that he had not the slightest interest in social questions, and simply wanted the explosive machine for a purely family matter, in which no one was concerned but himself.

Count Rouvaloff looked at him for some moments in amazement, and then seeing that he was quite serious, wrote an address on a piece of paper, initialled it, and handed it to him across the table.

"Scotland Yard would give a good deal to know this address, my dear fellow."

"They shan't have it", cried Lord Arthur, laughing; and after shaking the young Russian warmly by the hand he ran downstairs, examined the paper, and told the coachman to drive to Soho Square.

There he dismissed him, and strolled down Greek Street, till he came to a place called Bayle's Court. He passed under the archway, and found himself in a curious *cul-de-sac**, that was apparently occupied by a French Laundry, as a perfect network of clothes-lines was stretched across from house to house, and there was a flutter of white linen in the morning air. He walked right to the end, and knocked at a little green house. After some delay, during which every window in the court became a blurred mass of peering faces, the door was opened by a rather rough-looking foreigner, who asked him in very bad English what his business was. Lord Arthur handed him the paper Count Rouvaloff had given him. When the man saw it he bowed, and invited Lord Arthur into a very shabby front parlour on the ground floor, and in a few moments Herr Winckelkopf, as he was called in England, bustled into the room, with a very wine-stained napkin round his neck, and a fork in his left hand.

"Count Rouvaloff has given me an introduction to you", said Lord Arthur, bowing, "and I am anxious to have a short interview with you on a matter of business. My name is Smith, Mr. Robert Smith, and I want you to supply me with an explosive clock."

---

* In French: dead end.

explosivo, é claro, era uma questão completamente diferente. O Guia Londrino não forneceu nenhuma informação sobre o assunto, e sentiu que tiraria pouco proveito em ir a Scotland Yard com esse propósito, pois nunca pareciam saber coisa alguma sobre o movimento das dissidências com uso de dinamite, até que alguma explosão acontecesse, e, ainda assim, não descobriam muita coisa.

Subitamente lembrou-se do amigo Rouvaloff, um jovem russo com verdadeiras tendências revolucionárias, a quem encontrara na casa de Lady Windermere no inverno. Conde Rouvaloff tinha a incumbência de escrever a biografia de Pedro, o Grande, e veio a Londres com o propósito de estudar documentos relatando a época em que o tzar residiu no país como carpinteiro naval; mas havia a suspeita geral de que era um agente niilista, e não havia dúvida de que a Embaixada Russa não via com bons olhos a presença dele em Londres. Lorde Arthur teve a impressão de que aquele era o homem ideal para o propósito, e, em certa manhã, dirigiu-se ao quarto que o russo alugava em Bloomsbury, para pedir-lhe ajuda e informações.

"Então está levando política a sério", disse o Conde Rouvaloff, quando Lorde Arthur contou-lhe o objetivo da missão; mas Lorde Arthur, que odiava bravatas de qualquer tipo, admitiu que não tinha o menor interesse pelas questões sociais, queria o mecanismo explosivo pura e simplesmente para resolver uma questão familiar, que não dizia respeito a ninguém, exceto a si mesmo.

Conde Rouvaloff olhou-o por alguns instantes, assombrado, e então, vendo que continuava absolutamente sério, escreveu um endereço em um pedaço de papel, rubricou e entregou-lhe por sobre a mesa.

"A Scotland Yard daria muito por esse endereço, meu querido companheiro."

"Não o terão", exclamou Lorde Arthur, rindo; e depois de apertar a mão do jovem russo amigavelmente, desceu correndo as escadas, examinando o papel, e disse ao cocheiro para levá-lo a Soho Square.

Lá, ele o dispensou, descendo a Greek Street até chegar ao lugar denominado Bayle's Court. Passou por baixo da arcada e viu-se em um curioso *cul-de-sac**, aparentemente ocupado por uma lavanderia francesa; uma rede perfeita de varais estirava-se de uma casa até a outra e havia o tremular de linho branco na brisa da manhã. Andou direto até o fim, e bateu na porta de uma casinha verde. Depois de algum atraso, durante o qual todas as janelas do pátio se tornaram uma massa borrada de caras curiosas, a porta foi aberta por um estrangeiro de aparência um tanto grosseira, que lhe perguntou, em um inglês muito ruim, o que desejava. Lorde Arthur entregou o papel que o Conde Rouvaloff lhe dera. Ao lê-lo, o homem inclinou-se e convidou Lorde Arthur a entrar até uma sala de visitas de aparência muito gasta, no andar térreo, e em poucos minutos *Herr* Winckelkopf, como era conhecido na Inglaterra, entrou na sala alvoroçado, com um guardanapo manchado de vinho ao redor do pescoço e um garfo na sua mão esquerda.

"Conde Rouvaloff me forneceu informações a seu respeito", disse Lorde Arthur, curvando-se, "e anseio por uma curta entrevista consigo para tratar de negócios. Meu nome é Smith, Mr. Robert Smith, e quero que me forneça um relógio explosivo."

---

* Em francês: beco sem saída.

"Charmed to meet you, Lord Arthur", said the genial little German, laughing. 'Don't look so alarmed, it is my duty to know everybody, and I remember seeing you one evening at Lady Windermere's. I hope her ladyship is quite well. Do you mind sitting with me while I finish my breakfast? There is an excellent pâté, and my friends are kind enough to say that my Rhine wine is better than any they get at the German Embassy,' and before Lord Arthur had got over his surprise at being recognised, he found himself seated in the back-room, sipping the most delicious Marcobrünner out of a pale yellow hock-glass marked with the Imperial monogram, and chatting in the friendliest manner possible to the famous conspirator.

"Explosive clocks", said *Herr* Winckelkopf, "are not very good things for foreign exportation, as, even if they succeed in passing the Custom House, the train service is so irregular, that they usually go off before they have reached their proper destination. If, however, you want one for home use, I can supply you with an excellent article, and guarantee that you will he satisfied with the result. May I ask for whom it is intended? If it is for the police, or for any one connected with Scotland Yard, I am afraid I cannot do anything for you. The English detectives are really our best friends, and I have always found that by relying on their stupidity, we can do exactly what we like. I could not spare one of them."

"I assure you", said Lord Arthur, "that it has nothing to do with the police at all. In fact, the clock is intended for the Dean of Chichester."

"Dear me! I had no idea that you felt so strongly about religion, Lord Arthur. Few young men do nowadays."

"I am afraid you overrate me, *Herr* Winckelkopf", said Lord Arthur, blushing. "The fact is, I really know nothing about theology."

"It is a purely private matter then?"

"Purely private."

Herr Winckelkopf shrugged his shoulders, and left the room, returning in a few minutes with a round cake of dynamite about the size of a penny, and a pretty little French clock, surmounted by an ormolu figure of Liberty trampling on the hydra of Despotism.

Lord Arthur's face brightened up when he saw it. "That is just what I want", he cried, "and now tell me how it goes off."

"Ah! there is my secret", answered *Herr* Winckelkopf, contemplating his invention with a justifiable look of pride; 'let me know when you wish it to explode, and I will set the machine to the moment."

"Well, today is Tuesday, and if you could send it off at once..."

"That is impossible; I have a great deal of important work on hand for some friends of mine in Moscow. Still, I might send it off tomorrow."

"Oh, it will be quite time enough!", said Lord Arthur politely, "if it is delivered tomorrow night or Thursday morning. For the moment of the explosion, say Friday at noon exactly. The Dean is always at home at that hour."

"Encantado, Lorde Arthur", disse o genial alemãozinho, rindo. "Não pareça tão alarmado, é minha obrigação conhecer todos e lembro-me de tê-lo visto uma tarde em Lady Windermere. Espero que ela esteja muito bem. Importa-se de sentar-se comigo enquanto termino meu desjejum? É um pâtê excelente, e meus amigos são gentis o bastante para dizer que meu vinho do Reno é melhor que qualquer um da Embaixada Alemã", e antes que Lorde Arthur se recuperasse da surpresa de ser reconhecido, encontrou-se sentado em um sala posterior, provando um dos mais deliciosos vinhos Marcobrünner de um jarrete de vidro amarelo pálido marcado com o monograma imperial e papeando do modo mais amigável possível com o famoso conspirador.

"Relógios explosivos", disse *Herr* Winckelkopf, "não são bons artigos de exportação, pois, mesmo que passem pela alfândega, o serviço de trens é tão irregular que os relógios costumam explodir antes de terem alcançado o destino apropriado. Se, mesmo assim, você desejar um para uso doméstico, posso fornecer um artigo excelente, e garanto que ficará satisfeito com o resultado. Posso perguntar para quem ele se destina? Se for para a polícia ou para qualquer um ligado à Scotland Yard, temo não poder ajudá-lo. Os detetives ingleses são realmente os nossos melhores amigos, e sempre achei que, contando com a estupidez deles, poderemos fazer exatamente o que quisermos. Não posso dispor de nenhum deles."

"Asseguro-lhe", disse Lorde Arthur, "que isso não tem absolutamente nada a ver com a polícia. Na verdade, o relógio destina-se ao Deão de Chichester."

"Minha nossa! Não tinha ideia de que nutria sentimentos tão drásticos a respeito da religião, Lorde Arthur. Poucos jovens o fazem hoje em dia."

"Temo que me superestima, *Herr* Winckelkopf", disse Lorde Arthur, corando. "A verdade é que realmente não sei nada a respeito de teologia."

"É um assunto estritamente pessoal, então."

"Estritamente pessoal."

Herr Winckelkopf encolheu os ombros e deixou a sala, retornando em poucos minutos com um rolo de barras de dinamite do tamanho de uma moeda e um adorável relógio francês coroado por uma figura da Liberdade, em bronze dourado, esmagando com os pés a hidra do Despotismo.

A face de Lorde Arthur brilhou ao ver aquilo. "Era justamente o que eu queria", exclamou, "e agora me diga como isso explode."

"Ah! Esse é o meu segredo", respondeu *Herr* Winckelkopf, contemplando a própria invenção com um justificável olhar orgulhoso; "diga-me para quando quer a explosão e programarei a máquina para o momento certo."

"Bem, hoje é terça-feira, se pudesse enviá-lo imediatamente..."

"Impossível; tenho nas mãos uma porção de trabalhos importantes para alguns amigos em Moscou. Ainda assim, poderei enviá-lo amanhã."

"Ó, estará perfeitamente dentro do prazo!", disse Lorde Arthur polidamente, "se for entregue amanhã à noite ou quarta-feira pela manhã". Quanto ao momento da explosão, programe para quinta-feira à noite, exatamente. O Deão está sempre em casa nesse horário."

"Friday, at noon", repeated *Herr* Winckelkopf, and he made a note to that effect in a large ledger that was lying on a bureau near the fireplace.

"And now", said Lord Arthur, rising from his seat, "pray let me know how much I am in your debt."

"It is such a small matter, Lord Arthur, that I do not care to make any charge. The dynamite comes to seven and sixpence, the clock will be three pounds ten, and the carriage about five shillings. I am only too pleased to oblige any friend of Count Rouvaloff's."

"But your trouble, *Herr* Winckelkopf?"

"Oh, that is nothing! It is a pleasure to me. I do not work for money; I live entirely for my art."

Lord Arthur laid down £4, 2s. 6d. on the table, thanked the little German for his kindness, and, having succeeded in declining an invitation to meet some Anarchists at a meat-tea on the following Saturday, left the house and went off to the Park.

For the next two days he was in a state of the greatest excitement, and on Friday at twelve o'clock he drove down to the Buckingham to wait for news. All the afternoon the stolid hall-porter kept posting up telegrams from various parts of the country giving the results of horse-races, the verdicts in divorce suits, the state of the weather, and the like, while the tape ticked out wearisome details about an all-night sitting in the House of Commons, and a small panic on the Stock Exchange. At four o'clock the evening papers came in, and Lord Arthur disappeared into the library with the Pall Mall, the St. James's, the Globe, and the Echo, to the immense indignation of Colonel Goodchild, who wanted to read the reports of a speech he had delivered that morning at the Mansion House*, on the subject of South African Missions, and the advisability of having black Bishops in every province, and for some reason or other had a strong prejudice against the Evening News. None of the papers, however, contained even the slightest allusion to Chichester, and Lord Arthur felt that the attempt must have failed. It was a terrible blow to him, and for a time he was quite unnerved. *Herr* Winckelkopf, whom he went to see the next day was full of elaborate apologies, and offered to supply him with another clock free of charge, or with a case of nitro-glycerine bombs at cost price. But he had lost all faith in explosives, and *Herr* Winckelkopf himself acknowledged that everything is so adulterated nowadays, that even dynamite can hardly be got in a pure condition. The little German, however, while admitting that something must have gone wrong with the machinery, was not without hope that the clock might still go off, and instanced the case of a barometer that he had once sent to the military Governor at Odessa, which, though timed to explode in ten days, had not done so for something like three months. It was quite true that when it did go off, it merely succeeded in blowing a housemaid to atoms, the Governor having gone out of town six weeks before, but at least it showed that dynamite, as a destructive force, was, when under the control of machinery, a powerful, though a somewhat unpunctual agent. Lord Arthur was a little consoled by this reflection, but even here he was destined to disappointment, for two days afterwards, as he was going upstairs, the Duchess called him into her *boudoir*, and showed him a letter she had just received from the Deanery.

---

* The City Hall of London.

"Quinta-feira, à noite", repetiu *Herr* Winckelkopf, e tomou nota com referência a isso em um grande livro razão que estava em uma escrivaninha perto da lareira.

"E agora", disse Lorde Arthur, levando-se do assento, "por gentileza deixe-me saber quanto lhe devo."

"Tal questão é secundária, Lorde Arthur, não me preocupo em cobrar qualquer honorário. A dinamite custou sete xelins e seis pences, o relógio sairá por três libras e dez e o frete, cerca de cinco xelins. Fico muito satisfeito em poder servir a um amigo do Conde Rouvaloff."

"Mas e o seu incômodo, *Herr* Winckelkopf?"

"Ó, isso não é nada! É um prazer para mim. Não trabalho por dinheiro; vivo inteiramente para a minha arte."

Lorde Arthur deixou a soma requerida sobre a mesa, agradeceu ao pequeno alemão pela gentileza e, após declinar um convite para conhecer alguns anarquistas em um chá no próximo sábado, deixou a casa e seguiu para o Parque.

Nos dois dias seguintes ficou em um estado de enorme excitação, e na quinta-feira ao meio-dia, dirigiu-se ao Buckingham a espera de notícias. Por toda tarde o insensível porteiro afixou telegramas de várias partes do país dando o resultado de corridas de cavalos, veredictos de ações de divórcio, previsão do tempo e coisas do tipo, enquanto a fita telegráfica registrava detalhes enfadonhos sobre a sessão noturna da Câmara dos Comuns e um ligeiro pânico na Bolsa. Às quatro da tarde chegaram os jornais, e Lorde Arthur desapareceu na livraria com o Pall Mall, o St. James, o Globe e o Echo, para imensa indignação do Coronel Goodchild, que desejava ler o parecer sobre o discurso que tinha proferido naquela manhã na Mansion House[*], a respeito das missões na África do Sul, e a recomendação de se ter um bispo negro em cada província; por uma razão ou outra, nutria grande preconceito contra o Evening News. Entretanto, nenhum dos jornais fazia mínima alusão a Chichester, e Lorde Arthur teve a impressão de que a tentativa deveria ter falhado. Foi um grande golpe para ele, que ficou completamente abatido por algum tempo. *Herr* Winckelkopf, a quem foi ver no dia seguinte, apresentou desculpas rebuscadas, oferecendo outro relógio gratuitamente, ou, no caso de bombas de nitroglicerina, a preço de custo. Mas Lorde Arthur perdera toda a confiança em explosivos, e o próprio *Herr* Winckelkopf admitiu que tudo estava tão adulterado hoje em dia, que mesmo a dinamite dificilmente era obtida em estado puro. O pequeno alemão, contudo, mesmo reconhecendo que alguma coisa tinha dado errado com o mecanismo, mantinha a esperança de que o relógio ainda pudesse explodir, citando como exemplo o caso do barômetro que certa vez enviara ao militar que governava Odessa, o qual, programado para explodir em dez dias, não o fez antes de três meses. É inteiramente verdade que quando detonou, não fez mais que reduzir uma empregada doméstica a átomos; o governador havia retornado à cidade seis semanas antes, mas pelo menos ficou demonstrado que a dinamite, como força destrutiva, era, sob o controle de um mecanismo, um poderoso agente, ainda que um tanto impontual. Lorde Arthur ficou um pouco consolado com essa reflexão, mas mesmo nisso estava destinado a desapontar-se, pois, dois dias mais tarde, enquanto subia para o segundo andar, a Duquesa chamou-o em seu *boudoir* e mostrou-lhe a carta que acabara de receber da Decânia.

[*] A prefeitura de Londres.

"Jane writes charming letters", said the Duchess; "you must really read her last. It is quite as good as the novels Mudie sends us."

Lord Arthur seized the letter from her hand. It ran as follows:

The Deanery, Chichester, 27th May.

My Dearest Aunt,

Thank you so much for the flannel for the Dorcas Society, and also for the gingham. I quite agree with you that it is nonsense their wanting to wear pretty things, but everybody is so Radical and irreligious nowadays, that it is difficult to make them see that they should not try and dress like the upper classes. I am sure I don't know what we are coming to. As papa has often said in his sermons, we live in an age of unbelief.

We have had great fun over a clock that an unknown admirer sent papa last Thursday. It arrived in a wooden box from London, carriage paid, and papa feels it must have been sent by some one who had read his remarkable sermon, "Is Licence Liberty?" for on the top of the clock was a figure of a woman, with what papa said was the cap of Liberty on her head. I didn't think it very becoming myself, but papa said it was historical, so I suppose it is all right. Parker unpacked it, and papa put it on the mantelpiece in the library, and we were all sitting there on Friday morning, when just as the clock struck twelve, we heard a whirring noise, a little puff of smoke came from the pedestal of the figure, and the goddess of Liberty fell off, and broke her nose on the fender! Maria was quite alarmed, but it looked so ridiculous, that James and I went off into fits of laughter, and even papa was amused. When we examined it, we found it was a sort of alarum clock, and that, if you set it to a particular hour, and put some gunpowder and a cap under a little hammer, it went off whenever you wanted. Papa said it must not remain in the library, as it made a noise, so Reggie carried it away to the schoolroom, and does nothing but have small explosions all day long. Do you think Arthur would like one for a wedding present? I suppose they are quite fashionable in London. Papa says they should do a great deal of good, as they show that Liberty can't last, but must fall down. Papa says Liberty was invented at the time of the French Revolution. How awful it seems!

I have now to go to the Dorcas, where I will read them your most instructive letter. How true, dear aunt, your idea is, that in their rank of life they should wear what is unbecoming. I must say it is absurd, their anxiety about dress, when there are so many more important things in this world, and in the next. I am so glad your flowered poplin turned out so well, and that your lace was not torn. I am wearing my yellow satin, that you so kindly gave me, at the Bishop's on Wednesday, and think it will look all right. Would you have bows or not? Jennings says that every one wears bows now, and that the underskirt should be frilled. Reggie has just had another explosion, and papa has ordered the clock to be sent to the stables. I don't think papa likes it so much as he did at first, though he is very flattered at being sent such a

"Jane escreve cartas encantadoras", disse a Duquesa; "deve realmente ler a última. É perfeitamente tão boa quanto os romances que Mudie nos envia."

Lorde Arthur tomou a carta das mãos dela e leu o seguinte:

A Decânia, Chichester, 27 de Maio

Minha Querida Tia,

Muitíssimo obrigada pelas flanelas para a Sociedade Dorcas, e também pelo riscado. Concordo perfeitamente com a senhora de que é um absurdo da parte delas quererem vestir coisas bonitas, pois todo mundo é tão Radical e sem religião hoje em dia que é difícil fazê-las ver que não devem procurar agir ou trajarem-se como a classe alta. Tenho certeza de não saber onde vamos parar. Como papai sempre diz nos sermões, vivemos em uma era de incredulidade.

Divertimo-nos muito com um relógio que um admirador secreto enviou a papai na última quinta. Chegou numa caixa de madeira enviada de Londres, porte pago, e papai achou que deve ter sido enviada por alguém que lera o notável sermão, "É permitida a Liberdade?", pois no topo do relógio estava a figura de uma mulher que, segundo papai, trazia na cabeça o barrete da Liberdade. Não achei tão elegante, mas papai disse que era histórico e creio que esteja certo. Parker o desembrulhou e papai colocou-o sobre a lareira da biblioteca; estávamos todos ali, na manhã de sexta, quando, no exato momento em que o relógio marcou doze, ouvimos um zumbido; um pequeno sopro de fumaça saiu do pedestal da figura e a deusa da Liberdade caiu, quebrando o nariz no guarda-fogo! Maria ficou tão alarmada, mas pareceu tão ridículo que James e eu explodimos num acesso de riso e até papai divertiu-se. Ao examinarmos, descobrimos que era um tipo de relógio despertador e que, programando para uma certa hora e pondo um pouco de pólvora e espoleta sob um pequeno martelo, explode quando a pessoa quiser. Papai disse que aquilo não poderia ficar na biblioteca, pois fazia muito barulho, então Reggie carregou-o para a escola e não tem outra utilidade não ser dar pequenas explosões durante o dia. Acha que Arthur gostaria de ganhar um desses como presente de casamento? Suponho que esteja na moda em Londres. Papai disse que fazem um grande bem, pois mostram que a Liberdade não é duradoura e deve desmoronar. Papai disse que a Liberdade foi inventada nos tempos da Revolução Francesa. Quão apavorante isso parece ser!

Agora tenho que ir para Dorcas, onde lerei a sua tão instrutiva carta. Quão verdadeiro, querida tia, é seu conceito de que, dada a condição social em que se encontram na vida, elas não deveriam vestir o que não lhes é apropriado. Devo dizer que é absurda a ansiedade delas a respeito das roupas quando existem coisas tão mais importantes neste mundo e também no outro. Fico feliz em saber que sua popelina florida demonstrou ser tão boa e que a renda não rasgou. Usarei o cetim amarelo, com que tão gentilmente me presenteou, na próxima quarta, em visita à casa do bispo, e creio que ficará bem. Usam-se laços ou não? Jennings disse que todos usam laços agora e que a anágua deve ter babados. Reggie acaba de assistir a outra explosão e papai ordenou que o relógio seja posto no estábulo. Não creio que papai goste tanto dele agora quanto no

pretty and ingenious toy. It shows that people read his sermons, and profit by them.

Papa sends his love, in which James, and Reggie, and Maria all unite, and, hoping that Uncle Cecil's gout is better, believe me, dear aunt, ever your affectionate niece,

JANE PERCY.

PS. Do tell me about the bows. Jennings insists they are the fashion.

Lord Arthur looked so serious and unhappy over the letter, that the Duchess went into fits of laughter.

"My dear Arthur", she cried, "I shall never show you a young lady's letter again! But what shall I say about the clock? I think it is a capital invention, and I should like to have one myself."

"I don't think much of them", said Lord Arthur, with a sad smile, and, after kissing his mother, he left the room.

When he got upstairs, he flung himself on a sofa, and his eyes filled with tears. He had done his best to commit this murder, but on both occasions he had failed, and through no fault of his own. He had tried to do his duty, but it seemed as if Destiny herself had turned traitor. He was oppressed with the sense of the barrenness of good intentions, of the futility of trying to be fine. Perhaps, it would be better to break off the marriage altogether. Sybil would suffer, it is true, but suffering could not really mar a nature so noble as hers. As for himself, what did it matter? There is always some war in which a man can die, some cause to which a man can give his life, and as life had no pleasure for him, so death had no terror. Let Destiny work out his doom. He would not stir to help her.

At half-past seven he dressed, and went down to the club. Surbiton was there with a party of young men, and he was obliged to dine with them. Their trivial conversation and idle jests did not interest him, and as soon as coffee was brought he left them, inventing some engagement in order to get away. As he was going out of the club, the hall-porter handed him a letter. It was from *Herr* Winckelkopf, asking him to call down the next evening, and look at an explosive umbrella, that went off as soon as it was opened. It was the very latest invention, and had just arrived from Geneva. He tore the letter up into fragments. He had made up his mind not to try any more experiments. Then he wandered down to the Thames Embankment, and sat for hours by the river. The moon peered through a mane of tawny clouds, as if it were a lion's eye, and innumerable stars spangled the hollow vault, like gold dust powdered on a purple dome. Now and then a barge swung out into the turbid stream, and floated away with the tide, and the railway signals changed from green to scarlet as the trains ran shrieking across the bridge. After some time, twelve o'clock boomed from the tall tower at Westminster, and at each stroke of the sonorous bell the night seemed to tremble. Then the railway lights went out, one solitary lamp left gleaming like a large ruby on a giant mast, and the roar of the city became fainter.

começo, embora esteja lisonjeado por ter ganho um brinquedo tão belo e engenhoso. Demonstra que as pessoas leem seus sermões e tiram proveito deles.

Papai manda lembranças e também James, Reggie e Maria, todos juntos; esperamos que Tio Cecil esteja melhor da gota; sinceramente, da sua sempre afetuosa sobrinha,

JANE PERCY.

P.S.: Diga-me sobre os laços. Jennings insiste que estão na moda.

Lorde Arthur contemplou a carta com um ar tão grave e infeliz que a Duquesa teve um acesso de riso.

"Meu querido Arthur", exclamou, "nunca mais mostrarei a você a carta de uma jovem novamente! Mas o que devo dizer a respeito do relógio? Acredito que seja uma invenção primordial e gostaria eu mesma de ter um igual."

"Não creio que sejam bons", disse Lorde Arthur, com um sorriso triste, e depois de beijá-la, deixou o quarto.

Chegando ao andar superior, afundou-se no sofá e seus olhos encheram-se de lágrimas. Fizera o melhor que podia para cometer um assassinato, mas falhara nas duas ocasiões, embora não por sua falha. Tentara fazer sua obrigação, mas parecia que o próprio Destino tornara-se um traidor. Sentia-se oprimido pela sensação de esterilidade de suas boas intenções, das tentativas fracassadas em tentar ser correto. Talvez fosse melhor romper o casamento de uma vez. Sybil sofreria, é verdade, mas o sofrimento não poderia de fato danificar um caráter tão nobre quanto o dela. Quanto a ele, o que importava? Existe sempre uma guerra em que se possa morrer, alguma causa para se dar a vida, e como a vida não lhe dava prazer, não haveria horror na morte. Deixasse o Destino levar a cabo a perdição. Não faria nada para evitar.

Vestiu-se às sete e meia e foi ao clube. Surbiton estava lá, em uma festa para rapazes e Lorde Arthur foi obrigado a jantar com o irmão. A conversa trivial e as brincadeiras sem sentido não o interessavam e tão logo o café foi servido deixou-os, inventando algum compromisso a fim de que pudesse partir. Ao sair do clube, o porteiro entregou-lhe uma carta. Era de Herr Winckelkopf, pedindo-lhe que o encontrasse na noite seguinte para ver um guarda-chuva explosivo, que detonava assim que o abriam. Era a invenção mais recente, recém-chegada de Genebra. Rasgou a carta em pedacinhos. Estava decidido a não tentar mais nenhum experimento. Em seguida, perambulou pela margem do Tamisa, por horas ao lado do rio. A lua espiava por entre um emaranhado de nuvens amarelo-castanho, como os olhos de um leão, e incontáveis estrelas cintilavam no ermo firmamento, como poeira dourada em uma cúpula purpúrea. Aqui e ali uma barcaça oscilava nas correntes agitadas, flutuando para longe com a maré, e os sinaleiros da ferrovia alternavam-se entre verde e vermelho assim que os trens cruzavam a ponte, com barulho estridente. Depois de algum tempo, soaram doze horas na torre alta de Westminster e a cada badalada do poderoso sino, a noite parecia tremer. Então, as luzes da estrada de ferro se apagaram, apenas uma lâmpada solitária permaneceu brilhando como um grande rubi em um mastro gigante e o bramido da cidade tornou-se cada vez mais tênue.

At two o'clock he got up, and strolled towards Blackfriars. How unreal everything looked! How like a strange dream! The houses on the other side of the river seemed built out of darkness. One would have said that silver and shadow had fashioned the world anew. The huge dome of St. Paul's loomed like a bubble through the dusky air.

As he approached Cleopatra's Needle he saw a man leaning over the parapet, and as he came nearer the man looked up, the gas-light falling full upon his face.

It was Mr. Podgers, the cheiromantist! No one could mistake the fat, flabby face, the gold-rimmed spectacles, the sickly feeble smile, the sensual mouth.

Lord Arthur stopped. A brilliant idea flashed across him, and he stole softly up behind. In a moment he had seized Mr. Podgers by the legs, and flung him into the Thames. There was a coarse oath, a heavy splash, and all was still. Lord Arthur looked anxiously over, but could see nothing of the cheiromantist, but a tall hat, pirouetting in an eddy of moonlit water. After a time it also sank, and no trace of Mr. Podgers was visible. Once he thought that he caught sight of the bulky misshapen figure striking out for the staircase by the bridge, and a horrible feeling of failure came over him, but it turned out to be merely a reflection, and when the moon shone out from behind a cloud it passed away. At last he seemed to have realised the decree of destiny. He heaved a deep sigh of relief, and Sybil's name came to his lips.

"Have you dropped anything, sir?", said a voice behind him suddenly.

He turned round, and saw a policeman with a bull's-eye lantern.

"Nothing of importance, sergeant", he answered, smiling, and hailing a passing hansom, he jumped in, and told the man to drive to Belgrave Square.

For the next few days he alternated between hope and fear. There were moments when he almost expected Mr. Podgers to walk into the room, and yet at other times he felt that Fate could not be so unjust to him. Twice he went to the cheiromantist's address in West Moon Street, but he could not bring himself to ring the bell. He longed for certainty and was afraid of it.

Finally it came. He was sitting in the smoking-room of the club having tea, and listening rather wearily to Surbiton's account of the last comic song at the Gaiety, when the waiter came in with the evening papers. He took up the St. James's, and was listlessly turning over its pages, when this strange heading caught his eye:

SUICIDE OF A CHEIROMANTIST.

He turned pale with excitement and began to read. The paragraph ran as follows:

Yesterday morning, at seven o'clock, the body of Mr. Septimus R. Podgers, the eminent cheiromantist, was washed on shore at Greenwich, just in front of the Ship Hotel. The unfortunate gentleman had been missing for some days, and considerable anxiety for his safety had been felt in cheiromantic circles. It is supposed that he committed suicide under the influence of a temporary mental derangement, caused by overwork, and a verdict to that effect was

Às duas horas ele se levantou, perambulando em direção a Blackfrears. Quão irreal tudo parecia! Quão semelhante a um sonho estranho! As casas do outro lado do rio davam a impressão de surgirem das trevas. Poderia-se dizer que a prata e as sombras refizeram o mundo mais uma vez. O domo gigantesco de Saint Paul assomava como uma bolha em meio a penumbra.

Ao se aproximar da Agulha de Cleópatra, viu um homem inclinado no parapeito; ao chegar perto, o homem ergueu os olhos e a luz do lampião iluminou-lhe a face.

Era Mr. Podgers, o quiromante! Ninguém poderia confundir aquele rosto gordo, flácido, os óculos de aros dourados, o sorriso débil, doentio, a boca voluptuosa.

Lorde Arthur parou. Uma ideia brilhante cruzou seu pensamento e, sorrateiramente, posicionou-se atrás de Mr. Podgers. Num instante, agarrou-o pelas pernas, lançado-o ao Tâmisa. Ouviram-se blasfêmias, uma pesada pancada na água e tudo ficou em silêncio. Lorde Arthur olhou ansiosamente, mas nada viu do quiromante, além do chapéu rodando num redemoinho iluminado pelo luar. Após um tempo, também afundou e nada mais restou de Mr. Podgers. Chegou a acreditar ver a volumosa e desajeitada figura alcançando a escada ao lado da ponte e um terrível sentimento de fracasso caiu sobre ele, mas percebeu que era só um reflexo e quando a lua surgiu, atrás de uma nuvem, a imagem desapareceu. Finalmente parecia realizar o mandado do destino. Sentiu-se profundamente aliviado e o nome de Sybil veio-lhe aos lábios.

"Deixou cair algo, senhor?", disse uma voz atrás dele, subitamente.

Virou-se e viu um policial com uma grande lanterna.

"Nada importante, sargento", respondeu, sorrindo; chamou um cabriolé que passava, pulou para o interior e disse ao cocheiro que seguisse para Belgrave Square.

Nos dias seguintes, sentiu alternadamente esperança e medo. Havia momentos em que quase esperava ver Mr. Podgers entrando na sala, mesmo assim, em outras ocasiões, achava que o Destino não poderia ser injusto para consigo. Por duas vezes foi até o endereço do quiromante na West Moon Street, mas não teve coragem de tocar a sineta. Ansiava para ter essa certeza e a temia ao mesmo tempo.

Finalmente ela chegou. Estava no *fumoir* do clube, tomando chá e ouvindo, um pouco entediado, o relato de Surbiton a respeito da última canção humorística no Gaiety quando o garçom entrou com os jornais matutinos. Pegou o St. James's e virava as páginas com indiferença quando este estranho título chamou-lhe a atenção:

SUICÍDIO DE UM QUIROMANTE

Ele empalideceu de excitação e começou a ler. Nos parágrafos, via-se o seguinte:

Ontem pela manhã, às sete horas, o corpo de Mr. Septimus R. Podgers, quiromante insigne, foi encontrado na costa de Greenwich, exatamente diante do Hotel Ship. O infeliz cavalheiro estava sendo procurado já há alguns dias, e uma ansiedade notável a respeito de sua segurança era sentida nos círculos de quiromantes. Presume-se que tenha cometido suicídio sob influência de uma insanidade mental temporária, causada por excesso de trabalho, e o veredicto

returned this afternoon by the coroner's jury. Mr. Podgers had just completed an elaborate treatise on the subject of the Human Hand, that will shortly be published, when it will no doubt attract much attention. The deceased was sixty-five years of age, and does not seem to have left any relations.

Lord Arthur rushed out of the club with the paper still in his hand, to the immense amazement of the hall-porter, who tried in vain to stop him, and drove at once to Park Lane. Sybil saw him from the window, and something told her that he was the bearer of good news. She ran down to meet him, and, when she saw his face, she knew that all was well.

"My dear Sybil", cried Lord Arthur, "let us be married tomorrow!"

"You foolish boy! Why, the cake is not even ordered!", said Sybil, laughing through her tears.

CHAPTER VI

When the wedding took place, some three weeks later, St. Peter's was crowded with a perfect mob of smart people. The service was read in the most impressive manner by the Dean of Chichester, and everybody agreed that they had never seen a handsomer couple than the bride and bridegroom. They were more than handsome, however - they were happy. Never for a single moment did Lord Arthur regret all that he had suffered for Sybil's sake, while she, on her side, gave him the best things a woman can give to any man - worship, tenderness, and love. For them romance was not killed by reality. They always felt young.

Some years afterwards, when two beautiful children had been born to them, Lady Windermere came down on a visit to Alton Priory, a lovely old place, that had been the Duke's wedding present to his son; and one afternoon as she was sitting with Lady Arthur under a lime-tree in the garden, watching the little boy and girl as they played up and down the rose-walk, like fitful sunbeams, she suddenly took her hostess's hand in hers, and said, "Are you happy, Sybil?"

"Dear Lady Windermere, of course I am happy. Aren't you?"

"I have no time to be happy, Sybil. I always like the last person who is introduced to me; but, as a rule, as soon as I know people I get tired of them."

"Don't your lions satisfy you, Lady Windermere?"

"Oh dear, no! lions are only good for one season. As soon as their manes are cut, they are the dullest creatures going. Besides, they behave very badly, if you are really nice to them. Do you remember that horrid Mr. Podgers? He was a dreadful impostor. Of course, I didn't mind that at all, and even when he wanted to borrow money I forgave him, but I could not stand his making love to me. He has really made me hate cheiromancy. I go in for telepathy now. It is much more amusing."

"You mustn't say anything against cheiromancy here, Lady Windermere; it is

com referência ao fato foi declarado nesta tarde pelo magistrado. Mr. Podgers acabara de concluir um elaborado tratado a respeito da Mão Humana, que será publicado dentro em breve, quando, sem dúvida, atrairá muita atenção. O falecido tinha 65 anos de idade e não parece ter deixado nenhum parente.

Lorde Artur saiu correndo do clube ainda segurando o jornal nas mãos, para imenso assombro do porteiro, que em vão tentou detê-lo, e dirigiu-se imediatamente para Park Lane. Sybil o viu pela janela e algo lhe dissera que ele era o portador de boas notícias. Ela correu ao encontro dele e, ao ver-lhe o rosto, ela soube que tudo estava bem.

"Minha querida Sybil", exclamou Lorde Arthur, "vamos nos casar amanhã!"

"Seu bobinho! Como? se o bolo ainda não foi encomendado?", disse Sybil, rindo entre lágrimas.

CAPÍTULO VI

Quando o casamento aconteceu, três semanas mais tarde, a igreja de St. Peter ficou lotada com uma perfeita multidão de pessoas elegantes. O ofício foi proferido de forma impressionante pelo Deão de Chichester e todos concordaram que nunca viram um casal tão lindo quando o noivo e a noiva. Eram mais do que belos, entretanto... eram felizes. Nem por um único momento Lorde Arthur lamentou-se por tudo o que sofrera pelo amor de Sybil, enquanto ela, por seu lado, deu-lhe as melhores coisas que uma mulher pode dar a um homem – adoração, ternura e amor. No caso deles, o romance não foi morto pela realidade. Sempre mantiveram jovens seus sentimentos.

Anos mais tarde, quando já possuíam duas lindas crianças, Lady Windermere veio fazer uma visita a Alton Priory, uma morada antiga e adorável, presente de casamento do Duque ao seu filho; e, em uma tarde, sentada no jardim com Lady Arthur, sob uma tília, olhando o casal de crianças que brincava para cima e para baixo no caminho das roseiras, como caprichosos raios de sol, tomou as mãos da anfitriã nas suas e disse, "É feliz, Sybil?"

"Querida Lady Windermere, claro que sou feliz. A senhora não é?"

"Não tenho tempo para ser feliz, Sybil. Sempre gosto da última pessoa a quem me apresentam; mas, via de regra, tão logo conheço as pessoas, canso-me delas."

"Os seus leões não a satisfazem, Lady Windermere?"

"Ó, querida, não! Leões são bons apenas por uma temporada. Tão logo as jubas são cortadas, tornam-se mais tediosas. Além do mais, portam-se muito mal se for realmente gentil para com eles. Lembra-se daquele horrível Mr. Podgers? Era um horrendo impostor. Naturalmente, não desconfiei nem um pouco; mesmo quando quis me usurpar dinheiro perdoei-o, mas não pude suportar que me cortejasse. Realmente me fez odiar os quiromantes. Sou pela telepatia, agora. É muito mais divertido."

"Não deve dizer nada contra quiromancia aqui, Lady Windermere; é o único

the only subject that Arthur does not like people to chaff about. I assure you he is quite serious over it."

"You don't mean to say that he believes in it, Sybil?"

"Ask him, Lady Windermere, here he is"; and Lord Arthur came up the garden with a large bunch of yellow roses in his hand, and his two children dancing round him.

"Lord Arthur?"

"Yes, Lady Windermere."

"You don't mean to say that you believe in cheiromancy?"

"Of course I do", said the young man, smiling.

"But why?"

"Because I owe to it all the happiness of my life", he murmured, throwing himself into a wicker chair.

"My dear Lord Arthur, what do you owe to it?"

"Sybil", he answered, handing his wife the roses, and looking into her violet eyes.

"What nonsense!", cried Lady Windermere. "I never heard such nonsense in all my life."

THE END

assunto que Arthur não gosta que as pessoas ridicularizem. Asseguro-lhe que leva isso completamente a sério."

"Quer dizer que ele acredita mesmo nisso, Sybil?"

"Pergunte-lhe, Lady Windermere, ele já vem vindo"; e Lorde Arthur entrou no jardim trazendo um grande ramalhete de rosas amarelas nas mãos, com as duas crianças dançando ao redor.

"Lorde Arthur?"

"Sim, Lady Windermere."

"Não vai me dizer que acredita em quiromancia, vai?"

"Claro que acredito", disse o jovem, sorrindo.

"Mas, por quê?"

"Porque devo a isso toda a felicidade de minha vida", murmurou, arremessando-se em uma cadeira de vime.

"Meu querido Lorde Arthur, o que deve à quiromancia?"

"Sybil", respondeu e entregou as flores à esposa, olhando diretamente no fundo dos olhos violeta.

"Mas que absurdo!", exclamou Lady Windermere. "Nunca ouvi nada tão absurdo em toda a minha vida."

FIM

THE SPHINX WITHOUT A SECRET

One afternoon I was sitting outside the *Café de la Paix*, watching the splendour and shabbiness of Parisian life, and wondering over my vermouth at the strange panorama of pride and poverty that was passing before me, when I heard some one call my name. I turned round, and saw Lord Murchison. We had not met since we had been at college together, nearly ten years before, so I was delighted to come across him again, and we shook hands warmly. At Oxford we had been great friends. I had liked him immensely, he was so handsome, so high-spirited, and so honourable. We used to say of him that he would be the best of fellows, if he did not always speak the truth, but I think we really admired him all the more for his frankness. I found him a good deal changed. He looked anxious and puzzled, and seemed to be in doubt about something. I felt it could not be modern scepticism, for Murchison was the stoutest of Tories[*], and believed in the Pentateuch as firmly as he believed in the House of Peers; so I concluded that it was a woman, and asked him if he was married yet.

"I don't understand women well enough", he answered.

"My dear Gerald", I said, "women are meant to be loved, not to be understood."

"I cannot love where I cannot trust" he replied.

"I believe you have a mystery in your life, Gerald" I exclaimed; "tell me about it."

"Let us go for a drive", he answered, "it is too crowded here. No, not a yellow carriage, any other colour... there, that dark green one will do"; and in a few moments we were trotting down the boulevard in the direction of the Madeleine.

"Where shall we go to?", I said.

"Oh, anywhere you like!", he answered; "to the restaurant in the Bois; we will dine there, and you shall tell me all about yourself."

"I want to hear about you first", I said. "Tell me your mystery."

He took from his pocket a little silver-clasped morocco case, and handed it to me. I opened it. Inside there was the photograph of a woman. She was tall and slight, and strangely picturesque with her large vague eyes and loosened hair. She looked like a *clairvoyante*[**], and was wrapped in rich furs.

"What do you think of that face?", he said; "is it truthful?"

I examined it carefully. It seemed to me the face of some one who had a se-

---

[*]   Tory: Conservative party member in the United Kingdom.
[**] In French: seer, clairvoyant.

A ESFINGE SEM SEGREDO

Em uma tarde, estava sentado no terraço do *Café de la Paix*, observando o esplendor e a decadência da vida parisiense, meditando com meu vermute sobre o estranho panorama de orgulho e miséria que passava diante de mim, quando ouvi alguém chamar meu nome. Virei-me e avistei Lorde Murchison. Não nos encontrávamos desde que estivéramos juntos na faculdade, há quase dez anos, por isso fiquei encantado ao cruzar com ele de novo, e apertamos as mãos calorosamente. Em Oxford, éramos grandes amigos. Gostava dele imensamente; era tão belo, tão bem-humorado, tão nobre. Costumávamos dizer a seu respeito que seria o melhor dos companheiros se não insistisse em falar sempre a verdade, mas acho que realmente o admirávamos, acima de tudo, pela franqueza. Encontrei-o bem mudado. Aparentava estar ansioso e confuso, parecendo em dúvida a respeito de alguma coisa. Tive a impressão de que não se tratava do moderno ceticismo, pois Murchison era o mais resistente dos tóris[*] e acreditava no Pentateuco tão firmemente quanto acreditava na Câmara dos Lordes; assim, concluí que deveria tratar-se de uma mulher, e perguntei-lhe se já se casara.

"Não compreendo as mulheres o suficiente", respondeu-me.

"Meu caro Gerald", disse, "mulheres são para serem amadas, não compreendidas."

"Se não posso confiar, não poderei amar", replicou.

"Creio que tem um mistério na vida, Gerald", exclamei, "conte-me a respeito."

"Vamos dar uma volta", ele respondeu, "aqui está muito lotado. Não, não uma carruagem amarela, qualquer outra cor... aquela, a verde escura serve"; e em poucos minutos estávamos trotando para o bulevar, na direção da Madeleine.

"Aonde iremos?", eu disse.

"Ó, em qualquer lugar que desejar!", ele respondeu, "ao restaurante do Bois; jantaremos lá e contar-me-á tudo ao seu respeito."

"Primeiro gostaria de ouvir sobre você", disse. "Conte-me seu mistério."

Tirou do bolso uma caixinha de marroquim com feixe de prata e me entregou. Eu a abri. Dentro havia a fotografia de uma mulher. Ela era alta e esbelta, estranhamente pitoresca com grandes olhos vagos e cabelos soltos. Parecia-se com uma *clairvoyante*[**], envolta em peles caras.

"O que acha desse rosto?", ele disse; "é confiável?"

Examinei cuidadosamente. Pareceu-me o rosto de alguém que possuía um se-

---

[*] Tóri: membro do partido conservador no Reino Unido.
[**] Em francês: vidente, clarividente.

cret, but whether that secret was good or evil I could not say. Its beauty was a beauty moulded out of many mysteries – the beauty, in fact, which is psychological, not plastic – and the faint smile that just played across the lips was far too subtle to be really sweet.

"Well", he cried impatiently, "what do you say?"

"She is the Gioconda in sables", I answered. "Let me know all about her."

"Not now", he said; "after dinner", and began to talk of other things.

When the waiter brought us our coffee and cigarettes I reminded Gerald of his promise. He rose from his seat, walked two or three times up and down the room, and, sinking into an armchair, told me the following story:

"One evening", he said, "I was walking down Bond Street about five o'clock. There was a terrific crush of carriages, and the traffic was almost stopped. Close to the pavement was standing a little yellow brougham, which, for some reason or other, attracted my attention. As I passed by there looked out from it the face I showed you this afternoon. It fascinated me immediately. All that night I kept thinking of it, and all the next day. I wandered up and down that wretched Row, peering into every carriage, and waiting for the yellow brougham; but I could not find *ma belle inconnue*[*], and at last I began to think she was merely a dream. About a week afterwards I was dining with Madame de Rastail. Dinner was for eight o'clock; but at half-past eight we were still waiting in the drawing-room. Finally the servant threw open the door, and announced Lady Alroy. It was the woman I had been looking for. She came in very slowly, looking like a moonbeam in grey lace, and, to my intense delight, I was asked to take her in to dinner. After we had sat down, I remarked quite innocently, 'I think I caught sight of you in Bond Street some time ago, Lady Alroy'. She grew very pale, and said to me in a low voice, 'Pray do not talk so loud; you may be overheard'. I felt miserable at having made such a bad beginning, and plunged recklessly into the subject of the French plays. She spoke very little, always in the same low musical voice, and seemed as if she was afraid of some one listening. I fell passionately, stupidly in love, and the indefinable atmosphere of mystery that surrounded her excited my most ardent curiosity. When she was going away, which she did very soon after dinner, I asked her if I might call and see her. She hesitated for a moment, glanced round to see if any one was near us, and then said, 'Yes; tomorrow at a quarter to five'. I begged Madame de Rastail to tell me about her; but all that I could learn was that she was a widow with a beautiful house in Park Lane, and as some scientific bore began a dissertation on widows, as exemplifying the survival of the matrimonially fittest, I left and went home.

"The next day I arrived at Park Lane punctual to the moment, but was told by the butler that Lady Alroy had just gone out. I went down to the club quite unhappy and very much puzzled, and after long consideration wrote her a letter, asking if I might be allowed to try my chance some other afternoon. I had no answer for several days, but at last I got a little note saying she would be at home on Sunday at four and with this extraordinary postscript: 'Please do not write to me here again; I will explain when I see you'. On Sunday she received me, and was perfectly charming; but when

---

[*]   In French: My beautiful stranger.

gredo, mas se o segredo era bom ou mau, não poderia dizer. Sua beleza era uma beleza moldada com muito mistérios – a beleza, na verdade, era psicológica, não plástica – e o sorriso lânguido, que apenas brincava por entre os lábios, era muito mais misterioso que propriamente encantador.

"Bem", ele exclamou, impaciente, "o que me diz?"

"É a Gioconda em zibelina", respondi. "Conte-me tudo a respeito dela."

"Agora não", disse ele; "depois do jantar", e começou a falar sobre outras coisas.

Quando o garçom nos trouxe café e cigarros, lembrei a Gerald sobre a promessa. Ele se levantou de onde estava, caminhou duas ou três vezes de um lado a outro, e, afundando em uma poltrona, contou-me a seguinte história:

"Em um fim de tarde", disse, "estava caminhando pela Bond Street, por volta das cinco horas. Havia um congestionamento terrível de carruagens e o tráfego estava quase parado. Perto da calçada encontrava-se um pequeno coche amarelo, que, por uma razão ou outra, atraiu minha atenção. Ao passar por ele, um rosto olhou para fora, o mesmo que lhe mostrei esta tarde. Fiquei imediatamente fascinado. Passei aquela noite inteira pensando nisso e todo o dia seguinte. Perambulei para cima e para baixo por aquela travessa infame, perscrutando cada carruagem, esperando pelo coche amarelo; mas não consegui encontrar *ma belle inconnue*[*]; por fim, comecei a achar que era meramente um sonho. Cerca de uma semana mais tarde, fui jantar com Madame Rastail. O jantar estava marcado às oito horas; mas às oito e meia ainda esperava na sala de visitas. Finalmente o criado abriu a porta, anunciando Lady Alroy. Era a mulher que eu procurara. Entrou devagar, parecendo um raio de luar em renda cinza, e, para meu absoluto deleite, pediram-me que a acompanhasse à mesa. Após sentarmos, comentei com perfeita inocência, 'Penso tê-la visto de relance na Bond Street há pouco tempo, Lady Alroy'. Ela ficou pálida e disse-me, em voz baixa, 'Peço-lhe que não fale alto; alguém pode escutá-lo'. Senti-me péssimo por ter começado tão mal e me apressei a comentar as peças francesas. Ela falou pouco, sempre na mesma voz melodiosa e me pareceu estar com medo de que alguém a ouvisse. Fiquei apaixonado, estupidamente enamorado e a indefinível atmosfera de mistério que a cercava aumentou ainda mais minha ardente curiosidade. Quando ela já estava indo embora, o que fez logo após o jantar, perguntei-lhe se a veria novamente. Hesitou um momento, olhando de relance ao redor para ver se havia alguém perto, e então disse, 'Sim; amanhã, às quinze para as cinco'. Implorei à Madame de Restail que me falasse sobre aquela mulher, mas tudo o que soube era que se tratava de uma viúva, com uma bela casa em Park Lane; então como um tedioso especialista começou a falar sobre viúvas, exemplificando a sobrevivência matrimonialmente mais apta, saí e fui para casa.

"No dia seguinte, cheguei em Park Lane pontualmente na hora marcada, mas fui informando pelo mordomo de que Lady Alroy tinha acabado de sair. Fui para o clube completamente infeliz e confuso; após longa consideração, escrevi-lhe uma carta perguntando se me era permitido tentar a sorte noutra tarde; por fim, recebi um bilhetinho dizendo que estaria em casa no domingo, às quatro, e acrescentava este inusitado pós-escrito, 'Por favor, não me escreva novamente; explicarei ao nos vermos'. No domingo, recebeu-me e estava plenamente encantadora; mas quando

---

[*] Em francês: Minha bela desconhecida.

I was going away she begged of me, if I ever had occasion to write to her again, to address my letter to 'Mrs. Knox, care of Whittaker's Library, Green Street'.

"'There are reasons, she said, 'why I cannot receive letters in my own house'.

"All through the season I saw a great deal of her, and the atmosphere of mystery never left her. Sometimes I thought that she was in the power of some man, but she looked so unapproachable, that I could not believe it. It was really very difficult for me to come to any conclusion, for she was like one of those strange crystals that one sees in museums, which are at one moment clear, and at another clouded. At last I determined to ask her to be my wife: I was sick and tired of the incessant secrecy that she imposed on all my visits, and on the few letters I sent her. I wrote to her at the library to ask her if she could see me the following Monday at six. She answered yes, and I was in the seventh heaven of delight. I was infatuated with her: in spite of the mystery, I thought then; in consequence of it, I see now. No; it was the woman herself I loved. The mystery troubled me, maddened me. Why did chance put me in its track?"

"You discovered it, then?", I cried.

"I fear so", he answered. "You can judge for yourself."

"When Monday came round I went to lunch with my uncle, and about four o'clock found myself in the Marylebone Road. My uncle, you know, lives in Regent's Park. I wanted to get to Piccadilly, and took a short cut through a lot of shabby little streets. Suddenly I saw in front of me Lady Alroy, deeply veiled and walking very fast. On coming to the last house in the street, she went up the steps, took out a latch-key, and let herself in. 'Here is the mystery', I said to myself; and I hurried on and examined the house. It seemed a sort of place for letting lodgings. On the doorstep lay her handkerchief, which she had dropped. I picked it up and put it in my pocket. Then I began to consider what I should do. I came to the conclusion that I had no right to spy on her, and I drove down to the club. At six I called to see her. She was lying on a sofa, in a tea-gown of silver tissue looped up by some strange moonstones that she always wore. She was looking quite lovely. 'I am so glad to see you', she said; 'I have not been out all day'. I stared at her in amazement, and pulling the handkerchief out of my pocket, handed it to her. 'You dropped this in Cumnor Street this afternoon, Lady Alroy', I said very calmly. She looked at me in terror but made no attempt to take the handkerchief. 'What were you doing there?', I asked. 'What right have you to question me?', she answered. 'The right of a man who loves you', I replied; 'I came here to ask you to be my wife'. She hid her face in her hands, and burst into floods of tears. 'You must tell me', I continued. She stood up, and, looking me straight in the face, said, 'Lord Murchison, there is nothing to tell you'. 'You went to meet some one', I cried; 'this is your mystery'. She grew dreadfully white, and said, 'I went to meet no one'. 'Can't you tell the truth?', I exclaimed. 'I have told it', she replied. I was mad, frantic; I don't know what I said, but I said terrible things to her. Finally I rushed out of the house. She wrote me a letter the next day; I sent it back unopened, and started for Norway with Alan Colville. After a month I came back, and the first thing I saw in the Morning Post was the death of Lady Alroy. She had caught a chill at the Opera, and had died in five days of congestion of the lungs. I shut myself up and saw no one. I had loved her so much, I had loved her so madly. Good God!

já ia embora, implorou-me dizendo que, caso tornasse a lhe escrever, endereçasse a carta para 'Sra. Knox, aos cuidados da Biblioteca Whitacker, Green Street'.

"'Há motivos', disse ela, 'para não receber cartas em minha própria casa'.

"Durante toda a estação eu a vi com frequência, e a atmosfera de mistério nunca a abandonou.

Por vezes pensei que ela estivesse sob o domínio de alguém, mas parecia tão inacessível que foi verdadeiramente difícil para mim chegar a alguma conclusão, pois era como um daqueles estranhos cristais que vemos nos museus: em um instante estão claros; no outro, nublados. Por fim decidi pedi-la em casamento: estava cansado e aborrecido pelo incessante sigilo que impunha a todas às visitas e às poucas cartas que lhe enviava. Escrevi-lhe, para o endereço da biblioteca, perguntando se poderia vê-la na segunda-feira seguinte, às seis horas. Respondeu-me que sim, e fui transportado para o sétimo céu das delícias. Estava enfeitiçado por ela: apesar do mistério, pensei na ocasião; em consequência dele, percebo agora. Não; era à mulher quem eu amava. O mistério me aborrecia, enfurecia-me. Por que o destino pôs-me nesse caminho?"

"Descobriu, então", exclamei.

"Temo que sim", ele respondeu. "Pode julgar por si mesmo."

"Na segunda-feira fui almoçar com meu tio e, por volta das quatro, encontrava-me em Marylebone Road. Meu tio, como sabe, mora em Pengent's Park. Queria chegar a Piccadillty, então peguei um atalho através de ruazinhas desgastadas. De repente, vi diante de mim Lady Alroy, com o rosto coberto por um véu grosso, caminhando muito rápido. Chegando à última casa da rua, subiu os degraus, tirou a chave de trinco e entrou. 'Esse é o mistério', disse a mim mesmo; e corri a examinar a casa. Parecia uma dessas casas em que se alugam quartos. No degrau da porta estava um lenço que deixara cair. Recolhi-o e guardei-o no bolso. Em seguida, refleti sobre o que deveria fazer. Cheguei à conclusão de que não tinha o direito de espioná-la, e dirigi-me ao clube. Às seis, fui vê-la. Estava recostada em um sofá, com um robe de tecido prateado preso por algumas estranhas pedras da lua que usava sempre. Parecia perfeitamente bela. 'Estou tão feliz em vê-lo', disse, 'não me ausentei o dia todo'. Encarei-a, surpreso, e puxando o lenço do bolso, dei-o a ela. 'Deixou cair isto na Cumnor Street esta tarde, Lady Alroy', disse, muito calmamente. Olhou-me aterrorizada, mas não fez nenhuma tentativa para pegar o lenço. 'O que estava fazendo lá?', perguntei. 'Que direito tem de me questionar?', respondeu. 'O direito de um homem que a ama", repliquei. 'Vim aqui para pedir que se case comigo'. Escondeu o rosto entre as mãos e rompeu em um mar de lágrimas. 'Deve me dizer", prossegui. Ela levantou-se e, olhando-me diretamente, disse, 'Lorde Murchison, não há a ser dito'. 'Foi se encontrar com alguém", exclamei; "esse é seu mistério'. Ela ficou mortalmente pálida, e bradou, 'Não fui me encontrar com ninguém'. 'Não pode me dizer a verdade?', exclamei. "Eu a disse", replicou. Estava exasperado e furioso; não lembro o que disse, mas falei coisas terríveis a ela. Por fim, saí correndo. Escreveu-me uma carta no dia seguinte; devolvi-a ainda fechada e parti para a Noruega com Alan Colville. Após um mês, retornei e a primeira coisa que vi no Morning Post foi a notícia da morte de Lady Alroy. Tinha pego uma friagem na Ópera e morrido cinco dias depois de congestão pulmonar. Recolhi-me, não queria ver ninguém. Amara-a tanto, amara-a tão

how I had loved that woman!"

"You went to the street, to the house in it?", I said.

"Yes", he answered.

"One day I went to Cumnor Street. I could not help it; I was tortured with doubt. I knocked at the door, and a respectable-looking woman opened it to me. I asked her if she had any rooms to let. 'Well, sir', she replied, 'the drawing-rooms are supposed to be let; but I have not seen the lady for three months, and as rent is owing on them, you can have them'. 'Is this the lady?', I said, showing the photograph. 'That's her, sure enough', she exclaimed; 'and when is she coming back, sir?' 'The lady is dead', I replied. 'Oh sir, I hope not!', said the woman; 'she was my best lodger. She paid me three guineas a week merely to sit in my drawing-rooms now and then'. 'She met some one here?', I said; but the woman assured me that it was not so, that she always came alone, and saw no one. 'What on earth did she do here?', I cried. 'She simply sat in the drawing-room, sir, reading books, and sometimes had tea', the woman answered. I did not know what to say, so I gave her a sovereign and went away. Now, what do you think it all meant? You don't believe the woman was telling the truth?"

"I do."

"Then why did Lady Alroy go there?"

"My dear Gerald", I answered, "Lady Alroy was simply a woman with a mania for mystery. She took these rooms for the pleasure of going there with her veil down, and imagining she was a heroine. She had a passion for secrecy, but she herself was merely a Sphinx without a secret."

"Do you really think so?"

"I am sure of it", I replied.

He took out the morocco case, opened it, and looked at the photograph. "I wonder?", he said at last.

THE END

loucamente. Bom Deus! Como amei aquela mulher!"

"Voltou àquela rua, à casa em que fica lá?", disse.

"Sim", ele respondeu.

"Um dia retornei a Cumnor Street. Não pude evitar; estava torturado pela dúvida. Bati à porta e uma mulher de aparência respeitável atendeu. Perguntei se tinha quartos para alugar. 'Bem, sir', ela replicou, 'as salas de visitas estão supostamente alugadas; mas há três meses que não vejo a senhora, e como o aluguel ainda é devido, pode ficar com elas'. 'É esta a senhora?', disse-lhe, mostrando a fotografia. 'É ela, tenho absoluta certeza', ela exclamou; 'e quando ela retornará, sir?' 'Esta senhora está morta', repliquei. 'Ó, sir! Espero que não!', disse a mulher. 'Era a minha melhor inquilina. Pagava-me três guinéus por semana apenas para sentar-se em minhas salas de visitas de vez em quando'. 'Ela encontrava-se com alguém aqui?', disse, mas a mulher assegurou-me que isso não acontecia, que ela sempre vinha sozinha e não se encontrava com ninguém. 'E o que, afinal, ela fazia aqui?', bradei. 'Simplesmente sentava-se na sala de visitas, sir, e lia algum livro; algumas vezes, tomava chá', respondeu a mulher. Não sabia o que dizer, então dei a ela uma moeda e fui embora. Então, o que acha que significa isso tudo? Acredita que a mulher esteja dizendo a verdade?"

"Acredito."

"Então por que Lady Alroy ia até lá?"

"Meu querido Gerald", respondi, "Lady Alroy era simplesmente uma mulher com mania por mistérios. Alugava aquelas salas pelo prazer de ir até lá coberta por véus, imaginando-se uma heroína. Tinha paixão pelo segredo, mas era meramente uma esfinge sem segredo."

"Acha mesmo isso?"

"Tenho certeza disso", repliquei.

Apanhou a caixa de marroquim, abriu-a e olhou a fotografia. "Será?", disse ele, por fim.

FIM

THE CANTERVILLE GHOST

CHAPTER I

When Mr. Hiram B. Otis, the American Minister, bought Canterville Chase, every one told him he was doing a very foolish thing, as there was no doubt at all that the place was haunted. Indeed, Lord Canterville himself, who was a man of the most punctilious honour, had felt it his duty to mention the fact to Mr. Otis when they came to discuss terms.

"We have not cared to live in the place ourselves", said Lord Canterville, "since my grandaunt, the Dowager Duchess of Bolton, was frightened into a fit, from which she never really recovered, by two skeleton hands being placed on her shoulders as she was dressing for dinner, and I feel bound to tell you, Mr. Otis, that the ghost has been seen by several living members of my family, as well as by the rector of the parish, the Rev. Augustus Dampier, who is a Fellow of King's College, Cambridge. After the unfortunate accident to the Duchess, none of our younger servants would stay with us, and Lady Canterville often got very little sleep at night, in consequence of the mysterious noises that came from the corridor and the library."

"My Lord", answered the Minister, "I will take the furniture and the ghost at a valuation. I come from a modern country, where we have everything that money can buy; and with all our spry young fellows painting the Old World red, and carrying off your best actresses and *prima-donnas*, I reckon that if there were such a thing as a ghost in Europe, we'd have it at home in a very short time in one of our public museums, or on the road as a show."

"I fear that the ghost exists,' said Lord Canterville, smiling, "though it may have resisted the overtures of your enterprising impresarios. It has been well known for three centuries, since 1584 in fact, and always makes its appearance before the death of any member of our family."

"Well, so does the family doctor for that matter, Lord Canterville. But there is no such thing, sir, as a ghost, and I guess the laws of Nature are not going to be suspended for the British aristocracy."

"You are certainly very natural in America", answered Lord Canterville, who did not quite understand Mr. Otis's last observation, "and if you don't mind a ghost in the house, it is all right. Only you must remember I warned you."

A few weeks after this, the purchase was completed, and at the close of the

O FANTASMA DE CANTERVILLE

CAPÍTULO I

Quando Mr. Hiram B. Otis, ministro americano, adquiriu Canterville Chase, todos lhe disseram que estava fazendo algo bastante insensato, uma vez que não havia dúvida de que o lugar era mal-assombrado. Na verdade, o próprio Lorde Canterville, pessoa da mais escrupulosa honestidade, considerou ser a sua obrigação mencionar o fato a Mr. Otis quando este veio para discutir os termos.

"Não nos dispusemos a viver naquele lugar", disse Lorde Canterville, "desde que minha tia-avó, a Duquesa Viúva de Bolton, teve um ataque devido ao susto que levou, do qual, na verdade, nunca se recuperou, quando duas mãos esqueléticas seguraram-lhe os ombros enquanto ela se vestia para o jantar. Sinto-me na obrigação de dizer-lhe, Mr. Otis, que o fantasma foi visto por muitos membros ainda vivos da minha família e também pelo reitor paroquial, o Reverendo Augustus Dampier, membro do King's College, em Cambridge. Após o infeliz incidente com a Duquesa, nenhum dos criados mais jovens permanecem conosco, e Lady Canterville costuma dormir muito mal à noite devido aos misteriosos barulhos vindos do corredor da biblioteca."

"Milorde", respondeu o ministro, "ficarei com a mobília e com o fantasma por um preço. Venho de um país moderno, em que temos tudo o que o dinheiro pode comprar; e com nossos ágeis e jovens companheiros agitando o Velho Mundo, cooptanto as melhores atrizes e *prima-donnas*, concluo que se existisse na Europa algo parecido com um fantasma, já o levaríamos para o nosso país há muito tempo; estaria agora em um museu púbico ou em uma apresentação itinerante."

"Temo que o fantasma exista", disse Lorde Canterville, sorrindo, "embora tenha resistido às investidas dos ativos empresários americanos. Já é bastante conhecido há três séculos, na verdade, desde 1584, e sempre faz uma das suas aparições antes da morte de um membro da nossa família."

"Bem, o médico da família também faz o mesmo, Lorde Canterville. Mas fantasmas não existem, meu senhor, e suponho que as leis da Natureza não serão suspensas pela aristocracia britânica."

"Certamente vocês da América são muito naturais", respondeu Lorde Canterville, que não compreendeu inteiramente a última observação de Mr. Otis, "e se não se importa em ter um fantasma em casa, muito bem. Apenas lembre-se de que o avisei."

Semanas mais tarde a aquisição foi completa e no fim da temporada o minis-

season the Minister and his family went down to Canterville Chase. Mrs. Otis, who, as Miss Lucretia R. Tappan, of West 53rd Street, had been a celebrated New York belle, was now a very handsome, middle-aged woman, with fine eyes, and a superb profile. Many American ladies on leaving their native land adopt an appearance of chronic ill-health, under the impression that it is a form of European refinement, but Mrs. Otis had never fallen into this error. She had a magnificent constitution, and a really wonderful amount of animal spirits. Indeed, in many respects, she was quite English, and was an excellent example of the fact that we have really everything in common with America nowadays, except, of course, language. Her eldest son, christened Washington by his parents in a moment of patriotism, which he never ceased to regret, was a fair-haired, rather good-looking young man, who had qualified himself for American diplomacy by leading the German at the Newport Casino for three successive seasons, and even in London was well known as an excellent dancer. Gardenias and the peerage were his only weaknesses. Otherwise he was extremely sensible. Miss Virginia E. Otis was a little girl of fifteen, lithe and lovely as a fawn, and with a fine freedom in her large blue eyes. She was a wonderful amazon, and had once raced old Lord Bilton on her pony twice round the park, winning by a length and a half, just in front of the Achilles statue, to the huge delight of the young Duke of Cheshire, who proposed for her on the spot, and was sent back to Eton that very night by his guardians, in floods of tears. After Virginia came the twins, who were usually called *the stars and stripes*[*], as they were always getting swished. They were delightful boys, and with the exception of the worthy Minister the only true republicans of the family.

As Canterville Chase is seven miles from Ascot, the nearest railway station, Mr. Otis had telegraphed for a waggonette to meet them, and they started on their drive in high spirits. It was a lovely July evening, and the air was delicate with the scent of the pine-woods. Now and then they heard a wood pigeon brooding over its own sweet voice, or saw, deep in the rustling fern, the burnished breast of the pheasant. Little squirrels peered at them from the beech-trees as they went by, and the rabbits scudded away through the brushwood and over the mossy knolls, with their white tails in the air. As they entered the avenue of Canterville Chase, however, the sky became suddenly overcast with clouds, a curious stillness seemed to hold the atmosphere, a great flight of rooks passed silently over their heads, and, before they reached the house, some big drops of rain had fallen.

Standing on the steps to receive them was an old woman, neatly dressed in black silk, with a white cap and apron. This was Mrs. Umney, the housekeeper, whom Mrs. Otis, at Lady Canterville's earnest request, had consented to keep on in her former position. She made them each a low curtsey as they alighted, and said in a quaint, old-fashioned manner, "I bid you welcome to Canterville Chase". Following her, they passed through the fine Tudor hall into the library, a long, low room, panelled in black oak, at the end of which was a large stained-glass window. Here they found tea laid out for them, and, after taking off their wraps, they sat down and began to look round, while Mrs. Umney waited on them.

Suddenly Mrs. Otis caught sight of a dull red stain on the floor just by the

---

[*] *Stars and stripes* may represent the American flag; but stripes also means "whipping", with which the author forms a wordplay.

tro e a família foram para Canterville Chase. Mrs. Otis, que, como Miss Lucrecia R. Tappan, de West 53rd Street, tinha sido uma célebre beldade de Nova Iorque, era agora uma mulher de meia-idade belíssima, com lindos olhos e perfil esplêndido. Muitas senhoras americanas, ao deixarem o país natal, adotam a aparência de indisposição crônica por acharem que é um tipo de refinamento europeu, mas Mrs. Otis nunca incorreu nesse erro. Tinha magnífica constituição e uma porção verdadeiramente espantosa de vitalidade. De fato, em muitos aspectos, era perfeitamente inglesa e um excelente exemplo de que nós, britânicos, temos realmente tudo em comum com a América nos dias de hoje, menos o idioma, naturalmente. O filho mais velho, batizado pelos pais com o nome de Washington em um momento de patriotismo, que nunca deixava de lamentar, tinhas cabelos louros e era um jovem muito bonito, que se qualificara para a diplomacia americana ao superar os alemães no Cassino de Newport por três temporadas seguidas; e mesmo na Inglaterra, era conhecido como excelente dançarino. Gardênias e aristocracia eram suas fraquezas; excetuando isso, era bem sensato. Miss Virgínia E. Otis era uma garotinha de quinze anos, amável e ágil e como uma gazela, que trazia nos grandes olhos azuis uma liberdade superior. Como amazona, era maravilhosa; certa vez, apostara corrida com o velho Lorde Bilton e, montada no seu pônei, dera duas voltas ao redor do parque, vencendo por um corpo e meio de vantagem diante da estátua de Aquiles, para deleite do jovem Duque de Cheshire, que a pediu em casamento ali mesmo, e, banhado em lágrimas, foi enviado de volta a Eton pelos tutores naquela mesma noite. Após Virgínia, havia os gêmeos, chamados de *stars and stripes**, pois eram sempre chicoteados. Eram garotos encantadores e, com exceção do ilustre ministro, os únicos verdadeiros republicanos da família.

Como Canterville Chase estivesse a sete milhas de Ascot, a estação de trem mais próxima, Mr. Otis telegrafou para que uma carruagem os encontrasse, partindo para a viagem bem-humorados. Era uma adorável noite de julho e a atmosfera suave recendia a pinho. De vez em quando, ouviam uma pomba selvagem arrulhar com a característica voz melodiosa, e, no fundo das samambaias farfalhantes, podiam ver o peito lustroso de um faisão. Pequenos esquilos espreitavam nas faias enquanto eles passavam; coelhos saíam em disparada por entre as moitas e outeiros musgosos, com as caudas brancas erguidas. Ao entrarem na avenida de Canterville Chase, entretanto, o céu tornou-se subitamente encoberto de nuvens e uma estranha quietude pareceu envolver a atmosfera; em silêncio, um bando de gralhas revoou sobre suas cabeças e, antes que tivessem alcançado a casa, grossos pingos de chuva começaram a cair.

Nos degraus os aguardava uma velha senhora, elegantemente vestida de seda negra, com touca branca e avental. Era Mrs. Umney, a governanta, a quem Mrs. Otis, seguindo sóbria solicitação de Lady Canterville, consentiu que se mantivesse no posto. Ao descerem da carruagem, a governanta fazia uma grave reverência, dizendo em linguagem graciosamente antiquada, "Dou-lhes as boas-vindas a Canterville Chase". Seguiram-na através do refinado saguão estilo Tudor e entrando na biblioteca, uma sala comprida e alta, revestida de carvalho escuro, com uma grande janela de vitrais ao fundo. Ali, encontraram uma mesa de chá à espera, e após despirem os agasalhos, sentaram-se e começaram a olhar ao redor, enquanto eram servidos por Mrs. Umney.

De repente, Mrs. Otis avistou uma nódoa opaca no piso, exatamente ao lado

---

* *Stars and stripes*: se traduzido como "estrelas e listras", pode representar a bandeira americana; mas *stripes* também significa "chicotadas", com que o autor forma um jogo de palavras.

fireplace and, quite unconscious of what it really signified, said to Mrs. Umney, 'I am afraid something has been spilt there.'

"Yes, madam", replied the old housekeeper in a low voice, "blood has been spilt on that spot."

"How horrid!", cried Mrs. Otis; "I don't at all care for blood-stains in a sitting-room. It must be removed at once."

The old woman smiled, and answered in the same low, mysterious voice, "It is the blood of Lady Eleanore de Canterville, who was murdered on that very spot by her own husband, Sir Simon de Canterville, in 1575. Sir Simon survived her nine years, and disappeared suddenly under very mysterious circumstances. His body has never been discovered, but his guilty spirit still haunts the Chase. The blood-stain has been much admired by tourists and others, and cannot be removed."

"That is all nonsense", cried Washington Otis; "Pinkerton's Champion Stain Remover and Paragon Detergent will clean it up in no time", and before the terrified housekeeper could interfere he had fallen upon his knees, and was rapidly scouring the floor with a small stick of what looked like a black cosmetic. In a few moments no trace of the blood-stain could be seen.

"I knew Pinkerton would do it", he exclaimed triumphantly, as he looked round at his admiring family; but no sooner had he said these words than a terrible flash of lightning lit up the sombre room, a fearful peal of thunder made them all start to their feet, and Mrs. Umney fainted.

"What a monstrous climate!", said the American Minister calmly, as he lit a long cheroot. "I guess the old country is so overpopulated that they have not enough decent weather for everybody. I have always been of opinion that emigration is the only thing for England."

"My dear Hiram", cried Mrs. Otis, "what can we do with a woman who faints?"

"Charge it to her like breakages", answered the Minister; "she won't faint after that"; and in a few moments Mrs. Umney certainly came to. There was no doubt, however, that she was extremely upset, and she sternly warned Mr. Otis to beware of some trouble coming to the house.

"I have seen things with my own eyes, sir", she said, "that would make any Christian's hair stand on end, and many and many a night I have not closed my eyes in sleep for the awful things that are done here."

Mr. Otis, however, and his wife warmly assured the honest soul that they were not afraid of ghosts, and, after invoking the blessings of Providence on her new master and mistress, and making arrangements for an increase of salary, the old housekeeper tottered off to her own room.

da lareira, e, ignorando completamente o que significava, disse à Mrs. Umney, "Temo que algo tenha sido derramado ali".

"Sim, madame", replicou a velha governanta em voz baixa, "sangue foi derramado naquele lugar".

"Que horror!", bradou Mrs. Otis, "não gosto, de forma alguma, de manchas de sangue na sala de estar. Isso deve ser removido imediatamente."

A velha senhora sorriu, respondendo na mesma voz baixa e misteriosa, "É o sangue de Lady Eleonore de Canterville, assassinada nesse exato lugar pelo próprio marido, Sir Simon de Canterville, em 1575. Sir Simon ainda viveu por mais nove anos, desaparecendo subitamente em circunstâncias misteriosas. O corpo nunca foi encontrado, mas o espírito culpado ainda assombra esta casa. A mancha de sangue é muito admirada por turistas e outras pessoas, e não pode ser removida."

"Isso é bobagem", bradou Washington Otis; "O Removedor de Manchas Campeão Pinkerton e o Detergente Modelo limparão isso em um instante", e antes que a aterrorizada governanta pudesse interferir, ele já estava ajoelhado esfregando rapidamente o piso com um pequeno bastão que mais parecia um cosmético preto. Em poucos minutos não se via mais nenhum traço da mancha de sangue.

"Sabia que Pinkerton daria um jeito!", exclamou, triunfante, enquanto olhava ao redor para a surpresa família; porém, mal havia dito aquelas palavras, um terrível raio luminoso clareou o sombrio aposento e um enorme estrondo de trovão fez com que todos ficassem imóveis; Mrs. Umneu desfaleceu.

"Que clima monstruoso!", disse o ministro americano calmamente, acendendo um longo charuto. "Acho que o velho país encontra-se tão superpovoado que não há um clima decente para todos. Sempre fui da opinião de que a emigração é a única saída para a Inglaterra."

"Meu querido Hiram", disse Mrs. Otis, "que fazemos com uma mulher que desmaia?"

"Desconte do salário, como com as coisas quebradas", exclamou o ministro; "depois disso, não irá desmaiar novamente"; de fato, em poucos minutos Mrs. Umney recobrou-se. Entretanto, não havia dúvida de que estava bem transtornada, e alertou Mr. Otis com veemência para ter cuidado com problemas que ocorreriam na casa.

"Tenho visto coisas com meus próprios olhos, sir", disse, "que fariam arrepiar os cabelos de qualquer cristão, e por muitas e muitas noites não consegui fechar os olhos por causa das coisas apavorantes que são feitas aqui."

Mr. Otis e a esposa cordialmente asseguraram àquela boa alma que não tinham medo de fantasmas; depois de invocar as bênções da Providência sobre os novos senhores e combinar um aumento de salário, a velha governanta marchou para seu próprio quarto.

CHAPTER II

The storm raged fiercely all that night, but nothing of particular note occurred. The next morning, however, when they came down to breakfast, they found the terrible stain of blood once again on the floor. "I don't think it can be the fault of the Paragon Detergent", said Washington, "for I have tried it with everything. It must be the ghost." He accordingly rubbed out the stain a second time, but the second morning it appeared again. The third morning also it was there, though the library had been locked up at night by Mr. Otis himself, and the key carried upstairs. The whole family were now quite interested; Mr. Otis began to suspect that he had been too dogmatic in his denial of the existence of ghosts, Mrs. Otis expressed her intention of joining the Psychical Society, and Washington prepared a long letter to Messrs. Myers and Podmore on the subject of the Permanence of Sanguineous Stains when connected with Crime. That night all doubts about the objective existence of phantasmata were removed for ever.

The day had been warm and sunny; and, in the cool of the evening, the whole family went out for a drive. They did not return home till nine o'clock, when they had a light supper. The conversation in no way turned upon ghosts, so there were not even those primary conditions of receptive expectation which so often precede the presentation of psychical phenomena. The subjects discussed, as I have since learned from Mr. Otis, were merely such as form the ordinary conversation of cultured Americans of the better class, such as the immense superiority of Miss Fanny Davenport over Sarah Bernhardt as an actress; the difficulty of obtaining green corn, buckwheat cakes, and hominy, even in the best English houses; the importance of Boston in the development of the world-soul; the advantages of the baggage check system in railway travelling; and the sweetness of the New York accent as compared to the London drawl. No mention at all was made of the supernatural, nor was Sir Simon de Canterville alluded to in any way. At eleven o'clock the family retired, and by half-past all the lights were out. Some time after, Mr. Otis was awakened by a curious noise in the corridor, outside his room. It sounded like the clank of metal, and seemed to be coming nearer every moment. He got up at once, struck a match, and looked at the time. It was exactly one o'clock. He was quite calm, and felt his pulse, which was not at all feverish. The strange noise still continued, and with it he heard distinctly the sound of footsteps. He put on his slippers, took a small oblong phial out of his dressing-case, and opened the door. Right in front of him he saw, in the wan moonlight, an old man of terrible aspect. His eyes were as red burning coals; long grey hair fell over his shoulders in matted coils; his garments, which were of antique cut, were soiled and ragged, and from his wrists and ankles hung heavy manacles and rusty gyves.

"My dear sir", said Mr. Otis, "I really must insist on your oiling those chains, and have brought you for that purpose a small bottle of the Tammany Rising Sun Lubricator. It is said to be completely efficacious upon one application, and there are several testimonials to that effect on the wrapper from some of our most eminent native divines. I shall leave it here for you by the bedroom candles, and will be happy

CAPÍTULO II

Durante a noite toda a tempestade rugiu, furiosa, mas nada de especial aconteceu. Porém, na manhã seguinte, ao descerem para o desjejum, encontraram mais uma vez a terrível mancha de sangue no piso. "Não acho que seja culpa do Detergente Modelo", disse Washington, "pois uso-o para tudo. Deve ser o fantasma". Assim, esfregou a mancha mais uma vez, mas na manhã seguinte ela reapareceu. Na terceira manhã, também estava lá, por isso a biblioteca passou a ser trancada à noite pelo próprio ministro que carregava a chave consigo para o andar superior. Agora, a família inteira estava vivamente interessada; Mr. Otis suspeitou de que fora muito dogmático em recusar a existência de fantasmas; Mrs. Otis expressou a intenção de afiliar-se à Sociedade Psíquica e Washington redigiu uma extensa carta aos senhores Meyers e Podmore sobre a permanência de manchas sanguíneas relacionadas a crimes. Naquela noite, todas as dúvidas a respeito da existência de fantasmas seriam afastadas para sempre.

O dia fora quente e ensolarado; com o frescor da noite, a família saiu para um passeio. Não retornaram até as nove horas, quando tiveram um jantar leve. A conversa de modo algum dizia respeito a fantasmas, portanto, não havia sequer esse requisito primário de expectativas receptivas que com tanta frequência precedem a aparição de fenômenos psíquicos. Os assuntos abordados, segundo me informou Mr. Otis, consistiam meramente na conversa usual entre americanos cultos de classe alta, como o da enorme superioridade de Miss Funny Davenport, como atriz, em relação a Sarah Bernhardt; a dificuldade em se obter trigo verde, bolos de trigo sarraceno e canjica, mesmo nas melhores casas inglesas; a importância de Boston no desenvolvimento mundial do espírito; as vantagens do sistema de controle de bagagens nas viagens ferroviárias e a delicadeza do sotaque nova-iorquino quando comparado ao áspero londrino. Não foi feito nenhuma menção ao sobrenatural, nem Sir Simon Canterville foi de algum modo insinuado. Às onze horas, a família se retirou e meia hora depois todas as luzes foram apagadas. Algum tempo depois, Mr. Otis foi acordado por um estranho barulho no corredor fora do quarto. Soava como o tilintar de metal e parecia mais próximo a cada instante. Levantou-se imediatamente, acendeu um fósforo e consultou o relógio. Era exatamente uma hora. Estava de todo calmo; tomou o pulso, notando que não estava de modo algum acelerado. O estranho barulho ainda continuava e além dele podia ouvir distintamente o som de passos. Calçou os chinelos, retirou um frasquinho comprido da gaveta e abriu a porta. Bem à sua frente distinguiu sob o pálido luar um velho de aparência assustadora. Os olhos eram vermelhos como carvão em brasa; sobre os ombros, caíam-lhe longos cabelos acinzentados em caracóis flamejantes; as roupas, de talhe bem antigo, estavam sujas e esfarrapadas e dos pulsos e tornozelos pendiam grossas algemas e correntes enferrujadas.

"Meu caro senhor", disse Mr. Otis, "Devo realmente insistir que lubrifique as correntes; para esse propósito, trouxe-lhe uma pequena garrafa do Lubrificante Tammany Sol Nascente. Dizem que apresenta completa eficácia com apenas uma aplicação, e há inúmeros testemunhos sobre isso na embalagem, atestados pelos mais notáveis religiosos americanos. Deixarei aqui perto das velas e ficarei feliz em

to supply you with more should you require it." With these words the United States Minister laid the bottle down on a marble table, and, closing his door, retired to rest.

For a moment the Canterville ghost stood quite motionless in natural indignation; then, dashing the bottle violently upon the polished floor, he fled down the corridor, uttering hollow groans, and emitting a ghastly green light. Just, however, as he reached the top of the great oak staircase, a door was flung open, two little white-robed figures appeared, and a large pillow whizzed past his head! There was evidently no time to be lost, so, hastily adopting the Fourth Dimension of Space as a means of escape, he vanished through the wainscoting, and the house became quite quiet.

On reaching a small secret chamber in the left wing, he leaned up against a moonbeam to recover his breath, and began to try and realise his position. Never, in a brilliant and uninterrupted career of three hundred years, had he been so grossly insulted. He thought of the Dowager Duchess, whom he had frightened into a fit as she stood before the glass in her lace and diamonds; of the four housemaids, who had gone off into hysterics when he merely grinned at them through the curtains of one of the spare bedrooms; of the rector of the parish, whose candle he had blown out as he was coming late one night from the library, and who had been under the care of Sir William Gull ever since, a perfect martyr to nervous disorders; and of old Madame de Tremouillac, who, having wakened up one morning early and seen a skeleton seated in an arm-chair by the fire reading her diary, had been confined to her bed for six weeks with an attack of brain fever, and, on her recovery, had become reconciled to the Church, and broken off her connection with that notorious sceptic *Monsieur* de Voltaire.He remembered the terrible night when the wicked Lord Canterville was found choking in his dressing-room, with the knave of diamonds half-way down his throat, and confessed, just before he died, that he had cheated Charles James Fox out of £ 50,000 at Crockford's by means of that very card, and swore that the ghost had made him swallow it. All his great achievements came back to him again, from the butler who had shot himself in the pantry because he had seen a green hand tapping at the window pane, to the beautiful Lady Stutfield, who was always obliged to wear a black velvet band round her throat to hide the mark of five fingers burnt upon her white skin, and who drowned herself at last in the carp-pond at the end of the King's Walk. With the enthusiastic egotism of the true artist he went over his most celebrated performances, and smiled bitterly to himself as he recalled to mind his last appearance as "Red Ruben, or the Strangled Babe", his début as "Gaunt Gibeon, the Blood-sucker of Bexley Moor", and the furore he had excited one lovely June evening by merely playing ninepins with his own bones upon the lawn-tennis ground. And after all this, some wretched modern Americans were to come and offer him the Rising Sun Lubricator, and throw pillows at his head! It was quite unbearable. Besides, no ghosts in history had ever been treated in this manner. Accordingly, he determined to have vengeance, and remained till daylight in an attitude of deep thought.

providenciar mais se preciso". Após dizer isso, o ministro dos Estados Unidos deixou a garrafa sobre uma mesa de mármore e, fechando a porta, retirou-se para descansar.

Por um momento o Fantasma de Canterville permaneceu completamente imóvel, com natural indignação; então, atirando a garrafa violentamente contra o chão polido, fugiu correndo pelo corredor, soltando gemidos abafados e emitindo uma horrível luz esverdeada. Assim que atingiu o topo da comprida escada de carvalho, uma das portas abriu-se de repente; duas figurinhas usando robes brancos apareceram, e um grande travesseiro zuniu sobre a cabeça do Fantasma! Era claro que não havia tempo a perder; com rapidez, valendo-se da quarta dimensão para fugir, desapareceu atravessando a parede, e a casa tornou-se absolutamente silenciosa.

Ao alcançar a pequena câmera secreta situada na ala esquerda, recostou-se em um raio de luar para recuperar o fôlego, tentando compreender a situação. Nunca, em sua brilhante e ininterrupta carreira de trezentos anos, tinha sido insultado de forma tão grosseira. Lembrou-se da duquesa viúva que desmaiou de susto por sua causa, quando estava diante do espelho com rendas e diamantes; das quatro criadas que ficaram histéricas apenas por que o viram sorrindo por entre as cortinas de um dos quartos de hóspedes; do reitor da paróquia, cuja vela apagou quando voltava da biblioteca tarde da noite e que, desde então, estava sob os cuidados de Sir William Gull, completamente martirizado por transtornos nervosos; e de Madame de Tremouillac, que tendo se levantado pela manhã e visto um esqueleto sentado na poltrona ao lado do fogo lendo-lhe o diário, ficou acamada por seis semanas devido a um ataque de febre cerebral; ao se recobrar, voltou para a Igreja, rompendo relações com *Monsieur* de Voltaire, cético notório. Lembrou-se da terrível noite, quando o cruel Lorde de Canterville foi encontrado em seu aposento em estado de choque, com um valete de copas atravessado na garganta, confessando, pouco antes de morrer, haver trapaceado e roubado de Charles James Fox £ 50.000, em Crockford, com aquela mesma carta, jurando que o Fantasma o obrigara a engoli-la. Todas essas grandes façanhas lhe ocorreram novamente, do mordomo que atirou em si mesmo na despensa por ter visto uma mão verde batendo na vidraça da janela até a bela Lady Stutfield, obrigada a usar para sempre um veludo negro em torno do pescoço para esconder as marcas de cinco dedos, cauterizados sobre a pele alva, e que, por fim matou-se afogada no lago de carpas que fica no fim com Caminho do Rei. Com o egoísmo entusiástico dos verdadeiros artistas, reviveu os desempenhos mais célebres, e sorriu amargamente para si mesmo ao relembrar a última aparição como "Rubem Rubro, ou o Bebê Estrangulado"; o début como "Gibeon Lúgubre, o Vampiro de Bexley Moor", e o furor que provocou em uma agradável tarde de junho por simplesmente jogar boliche com os próprios ossos na quadra de tênis. E depois de tudo isso alguns mesquinhos americanos modernos vinham oferecer-lhe o Lubrificante Sol Nascente e atirar travesseiros sobre sua cabeça! Era absolutamente intolerável! Além do mais, em toda a história nenhum fantasma tinha sido tratado de maneira semelhante. Por isso estava determinado a vingar-se, e permaneceu até o raiar do sol inteiramente compenetrado.

CHAPTER III

The next morning when the Otis family met at breakfast, they discussed the ghost at some length. The United States Minister was naturally a little annoyed to find that his present had not been accepted. "I have no wish", he said, "to do the ghost any personal injury, and I must say that, considering the length of time he has been in the house, I don't think it is at all polite to throw pillows at him", a very just remark, at which, I am sorry to say, the twins burst into shouts of laughter. "Upon the other hand", he continued, "if he really declines to use the Rising Sun Lubricator, we shall have to take his chains from him. It would be quite impossible to sleep, with such a noise going on outside the bedrooms."

For the rest of the week, however, they were undisturbed, the only thing that excited any attention being the continual renewal of the blood-stain on the library floor. This certainly was very strange, as the door was always locked at night by Mr. Otis, and the windows kept closely barred. The chameleon-like colour, also, of the stain excited a good deal of comment. Some mornings it was a dull (almost Indian) red, then it would be vermilion, then a rich purple, and once when they came down for family prayers, according to the simple rites of the Free American Reformed Episcopalian Church, they found it a bright emerald-green. These kaleidoscopic changes naturally amused the party very much, and bets on the subject were freely made every evening. The only person who did not enter into the joke was little Virginia, who, for some unexplained reason, was always a good deal distressed at the sight of the blood-stain, and very nearly cried the morning it was emerald-green.

The second appearance of the ghost was on Sunday night. Shortly after they had gone to bed they were suddenly alarmed by a fearful crash in the hall. Rushing downstairs, they found that a large suit of old armour had become detached from its stand, and had fallen on the stone floor, while, seated in a high-backed chair, was the Canterville ghost, rubbing his knees with an expression of acute agony on his face. The twins, having brought their pea-shooters with them, at once discharged two pellets on him, with that accuracy of aim which can only be attained by long and careful practice on a writing-master, while the United States Minister covered him with his revolver, and called upon him, in accordance with Californian etiquette, to hold up his hands! The ghost started up with a wild shriek of rage, and swept through them like a mist, extinguishing Washington Otis's candle as he passed, and so leaving them all in total darkness. On reaching the top of the staircase he recovered himself, and determined to give his celebrated peal of demoniac laughter. This he had on more than one occasion found extremely useful. It was said to have turned Lord Raker's wig grey in a single night, and had certainly made three of Lady Canterville's French governesses give warning before their month was up. He accordingly laughed his most horrible laugh, till the old vaulted roof rang and rang again, but hardly had the fearful echo died away when a door opened, and Mrs. Otis came out in a light blue dressing-gown. "I am afraid you are far from well,' she said, "and have brought you a bottle of Dr. Dobell's tincture. If it is indigestion, you will find it a most excellent remedy." The ghost glared at her in fury, and began at once to make preparations for turning himself

CAPÍTULO III

Na manhã seguinte, quando a família Ortis se reuniu para o desjejum, teceram longos comentários a respeito do Fantasma. O ministro dos Estados Unidos estava um pouco aborrecido por ter descoberto que seu presente não foi aceito. "Não desejo", disse ele, "fazer ao Fantasma nenhuma ofensa pessoal, e devo dizer que, considerando o tempo em que tem estado na casa, não acho que seja de todo polido atirar-lhe travesseiros", observação muito justa, perante a qual, sinto dizer, os gêmeos explodiram em um acesso de riso. "Por outro lado", prosseguiu, "se realmente recusar o uso do Lubrificante Sol Nascente, teremos que lhe tomar as correntes. É inteiramente impossível dormir com semelhante barulho do lado de fora dos quartos."

Pelo resto da semana não houve perturbações; a única coisa a chamar a alguma atenção foi o contínuo reaparecimento da mancha de sangue no chão da biblioteca, o que era muito estranho, pois a porta era sempre trancada à noite por Mr. Otis e as janelas, totalmente fechadas. Contudo, a cor cambiante da mancha provocava comentários. Em algumas manhãs, era um vermelho opaco, quase indiano; noutras, vermalhão; noutras, ainda, um púrpura intenso; e certa vez, quando a família descia para as preces, de acordo com os ritos simplificados da Igreja Americana Livre Reformada Episcopaliana, encontraram-na verde-esmeralda brilhante. Essas mudanças caleidoscópicas divertiam muito a família e todas as noites eram feitas grandes apostas a respeito. A única pessoa que não participava do jogo era a pequena Virgínia que, por alguma razão inexplicável, sempre ficava bastante angustiada ao ver a mancha de sangue e esteve a ponto de chorar na manhã em que apareceu verde-esmeralda.

A segunda aparição do Fantasma foi no domingo à noite. Pouco após irem para a cama, foram subitamente alertados por um horrível estrondo vindo do saguão. Descendo as escadas às pressas, descobriram que uma grande armadura antiga desprendera-se do suporte e caíra no chão de pedra; sentado em uma cadeira de encosto alto estava o fantasma de Canterville, esfregando os joelhos; na face, trazia a expressão de profunda agonia. Os gêmeos, munidos de estilingues, imediatamente atiraram-lhe duas bolotas, com a pontaria precisa que alguém só consegue obter depois extensa e cuidadosa prática tendo um professor como alvo, enquanto o ministro dos Estados Unidos apontava-lhe o revólver mandando, segundo a etiqueta da Califórnia, que erguesse as mãos! O Fantasma levantou rápido com um grito de raiva feroz e agudo e atravessou por meio deles como uma névoa, apagando a vela de Washington Otis ao passar, deixando-os em completa escuridão. Ao alcançar o topo da escada recuperou-se e decidiu demonstrar a célebre gargalhada estrondosa e diabólica. Em mais de uma ocasião o recurso lhe fora extremamente útil. Diziam que por causa dela a peruca de Lorde Racker tornou-se cinza em apenas uma noite, e com certeza foi por causa dela que três governantas francesas de Lady Canterville pediram demissão antes do término do mês. Assim, emitiu sua mais horrenda gargalhada, até que a abóbada do velho telhado ressoasse mais de uma vez. Porém, mal o eco se dissipou, abriu-se uma porta e Mrs. Otis apareceu vestida com uma leve túnica azul. "Temo que não esteja nada bem", disse ela, "e trouxe-lhe uma garrafa da tintura do Dr. Dobell. Se for indigestão, encontrará nisto um excelente remédio." O Fantasma a encarou, furioso,

into a large black dog, an accomplishment for which he was justly renowned, and to which the family doctor always attributed the permanent idiocy of Lord Canterville's uncle, the Hon. Thomas Horton. The sound of approaching footsteps, however, made him hesitate in his fell purpose, so he contented himself with becoming faintly phosphorescent, and vanished with a deep churchyard groan, just as the twins had come up to him.

On reaching his room he entirely broke down, and became a prey to the most violent agitation. The vulgarity of the twins, and the gross materialism of Mrs. Otis, were naturally extremely annoying, but what really distressed him most was, that he had been unable to wear the suit of mail. He had hoped that even modern Americans would be thrilled by the sight of a "Spectre In Armour", if for no more sensible reason, at least out of respect for their national poet Longfellow, over whose graceful and attractive poetry he himself had whiled away many a weary hour when the Cantervilles were up in town. Besides, it was his own suit. He had worn it with great success at the Kenilworth tournament, and had been highly complimented on it by no less a person than the Virgin Queen herself. Yet when he had put it on, he had been completely overpowered by the weight of the huge breastplate and steel casque, and had fallen heavily on the stone pavement, barking both his knees severely, and bruising the knuckles of his right hand.

For some days after this he was extremely ill, and hardly stirred out of his room at all, except to keep the blood-stain in proper repair. However, by taking great care of himself, he recovered, and resolved to make a third attempt to frighten the United States Minister and his family. He selected Friday, the 17th of August, for his appearance, and spent most of that day in looking over his wardrobe, ultimately deciding in favour of a large slouched hat with a red feather, a winding-sheet frilled at the wrists and neck, and a rusty dagger. Towards evening a violent storm of rain came on, and the wind was so high that all the windows and doors in the old house shook and rattled. In fact, it was just such weather as he loved. His plan of action was this. He was to make his way quietly to Washington Otis's room, gibber at him from the foot of the bed, and stab himself three times in the throat to the sound of slow music. He bore Washington a special grudge, being quite aware that it was he who was in the habit of removing the famous Canterville blood-stain, by means of Pinkerton's Paragon Detergent. Having reduced the reckless and foolhardy youth to a condition of abject terror, he was then to proceed to the room occupied by the United States Minister and his wife, and there to place a clammy hand on Mrs. Otis's forehead, while he hissed into her trembling husband's ear the awful secrets of the charnel-house. With regard to little Virginia, he had not quite made up his mind. She had never insulted him in any way, and was pretty and gentle. A few hollow groans from the wardrobe, he thought, would be more than sufficient, or, if that failed to wake her, he might grabble at the counterpane with palsy-twitching fingers. As for the twins, he was quite determined to teach them a lesson. The first thing to be done was, of course, to sit upon their chests, so as to produce the stifling sensation of nightmare. Then, as their beds were quite close to each other, to stand between them in the form of a green, icy-cold corpse, till they became paralysed with fear, and finally, to throw off the winding-sheet, and crawl round the room, with white bleached bones and one rolling eye-ball, in the character of "Dumb Daniel, or the Suicide's Skeleton", a *rôle* in which he had on more than one occasion produced a great effect, and which

e começou a preparar-se para se transformar em um grande cão negro, feito pelo qual era justamente reconhecido, e a que o médico da família atribuía a permanente idiotia do tio do Lorde Canterville, o honorável Thomas Horton. O som de passos se aproximando fez com que hesitasse em seu cruel propósito; por isso, se contentou em tornar-se levemente fosforescente, e desapareceu com um profundo gemido sepulcral no momento em que os gêmeos estavam prestes a alcançá-lo.

Ao chegar ao próprio quarto estava bem desanimado e foi acometido pela mais violenta agitação. A vulgaridade dos gêmeos, o grosseiro materialismo de Mrs. Otis, eram sem dúvida extremamente irritantes, mas o que de fato mais o afligia era ter sido inábil para vestir a cota de malha. Tinha a esperança de que mesmo os americanos modernos ficassem impressionados ao verem o "Espectro de Armadura", se não por razões sensatas ao menos em respeito a Longfellow, poeta americano internacionalmente conhecido, cujas graciosas e atraentes poesias ele próprio lera muitas vezes nas horas tediosas que passava quando os Canterville estavam em Londres. Além do mais, aquela era sua própria armadura. Havia-a usado com grande sucesso no torneio de Kenilworth, cumprimentado com efusividade por ninguém menos que a Rainha Virgem em pessoa. Ainda assim, ao tentar colocá-la fora completamente subjugado pelo peso do enorme peitoral e do capacete de aço, caindo pesadamente no chão de pedra, machucando gravemente os joelhos e ferindo os nós dos dedos da mão direita.

Vários dias depois esteve debilitado ao extremo, mal saindo do seu quarto, exceto para reparar a mancha de sangue. Entretanto, por ter cuidado de si, recuperou-se e resolveu fazer uma terceira tentativa para intimidar o ministro dos Estados Unidos e a família. Elegeu a sexta-feira, 17 de agosto, para a aparição, passando a maior parte do dia vistoriando o guarda-roupa, decidindo-se, por fim, a favor de um grande chapéu de abas largas com uma pena vermelha, uma mortalha com babados no pescoço e nos punhos e uma adaga enferrujada. Ao cair da tarde, desabou uma violenta tempestade e o vento era tão forte que todas as portas e janelas da velha casa balançaram e tremeram. Na verdade, era exatamente o tipo de clima que adorava. O plano de ação era o seguinte: iria silenciosamente ao quarto de Washington Otis; ao pé da cama, diria uma porção de coisas sem sentido e, ao som de uma música lenta, dar-lhe-ia três punhaladas na garganta. Guardava um rancor particular contra Washington, pois estava perfeitamente convicto de era ele quem conservava o hábito de remover as famosas manchas de sangue de Canterville com o Detergente Modelo Pinkerton. Após ter reduzido o imprudente e afoito jovem a um estado de horror abjeto, seguiria então para o quarto ocupado pelo ministro do Estados Unidos e a esposa. Lá, poria a mão incandescente sobre a fronte de Mrs. Otis ao mesmo tempo em que sopraria nos ouvidos do trêmulo marido segredos horrendos da capela mortuária. A respeito da pequena Virgínia, ainda não decidira o que fazer. Nunca o insultara de modo algum, era encantadora e gentil. Alguns gemidos ocos de dentro do guarda-roupa, ele pensou, seria mais que o suficiente, ou, se falhasse em acordá-la, poderia agarrar a colcha com dedos tortos e paralisados. Quanto aos gêmeos, estava firmemente decidido a dar-lhes uma lição. A primeira coisa a ser feita, é claro, seria sentar-lhes sobre o peito, produzindo a sensação de asfixia e pesadelo. Então, como as camas estavam muito próximas uma da outra, iria postar-se entre elas com a aparência de um cadáver verde e gelado até que ficassem paralisados de medo e, finalmente, tiraria a mortalha e rastejaria pelo quarto com os ossos brancos à mostra, girando um olho, caracterizado de "Daniel, o Mudo" ou de o "Esqueleto do Suicida", papel em que por mais de uma

he considered quite equal to his famous part of "Martin the Maniac, or the Masked Mystery".

At half-past ten he heard the family going to bed. For some time he was disturbed by wild shrieks of laughter from the twins, who, with the light-hearted gaiety of schoolboys, were evidently amusing themselves before they retired to rest, but at a quarter past eleven all was still, and, as midnight sounded, he sallied forth. The owl beat against the window panes, the raven croaked from the old yew-tree, and the wind wandered moaning round the house like a lost soul; but the Otis family slept unconscious of their doom, and high above the rain and storm he could hear the steady snoring of the Minister for the United States. He stepped stealthily out of the wainscoting, with an evil smile on his cruel, wrinkled mouth, and the moon hid her face in a cloud as he stole past the great oriel window, where his own arms and those of his murdered wife were blazoned in azure and gold. On and on he glided, like an evil shadow, the very darkness seeming to loathe him as he passed. Once he thought he heard something call, and stopped; but it was only the baying of a dog from the Red Farm, and he went on, muttering strange sixteenth-century curses, and ever and anon brandishing the rusty dagger in the midnight air. Finally he reached the corner of the passage that led to luckless Washington's room. For a moment he paused there, the wind blowing his long grey locks about his head, and twisting into grotesque and fantastic folds the nameless horror of the dead man's shroud. Then the clock struck the quarter, and he felt the time was come. He chuckled to himself, and turned the corner; but no sooner had he done so, than, with a piteous wail of terror, he fell back, and hid his blanched face in his long, bony hands. Right in front of him was standing a horrible spectre, motionless as a carven image, and monstrous as a madman's dream! Its head was bald and burnished; its face round, and fat, and white; and hideous laughter seemed to have writhed its features into an eternal grin. From the eyes streamed rays of scarlet light, the mouth was a wide well of fire, and a hideous garment, like to his own, swathed with its silent snows the Titan form. On its breast was a placard with strange writing in antique characters, some scroll of shame it seemed, some record of wild sins, some awful calendar of crime, and, with its right hand, it bore aloft a falchion of gleaming steel.

Never having seen a ghost before, he naturally was terribly frightened, and, after a second hasty glance at the awful phantom, he fled back to his room, tripping up in his long winding-sheet as he sped down the corridor, and finally dropping the rusty dagger into the Minister's jack-boots, where it was found in the morning by the butler. Once in the privacy of his own apartment, he flung himself down on a small pallet-bed, and hid his face under the clothes. After a time, however, the brave old Canterville spirit asserted itself, and he determined to go and speak to the other ghost as soon as it was daylight. Accordingly, just as the dawn was touching the hills with silver, he returned towards the spot where he had first laid eyes on the grisly phantom, feeling that, after all, two ghosts were better than one, and that, by the aid of his new friend, he might safely grapple with the twins. On reaching the spot, however, a terrible sight met his gaze. Something had evidently happened to the spectre, for the light had entirely faded from its hollow eyes, the gleaming falchion had fallen from its hand, and it was leaning up against the wall in a strained and uncomfortable attitude. He rushed forward and seized it in his arms, when, to his horror, the head slipped off and rolled on the floor, the body assumed a recumbent posture, and he found himself

vez produzira grande efeito e que considerava perfeitamente idêntico ao seu famoso "Martin, o Maníaco ou o Misterioso Mascarado".

Às dez e meia ouviu a família se recolher. Por algum tempo foi interrompido pelas risadas turbulentas e estridentes dos gêmeos, que com a alegria e leveza dos escolares, estavam se divertindo antes de dormir; às onze e quinze tudo ficou quieto e, ao soar a meia-noite, ele partiu para o ataque. Uma coruja bateu contra a vidraça da janela, um corvo grasniu no velho teixo e o vento vagueou gemendo ao redor da casa, como uma alma perdida; mas a família Otis dormia, inconsciente de seu destino, e acima da chuva e da tempestade, o Fantasma podia ouvir o inabalável ronco do ministro dos Estados Unidos. Saiu furtivamente da parede, com um sorriso cruel e maligno, a boca enrugada, e a lua escondeu a face atrás de uma nuvem quando ele passou pela grande janela ogival, onde seu próprio brasão e o de sua esposa assassinada figuravam em azul-celeste e dourado. Deslizou adiante, como uma sombra maligna, e a própria escuridão parecia repudiá-lo quando passava. Por um momento pensou ter ouvido um chamado, e parou; mas era apenas o latir de um cão vindo da Fazenda Vermelha, e ele prosseguiu, murmurando estranhas maldições do século XVI e, de vez em quando, brandindo no ar a adaga enferrujada. Por fim, alcançou a esquina da passagem que levava ao quarto do infeliz Washington. Ficou parado ali por um momento, o vento soprando nos longos cabelos cinzas ao redor da cabeça, retorcendo em pregas grotescas e fantásticas o horror inominável da mortalha de um defunto. O relógio bateu um quarto de hora e ele sentiu que era o momento de agir. Riu para si mesmo, virando a esquina, mas tão logo o fez, retrocedeu soltando um lamento agudo de terror, escondendo a face branca nas longas mãos ossudas. Bem à sua frente estava um espectro horrível, imóvel como uma imagem esculpida e monstruoso como o sonho de um insano! A cabeça era calva e lustrosa; a face era redonda, gorda e branca; as feições pareciam retorcidas e paralisadas em um hediondo riso eterno. Dos olhos fluíam raios de luz escarlate, a boca era um largo poço de fogo e a vestimenta hedionda, igual a dele próprio, envolvia como a neve silenciosa as formas de um Titã. Em seu peito havia uma placa com uma estranha inscrição em caracteres antigos, parecendo algum pergaminho de vergonha, uma lista de pecados medonhos, um apavorante calendário de crimes; na mão direita trazia uma cimitarra de aço resplandecente.

Nunca havia visto um fantasma antes, e com razão ficou terrivelmente amedrontado; depois de um segundo olhar de relance para o horrendo fantasma, voltou correndo para seu quarto, tropeçando na longa mortalha enquanto fugia pelo corredor. Na correria, derrubou a adaga dentro da bota do ministro, onde o mordomo a encontrou pela manhã. Uma vez na privacidade de seu próprio aposento, afundou-se em uma pequena cama e escondeu o rosto sob os lençóis. Depois de um tempo, contudo, o corajoso e velho espírito Canterville se recompôs e determinou a si mesmo sair e falar com o outro fantasma tão logo amanhecesse. Assim, logo que o amanhecer tingiu de prata as colinas, voltou ao lugar onde tinha visto pela primeira vez o horrível fantasma, sentindo que, acima de tudo, dois fantasmas eram melhor que um, e com a ajuda de seu novo amigo poderia enfrentar os gêmeos em segurança. Chegando ao lugar, deparou-se com um horrível espetáculo. Evidentemente alguma coisa tinha acontecido ao espectro, pois a luz desaparecera inteiramente dos olhos vazios, a cimitarra resplandecente havia caído de suas mãos e ele estava encostado à parede em uma atitude desconfortável e incômoda. Correu adiante e tomou-o nos braços; para seu horror a cabeça desprendeu-se, rolando no chão, o corpo assumiu uma postura

clasping a white dimity bed-curtain, with a sweeping-brush, a kitchen cleaver, and a hollow turnip lying at his feet! Unable to understand this curious transformation, he clutched the placard with feverish haste, and there, in the grey morning light, he read these fearful words:

YE OLDE GHOSTE
Ye Onlie True and Originale Spook.
Beware of Ye Imitationes.
All others are Counterfeite.

The whole thing flashed across him. He had been tricked, foiled, and outwitted! The old Canterville look came into his eyes; he ground his toothless gums together; and, raising his withered hands high above his head, swore, according to the picturesque phraseology of the antique school, that when Chanticleer had sounded twice his merry horn, deeds of blood would be wrought, and Murder walk abroad with silent feet.

Hardly had he finished this awful oath when, from the red-tiled roof of a distant homestead, a cock crew. He laughed a long, low, bitter laugh, and waited. Hour after hour he waited, but the cock, for some strange reason, did not crow again. Finally, at half-past seven, the arrival of the housemaids made him give up his fearful vigil, and he stalked back to his room, thinking of his vain hope and baffled purpose. There he consulted several books of ancient chivalry, of which he was exceedingly fond, and found that, on every occasion on which his oath had been used, Chanticleer had always crowed a second time.

"Perdition seize the naughty fowl", he muttered, "I have seen the day when, with my stout spear, I would have run him through the gorge, and made him crow for me an 'twere in death!", and he then retired to a comfortable lead coffin, and stayed there till evening.

CHAPTER IV

The next day the ghost was very weak and tired. The terrible excitement of the last four weeks was beginning to have its effect. His nerves were completely shattered, and he started at the slightest noise. For five days he kept his room, and at last made up his mind to give up the point of the blood-stain on the library floor. If the Otis family did not want it, they clearly did not deserve it. They were evidently people on a low, material plane of existence, and quite incapable of appreciating the symbolic value of sensuous phenomena. The question of phantasmic apparitions, and the development of astral bodies, was of course quite a different matter, and really not under his control. It was his solemn duty to appear in the corridor once a week, and to gibber from the large oriel window on the first and third Wednesday in every month, and he did not see how he could honourably escape from his obligations. It is quite true that his life had been very evil, but, upon the other hand, he was most conscientious in all

indolente e ele se viu segurando um cortinado de leito de fustão branco, uma vassoura e um facão de cozinha; uma cabaça oca jazia a seus pés. Incapaz de compreender essa curiosa transformação, agarrou o cartaz em uma agitação febril à luz cinzenta da manhã, e leu estas horríveis palavras:

O FANTASMA OTIS.
O único espectro autêntico e verdadeiro.
Cuidado com imitações.
Todos os outros são falsificados.

Toda a verdade ocorreu-lhe em um instante. Tinha sido enganado ludibriado, logrado! O antigo olhar dos Canterville retornou a seus olhos; apertou as gengivas sem dentes e erguendo as mãos embranquecidas acima da cabeça, jurou, de acordo com a pitoresca fraseologia da escola antiga, que quando Chanticleer entoasse pela segunda vez sua alegre trompa, ocorreriam mortes sangrentas e o Assassinato caminharia livre com pés silenciosos.

Mal acabara o terrível juramento, do telhado distante de uma propriedade um galo cantou. Soltou uma longa, baixa, amarga risada e esperou. Hora após hora ele esperou, mas o galo, por alguma estranha razão, não voltou a cantar. Por fim, às sete e meia, a chegada das criadas o obrigou a abandonar a terrível vigília e retornar a seu quarto, pensando em suas vãs esperanças e seus fracassados propósitos. Ali, consultou inúmeros livros da antiga cavalaria, dos quais gostava imensamente, descobrindo que em todas as ocasiões em que aquele juramento tinha sido pronunciado, Chanticleer tinha sempre cantado uma segunda vez.

"Que a perdição recaia sobre essa ave amaldiçoada", ele murmurou, "verei o dia em que, com minha intrépida lança, atravessarei sua garganta e farei com que cante para mim o canto da morte!", em seguida retirou-se para um confortável caixão de chumbo, e ali ficou até o anoitecer.

CAPÍTULO IV

No dia seguinte, o fantasma estava muito fraco e cansado. A terrível agitação das últimas quatro semanas começava a produzir efeitos; seus nervos estavam inteiramente abalados e ele se assustava ao mais leve ruído. Por cinco dias permaneceu em seu quarto, e por fim resolveu desistir da mancha de sangue do piso da biblioteca. Se a família Otis não a queria, estava claro que não a merecia. Era evidente que aquelas pessoas estavam em um plano de existência material e inferior, inteiramente incapazes de apreciar o valor simbólico dos fenômenos sensoriais. Entretanto, a questão das aparições fantasmagóricas e do desenvolvimento de corpos astrais era obviamente um assunto completamente diverso, totalmente fora de seu controle, e era seu dever solene aparecer no corredor uma vez por semana e gemer na grande janela ogival na primeira e na terceira quarta-feira de todos os meses e ele não via como escapar honrosamente de suas obrigações. É verdade que sua vida tinha sido muito perversa, mas, por outro lado, tinha plena consciência de todas as coisas relacionadas

things connected with the supernatural. For the next three Saturdays, accordingly, he traversed the corridor as usual between midnight and three o'clock, taking every possible precaution against being either heard or seen. He removed his boots, trod as lightly as possible on the old worm-eaten boards, wore a large black velvet cloak, and was careful to use the Rising Sun Lubricator for oiling his chains. I am bound to acknowledge that it was with a good deal of difficulty that he brought himself to adopt this last mode of protection. However, one night, while the family were at dinner, he slipped into Mr. Otis's bedroom and carried off the bottle. He felt a little humiliated at first, but afterwards was sensible enough to see that there was a great deal to be said for the invention, and, to a certain degree, it served his purpose. Still, in spite of everything, he was not left unmolested. Strings were continually being stretched across the corridor, over which he tripped in the dark, and on one occasion, while dressed for the part of "Black Isaac, or the Huntsman of Hogley Woods", he met with a severe fall, through treading on a butter-slide, which the twins had constructed from the entrance of the Tapestry Chamber to the top of the oak staircase. This last insult so enraged him, that he resolved to make one final effort to assert his dignity and social position, and determined to visit the insolent young Etonians the next night in his celebrated character of "Reckless Rupert, or the Headless Earl".

He had not appeared in this disguise for more than seventy years; in fact, not since he had so frightened pretty Lady Barbara Modish by means of it, that she suddenly broke off her engagement with the present Lord Canterville's grandfather, and ran away to Gretna Green with handsome Jack Castleton, declaring that nothing in the world would induce her to marry into a family that allowed such a horrible phantom to walk up and down the terrace at twilight. Poor Jack was afterwards shot in a duel by Lord Canterville on Wandsworth Common, and Lady Barbara died of a broken heart at Tunbridge Wells before the year was out, so, in every way, it had been a great success. It was, however, an extremely difficult 'make-up,' if I may use such a theatrical expression in connection with one of the greatest mysteries of the supernatural, or, to employ a more scientific term, the higher-natural world, and it took him fully three hours to make his preparations. At last everything was ready, and he was very pleased with his appearance. The big leather riding-boots that went with the dress were just a little too large for him, and he could only find one of the two horse-pistols, but, on the whole, he was quite satisfied, and at a quarter past one he glided out of the wainscoting and crept down the corridor. On reaching the room occupied by the twins, which I should mention was called the Blue Bed Chamber, on account of the colour of its hangings, he found the door just ajar. Wishing to make an effective entrance, he flung it wide open, when a heavy jug of water fell right down on him, wetting him to the skin, and just missing his left shoulder by a couple of inches. At the same moment he heard stifled shrieks of laughter proceeding from the four-post bed. The shock to his nervous system was so great that he fled back to his room as hard as he could go, and the next day he was laid up with a severe cold. The only thing that at all consoled him in the whole affair was the fact that he had not brought his head with him, for, had he done so, the consequences might have been very serious.

He now gave up all hope of ever frightening this rude American family, and contented himself, as a rule, with creeping about the passages in list slippers, with a thick red muffler round his throat for fear of draughts, and a small arquebuse, in case

ao sobrenatural. Assim, nos três sábados seguintes atravessou o corredor como de costume, entre a meia noite e as três horas, tomando todas as precauções possíveis para não ser visto nem ouvido. Retirava as botas, pisando o mais levemente possível sobre as velhas pranchas corroídas; vestia o grande casaco de veludo negro e tomava o cuidado de usar o Lubrificante Sol Nascente para untar as correntes. Sou obrigado a reconhecer que foi com grande dificuldade que ele decidiu adotar esse último método de precaução. Em uma noite, enquanto a família estava jantando, tinha entrado com cuidado no quarto de Mr. Otis e retirado a garrafa. No começo sentiu-se humilhado, mas depois foi sensato o suficiente para reconhecer que havia muita coisa a se dizer a favor da invenção, que até certo ponto servia-lhe aos propósitos. Ainda assim, apesar de tudo, não o deixavam em paz. Com frequência os gêmeos estendiam cordas cruzando o corredor, em que ele tropeçava no escuro, e em uma ocasião, caracterizado de "Isaac, o Negro", ou o "Caçador da Floresta de Hogley", levou um tombo sério depois de escorregar em uma camada de manteiga que os gêmeos haviam espalhado da entrada do Salão das Tapeçarias até o topo da escada de carvalho. Esse último insulto o enfureceu tanto que resolveu fazer um derradeiro esforço para impor sua dignidade e posição social; decidiu visitar os insolentes jovens alunos de Eton na noite seguinte, caracterizado com o célebre "Rupert, o Temerário Conde Sem-Cabeça".

Não aparecia com esse disfarce há mais de 70 anos; na verdade, não o usava deste que assustou tanto a adorável Lady Barbara Modish que ela desmanchou de repente o noivado com o avô do atual Lorde de Canterville, fugindo para Gretna Green com o belo Jacky Castleton, declarando que nada no mundo poderia induzi-la a entrar para uma família que permitia que um fantasma tão horrível perambulasse pelo terraço ao fim da tarde. O pobre Jacky, pouco depois, foi morto a tiros em um duelo por Lorde Canterville, em Wandswordh Common, e Lady Barbara morreu de tristeza em Tunbridge Wells antes que aquele mesmo ano terminasse, mas de qualquer maneira, atingira o seu intento. Mas essa era uma caracterização extremamente difícil, se é que posso usar essa expressão teatral em relação a um dos maiores mistérios do sobrenatural ou, para empregar um termo mais científico, do mundo hipernatural, e isso ocupou-lhe completamente três horas de preparativos. Quando por fim tudo estava pronto, ficou muito satisfeito com sua aparência. As grandes botas de couro para montaria, que faziam parte do traje, eram um tanto grandes demais e só conseguiu encontrar uma das duas pistolas, mas, de certa forma, estava totalmente satisfeito. À uma e quinze, atravessou o painel da parede e arrastou-se pelo corredor. Ao chegar ao quarto ocupado pelos gêmeos, o qual, devo mencionar, era chamado de Quarto da Cama Azul, por causa da cor das tapeçarias, encontrou a porta apenas entreaberta. Desejando fazer uma entrada de efeito, escancarou a porta, e então um pesado jarro de água caiu diretamente sobre ele, molhando-o até os ossos e por pouco não lhe acerta o ombro esquerdo. No mesmo instante ouviu risos abafados que vinham da cama de dossel. O choque sobre o seu sistema nervoso foi tão grande que correu para o seu quarto o mais rápido que pôde; no dia seguinte estava acamado com uma forte gripe. O único consolo que teve em tudo isso foi o fato de não ter levado a cabeça consigo, pois se o tivesse feito as consequências teriam sido muito piores.

Ele desistiu então de toda esperança de algum dia assustar aquela grosseira família americana e contentou-se com a obrigação de arrastar-se de chinelos pelos corredores, usando um espesso cachecol enrolado ao redor do pescoço, por temer as

he should be attacked by the twins. The final blow he received occurred on the 19th of September. He had gone downstairs to the great entrance-hall, feeling sure that there, at any rate, he would be quite unmolested, and was amusing himself by making satirical remarks on the large Saroni photographs of the United States Minister and his wife, which had now taken the place of the Canterville family pictures. He was simply but neatly clad in a long shroud, spotted with churchyard mould, had tied up his jaw with a strip of yellow linen, and carried a small lantern and a sexton's spade. In fact, he was dressed for the character of "Jonas the Graveless, or the Corpse-Snatcher of Chertsey Barn", one of his most remarkable impersonations, and one which the Cantervilles had every reason to remember, as it was the real origin of their quarrel with their neighbour, Lord Rufford. It was about a quarter past two o'clock in the morning, and, as far as he could ascertain, no one was stirring. As he was strolling towards the library, however, to see if there were any traces left of the blood-stain, suddenly there leaped out on him from a dark corner two figures, who waved their arms wildly above their heads, and shrieked out "BOO!" in his ear.

Seized with a panic, which, under the circumstances, was only natural, he rushed for the staircase, but found Washington Otis waiting for him there with the big garden-syringe; and being thus hemmed in by his enemies on every side, and driven almost to bay, he vanished into the great iron stove, which, fortunately for him, was not lit, and had to make his way home through the flues and chimneys, arriving at his own room in a terrible state of dirt, disorder, and despair.

After this he was not seen again on any nocturnal expedition. The twins lay in wait for him on several occasions, and strewed the passages with nutshells every night to the great annoyance of their parents and the servants, but it was of no avail. It was quite evident that his feelings were so wounded that he would not appear. Mr. Otis consequently resumed his great work on the history of the Democratic Party, on which he had been engaged for some years; Mrs. Otis organised a wonderful clambake, which amazed the whole county; the boys took to lacrosse, euchre, poker, and other American national games; and Virginia rode about the lanes on her pony, accompanied by the young Duke of Cheshire, who had come to spend the last week of his holidays at Canterville Chase. It was generally assumed that the ghost had gone away, and, in fact, Mr. Otis wrote a letter to that effect to Lord Canterville, who, in reply, expressed his great pleasure at the news, and sent his best congratulations to the Minister's worthy wife.

The Otises, however, were deceived, for the ghost was still in the house, and though now almost an invalid, was by no means ready to let matters rest, particularly as he heard that among the guests was the young Duke of Cheshire, whose granduncle, Lord Francis Stilton, had once bet a hundred guineas with Colonel Carbury that he would play dice with the Canterville ghost, and was found the next morning lying on the floor of the card-room in such a helpless paralytic state, that though he lived on to a great age, he was never able to say anything again but "Double Sixes". The story was well known at the time, though, of course, out of respect to the feelings of the two noble families, every attempt was made to hush it up; and a full account of all the circumstances connected with it will be found in the third volume of Lord Tattle's Recollections of the Prince Regent and his Friends. The ghost, then, was naturally very anxious to show that he had not lost his influence over the Stiltons, with whom,

correntes de ar, e com um pequeno arcabuz, para o caso de ser atacado pelos gêmeos. Recebeu o golpe final em 19 de setembro. Ele havia descido para o grande vestíbulo da entrada, seguro de que não seria molestado; divertia-se fazendo observações satíricas sobre as grandes fotografias, feitas por Saroni, do ministro dos Estados Unidos e de sua esposa, que agora ocupavam o lugar nos quadros da família Canterville. Estava simples, porém elegantemente vestido com uma longa mortalha, salpicada com lama de cemitério; tinha amarrado o queixo com uma fita de linho amarelo e carregava uma pequena lanterna e uma pá de coveiro. Na verdade, estava vestido como a personagem de "Jonas, o Insepulto, ou o Ladrão de Cadáveres de Chertsey Barn", uma das suas mais notáveis personificações, e uma das que os Canterville sempre tiveram razões para relembrar, pois foi essa a verdadeira causa da briga com o vizinho deles, Lorde Rufford. Era por volta das duas e quinze da manhã, e, até onde ele poderia garantir, ninguém se mexia. Entretanto, ao se dirigir para a biblioteca para ver se havia algum traço da mancha de sangue, subitamente duas figuras saíram de um canto e "BOO!" em seus ouvidos.

Tomado de pânico, o que sob essas circunstâncias era muito natural, correu para a escada, mas lá encontrou Washington Otis esperando por ele com uma grande mangueira de jardim; vendo-se cercado pelos inimigos, quase acuado, desapareceu dentro da grande estufa de ferro, que felizmente para ele, não estava acesa, e foi para casa através dos tubos e chaminés, chegando em seu próprio quarto em condições de terrível sujeira, desordem e desespero.

Após isso não foi visto novamente em nenhuma expedição noturna. Os gêmeos ficaram esperando por ele em diversas ocasiões, espalhando pelos corredores cascas de nozes todas as noites, para grande aborrecimento dos pais e dos criados, mas tudo em vão. Estava perfeitamente claro que seus sentimentos foram tão magoados que ele não tornaria a aparecer. Por conseguinte, Mr. Otis retomou seu grande trabalho sobre a história do Partido Democrático, em que já estava envolvido há alguns anos; Mrs. Otis organizou uma maravilhosa refeição com mexilhões que surpreendeu toda região; os garotos dedicaram-se ao hóquei canadense, à bisca, ao pôquer e a outros jogos típicos americanos; e Virgínia cavalgava pelas alamedas com o seu pônei, acompanhada pelo jovem Duque de Cheshire, que tinha vindo passar a última semana de férias em Canterville Chase. Era aceito por todos que o Fantasma partira, e Mr. Ortis escreveu uma carta nesse sentido para Lorde Canterville, que em resposta expressou grande prazer pela notícia, enviando congratulações ao ministro e sua digna esposa.

Mas os Otis estavam enganados, pois o Fantasma permanecia na casa, e, ainda que quase inválido no momento, não estava de modo algum pronto a esquecer do ocorrido, especialmente após ter ouvido que entre os hóspedes estava o jovem Duque de Cheshire, cujo tio-avô, Lorde Francis Stilton, certa vez apostou cem guinéus com o Coronel Carbury como jogaria dados com o Fantasma de Canterville; fora encontrado na manhã seguinte deitado no chão do Salão de Jogos em tal estado irremediável de paralisia que mesmo tendo vivido até idade avançada nunca mais pôde dizer qualquer coisa além de "duplo seis". A história era bem conhecida na época, apesar de, em respeito aos sentimentos das duas nobres famílias, terem feito de tudo para tentar abafá-la; um relato completo das circunstâncias relacionadas pode ser encontrado no terceiro volume das Lembranças do Príncipe Regente e seus Amigos, de Lorde Tattle. O Fantasma estava muito ansioso para demonstrar que não perdera a influência so-

indeed, he was distantly connected, his own first cousin having been married *en secondes noces* to the Sieur de Bulkeley, from whom, as every one knows, the Dukes of Cheshire are lineally descended. Accordingly, he made arrangements for appearing to Virginia's little lover in his celebrated impersonation of "The Vampire Monk, or, the Bloodless Benedictine", a performance so horrible that when old Lady Startup saw it, which she did on one fatal New Year's Eve, in the year 1764, she went off into the most piercing shrieks, which culminated in violent apoplexy, and died in three days, after disinheriting the Cantervilles, who were her nearest relations, and leaving all her money to her London apothecary. At the last moment, however, his terror of the twins prevented his leaving his room, and the little Duke slept in peace under the great feathered canopy in the Royal Bedchamber, and dreamed of Virginia.

CHAPTER V

A few days after this, Virginia and her curly-haired cavalier went out riding on Brockley meadows, where she tore her habit so badly in getting through a hedge, that, on her return home, she made up her mind to go up by the back staircase so as not to be seen. As she was running past the Tapestry Chamber, the door of which happened to be open, she fancied she saw some one inside, and thinking it was her mother's maid, who sometimes used to bring her work there, looked in to ask her to mend her habit. To her immense surprise, however, it was the Canterville Ghost himself! He was sitting by the window, watching the ruined gold of the yellowing trees fly through the air, and the red leaves dancing madly down the long avenue. His head was leaning on his hand, and his whole attitude was one of extreme depression. Indeed, so forlorn, and so much out of repair did he look, that little Virginia, whose first idea had been to run away and lock herself in her room, was filled with pity, and determined to try and comfort him. So light was her footfall, and so deep his melancholy, that he was not aware of her presence till she spoke to him.

"I am so sorry for you", she said, "but my brothers are going back to Eton to-morrow, and then, if you behave yourself, no one will annoy you."

"It is absurd asking me to behave myself", he answered, looking round in astonishment at the pretty little girl who had ventured to address him, "quite absurd. I must rattle my chains, and groan through keyholes, and walk about at night, if that is what you mean. It is my only reason for existing."

"It is no reason at all for existing, and you know you have been very wicked. Mrs. Umney told us, the first day we arrived here, that you had killed your wife."

"Well, I quite admit it", said the Ghost petulantly, "but it was a purely family matter, and concerned no one else."

"It is very wrong to kill any one", said Virginia, who at times had a sweet Puritan gravity, caught from some old New England ancestor.

"Oh, I hate the cheap severity of abstract ethics! My wife was very plain, never had my ruffs properly starched, and knew nothing about cookery. Why, there was a

bre os Stiltons, com quem, na verdade, tinha um parentesco distante, pois uma prima dele em primeiro grau se casara *en seconde noces* com Sieur de Bulkeley, de quem, todos sabiam, a Duquesa de Cheshire era descendente direta. Assim, preparou-se para fazer uma aparição ao pequeno enamorado de Virgínia na célebre personificação do "O Monge Vampiro ou o Beneditino Exangue", uma representação tão medonha que quando a idosa Lady Startup a viu na fatal véspera do Ano Novo, em 1764, explodiu em gritos agudos e penetrantes, culminando em violenta apoplexia, e morreu três dias mais tarde, depois de deserdar os Canterville, seus parentes mais próximos, deixando todo o dinheiro para seu farmacêutico londrino. No último minuto, porém, o terror que sentia pelos gêmeos o impediu de deixar o quarto e o pequeno duque dormiu em paz sob o grande dossel emplumado do Aposento Real, e sonhou com Virgínia.

CAPÍTULO V

Poucos dias após, Virgínia e o seu cavalheiro de cabelos encaracolados saíram para cavalgar nos prados de Brockley, onde ela rasgou de tal modo a vestimenta ao saltar sobre uma sebe que, retornando à casa, decidiu entrar pela escada dos fundos para não ser vista. Ao corria pela Sala das Tapeçarias, cuja porta se encontrava casualmente aberta, imaginou ter visto alguém e pensando tratar-se da criada de sua mãe, que algumas vezes costumava levar para lá o trabalho, olhou para dentro com a intenção de pedir-lhe que costurasse o traje. Para sua imensa surpresa, no entanto, tratava-se do próprio Fantasma de Canterville! Estava sentado ao lado da janela, observando o ouro envelhecido das árvores amareladas voando pelo ar e as folhas vermelhas dançando enlouquecidas pela longa avenida. A cabeça estava apoiada nas mãos e toda sua atitude era extremamente depressiva. De fato, parecia tão desamparado e em péssimo estado que a pequena Virgínia, que pensara primeiro em correr e trancar-se no quarto, encheu-se de pena e decidiu confortá-lo. Tão leve era o som dos passos e tão profunda a melancolia dele que não notou a presença dela até que ela lhe falou.

"Sinto muito pelo senhor", disse ela, "mas os meus irmãos voltarão a Eton amanhã e então, se o senhor se comportar, ninguém mais irá incomodá-lo."

"É um absurdo pedir que me comporte", respondeu, olhando ao redor, atônito, para a bela menininha que ousara falar-lhe, "um completo absurdo. Devo chacoalhar as minhas correntes, gemer nos buracos das fechaduras e caminhar por aí à noite, se é a isso que se refere. É minha única razão de existir."

"Não é uma razão para existir e sabe que tem sido muito perverso. Mrs. Umney disse-nos, no primeiro dia em que chegamos aqui que assassinou sua esposa."

"Bem, admito isso por inteiro", disse o Fantasma, petulante, "mas foi puramente uma questão familiar e não diz respeito a ninguém."

"É muito errado matar alguém", disse Virgínia, que algumas vezes assumia uma doce gravidade puritana, herdada de algum antigo ancestral da Nova Inglaterra.

"Ó, odeio a severidade barata da ética abstrata! Minha esposa era tão sem-graça, nunca mantinha meus colarinhos perfeitamente engomados e não sabia cozinhar.

buck I had shot in Hogley Woods, a magnificent pricket, and do you know how she had it sent up to table? However, it is no matter now, for it is all over, and I don't think it was very nice of her brothers to starve me to death, though I did kill her."

"Starve you to death? Oh, Mr. Ghost, I mean Sir Simon, are you hungry? I have a sandwich in my case. Would you like it?"

"No, thank you, I never eat anything now; but it is very kind of you, all the same, and you are much nicer than the rest of your horrid, rude, vulgar, dishonest family."

"Stop!", cried Virginia, stamping her foot, "it is you who are rude, and horrid, and vulgar, and as for dishonesty, you know you stole the paints out of my box to try and furbish up that ridiculous blood-stain in the library. First you took all my reds, including the vermilion, and I couldn't do any more sunsets, then you took the emerald-green and the chrome-yellow, and finally I had nothing left but indigo and Chinese white, and could only do moonlight scenes, which are always depressing to look at, and not at all easy to paint. I never told on you, though I was very much annoyed, and it was most ridiculous, the whole thing; for who ever heard of emerald-green blood?"

"Well, really", said the Ghost, rather meekly, 'what was I to do? It is a very difficult thing to get real blood nowadays, and, as your brother began it all with his Paragon Detergent, I certainly saw no reason why I should not have your paints. As for colour, that is always a matter of taste: the Cantervilles have blue blood, for instance, the very bluest in England; but I know you Americans don't care for things of this kind."

"You know nothing about it, and the best thing you can do is to emigrate and improve your mind. My father will be only too happy to give you a free passage, and though there is a heavy duty on spirits of every kind, there will be no difficulty about the Custom House, as the officers are all Democrats. Once in New York, you are sure to be a great success. I know lots of people there who would give a hundred thousand dollars to have a grandfather, and much more than that to have a family Ghost."

"I don't think I should like America."

"I suppose because we have no ruins and no curiosities", said Virginia satirically.

"No ruins! no curiosities!", answered the Ghost; "you have your navy and your manners.'

"Good evening; I will go and ask papa to get the twins an extra week's holiday."

"Please don't go, Miss Virginia", he cried; "I am so lonely and so unhappy, and I really don't know what to do. I want to go to sleep and I cannot."

"That's quite absurd! You have merely to go to bed and blow out the candle. It is very difficult sometimes to keep awake, especially at church, but there is no difficulty at all about sleeping. Why, even babies know how to do that, and they are not very clever."

"I have not slept for three hundred years", he said sadly, and Virginia's beautiful blue eyes opened in wonder; "for three hundred years I have not slept, and I am

Ora, certa vez atirei em um cervo, na floresta de Hogley, um magnífico gamo, e sabe como o serviu à mesa? Contudo não importa agora, está tudo acabado, e não creio ser gentil da parte de seus irmãos matarem-me de fome, apesar de eu tê-la assassinado."

"Matá-lo de fome? Ó, Senhor Fantasma, quero dizer, Sir Simon, está com fome? Tenho um sanduíche em minha mala. Aceita?"

"Não, obrigado, nunca como agora; mas é gentil da sua parte, ainda assim, e é muito mais bondosa que o resto da sua horrível, grosseira, vulgar e desonesta família."

"Pare!", gritou Virgínia, batendo o pé no chão, "o senhor é que é horrível, grosseiro, vulgar e, quanto a desonestidade, sabe que roubou as tintas da minha caixa na tentativa de restaurar aquela ridícula mancha de sangue na biblioteca. Primeiro levou todos os meus vermelhos, inclusive o vermelhão, e não pude mais pintar o pôr-do-sol; então pegou o verde-esmeralda e o amarelo-cromado, por fim não me restou nada além do índigo e do branco-chinês; então só pude fazer cenas enluaradas, que são sempre depressivas de se ver e nem um pouco fáceis de se pintar. Nunca o denunciei, apesar de ter ficado muito aborrecida e o mais ridículo de tudo: alguém já ouviu falar de sangue verde-esmeralda?"

"Bem, de fato", disse o Fantasma, um tanto constrangido, "o que poderia fazer? Conseguir sangue de verdade é algo extremamente difícil hoje em dia, e como foi o seu irmão quem começou isso tudo com o Detergente Modelo, não há razão por não pegar suas tintas. E quanto a cor, é tudo uma questão de gosto: os Canterville têm sangue azul, por exemplo, o mais azul de toda a Inglaterra; mas sei que vocês, americanos, não se importam com coisas do tipo."

"Não sabe nada sobre isso, e o melhor que pode fazer é emigrar e aperfeiçoar a mente. Meu pai ficará muitíssimo feliz em providenciar-lhe uma passagem gratuita, e, apesar de serem cobradas pesadas taxas sobre espíritos de qualquer espécie, não terá nenhuma dificuldade na alfândega, pois os funcionários são todos democratas. Uma vez em Nova Iorque, com certeza fará sucesso. Conheço montes de pessoas por lá que dariam cem mil dólares por um avô e muito mais por um fantasma na família."

"Não creio que goste da América."

"Suponho que seja por não termos ruínas nem curiosidades", disse Virgínia, brincando.

"Nenhuma ruína! Nenhuma curiosidade!", respondeu o fantasma; "Têm a sua marinha e os seus costumes."

"Boa noite; direi a papai para dar aos gêmeos uma semana extra de férias."

"Por favor não vá, Miss Virgínia", ele exclamou; "Estou tão solitário e infeliz e realmente não sei o que fazer. Quero dormir, mas não consigo."

"Isso é completamente absurdo! Deve simplesmente ir para a cama e apagar a vela. Algumas vezes é muito difícil manter-se acordado, especialmente na igreja, mas não há nenhuma dificuldade em dormir. Ora, até mesmo os bebês sabem como fazer isso, e eles não são muito espertos".

"Não tenho dormido há 300 anos", ele disse melancolicamente e os belos olhos azuis de Virgínia abriram-se, espantados; "por 300 anos não tenho dormido, e estou

so tired."

Virginia grew quite grave, and her little lips trembled like rose-leaves. She came towards him, and kneeling down at his side, looked up into his old withered face.

"Poor, poor Ghost", she murmured; "have you no place where you can sleep?"

"Far away beyond the pine-woods", he answered, in a low dreamy voice, "there is a little garden. There the grass grows long and deep, there are the great white stars of the hemlock flower, there the nightingale sings all night long. All night long he sings, and the cold, crystal moon looks down, and the yew-tree spreads out its giant arms over the sleepers."

Virginia's eyes grew dim with tears, and she hid her face in her hands.

"You mean the Garden of Death", she whispered.

'Yes, Death. Death must be so beautiful. To lie in the soft brown earth, with the grasses waving above one's head, and listen to silence. To have no yesterday, and no tomorrow. To forget time, to forgive life, to be at peace. You can help me. You can open for me the portals of Death's house, for Love is always with you, and Love is stronger than Death is."

Virginia trembled, a cold shudder ran through her, and for a few moments there was silence. She felt as if she was in a terrible dream.

Then the Ghost spoke again, and his voice sounded like the sighing of the wind.

"Have you ever read the old prophecy on the library window?"

'Oh, often,' cried the little girl, looking up; 'I know it quite well. It is painted in curious black letters, and it is difficult to read. There are only six lines:

> When a golden girl can win
> Prayer from out the lips of sin,
> When the barren almond bears,
> And a little child gives away its tears,
> Then shall all the house be still
> And peace come to Canterville.

But I don't know what they mean.'

"They mean", he said sadly, "that you must weep for me for my sins, because I have no tears, and pray with me for my soul, because I have no faith, and then, if you have always been sweet, and good, and gentle, the Angel of Death will have mercy on me. You will see fearful shapes in darkness, and wicked voices will whisper in your ear, but they will not harm you, for against the purity of a little child the powers of Hell cannot prevail."

Virginia made no answer, and the Ghost wrung his hands in wild despair as he looked down at her bowed golden head. Suddenly she stood up, very pale, and with a strange light in her eyes. "I am not afraid", she said firmly, 'and I will ask the Angel to have mercy on you."

tão cansado".

Virgínia ficou muito séria e os pequenos lábios tremeram como pétalas de rosas. Aproximou-se dele e, ajoelhando-se a seu lado, olhou para o rosto velho e abatido.

"Pobre, pobre Fantasma", murmurou; "não há lugar em que possa dormir?"

"Longe daqui, além da floresta de pinheiros", ele respondeu, em uma voz baixa e sonhadora, "existe um pequeno jardim. Lá, a grama cresce alta e espessa, existem as grandes estrelas brancas da flor de cicuta, lá o rouxinol canta a noite inteira. Por toda a noite ele canta, a fria lua de cristal observa, e o teixo estende os braços gigantescos sobre os adormecidos."

Os olhos de Virgínia encheram-se de lágrimas e ela escondeu o rosto nas mãos.

"O senhor fala do Jardim da Morte", ela sussurrou.

"Sim, Morte. A Morte deve ser tão linda. Deitar na terra escura e macia, com a relva ondeando acima de nós, e escutar o silêncio. Não existir ontem nem amanhã. Esquecer o tempo, esquecer a vida, estar em paz. Pode me ajudar. Pode abrir para mim os portais da Casa dos Mortos, pois o Amor está sempre com você, e o Amor é mais poderoso que a Morte."

Virgínia estremeceu, um arrepio gelado percorreu-lhe o corpo, e por alguns minutos houve apenas o silêncio. Sentiu-se com se estivesse em um sonho terrível.

Então o Fantasma falou novamente, e a voz soou como o suspiro do vento.

"Alguma vez leu a profecia escrita na janela da biblioteca?"

"Ó, com frequência", exclamou a garotinha, erguendo os olhos; "Conheço-a muito bem. Está pintada em letras estranhas, difíceis de ler. São apenas seis linhas:

> Quando uma menina dourada puder arrancar
> Preces dos lábios de um pecador
> Quando a amendoeira estéril frutificar
> E uma criança derramar seu pranto
> Então toda a casa ficará tranquila
> E a paz retornará a Canterville.

Mas não sei o que significam."

"Significam", disse ele, "que precisa chorar por mim, pelos meus pecados, porque não tenho lágrimas e rezar comigo por minha alma, porque não tenho fé, e então, se mantiver-se doce, bondosa, gentil, o Anjo da Morte terá misericórdia de mim. Verá formas temíveis na escuridão e vozes cruéis irão sussurrar em seus ouvidos, mas não lhe farão mal, pois contra a pureza de uma criança as forças do Inferno não conseguem prevalecer."

Virgínia não respondeu, e o Fantasma torceu as mãos em selvagem desespero ao olhar para a loura cabeça inclinada. Ela ergueu-se de repente, muito pálida, com uma estranha luz brilhando nos olhos. "Não tenho medo", disse, com firmeza. "Pedirei ao Anjo que tenha misericórdia do senhor."

He rose from his seat with a faint cry of joy, and taking her hand bent over it with old-fashioned grace and kissed it. His fingers were as cold as ice, and his lips burned like fire, but Virginia did not falter, as he led her across the dusky room. On the faded green tapestry were broidered little huntsmen. They blew their tasselled horns and with their tiny hands waved to her to go back. "Go back! little Virginia", they cried, "Go back!" but the Ghost clutched her hand more tightly, and she shut her eyes against them. Horrible animals with lizard tails, and goggle eyes, blinked at her from the carven chimney-piece, and murmured "Beware! little Virginia, beware! we may never see you again", but the Ghost glided on more swiftly, and Virginia did not listen. When they reached the end of the room he stopped, and muttered some words she could not understand. She opened her eyes, and saw the wall slowly fading away like a mist, and a great black cavern in front of her. A bitter cold wind swept round them, and she felt something pulling at her dress. "Quick, quick", cried the Ghost, "or it will be too late", and, in a moment, the wainscoting had closed behind them, and the Tapestry Chamber was empty.

CHAPTER VI

About ten minutes later, the bell rang for tea, and, as Virginia did not come down, Mrs. Otis sent up one of the footmen to tell her. After a little time he returned and said that he could not find Miss Virginia anywhere. As she was in the habit of going out to the garden every evening to get flowers for the dinner-table, Mrs. Otis was not at all alarmed at first, but when six o'clock struck, and Virginia did not appear, she became really agitated, and sent the boys out to look for her, while she herself and Mr. Otis searched every room in the house. At half-past six the boys came back and said that they could find no trace of their sister anywhere. They were all now in the greatest state of excitement, and did not know what to do, when Mr. Otis suddenly remembered that, some few days before, he had given a band of gypsies permission to camp in the park. He accordingly at once set off for Blackfell Hollow, where he knew they were, accompanied by his eldest son and two of the farm-servants. The little Duke of Cheshire, who was perfectly frantic with anxiety, begged hard to be allowed to go too, but Mr. Otis would not allow him, as he was afraid there might be a scuffle. On arriving at the spot, however, he found that the gypsies had gone, and it was evident that their departure had been rather sudden, as the fire was still burning, and some plates were lying on the grass. Having sent off Washington and the two men to scour the district, he ran home, and despatched telegrams to all the police inspectors in the county, telling them to look out for a little girl who had been kidnapped by tramps or gypsies. He then ordered his horse to be brought round, and, after insisting on his wife and the three boys sitting down to dinner, rode off down the Ascot Road with a groom. He had hardly, however, gone a couple of miles when he heard somebody galloping after him, and, looking round, saw the little Duke coming up on his pony, with his face very flushed and no hat. "I'm awfully sorry, Mr. Otis", gasped out the boy, 'but I can't eat any dinner as long as Virginia is lost. Please, don't be angry with me; if you had let us be engaged last year, there would never have been all this trouble. You won't send me back, will you? I can't go! I won't go!"

Ele ergueu-se do assento, soltando um fraco grito de contentamento, tomou--lhe as mãos e beijou-as, inclinando-se em uma reverência antiga. Os dedos eram frios como o gelo, os lábios como fogo, mas Virgínia não esmoreceu enquanto a conduzia pelo quarto sombrio. Nas tapeçarias desbotadas estavam bordados pequenos caçadores. Sopraram as cornetas e com mãos pequeninas acenaram para que ela voltasse. "Volte!, pequena Virgínia", gritavam, "volte!", mas o Fantasma apertou-lhe a mão ainda mais e ela fechou os olhos para eles. Animais horríveis, com cauda de lagarto e olhos arregalados piscavam para ela da chaminé entalhada, murmurando, "Cuidado!, pequena Virgínia, cuidado! Pode ser que não a vejamos nunca mais", mas o Fantasma deslizou com mais suavidade e Virgínia não os escutou. Ao chegarem no fim da sala ele parou, murmurando algumas palavras que ela não compreendeu. A menina abriu os olhos e viu a parede desaparecer lentamente como a bruma e uma grande caverna negra surgiu diante dela. Um vento cortante soprou ao redor deles e sentiu algo puxando-lhe o vestido. "Rápido, rápido", gritou o Fantasma, "ou será tarde demais", e em um instante a parede fechou-se atrás deles e a Sala das Tapeçarias ficou vazia.

CAPÍTULO VI

Dez minutos mais tarde soou o sino para o chá, e como Virginia não aparecia, Mrs. Otis mandou que um dos criados fosse chamá-la. Após algum tempo retornou dizendo não encontrar Miss Virgínia em parte alguma. Como tinha o hábito de ir ao jardim todas as tardes colher flores para a mesa do jantar, a princípio Mrs. Otis não ficou nem um pouco alarmada. Mas, quando soaram seis horas e Virgínia não apareceu, a mãe começou a ficar agitada e mandou que os garotos procurassem por ela lá fora enquanto ela própria e Mr. Otis procurariam em todas os aposentos da casa. Às seis e meia os garotos voltaram dizendo não terem encontrado nenhum sinal da irmã em parte alguma. Todos estavam em grande estado de inquietação, sem saberem o que fazer, quando Mr. Otis lembrou-se de repente de que alguns dias antes permitira que um bando de ciganos acampassem no parque. Partiu sem demora para Blackfell Holloy, onde sabia que estavam, levando consigo o filho mais velho e dois empregados da propriedade. O jovem Duque de Cheshire, que estava louco de ansiedade, implorou para que permitissem ir junto, mas Mr. Otis não concordou, pois temia que pudesse haver alguma confusão. Chegando ao lugar, entretanto, descobriu que os ciganos já partiram e era evidente que o fizeram às pressas, pois o fogo ainda queimava e os pratos foram deixados sobre a grama. Então, mandou que Washington e dois outros homens percorressem a região, correu para casa e despachou telegramas para os inspetores de polícia do condado, dizendo que procurassem por uma jovem que fora raptada por vagabundos ou por ciganos. Em seguida ordenou que atrelassem o cavalo e após insistir para que a esposa e os três garotos fossem jantar, cavalgou em direção a Ascot Road com um criado. Ainda não percorrera duas milhas quando escutou que alguém o seguia a galope; olhando para trás viu que o jovem Duque avançava no seu pônei, com o rosto vermelho e sem chapéu. "Sinto muitíssimo Mr. Otis", ofegou o garoto, "mas não posso jantar de modo algum enquanto Virgínia estiver perdida. Por favor não fique bravo comigo; se permitisse nosso noivado no último ano, nunca teríamos tido todo esse problema. Não vai me mandar de volta vai? Não posso ir! Não irei!"

The Minister could not help smiling at the handsome young scapegrace, and was a good deal touched at his devotion to Virginia, so leaning down from his horse, he patted him kindly on the shoulders, and said, "Well, Cecil, if you won't go back I suppose you must come with me, but I must get you a hat at Ascot."

"Oh, bother my hat! I want Virginia!", cried the little Duke, laughing, and they galloped on to the railway station. There Mr. Otis inquired of the station-master if any one answering the description of Virginia had been seen on the platform, but could get no news of her. The station-master, however, wired up and down the line, and assured him that a strict watch would be kept for her, and, after having bought a hat for the little Duke from a linen-draper, who was just putting up his shutters, Mr. Otis rode off to Bexley, a village about four miles away, which he was told was a well-known haunt of the gypsies, as there was a large common next to it. Here they roused up the rural policeman, but could get no information from him, and, after riding all over the common, they turned their horses' heads homewards, and reached the Chase about eleven o'clock, dead-tired and almost heart-broken. They found Washington and the twins waiting for them at the gate-house with lanterns, as the avenue was very dark. Not the slightest trace of Virginia had been discovered. The gypsies had been caught on Brockley meadows, but she was not with them, and they had explained their sudden departure by saying that they had mistaken the date of Chorton Fair, and had gone off in a hurry for fear they might be late. Indeed, they had been quite distressed at hearing of Virginia's disappearance, as they were very grateful to Mr. Otis for having allowed them to camp in his park, and four of their number had stayed behind to help in the search. The carp-pond had been dragged, and the whole Chase thoroughly gone over, but without any result. It was evident that, for that night at any rate, Virginia was lost to them; and it was in a state of the deepest depression that Mr Otis and the boys walked up to the house, the groom following behind with the two horses and the pony. In the hall they found a group of frightened servants, and lying on a sofa in the library was poor Mrs. Otis, almost out of her mind with terror and anxiety, and having her forehead bathed with *eau-de-cologne* by the old housekeeper. Mr. Otis at once insisted on her having something to eat, and ordered up supper for the whole party. It was a melancholy meal, as hardly any one spoke, and even the twins were awestruck and subdued, as they were very fond of their sister. When they had finished, Mr. Otis, in spite of the entreaties of the little Duke, ordered them all to bed, saying that nothing more could be done that night, and that he would telegraph in the morning to Scotland Yard for some detectives to be sent down immediately. Just as they were passing out of the dining-room, midnight began to boom from the clock tower, and when the last stroke sounded they heard a crash and a sudden shrill cry; a dreadful peal of thunder shook the house, a strain of unearthly music floated through the air, a panel at the top of the staircase flew back with a loud noise, and out on the landing, looking very pale and white, with a little casket in her hand, stepped Virginia. In a moment they had all rushed up to her. Mrs. Otis clasped her passionately in her arms, the Duke smothered her with violent kisses, and the twins executed a wild war-dance round the group.

"Good heavens! Child, where have you been?", said Mr. Otis, rather angrily, thinking that she had been playing some foolish trick on them. "Cecil and I have been riding all over the country looking for you, and your mother has been frightened to death. You must never play these practical jokes any more."

O ministro não pôde evitar de sorrir diante do belo e inquieto rapaz, e estava emocionado com a devoção que tinha por Virgínia, então, inclinando-se sobre o cavalo, bateu-lhe carinhosamente nos ombros, dizendo, "Bem, Cecil, se não vai voltar suponho que deva vir comigo, mas devo conseguir-lhe um chapéu em Ascot."

"Ó! Que importa o chapéu! Eu quero Virgínia!", bradou o jovem duque rindo, e galoparam para a estação de trem. Lá Mr. Otis inquiriu o chefe da estação se vira na plataforma alguém que correspondesse à descrição de Virgínia, mas não obteve notícias dela. O chefe da estação telegrafou para todos os pontos da linha, assegurando que manteria estrita vigilância quanto a isso, e, após comprar um chapéu para o jovem duque em uma loja que já estava quase fechando, Mr. Otis cavalgou para Bexley, uma vila a quatro milhas de distância onde lhe disseram haver um conhecido ponto de encontro de ciganos, pois havia um grande terreno público nas proximidades. Lá, acordaram um policial do campo, mas não conseguiram obter dele nenhuma informação e depois de percorrer todo o terreno, guiaram os cavalos para casa, chegando a Chase por volta das onze, mortos de cansaço e quase sem esperanças. Encontraram Washington e os gêmeos esperando por eles no portão da casa com lanternas, pois a alameda estava muito escura. Nem o menor sinal de Virgínia havia sido encontrado. Os ciganos tinham sido presos nos arredores de Brockley, mas a menina não estava com eles, que explicaram a partida repentina dizendo terem-se enganado quanto a data da feira de Chorton e por isso saíram apressados, com medo de se atrasar. Na verdade, ficaram muito tristes ao saber do desaparecimento de Virgínia, pois eram muito gratos a Mr. Otis por ter permitido que acampassem no parque, e quatro deles ficaram para trás, para ajudar nas buscas. O lago de carpas foi drenado e Chase foi inteiramente vasculhada, mas sem resultado. Era evidente que, pelo menos naquela noite, Virgínia estava perdida para eles; e foi em um estado de profunda depressão que Mr. Otis e os garotos voltaram para casa, com o criado seguindo-os, trazendo os dois cavalos e o pônei. Na casa, depararam-se com um grupo de empregados assustados, e, estendida em um sofá na biblioteca, estava a pobre Mrs. Otis, quase fora de si de terror e ansiedade, com a velha governanta fazendo-lhe compressas de *eau-de-cologne*. Mr. Otis insistiu para que comesse algo imediatamente, e ordenou que trouxessem a ceia para todo o grupo. Foi uma refeição melancólica, pois ninguém disse uma palavra, e mesmo os gêmeos estavam inibidos e apavorados, pois eram muito ligados à irmã. Ao terminarem, Mr. Otis, a despeito das súplicas do jovem duque, ordenou que todos fossem se deitar, dizendo que nada mais poderia ser feito naquela noite, e que na manhã seguinte iria telegrafar para a Scotland Yard, para que enviassem alguns detetives imediatamente. No momento em que deixavam a sala de jantar, soou meia-noite no relógio da torre, e quando deu a última badalada, ouviram uma pancada e um grito agudo e repentino; um horrível estrondo de trovão estremeceu a casa, uma espécie de música sobrenatural flutuou pelo ar, o painel do topo da escada desprendeu-se com grande ruído e no patamar, muito pálida e branca, estava Virgínia, trazendo um pequeno porta-joias nas mãos. Em um segundo todos correram ao seu encontro. Mrs. Otis apertou-a carinhosamente nos braços, o duque sufocou-a com violentos beijos e os gêmeos executaram a selvagem dança da guerra ao redor do grupo.

"Bom Deus! menina, onde esteve?", disse Mr. Otis, um tanto zangado, pensando que ela estivesse fazendo alguma brincadeira tola com eles. "Cecil e eu estivemos a cavalgar por todo o condado à sua procura, e a sua mãe estava completaente morta de susto. Nunca mais deve fazer esse tipo de brincadeira."

"Except on the Ghost! except on the Ghost!", shrieked the twins, as they capered about.

"My own darling, thank God you are found; you must never leave my side again", murmured Mrs. Otis, as she kissed the trembling child, and smoothed the tangled gold of her hair.

"Papa", said Virginia quietly, "I have been with the Ghost. He is dead, and you must come and see him. He had been very wicked, but he was really sorry for all that he had done, and he gave me this box of beautiful jewels before he died."

The whole family gazed at her in mute amazement, but she was quite grave and serious; and, turning round, she led them through the opening in the wainscoting down a narrow secret corridor, Washington following with a lighted candle, which he had caught up from the table. Finally, they came to a great oak door, studded with rusty nails. When Virginia touched it, it swung back on its heavy hinges, and they found themselves in a little low room, with a vaulted ceiling, and one tiny grated window. Imbedded in the wall was a huge iron ring, and chained to it was a gaunt skeleton, that was stretched out at full length on the stone floor, and seemed to be trying to grasp with its long fleshless fingers an old-fashioned trencher and ewer, that were placed just out of its reach. The jug had evidently been once filled with water, as it was covered inside with green mould. There was nothing on the trencher but a pile of dust. Virginia knelt down beside the skeleton, and, folding her little hands together, began to pray silently, while the rest of the party looked on in wonder at the terrible tragedy whose secret was now disclosed to them.

"Hallo!", suddenly exclaimed one of the twins, who had been looking out of the window to try and discover in what wing of the house the room was situated. "Hallo! the old withered almond-tree has blossomed. I can see the flowers quite plainly in the moonlight."

"God has forgiven him", said Virginia gravely, as she rose to her feet, and a beautiful light seemed to illumine her face.

"What an angel you are!", cried the young Duke, and he put his arm round her neck and kissed her.

CHAPTER VII

Four days after these curious incidents a funeral started from Canterville Chase at about eleven o'clock at night. The hearse was drawn by eight black horses, each of which carried on its head a great tuft of nodding ostrich-plumes, and the leaden coffin was covered by a rich purple pall, on which was embroidered in gold the Canterville coat-of-arms. By the side of the hearse and the coaches walked the servants with lighted torches, and the whole procession was wonderfully impressive. Lord Canterville was the chief mourner, having come up specially from Wales to attend the funeral, and sat in the first carriage along with little Virginia. Then came the United States Minister and his wife, then Washington and the three boys, and in the

"Exceto com o Fantasma! Exceto com o Fantasma!", gritaram os gêmeos enquanto saltavam ao redor.

"Minha querida, graças a Deus que a encontraram; você nunca mais deve sair do meu lado", murmurou Mrs. Otis, beijando a trêmula criança, alisando o encaracolado louro dos cabelos dela.

"Papai", disse Virgínia, calmamente, "Estava com o Fantasma. Ele está morto e o senhor deve vê-lo. Ele foi muito cruel, mas arrependeu-se de tudo o que fez e, antes de morrer, presenteou-me com esta caixa com lindas joias."

Toda a família a encarou, assustados e em silêncio, mas ela manteve-se muito séria e compenetrada; voltando-se, guiou-os pela abertura na parede, por entre um estreito corredor secreto. Washington seguia com a vela acesa, que pegara de cima da mesa. Por fim, alcançaram uma grande porta de carvalho, crivada de pregos enferrujados. Ao ser tocada por Virgínia, a porta deslizou para trás com as pesadas dobradiças, e eles se viram em um quarto baixo e pequeno, com o teto forrado e uma pequenina janela com grades. Cravado na parede havia um espesso anel de ferro e preso a ele por correntes, um esqueleto aterrador estava estirado no chão de pedra, parecendo tentar agarrar com os longos dedos descarnados uma travessa e uma ânfora muito antigas, colocadas fora de seu alcance. Era evidente que o jarro esteve cheio de água, pois o interior estava coberto de musgo esverdeado. Não havia nada na travessa além de um monte de pó. Virgínia ajoelhou-se ao lado do esqueleto e, pondo-lhe as mãos juntas, começou a rezar silenciosamente, enquanto o resto do grupo olhava admirado para a terrível tragédia cujo segredo era agora revelado.

"Olhem!", gritou um dos gêmeos de repente, que estava olhando pela janela a fim de descobrir em que ala da casa o quarto estava situado. "Olhem! A velha amendoeira seca está florindo. Posso ver as flores perfeitamente à luz da lua."

"Deus o perdoou", disse Virgínia, gravemente, enquanto ela se levantava, e uma bela luz pareceu iluminar-lhe o rosto.

"Mas como você é um anjo!", exclamou o jovem Duque, passando o braço ao redor do pescoço e beijando-a.

CAPÍTULO VII

Quatro dias após esses curiosos incidentes, um funeral saiu de Canterville Chase por volta das onze horas da noite. O carro fúnebre era puxado por oito cavalos negros, cada um trazendo na cabeça um grande tufo de plumas de avestruz, o ataúde de chumbo estava coberto por um rico manto púrpura, bordado em ouro com o brasão dos Canterville. Ao lado do carro fúnebre a das carruagens caminhavam os criados com grandes tochas acesas. Era uma procissão assombrosa e impressionante. Lorde Canterville liderava o cortejo, vindo de Gales especialmente para o funeral, sentado na primeira carruagem, ao lado da pequena Virgínia. Atrás vinham o ministro dos Estados Unidos e a sua esposa, seguidos por Washington e os três meninos; na última carruagem vinha Mrs. Umnei: todos acharam que por ela ter sido assombrada

last carriage was Mrs. Umney. It was generally felt that, as she had been frightened by the ghost for more than fifty years of her life, she had a right to see the last of him. A deep grave had been dug in the corner of the churchyard, just under the old yew-tree, and the service was read in the most impressive manner by the Rev. Augustus Dampier. When the ceremony was over, the servants, according to an old custom observed in the Canterville family, extinguished their torches, and, as the coffin was being lowered into the grave, Virginia stepped forward and laid on it a large cross made of white and pink almond-blossoms. As she did so, the moon came out from behind a cloud, and flooded with its silent silver the little churchyard, and from a distant copse a nightingale began to sing. She thought of the ghost's description of the Garden of Death, her eyes became dim with tears, and she hardly spoke a word during the drive home.

The next morning, before Lord Canterville went up to town, Mr. Otis had an interview with him on the subject of the jewels the ghost had given to Virginia. They were perfectly magnificent, especially a certain ruby necklace with old Venetian setting, which was really a superb specimen of sixteenth-century work, and their value was so great that Mr. Otis felt considerable scruples about allowing his daughter to accept them.

"My lord", he said, "I know that in this country mortmain is held to apply to trinkets as well as to land, and it is quite clear to me that these jewels are, or should be, heirlooms in your family. I must beg you, accordingly, to take them to London with you, and to regard them simply as a portion of your property which has been restored to you under certain strange conditions. As for my daughter, she is merely a child, and has as yet, I am glad to say, but little interest in such appurtenances of idle luxury. I am also informed by Mrs. Otis, who, I may say, is no mean authority upon Art - having had the privilege of spending several winters in Boston when she was a girl - that these gems are of great monetary worth, and if offered for sale would fetch a tall price. Under these circumstances, Lord Canterville, I feel sure that you will recognise how impossible it would be for me to allow them to remain in the possession of any member of my family; and, indeed, all such vain gauds and toys, however suitable or necessary to the dignity of the British aristocracy, would be completely out of place among those who have been brought up on the severe, and I believe immortal, principles of republican simplicity. Perhaps I should mention that Virginia is very anxious that you should allow her to retain the box as a memento of your unfortunate but misguided ancestor. As it is extremely old, and consequently a good deal out of repair, you may perhaps think fit to comply with her request. For my own part, I confess I am a good deal surprised to find a child of mine expressing sympathy with mediaevalism in any form, and can only account for it by the fact that Virginia was born in one of your London suburbs shortly after Mrs. Otis had returned from a trip to Athens."

Lord Canterville listened very gravely to the worthy Minister's speech, pulling his grey moustache now and then to hide an involuntary smile, and when Mr. Otis had ended, he shook him cordially by the hand, and said, "My dear sir, your charming little daughter rendered my unlucky ancestor, Sir Simon, a very important service, and I and my family are much indebted to her for her marvellous courage and pluck. The jewels are clearly hers, and, egad, I believe that if I were heartless enough to take them from her, the wicked old fellow would be out of his grave in a fortnight,

pelo Fantasma por mais de cinquenta anos de sua vida, tinha o direito de assistir ao enterro. Uma cova profunda tinha sido cavada em um canto do cemitério, sob o velho teixo, e o serviço religioso foi lido da maneira mais impressionante pelo Reverendo Augustus Dampier. Quando a cerimônia terminou, os criados, seguindo um antigo costume observado na família dos Canterville, apagaram as tochas e, no instante que o ataúde descia à sepultura, Virgínia adiantou-se e depositou sobre ele uma grande cruz branca e rosa feita com os ramos da amendoeira em flor; ao fazê-lo, a lua saiu de trás de uma nuvem, inundando com silenciosos raios de prata o pequeno cemitério e em um bosque distante um Rouxinol começou a cantar. A menina lembrou-se da descrição que o Fantasma tinha feito do Jardim da Morte; seus olhos encheram-se de lágrimas e ela não disse uma palavra durante o caminho para casa.

Na manhã seguinte, antes de Lorde Canterville voltar para cidade, Mr. Otis teve um encontro com ele para discutir a respeito das joias que o Fantasma dera a Virgínia. Elas eram absolutamente magníficas, em especial um certo colar de rubi de antiga fabricação veneziana, realmente um exemplar soberbo do trabalho de joalheria do século XVI, e seu valor era tão alto que Mr. Otis sentiu consideráveis escrúpulos em permitir que a filha o aceitasse.

"Milorde", ele disse "sei que neste país a alienação de bens de um morto aplica-
-se tanto à terra quanto às joias, e é completamente claro para mim que estas joias são ou deveriam ser herança de sua família. Devo pedir-lhe, portanto, para levá-las a Londres com o senhor e considerá-las simplesmente como parte de sua propriedade, que lhe está sendo restaurada em condições um tanto estranhas. Quanto à minha filha, ela é apenas uma criança e ainda não tem, fico feliz em dizer, pouco interesse pela futilidade do luxo. Também fui informado por Mrs. Otis, sobre quem devo dizer, é uma autoridade em arte, tendo tido o privilégio de passar muitos anos em Boston quanto era jovem, que essas gemas possuem grande valor monetário e que, se postas à venda, podem alcançar um alto preço. Sob estas circunstâncias, Lorde Canterville, tenho certeza que reconhecerá o quão impossível seria para mim permitir que perma-
necessem em posse de qualquer um dos membros de minha família; e de fato todos esses brinquedos e adornos frívolos, apesar de convenientes e necessários à dignidade da aristocracia britânica, não encontram lugar entre aqueles que foram educados nos severos, e acredito que imortais, princípios da simplicidade republicana. Devo mencionar que Virgínia está muito ansiosa para que o senhor permita que ela conserve a caixa como lembrança do desafortunado e mal-orientado ancestral do senhor. Como está extremamente velha, e por isso bastante desgastada, talvez o senhor julgue con-
veniente atender-lhe o pedido. De minha parte confesso estar muito surpreso por descobrir que um de meus filhos expressa simpatia por qualquer forma de medieva-
lismo e só posso atribuir a isso ao fato de Virgínia ter nascido em um dos subúrbios de Londres logo depois de Mrs. Otis ter retornado de uma viagem a Atenas."

Lorde Canterville escutou compenetrado o discurso do digno ministro, puxan-
do de vez em quando o bigode cinza para esconder um sorriso involuntário, e quando Mr. Otis terminou o discurso, apertou-lhe a mão cordialmente, dizendo, "Meu caro senhor, a sua adorável pequena filha prestou ao meu infeliz ancestral, Sir Simon, um serviço muito importante, e eu e minha família estamos em grande débito para com ela, pela sua maravilhosa coragem e determinação. As joias pertencem a ela, isso é claro, e acredito que se eu fosse egoísta a ponto de tomá-las, meu perverso antepassa-

leading me the devil of a life. As for their being heirlooms, nothing is an heirloom that is not so mentioned in a will or legal document, and the existence of these jewels has been quite unknown. I assure you I have no more claim on them than your butler, and when Miss Virginia grows up I daresay she will be pleased to have pretty things to wear. Besides, you forget, Mr. Otis, that you took the furniture and the ghost at a valuation, and anything that belonged to the ghost passed at once into your possession, as, whatever activity Sir Simon may have shown in the corridor at night, in point of law he was really dead, and you acquired his property by purchase."

Mr. Otis was a good deal distressed at Lord Canterville's refusal, and begged him to reconsider his decision, but the good-natured peer was quite firm, and finally induced the Minister to allow his daughter to retain the present the ghost had given her, and when, in the spring of 1890, the young Duchess of Cheshire was presented at the Queen's first drawing-room on the occasion of her marriage, her jewels were the universal theme of admiration. For Virginia received the coronet, which is the reward of all good little American girls, and was married to her boy-lover as soon as he came of age. They were both so charming, and they loved each other so much, that every one was delighted at the match, except the old Marchioness of Dumbleton, who had tried to catch the Duke for one of her seven unmarried daughters, and had given no less than three expensive dinner-parties for that purpose, and, strange to say, Mr. Otis himself. Mr. Otis was extremely fond of the young Duke personally, but, theoretically, he objected to titles, and, to use his own words, "was not without apprehension lest, amid the enervating influences of a pleasure-loving aristocracy, the true principles of republican simplicity should be forgotten." His objections, however, were completely overruled, and I believe that when he walked up the aisle of St. George's, Hanover Square, with his daughter leaning on his arm, there was not a prouder man in the whole length and breadth of England.

The Duke and Duchess, after the honeymoon was over, went down to Canterville Chase, and on the day after their arrival they walked over in the afternoon to the lonely churchyard by the pine-woods. There had been a great deal of difficulty at first about the inscription on Sir Simon's tombstone, but finally it had been decided to engrave on it simply the initials of the old gentleman's name, and the verse from the library window. The Duchess had brought with her some lovely roses, which she strewed upon the grave, and after they had stood by it for some time they strolled into the ruined chancel of the old abbey. There the Duchess sat down on a fallen pillar, while her husband lay at her feet smoking a cigarette and looking up at her beautiful eyes. Suddenly he threw his cigarette away, took hold of her hand, and said to her, "Virginia, a wife should have no secrets from her husband."

"Dear Cecil! I have no secrets from you."

"Yes, you have,' he answered, smiling, "you have never told me what happened to you when you were locked up with the ghost."

"I have never told any one, Cecil", said Virginia gravely.

"I know that, but you might tell me."

"Please don't ask me, Cecil, I cannot tell you. Poor Sir Simon! I owe him a great deal. Yes, don't laugh, Cecil, I really do. He made me see what Life is, and what Death

do sairia do túmulo em duas semanas, fazendo da minha vida um inferno. E quanto a serem minha herança, nada é herança se não estiver mencionado em um testamento ou documento legal; a existência dessas joias era completamente desconhecida. Asseguro que não tenho mais direito sobre elas do que o seu mordomo, e quando a senhorita Virgínia crescer, ouso dizer que ficará satisfeita em ter coisas tão lindas para usar. Além do mais o senhor se esquece, Mr. Otis, que adquiriu a mobília e o Fantasma por um preço, e tudo o que pertencia ao Fantasma passa imediatamente para sua posse, e apesar das atividades que Sir Simon desenvolveu durante noite pelos corredores, perante a lei ele estava morto, e o senhor adquiriu a propriedade pela compra".

Mr. Otis ficou bastante aborrecido com a recusa de Lorde Canterville e pediu-lhe que reconsiderasse a decisão, mas o bondoso fidalgo manteve-se inabalável e por fim induziu o ministro a permitir que a filha retivesse o presente dado pelo Fantasma, e quando, na primavera de 1890, a jovem Duquesa de Cheshire foi apresentada à Rainha por ocasião do seu casamento, as joias foram motivo de admiração generalizada. Virgínia recebeu a coroa ducal, dada a todas as garotinhas americanas bem-comportadas, e casou-se com o seu jovem enamorado assim que ele atingiu a maioridade. Os dois eram tão encantadores e se amavam tanto que todo mundo ficou contente com o casamento, exceto a velha Marquesa de Dumbleton, que tentou capturar o Duque para uma das suas sete filhas solteiras oferecendo nada menos que três dispendiosos jantares para esse propósito, e, é estranho dizer, também para o próprio Mr. Otis. Pessoalmente, Mr. Otis nutria extrema afeição pelo jovem Duque, mas teoricamente era avesso a títulos, e em suas próprias palavras "estava apreensivo pois, entre as enervantes influências de uma aristocracia amante do prazer, os verdadeiros princípios republicanos de simplicidade podem se esquecidos". As suas objeções foram completamente refutadas, e acredito que quando ele caminhou pela nave da Igreja de St. George, em Hanover Square, de braços dados com a sua filha, não havia em toda a Inglaterra um homem mais orgulhoso.

O Duque e a Duquesa, terminada a lua de mel, voltaram a Canterville Chaise; um dia após terem chegado, caminhavam no entardecer pelo solitário cemitério ao lado da floresta de pinheiros. No início houve grande discussão a respeito da inscrição do túmulo de Sir Simon, mas por fim ficou decidido gravar na lápide simplesmente as iniciais do velho cavalheiro, e os versos da janela da biblioteca. A Duquesa trouxera consigo algumas lindas rosas, que espalhou sobre o túmulo, e depois de ter permanecido ali por algum tempo, passearam pelas ruínas de uma antiga abadia. Lá a Duquesa sentou-se num pilar caído enquanto o marido deitava-se aos seus pés fumando um cigarro e e fitava-lhe os belos olhos. Súbito ele atirou longe o cigarro, tomou-lhe as mãos, e disse, "Virgínia, uma esposa não teve ter segredos para o seu marido."

"Querido Cecil! Não tenho segredos para você."

"Sim, tem", ele respondeu, sorrindo, "nunca me disse o que lhe aconteceu quando esteve trancada com o fantasma."

"Nunca disse a ninguém Cecil", disse Virginia gravemente.

"Sei disso, mas deve me dizer."

"Por favor, não peça isso, Cecil, não posso contar. Pobre Sir Simon. Devo-lhe muito. Não ria, Cecil, realmente devo. Fez-me ver o que é a Vida e o que a Morte sig-

signifies, and why Love is stronger than both."

The Duke rose and kissed his wife lovingly.

"You can have your secret as long as I have your heart", he murmured.

"You have always had that, Cecil."

"And you will tell our children some day, won't you?"

Virginia blushed.

THE END

nifica, e por que o Amor é mais forte que ambos."

O Duque levantou-se e beijou a esposa carinhosamente.

"Pode manter seu segredo enquanto for meu o seu coração", ele murmurou.

"Ele sempre foi seu, Cecil."

"E você contará aos nossos filhos algum dia. Não é?"

Virgínia corou.

FIM

THE MODEL MILLIONAIRE

Unless one is wealthy there is no use in being a charming fellow. Romance is the privilege of the rich, not the profession of the unemployed. The poor should be practical and prosaic. It is better to have a permanent income than to be fascinating. These are the great truths of modern life which Hughie Erskine never realised. Poor Hughie! Intellectually, we must admit, he was not of much importance. He never said a brilliant or even an ill-natured thing in his life. But then he was wonderfully good-looking, with his crisp brown hair, his clear-cut profile, and his grey eyes. He was as popular with men as he was with women and he had every accomplishment except that of making money. His father had bequeathed him his cavalry sword and a History of the Peninsular War in fifteen volumes. Hughie hung the first over his looking-glass, put the second on a shelf between Ruff's Guide and Bailey's Magazine, and lived on two hundred a year that an old aunt allowed him. He had tried everything. He had gone on the Stock Exchange for six months; but what was a butterfly to do among bulls and bears? He had been a tea-merchant for a little longer, but had soon tired of pekoe and souchong*. Then he had tried selling dry sherry. That did not answer; the sherry was a little too dry. Ultimately he became nothing, a delightful, ineffectual young man with a perfect profile and no profession.

To make matters worse, he was in love. The girl he loved was Laura Merton, the daughter of a retired Colonel who had lost his temper and his digestion in India, and had never found either of them again. Laura adored him, and he was ready to kiss her shoe-strings. They were the handsomest couple in London, and had not a penny-piece between them. The Colonel was very fond of Hughie, but would not hear of any engagement.

"Come to me, my boy, when you have got ten thousand pounds of your own, and we will see about it", he used to say; and Hughie looked very glum in those days, and had to go to Laura for consolation.

One morning, as he was on his way to Holland Park, where the Mertons lived, he dropped in to see a great friend of his, Alan Trevor. Trevor was a painter. Indeed, few people escape that nowadays. But he was also an artist, and artists are rather rare. Personally he was a strange rough fellow, with a freckled face and a red ragged beard. However, when he took up the brush he was a real master, and his pictures were eagerly sought after. He had been very much attracted by Hughie at first, it must be acknowledged, entirely on account of his personal charm. "The only people a painter should know", he used to say, "are people who are *bête*** and beautiful, people who are an artistic pleasure to look at and an intellectual repose to talk to. Men who are dan-

---

* Varieties of black tea.
** A play with words with the French tale, "The Beauty and the Beast" (La Belle et la Bête); in this case, Wilde uses the term *bête* to name the fools.

O MODELO MILIONÁRIO

A menos que seja rico, não há utilidade em ser encantador. Romance é privilégio dos ricos, não a profissão dos desempregados. Pobres devem ser práticos e prosaicos. É preferível ter uma renda permanente a ser fascinante. São essas as grandes verdades da vida moderna que Hughie Erskine nunca compreendeu. Pobre Hughie! Intelectualmente, devemos admitir, não tinha muita importância. Nunca disse algo brilhante ou mesmo mordaz em toda a sua vida. Mas era magnificamente belo, com cabelos castanhos encaracolados, pele alva e olhos acinzentados. Era tão popular entre os homens quanto entre as mulheres, e tinha todos os talentos, menos o de conseguir dinheiro. O pai havia-lhe legado a espada de cavalaria e a História da Guerra da Península, em quinze volumes. A primeira, Hughie pendurou sobre o espelho, a segunda, acomodou em uma estante, entre o Guia Ruff e a Bailey's Magazine, vivendo com duzentas libras por ano, que uma velha tia lhe dava. Tinha tentado de tudo. Por seis meses estivera na Bolsa de Valores, mas o que tinha uma borboleta a fazer entre touros e ursos? Por algum tempo, comercializou chá, mas logo se cansou de pekoe e souchong*. Em seguida tentou vender xerez seco. Não obteve sucesso: o xerez era um pouco seco demais. Por fim transformou-se em nada: um jovem maravilhoso e inútil, com um perfil perfeito e nenhuma profissão.

Para piorar as coisas, estava apaixonado. A moça a quem amava chamava-se Laura Merton, filha de um coronel aposentado, que na Índia tinha perdido a paciência e a boa digestão, e nunca mais as encontrou novamente. Laura adorava o rapaz, e ele estava sempre pronto para beijar-lhe os cordões dos sapatos. Formavam o casal mais belo de Londres e entre os dois não havia sequer um tostão. O Coronel gostava muito de Hughie, mas não queria ouvir falar sobre noivado.

"Venha até mim, meu jovem, quando tiver conseguido dez mil libras por si mesmo, e falaremos a respeito"; nessas ocasiões, Hughie ficava muito deprimido e ia consolar-se Laura.

Certa manhã estava a caminho de Holland Park, onde moravam os Merton, quando decidiu casualmente visitar um grande amigo, Alan Trevor. Trevor era pintor. Na verdade, poucas pessoas escapam de sê-lo, hoje em dia. Mas era também um artista e artistas são bastante raros. Pessoalmente, era um amigo estranho e grosseiro, de rosto sardento e barba vermelha e desalinhada. Contudo, quando utilizava o pincel, era um verdadeiro mestre e as suas pinturas eram muito requisitadas. No começo sentira-se muito atraído por Hughie, deve-se admitir, devido apenas ao encanto pessoal que possuía. "As únicas pessoas que um pintor deve conhecer", costumava dizer, "são as *bêtes*** e as belas, cuja contemplação constitui um prazer artístico e a conversa-

---

* Variedades de chá preto .

** Um jogo de palavras com o conto francês, "A Bela e a Fera" (La Belle et la Bête); nesse caso, Wilde vale-se do termo *bête* para denominar os tolos.

dies and women who are darlings rule the world, at least they should do so". However, after he got to know Hughie better, he liked him quite as much for his bright, buoyant spirits and his generous, reckless nature, and had given him the permanent entrée to his studio.

When Hughie came in he found Trevor putting the finishing touches to a wonderful life-size picture of a beggar-man. The beggar himself was standing on a raised platform in a corner of the studio. He was a wizened old man, with a face like wrinkled parchment, and a most piteous expression. Over his shoulders was flung a coarse brown cloak, all tears and tatters; his thick boots were patched and cobbled, and with one hand he leant on a rough stick, while with the other he held out his battered hat for alms.

"What an amazing model!", whispered Hughie, as he shook hands with his friend.

"An amazing model?", shouted Trevor at the top of his voice; "I should think so! Such beggars as he are not to be met with every day. A *trouvaille, mon cher*[*]; a living Velasquez! My stars! what an etching Rembrandt would have made of him!"

"Poor old chap!", said Hughie, "how miserable he looks! But I suppose, to you painters, his face is his fortune?"

"Certainly", replied Trevor, "you don't want a beggar to look happy, do you?"

"How much does a model get for sitting?", asked Hughie, as he found himself a comfortable seat on a divan.

"A shilling an hour."

"And how much do you get for your picture, Alan?"

"Oh, for this I get two thousand!"

"Pounds?"

"Guineas. Painters, poets, and physicians always get guineas."

"Well, I think the model should have a percentage", cried Hughie, laughing; 'they work quite as hard as you do."

"Nonsense, nonsense! Why, look at the trouble of laying on the paint alone, and standing all day long at one's easel! It's all very well, Hughie, for you to talk, but I assure you that there are moments when Art almost attains to the dignity of manual labour. But you mustn't chatter; I'm very busy. Smoke a cigarette, and keep quiet."

After some time the servant came in, and told Trevor that the framemaker wanted to speak to him.

"Don't run away, Hughie", he said, as he went out, "I will be back in a moment."

The old beggar-man took advantage of Trevor's absence to rest for a moment on a wooden bench that was behind him. He looked so forlorn and wretched that Hughie could not help pitying him, and felt in his pockets to see what money he had. All he could find was a sovereign and some coppers. "Poor old fellow", he thought to

---

[*]   In French: "a find, my dear!"

ção, um repouso para o intelecto. Homens dandies e mulheres darlings governam o mundo, ou pelo menos deveriam fazê-lo". Entretanto, depois de conhecer Hughie melhor, passou a gostar dele também pelo espírito vivaz e pelo bom humor, pela natureza imprudente e generosa, e deu-lhe passe livre para entrar no estúdio quando quisesse.

Ao chegar, Hughie encontrou Trevor dando os toques finais em uma maravilhosa pintura em tamanho natural de um mendigo. O próprio mendigo estava em pé em uma plataforma no canto do estúdio. Era um velho enrugado, a face parecendo um pergaminho cheio de pregas e com uma expressão bastante cansada. Sobre os ombros pendurava-se um grosseiro manto castanho, puído e esfarrapado; as grossas botinas eram manchadas e remendadas e, em uma das mãos, segurava um cajado tosco; na outra, trazia um chapéu estragado, para as esmolas.

"Que modelo surpreendente!", sussurrou Hughie ao apertar as mãos do amigo.

"Modelo surpreendente?", gritou Trevor o mais alto que podia; "Tenho certeza que sim! Mendigos como ele não são encontrados todos os dias. Um *trouvaille, mon cher**; um Velásquez vivo! Pelas estrelas! Que água-forte Rembrandt não teria feito com tal modelo!"

"Pobre rosto de pele rachada e envelhecida!", disse Hughie, "quão desgraçado ele parece! Mas suponho que, para vocês, pintores, essa face é uma grande sorte?"

"Certamente", replicou Trevor, "não espera que um mendigo pareça feliz, não?"

"Quanto recebe um modelo para posar?", perguntou Hughie, sentado confortavelmente em um divã.

"Um xelim por hora."

"E quanto consegue pela pintura, Alan?"

"Ó, por isso recebo uns dois mil!"

"Libras?"

"Guinéus. Pintores, poetas e médicos sempre recebem em guinéus."

"Bem, penso que o modelo deveria levar uma porcentagem", exclamou Hughie, rindo: "trabalham tão duro quanto você."

"Bobagem, bobagem! Ora, repare na dificuldade de fazer a pintura e de passar o dia inteiro diante de um cavalete! Para você é muito fácil falar, Hughie, mas lhe asseguro que há momentos em que a arte quase atinge a dignidade do trabalho manual. Mas não deve ficar aí tagarelando, estou ocupado. Fume um cigarro e fique quieto."

Depois de algum tempo entrou o criado, informando a Trevor que o fabricante de molduras queria falar-lhe.

"Não fuja, Hughie", disse ele ao sair, "voltarei em um instante."

O velho mendigo aproveitou a ausência de Trevor para descansar por um instante em um banco de madeira atrás dele. Parecia tão desamparado e infeliz que Hughie não pôde evitar sentir pena e tateou os bolsos para ver quanto dinheiro tinha. Tudo o que encontrou foram um soberano e alguns cobres. "Pobre velho!", pensou

---

* Em francês: "um achado, meu caro!"

himself, "he wants it more than I do, but it means no hansoms for a fortnight"; and he walked across the studio and slipped the sovereign into the beggar's hand.

The old man started, and a faint smile flitted across his withered lips. "Thank you, sir", he said, "thank you."

Then Trevor arrived, and Hughie took his leave, blushing a little at what he had done. He spent the day with Laura, got a charming scolding for his extravagance, and had to walk home.

That night he strolled into the Palette Club about eleven o'clock, and found Trevor sitting by himself in the smoking-room drinking hock and seltzer.

"Well, Alan, did you get the picture finished all right?", he said, as he lit his cigarette.

"Finished and framed, my boy!", answered Trevor; "and, by the bye, you have made a conquest. That old model you saw is quite devoted to you. I had to tell him all about you: who you are, where you live, what your income is, what prospects you have..."

"My dear Alan", cried Hughie, "I shall probably find him waiting for me when I go home. But of course you are only joking. Poor old wretch! I wish I could do something for him. I think it is dreadful that any one should be so miserable. I have got heaps of old clothes at home, do you think he would care for any of them? Why, his rags were falling to bits."

"But he looks splendid in them", said Trevor. "I wouldn't paint him in a frock coat for anything. What you call rags I call romance. What seems poverty to you is picturesqueness to me. However, I'll tell him of your offer."

"Alan", said Hughie seriously, "you painters are a heartless lot."

"An artist's heart is his head", replied Trevor; "and besides, our business is to realise the world as we see it, not to reform it as we know it. *À chacun son métier**. And now tell me how Laura is. The old model was quite interested in her."

"You don't mean to say you talked to him about her?", said Hughie.

"Certainly I did. He knows all about the relentless colonel, the lovely Laura, and the £10,000."

"You told that old beggar all my private affairs?", cried Hughie, looking very red and angry.

"My dear boy", said Trevor, smiling, "that old beggar, as you call him, is one of the richest men in Europe. He could buy all London tomorrow without overdrawing his account. He has a house in every capital, dines off gold plate, and can prevent Russia going to war when he chooses."

"What on earth do you mean?", exclaimed Hughie.

"What I say", said Trevor. "The old man you saw today in the studio was Baron Hausberg. He is a great friend of mine, buys all my pictures and that sort of thing, and

---

*   In French: To each one his office.

consigo mesmo, "ele precisa disto mais do que eu, mas terei que passar duas semanas andando a pé". Cruzou o estúdio e deslizou o soberano nas mãos do mendigo.

O velho estremeceu, e um sorriso tênue passou rapidamente pelos lábios ressecados. "Obrigado, meu senhor", disse, "Obrigado."

Logo depois Trevor retornou e Hughie despediu-se, um pouco corado pelo que tinha feito. Passou o dia com Laura, recebeu uma encantadora represão por sua extravagância e voltou a pé para casa.

Naquela noite, foi passear no Pallete Club por volta das onze horas e encontrou Trevor sentado sozinho na sala de fumantes, tomando vinho do Reno com soda.

"Então, Alan, conseguiu terminar o quadro afinal", disse ele, acendendo um cigarro.

"Terminado e emoldurado, meu rapaz!", respondeu Trevor, "e, a propósito, você fez uma conquista. O velho modelo que viu encontra-se completamente devotado a você. Tive que contar a ele tudo ao seu respeito: quem você é, onde mora, quanto é a sua renda, quais as suas perspectivas..."

"Meu caro Alan", bradou Hughie, "provavelmente o encontrarei esperando por mim quando voltar para casa. Mas é claro que está apenas brincando. Pobre velho infeliz! Espero poder fazer algo por ele. Penso ser horrível que alguém seja assim, tão miserável. Tenho montes de roupas velhas em casa, acha que ele se interessaria por elas? As dele estavam caindo aos pedaços."

"Mas ele fica esplêndido nelas", disse Trevor. "Não o pintaria de sobrecasaca por nada neste mundo. O que chama de andrajos, chamo de romance. O que parece pobreza para você, para mim é pitoresco. Entretanto, direi a ele sobre a sua oferta."

"Alan", disse, com seriedade, "vocês pintores não têm coração."

"O coração do artista é a mente", replicou Trevor, "e além do mais, nosso trabalho é perceber o mundo como é, não reformá-lo com o que conhecemos. *A chacun son métier*[*]. E agora fale-me de Laura. O velho modelo está bem interessado nela."

"Não está me dizendo que falou a respeito dela?", disse Hughie.

"Claro que sim. Ele sabe tudo a respeito do implacável coronel, da adorável Laura e das dez mil libras."

"Contou ao velho mendigo tudo a respeito dos meus negócios particulares?", bradou Hughie, vermelho de raiva.

"Meu caro rapaz", disse Trevor, sorrindo, "aquele velho mendigo, como o chama, é um dos homens mais ricos da Europa. Ele poderia comprar Londres inteira amanhã sem esgotar o próprio saldo. Tem uma casa em cada capital, janta em pratos de ouro e pode impedir a Rússia de entrar em guerra quando quiser."

"O que quer dizer?", exclamou Hughie.

"Apenas o que disse", respondeu Trevor. "O velho que viu hoje no estúdio é o Barão de Hausberg. É um grande amigo meu, compra todos os meus quadros e esse

---

[*]   Em francês: A cada um o seu ofício.

gave me a commission a month ago to paint him as a beggar. *Que voulez-vous? La fantaisie d'un millionnaire!* *And I must say he made a magnificent figure in his rags, or perhaps I should say in my rags; they are an old suit I got in Spain."

"Baron Hausberg!", cried Hughie. "Good heavens! I gave him a sovereign!", and he sank into an armchair the picture of dismay.

"Gave him a sovereign!", shouted Trevor, and he burst into a roar of laughter. "My dear boy, you'll never see it again. *Son affaire c'est l'argent des autres*** ."

"I think you might have told me, Alan", said Hughie sulkily, "and not have let me make such a fool of myself."

"Well, to begin with, Hughie", said Trevor, "it never entered my mind that you went about distributing alms in that reckless way. I can understand your kissing a pretty model, but your giving a sovereign to an ugly one... by Jove, no! Besides, the fact is that I really was not at home today to any one; and when you came in I didn't know whether Hausberg would like his name mentioned. You know he wasn't in full dress."

"What a duffer he must think me!", said Hughie.

"Not at all. He was in the highest spirits after you left; kept chuckling to himself and rubbing his old wrinkled hands together. I couldn't make out why he was so interested to know all about you; but I see it all now. He'll invest your sovereign for you, Hughie, pay you the interest every six months, and have a capital story to tell after dinner."

"I am an unlucky devil", growled Hughie. "The best thing I can do is to go to bed; and, my dear Alan, you mustn't tell any one. I shouldn't dare show my face in the Row."

"Nonsense! It reflects the highest credit on your philanthropic spirit, Hughie. And don't run away. Have another cigarette, and you can talk about Laura as much as you like."

However, Hughie wouldn't stop, but walked home, feeling very unhappy, and leaving Alan Trevor in fits of laughter.

The next morning, as he was at breakfast, the servant brought him up a card on which was written,

Monsieur Gustave Naudin, de la part de M. le Baron Hausberg.***

"I suppose he has come for an apology", said Hughie to himself; and he told the servant to show the visitor up.

An old gentleman with gold spectacles and grey hair came into the room, and said, in a slight French accent, "Have I the honour of addressing *Monsieur* Erskine?'

Hughie bowed.

"I have come from Baron Hausberg", he continued. "The Baron..."

---

*   In French: What do you want? The fancy of a millionaire!
**   In French: His business is the money of others
*** In French: Mr. Gustave Naudin, on behalf of the Baron Hausberg.

tipo de coisa, e deu-me uma comissão há um mês para pintá-lo como mendigo. *Que voulez-vous? La fantasie dun millionnaire!** E devo dizer que ficou magnífico em seus andrajos, ou melhor, nos meus andrajos; é um traje velho que consegui na Espanha."

"Barão Hausberg!", bradou Hughie. "Deus do céu! Dei a ele um soberano!", e afundou na poltrona: era o retrato da desolação.

"Deu-lhe um soberano", gritou Trevor, explodindo numa gargalhada ruidosa. "Meu caro, jamais terá o seu dinheiro de volta. *Son affaire c'est l'argent des autres***."

"Penso que deveria ter-me dito, Alan", disse Hughie, aborrecido, "e não ter me deixado fazer papel de tolo."

"Bem, para começar, Hughie", disse Trevor, "nunca imaginei que fosse sair por aí distribuindo esmolas desse jeito afoito. Posso entender que beije uma bela modelo, mas que dê um soberano a um modelo feio... por Júpiter, não! Além do mais, para todos os efeitos eu não estava em casa hoje; quando você chegou, não sabia se Hausberg gostaria ter o nome mencionado. Sabe que ele não estava corretamente vestido."

"Que idiota deve ter pensado que eu sou!", disse Hughie.

"De jeito nenhum. Ficou extremamente bem-humorado depois que você saiu; ficou dando pancadinhas em si e esfregando uma na outra as mãos enrugadas. Não pude entender por que ele tinha ficado tão interessado por saber tudo a seu respeito, mas agora compreendo. Vai investir o seu soberano, Hughie, pagar-lhe os juros a cada seis meses e ter uma história interessantíssima para contar depois do jantar."

"Sou um pobre diabo sem sorte", resmungou Hughie. "A melhor coisa que posso fazer é ir para casa dormir; e, meu caro Alan, não conte nada disso a ninguém. Não teria mais coragem de aparecer em público."

"Bobagem! Isso dará o mais alto crédito ao seu espírito filantrópico, Hughie. E não fuja. Pegue um outro cigarro e você poderá falar sobre Laura o quanto você quiser."

Mesmo assim Hughie não se detém, e caminhou para casa sentindo-se muito infeliz, deixando Alan Trevor rindo a solta.

Na manhã seguinte, enquanto tomava o desjejum, o criado trouxe-lhe um cartão em que estava escrito:

Monsieur Gustave Naudin, de la part de M. Le Baron Hausberg.***

"Suponho que tenha vindo exigir desculpas", disse Hughie para si mesmo; e disse ao criado para deixar entrar o visitante.

Um cavalheiro idoso de cabelos grisalhos e óculos de ouro, entrou na sala e disse, com um leve sotaque francês, "Tenho a honra de me dirigir ao *Monsieur* Erskine?"

Hughie inclinou-se.

"Venho da parte do Barão Hausberg", prosseguiu. "O Barão...".

---

* Em francês: O que quer? É a fantasia de um milionário!
** Em francês: O negócio dele é o dinheiro dos outros.
*** Em francês: Sr. Gustave Naudin, da parte do Barão Hausberg.

"I beg, sir, that you will offer him my sincerest apologies", stammered Hughie.

"The Baron", said the old gentleman with a smile, "has commissioned me to bring you this letter"; and he extended a sealed envelope.

On the outside was written,

A wedding present to Hugh Erskine and Laura Merton from an old beggar.

and inside was a cheque for £10,000.

When they were married Alan Trevor was the best man, and the Baron made a speech at the wedding breakfast.

"Millionaire models", remarked Alan, "are rare enough; but, by Jove, model millionaires are rarer still!"

THE END

"Rogo, *sir*, que ofereça as minhas mais sinceras desculpas", gaguejou Hughie.

"O Barão", disse o cavalheiro idoso com um sorriso, "encarregou-me de trazer-lhe esta carta"; e estendeu um envelope selado.

No exterior estava escrito,

*Um presente de casamento para Hugh Erskine e
Laura Merton de um velho mendigo.*

e dentro havia um cheque de dez mil libras.

Quando eles se casaram Alan Trevor foi o padrinho, e o Barão fez um discurso durante o desjejum da recepção.

"Modelos milionários", observou Trevor, "são bastante raros; mas, por Júpiter, milionários modelos são ainda mais raros!"

FIM

THE HOUSE OF POMEGRANATES

A CASA DAS ROMÃS

THE YOUNG KING

TO

MARGARET, LADY BROOKE, RANEE OF SARAWAK[*].

It was the night before the day fixed for this coronation, and the young King was sitting alone in his beautiful chamber. His courtiers had all taken their leave of him, bowing their heads to the ground, according to the cerimonious usage of the day, and had retired to the Great Hall of the Palace, to receive a few last lessons from the Professor of Etiquette; there being some of them who had still quite natural manners, which in a courtier is, I need hardly say, a very grave offence.

The lad, for he was only a lad, being but sixteen years of age, was not sorry at their departure, and had flung himself back with a deep sigh of relief on the soft cushions of his embroidered couch, lying there, wild-eyed and open-mouthed, like a brown woodland Faun, or some young animal of the forest newly snared by the hunters.

And, indeed, it was the hunters who had found him, coming upon him almost by chance as, bare-limbed and pipe in hand, he was following the flock of the poor goatherd who had brought him up, and whose son he had always fancied himself to be. The child of the old King's only daughter by a secret marriage with one much beneath her in station – a stranger, some said, who, by the wonderful magic of his lute-playing, had made the young Princess love him; while others spoke of an artist from Rimini, to whom the Princess had shown much, perhaps too much honour, and who had suddenly disappeared from the city, leaving his work in the Cathedral unfinished – he had been, when but a week old, stolen away from his mother's side, as she slept, and given into the charge of a common peasant and his wife, who were without children of their own, and lived in a remote part of the forest, more than a day's ride from the town. Grief, or the plague, as the court physician stated, or, as some suggested, a swift Italian poison administered in a cup of spiced wine[**], slew, within an hour of her wakening, the white girl who had given him birth, and as the trusty messenger who bare the child across his saddle-bow stooped from his weary horse and knocked at the rude door of the goatherd's hut,

---

[*] Margaret de Windt (1849-1936), Lady Brooke and Ranee of Sarawak, located on the island of Borneo, was the wife of the second White Rajah of Sarawak (a dynastic monarchy of the English Brooke family) and who organized social meetings with various intellectuals and artists, including Oscar Wilde and Henry James.

[**] In the original, "spiced wine", also known as "mulled wine", is prepared in England with heated red wine, usually Port wine, Madeira or Claret wine, sugar, cinnamon, clove, nutmeg and star anise. In other European countries other ingredients are used, such as vanilla, cardamon, some red fruits, ginger and apple.

O JOVEM REI

PARA

MARGARET, LADY BROOKE, RANEE OF SARAWAK[*].

Era a noite anterior ao dia marcado para esta coroação, e o jovem Rei estava sentado só em seu belo aposento. Todos os cortesãos se retiraram da sua presença, curvando as cabeças até tocarem o chão, de acordo com a prática cerimonial do dia, e retiraram-se para o Grande Salão do Palácio, para receberem as últimas lições do Professor de Etiqueta; havia alguns dentre eles que ainda possuíam um comportamento bem natural, o que em um cortesão, escusado será dizer, é uma ofensa muito grave.

O jovem, pois era só um jovem, com não mais que dezesseis anos, não lamentou a partida deles, e lançou-se de costas, com um profundo suspiro de alívio, sobre as macias almofadas do divã bordado, recostado ali, olhos arregalados e boca entreaberta, à semelhança de um Fauno dos bosques bronzeado ou a de algum jovem animal da floresta recém capturado por caçadores.

E, de fato, foram os caçadores que tinham-no encontrado, ao dar com ele quase por acaso quando, pés descalços e com uma flauta à mão, conduzia o rebanho do pobre pastor de cabras que criara-o e, cujo filho, ele sempre acreditara ter sido. O filho da filha única do velho Rei de um casamento secreto com alguém de classe muito mais baixa que a sua – um estrangeiro, disseram alguns, que, pela magia maravilhosa do seu alaúde, tinha feito a jovem Princesa amá-lo; enquanto outros falavam de um artista de Rimini, a quem a Princesa tinha demonstrado grande estima, talvez até demais, e que de repente desaparecera da cidade, deixando o seu trabalho na Catedral inacabado – ele tinha sido, com menos duma semana de idade, roubado da sua mãe, enquanto ela dormia, e entregue aos cuidados de um simples camponês e da sua esposa, que não possuíam filhos e que viviam numa parte remota da floresta, a mais de um dia de viagem de distância da cidade. A dor, ou a peste, conforme o médico da corte declarou, ou, como alguns sugeriram, um sutil veneno italiano, administrado numa taça de vinho quente[**], assassinou, uma hora após o seu despertar, a jovem de pele branca que dera-lhe à luz e, no mesmo instante em que o fiel mensageiro que pusera a criança sobre o arco da sua sela descia do seu

---

[*] Margaret de Windt (1849-1936), Lady Brooke e Rani de Sarawak, localizada na ilha de Bornéu, foi a esposa do segundo Rajá Branco de Sarawak (uma monarquia inglesa dinástica da família Brooke) e que organizava encontros sociais com vários intelectuais e artistas, entre eles, Oscar Wilde e Henry James.

[**] No original, "spiced wine", também conhecido como "mulled wine", é preparado em Inglaterra com vinho tinto aquecido, geralmente vinho do Porto, vinho Madeira ou Clarete, açúcar, canela, cravo-da-índia, noz-moscada e anís-estrelado. Em outros países europeus são utilizados outros ingredientes como baunilha, cardamono, algumas frutas vermelhas, gengibre e maçã.

the body of the Princess was being lowered into an open grave that had been dug in a deserted churchyard, beyond the city gates, a grave where it was said that another body was also lying, that of a young man of marvellous and foreign beauty, whose hands were tied behind him with a knotted cord, and whose breast was stabbed with many red wounds.

Such, at least, was the story that men whispered to each other. Certain it was that the old King, when on his deathbed, whether moved by remorse for his great sin, or merely desiring that the kingdom should not pass away from his line, had had the lad sent for, and, in the presence of the Council, had acknowledged him as his heir.

And it seems that from the very first moment of his recognition he had shown signs of that strange passion for beauty that was destined to have so great an influence over his life. Those who accompanied him to the suite of rooms set apart for his service, often spoke of the cry of pleasure that broke from his lips when he saw the delicate raiment and rich jewels that had been prepared for him, and of the almost fierce joy with which he flung aside his rough leathern tunic and coarse sheepskin cloak. He missed, indeed, at times the fine freedom of his forest life, and was always apt to chafe at the tedious Court ceremonies that occupied so much of each day, but the wonderful palace – *Joyeuse*, as they called it – of which he now found himself lord, seemed to him to be a new world fresh-fashioned for his delight; and as soon as he could escape from the Council-board or Audience-Chamber, he would run down the great staircase, with its lions of gilt bronze and its steps of bright porphyry, and wander from room to room, and from corridor to corridor, like one who was seeking to find in beauty an anodyne from pain, a sort of restoration from sickness.

Upon these journeys of discovery, as he would call them – and, indeed, they were to him real voyages through a marvellous land, he would sometimes be accompanied by the slim, fair-haired Court pages, with their floating mantles, and gay fluttering ribands; but more often he would be alone, feeling through a certain quick instinct, which was almost a divination, that the secrets of art are best learned in secret, and that Beauty, like Wisdom, loves the lonely worshipper.

Many curious stories were related about him at this period. It was said that a stout Burgo-master, who had come to deliver a florid oratorical address on behalf of the citizens of the town, had caught sight of him kneeling in real adoration before a great picture that had just been brought from Venice, and that seemed to herald the worship of some new gods. On another occasion he had been missed for several hours, and after a lengthened search had been discovered in a little chamber in one of the northern turrets of the palace gazing, as one in a trance, at a Greek gem carved with the figure of Adonis. He had been seen, so the tale ran, pressing his warm lips to the marble brow of an antique statue that had been discovered in the bed of the river on the occasion of the building of the stone bridge, and was inscribed with the name of the Bithynian slave[*] of Hadrian. He had passed a whole night in noting the effect of

---

[*] It refers to Antinous (ca. 110-130 AD), a member of the nearest circle of the Emperor Hadrian of Rome (76-130 AD), a sort of page or "pets boy", probably a catamite. After his death, drowned in the river Nile, the emperor decreed his deification, associating him to Dionysus. Over the centuries, Antinous became synonymous with the classic beauty ideal of the youth of the Roman period.

exausto cavalo e batia à porta grosseira da cabana do pastor, o corpo da Princesa era baixado numa cova aberta, cavada num adro deserto, além dos portões da cidade, um túmulo onde dizia-se que outro corpo também jazia, o corpo de um jovem de beleza estrangeira e maravilhosa, cujas mãos estavam amarradas às costas com uma corda cheia de nós e, cujo peito estava coberto de punhaladas e feridas avermelhadas.

Tal era, pelo menos, a história que os homens sussurravam uns aos outros. Certo era que o velho Rei, no seu leito de morte, movido pelo remorso do seu grande pecado, ou simplesmente por desejar que o reino não passasse a alguém que não fosse da sua linhagem, ordenou que buscassem-lhe o jovem e, na presença do Conselho, reconheceu-o como o seu herdeiro.

E desde aquele primeiro momento do seu reconhecimento parece que demonstrara sinais daquela estranha paixão pela beleza que estava destinada a ter tão grande influência sobre sua vida. Aqueles que acompanharam-o ao conjunto de quartos destinados ao seu serviço frequentemente comentavam a respeito do grito de prazer que rompeu dos seus lábios ao ver o delicado vestuário e as ricas joias que foram-lhe preparados e a alegria quase selvagem com a qual arremessou para longe a túnica áspera de couro e o manto grosseiro de pele de carneiro. No entanto, às vezes, sentia falta da agradável liberdade da vida na floresta e sempre estava apto a ficar irritado com as tediosas cerimônias da Corte que ocupavam tanto de cada dia, mas o maravilhoso palácio – *Joyeuse*, como costumavam chamá-lo – do qual agora era soberano, parecia-lhe um novo mundo recém-criado para o seu deleite; e logo que podia escapar do Conselho ou da Câmara de Audiências, lançava-se à grande escadaria, com os seus leões de bronze dourado e degraus de alabastro brilhante, e vagava de sala em sala e de corredor em corredor, como quem busca encontrar na beleza um alívio para a dor, uma espécie de restauração da doença.

Nas jornadas de descobertas, como costumava chamá-las – e, de fato, eram para ele verdadeiras viagens através duma terra maravilhosa, algumas vezes, era acompanhado pelos belos pajens favoritos da Corte, com mantos flutuantes e alegres fitas esvoaçantes; contudo, e mais frequentemente, ia sozinho, pressentindo com certo instinto sutil, que era quase como uma adivinhação, que os segredos da arte são melhores descobertos em segredo, e que a Beleza, tal qual a Sabedoria, ama o adorador solitário.

Muitas histórias curiosas eram relatadas sobre ele nesse período. Dizia-se que um vigoroso Burgomestre, que viera pronunciar um discurso floreado em nome dos cidadãos da cidade, apanhara-o de joelhos em verdadeira adoração diante de um grande quadro que acabara de ser trazido de Veneza, e que parecia anunciar o culto de alguns novos deuses. Em outra ocasião, foi procurado por várias horas, e depois de uma longa busca, foi descoberto num pequeno aposento, num dos torreões do lado norte do palácio, a olhar fixamente, como num transe, para uma joia grega esculpida com a figura de Adônis. Também foi visto, segundo o que conta-se, a pressionar os seus lábios mornos contra a testa de mármore de uma estátua antiga que tinha sido descoberta no leito do rio por ocasião da construção da ponte de pedra, na qual estava inscrito o nome do escravo bitínio* de Adriano. Passara uma noite inteira a salientar o

---

* Refere-se a Antínoo (ca. 110-130 d.C), membro do círculo íntimo do imperador Adriano de Roma (76-130 d.C), uma espécie de pajem ou "menino de estimação", provavelmente um catamita. Após sua morte afogado no Nilo, o imperador decretou sua deificação e associou-o a Dionísio. Ao longo dos séculos, passou a ser sinônimo do ideal de Beleza clássica da juventude do período romano.

the moonlight on a silver image of Endymion*.

All rare and costly materials had certainly a great fascination for him, and in his eagerness to procure them he had sent away many merchants, some to traffic for amber with the rough fisher-folk of the north seas, some to Egypt to look for that curious green turquoise which is found only in the tombs of kings, and is said to possess magical properties, some to Persia for silken carpets and painted pottery, and others to India to buy gauze and stained ivory, moonstones and bracelets of jade, sandalwood and blue enamel and shawls of fine wool.

But what had occupied him most was the robe he was to wear at his coronation, the robe of tissued gold, and the ruby-studded crown, and the sceptre with its rows and rings of pearls. Indeed, it was of this that he was thinking tonight, as he lay back on his luxurious couch, watching the great pinewood log that was burning itself out on the open hearth. The designs, which were from the hands of the most famous artists of the time, had been submitted to him many months before, and he had given orders that the artificers were to toil night and day to carry them out, and that the whole world was to be searched for jewels that would be worthy of their work. He saw himself in fancy standing at the high altar of the cathedral in the fair raiment of a King, and a smile played and lingered about his boyish lips, and lit up with a bright lustre his dark woodland eyes.

After some time he rose from his seat, and leaning against the carved penthouse of the chimney, looked round at the dimly-lit room. The walls were hung with rich tapestries representing the "Triumph of Beauty." A large press, inlaid with agate and lapis-lazuli, filled one corner, and facing the window stood a curiously wrought cabinet with lacquer panels of powdered and mosaiced gold, on which were placed some delicate goblets of Venetian glass, and a cup of dark-veined onyx. Pale poppies were broidered on the silk coverlet of the bed, as though they had fallen from the tired hands of sleep, and tall reeds of fluted ivory bare up the velvet canopy, from which great tufts of ostrich plumes sprang, like white foam, to the pallid silver of the fretted ceiling. A laughing Narcissus, in green bronze, held a polished mirror above its head. On the table stood a flat bowl of amethyst.

Outside he could see the huge dome of the cathedral, looming like a bubble over the shadowy houses, and the weary sentinels pacing up and down on the misty terrace by the river. Far away, in an orchard, a nightingale was singing. A faint perfume of jasmine came through the open window. He brushed his brown curls back from his forehead, and taking up a lute, let his fingers stray across the cords. His heavy eyelids drooped, and a strange languor came over him. Never before had he felt so keenly, or with such exquisite joy, the magic and the mystery of beautiful things.

When midnight sounded from the clock-tower he touched a bell, and his pages entered and disrobed him with much ceremony, pouring rose-water over his hands, and strewing flowers on his pillow. A few moments after that they had left the room,

---

* Endymion was a king of the Greek city of Elis, son of Aethlius, in turn son of Zeus and Protogenia, one of the daughters of Deucalion. He was much coveted by several goddesses, but he fell in love with Selene, the Titan goddess of the Moon. Legend has it that he became a shepherd to get rid of his sins. According to Apollonius of Rhodes, after Selene, the goddess of the Moon, also fell in love with Endymion, which was very handsome, Zeus offered him as a reward what he wished; he chosed to sleep forever so that he would remain forever young and immortal.

efeito do luar sobre a imagem prateada de Endimião[*].

Todos os materiais raros e caros certamente tinham grande fascínio sobre ele e, na ânsia de adquiri-los, enviara muitos mercadores, alguns para negociar o âmbar com os brutais pescadores dos mares do Norte, alguns ao Egito para procurarem aquela curiosa turquesa verde que é encontrada somente nas tumbas dos reis e que dizem possuir propriedades mágicas, alguns à Pérsia em busca de tapetes de seda e cerâmica pintada e outros à Índia para comprar renda e marfim vitrificado, pedras-da-lua e pulseiras de jade, sândalo, esmalte-vidrado azul e xales da mais fina lã.

Mas o que mais o ocupava era a túnica que ele vestiria na sua coroação, o manto tecido em ouro, a coroa cravejada de rubis e o cetro com as suas carreiras e anéis de pérolas. De fato, era naquilo que ele pensava àquela noite, ao deitar-se sobre o seu luxuoso divã, enquanto observava o grande tronco de pinho que consumia-se na lareira aberta. Os desenhos, que eram obras das mãos dos mais renomados artistas da época, tinham sido submetidos a ele muitos meses antes, e tinha dado ordens aos artífices que trabalhassem duramente, noite e dia, para executá-los, e que o mundo todo fosse revistado em busca de joias que fossem valiosas para o trabalho. Ao imaginar-se em pé no altar-mor da catedral, com os trajes apropriados de um Rei, um sorriso tocou e demorou-se sobre os seus lábios de menino, a iluminar com um brilho reluzente os seus olhos escuros como as florestas.

Após certo tempo, levantou-se e, encostado no alpendre entalhado da lareira, olhou ao redor da sala pouco iluminada. As paredes eram decoradas com ricas tapeçarias representando o "Triunfo da Beleza." Uma grande prensa, incrustada com ágata e lápis-lazúli, ocupava um dos cantos e, diante da janela, ficava um curioso armário de painéis laqueados com ouro em pó e mosaicos, no qual estavam guardadas algumas delicadas taças de cristal veneziano e uma copa de ônix negro marmorizado. Papoulas brancas foram bordadas nas colchas de seda, como se caíssem das mãos exaustas do sono e grandes juncos de marfim estriado sustentavam o dossel de veludo, do qual grandes ramos de plumas de avestruz saltavam como espuma branca até a prata empalidecida do teto entalhado. Um Narciso sorridente de bronze verde segurava um espelho polido acima da sua cabeça. Sobre a mesa, repousava um vaso raso de ametista.

Fora podia ver o imenso domo da catedral a despontar como uma bolha sobre as casas sombrias e as sentinelas fatigadas a percorrer dum lado para o outro o terraço enevoado junto ao rio. Bem longe, num pomar, um rouxinol cantava. Um leve perfume de jasmim entrou pela janela. Penteou os cachos castanhos para trás da cabeça e, a tomar o alaúde, deixou que os dedos deslizassem pelas cordas. As pesadas pálpebras curvaram-se e uma estranha languidez caiu sobre ele. Nunca antes sentira de maneira tão penetrante, nem com tal alegria delicada, a magia e o mistério das coisas belas.

Ao soar a meia-noite na torre do relógio, tocou uma sineta e os seus pajens entraram e despiram-no com muita cerimônia, verteram água de rosas sobre as suas mãos e espalharam flores sobre o travesseiro. Alguns momentos depois de eles deixa-

---

[*] Endimião foi um rei da cidade grega de Élis, filho de Étlio, por sua vez filho de Zeus e Protogênia, uma das filhas de Deucalião. Era muito cobiçado por várias deusas, porém apaixonou-se por Selene, a deusa titã da Lua. Diz a lenda, que ele passava-se por pastor para conseguir livrar-se dos seus pecados. Segundo Apolônio de Rodes, depois que Selene, a deusa da Lua, apaixonou-se também por Endimião, que era muito belo, Zeus ofereceu-lhe como prêmio o que ele desejasse; ele escolheu dormir para sempre para permanecer para sempre jovem e imortal.

he fell asleep.

*** *** ***

And as he slept he dreamed a dream, and this was his dream.

He thought that he was standing in a long, low attic, amidst the whir and clatter of many looms. The meagre daylight peered in through the grated windows, and showed him the gaunt figures of the weavers bending over their cases. Pale, sickly-looking children were crouched on the huge crossbeams. As the shuttles dashed through the warp they lifted up the heavy battens, and when the shuttles stopped they let the battens fall and pressed the threads together. Their faces were pinched with famine, and their thin hands shook and trembled. Some haggard women were seated at a table sewing. A horrible odour filled the place. The air was foul and heavy, and the walls dripped and streamed with damp.

The young King went over to one of the weavers, and stood by him and watched him.

And the weaver looked at him angrily, and said, "Why art thou watching me? Art thou a spy set on us by our master?"

"Who is thy master?" asked the young King.

"Our master!" cried the weaver, bitterly. "He is a man like myself. Indeed, there is but this difference between us – that he wears fine clothes while I go in rags, and that while I am weak from hunger, he suffers not a little from overfeeding."

"The land is free", said the young King, "and thou art no man's slave."

"In war", answered the weaver, "the strong make slaves of the weak, and in peace the rich make slaves of the poor. We must work to live, and they give us such mean wages that we die. We toil for them all day long, and they heap up gold in their coffers, and our children fade away before their time, and the faces of those we love become hard and evil. We tread out the grapes and another drinks the wine. We sow the corn and our own board is empty. We have chains, though no eye beholds them; and are slaves, though men call us free."

"Is it so with all?", he asked.

"It is so with all", answered the weaver, "with the young as well as with the old, with the women as well as with the men, with the little children as well as with those who are stricken in years. The merchants grind us down, and we must needs do their bidding. The priest rides by and tells his beads, and no man has care of us. Through our sunless lanes creeps Poverty with her hungry eyes, and Sin with his sodden face follows close behind her. Misery wakes us in the morning, and Shame sits with us at night. But what are these things to thee? Thou art not one of us. Thy face is too happy." And he turned away scowling, and threw the shuttle across the loom, and the young King saw that it was threaded with a thread of gold.

And a great terror seized upon him, and he said to the weaver, "What robe is this that thou art weaving?"

rem o quarto, ele adormeceu.

*** *** ***

E assim que ele adormeceu, sonhou, e este foi o seu sonho.

Sonhou que estava num água-furtada comprida e baixa entre o zumbido e o ruído de teares. A luz escassa do dia perscrutou através das janelas quebradas, e mostrou-lhe as abatidas figuras de tecelões curvados nos gabinetes. Crianças pálidas com aparência doente estavam agachadas sobre enormes trave-mestras. À medida que as lançadeiras atravessavam a urdidura, levantavam as pesadas ripas e, quando paravam, deixavam as ripas caírem e pressionar os fios juntos. Os seus rostos eram marcados pela fome e as mãos magras agitavam-se e tremiam. Algumas mulheres cansadas estavam sentadas numa mesa de costura. Um terrível odor preenchia o lugar. O ar era asqueroso e denso e as paredes escorriam e gotejavam com a umidade.

O jovem Rei foi ter com um dos tecelões, e postou-se ao seu lado a observar--lhe.

E o tecelão olhou para ele com fúria, e disse, "Por que estais a olhar-me? Sois um espião enviado pelo nosso mestre?"

"Quem é o vosso mestre?", perguntou o jovem Rei.

"Nosso mestre!", gritou o tecelão, com amargura. "É um homem como eu. De fato, há só uma diferença entre nós – ele veste belas roupas enquanto eu, andrajos, e enquanto estou tomado pela fome, ele não sofre nem um pouco por enfastiar-se."

"A terra é livre", disse o jovem Rei, "e não sois escravo de nenhum homem."

"Na guerra", respondeu o tecelão, "os fortes escravizam os fracos, e na paz, os ricos tornam os pobres escravos. Devemos trabalhar para viver, mas eles nos dão tão insignificante salário que morremos. Trabalhamos duro para eles o dia todo, acumulam ouro em seus cofres, e nossas crianças esvaiem-se antes do tempo, e os rostos daqueles que amamos tornam-se duros e maus. Pisamos as uvas e outros bebem o vinho. Semeamos o trigo e nossa própria mesa está vazia. Usamos correntes, embora ninguém veja-as; e somos escravos, mesmo que os homens digam que somos livres."

"É assim com todos?", ele perguntou.

"É assim com todos", respondeu o tecelão, "tanto com os jovens quanto com os velhos, as mulheres e também os homens, com as criancinhas e com aqueles adentrados em anos. Os mercadores massacram-nos e temos de atender às suas necessidades. O padre acompanha-nos, a rezar o rosário, mas ninguém importa-se conosco. Através dos nossos caminhos sem sol, a Pobreza arrasta-se com olhos famintos, e o Pecado com o seu rosto inexpressivo segue logo atrás dela. A Miséria acorda-nos pela manhã e a Vergonha senta-se conosco à noite. Mas o que importa tudo isso para vós? Não sois um de nós. Vosso rosto é muito feliz." Virou-se tomado de raiva e atirou a lançadeira pelo tear, e o jovem Rei viu que tecia com um fio de ouro.

E um imenso horror apoderou-se dele, e disse ao tecelão, "Que manto é esse que estais tecendo?"

"It is the robe for the coronation of the young King", he answered; "what is that to thee?"

And the young King gave a loud cry and woke, and lo! he was in his own chamber, and through the window he saw the great honey-coloured moon hanging in the dusky air.

And he fell asleep again and dreamed, and this was his dream.

He thought that he was lying on the deck of a huge galley that was being rowed by a hundred slaves. On a carpet by his side the master of the galley was seated. He was black as ebony, and his turban was of crimson silk. Great earrings of silver dragged down the thick lobes of his ears, and in his hands he had a pair of ivory scales.

The slaves were naked, but for a ragged loin-cloth, and each man was chained to his neighbour. The hot sun beat brightly upon them, and the negroes ran up and down the gangway and lashed them with whips of hide. They stretched out their lean arms and pulled the heavy oars through the water. The salt spray flew from the blades.

At last they reached a little bay, and began to take soundings. A light wind blew from the shore, and covered the deck and the great lateen sail with a fine red dust. Three Arabs mounted on wild asses rode out and threw spears at them. The master of the galley took a painted bow in his hand and shot one of them in the throat. He fell heavily into the surf, and his companions galloped away. A woman wrapped in a yellow veil followed slowly on a camel, looking back now and then at the dead body.

As soon as they had cast anchor and hauled down the sail, the negroes went into the hold and brought up a long rope-ladder, heavily weighted with lead. The master of the galley threw it over the side, making the ends fast to two iron stanchions. Then the negroes seized the youngest of the slaves and knocked his gyves off, and filled his nostrils and his ears with wax, and tied a big stone round his waist. He crept wearily down the ladder, and disappeared into the sea. A few bubbles rose where he sank. Some of the other slaves peered curiously over the side. At the prow of the galley sat a shark-charmer, beating monotonously upon a drum.

After some time, the diver rose up out of the water, and clung panting to the ladder with a pearl in his right hand. The negroes seized it from him, and thrust him back. The slaves fell asleep over their oars.

Again and again he came up, and each time that he did so he brought with him a beautiful pearl. The master of the galley weighed them, and put them into a little bag of green leather.

The young King tried to speak, but his tongue seemed to cleave to the roof of his mouth, and his lips refused to move. The negroes chattered to each other, and began to quarrel over a string of bright beads. Two cranes flew round and round the vessel.

Then the diver came up for the last time, and the pearl that he brought with him was fairer than all the pearls of Ormuz, for it was shaped like the full moon, and

"É a túnica para a coroação do jovem Rei", ele respondeu, "mas o que isso importa para vós?"

E o jovem Rei deu um grande grito e acordou, e eis! Estava em seu próprio aposento, e através da janela, viu a imensa lua tingida de mel, suspensa dentro do ar enegrecido.

E ele adormeceu novamente e sonhou, e foi este o sonho que teve.

Sonhou que estava deitado no convés duma enorme galé que movia-se remada por uma centena de escravos. Sobre um tapete ao seu lado, o mestre da galé estava sentado. Era tão negro quanto o ébano e o seu turbante era de seda carmesim. Grandes brincos de prata puxavam para baixo os grossos lóbulos das suas orelhas e às mãos trazia uma balança de marfim.

Os escravos estavam nus, exceto por uma tanga esfarrapada, e cada homem estava acorrentado ao seu vizinho. O sol quente batia brilhantemente sobre eles, e os negros corriam de um lado para o outro pelo passadiço, a açoitá-los com chicotes de couro. Estendiam os braços magros e puxavam os pesados remos através da água. Gotículas de sal espirravam das pás.

Finalmente chegaram à pequena baía e começaram a tirar sondagens. Um vento leve soprava da costa e cobriu o convés e a grande vela latina com uma fina poeira vermelha. Três árabes montados em burros selvagens cavalgaram e jogaram as lanças neles. O mestre da galé tomou um arco pintado em sua mão e acertou um deles na garganta, que caiu pesadamente sobre as ondas, e os seus companheiros afastaram-se, a galopar. Uma mulher, envolta num véu amarelo, seguiu lentamente sobre um camelo, a olhar vez ou outra para o corpo morto.

Ao lançarem a âncora e baixarem a vela, os negros desceram ao porão e trouxeram uma longa escada de cordas, lastreada com chumbo. O mestre da galé atirou-a para fora, e amarrou-a em dois balaústres de ferro. Então os negros agarraram o mais jovem dos escravos, tiraram-lhe os grilhões, preencheram as suas narinas e ouvidos com cera e ataram uma enorme pedra na sua cintura. Ele arrastou-se escada abaixo, de modo deprimente, e desapareceu no mar. Algumas poucas bolhas subiram onde afundara. Alguns dos outros escravos olhavam curiosamente sobre a borda. Na proa da galé sentava-se um encantador de tubarões a bater monotonamente num tambor.

Depois de algum tempo, o mergulhador emergiu da água e agarrou-se ofegante à escada com uma pérola à mão direita. Os negros tomaram-na dele e empurraram-no de volta. Os escravos dormiam sobre os seus remos.

Várias e várias ele emergia, e cada vez que assim ele fazia, trazia consigo uma bela pérola. O mestre da galé pesava-as e guardava-as dentro de um pequeno saco de couro verde.

O jovem Rei tentou falar, mas a sua língua pareceu estar presa ao céu da boca e os lábios recusavam-se a mover. Os negros falavam uns aos outros e começaram a discutir sobre um colar de contas brilhantes. Duas garças voavam e voavam ao redor da nau.

Então o mergulhador subiu uma última vez e a pérola que trazia era mais bela que todas as pérolas de Ormuz, pois tinha a forma da lua cheia, e mais branca que a

whiter than the morning star. But his face was strangely pale, and as he fell upon the deck the blood gushed from his ears and nostrils. He quivered for a little, and then he was still. The negroes shrugged their shoulders, and threw the body overboard.

And the master of the galley laughed, and, reaching out, he took the pearl, and when he saw it he pressed it to his forehead and bowed. "It shall be", he said, "for the sceptre of the young King", and he made a sign to the negroes to draw up the anchor.

And when the young King heard this he gave a great cry, and woke, and through the window he saw the long grey fingers of the dawn clutching at the fading stars.

And he fell asleep again, and dreamed, and this was his dream.

He thought that he was wandering through a dim wood, hung with strange fruits and with beautiful poisonous flowers. The adders hissed at him as he went by, and the bright parrots flew screaming from branch to branch. Huge tortoises lay asleep upon the hot mud. The trees were full of apes and peacocks.

On and on he went, till he reached the outskirts of the wood, and there he saw an immense multitude of men toiling in the bed of a dried-up river. They swarmed up the crag like ants. They dug deep pits in the ground and went down into them. Some of them cleft the rocks with great axes; others grabbled in the sand.

They tore up the cactus by its roots, and trampled on the scarlet blossoms. They hurried about, calling to each other, and no man was idle.

From the darkness of a cavern Death and Avarice watched them, and Death said, "I am weary; give me a third of them and let me go."

But Avarice shook her head. "They are my servants", she answered.

And Death said to her, "What hast thou in thy hand?"

"I have three grains of corn", she answered; "what is that to thee?"

"Give me one of them", cried Death, "to plant in my garden; only one of them, and I will go away."

"I will not give thee anything", said Avarice, and she hid her hand in the fold of her raiment.

And Death laughed, and took a cup, and dipped it into a pool of water, and out of the cup rose Ague. She passed through the great multitude, and a third of them lay dead. A cold mist followed her, and the water-snakes ran by her side.

And when Avarice saw that a third of the multitude was dead she beat her breast and wept. She beat her barren bosom, and cried aloud. "Thou hast slain a third of my servants", she cried, "get thee gone. There is war in the mountains of Tartary, and the kings of each side are calling to thee. The Afghans have slain the black ox*, and are marching to battle. They have beaten upon their shields with their spears, and have put on their helmets of iron. What is my valley to thee, that thou shouldst tarry in it? Get thee gone, and come here no more."

---

* The author refers to an ancient Indo-European tradition, linked to Persian Mithraism, where a black bull was sacrificed to the gods of the underworld before the beginning of a battle.

estrela matutina. Mas o seu rosto estava estranho e pálido, e assim que caiu sobre o convés o sangue jorrou das suas orelhas e narinas. Estremeceu por um momento, e então ficou imóvel. Os negros deram de ombros, e arremessaram o corpo ao mar.

E o mestre da galé riu, e a esticando-se todo, tomou a pérola nas mãos, e quando viu-a, pressionou-a contra a sua testa e curvou-se. "Esta será", disse ele, "para o cetro do jovem Rei", e fez um sinal para que os negros levantassem a âncora.

E quando o jovem Rei ouviu isso soltou um grande grito, e despertou, e através da janela viu os longos e cinzas dedos da aurora a agarrar as estrelas que já desvaneciam.

E adormeceu novamente e sonhou, e foi este o sonho que teve.

Imaginou que vagava por um bosque sombrio, tomado por frutas estranhas e com belas flores venenosas. As víboras sibilavam quando ele passava, e papagaios brilhantes voavam a gritar, de galho em galho. Enormes tartarugas dormiam deitadas na lama quente. As árvores estavam tomadas por macacos e pavões.

E continuou adiante até atingir os limites do bosque, e lá avistou uma imensa multidão de homens a labutar no leito de um rio drenado. Pululavam o penhasco como formigas. Cavavam poços profundos no solo e desciam para dentro deles. Alguns deles fissuravam as rochas com grandes machados; outros tateavam a areia.

Arrancavam os cactos pelas raízes e pisoteavam as flores escarlates. Estavam com pressa, chamando uns aos outros e nenhum homem estava ocioso.

Da escuridão de uma caverna, a Morte e a Avareza observavam-nos, e a Morte disse, "Estou exausta, dê-me um terço deles e deixe-me partir."

Mas a Avareza meneou a sua cabeça: "Eles são os meus servos", ela respondeu.

E a Morte respondeu-lhe: "O que tens em tua mão?"

"Trago três grãos de trigo", respondeu ela, "O que isso importa para ti?"

"Dê-me um deles", clamou a Morte, "para que plante em meu jardim; apenas um deles, e partirei."

"Não te darei nada", disse a Avareza, e ocultou a sua mão dentro das pregas do seu fato.

E a Morte riu, tomou de uma taça e mergulhou-a dentro de uma poça de água, e da taça surgiu a Sezão. Ela atravessou a grande multidão e um terço dela caiu morta. Uma fria névoa seguia-a, e cobras d'água correram ao seu lado.

E quando a Avareza viu que um terço da multidão estava morta, golpeou o seu peito e chorou. Ao bater no seio estéril, lamentou-se em voz alta. "Mataste um terço dos meus servos", brandiu, "vai-te embora. Há guerra nas montanhas dos Tártaros, e os reis de cada lado clamam por ti. Os Afegãos já mataram o touro negro[*] e estão a marchar para a batalha. Bateram sobre os seus escudos com as suas lanças e puseram os seus elmos de ferro. O que é o meu vale para ti, para que nele tu te demores? Vai-te embora, e não retornes mais aqui."

---

[*] O autor refere-se a uma antiga tradição indo-europeia, vinculada ao Mitraísmo persa, onde um touro negro era sacrificado aos deuses do submundo antes do início de uma batalha.

"Nay", answered Death, "but till thou hast given me a grain of corn I will not go."

But Avarice shut her hand, and clenched her teeth. "I will not give thee anything", she muttered.

And Death laughed, and took up a black stone, and threw it into the forest, and out of a thicket of wild hemlock came Fever in a robe of flame. She passed through the multitude, and touched them, and each man that she touched died. The grass withered beneath her feet as she walked.

And Avarice shuddered, and put ashes on her head. "Thou art cruel", she cried; "thou art cruel. There is famine in the walled cities of India, and the cisterns of Samarcand have run dry. There is famine in the walled cities of Egypt, and the locusts have come up from the desert. The Nile has not overflowed its banks, and the priests have cursed Isis and Osiris. Get thee gone to those who need thee, and leave me my servants."

"Nay", answered Death, "but till thou hast given me a grain of corn I will not go."

"I will not give thee anything", said Avarice.

And Death laughed again, and he whistled through his fingers, and a woman came flying through the air. "Plague" was written upon her forehead, and a crowd of lean vultures wheeled round her. She covered the valley with her wings, and no man was left alive.

And Avarice fled shrieking through the forest; and Death leaped upon his red horse and galloped away, and his galloping was faster than the wind.

And out of the slime at the bottom of the valley crept dragons and horrible things with scales, and the jackals came trotting along the sand, sniffing up the air with their nostrils.

And the young King wept, and said: "Who were these men, and for what were they seeking?"

"For rubies for a king's crown", answered one who stood behind him.

And the young King started, and, turning round, he saw a man habited as a pilgrim and holding in his hand a mirror of silver.

And he grew pale, and said: "For what king?"

And the pilgrim answered: "Look in this mirror, and thou shalt see him."

And he looked in the mirror, and, seeing his own face, he gave a great cry and woke, and the bright sunlight was streaming into the room, and from the trees of the garden and *pleasaunce** the birds were singing.

And the Chamberlain and the high officers of State came in and made obeisance to him, and the pages brought him the robe of tissued gold, and set the crown

---

* A region of garden with the sole purpose of giving pleasure to the senses, but not offering fruit or sustenance.

"Não", respondeu a Morte, "enquanto não me deres um grão de trigo, não partirei."

Mas a Avareza fechou a sua mão, e ao cerrar os seus dentes, resmungou. "Não te darei nada."

E a Morte riu, pegou de uma pedra negra e atirou-a para dentro da floresta, e de uma moita de cicuta selvagem surgiu a Febre com o seu manto de chamas. Passou pela multidão, e tocou-a, e cada homem que ela tocava morria. A relva murchava sob os seus pés enquanto ela caminhava.

E a Avareza estremeceu e cobriu de cinzas a sua cabeça. "És cruel", clamou; "És cruel. Há fome nas cidades muradas da Índia, e as cisternas de Samarcanda estão secas. Há fome nas cidades muradas do Egito e os gafanhotos subiram das terras do deserto. O Nilo não transbordou sobre as suas margens e os sacerdotes amaldiçoaram Ísis e Osíris. Vai-te embora para junto daqueles que precisam de ti, e deixa a mim e aos meus servos."

"Não", respondeu a Morte, "enquanto não me deres um grão de trigo eu não partirei."

"Não te darei nada", disse a Avareza.

E a Morte riu novamente e ela assobiou com os dedos, e uma mulher veio a voar pelos ares. "Praga" estava escrito sobre a sua fronte e um bando de abutres magros dava voltas em torno dela. Com as suas asas, cobriu todo o vale, e nenhum homem foi deixado vivo.

E a Avareza fugiu a guinchar pela floresta; e a Morte montou em seu cavalo vermelho e galopou para longe, e o seu galope era mais rápido que o vento.

E do lodo existente no fundo do vale rastejaram dragões e horríveis criaturas escamosas e os chacais vieram a trotar ao longo da areia, a farejar o ar com as suas narinas.

E o jovem Rei chorou, e disse: "Quem eram esses homens e o que eles estavam procurando?"

"Por rubis para a coroa de um rei", respondeu alguém postado atrás dele.

E então o jovem Rei estremeceu e, ao virar-se, viu um homem vestido como um peregrino a segurar em sua mão um espelho de prata.

E ele ficou pálido, e disse: "Para qual rei?"

E o peregrino respondeu: "Olhe para dentro deste espelho e vós o vereis."

E ele olhou para o espelho e, ao ver o seu próprio rosto, soltou um grande lamento e despertou, e a brilhante luz do sol estava a transbordar para dentro do quarto, e das árvores do jardim e do *pleasaunce** os pássaros estavam a cantar.

E o Camarista e os altos oficiais do Estado entraram e fizeram uma reverencia para ele, e os pajens trouxeram-lhe o manto tecido com ouro e puseram a coroa e o

---

* Uma região de jardim com o único propósito de dar prazer aos sentidos, mas não o de oferecer frutos ou sustento.

and the sceptre before him.

And the young King looked at them, and they were beautiful. More beautiful were they than aught that he had ever seen. But he remembered his dreams, and he said to his lords: "Take these things away, for I will not wear them."

And the courtiers were amazed, and some of them laughed, for they thought that he was jesting.

But he spake sternly to them again, and said: "Take these things away, and hide them from me. Though it be the day of my coronation, I will not wear them. For on the loom of Sorrow, and by the white hands of Pain, has this my robe been woven. There is Blood in the heart of the ruby, and Death in the heart of the pearl." And he told them his three dreams.

And when the courtiers heard them they looked at each other and whispered, saying, "Surely he is mad; for what is a dream but a dream, and a vision but a vision? They are not real things that one should heed them. And what have we to do with the lives of those who toil for us? Shall a man not eat bread till he has seen the sower, nor drink wine till he has talked with the vinedresser?"

And the Chamberlain spake to the young King, and said, "My lord, I pray thee set aside these black thoughts of thine, and put on this fair robe, and set this crown upon thy head. For how shall the people know that thou art a king, if thou hast not a king's raiment?"

And the young King looked at him. "Is it so, indeed?", he questioned. "Will they not know me for a king if I have not a king's raiment?"

"They will not know thee, my lord", cried the Chamberlain.

"I had thought that there had been men who were kinglike", he answered, "but it may be as thou sayest. And yet I will not wear this robe, nor will I be crowned with this crown, but even as I came to the palace so will I go forth from it."

And he bade them all leave him, save one page whom he kept as his companion, a lad a year younger than himself. Him he kept for his service, and when he had bathed himself in clear water, he opened a great painted chest, and from it he took the leathern tunic and rough sheepskin cloak that he had worn when he had watched on the hillside the shaggy goats of the goatherd. These he put on, and in his hand he took his rude shepherd's staff.

And the little page opened his big blue eyes in wonder, and said smiling to him, "My lord, I see thy robe and thy sceptre, but where is thy crown?"

And the young King plucked a spray of wild briar that was climbing over the balcony, and bent it, and made a circlet of it, and set it on his own head.

"This shall he my crown", he answered.

And thus attired he passed out of his chamber into the Great Hall, where the nobles were waiting for him.

And the nobles made merry, and some of them cried out to him, "My lord, the people wait for their king, and thou showest them a beggar", and others were wroth

cetro diante dele.

E o jovem Rei contemplou os objetos, e eles eram belos. Eram mais belos do que do que qualquer coisa que ele já tivesse visto. Porém ele recordou-se dos seus sonhos e disse aos seus lordes: "Levem estas coisas embora daqui, pois não as usarei."

E os cortesãos ficaram espantados, e alguns deles riram, pois pensaram que ele estava a brincar.

Mas ele falou-lhes novamente, com severidade, e disse: "Levem estas coisas embora daqui e escondam-nas de mim. Embora seja o dia da minha coroação, eu não as usarei. Pois no tear da Tristeza, e pelas mãos alvas da Dor, este meu manto tem sido tecido. Há Sangue no coração do rubi, e Morte no coração da pérola." E contou-lhes os seus três sonhos.

E ao ouvirem os cortesãos entreolharam-se e sussurraram, a dizer, "Certamente está louco, pois o que é um sonho além de um sonho e uma visão além de uma visão? Não são coisas reais que devem-se considerar. E o que temos com as vidas daqueles que laboram por nós? Um homem não comerá o pão até que veja o semeador, nem beberá o vinho enquanto não venha a falar com o vinhateiro?"

E o Camarista dirigiu-se ao jovem Rei, e disse, "Meu senhor, rogo-vos para que mandeis embora estes vossos pensamentos sombrios, e que vistais este belo manto e que coloqueis esta coroa sobre a vossa cabeça. Pois como o povo saberá que sois o rei se não tivéreis as vestimentas de um rei?"

E o jovem Rei olhou para ele "De fato, é assim?", perguntou ele. "Não me reconhecerão como rei se eu não usar as vestimentas de um rei?"

"Não vos reconhecerão, meu senhor", exclamou o Camarista.

"Pensava eu que havia homens que possuíam majestade", respondeu, "mas pode ser como dizeis. Ainda assim não vestirei essa túnica, nem serei coroado com esta coroa, mas do mesmo jeito que cheguei a este palácio, dele sairei."

E ordenou que todos deixassem-no, exceto por um pajem a quem manteve como companhia, e que era um ano mais jovem do que ele. Ele manteve-o para o seu serviço, e depois de ter-se banhado em água límpida, abriu uma grande arca pintada, e dela retirou a túnica de couro e o manto áspero de pele de carneiro que vestia quando vigiava, na encosta, as cabras peludas do cabreiro. Esses ele pôs sobre si, e tomou em suas mãos o seu tosco cajado de pastor.

E o pequeno pajem abriu os grandes olhos azuis em espanto, e disse-lhe sorrindo, "Meu senhor, vejo vossa túnica e vosso cetro, mas onde está vossa coroa?"

E o jovem Rei colheu um ramo de roseira-brava que subia pelo balcão, e torceu-o a formar com ele um círculo e colocou-o sobre a sua própria cabeça.

"Esta será a minha coroa", respondeu ele.

E assim vestido passou da sua câmara para o Grande Salão, onde os nobres estavam a esperar por ele.

E os nobres acharam graça, e alguns deles gritaram para ele, "Meu senhor, as pessoas esperam pelo rei, e mostrais a elas um mendigo", e outros disseram com rai-

and said, "He brings shame upon our state, and is unworthy to be our master." But he answered them not a word, but passed on, and went down the bright porphyry staircase, and out through the gates of bronze, and mounted upon his horse, and rode towards the cathedral, the little page running beside him.

And the people laughed and said, "It is the King's fool who is riding by", and they mocked him.

And he drew rein and said, "Nay, but I am the King." And he told them his three dreams.

And a man came out of the crowd and spake bitterly to him, and said, "Sir, knowest thou not that out of the luxury of the rich cometh the life of the poor? By your pomp we are nurtured and your vices give us bread. To toil for a hard master is bitter, but to have no master to toil for is more bitter still. Thinkest thou that the ravens will feed us? And what cure hast thou for these things? Wilt thou say to the buyer, 'Thou shalt buy for so much', and to the seller, 'Thou shalt sell at this price?' I trow not. Therefore go back to thy Palace and put on thy purple and fine linen. What hast thou to do with us, and what we suffer?"

"Are not the rich and the poor brothers?" asked the young King.

"Ay", answered the man, "and the name of the rich brother is Cain."

And the young King's eyes filled with tears, and he rode on through the murmurs of the people, and the little page grew afraid and left him.

And when he reached the great portal of the cathedral, the soldiers thrust their halberts out and said, "What dost thou seek here? None enters by this door but the King."

And his face flushed with anger, and he said to them, "I am the King", and waved their halberts aside and passed in.

And when the old Bishop saw him coming in his goatherd's dress, he rose up in wonder from his throne, and went to meet him, and said to him, "My son, is this a king's apparel? And with what crown shall I crown thee, and what sceptre shall I place in thy hand? Surely this should be to thee a day of joy, and not a day of abasement."

"Shall Joy wear what Grief has fashioned?" said the young King. And he told him his three dreams.

And when the Bishop had heard them he knit his brows, and said, "My son, I am an old man, and in the winter of my days, and I know that many evil things are done in the wide world. The fierce robbers come down from the mountains, and carry off the little children, and sell them to the Moors. The lions lie in wait for the caravans, and leap upon the camels. The wild boar roots up the corn in the valley, and the foxes gnaw the vines upon the hill. The pirates lay waste the sea-coast and burn the ships of the fishermen, and take their nets from them. In the salt-marshes live the lepers; they have houses of wattled reeds, and none may come nigh them. The beggars wander through the cities, and eat their food with the dogs. Canst thou make these things not to be? Wilt thou take the leper for thy bedfellow, and set the beggar at thy board? Shall

va, "Ele traz vergonha à nossa condição e não é digno de ser o nosso mestre." Mas ele não lhes respondeu uma única palavra sequer, apenas prosseguiu, descendo a reluzente escadaria de alabastro e atravessando os portões de bronze, e montando no seu cavalo, cavalgou em direção à catedral com o pequeno pajem correndo ao seu lado.

E as pessoas riram e disseram, "É o bufão do Rei que está cavalgando", e zombaram dele.

E ele segurou as rédeas e disse, "Não, eu sou apenas o Rei." E contou-lhes os seus três sonhos.

E um homem saiu da multidão e falou-lhe amargamente e disse, "Meu senhor, não sabeis que da vida luxuosa do rico depende a vida do pobre? Do seu fausto somos alimentados e os seus vícios trazem-nos o pão. Labutar para um mestre inclemente é amargo, mas não ter nenhum mestre a quem laborar é ainda mais amargo. Pensai que os corvos alimentar-nos-ão? E que solução tendes para tal? Querei dizer ao comprador, 'Deverás comprar por tal quantia' e ao vendedor, 'Deverás vender por tal preço?' Não creio. Portanto, voltai ao vosso palácio e colocai a vossa túnica púrpura e o linho refinado. Que sabeis sobre nós ou o que sofremos?"

"Não são os ricos e os pobres irmãos?", perguntou o jovem Rei.

"Sim", respondeu o homem, "e o nome do irmão rico é Caim."

E os olhos do jovem Rei encheram-se de lágrimas e ele atravessou os murmúrios do povo, e o pequeno pajem ficou com medo e abandonou-o.

E ao alcançar o grande portão da catedral, os soldados apontaram as suas alabardas e disseram, "Que procurais aqui? Ninguém entra por esta porta senão o próprio Rei."

E o seu rosto ruborizou com raiva, e ele disse para eles, "Eu sou o Rei", e afastou as suas alabardas para o lado e passou.

E quando o velho Bispo viu-o entrar vestindo os seus trajes de pastor, ergueu-se admirado do seu trono, e foi ao encontro dele, e disse, "Meu filho, é essa a indumentária de um rei? E com que coroa deverei coroar-vos, e qual cetro deverei por em vossas mãos? Certamente este deveria ser para vós um dia de alegria e não um dia de humilhação."

"Deverá a Alegria vestir o que a Dor modelou?", disse o jovem Rei. E contou-lhe os seus três sonhos.

Quando o Bispo terminou de ouvi-los, franziu as suas sobrancelhas, e disse, "Meu filho, sou um homem velho, estou no inverno dos meus dias, e sei que muitas coisas perversas são feitas neste vasto mundo. Ladrões ferozes descem das montanhas e levam as criancinhas e vendem-nas aos Mouros. Os leões deitam-se à espera das caravanas e saltam sobre os camelos. Os javalis selvagens escavam o trigo no vale e as raposas roem os vinhedos sobre a colina. Os piratas assolam o litoral e queimam os barcos dos pescadores e tomam-lhes as suas redes. Nas salinas vivem os leprosos; têm casas de vime trançado e ninguém pode aproximar-se deles. Os mendigos vagueiam pelas cidades e comem a sua comida com os cães. Podeis fazer com que essas coisas não aconteçam? Tomareis o leproso como o vosso companheiro de quarto e senta-

the lion do thy bidding, and the wild boar obey thee? Is not He who made misery wiser than thou art? Wherefore I praise thee not for this that thou hast done, but I bid thee ride back to the Palace and make thy face glad, and put on the raiment that beseemeth a king, and with the crown of gold I will crown thee, and the sceptre of pearl will I place in thy hand. And as for thy dreams, think no more of them. The burden of this world is too great for one man to bear, and the world's sorrow too heavy for one heart to suffer."

"Sayest thou that in this house?", said the young King, and he strode past the Bishop, and climbed up the steps of the altar, and stood before the image of Christ.

He stood before the image of Christ, and on his right hand and on his left were the marvellous vessels of gold, the chalice with the yellow wine, and the vial with the holy oil. He knelt before the image of Christ, and the great candles burned brightly by the jewelled shrine, and the smoke of the incense curled in thin blue wreaths through the dome. He bowed his head in prayer, and the priests in their stiff copes crept away from the altar.

And suddenly a wild tumult came from the street outside, and in entered the nobles with drawn swords and nodding plumes, and shields of polished steel. "Where is this dreamer of dreams?" they cried. "Where is this King who is apparelled like a beggar... this boy who brings shame upon our state? Surely we will slay him, for he is unworthy to rule over us."

And the young King bowed his head again, and prayed, and when he had finished his prayer he rose up, and turning round he looked at them sadly.

And lo! through the painted windows came the sunlight streaming upon him, and the sun-beams wove round him a tissued robe that was fairer than the robe that had been fashioned for his pleasure. The dead staff blossomed, and bare lilies that were whiter than pearls. The dry thorn blossomed, and bare roses that were redder than rubies. Whiter than fine pearls were the lilies, and their stems were of bright silver. Redder than male rubies were the roses, and their leaves were of beaten gold.

He stood there in the raiment of a king, and the gates of the jewelled shrine flew open, and from the crystal of the many-rayed monstrance shone a marvellous and mystical light. He stood there in a king's raiment, and the Glory of God filled the place, and the saints in their carven niches seemed to move. In the fair raiment of a king he stood before them, and the organ pealed out its music, and the trumpeters blew upon their trumpets, and the singing boys sang.

And the people fell upon their knees in awe, and the nobles sheathed their swords and did homage; and the Bishop's face grew pale, and his hands trembled. "A greater than I hath crowned thee", he cried, and he knelt before him.

And the young King came down from the high altar, and passed home through the midst of the people. But no man dared look upon his face, for it was like the face of an angel.

reis o mendigo em vossa mesa? Cumprirá o leão a vossa vontade e o javali selvagem obedecer-vos-á? Não é Aquele que criou a miséria mais sábio do que vós? Portanto, não louvo-vos pelo o que fizestes, mas desejo-vos que cavalgueis de volta ao Palácio e alegreis o vosso rosto, que coloqueis a vestimenta que cabe a um rei, e, com a coroa de ouro, coroar-vos-ei, e porei em vossa mão o cetro de pérolas. E quanto aos vossos sonhos, não penseis mais neles. O fardo deste mundo é grande demais para um homem carregar e a dor do mundo é muito pesada para que um coração a sofra."

"Dizeis isto nesta casa?", disse o jovem Rei, e, com passos largos, passou pelo Bispo e subiu os degraus do altar e permaneceu em pé diante da imagem do Cristo.

Permaneceu em pé diante da imagem do Cristo e à destra e à sinistra estavam magníficos vasos de ouro, o cálice com o vinho amarelo e o frasco com o óleo sagrado. Ajoelhou-se diante da imagem de Cristo e as imensas velas queimavam, cintilantes, ao lado do sacrário ornado com joias, e a fumaça do incenso formava finas espirais azuis através da cúpula. Curvou a sua cabeça em oração e os sacerdotes em suas rijas capas de asperges afastaram-se do altar.

E de repente um tumulto selvagem veio do lado de fora da rua e os nobres precipitaram-se para dentro com as espadas desembainhadas, as plumas ondulantes e os escudos de aço polido. "Onde está o sonhador de sonhos?", gritaram. "Onde está esse Rei que veste-se como um mendigo... este rapaz que traz vergonha à nossa condição? Com certeza nós o mataremos, pois é indigno de governar-nos."

E o jovem Rei curvou a sua cabeça mais uma vez, e orou, e ao terminar a sua oração ele levantou-se e, ao virar-se, fitou-os tristemente.

E eis que através das janelas pintadas a luz do sol veio derramar-se sobre ele e os raios solares teceram ao redor dele um manto tecido que era mais belo do que o manto que tinha sido criado para o seu prazer. O cajado estéril explodiu em flor revelando lírios mais brancos que as pérolas. O espinheiro seco floresceu e revelou rosas mais vermelhas que os rubis. Mais brancos que as refinadas pérolas eram os lírios e as suas hastes eram de prata reluzente. Mais rubros que rubis eram as rosas e as suas folhas eram de ouro lavrado.

Permaneceu lá em pé em trajes de rei e as portas do sacrário coberto de joias abriram-se por completo, e do cristal lapidado do ostensório resplandeceu uma magnífica luz mística. Permaneceu lá em pé em trajes de rei e a Glória de Deus preencheu o lugar e os santos em seus nichos entalhados pareciam mover-se. Em belos trajes de um rei manteve-se à frente deles e o órgão executou a sua música, os trompetistas sopraram os seus trompetes e os meninos cantores cantaram.

E as pessoas caíram sobre os seus joelhos em reverência, os nobres embainharam as suas espadas e prestaram deferência; e o rosto do Bispo empalideceu e as suas mãos tremeram. "Alguém maior do que eu coroou-vos", exclamou ele, e ajoelhou-se diante dele.

E o jovem Rei desceu do altar-mor, e seguiu para casa, passando pelo meio do povo. Mas nenhum homem ousou olhar para o seu rosto, pois era como o rosto de um anjo.

THE BIRTHDAY OF THE INFANTA

TO

MRS. WILLIAM H. GRENFELL, OF TAPLOW COURT.[*]

It was the birthday of the Infanta[**]. She was just twelve years of age, and the sun was shining brightly in the gardens of the palace.

Although she was a real Princess and the Infanta of Spain, she had only one birthday every year, just like the children of quite poor people, so it was naturally a matter of great importance to the whole country that she should have a really fine day for the occasion. And a really fine day it certainly was. The tall striped tulips stood straight up upon their stalks, like long rows of soldiers, and looked defiantly across the grass at the roses, and said: "We are quite as splendid as you are now." The purple butterflies fluttered about with gold dust on their wings, visiting each flower in turn; the little lizards crept out of the crevices of the wall, and lay basking in the white glare; and the pomegranates split and cracked with the heat, and showed their bleeding red hearts. Even the pale yellow lemons, that hung in such profusion from the mouldering trellis and along the dim arcades, seemed to have caught a richer colour from the wonderful sunlight, and the magnolia trees opened their great globe-like blossoms of folded ivory, and filled the air with a sweet heavy perfume.

The little Princess herself walked up and down the terrace with her companions, and played at hide-and-seek round the stone vases and the old moss-grown statues. On ordinary days she was only allowed to play with children of her own rank, so she had always to play alone, but her birthday was an exception, and the King had given orders that she was to invite any of her young friends whom she liked to come and amuse themselves with her. There was a stately grace about these slim Spanish children as they glided about: the boys with their large-plumed hats and short fluttering cloaks; the girls holding up the trains of their long brocaded gowns, and shielding the sun from their eyes with huge fans of black and silver. But the Infanta was the most graceful of all, and the most tastefully attired, after the somewhat cumbrous fashion of the day. Her robe was of grey satin, the skirt and the wide puffed sleeves heavily embroidered with silver, and the stiff corset studded with rows of fine pearls. Two tiny slippers with big pink rosettes peeped out beneath her dress as she walked. Pink and pearl was her great gauze fan, and in her hair, which like an aureole of faded gold stood

---

[*]   Ethel Anne Priscilla Grenfell (1867-1952) and her husband, William H. Grenfell, Lord Desborough of Taplow Court, was a member of a group of intellectuals who called themselves "The Souls." Wilde was a frequent visitor to his meetings.

[**] Royal and noble ranks of the monarchies in Portugal and Spain. Infante, the masculine term, or infanta, the feminine term, are sons of the king, however, they are not the heirs of the throne.

O ANIVERSÁRIO DA INFANTA

PARA

MRS. WILLIAM H. GRENFELL, DE TAPLOW COURT.*

Era o dia do aniversário da Infanta**. Ela tinha apenas doze anos de idade, e o sol estava a brilhar, a reluzir, nos jardins do palácio.

Embora fosse uma verdadeira Princesa e a Infanta de Espanha, tinha apenas um aniversário por ano, tal como os filhos dos muito pobres e naturalmente era uma questão de grande importância para o país que tivesse um dia realmente belo para a ocasião. E um dia realmente bom certamente foi. As altas tulipas raiadas mantinham-se eretas nos talos, tal qual longas fileiras de soldados a olhar desafiadoramente através da relva para as rosas, e diziam: "Somos tão esplêndidas quanto vós agora." Borboletas púrpuras vibravam com pó dourado as asas, visitando uma flor de cada vez; as pequenas lagartixas saíam pelas frestas dos muros e deitavam-se, aquecendo-se no brilho branco; e, com o calor, as romãs estalavam e abriam, mostrando os corações vermelho-sangue. Até os pálidos limões amarelos, que pendiam em profusão das treliças apodrecidas e ao longo das escuras arcadas, pareciam tomar uma cor mais rica da luz maravilhosa do sol e as árvores de magnólia abriam os botões de marfim arqueados, redondos e grandes, preenchendo o ar com o perfume doce e encorpado.

A Princesinha caminhava subindo e descendo o terraço com as companhias e brincava de esconde-esconde por entre os vasos de pedra e velhas estátuas cheias de musgo. Em dias comuns à ela era apenas permitido brincar com crianças da mesma cepa, e por isso sempre brincava sozinha, mas o seu aniversário era uma exceção, e o Rei ordenara que convidasse qualquer amiguinho que gostasse para vir e divertir-se com ela. Havia uma graça imponente nas esbeltas crianças espanholas ao deslizarem: os meninos com chapéus emplumados e mantos curtos ondulantes; as meninas com a cauda de longos vestidos de brocado e protegendo os olhos do sol com imensos leques negros e prateados. Mas a Infanta era a mais graciosa de todos e a mais elegantemente vestida, conforme a mais incômoda moda do dia. O seu manto era de cetim cinza, a saia e as mangas eram amplas, pesadamente bordadas com prata, e o rijo corpete era cravejado com linhas de pérolas refinadas. Dois chinelinhos com grandes rosetas cor-de-rosa entreviam-se por baixo do vestido enquanto ela caminhava. Rosa e perolado era o seu grande leque de gaze; e, no cabelo, que parecia uma auréola de ouro clarinho,

---

* Ethel Anne Priscilla Grenfell (1867-1952) e seu marido, William H. Grenfell, Lorde Desborough de Taplow Court, era membro de um grupo de intelectuais que se autointitulava "As Almas". Wilde era um visitante frequente de suas reuniões.

** Título nobiliárquico das monarquias de Portugal e Espanha. Infante, o termo masculino, ou infanta, o termo feminino, são os filhos do rei, porém não são os herdeiros do trono.

out stiffly round her pale little face, she had a beautiful white rose.

From a window in the palace the sad melancholy King watched them. Behind him stood his brother, Don Pedro of Aragon, whom he hated, and his confessor, the Grand Inquisitor of Granada, sat by his side. Sadder even than usual was the King, for as he looked at the Infanta bowing with childish gravity to the assembling counters, or laughing behind her fan at the grim Duchess of Albuquerque who always accompanied her, he thought of the young Queen, her mother, who but a short time before – so it seemed to him – had come from the gay country of France, and had withered away in the sombre splendour of the Spanish court, dying just six months after the birth of her child, and before she had seen the almonds blossom twice in the orchard, or plucked the second year's fruit from the old gnarled fig-tree that stood in the centre of the now grass-grown courtyard. So great had been his love for her that he had not suffered even the grave to hide her from him. She had been embalmed by a Moorish physician, who in return for this service had been granted his life, which for heresy and suspicion of magical practices had been already forfeited, men said, to the Holy Office; and her body was still lying on its tapestried bier in the black marble chapel of the Palace, just as the monks had borne her in on that windy March day nearly twelve years before. Once every month the King, wrapped in a dark cloak and with a muffled lantern in his hand, went in and knelt by her side calling out, *"Mi reina! Mi reina!"** and sometimes breaking through the formal etiquette that in Spain governs every separate action of life, and sets limits even to the sorrow of a King, he would clutch at the pale jewelled hands in a wild agony of grief, and try to wake by his mad kisses the cold painted face.

Today he seemed to see her again, as he had seen her first at the Castle of Fontainebleau, when he was but fifteen years of age, and she still younger. They had been formally betrothed on that occasion by the Papal Nuncio in the presence of the French King and all the Court, and he had returned to the Escurial bearing with him a little ringlet of yellow hair, and the memory of two childish lips bending down to kiss his hand as he stepped into his carriage. Later on had followed the marriage, hastily performed at Burgos, a small town on the frontier between the two countries, and the grand public entry into Madrid with the customary celebration of high mass at the Church of La Atocha, and a more than usually solemn auto-da-fé**, in which nearly three hundred heretics, amongst whom were many Englishmen, had been delivered over to the secular arm to be burned.

Certainly he had loved her madly, and to the ruin, many thought, of his country, then at war with England for the possession of the empire of the New World. He had hardly ever permitted her to be out of his sight; for her, he had forgotten, or seemed to have forgotten, all grave affairs of State; and, with that terrible blindness that passion brings upon its servants, he had failed to notice that the elaborate ceremonies by which he sought to please her did but aggravate the strange malady from which she suffered. When she died he was, for a time, like one bereft of reason. In-

---

* In the original in Spanish: My queen! My queen!

** Auto-da-fé, or act of faith, refers to publicly performed penance events with the humiliation of heretics and apostates, as well as executions as punishment for a repeated heretical offense, as a result of conviction by a religious tribunal, put into practice by the Inquisition, especially in Portugal and Spain, between the 15th and 19th centuries.

levantado e duro em torno do rostinho pálido, ela trazia uma bela rosa branca.

De uma das janelas no palácio, o triste e melancólico Rei observava-os. Atrás dele estava o irmão, Dom Pedro de Aragão, a quem ele odiava, e o seu confessor, o Grande Inquisidor de Granada sentado ao seu lado. Mais triste ainda que de costume estava o Rei, pois ao ver a Infanta a fazer mesuras com uma reverência infantil aos cortesãos reunidos ou a rir atrás do leque da severa Duquesa de Albuquerque, que sempre a acompanhava, lembrou-se da jovem Rainha, a mãe dela que há pouco – ao menos assim parecia-lhe – chegara do alegre reino de França e que desvanecera no sombrio esplendor da corte espanhola e que morrera exatamente seis meses após o nascimento da filha; e antes de ter visto as amêndoas brotarem duas vezes no pomar ou apanhado as frutas da segunda florada da velha figueira retorcida que ficava no centro do pátio, onde agora cresce a relva. Tão grande tinha sido o seu amor por ela que nem mesmo permitiu que o sepulcro a ocultasse dele. Foi embalsamada por um médico mouro, a quem, como pagamento pelo serviço, foi concedido o direito à vida, pois fora condenado por heresia e suspeita de prática de magia, como diziam, pelo Santo Ofício; e o corpo dela ainda jazia no ataúde recoberto com tapetes bordados, na capela de mármore negro do Palácio, exatamente como os monges tinham-na deixado naquele dia de março ventoso quase doze anos antes. Uma vez por mês, o Rei, envolto num manto negro e com uma lanterna escondida na mão, entrava na capela e ajoelhava-se ao lado dela, clamando, *"Mi reina! Mi reina!"** e, algumas vezes, ao quebrar a rígida etiqueta que em Espanha rege cada ato individual da vida e que impõe limites mesmo à tristeza de um Rei, apertava as pálidas mãos coberta de joias numa selvagem agonia de dor e tentava, com beijos enlouquecidos, reviver o rosto maquiado e frio.

Hoje ele parecia vê-la novamente como vira-a pela primeira vez no Castelo de Fontainebleau, quando ele tinha apenas quinze anos de idade e ela ainda mais jovem. Foram formalmente declarados noivos na ocasião pelo Núncio Papal na presença do rei francês e de toda a corte, e ele voltou para o Escorial, tendo com ele um pequeno anelzinho de cabelos loiros e a lembrança dos lábios infantis a beijar-lhe a mão assim que ele entrou na carruagem. Mais tarde seguiu-se o casamento, realizado rapidamente em Burgos, uma pequena cidade na fronteira entre os dois países, e a formidável entrada pública em Madrid, com a habitual celebração da missa solene na Igreja de La Atocha, e o mais corriqueiro e solene *auto-da-fé***, no qual quase três centenas de hereges, entre os quais muitos ingleses, foram entregues ao braço secular para serem queimados.

Com certeza amou-a loucamente para a ruína, segundo muitos pensavam, do seu próprio país que na época estava em guerra com a Inglaterra pela posse do império do Novo Mundo. Dificilmente permitia que ela ficasse longe dos seus olhos; por ela, esquecera ou parecera ter esquecido todos os importantes assuntos de Estado; e com a terrível cegueira que a paixão traz aos seus servos, falhou em não perceber que as rebuscadas cerimônias com que buscou agradá-la só serviram para agravar o estranho mal de que ela sofria. Quando ela morreu, ele ficou por um tempo igual a alguém

---

*   No original em espanhol: Minha rainha! Minha rainha!
**   Auto-da-fé refere-se aos eventos de penitência realizados publicamente com a humilhação de heréticos e de apóstatas, bem como execuções como punição a uma ofensa herética repetida, em consequência da condenação realizada por um tribunal religioso, postos em prática pela Inquisição, principalmente em Portugal e Espanha, entre os séculos XV e XIX.

deed, there is no doubt but that he would have formally abdicated and retired to the great Trappist monastery* at Granada, of which he was already titular Prior, had he not been afraid to leave the little Infanta at the mercy of his brother, whose cruelty, even in Spain, was notorious, and who was suspected by many of having caused the Queen's death by means of a pair of poisoned gloves that he had presented to her on the occasion of her visiting his castle in Aragon. Even after the expiration of the three years of public mourning that he had ordained throughout his whole dominions by royal edict, he would never suffer his ministers to speak about any new alliance, and when the Emperor himself sent to him, and offered him the hand of the lovely Archduchess of Bohemia, his niece, in marriage, he bade the ambassadors tell their master that the King of Spain was already wedded to Sorrow, and that though she was but a barren bride he loved her better than Beauty; an answer that cost his crown the rich provinces of the Netherlands, which soon after, at the Emperor's instigation, revolted against him under the leadership of some fanatics of the Reformed Church.

His whole married life, with its fierce, fiery-coloured joys and the terrible agony of its sudden ending, seemed to come back to him today as he watched the Infanta playing on the terrace. She had all the Queen's pretty petulance of manner, the same wilful way of tossing her head, the same proud curved beautiful mouth, the same wonderful smile – *vrai sourire de France*** indeed – as she glanced up now and then at the window, or stretched out her little hand for the stately Spanish gentlemen to kiss. But the shrill laughter of the children grated on his ears, and the bright pitiless sunlight mocked his sorrow, and a dull odour of strange spices, spices such as embalmers use, seemed to taint – or was it fancy? – the clear morning air. He buried his face in his hands, and when the Infanta looked up again the curtains had been drawn, and the King had retired.

She made a little *moue**** of disappointment, and shrugged her shoulders. Surely he might have stayed with her on her birthday. What did the stupid State-affairs matter? Or had he gone to that gloomy chapel, where the candles were always burning, and where she was never allowed to enter? How silly of him, when the sun was shining so brightly, and everybody was so happy! Besides, he would miss the sham bull-fight for which the trumpet was already sounding, to say nothing of the puppet-show and the other wonderful things. Her uncle and the Grand Inquisitor were much more sensible. They had come out on the terrace, and paid her nice compliments. So she tossed her pretty head, and taking Don Pedro by the hand, she walked slowly down the steps towards a long pavilion of purple silk that had been erected at the end of the garden, the other children following in strict order of precedence, those who had the longest names going first.

*** *** ***

A procession of noble boys, fantastically dressed as toreadors, came out to meet her, and the young Count of *Tierra Nueva*, a wonderfully handsome lad of about fourteen years of age, uncovering his head with all the grace of a born hidalgo and

---

*   Concerning the Order of Cistercians of the Strict Observance, a Benedictine branch of the Order of Cistercians, commonly referred to as Trappists, founded in 1140.

**   In the original in French, "the legitimate smile of France."

*** In the original in French, grimace, mow.

privado da razão. De fato, não há dúvida de que teria abdicado formalmente ao trono e retirado-se para o grande monastério trapista* em Granada, do qual já era o prior titular, não fosse o medo de deixar a pequena Infanta à mercê do irmão, cuja crueldade, mesmo em Espanha, era notória, e que era suspeito por muitos de ter provocado a morte da Rainha por meio dum par de luvas envenenadas que presenteara-a na ocasião em que recebeu-a em visita ao seu castelo em Aragão. Mesmo após os três anos de luto oficial que o Rei impusera a todos os seus domínios, mediante édito real, nunca permitiu que os ministros falassem sobre qualquer nova aliança; e quando o próprio Imperador dirigiu-se a ele e ofereceu-lhe em casamento a mão da adorável Arquiduquesa da Boêmia, a sua sobrinha, ordenou aos embaixadores que dissessem ao mestre que o Rei de Espanha já casara-se com a Tristeza e, apesar de ela ser uma noiva estéril, amava-a mais que à Beleza; uma resposta que custou-lhe a coroa das ricas províncias dos Países Baixos que, logo depois, instigadas pelo Imperador, revoltaram-se contra ele sob a liderança de alguns fanáticos da Igreja Reformada.

Toda a sua vida conjugal de alegria feroz e ardente, e a terrível agonia do fim repentino, pareceram-lhe retornar hoje ao observavar a Infanta brincando no terraço. Tinha a graciosa maneira petulante da Rainha, a mesma forma deliberada de jogar a cabeça, o contorno altivo dos belos lábios; o mesmo sorriso maravilhoso – *vrai sourire de France***, de fato – quando mirava a janela vez ou outra, ou quando oferecia a mãozinha para os imponentes cavaleiros de Espanha beijar. Mas o riso estridente das crianças irritava os seus ouvidos; a brilhante e impiedosa luz do sol zombava da sua dor e um odor carregado de estranhas especiarias, iguais àquelas usadas pelos embalsamadores parecia envenenar – ou seria imaginação? – o ar límpido da manhã. Ele enterrou o rosto por entre as suas mãos e quando a Infanta olhou novamente as cortinas tinham sido fechadas e o Rei havia retirado-se.

Ela fez uma pequena *moue**** de desapontamento, e deu de ombros. Certamente devia permanecer com ela no dia do seu aniversário. Que importância tinha os estúpidos assuntos de Estado? Ou teria ele ido à tenebrosa capela onde as velas estavam sempre queimando e aonde nunca foi autorizada a entrar? Que tolice a dele justo quando o sol estava brilhando tão reluzente e todo mundo estava tão feliz! Além do mais, perderia a simulação da tourada que as trombetas já anunciavam, para não falar do teatro de marionetes e das outras coisas maravilhosas. O seu tio e o Grande Inquisidor eram bem mais sensatos. Saíram ao terraço e prestaram-lhe amáveis elogios. Então ela meneou a sua bela cabeça, e ao tomar Dom Pedro pela mão, caminhou lentamente para baixo na direção de um extenso pavilhão de seda púrpura erguido na extremidade do jardim; as outras crianças seguiram-na, obedecendo a severa ordem de precedência, segundo a qual as de nomes mais longos deveriam ir primeiro.

*** *** ***

Um desfile de jovens nobres deslumbrantemente vestidos de toreadores veio ao encontro dela e o jovem Conde de *Tierra Nueva*, rapaz maravilhosamente belo, com seus quatorze anos, a descobrir a cabeça com a graça de alguém nascido fidalgo e grande

---

* Relativo à Ordem dos Cistercienses da Estrita Observância, um ramo beneditino da Ordem dos Cistercienses, vulgarmente designado como Trapistas, fundado em 1140.
** No original em francês, "o legítimo sorriso de França."
*** No original em francês, careta, momice.

grandee of Spain, led her solemnly in to a little gilt and ivory chair that was placed on a raised dais above the arena. The children grouped themselves all round, fluttering their big fans and whispering to each other, and Don Pedro and the Grand Inquisitor stood laughing at the entrance. Even the Duchess – the *Camerera-Mayor* as she was called – a thin, hard-featured woman with a yellow ruff, did not look quite so bad-tempered as usual, and something like a chill smile flitted across her wrinkled face and twitched her thin bloodless lips.

It certainly was a marvellous bull-fight, and much nicer, the Infanta thought, than the real bull-fight that she had been brought to see at Seville, on the occasion of the visit of the Duke of Parma to her father. Some of the boys pranced about on richly-caparisoned hobby-horses brandishing long javelins with gay streamers of bright ribands attached to them; others went on foot waving their scarlet cloaks before the bull, and vaulting lightly over the barrier when he charged them; and as for the bull himself, he was just like a live bull, though he was only made of wicker-work and stretched hide, and sometimes insisted on running round the arena on his hind legs, which no live bull ever dreams of doing. He made a splendid fight of it too, and the children got so excited that they stood up upon the benches, and waved their lace handkerchiefs and cried out, *Bravo toro! Bravo toro!* just as sensibly as if they had been grown-up people. At last, however, after a prolonged combat, during which several of the hobby-horses were gored through and through, and, their riders dismounted, the young Count of *Tierra Nueva* brought the bull to his knees, and having obtained permission from the Infanta to give the *coup de grâce*[*], he plunged his wooden sword into the neck of the animal with such violence that the head came right off, and disclosed the laughing face of little *Monsieur* de Lorraine, the son of the French Ambassador at Madrid.

The arena was then cleared amidst much applause, and the dead hobbyhorses dragged solemnly away by two Moorish pages in yellow and black liveries, and after a short interlude, during which a French posture-master performed upon the tightrope, some Italian puppets appeared in the semi-classical tragedy of *Sophonisba*[**] on the stage of a small theatre that had been built up for the purpose. They acted so well, and their gestures were so extremely natural, that at the close of the play the eyes of the Infanta were quite dim with tears. Indeed some of the children really cried, and had to be comforted with sweetmeats, and the Grand Inquisitor himself was so affected that he could not help saying to Don Pedro that it seemed to him intolerable that things made simply out of wood and coloured wax, and worked mechanically by wires, should be so unhappy and meet with such terrible misfortunes.

An African juggler followed, who brought in a large flat basket covered with a red cloth, and having placed it in the centre of the arena, he took from his turban a curious reed pipe, and blew through it. In a few moments the cloth began to move, and as the pipe grew shriller and shriller two green and gold snakes put out their

---

[*] In the original in French: decisive blow.

[**] Sophonisba was a Carthaginian princess, who even promised to Prince Massinissa, was given in marriage to King Syphax in exchange for his support of Carthage. Syphax, when he was captured by General Scipio Africano, began to support Rome. Then Sophonisba attempted to take Massinissa to the Carthaginian cause, but Syphax, who was grateful to Scipio for the treatment he had received, warned him of his former wife's behavior. Scipio demanded that she be brought to his presence, but Massinissa intervened, sending poison to her and forcing Sophonisba to commit suicide.

de Espanha, conduziu-a solenemente à cadeirinha dourada de marfim, colocada sobre uma plataforma elevada acima da arena. As crianças agruparam-se ao redor, abanando os grandes leques e cochichando umas com as outras, e Dom Pedro e o Grande Inquisidor permaneceram rindo à entrada. Mesmo a Duquesa – a *Camerera-Mayor* como era chamada – uma mulher esbelta e severa com uma gola amarela de tufos engomados, não parecia tão mal humorada como de costume e algo semelhante a um sorriso frio passou rapidamente pelo rosto enrugado e contorceu-se sobre os seus finos lábios descorados.

Certamente tratava-se de magnífica tourada, e muito mais agradável, pensou a Infanta, que as verdadeiras touradas às quais fora levada para assistir em Sevilha, por ocasião da visita do Duque de Parma ao seu pai. Alguns garotos empinavam os cavalos-de-pau ricamente odornados, brandindo dardos compridos, com alegres fitas brilhantes presas a eles; outros vinham a pé, agitando as capas escarlates diante do touro e saltando com facilidade o cercado, quando perseguia-os; e quanto ao próprio touro, parecia-se muito com um animal de verdade, apesar de ser feito apenas de vime e de couro esticado e insistia, algumas vezes, em correr pela arena apenas com as patas traseiras, coisa que nenhum touro vivo jamais sonhou em fazer. Fez uma esplêndida luta também e as crianças ficaram tão excitadas que ficaram em cima da bancada, agitando os lenços rendilhados e gritando, *Bravo toro! Bravo toro!*, tão sensatamente como os adultos. Por fim, no entanto, após um combate prolongado, durante o qual vários dos cavalos-de-pau foram chifrados mais de uma vez e os seus cavaleiros desmontados, o jovem Conde de *Tierra Nueva* trouxe o touro até os seus joelhos e tendo obtido permissão da Infanta para desferir o *coup de grâce*[*], mergulhou a sua espada de madeira no pescoço do animal com tamanha violência que a cabeça se desprendeu, descobrindo a face sorridente do pequeno *Monsieur* de Lorraine, o filho do embaixador francês em Madri.

A arena foi então liberada em meio de aplausos, e os cavalos-de-pau mortos solenemente arrastados por dois pajens mouros, vestidos com librés amarelas e negras, e, após um pequeno intervalo, durante o qual um experiente equilibrista francês se exibiu sobre a corda-bamba, alguns fantoches italianos representaram a tragédia clássica *Sofonisba*[**] no palco do pequenino teatro construído especialmente para esse propósito. Atuaram tão bem, com gestos tão naturais, que ao final da peça os olhos da Infanta estavam completamente cobertos de lágrimas. De fato, algumas crianças choraram realmente, e foram consoladas com docinhos, e mesmo o Grande Inquisidor ficou tão emocionado que não pode evitar dizer a Dom Pedro que lhe parecia intolerável que coisas feitas simplesmente de madeira e cera colorida, movidas mecanicamente por arames, pudessem ser tão infelizes e acometidas de tão terríveis infortúnios.

Em seguida, veio um malabarista africano que trouxe uma cesta grande e plana coberta com um pano vermelho e, tendo-a colocado no centro da arena, tirou do turbante uma estranha flauta de junco e soprou através dela. Após alguns momentos o pano começou a mover-se, e enquanto a flauta se tornava cada vez mais estridente,

---

[*]   No original em francês: golpe de misericórdia.
[**]   Sofonisba foi uma princesa cartaginesa, que mesmo prometida para o príncipe Massinissa, foi dada em casamento ao Rei Sifax em troca do seu apoio a Cartago. Sifax, ao ser capturado pelo general Cipião Africano, passou a apoiar Roma. Sofonisba então tentou levar Massinissa para a causa cartaginesa, porém Sífax, que era grato a Cipião pelo tratamento que ele havia recebido, avisou-o sobre o comportamento da sua ex-esposa. Cipião exigiu que ela fosse levada à sua presença, porém Massinissa interveio, ao enviar-lhe veneno e a forçar Sofonisba a suicidar-se.

strange wedge-shaped heads and rose slowly up, swaying to and fro with the music as a plant sways in the water. The children, however, were rather frightened at their spotted hoods and quick darting tongues, and were much more pleased when the juggler made a tiny orange-tree grow out of the sand and bear pretty white blossoms and clusters of real fruit; and when he took the fan of the little daughter of the Marquess de *Las Torres*, and changed it into a blue bird that flew all round the pavilion and sang, their delight and amazement knew no bounds. The solemn minuet, too, performed by the dancing boys from the church of *Nuestra Señora Del Pilar*, was charming. The Infanta had never before seen this wonderful ceremony which takes place every year at Maytime in front of the high altar of the Virgin, and in her honour; and indeed none of the royal family of Spain had entered the great cathedral of Saragossa since a mad priest, supposed by many to have been in the pay of Elizabeth of England, had tried to administer a poisoned wafer to the Prince of the Asturias. So she had known only by hearsay of "Our Lady's Dance" as it was called, and it certainly was a beautiful sight. The boys wore old-fashioned court dresses of white velvet, and their curious three-cornered hats were fringed with silver and surmounted with huge plumes of ostrich feathers; the dazzling whiteness of their costumes, as they moved about in the sunlight, being still more accentuated by their swarthy faces and long black hair. Everybody was fascinated by the grave dignity with which they moved through the intricate figures of the dance, and by the elaborate grace of their slow gestures, and stately bows, and when they had finished their performance and doffed their great plumed hats to the Infanta, she acknowledged their reverence with much courtesy, and made a vow that she would send a large wax candle to the shrine of Our Lady of Pilar in return for the pleasure that she had given her.

A troop of handsome Egyptians – as the gipsies were termed in those days – then advanced into the arena, and sitting down cross-legs, in a circle, began to play softly upon their zithers, moving their bodies to the tune, and humming, almost below their breath, a low dreamy air. When they caught sight of Don Pedro they scowled at him, and some of them looked terrified, for only a few weeks before he had had two of their tribe hanged for sorcery in the market-place at Seville, but the pretty Infanta charmed them as she leaned back peeping over her fan with her great blue eyes, and they felt sure that one so lovely as she was could never be cruel to anybody. So they played on very gently and just touching the cords of the zithers with their long pointed nails, and their heads began to nod as though they were falling asleep. Suddenly, with a cry so shrill that all the children were startled and Don Pedro's hand clutched at the agate pommel of his dagger, they leapt to their feet and whirled madly round the enclosure beating their tambourines, and chaunting some wild love-song in their strange guttural language. Then at another signal they all flung themselves again to the ground and lay there quite still, the dull strumming of the zithers being the only sound that broke the silence. After that they had done this several times, they disappeared for a moment and came back leading a brown shaggy bear by a chain, and carrying on their shoulders some little Barbary apes. The bear stood upon his head with the utmost gravity, and the wizened apes played all kinds of amusing tricks with two gipsy boys who seemed to be their masters; and fought with tiny swords, and fired off guns, and went through a regular soldier's drill just like the King's own bodyguard. In fact the gipsies were a great success.

But the funniest part of the whole morning's entertainment, was undoubtedly

duas serpentes verdes e douradas puseram para fora as estranhas cabeças triangulares, erguendo-as lentamente e balançando para lá e para cá ao ritmo da música como as plantas balançam-se na água. As crianças, contudo, ficaram bastante assustadas com as cristas manchadas e as línguas rápidas como setas sendo atiradas e ficaram muito mais contentes quando o malabarista fez brotar da areia uma pequenina laranjeira carregada de graciosos botões brancos e montes de frutos de verdade; e ao tomar o leque da filhinha do Marquês de *Las Torres* transformou-o num pássaro azul que voou por todo o pavilhão cantando e o encanto e o assombro não tiveram limites. O minueto solene apresentado pelos meninos dançarinos da igreja de *Nuestra Señora Del Pilar* era encantador. A Infanta nunca vira essa maravilhosa cerimônia antes, que tem lugar todos os anos, em maio, em frente do altar-mor da Virgem e em honra dela; e, na verdade, nenhum membro da família real de Espanha tornou a entrar na catedral de Saragoça desde que um padre louco, que segundo muitos a mando de Elizabete da Inglaterra, tentara administrar uma hóstia envenenada ao Príncipe de Astúrias. Por isso, ela conhecia apenas a "Dança de Nossa Senhora", que certamente, era bonita de ver-se. Os meninos vestiam antigos trajes da corte de veludo branco e curiosos chapéus de três pontas orlados com prata, encimados por imensas plumas de avestruz; a brancura deslumbrante dos trajes, conforme moviam-se à luz do sol, era ainda mais acentuada em contraste com os rostos morenos e os longos cabelos negros. Todos estavam fascinados com a dignidade com que moviam-se por meio de intrincadas representações da dança, com a graça detalhada da lentidão dos seus gestos e as imponentes reverências, e ao terminarem a apresentação, a tirar os grandes chapéus emplumados diante da Infanta, ela retribuiu a reverência com muita cortesia, a prometer que enviaria uma imensa vela de cera ao santuário de Nossa Senhora do Pilar em retribuição ao prazer que ela proporcionara-lhe.

Uma tropa de belos egípcios – como os ciganos eram chamados naqueles dias – então adentrou à arena e sentou-se em círculo com as pernas cruzadas, começando a tocar suavemente as suas cítaras, movendo os seus corpos com a melodia e cantarolando bem baixinho uma pequena cantiga sonhadora. Ao avistarem Dom Pedro, lançaram-lhe um olhar mal-humorado e alguns deles estavam apavorados, pois há algumas semanas ele enforcara dois membros da tribo por feitiçaria no mercado de Sevilha, mas a graciosa Infanta deixou-os encantados ao recostar-se e a espiar por sobre o leque com os grandes olhos azuis e sentiram-se seguros de que alguém tão amável quanto ela jamais poderia ser cruel com ninguém. Então continuaram a tocar docemente, apenas a roçar as cordas das cítaras com as unhas compridas e pontiagudas e as suas cabeças começaram a inclinar como se estivessem a cair no sono. De súbito, com um grito tão estridente que as crianças assustaram-se e Dom Pedro agarrou o punho de ágata da sua adaga, saltaram rodopiando loucamente em torno do cercado, batendo nos pandeiros, entoando alguma selvagem canção de amor na sua língua estranha e gutural. Então, com outro sinal, lançaram-se novamente ao chão e lá permaneceram quase imóveis, sendo o lento dedilhar das cítaras o único som a romper o silêncio. Depois de terem feito isso inúmeras vezes, desapareceram por um instante e voltaram a conduzir um felpudo urso castanho acorrentado e trazendo nos ombros alguns macaquinhos da Berbéria. O urso ergueu a cabeça com a máxima gravidade e os enrugados macacos fizeram todo tipo de truques divertidos com dois meninos ciganos que pareciam ser os seus mestres; lutaram com espadinhas, atiraram com armas e fizeram o mesmo treinamento de soldados, como a própria guarda pessoal do Rei. De fato, os ciganos foram um verdadeiro sucesso.

Mas a parte mais engraçada do espetáculo de toda a manhã foi sem dúvida a

the dancing of the little Dwarf. When he stumbled into the arena, waddling on his crooked legs and wagging his huge misshapen head from side to side, the children went off into a loud shout of delight, and the Infanta herself laughed so much that the *Camerera* was obliged to remind her that although there were many precedents in Spain for a King's daughter weeping before her equals, there were none for a Princess of the blood royal making so merry before those who were her inferiors in birth. The Dwarf, however, was really quite irresistible, and even at the Spanish Court, always noted for its cultivated passion for the horrible, so fantastic a little monster had never been seen. It was his first appearance, too. He had been discovered only the day before, running wild through the forest, by two of the nobles who happened to have been hunting in a remote part of the great cork-wood that surrounded the town, and had been carried off by them to the Palace as a surprise for the Infanta; his father, who was a poor charcoal-burner, being but too well pleased to get rid of so ugly and useless a child. Perhaps the most amusing thing about him was his complete unconsciousness of his own grotesque appearance. Indeed he seemed quite happy and full of the highest spirits. When the children laughed, he laughed as freely and as joyously as any of them, and at the close of each dance he made them each the funniest of bows, smiling and nodding at them just as if he was really one of themselves, and not a little misshapen thing that Nature, in some humourous mood, had fashioned for others to mock at. As for the Infanta, she absolutely fascinated him. He could not keep his eyes off her, and seemed to dance for her alone, and when at the close of the performance, remembering how she had seen the great ladies of the Court throw bouquets to Caffarelli*, the famous Italian treble, whom the Pope had sent from his own chapel to Madrid that he might cure the King's melancholy by the sweetness of his voice, she took out of her hair the beautiful white rose, and partly for a jest and partly to tease the *Camerera*, threw it to him across the arena with her sweetest smile. He took the whole matter quite seriously, and pressing the flower to his rough coarse lips he put his hand upon his heart, and sank on one knee before her, grinning from ear to ear, and with his little bright eyes sparkling with pleasure.

This so upset the gravity of the Infanta that she kept on laughing long after the little Dwarf had ran out of the arena, and expressed a desire to her uncle that the dance should be immediately repeated. The *Camerera*, however, on the plea that the sun was too hot, decided that it would be better that her Highness should return without delay to the Palace, where a wonderful feast had been already prepared for her, including a real birthday cake with her own initials worked all over it in painted sugar and a lovely silver flag waving from the top. The Infanta accordingly rose up with much dignity, and having given orders that the little Dwarf was to dance again for her after the hour of *siesta*, and conveyed her thanks to the young Count of *Tierra Nueva* for his charming reception, she went back to her apartments, the children following in the same order in which they had entered.

---

* Gaetano Majorano (1710-1783) was a castrato and Italian opera singer. His stage name, Caffarelli, derives from Domenico Caffaro, his patron. He was a student of Nicola Porpora and one of the few documented cases of children who so much appreciated that they had to sing that he had asked to be castrated. At ten years old, it was given to him an income of two vines from his grandmother, so that he could study grammar and music. He became the favorite pupil of his master Porpora, who has been told that, having put young Caffarelli to work on a musical piece with exercises for six years, he eventually had declared: "Go on, my son: I have nothing else to teach you: you are the best singer in all of Europe."

dança do Anãozinho. Quando ele tropeçou na arena, gingando sobre as suas pernas tortas e abanando a cabeça mal-formada dum lado para outro, as crianças explodiram num grito alto de contentamento e a própria Infanta riu tanto que a *Camerera* foi obrigada a lembrá-la de que, apesar de existirem muitos precedentes em Espanha de filhas de rei chorarem diante dos seus iguais, nada havia a respeito de uma Princesa de sangue real que demonstrasse tanta alegria diante daqueles que eram-lhe inferiores por nascimento. O Anão, porém, era realmente irresistível, e mesmo na corte espanhola, sempre célebre por cultivar a paixão pelo horrível, nunca tinham visto criaturinha tão fantástica. Essa era também a sua primeira aparição. Fora descoberto apenas no dia anterior, correndo, selvagem, pela floresta, por dois nobres que por acaso estavam caçando numa parte remota do grande bosque que circundava a cidade e que levaram-no para o Palácio, como uma surpresa para a Infanta; o seu pai, um pobre carvoeiro, sentiu-se muito grato por ver-se livre duma criança tão feia e inútil. Talvez a coisa mais divertida sobre ele era o completo desconhecimento que tinha sobre a sua própria aparência grotesca. De fato, parecia completamente feliz e pleno dos espíritos mais elevados. Quando as crianças riam, ele ria tão intensamente e tão alegre quanto qualquer outro e, no fim de cada dança, fazia a todos as mais cômicas reverências, sorrindo e acenando para elas com se fosse verdadeiramente igual, e não uma coisinha mal-formada que a Natureza, com disposição para o cômico, moldou-o assim para que outros zombassem. E quanto à Infanta, deixou-o absolutamente fascinado. Não conseguia manter os olhos longe dela, parecendo dançar apenas para ela, e ao final da apresentação, ao relembrar de que ela havia visto as grandes damas da Corte atirarem ramalhetes para Caffarelli[*], o famoso menino soprano italiano, a quem o Papa enviara da sua própria capela à Madri, para que curasse a melancolia do Rei com a doçura da sua voz, tirou dos cabelos a bela rosa branca e, parte por gracejo e parte para provocar a *Camerera*, atirou-a para ele do outro lado da arena com o seu sorriso mais doce. Ele levou o assunto completamente a sério e apertando a flor nos lábios toscos e grossos, colocou a mão sobre seu coração, e deitou-se sobre um dos joelhos diante dela, sorrindo de orelha a orelha com seus olhinhos brilhantes a faiscar com prazer.

Isso alterou de tal forma a seriedade da Infanta que ela ainda continuou a rir muito depois do Anãozinho ter corrido da arena e expressou ao seu tio o seu desejo de que a dança fosse imediatamente repetida. A *Camerera*, entretanto, ao argumentar que o sol estava quente demais, decidiu que seria melhor que sua Alteza retornasse sem demora ao Palácio, onde um maravilhoso festim já estava preparado para ela, incluído um majestoso bolo de aniversário com as suas iniciais pintadas com açúcar e uma adorável bandeira de prata a tremular no topo. A Infanta ergueu-se adequadamente com muita dignidade e tendo ordenado que o Anãozinho dançasse novamente para ela depois da hora da *siesta* e apresentado os seus agradecimentos ao Conde de *Tierra Nueva* por recepção tão encantadora, retornou aos seus aposentos, seguida pelas crianças na mesma ordem de precedência com que entraram.

---

[*] Gaetano Majorano (1710-1783) foi um castrato e cantor de ópera italiano. O seu nome de palco, Caffarelli, deriva de Domenico Caffaro, o seu patrono. Foi estudante de Nicola Porpora e um dos raros casos documentados de crianças que de tanto apreço que tinham em cantar que pediram para serem castradas. Com dez anos de idade, foi-lhe dada a renda de duas vinhas da sua avó, para que pudesse estudar a gramática e a música. Tornou-se o pupilo preferido do seu mestre Porpora, do qual é dito que, tendo colocado o jovem Caffarelli a trabalhar numa peça musical com exercícios por seis anos, eventualmente terá declarado: "Vai, meu filho: não tenho mais nada a te ensinar: és o melhor cantor de toda a Europa."

*** *** ***

Now when the little Dwarf heard that he was to dance a second time before the Infanta, and by her own express command, he was so proud that he ran out into the garden, kissing the white rose in an absurd ecstasy of pleasure, and making the most uncouth and clumsy gestures of delight.

The Flowers were quite indignant at his daring to intrude into their beautiful home, and when they saw him capering up and down the walks, and waving his arms above his head in such a ridiculous manner, they could not restrain their feelings any longer.

"He is really far too ugly to be allowed to play in any place where we are", cried the Tulips.

"He should drink poppy-juice, and go to sleep for a thousand years", said the great scarlet Lilies, and they grew quite hot and angry.

"He is a perfect horror!" screamed the Cactus. "Why, he is twisted and stumpy, and his head is completely out of proportion with his legs. Really he makes me feel prickly all over, and if he comes near me I will sting him with my thorns."

"And he has actually got one of my best blooms", exclaimed the White Rose-Tree. "I gave it to the Infanta this morning myself, as a birthday present, and he has stolen it from her." And she called out, "Thief, thief, thief!" at the top of her voice.

Even the red Geraniums, who did not usually give themselves airs, and were known to have a great many poor relations themselves, curled up in disgust when they saw him, and when the Violets meekly remarked that though he was certainly extremely plain, still he could not help it, they retorted with a good deal of justice that that was his chief defect, and that there was no reason why one should admire a person because he was incurable; and, indeed, some of the Violets themselves felt that the ugliness of the little Dwarf was almost ostentatious, and that he would have shown much better taste if he had looked sad, or at least pensive, instead of jumping about merrily, and throwing himself into such grotesque and silly attitudes.

As for the old Sundial, who was an extremely remarkable individual, and had once told the time of day to no less a person than the Emperor Charles V himself, he was so taken aback by the little Dwarf's appearance that he almost forgot to mark two whole minutes with his long shadowy finger, and could not help saying to the great milk-white Peacock, who was sunning herself on the balustrade, that every one knew that the children of Kings were Kings, and that the children of charcoal-burners were charcoal-burners, and that it was absurd to pretend that it wasn't so; a statement with which the Peacock entirely agreed, and indeed screamed out, 'Certainly, certainly,' in such a loud, harsh voice, that the gold-fish who lived in the basin of the cool splashing fountain put their heads out of the water, and asked the huge stone Tritons what on earth was the matter.

But somehow the Birds liked him. They had seen him often in the forest, dancing about like an elf after the eddying leaves, or crouched up in the hollow of some old oak-tree, sharing his nuts with the squirrels. They did not mind his being ugly, a bit. Why, even the nightingale herself, who sang so sweetly in the orange groves at

*** *** ***

Então, quando o Anãozinho ouviu que iria dançar pela segunda vez diante da Infanta e por ordem expressa dela mesma ficou tão orgulhoso que correu pelo jardim, a beijar a rosa branca num absurdo êxtase de prazer, a fazer os mais rudes e desajeitados gestos de contentamento.

As Flores estavam tão indignadas por ele ter ousado entrar na bela casa delas, e ao virem-no saltar para cima e para baixo pelo passeio e a balançar os braços acima da cabeça de forma tão ridícula, não puderam conter os seus sentimentos por mais tempo.

"Ele é muito feio para que possa brincar em qualquer lugar em que estejamos", exclamaram as Tulipas.

"Ele deveria beber suco de papoula e dormir por milhares de anos", disseram os grandes Lírios escarlates, tornando-se completamente vermelhos de raiva.

"É um perfeito horror!" gritou o Cacto. "Pois é torto e atarracado e a cabeça é completamente desproporcional às suas pernas. Realmente, faz com que sinta-me todo irritadiço, e se ele vier para perto de mim, vou espetá-lo com os meus espinhos."

"E verdadeiramente pegou um dos meus melhores botões", exclamou a Roseira Branca. "Eu mesma dei-o para a Infanta esta manhã como um presente de aniversário e ele roubou-a dela." E ela gritou, "Ladrão, ladrão, ladrão!" o mais alto que pode.

Até mesmo os Gerânios vermelhos, que não costumavam dar-se a ares de importância, sendo conhecidos pelo grande número de parentes pobres, enrolaram-se de aversão quando o viram, e quando as Violetas humildemente observaram que embora ele fosse com certeza extremamente sem graça, nada podia ser feito a respeito, replicaram com boa parte de razão que aquele era o seu principal defeito e não havia razão para alguém admirar uma pessoa por ela ser incurável; e, de fato, algumas Violetas sentiram que a feiúra de Anãozinho era quase ostentação e que ele demonstraria um melhor bom gosto se ele parecesse triste, ou pelo menos pensativo, ao invés de pular alegremente, lançando-se em tais atitudes estúpidas e grotescas.

Quanto ao velho Relógio de Sol, que era um indivíduo extremamente notável e que certa vez tinha informado as horas a ninguém menos que o Imperador Carlos V em pessoa, estava tão surpreso com a aparência do Anãozinho que quase esqueceu de marcar dois minutos inteiros com o seu longo dedo de sombra e não pode evitar de dizer ao grande Pavão, branco como o leite, que estava tomando sol sobre a balaustrada que todos sabiam que os filhos de Reis eram Reis e que os filhos de carvoeiros eram carvoeiros, e que era um absurdo fingir que tudo não era assim; uma declaração com a qual o Pavão concordou inteiramente e que de fato fez com que gritasse, "Certamente, certamente!", tão alto e com uma voz tão severa que os peixes dourados que viviam no tanque da fonte de água fresca, puseram as suas cabeças para fora d'água, a perguntar ao imenso Tritão de pedra o que estava a acontecer na terra.

Mas de alguma forma os pássaros gostavam dele. Tinham-no visto muitas vezes na floresta, dançando como um elfo atrás das folhas num redemoinho ou encolhido dentro do oco de algum velho carvalho, compartilhando nozes com os esquilos. Eles não se importavam com a feiúra dele nem um pouquinho. Pois, mesmo o próprio

night that sometimes the Moon leaned down to listen, was not much to look at after all; and, besides, he had been kind to them, and during that terribly bitter winter, when there were no berries on the trees, and the ground was as hard as iron, and the wolves had come down to the very gates of the city to look for food, he had never once forgotten them, but had always given them crumbs out of his little hunch of black bread, and divided with them whatever poor breakfast he had.

So they flew round and round him, just touching his cheek with their wings as they passed, and chattered to each other, and the little Dwarf was so pleased that he could not help showing them the beautiful white rose, and telling them that the Infanta herself had given it to him because she loved him.

They did not understand a single word of what he was saying, but that made no matter, for they put their heads on one side, and looked wise, which is quite as good as understanding a thing, and very much easier.

The Lizards also took an immense fancy to him, and when he grew tired of running about and flung himself down on the grass to rest, they played and romped all over him, and tried to amuse him in the best way they could. "Every one cannot be as beautiful as a lizard", they cried; "that would be too much to expect. And, though it sounds absurd to say so, he is really not so ugly after all, provided, of course, that one shuts one's eyes, and does not look at him." The Lizards were extremely philosophical by nature, and often sat thinking for hours and hours together, when there was no-thing else to do, or when the weather was too rainy for them to go out.

The Flowers, however, were excessively annoyed at their behaviour, and at the behaviour of the birds. "It only shows", they said, "what a vulgarising effect this incessant rushing and flying about has. Well-bred people always stay exactly in the same place, as we do. No one ever saw us hopping up and down the walks, or galloping madly through the grass after dragon-flies. When we do want change of air, we send for the gardener, and he carries us to another bed. This is dignified, and as it should be. But birds and lizards have no sense of repose, and indeed birds have not even a permanent address. They are mere vagrants like the gipsies, and should be treated in exactly the same manner." So they put their noses in the air, and looked very haughty, and were quite delighted when after some time they saw the little Dwarf scramble up from the grass, and make his way across the terrace to the palace.

"He should certainly be kept indoors for the rest of his natural life", they said. "Look at his hunched back, and his crooked legs", and they began to titter.

But the little Dwarf knew nothing of all this. He liked the birds and the lizards immensely, and thought that the flowers were the most marvellous things in the whole world, except of course the Infanta, but then she had given him the beautiful white rose, and she loved him, and that made a great difference. How he wished that he had gone back with her! She would have put him on her right hand, and smiled at him, and he would have never left her side, but would have made her his playmate, and taught her all kinds of delightful tricks. For though he had never been in a palace before, he knew a great many wonderful things. He could make little cages out of rushes for the grasshoppers to sing in, and fashion the long jointed bamboo into the pipe that Pan loves to hear. He knew the cry of every bird, and could call the starlings from the tree-top, or the heron from the mere. He knew the trail of every animal, and

rouxinol que à noite cantava tão docemente no bosque de laranjas que algumas vezes a Lua inclinava-se para ouvi-lo, não tinha lá muitos atrativos no final das contas. E além do mais, fora gentil com eles, e durante aquele terrível e penoso inverno, quando não chegaram a descer até os portões da cidade em busca de comida, ele não se esqueceu deles nem uma vez sempre dando-lhes migalhas do seu pequeno naco de pão preto e a dividir com eles o que quer que tivesse em seu parco desjejum.

Assim, eles voaram e voaram ao redor dele, apenas tocando a sua bochecha com as suas asas ao passar, e falavam entre si, e o Anãozinho estava tão feliz que não pode deixar de mostrar a eles a linda rosa branca, e a contar-lhes que a própria Infanta dera-a para ele, pois ela amava-o.

Eles não entenderam uma única palavra do ele dizia, mas não tinha importância, pois puseram a cabeça para o lado, com um olhar inteligente, o que é quase tão bom quanto entender algo, e muito mais fácil.

As Lagartixas também sentiam uma enorme simpatia por ele, e quando sentiu-se cansado de correr por aí e atirou-se sobre a relva para descansar, brincaram e fizeram travessuras em torno dele, tentando diverti-lo da melhor forma. "Nem todos podem ser tão belos quanto as lagartixas", exclamaram, "seria esperar demais. E, embora pareça absurdo de dizer-se, ele realmente não é tão feio afinal, desde que evidentemente fechemos os olhos e não olhemos para ele." As Lagartixas são extremamente filosóficas por natureza e sempre sentam-se juntas por horas e horas, quando não têm nada mais a fazer ou quando o tempo está chuvoso demais para que possam sair.

As Flores, no entanto, estavam muito aborrecidas com o comportamento deles e dos pássaros também. "Isso só demonstra", disseram elas, "a consequente vulgaridade dessas incessantes correrias e voos. Pessoas educadas sempre ficam exatamente no mesmo lugar como fazemos. Ninguém nunca viu-nos saltitando pelos passeios ou trotando loucamente pela relva atrás de libélulas. Quando queremos mudar de ares, mandamos buscar o jardineiro e ele transporta-nos para outro canteiro. Isto é digno e deve ser assim. Mas pássaros e lagartixas não têm noção de repouso e, de fato, os pássaros nem mesmo têm uma morada fixa. São só vagabundos como os ciganos e devem ser tratados da mesma maneira." Então empinaram o nariz, parecendo muito arrogantes e ficaram encantadas quando depois de algum tempo viram o Anãozinho arrastando-se de cima da relva e tomando o caminho do palácio através do terraço.

"Certamente deveria ser mantido entre quatro paredes pelo resto da sua vida", disseram, "olhem a sua corcunda e as suas pernas tortas" e começaram a rir.

Mas o Anãozinho não importou-se com nada disso. Gostava imensamente dos pássaros e das lagartixas e julgava que as flores eram as coisas mais belas do mundo inteiro excetuando, é claro, a Infanta, pois havia dado-lhe a linda rosa branca e amava-o e isso fazia uma grande diferença. Como desejava estar com ela novamente! Havia-o posto à sua direita e sorrido para ele e jamais sairia do lado dela, por isso a tornaria a sua companheira, ensinando-lhe todo tipo de truques encantadores. Pois, embora nunca estivesse no palácio , conhecia uma grande porção de coisas maravilhosas. Poderia fazer gaiolinhas de junco para os gafanhotos cantarem dentro e moldar o longo feixe de bambu numa flauta que Pã adorava escutar. Conhecia o lamento de cada pássaro e podia chamar os estorninhos que estavam no topo das árvores ou as garças do lago. Conhecia o rastro de cada animal, e podia seguir a lebre pelas delicadas pega-

could track the hare by its delicate footprints, and the boar by the trampled leaves. All the wild-dances he knew, the mad dance in red raiment with the autumn, the light dance in blue sandals over the corn, the dance with white snow-wreaths in winter, and the blossom-dance through the orchards in spring. He knew where the wood-pigeons built their nests, and once when a fowler had snared the parent birds, he had brought up the young ones himself, and had built a little dovecot for them in the cleft of a pollard elm. They were quite tame, and used to feed out of his hands every morning. She would like them, and the rabbits that scurried about in the long fern, and the jays with their steely feathers and black bills, and the hedgehogs that could curl themselves up into prickly balls, and the great wise tortoises that crawled slowly about, shaking their heads and nibbling at the young leaves. Yes, she must certainly come to the forest and play with him. He would give her his own little bed, and would watch outside the window till dawn, to see that the wild horned cattle did not harm her, nor the gaunt wolves creep too near the hut. And at dawn he would tap at the shutters and wake her, and they would go out and dance together all the day long. It was really not a bit lonely in the forest. Sometimes a Bishop rode through on his white mule, reading out of a painted book. Sometimes in their green velvet caps, and their jerkins of tanned deerskin, the falconers passed by, with hooded hawks on their wrists. At vintage-time came the grape-treaders[*], with purple hands and feet, wreathed with glossy ivy and carrying dripping skins of wine; and the charcoal-burners sat round their huge braziers at night, watching the dry logs charring slowly in the fire, and roasting chestnuts in the ashes, and the robbers came out of their caves and made merry with them. Once, too, he had seen a beautiful procession winding up the long dusty road to Toledo. The monks went in front singing sweetly, and carrying bright banners and crosses of gold, and then, in silver armour, with matchlocks and pikes, came the soldiers, and in their midst walked three barefooted men, in strange yellow dresses painted all over with wonderful figures, and carrying lighted candles in their hands. Certainly there was a great deal to look at in the forest, and when she was tired he would find a soft bank of moss for her, or carry her in his arms, for he was very strong, though he knew that he was not tall. He would make her a necklace of red bryony berries, that would be quite as pretty as the white berries that she wore on her dress, and when she was tired of them, she could throw them away, and he would find her others. He would bring her acorn-cups and dew-drenched anemones, and tiny glow-worms to be stars in the pale gold of her hair.

*** *** ***

But where was she? He asked the white rose, and it made him no answer. The whole palace seemed asleep, and even where the shutters had not been closed, heavy curtains had been drawn across the windows to keep out the glare. He wandered all round looking for some place through which he might gain an entrance, and at last he caught sight of a little private door that was lying open. He slipped through, and found himself in a splendid hall, far more splendid, he feared, than the forest, there was so much more gilding everywhere, and even the floor was made of great coloured stones, fitted together into a sort of geometrical pattern. But the little Infanta was not there, only some wonderful white statues that looked down on him from their jasper

---

[*] People who squeeze the grapes with their feet to extract the juice and producing the wine.

das e também o javali pelas folhas pisoteadas. Conhecia as danças do campo, a dança louca com indumentária vermelha do outono, a dança suave com sandálias azuis sobre o trigo, a dança com grinaldas de neve branca no inverno e a dança das floradas no pomar na primavera. Sabia onde os pombos-torcaz construíam os seus ninhos e certa vez quando um passarinheiro capturou os pais dos filhotes, ele mesmo recolheu-os e construiu um pequeno pombal no vão de um olmo podado. Foram completamente domesticados e costumavam comer nas mãos do menino todas as manhãs. Iria gostar deles e dos coelhos que corriam em disparada dentre as longas samambaias; dos gaios com as penas de aço e bicos negros, dos ouriços que podiam enrolar-se e formar uma bola de espinhos e das grandes e sábias tartarugas que rastejavam lentamente, balançando as cabeças e mordiscando as folhas jovens. Sim, certamente deve vir para a floresta para brincar com ele. Dar-lhe-ia a própria caminha e velaria do lado de fora da janela até o amanhecer para assegurar que o gado selvagem de longos chifres não fizesse mal a ela, nem que os lobos magros rastejassem perto da cabana. E ao amanhecer, bateria nas persianas para acordá-la e então poderiam sair e dançar juntos durante o dia todo. Realmente, a floresta não era nem um pouquinho solitária. Às vezes passava um Bispo montado na mula branca, lendo um livro colorido. Às vezes, com gorros de veludo verde e jaquetas marrom de couro de cervo, passavam falcoeiros com falcões encapuzados empoleirados nos pulsos. Na vindima chegavam lagareiros[*] com as mãos e os pés roxos, coroados com heras brilhantes, carregando odres de vinho; carvoeiros sentavam-se ao redor de imensos braseiros à noite, observando os troncos secos queimando devagar na fogueira e assando castanhas nas brasas; e ladrões saíam das cavernas para divertirem-se com eles. Uma vez, viu uma bela procissão caminhando pela longa estrada poeirenta para Toledo. Os monges vinham na frente, cantando docemente, carregando bandeiras brilhantes e cruzes douradas e, em armaduras prateadas com mosquetes e lanças, os soldados e no meio deles três homens descalços, com estranhos vestidos amarelos inteiramente pintados com figuras maravilhosas, com velas acesas nas suas mãos. Certamente havia um grande número de coisas para se ver na floresta e quando estivesse cansada, encontraria um banco de musgo macio para ela ou carregaria-a nos braços, pois era muito forte, apesar de saber que não era alto. Faria para ela um colar de briônias vermelhas que seria tão lindo quanto as sementes brancas que ela usava no vestido e quando cansasse-se delas, poderia jogá-las fora e encontraria outras. Traria sementes em forma de copos e anêmonas molhadas de orvalho e vaga-lumes pequenininhos para servirem de estrelas nos seus cabelos de ouro pálido.

*** *** ***

Mas onde estava ela? Perguntou à rosa branca, mas não teve resposta. O palácio inteiro parecia adormecido e mesmo onde as persianas não foram fechadas, pesadas cortinas foram puxadas para conter a claridade. Vagou por toda parte procurando por algum lugar por onde pudesse entrar, e por fim avistou uma pequena porta particular que ficara aberta. Deslizou por ela e encontrou-se num esplêndido saguão e teve medo por ser muito mais esplêndido do que a floresta, pois havia muito mais dourado por toda a parte e até mesmo o chão era feito de grandes pedras coloridas, assentadas numa espécie de padrão geométrico. Mas a pequena Infanta não estava lá, somente algumas maravilhosas estátuas brancas que observavam-no de cima de

---

[*] As pessoas que espremem as uvas com os pés para extrair o suco e produzir o vinho.

pedestals, with sad blank eyes and strangely smiling lips.

At the end of the hall hung a richly embroidered curtain of black velvet, powdered with suns and stars, the King's favourite devices, and broidered on the colour he loved best. Perhaps she was hiding behind that? He would try at any rate.

So he stole quietly across, and drew it aside. No; there was only another room, though a prettier room, he thought, than the one he had just left. The walls were hung with a many-figured green arras of needle-wrought tapestry representing a hunt, the work of some Flemish artists who had spent more than seven years in its composition. It had once been the chamber of *Jean le Fou**, as he was called, that mad King who was so enamoured of the chase, that he had often tried in his delirium to mount the huge rearing horses, and to drag down the stag on which the great hounds were leaping, sounding his hunting horn, and stabbing with his dagger at the pale flying deer. It was now used as the council-room, and on the centre table were lying the red portfolios of the ministers, stamped with the gold tulips of Spain, and with the arms and emblems of the house of Hapsburg.

The little Dwarf looked in wonder all round him, and was half-afraid to go on. The strange silent horsemen that galloped so swiftly through the long glades without making any noise, seemed to him like those terrible phantoms of whom he had heard the charcoal-burners speaking – the Comprachos, who hunt only at night, and if they meet a man, turn him into a hind, and chase him. But he thought of the pretty Infanta, and took courage. He wanted to find her alone, and to tell her that he too loved her. Perhaps she was in the room beyond.

He ran across the soft Moorish carpets, and opened the door. No! She was not here either. The room was quite empty.

It was a throne-room, used for the reception of foreign ambassadors, when the King, which of late had not been often, consented to give them a personal audience; the same room in which, many years before, envoys had appeared from England to make arrangements for the marriage of their Queen, then one of the Catholic sovereigns of Europe, with the Emperor's eldest son. The hangings were of gilt Cordovan leather, and a heavy gilt chandelier with branches for three hundred wax lights hung down from the black and white ceiling. Underneath a great canopy of gold cloth, on which the lions and towers of Castile were broidered in seed pearls, stood the throne itself, covered with a rich pall of black velvet studded with silver tulips and elaborately fringed with silver and pearls. On the second step of the throne was placed the kneeling-stool of the Infanta, with its cushion of cloth of silver tissue, and below that again, and beyond the limit of the canopy, stood the chair for the Papal Nuncio, who alone had the right to be seated in the King's presence on the occasion of any public ceremonial, and whose Cardinal's hat, with its tangled scarlet tassels, lay on a purple *tabouret* in front. On the wall, facing the throne, hung a life-sized portrait of Charles V. in hunting dress, with a great mastiff by his side; and a picture of Philip II. receiving the homage of the Netherlands occupied the centre of the other wall. Between the windows stood a black ebony cabinet, inlaid with plates of ivory, on which the figures from Holbein's Dance of Death had been graved by the hand, some said, of that famous master himself.

---

* In French in the original: John, the Fool.

seus pedestais de jaspe, com tristes olhos vazios e lábios estranhamente sorridentes.

E no fim do saguão pendia uma cortina de veludo preto ricamente bordada, salpicada com sóis e estrelas, as figuras favoritas do Rei, bordadas nas cores que ele mais amava. Talvez ela estivesse escondida atrás dali? Ele tentaria de qualquer forma.

Então ele avançou silenciosamente e puxou a cortina. Não, havia apenas uma outra sala, uma mais bela, ele pensou, do que a que tinha acabado de deixar. Nas paredes estavam penduradas tapeçarias de arrás feitas com agulhas, com muitos adornos em verde, representando uma caçada, obra de alguns artistas flamengos que levaram mais de sete anos em sua composição. Esse tinha sido o quarto de *Jean le Fou*[*], como era chamado, o rei louco que era tão apaixonado por caçadas que sempre tentava, em seu delírio, montar os enormes cavalos empinados e arrastar o cervo sobre o qual os cães de caça estavam a saltar, tocando a sua trompa de caçador e apunhalando com a adaga o pálido cervo no ar. Agora era usada como sala do conselho e sobre a mesa do centro encontravam-se as pastas vermelhas dos ministros, estampadas com as tulipas douradas de Espanha e com as armas e emblemas da casa de Habsburgo.

O Anãozinho olhou ao redor, maravilhado e ficou meio temeroso em continuar. Os estranhos e silenciosos cavaleiros que galopavam tão velozmente através das clareiras sem fazer nenhum ruído pareciam para ele como aqueles terríveis fantasmas sobre quem ouvira os carvoeiros falarem – os Comprachos que caçavam apenas durante a noite e que se encontrassem um homem, transformavam-no num cervo e perseguiam-no. Mas ele pensou na bela Infanta e tomou coragem. Queria encontrá-la sozinha e dizer-lhe que também amava-a. Talvez ela estivesse na próxima sala.

Ele correu por entre os macios tapetes mouros e abriu a porta. Não! Ela também não estava lá; a sala estava completamente vazia.

Era uma sala do trono, usada para a receção dos embaixadores estrangeiros, quando o Rei, que não a usava tão frequentemente, consentia em dar-lhes uma audiência pessoal; a mesma sala na qual, muitos anos antes, emissários tinham vindo da Inglaterra para fazer arranjos para o casamento da sua Rainha, então uma das soberanas católicas da Europa, com o filho mais velho do Imperador. Suspensos, viam-se cortinados feitos de couro dourado de Córdoba; e um pesado lustre dourado com ramos para trezentas velas de cera pendia do teto preto e branco. Debaixo de um grande dossel de tecido dourado, no qual leões e torres de Castela estavam bordados com perolazinhas, estava o próprio trono, coberto com um rico manto de veludo preto cravejado de tulipas prateadas e um elaborado adorno de prata e de pérolas. No segundo degrau do trono estava posicionado o genuflexório no qual a Infanta ajoelhava-se com a sua almofada de tecido prateado, e além dos limites do dossel, a cadeira do Núncio Papal, que era o único que tinha o direito de sentar-se na presença do Rei por ocasião de qualquer cerimonial público, e cujo chapéu de Cardeal, com suas emaranhadas borlas escarlates, ficava sobre um *tabouret* púrpura diante dele. Na parede, diante do trono, estava um retrato em tamanho natural de Carlos V, vestido com trajes de caça, com um grande mastim ao seu lado; e um quadro de Felipe II a receber uma homenagem dos Países Baixos ocupava o centro da outra parede. Entre as janelas, havia um armário de ébano negro e dentro pratos de marfim nos quais figuras da Dança da Morte de Holbein estavam gravadas, segundo diziam, pelo próprio mestre famoso.

---

[*]   Em francês no original: João, o Louco.

But the little Dwarf cared nothing for all this magnificence. He would not have given his rose for all the pearls on the canopy, nor one white petal of his rose for the throne itself. What he wanted was to see the Infanta before she went down to the pavilion, and to ask her to come away with him when he had finished his dance. Here, in the Palace, the air was close and heavy, but in the forest the wind blew free, and the sunlight with wandering hands of gold moved the tremulous leaves aside. There were flowers, too, in the forest, not so splendid, perhaps, as the flowers in the garden, but more sweetly scented for all that; hyacinths in early spring that flooded with waving purple the cool glens, and grassy knolls; yellow primroses that nestled in little clumps round the gnarled roots of the oak-trees; bright celandine, and blue speedwell, and irises lilac and gold. There were grey catkins on the hazels, and the foxgloves drooped with the weight of their dappled bee-haunted cells. The chestnut had its spires of white stars, and the hawthorn its pallid moons of beauty. Yes: surely she would come if he could only find her! She would come with him to the fair forest, and all day long he would dance for her delight. A smile lit up his eyes at the thought, and he passed into the next room.

Of all the rooms this was the brightest and the most beautiful. The walls were covered with a pink-flowered Lucca damask, patterned with birds and dotted with dainty blossoms of silver; the furniture was of massive silver, festooned with florid wreaths, and swinging Cupids; in front of the two large fire-places stood great screens broidered with parrots and peacocks, and the floor, which was of sea-green onyx, seemed to stretch far away into the distance. Nor was he alone. Standing under the shadow of the doorway, at the extreme end of the room, he saw a little figure watching him. His heart trembled, a cry of joy broke from his lips, and he moved out into the sunlight. As he did so, the figure moved out also, and he saw it plainly.

The Infanta! It was a monster, the most grotesque monster he had ever beheld. Not properly shaped, as all other people were, but hunchbacked, and crooked-limbed, with huge lolling head and mane of black hair. The little Dwarf frowned, and the monster frowned also. He laughed, and it laughed with him, and held its hands to its sides, just as he himself was doing. He made it a mocking bow, and it returned him a low reverence. He went towards it, and it came to meet him, copying each step that he made, and stopping when he stopped himself. He shouted with amusement, and ran forward, and reached out his hand, and the hand of the monster touched his, and it was as cold as ice. He grew afraid, and moved his hand across, and the monster's hand followed it quickly. He tried to press on, but something smooth and hard stopped him. The face of the monster was now close to his own, and seemed full of terror. He brushed his hair off his eyes. It imitated him. He struck at it, and it returned blow for blow. He loathed it, and it made hideous faces at him. He drew back, and it retreated.

What is it? He thought for a moment, and looked round at the rest of the room. It was strange, but everything seemed to have its double in this invisible wall of clear water. Yes, picture for picture was repeated, and couch for couch. The sleeping Faun that lay in the alcove by the doorway had its twin brother that slumbered, and the silver Venus that stood in the sunlight held out her arms to a Venus as lovely as herself.

Was it Echo? He had called to her once in the valley, and she had answered him

Mas o Anãozinho não se preocupou com nada dessa toda magnificência. Não daria a sua rosa branca em troca de todas as pérolas do dossel, nem trocaria uma única pétala pelo próprio trono. O que queria mesmo era ver a Infanta antes que ela descesse ao pavilhão e convidá-la para partir com ele ao terminar a sua dança. Ali no palácio o ar era pesado, claustrofóbico, mas na floresta o vento soprava livre e a luz do sol, com mãos douradas e errantes, afastava as folhas tremulantes. Havia flores na floresta também, não tão esplêndidas talvez como as flores do jardim, mas mais perfumadas que todas elas; jacintos no início da primavera que inundavam com ondas púrpuras os vales frescos e a relva das colinas; prímulas amarelas que aninhavam-se em pequenos grupos nas raízes retorcidas dos carvalhos; quelidônias brilhantes e verônicas azuis, lírios lilases e dourados. Havia amentilhos cinzentos nas nogueiras e dedaleiras caíam com o peso das células malhadas que as abelhas procuravam. A castanheira tinha espirais de estrelas brancas, e o espinheiro suas pálidas luas de beleza. Sim: com certeza ela viria, se pudesse ao menos encontrá-la! Viria com ele para a bela floresta e durante o dia inteiro ele dançaria para agradá-la. Um sorriso iluminou os seus olhos com o pensamento, e então passou para o quarto seguinte.

De todos os anteriores, esse era o mais brilhante e o mais bonito. As paredes eram cobertas com damasquilhos em flores rosadas de Luca, desenhadas com pássaros e pontilhadas com delicados botões de prata; a mobília era de prata maciça, adornada com grinaldas e cupidos dançantes. Em frente às duas lareiras enormes, havia grandes biombos bordados com papagaios e pavões e o piso, feito de ônix verde-mar, parecia estender-se ao longe, a perder-se na distância. Mas não estava sozinho. Parada à sombra da entrada ao fundo na extremidade da sala, avistou uma pequena figura que observava-o. O seu coração tremeu, uma exclamação de júbilo rompeu dos seus lábios e ele moveu-se na direção do sol. Ao fazê-lo, a figura moveu-se também e ele viu-a claramente.

A Infanta! Não, era um monstro, o mais grotesco monstro que ele já tinha visto. Não tinha a forma correta, como todas as outras pessoas, mas era corcunda, com os membros tortos, com uma cabeça imensa pendente e uma juba de cabelos negros. O Anãozinho franziu o cenho e o monstro franziu também. Riu e a figura riu com ele e pôs as mãos na cintura, exatamente como ele estava fazendo. Curvou-se com zombaria, e a imagem retornou-lhe a pequena reverência. Aproximou-se e a figura foi ao seu encontro, imitando cada passo que dava e parando quando parou. Gritou com divertimento e correu adiante, estendendo-lhe a mão, e a mão do monstro tocou a sua e era tão fria quanto o gelo. Assustou-se e retirou a mão e a mão do monstro seguiu o movimento rapidamente. Tentou avançar, mas alguma coisa lisa e dura impediu-o. Agora, o rosto do monstro estava próximo do seu e parecia cheio de terror. Afastou os cabelos dos seus olhos. A figura imitou-o. Golpeou a imagem e ela devolveu-lhe golpe por golpe. Aborreceu-se e a figura fez-lhe caretas horrendas. Recuou e a imagem retirou-se.

O que era aquilo? Pensou por um instante e olhou ao redor da sala. Era estranho, mas tudo parecia estar duplicado naquela parede invisível de água clara. Sim, quadro por quadro, sofá por sofá, tudo estava repetido. O Fauno adormecido deitado na alcova junto à entrada tinha o seu irmão gêmeo que dormia, e a Vênus de prata em pé sob os raios de sol estendia os seus braços para a Vênus tão adorável quanto ela.

Seria Eco? Chamara por ela certa vez no vale e ela respondera-lhe palavra por

word for word. Could she mock the eye, as she mocked the voice? Could she make a mimic world just like the real world? Could the shadows of things have colour and life and movement? Could it be that...?

He started, and taking from his breast the beautiful white rose, he turned round, and kissed it. The monster had a rose of its own, petal for petal the same! It kissed it with like kisses, and pressed it to its heart with horrible gestures.

When the truth dawned upon him, he gave a wild cry of despair, and fell sobbing to the ground. So it was he who was misshapen and hunchbacked, foul to look at and grotesque. He himself was the monster, and it was at him that all the children had been laughing, and the little Princess who he had thought loved him – she too had been merely mocking at his ugliness, and making merry over his twisted limbs. Why had they not left him in the forest, where there was no mirror to tell him how loathsome he was? Why had his father not killed him, rather than sell him to his shame? The hot tears poured down his cheeks, and he tore the white rose to pieces. The sprawling monster did the same, and scattered the faint petals in the air. It grovelled on the ground, and, when he looked at it, it watched him with a face drawn with pain. He crept away, lest he should see it, and covered his eyes with his hands. He crawled, like some wounded thing, into the shadow, and lay there moaning.

And at that moment the Infanta herself came in with her companions through the open window, and when they saw the ugly little dwarf lying on the ground and beating the floor with his clenched hands, in the most fantastic and exaggerated manner, they went off into shouts of happy laughter, and stood all round him and watched him.

"His dancing was funny", said the Infanta; "but his acting is funnier still. Indeed he is almost as good as the puppets, only of course not quite so natural." And she fluttered her big fan, and applauded.

But the little Dwarf never looked up, and his sobs grew fainter and fainter, and suddenly he gave a curious gasp, and clutched his side. And then he fell back again, and lay quite still.

"That is capital!", said the Infanta, after a pause; "but now you must dance for me."

"Yes", cried all the children, "you must get up and dance, for you are as clever as the Barbary apes, and much more ridiculous." But the little Dwarf made no answer.

And the Infanta stamped her foot, and called out to her uncle, who was walking on the terrace with the Chamberlain, reading some despatches that had just arrived from Mexico, where the Holy Office had recently been established. "My funny little dwarf is sulking", she cried, "you must wake him up, and tell him to dance for me."

They smiled at each other, and sauntered in, and Don Pedro stooped down, and slapped the Dwarf on the cheek with his embroidered glove. "You must dance", he said, *"petit monstre.* You must dance. The Infanta of Spain and the Indies wishes to be amused."

But the little Dwarf never moved.

palavra. Podia ela enganar os olhos como enganava a voz? Podia ela fazer uma imitação do mundo exatamente como o mundo real? Podiam as sombras das coisas possuir cores e vida e movimento? Podia ser que...?

Estremeceu e tirando do seu peito a linda rosa branca, voltou-se e beijou-a. O monstro também possuía uma rosa como a dele, igual pétala por pétala! Beijava-a com os mesmos beijos e apertava-a contra o seu coração com gestos horríveis.

Quando a verdade raiou sobre ele, deu um grito selvagem de desespero e, chorando, lançou-se ao chão. Então era ele o corcunda malformado, grotesco e asqueroso de ver-se. Ele próprio era o monstro e era dele que todas as crianças tinham rido e a Princesinha que ele julgara que amava-o – ela também estava simplesmente zombando da feiúra, divertindo-se com os seus membros tortos. Por que não o deixaram na floresta, onde não havia espelho para dizer-lhe o quão repugnante ele era? Por que o seu pai não o matara, em vez de vendê-lo para envergonhá-lo? As lágrimas quentes correram pelo seu rosto e ele dilacerou a rosa branca em pedaços. Escarrapachado, o monstro fez o mesmo, espalhando as lânguidas pétalas no ar. A imagem rastejou pelo chão e quando ele fitou-a, olhou-o com o rosto tomado pela dor. Arrastou-se para longe para que não pudesse mais vê-lo, e cobriu os olhos com as suas mãos. Rastejou para as sombras como uma coisa ferida e lá ficou, gemendo.

E naquele momento a própria Infanta surgiu com os seus companheiros através da janela aberta, e quando eles viram o feio Anãozinho deitado no chão, golpeando o piso com as suas mãos apertadas, da maneira mais fantástica e exagerada, irromperam em gritos de risadas alegres, e ficaram todos em torno dele, em pé, observando-lhe.

"A sua dança foi engraçada", disse a Infanta, "mas a sua atuação é mais engraçada ainda. Na verdade, é quase tão bom quanto as marionetes, claro que não tão natural." E abanou o seu grande leque, aplaudindo.

Mas o Anãozinho não tornou a erguer os olhos, e seus soluços ficaram cada vez mais fracos, e de repente deu um suspiro estranho e apertou o lado do corpo. E então caiu novamente, completamente imóvel.

"Isso é de primeira qualidade!", disse a Infanta, após uma pausa; "mas agora deve dançar para mim."

"Sim", exclamaram as crianças, "deve levantar-se e dançar, pois é esperto como os macacos da Berbéria e muito mais ridículo." Mas o Anãozinho nada respondeu.

E a Infanta bateu com o pé no chão e chamou o seu tio que estava andando pelo terraço junto com o Camarista, lendo alguns despachos que acabavam de chegar do México, onde o Santo Ofício acabara de estabelecer-se. "Meu Anãozinho engraçado está amuado", exclamou ela, "deve erguê-lo e dizer-lhe que dance para mim."

Sorriram um para o outro e entraram devagar; Dom Pedro parou e abaixou-se e, com a sua luva bordada, deu um tapa na bochecha do Anão. "Deve dançar", disse ele, "*petit monstre*. Deve dançar. A Infanta de Espanha e das Índias deseja divertir--se."

Mas o Anãozinho jamais tornou a mover-se.

"A whipping master should be sent for", said Don Pedro wearily, and he went back to the terrace. But the Chamberlain looked grave, and he knelt beside the little dwarf, and put his hand upon his heart. And after a few moments he shrugged his shoulders, and rose up, and having made a low bow to the Infanta, he said:

"*Mi bella Princesa*, your funny little dwarf will never dance again. It is a pity, for he is so ugly that he might have made the King smile."

"But why will he not dance again?" asked the Infanta, laughing.

"Because his heart is broken", answered the Chamberlain.

And the Infanta frowned, and her dainty rose-leaf lips curled in pretty disdain. "For the future let those who come to play with me have no hearts", she cried, and she ran out into the garden.

"Mande vir o mestre dos açoitamentos", disse Dom Pedro, cansado, ao voltar para o terraço. Mas o Camarista olhou sério, ajoelhou-se ao lado do Anãozinho e pôs a mão sobre o seu coração. E depois de alguns minutos ele encolheu de ombros, levantou-se e curvando-se longamente para a Infanta, disse:

"*Mi bella Princesa,* o seu Anãozinho engraçado jamais dançará novamente. É uma pena, pois ele é tão feio que poderia ter feito o Rei sorrir."

"Mas por que ele não tornará a dançar?", perguntou a Infanta, a rir-se.

"Porque o coração dele está partido", respondeu o Camarista.

E a Infanta fez uma cara feia e os delicados lábios rosados dobraram-se em gracioso desdém. "No futuro, que aqueles que venham brincar comigo não tenham coração", exclamou ela e correu para o jardim.

THE FISHERMAN AND HIS SOUL

TO

H.S.H. ALICE, PRINCESS OF MONACO*.

Every evening the young Fisherman went out upon the sea, and threw his nets into the water.

When the wind blew from the land he caught nothing, or but little at best, for it was a bitter and black-winged wind, and rough waves rose up to meet it. But when the wind blew to the shore, the fish came in from the deep, and swam into the meshes of his nets, and he took them to the market-place and sold them.

Every evening he went out upon the sea, and one evening the net was so heavy that hardly could he draw it into the boat. And he laughed, and said to himself, "Surely I have caught all the fish that swim, or snared some dull monster that will be a marvel to men, or some thing of horror that the great Queen will desire", and putting forth all his strength, he tugged at the coarse ropes till, like lines of blue enamel round a vase of bronze, the long veins rose up on his arms. He tugged at the thin ropes, and nearer and nearer came the circle of flat corks, and the net rose at last to the top of the water.

But no fish at all was in it, nor any monster or thing of horror, but only a little Mermaid lying fast asleep. Her hair was as a wet fleece of gold, and each separate hair as a thread of fine gold in a cup of glass. Her body was as white ivory, and her tail was of silver and pearl. Silver and pearl was her tail, and the green weeds of the sea coiled round it; and like sea-shells were her ears, and her lips were like sea-coral. The cold waves dashed over her cold breasts, and the salt glistened upon her eyelids.

So beautiful was she that when the young Fisherman saw her he was filled with wonder, and he put out his hand and drew the net close to him, and leaning over the side he clasped her in his arms. And when he touched her, she gave a cry like a startled sea-gull, and woke, and looked at him in terror with her mauve-amethyst eyes, and struggled that she might escape. But he held her tightly to him, and would not suffer her to depart.

And when she saw that she could in no way escape from him, she began to weep, and said, "I pray thee let me go, for I am the only daughter of a King, and my father is aged and alone".

---

*   Alice Heine (1858-1925) was married Prince Albert of Monaco in 1889. She was a patroness of art and artists. Wilde seems to have met her first in Paris in 1891. H.S.H. stands for 'Her Serene Highness'.

O PESCADOR E A SUA ALMA

PARA

S.A.S. ALICE, PRINCESA DE MONACO*.

A cada entardecer o jovem Pescador saía para o mar e jogava as suas redes dentro da água.

Quando o vento soprava da terra, nada apanhava, ou pouco na melhor das hipóteses, pois era um vento amargo de asas negras e ondas encrespadas erguiam--se para encontrá-lo. Mas quando o vento soprava para a costa, os peixes vinham do fundo, nadando para as malhas da rede e ele levava-os para o mercado e vendia-os.

A cada entardecer ele ia para o mar e, certa tarde, a rede estava tão pesada que quase não conseguiu puxá-la para dentro do barco. Ele riu e disse para si mesmo, "Certamente peguei todos os peixes que nadam, ou capturei algum monstro sombrio que deve maravilhar os homens, ou alguma coisa de horror que a grande Rainha desejará", e empregando toda a sua força, arrastou as cordas toscas até que, como linhas de esmalte azul em torno de um vaso de bronze, veias compridas emergissem dos seus braços. Puxou as finas cordas e cada vez mais perto vinha o círculo de cortiça lisa e por fim a rede surgiu fora da água.

Mas nenhum peixe estava ali, nem monstro ou coisa de horror, só uma pequena Sereia adormecida. Os cabelos eram como a lã de ouro molhada e cada fio separado como um fio de fino ouro numa taça de cristal. O corpo era como o branco marfim e a cauda de prata e de pérolas. De prata e pérolas era a cauda e algas marinhas enrolavam-se ao redor; e como conchas do mar eram as orelhas e os lábios como os corais. Ondas frias batiam sobre os seios enregelados e o sal brilhava sobre as pálpebras.

Tão linda era ela que quando o jovem Pescador a viu, encheu-se de admiração; estendeu as suas mãos e puxou a rede para perto dele e inclinando-se sobre a borda, agarrou-a em seus braços. Ao tocá-la, ela soltou um grito como uma gaivota assustada, ergueu-se e olhou para ele aterrorizada, com os seus olhos de malva ametista, lutando para conseguir escapar. Mas ele abraçou-a tão firmemente que não permitiu que ela partisse.

E quando ela viu que não poderia de modo nenhum escapar dele, começou a lamentar-se e a dizer, "Rogo-ti para que deixe-me partir, pois sou a filha única de um Rei,e o meu pai é idoso e sozinho."

---

*   Alice Heine (1858-1925) casou-se com o príncipe Alberto de Mônaco em 1889. Era uma padroeira da arte e dos artistas. Wilde parece ter encontrado-se com ela a princípio em Paris em 1891. S.A.S. significa 'Sua Alteza Serena'.

But the young Fisherman answered, "I will not let thee go save thou makest me a promise that whenever I call thee, thou wilt come and sing to me, for the fish delight to listen to the song of the Sea-folk, and so shall my nets be full".

"Wilt thou in very truth let me go, if I promise thee this?", cried the Mermaid.

"In very truth I will let thee go", said the young Fisherman.

So she made him the promise he desired, and sware it by the oath of the Sea-folk. And he loosened his arms from about her, and she sank down into the water, trembling with a strange fear.

Every evening the young Fisherman went out upon the sea, and called to the Mermaid, and she rose out of the water and sang to him. Round and round her swam the dolphins, and the wild gulls wheeled above her head.

And she sang a marvellous song. For she sang of the Sea-folk who drive their flocks from cave to cave, and carry the little calves on their shoulders; of the Tritons who have long green beards, and hairy breasts, and blow through twisted conchs when the King passes by; of the palace of the King which is all of amber, with a roof of clear emerald, and a pavement of bright pearl; and of the gardens of the sea where the great filigrane fans of coral wave all day long, and the fish dart about like silver birds, and the anemones cling to the rocks, and the pinks bourgeon in the ribbed yellow sand. She sang of the big whales that come down from the north seas and have sharp icicles hanging to their fins; of the Sirens who tell of such wonderful things that the merchants have to stop their ears with wax lest they should hear them, and leap into the water and be drowned; of the sunken galleys with their tall masts, and the frozen sailors clinging to the rigging, and the mackerel swimming in and out of the open portholes; of the little barnacles who are great travellers, and cling to the keels of the ships and go round and round the world; and of the cuttlefish who live in the sides of the cliffs and stretch out their long black arms, and can make night come when they will it. She sang of the nautilus who has a boat of her own that is carved out of an opal and steered with a silken sail; of the happy Mermen who play upon harps and can charm the great Kraken to sleep; of the little children who catch hold of the slippery porpoises and ride laughing upon their backs; of the Mermaids who lie in the white foam and hold out their arms to the mariners; and of the sea-lions with their curved tusks, and the sea-horses with their floating manes.

And as she sang, all the tunny-fish came in from the deep to listen to her, and the young Fisherman threw his nets round them and caught them, and others he took with a spear. And when his boat was well-laden, the Mermaid would sink down into the sea, smiling at him.

Yet would she never come near him that he might touch her. Oftentimes he called to her and prayed of her, but she would not; and when he sought to seize her she dived into the water as a seal might dive, nor did he see her again that day. And each day the sound of her voice became sweeter to his ears. So sweet was her voice that he forgot his nets and his cunning, and had no care of his craft. Vermilion-finned and with eyes of bossy gold, the tunnies went by in shoals, but he heeded them not. His spear lay by his side unused, and his baskets of plaited osier were empty. With lips

Mas o jovem Pescador respondeu, "Não permitirei que partas se não me fizerdes a promessa de que ao chamar-te, virás cantar para mim, pois os peixes deleitam-se em ouvir o cântico do povo dos mares e assim as minhas redes estarão cheias."

"Verdadeiramente deixar-me-ás partir se prometer-te isso?", disse a Sereia.

"Verdadeiramente, deixar-te-ei partir", disse o jovem Pescador.

Então ela fez-lhe a promessa por ele desejada e jurou pelo juramento do povo do mar. E ele afrouxou os braços ao redor dela e a Sereia mergulhou na água, tremendo com um medo estranho.

A cada entardecer o jovem Pescador seguia para o mar, e chamava pela Sereia, e ela surgia das águas e cantava para ele. Ao redor dela, continuamente, nadavam os golfinhos, e as gaivotas selvagens faziam círculos sobre a sua cabeça.

E cantava uma música maravilhosa. Pois cantava sobre o povo do mar conduzindo rebanhos de caverna em caverna e carregando os filhotinhos de baleias sobre os ombros; sobre Tritões com longas barbas verdes e peitos peludos que sopravam em conchas retorcidas quando o Rei passava; sobre o palácio do Rei que era todo de âmbar, com o telhado de esmeraldas claras e uma calçada de pérolas brilhantes; sobre jardins do mar, onde grandes leques filigranados de coral ondeavam o dia todo, sobre peixes que lançavam-se sobre eles como pássaros de prata; sobre anémonas agarradas às rochas e gemas na estriada areia amarela. Cantava sobre grandes baleias que vinham dos mares do norte a trazer pingentes de gelo pontiagudos pendurados nas barbatanas; sobre Sereias que contam coisas tão maravilhosas que os mercadores têm que tapar os ouvidos com cera para não ouvi-las ou pularão na água e afogar-se-ão; sobre galés de altos mastros afundadas com marinheiros congelados agarrados aos cordames, e cavalas a nadar, entrando e saindo nas vigias abertas. Sobre pequenas cirripédias que são grandes viajantes que agarram-se à quilha dos navios e dão voltas e mais voltas pelo mundo; sobre sépias que vivem ao lado dos rochedos estirando os longos braços negros e que podem fazer vir a noite quando desejarem. Cantou sobre o náutilo que tem um barco só seu entalhado numa opala, guiado por uma vela sedosa; sobre felizes Tritões que tocam harpas e podem enfeitiçar o grande Kraken para que durma; sobre criancinhas que capturam e seguram as escorregadias toninhas e montam rindo nas suas costas; sobre Sereias que ficam nas espumas brancas e com os seus braços envolvem os marinheiros; sobre leões-do-mar e as suas presas curvas; e sobre cavalos-marinhos e as suas crinas flutuantes.

E enquanto ela cantava, todos os atuns subiam do fundo para ouvi-la, e o jovem Pescador arremessava a rede em torno deles e capturava-os, outros ele pegava com um arpão. Quando o barco estava bem carregado, a Sereia mergulhava de volta para o mar, sorrindo para ele.

Contudo, ela nunca aproximou-se a ponto dele poder tocá-la. Muitas vezes chamava e implorava por ela, mas ela não vinha; e quando procurava agarrá-la, ela mergulhava na água como uma foca e naquele dia não a via mais. E a cada dia o som da sua voz tornava-se mais doce para os seus ouvidos. Tão doce era a voz dela que ele esqueceu as redes e a destreza, não mais importando-se com seu ofício. De barbatanas avermelhadas e olhos dourados salientes, os atuns vinham em cardumes, mas ele não lhes dava atenção. O arpão jazia ao lado inútil e os cestos de vime trançado

parted, and eyes dim with wonder, he sat idle in his boat and listened, listening till the sea-mists crept round him, and the wandering moon stained his brown limbs with silver.

And one evening he called to her, and said, "Little Mermaid, little Mermaid, I love thee. Take me for thy bridegroom, for I love thee."

But the Mermaid shook her head. "Thou hast a human soul", she answered. "If only thou wouldst send away thy soul, then could I love thee."

And the young Fisherman said to himself, "Of what use is my soul to me? I cannot see it. I may not touch it. I do not know it. Surely I will send it away from me, and much gladness shall be mine". And a cry of joy broke from his lips, and standing up in the painted boat, he held out his arms to the Mermaid. "I will send my soul away", he cried, "and you shall be my bride, and I will be thy bridegroom, and in the depth of the sea we will dwell together, and all that thou hast sung of thou shalt show me, and all that thou desirest I will do, nor shall our lives be divided."

And the little Mermaid laughed for pleasure and hid her face in her hands.

"But how shall I send my soul from me?", cried the young Fisherman. "Tell me how I may do it, and lo! it shall be done."

"Alas! I know not", said the little Mermaid, "the Sea-folk have no souls." And she sank down into the deep, looking wistfully at him.

*** *** ***

Now early on the next morning, before the sun was the span of a man's hand above the hill, the young Fisherman went to the house of the Priest and knocked three times at the door.

The novice looked out through the wicket, and when he saw who it was, he drew back the latch and said to him, "Enter."

And the young Fisherman passed in, and knelt down on the sweet-smelling rushes of the floor, and cried to the Priest who was reading out of the Holy Book and said to him, "Father, I am in love with one of the Sea-folk, and my soul hindereth me from having my desire. Tell me how I can send my soul away from me, for in truth I have no need of it. Of what value is my soul to me? I cannot see it. I may not touch it. I do not know it."

And the Priest beat his breast, and answered, "Alack, alack, thou art mad, or hast eaten of some poisonous herb, for the soul is the noblest part of man, and was given to us by God that we should nobly use it. There is no thing more precious than a human soul, nor any earthly thing that can be weighed with it. It is worth all the gold that is in the world, and is more precious than the rubies of the kings. Therefore, my son, think not any more of this matter, for it is a sin that may not be forgiven. And as for the Sea-folk, they are lost, and they who would traffic with them are lost also. They are as the beasts of the field that know not good from evil, and for them the Lord has not died."

The young Fisherman's eyes filled with tears when he heard the bitter words

estavam vazios. Com os lábios entreabertos e os olhos vagos de admiração, sentava-se ocioso no barco e escutava, escutava, até que as brumas do mar envolvessem-no e a lua errante tingisse de prata os seus braços bronzeados.

E num entardecer chamou por ela, dizendo, "Pequena Sereia, pequena Sereia, amo-te.Tomai-me por teu noivo, pois amo-te."

Mas a Sereia meneou a cabeça. "Tens uma alma humana", respondeu ela. "Somente se mandasses embora a tua alma, então eu poderia amar-te."

E o jovem Pescador disse para si, "De que serve-me esta alma? Não posso vê-la. Não posso tocá-la. Não a conheço. Certamente mandá-la-ei embora e isso trar-me-á muita alegria." Então uma exclamação de contentamento irrompeu dos seus lábios, e pondo-se em pé no barco pintado, estendeu os braços para a Sereia. "Mandarei minha alma embora", exclamou, "serás a minha noiva, serei o teu noivo e nas profundezas do mar moraremos juntos; e tudo aquilo sobre o que cantaste, mostrar-me-ás; e tudo o que desejares, fá-lo-ei; e as nossas vidas não poderão ser separadas."

E a pequena Sereia riu de prazer, escondendo o rosto entre as suas mãos.

"Mas como poderei mandar embora a minha alma?", clamou o jovem Pescador. "Diga-me como poderei fazê-lo e eis que isso será feito."

"Ai de mim! Eu não sei", disse a pequena Sereia, "O povo do mar não tem alma." E ela mergulhou para o fundo, olhando para ele melancolicamente.

*** *** ***

Bem cedo, logo na manhã seguinte, antes que o sol tivesse a extensão da mão de um homem acima da colina, o jovem Pescador foi até a casa do Sacerdote e bateu por três vezes na porta.

O noviço olhou para fora através do postigo, e quando ele viu quem era, puxou a aldrava para trás, e disse-lhe, "Entre."

E o jovem Pescador entrou e ajoelhou-se no piso feito de junco docemente perfumado e lamentou-se para o Padre que estava lendo o Livro Sagrado e disse-lhe, "Padre, estou apaixonado por alguém do povo do mar e a minha alma impede-me de realizar o meu desejo. Diga-me como posso expulsar de mim essa minha alma, pois na verdade eu não preciso dela. De que vale-me a alma? Não posso vê-la. Não posso tocá-la. Eu não a conheço."

E o Padre bateu no peito e respondeu, "Ai de mim! Ai de mim! És louco ou comeste de alguma erva venenosa, pois a alma é a parte mais nobre dum homem e foi-nos dada por Deus para que usemo-la nobremente. Nada é mais precioso que a alma humana, nem há nada na terra que possa comparar-se a ela. É mais valiosa que todo o ouro do mundo, mais preciosa que os rubis dos reis. Por isso, meu filho, não penses mais nesse assunto, pois é um pecado que não pode ser perdoado. E quanto ao povo do mar, estão perdidos e aqueles que envolverem-se com eles estão perdidos também. São como os animais do campo que não distinguem o bem do mal e não foi por eles que nosso Senhor morreu."

Os olhos do jovem Pescador encheram-se de lágrimas quando ele ouviu as

of the Priest, and he rose up from his knees and said to him, "Father, the Fauns live in the forest and are glad, and on the rocks sit the Mermen with their harps of red gold. Let me be as they are, I beseech thee, for their days are as the days of flowers. And as for my soul, what doth my soul profit me, if it stand between me and the thing that I love?"

"The love of the body is vile", cried the Priest, knitting his brows, "and vile and evil are the pagan things God suffers to wander through His world. Accursed be the Fauns of the woodland, and accursed be the singers of the sea! I have heard them at night-time, and they have sought to lure me from my beads. They tap at the window, and laugh. They whisper into my ears the tale of their perilous joys. They tempt me with temptations, and when I would pray they make mouths at me. They are lost, I tell thee, they are lost. For them there is no heaven nor hell, and in neither shall they praise God's name."

"Father", cried the young Fisherman, "thou knowest not what thou sayest. Once in my net I snared the daughter of a King. She is fairer than the morning star, and whiter than the moon. For her body I would give my soul, and for her love I would surrender heaven. Tell me what I ask of thee, and let me go in peace."

"Away! Away!", cried the Priest, "thy leman is lost, and thou shalt be lost with her!"

And he gave him no blessing, but drove him from his door.

And the young Fisherman went down into the market-place, and he walked slowly, and with bowed head, as one who is in sorrow.

And when the merchants saw him coming, they began to whisper to each other, and one of them came forth to meet him, and called him by name, and said to him, "What hast thou to sell?"

"I will sell thee my soul", he answered. "I pray thee buy it of me, for I am weary of it. Of what use is my soul to me? I cannot see it. I may not touch it. I do not know it."

But the merchants mocked at him, and said, "Of what use is a man's soul to us? It is not worth a clipped piece of silver. Sell us thy body for a slave, and we will clothe thee in sea-purple, and put a ring upon thy finger, and make thee the minion of the great Queen. But talk not of the soul, for to us it is nought, nor has it any value for our service."

And the young Fisherman said to himself, "How strange a thing this is! The Priest telleth me that the soul is worth all the gold in the world, and the merchants say that it is not worth a clipped piece of silver." And he passed out of the market-place, and went down to the shore of the sea, and began to ponder on what he should do.

*** *** ***

And at noon he remembered how one of his companions, who was a gatherer of samphire, had told him of a certain young Witch who dwelt in a cave at the head of the bay and was very cunning in her witcheries. And he set to and ran, so eager was

palavras amargas do Padre; ele ergueu-se dos seus joelhos e disse-lhe, "Padre, os Faunos vivem na floresta e são felizes, e nas pedras sentam-se os Tritões com as suas harpas de ouro vermelho. Deixe-me ser como eles são, rogo-te, pois os dias para eles são floridos. E quanto à minha alma, que benefício ela traz-me, pois se ela se coloca entre mim e aquilo que eu amo?"

"O amor do corpo é vil", exclamou o Padre, a franzir as suas sobrancelhas, "e vis e malignas são as coisas pagãs que Deus tolera que vaguem pelo Seu mundo. Amaldiçoados são os Faunos da floresta, e amaldiçoados são os cantores do mar! Tenho-os ouvido à noite, e têm tentado seduzir-me, desviando-me do rosário. Dão pancadinhas na janela e riem. Sussurram em meus ouvidos contos das suas alegrias perigosas. Tentam-me com tentações e quando devo rezar, fazem caretas para mim. Estão perdidos, digo-te, estão perdidos. Para eles, não há paraíso nem inferno, e em nada exaltam o nome de Deus."

"Padre", clamou o jovem Pescador, "tu não sabes o que dizes. Certa vez capturei em minha rede a filha de um Rei. Ela é mais bela que a estrela da manhã, e mais branca que a lua. Pelo seu corpo eu daria a minha alma e pelo seu amor eu entregaria o Céu. Diga-me o que pergunto-te e deixai-me ir em paz."

"Para trás! Para trás!", exclamou o Padre, "tua amante está perdida e tu te perderás com ela!"

E não lhe deu nenhuma bênção, mas expulsou-o porta a fora.

E o jovem Pescador desceu até o mercado, e andou devagar, e com cabeça baixa, como quem está profundamente entristecido.

E quando os mercadores viram-no aproximar-se, cochicharam uns com os outros e um deles veio adiante para encontrá-lo e chamou-lhe pelo nome e disse-lhe, "O que tens para vender?"

"Vender-te-ei a minha alma", respondeu. "Rogo-te que compre-a de mim, pois estou cansado dela. De que vale-me a alma? Não posso vê-la. Não posso tocá-la. Não a conheço."

Mas os mercadores riram-se dele e disseram, "De que serve a alma de um homem para nós? Não vale uma moeda de prata. Vende-nos teu corpo como escravo; vestir-te-emos de roxo-marinho, poremos um anel em teu dedo e far-te-emos o favorito da grande Rainha. Mas não venhas falar de alma, pois para nós é nada, não tem nenhum valor para o nosso trabalho."

E o jovem Pescador disse para si mesmo, "Mas que coisa mais estranha é essa! O Padre disse-me que a alma é mais valiosa que todo o ouro do mundo e os mercadores dizem que ela não vale nem uma peça cortada de prata." E ele atravessou o mercado, desceu até a encosta do mar e começou a ponderar sobre o que ele deveria fazer.

*** *** ***

E à noite lembrou-se de que um de seus companheiros, um colhedor de funchos marítimos, contara-lhe sobre uma determinada Bruxa, muito jovem, que vivia numa caverna na entrada da baía e que era muito hábil em bruxarias. Pôs-se

he to get rid of his soul, and a cloud of dust followed him as he sped round the sand of the shore. By the itching of her palm the young Witch knew his coming, and she laughed and let down her red hair. With her red hair falling around her, she stood at the opening of the cave, and in her hand she had a spray of wild hemlock that was blossoming.

"What d'ye lack? What d'ye lack?", she cried, as he came panting up the steep, and bent down before her. "Fish for thy net, when the wind is foul? I have a little reed-pipe, and when I blow on it the mullet come sailing into the bay. But it has a price, pretty boy, it has a price. What d'ye lack? What d'ye lack? A storm to wreck the ships, and wash the chests of rich treasure ashore? I have more storms than the wind has, for I serve one who is stronger than the wind, and with a sieve and a pail of water I can send the great galleys to the bottom of the sea. But I have a price, pretty boy, I have a price. What d'ye lack? What d'ye lack? I know a flower that grows in the valley, none knows it but I. It has purple leaves, and a star in its heart, and its juice is as white as milk. Shouldst thou touch with this flower the hard lips of the Queen, she would follow thee all over the world. Out of the bed of the King she would rise, and over the whole world she would follow thee. And it has a price, pretty boy, it has a price. What d'ye lack? What d'ye lack? I can pound a toad in a mortar, and make broth of it, and stir the broth with a dead man's hand. Sprinkle it on thine enemy while he sleeps, and he will turn into a black viper, and his own mother will slay him. With a wheel I can draw the Moon from heaven, and in a crystal I can show thee Death. What d'ye lack? What d'ye lack? Tell me thy desire, and I will give it thee, and thou shalt pay me a price, pretty boy, thou shalt pay me a price."

"My desire is but for a little thing", said the young Fisherman, "yet hath the Priest been wroth with me, and driven me forth. It is but for a little thing, and the merchants have mocked at me, and denied me. Therefore am I come to thee, though men call thee evil, and whatever be thy price I shall pay it."

"What wouldst thou?", asked the Witch, coming near to him.

"I would send my soul away from me", answered the young Fisherman.

The Witch grew pale, and shuddered, and hid her face in her blue mantle. "Pretty boy, pretty boy", she muttered, "that is a terrible thing to do."

He tossed his brown curls and laughed. "My soul is nought to me", he answered. "I cannot see it. I may not touch it. I do not know it."

"What wilt thou give me if I tell thee?", asked the Witch, looking down at him with her beautiful eyes.

"Five pieces of gold", he said, "and my nets, and the wattled house where I live, and the painted boat in which I sail. Only tell me how to get rid of my soul, and I will give thee all that I possess."

She laughed mockingly at him, and struck him with the spray of hemlock. "I can turn the autumn leaves into gold", she answered, "and I can weave the pale moonbeams into silver if I will it. He whom I serve is richer than all the kings of this world, and has their dominions."

"What then shall I give thee", he cried, "if thy price be neither gold nor silver?"

a correr de tão ansioso que estava por livrar-se da sua alma e uma nuvem de poeira acompanhava-o enquanto corria pela areia da praia. Pela coceira na palma da mão, a jovem Bruxa soube que ele estava vindo e, rindo, soltou os cabelos ruivos. Com os rubros cabelos descendo à sua volta, postou-se na abertura da caverna e na mão trazia um ramo de cicuta selvagem que florescia.

"Do que precisas? Do que precisas?", exclamou ela, enquanto ele descia ofegante pelo precipício e inclinou-se diante dela. "Peixes para a tua rede quando o vento está cortante? Tenho uma flautinha de bambu e ao soprá-la as tainhas vêm a nadar até a baía. Mas isso tem um preço, menino bonito, tem um preço. Do que precisas? Do que precisas? Uma tempestade para destruir os navios, arrastando arcas com ricos tesouros até a praia? Tenho mais tempestades que o próprio vento, pois sirvo a alguém que é mais forte que o vento e com uma peneira e um balde de água posso mandar as grandes galés para as profundezas do mar. Mas tenho um preço, menino bonito, tenho um preço. Do que precisas? Do que precisas? Sei de uma flor que nasce no vale, ninguém conhece-a além de mim. Tem folhas púrpuras, uma estrela no coração e o suco é branco como o leite. Se tocares com essa flor os lábios duros da Rainha, ela te seguirá por todo o mundo. Da cama do Rei ela se levantará e por todo o mundo seguir-te-á. E isso tem um preço, menino bonito, tem um preço. Do que precisas? Do que precisas? Posso moer um sapo num almofariz, fazer um caldo com ele e mexê-lo com a mão dum morto. Borrife isso em teu inimigo enquanto ele dorme e ele transformar-se-á numa serpente negra e a própria mãe matá-lo-á. Com uma roda posso puxar a Lua do firmamento e num cristal posso mostrar-te a tua Morte. Do que precisas? Do que precisas? Conte-me o teu desejo e dar-te-ei o que queres e pagarás o meu preço, menino bonito, pagarás o meu preço."

"Meu desejo é apenas uma coisinha", disse o jovem Pescador, "apesar de ter o Padre aborrecido-se comigo e posto-me para fora. É apenas coisinha, mas os mercadores zombaram de mim, e rejeitaram-me. Portanto vim a ti, ainda que os homens chamem-te de maligna, e qualquer que seja o teu preço eu pagarei."

"O que desejas?", perguntou a Bruxa, ao aproximar-se dele.

"Mandar a minha alma para longe de mim", respondeu o jovem Pescador.

A Bruxa tornou-se pálida e estremeceu, cobrindo o rosto com o manto azul. "Menino bonito, menino bonito", murmurou, "é uma coisa terrível de ser feito."

Ele agitou os cachos castanhos, rindo. "A minha alma não é nada para mim", respondeu. Não posso vê-la. Não posso tocá-la. Não a conheço."

"O que dar-me-ás se eu te disser?", perguntou a Feiticeira, mirando-lhe com os seus belos olhos.

"Cinco moedas de ouro", disse ele, "as minhas redes, a casa de bambu na qual eu vivo e o barco pintado no qual eu navego. Apenas dizei-me como libertar-me de minha alma e dar-te-ei tudo o quanto possuo."

Ela riu, zombando dele, e bateu-lhe com o ramo de cicuta. "Posso tornar as folhas do outono em ouro", respondeu, "e posso transformar em prata os pálidos raios da lua se eu desejar. Aquele a quem sirvo é mais rico que todos os reis do mundo e a ele pertencem os domínios dos reis."

"O que então devo dar-te?", lamentou ele, "se teu preço não é ouro nem prata?"

The Witch stroked his hair with her thin white hand. "Thou must dance with me, pretty boy", she murmured, and she smiled at him as she spoke.

"Nought but that?", cried the young Fisherman in wonder and he rose to his feet.

"Nought but that", she answered, and she smiled at him again.

"Then at sunset in some secret place we shall dance together", he said, "and after that we have danced thou shalt tell me the thing which I desire to know."

She shook her head. "When the moon is full, when the moon is full", she muttered. Then she peered all round, and listened. A blue bird rose screaming from its nest and circled over the dunes, and three spotted birds rustled through the coarse grey grass and whistled to each other. There was no other sound save the sound of a wave fretting the smooth pebbles below. So she reached out her hand, and drew him near to her and put her dry lips close to his ear.

"Tonight thou must come to the top of the mountain", she whispered. "It is a Sabbath, and He will be there."

The young Fisherman started and looked at her, and she showed her white teeth and laughed. "Who is He of whom thou speakest?", he asked.

"It matters not", she answered. "Go thou tonight, and stand under the branches of the hornbeam, and wait for my coming. If a black dog run towards thee, strike it with a rod of willow, and it will go away. If an owl speak to thee, make it no answer. When the moon is full I shall be with thee, and we will dance together on the grass."

"But wilt thou swear to me to tell me how I may send my soul from me?", he made question.

She moved out into the sunlight, and through her red hair rippled the wind. "By the hoofs of the goat I swear it", she made answer.

"Thou art the best of the witches", cried the young Fisherman, "and I will surely dance with thee tonight on the top of the mountain. I would indeed that thou hadst asked of me either gold or silver. But such as thy price is thou shalt have it, for it is but a little thing." And he doffed his cap to her, and bent his head low, and ran back to the town filled with a great joy.

And the Witch watched him as he went, and when he had passed from her sight she entered her cave, and having taken a mirror from a box of carved cedarwood, she set it up on a frame, and burned vervain on lighted charcoal before it, and peered through the coils of the smoke. And after a time she clenched her hands in anger. "He should have been mine", she muttered, "I am as fair as she is."

*** *** ***

And that evening, when the moon had risen, the young Fisherman climbed up to the top of the mountain, and stood under the branches of the hornbeam. Like a targe of polished metal, the round sea lay at his feet, and the shadows of the fishing-

A Bruxa acariciou os cabelos dele com as mãos brancas e delicadas. "Deve dançar comigo, menino bonito", murmurou e sorriu-lhe enquanto ela falava.

"Nada além disso?", exclamou o jovem Pescador maravilhado e então se pôs em pé.

"Nada além disso", respondeu ela, sorrindo para ele novamente.

"Então ao crepúsculo, em algum lugar secreto, nós dançaremos juntos", disse ele, "e depois de nós termos dançado tu me dirás a coisa que eu desejo saber."

Ela balançou a cabeça. "Quando a lua estiver cheia, quando a lua estiver cheia", ela murmurou. Então perscrutou em torno e escutou. Um azulão levantou-se gritando do ninho e voou em círculos sobre as dunas; três pássaros malhados agitaram-se em meio à espessa relva cinza, assobiando um para o outro. Não havia nenhum outro som além do barulho das ondas roçando os seixos macios abaixo. Então, ela estendeu a sua mão e puxou-o para perto dela, encostando os lábios secos nos seus ouvidos.

"Esta noite tu deverás vir ao topo da montanha", ela sussurrou, "é um Sabá e Ele estará lá."

O jovem Pescador parou e olhou-a, e ela mostrou-lhe os dentes brancos e riu. "Quem é Ele de quem tu falas?", perguntou ele.

"Isso não importa", respondeu. "Irás esta noite, e ficarás sob os ramos da faia, e esperarás pela minha chegada. Se um cão negro correr perto de ti, acerta-o com uma vara de salgueiro e ele irá embora. Se um mocho falar contigo, não dê-lhe nenhuma resposta. Quando a lua estiver cheia eu estarei contigo e nós dançaremos juntos sobre a relva."

"Mas juras que dir-me-ás como poderei mandar embora a minha alma?", questionou ele.

Ela moveu-se em direção à luz do sol e o vento ondulou por entre os seus cabelos ruivos. "Pelas patas do bode, eu o juro", foi a resposta que ela deu.

"És a melhor das feiticeiras", exclamou o jovem Pescador, "e certamente dançarei contigo esta noite no topo da montanha. Na verdade, preferia que pedisse-me ouro ou prata. Porém esse é teu preço e o terás, e não é nada além duma coisinha." Tirou o seu chapéu para ela, fez uma reverência com a cabeça e correu de volta para a cidade cheio de grande contentamento.

E a Bruxa observava-o enquanto ele partia e ao perdê-lo de vista, entrou na sua caverna; e tendo retirado um espelho de uma caixa entalhada em madeira de cedro, colocou-o numa armação e queimou verbena diante dele num carvão aceso, perscrutando por entre as espirais de fumaça. Depois de algum tempo, apertou as mãos com raiva. "Ele deveria ter sido meu", murmurou, "Sou mais formosa do que ela."

*** *** ***

Ao anoitecer, quando a lua estava alta, o jovem Pescador escalou até o topo da montanha e esperou sob os ramos da faia. Como um escudo de metal polido em volta, o mar estendia-se aos seus pés e a sombra dos barcos de pesca movia-se na pequena

boats moved in the little bay. A great owl, with yellow sulphurous eyes, called to him by his name, but he made it no answer. A black dog ran towards him and snarled. He struck it with a rod of willow, and it went away whining.

At midnight the witches came flying through the air like bats. "Phew!", they cried, as they lit upon the ground, "there is some one here we know not!" and they sniffed about, and chattered to each other, and made signs. Last of all came the young Witch, with her red hair streaming in the wind. She wore a dress of gold tissue embroidered with peacocks' eyes, and a little cap of green velvet was on her head.

"Where is he, where is he?", shrieked the witches when they saw her, but she only laughed, and ran to the hornbeam, and taking the Fisherman by the hand she led him out into the moonlight and began to dance.

Round and round they whirled, and the young Witch jumped so high that he could see the scarlet heels of her shoes. Then right across the dancers came the sound of the galloping of a horse, but no horse was to be seen, and he felt afraid.

"Faster", cried the Witch, and she threw her arms about his neck, and her breath was hot upon his face. "Faster, faster!", she cried, and the earth seemed to spin beneath his feet, and his brain grew troubled, and a great terror fell on him, as of some evil thing that was watching him, and at last he became aware that under the shadow of a rock there was a figure that had not been there before.

It was a man dressed in a suit of black velvet, cut in the Spanish fashion. His face was strangely pale, but his lips were like a proud red flower. He seemed weary, and was leaning back toying in a listless manner with the pommel of his dagger. On the grass beside him lay a plumed hat, and a pair of riding-gloves gauntleted with gilt lace, and sewn with seed-pearls wrought into a curious device. A short cloak lined with sables hang from his shoulder, and his delicate white hands were gemmed with rings. Heavy eyelids drooped over his eyes.

The young Fisherman watched him, as one snared in a spell. At last their eyes met, and wherever he danced it seemed to him that the eyes of the man were upon him. He heard the Witch laugh, and caught her by the waist, and whirled her madly round and round.

Suddenly a dog bayed in the wood, and the dancers stopped, and going up two by two, knelt down, and kissed the man's hands. As they did so, a little smile touched his proud lips, as a bird's wing touches the water and makes it laugh. But there was disdain in it. He kept looking at the young Fisherman.

"Come! Let us worship", whispered the Witch, and she led him up, and a great desire to do as she besought him seized on him, and he followed her. But when he came close, and without knowing why he did it, he made on his breast the sign of the Cross, and called upon the holy name.

No sooner had he done so than the witches screamed like hawks and flew away, and the pallid face that had been watching him twitched with a spasm of pain. The man went over to a little wood, and whistled. A jennet with silver trappings came running to meet him. As he leapt upon the saddle he turned round, and looked at the young Fisherman sadly.

baía. Um grande mocho, com olhos amarelos sulfurosos, chamou-lhe pelo nome, mas ele não respondeu. Um cachorro negro correu na direção dele, rosnando. Ele o golpeou com uma vara de salgueiro e o cão foi embora ganindo.

À meia-noite as bruxas chegaram voando pelos ares como morcegos. "Arre!", exclamaram assim que tocaram o chão, "há alguém aqui que não conhecemos!", e farejavam ao redor, tagarelando umas com as outras e fazendo sinais. Por fim chegou a jovem Bruxa, com os cabelos ruivos ao vento. Trajava um vestido de tecido dourado bordado com olhos de pavão e trazia à cabeça um pequeno capuz de veludo verde.

"Onde está ele? Onde está ele?", gritaram as bruxas quando viram-na, mas ela apenas riu e correu para a faia e tomando o Pescador pela mão, conduziu-o até os raios da lua e começaram a dançar.

Em voltas e mais voltas rodopiaram e a jovem Bruxa saltou tão alto que ele pôde ver-lhe os saltos escarlates dos sapatos. Então, vindo do outro lado dos dança-rinos, veio o som do galopar dum cavalo, mas não via-se nenhum e ele teve medo.

"Mais rápido", exclamou a Bruxa, atirando os braços em torno do pescoço dele, exalando o hálito quente sobre o seu rosto. "Mais rápido, mais rápido!", clamou ela e a terra pareceu girar sob os pés dele, a mente ficou perturbada e um grande terror caiu sobre ele, como se algo maligno estivesse-o observando; por fim, tomou consciência de que sob a sombra de uma pedra havia um vulto que não estava ali antes.

Era um homem vestindo um terno de veludo negro, cortado à moda de Espa-nha. O rosto era estranhamente pálido, mas os lábios eram como a soberba rosa ver-melha. Parecia cansado e estava encostado brincando distraidamente com o punho da adaga. Na relva, ao seu lado, havia um chapéu emplumado e luvas de montaria com manopla de cordões dourados, com pérolas semeadas forjando um desenho curioso. Um manto curto forrado com pele de marta pendia dos ombros e as mãos brancas e delicadas estavam adornadas com anéis. Sobre os olhos caíam pesadas pálpebras.

O jovem Pescador olhava-o como se estivesse preso dentro de um encan-tamento. Por fim os olhares encontraram-se e para onde quer que ele dançasse parecia-lhe que os olhos do homem estavam sobre ele. Ouviu a Bruxa rir e, ao tomá--la pela cintura, rodopiou-a loucamente dando voltas e mais voltas.

De repente um cão ladrou na floresta, os dançarinos pararam e aos pares ajoelharam-se e beijaram a mão do homem. Ao fazerem isso, um pequeno sorriso tocou-lhe os lábios orgulhosos, como as asas dos pássaros que tocam a água e fazem--na rir. Mas havia desdém ali e ele manteve-se olhando para o jovem Pescador.

"Venha! Vamos venerá-lo", sussurrou a Bruxa, ao conduzi-lo para cima, e um grande desejo de atender-lhe às súplicas dela apoderou-se dele, e então ele a seguiu. Mas quando ele aproximou-se, e sem saber o porquê de tê-lo feito, fez em seu peito o sinal da Cruz, e clamou pelo santo nome.

Tão logo ele havia-o feito, as bruxas gritaram como falcões e voaram para longe e o rosto pálido que observava-o contorceu-se com um espasmo de dor. O homem en-trou num pequeno bosque e assobiou. Um ginete com arreios de prata veio correndo ao seu encontro. Assim que saltou sobre a cela, ele virou e olhou melancolicamente para o jovem Pescador.

And the Witch with the red hair tried to fly away also, but the Fisherman caught her by her wrists, and held her fast.

"Loose me", she cried, "and let me go. For thou hast named what should not be named, and shown the sign that may not be looked at."

"Nay", he answered, "but I will not let thee go till thou hast told me the secret."

'What secret?' said the Witch, wrestling with him like a wild cat, and biting her foam-flecked lips.

"Thou knowest", he made answer.

Her grass-green eyes grew dim with tears, and she said to the Fisherman, "Ask me anything but that!"

He laughed, and held her all the more tightly.

And when she saw that she could not free herself, she whispered to him, "Surely I am as fair as the daughters of the sea, and as comely as those that dwell in the blue waters", and she fawned on him and put her face close to his.

But he thrust her back frowning, and said to her, 'If thou keepest not the promise that thou madest to me I will slay thee for a false witch."

She grew grey as a blossom of the Judas tree, and shuddered. "Be it so", she muttered. "It is thy soul and not mine. Do with it as thou wilt." And she took from her girdle a little knife that had a handle of green viper's skin, and gave it to him.

"What shall this serve me?", he asked of her, wondering.

She was silent for a few moments, and a look of terror came over her face. Then she brushed her hair back from her forehead, and smiling strangely she said to him, "What men call the shadow of the body is not the shadow of the body, but is the body of the soul. Stand on the sea-shore with thy back to the moon, and cut away from around thy feet thy shadow, which is thy soul's body, and bid thy soul leave thee, and it will do so."

The young Fisherman trembled, "Is this true?", he murmured.

"It is true, and I would that I had not told thee of it", she cried, and she clung to his knees weeping.

He put her from him and left her in the rank grass, and, going to the edge of the mountain, he placed the knife in his belt and began to climb down.

And his Soul that was within him called out to him and said, "Lo! I have dwelt with thee for all these years, and have been thy servant. Send me not away from thee now, for what evil have I done thee?"

And the young Fisherman laughed. "Thou hast done me no evil, but I have no need of thee", he answered. "The world is wide, and there is Heaven also, and Hell, and that dim twilight house that lies between. Go wherever thou wilt, but trouble me not, for my love is calling to me."

And his Soul besought him piteously, but he heeded it not, but leapt from crag

E a Bruxa de cabelos ruivos também tentou voar para longe, mas o jovem Pescador agarrou-a pelos pulsos, segurando-a rapidamente.

"Solte-me", ela clamou, "e deixe-me ir. Pois tu invocaste aquele que não deveria ser invocado e fizeste o sinal que não pode ser mirado."

"Não", respondeu ele, "não te deixarei partir até que revele-me o segredo."

"Qual segredo?", disse a Bruxa, brigando como um gato selvagem e a morder os próprios lábios a espumar.

"Tu sabes", respondeu ele.

Seus olhos esverdeados escureceram-se com lágrimas e disse ao Pescador, "Peça-me tudo, menos isso!"

Ele riu e segurou-a com mais força.

Quando ela viu que não poderia libertar-se, sussurrou para ele, "Com certeza sou tão bela quanto as filhas do mar e tão graciosa quanto aquelas que moram nas águas azuis", e olhou-o afetuosamente, ao aproximar-se do rosto dele.

Porém ele empurrou-a para trás, aborrecido, e disse-lhe, "Se não mantiveres a promessa que fizeste-me, matá-la-ei como uma falsa bruxa."

Ela entristeceu-se e ficou cinza como uma flor da árvore de Judas e estremeceu. "Assim seja", murmurou. "É tua alma, não a minha. Faça o que desejares." E tirou da cinta uma pequena faca com cabo de pele de serpente verde e deu-lhe para ele.

"De que isso serve-me?", perguntou ele para ela, cheio de curiosidade.

Ela permaneceu em silêncio por alguns minutos e o seu rosto cobriu-se de terror. Então, ao afastar os cabelos da sua fronte, e sorrindo estranhamente, ela disse para ele, "Aquilo que os homens chamam de sombra do corpo não é a sombra do corpo, é o corpo da alma. Fique em pé diante da enseada, de costas para a lua e corte a tua sombra rente aos teus pés, que é corpo da tua alma, e permita que a tua alma o deixes e ela assim o fará."

O jovem Pescador estremeceu, "Isso é verdade?", murmurou ele.

"É verdade e preferia não ter-te contado", ela lamentou, e agarrou-se em prantos nos joelhos dele.

Ele afastou-a de si, deixando-a sobre a relva espessa e, caminhando até a extremidade da montanha, colocou a faca no seu cinto e começou a descer.

E a sua Alma que estava dentro dele chamou-lhe e disse, "Ei! Tenho morado contigo por todos esses anos e tenho sido a tua serva. Não me mandes para longe agora, pois que mal tenho feito eu a ti?"

E o jovem Pescador riu. "Não me fizeste nenhum mal, mas não preciso de ti", respondeu. "O mundo é vasto e há também o Paraíso e o Inferno, além daquela casa escura e crepuscular que fica entre os dois. Vá para onde quiseres, mas não me aborreças mais, pois o meu amor está a chamar por mim."

E a Alma implorou-lhe piedosamente, mas ele não a atendeu e saltou de roche-

to crag, being sure-footed as a wild goat, and at last he reached the level ground and the yellow shore of the sea.

Bronze-limbed and well-knit, like a statue wrought by a Grecian, he stood on the sand with his back to the moon, and out of the foam came white arms that beckoned to him, and out of the waves rose dim forms that did him homage. Before him lay his shadow, which was the body of his soul, and behind him hung the moon in the honey-coloured air.

And his Soul said to him, "If indeed thou must drive me from thee, send me not forth without a heart. The world is cruel, give me thy heart to take with me."

He tossed his head and smiled. "With what should I love my love if I gave thee my heart?", he cried.

"Nay, but be merciful", said his Soul, "give me thy heart, for the world is very cruel, and I am afraid."

"My heart is my love's", he answered, "therefore tarry not, but get thee gone."

"Should I not love also?", asked his Soul.

"Get thee gone, for I have no need of thee", cried the young Fisherman, and he took the little knife with its handle of green viper's skin, and cut away his shadow from around his feet, and it rose up and stood before him, and looked at him, and it was even as himself.

He crept back, and thrust the knife into his belt, and a feeling of awe came over him. "Get thee gone', he murmured, "and let me see thy face no more."

"Nay, but we must meet again", said the Soul. Its voice was low and flute-like, and its lips hardly moved while it spake.

"How shall we meet?", cried the young Fisherman. "Thou wilt not follow me into the depths of the sea?"

"Once every year I will come to this place, and call to thee", said the Soul. "It may be that thou wilt have need of me."

"What need should I have of thee?", cried the young Fisherman, "but be it as thou wilt", and he plunged into the waters and the Tritons blew their horns and the little Mermaid rose up to meet him, and put her arms around his neck and kissed him on the mouth.

And the Soul stood on the lonely beach and watched them. And when they had sunk down into the sea, it went weeping away over the marshes.

*** *** ***

And after a year was over the Soul came down to the shore of the sea and called to the young Fisherman, and he rose out of the deep, and said, "Why dost thou call to me?"

And the Soul answered, "Come nearer, that I may speak with thee, for I have seen marvellous things."

do em rochedo com a segurança de um bode selvagem, até alcançar o nível do solo e a areia amarela do mar.

Com membros bronzeados e bem formados como uma estátua forjada por um Grego, postou-se na areia de costas para a lua; da espuma saíam braços alvos que acenavam para ele e das ondas erguiam-se formas escuras que prestavam-lhe homenagem. Diante dele estendia-se a sua sombra, que era o corpo da sua alma e atrás dele a lua estava suspensa no ar cor de mel.

E a Alma disse-lhe, "Se precisas conduzir-me para fora de ti, não me mandes sem um coração. O mundo é cruel, dê-me o teu coração para que leve-o comigo."

Ele meneou a sua cabeça e sorriu. "Com que amarei o meu amor se der a ti o meu coração?", exclamou.

"Não, mas sê misericordioso", disse a Alma, "dá-me o teu coração, pois o mundo é bem cruel e tenho medo."

"Meu coração é do meu amor", respondeu, "não demores mais, vai-te embora."

"Também não deveria eu amar?", perguntou a Alma.

"Vai-te embora, pois não tenho necessidade de ti", clamou o jovem Pescador, e ele pegou a pequena faca com o seu cabo de pele de serpente verde e cortou a sua sombra em torno dos seus pés; e ela ergueu-se e postou-se diante dele, fitando-lhe, e era tão idêntica quanto ele mesmo.

Deu um passo para trás e pôs a faca dentro do cinto, e um sentimento de temor caiu sobre ele. "Vai-te embora", murmurou, "e nunca mais deixe-me ver tua face."

"Não, devemos encontrar-nos novamente", disse a Alma. A sua voz era baixa como uma flauta e os seus lábios quase não se moviam enquanto ela falava.

"Como encontrar-nos-emos?", exclamou o jovem Pescador. "Se tu não me seguirás para dentro das profundezas do oceano?"

"Uma vez a cada ano, eu virei a este lugar e chamarei por ti", disse a Alma. "Pode ser que tu venhas a ter necessidade de mim."

"Por que deveria precisar de ti?", clamou o jovem Pescador, "mas que seja como tu desejas", e ele mergulhou para dentro das águas e os Tritões sopraram as suas trompas e a pequena Sereia ergueu-se para recebê-lo e, ao envolver o pescoço dele com os seus braços, beijou-o em seus lábios.

E a Alma permaneceu na praia solitária observando-os. E quando eles submergiram no fundo do mar, ela seguiu pelos pântanos a lamentar-se.

*** *** ***

E depois que um ano terminou, a Alma desceu até a enseada e chamou pelo jovem Pescador, e ele ergueu-se das profundezas, e disse, "Por que tu chamaste-me?"

E a Alma respondeu, "Achega-te para que eu possa falar-te, pois tenho visto coisas maravilhosas."

So he came nearer, and couched in the shallow water, and leaned his head upon his hand and listened.

*** *** ***

And the Soul said to him, "When I left thee I turned my face to the East and journeyed. From the East cometh everything that is wise. Six days I journeyed, and on the morning of the seventh day I came to a hill that is in the country of the Tartars. I sat down under the shade of a tamarisk tree to shelter myself from the sun. The land was dry and burnt up with the heat. The people went to and fro over the plain like flies crawling upon a disk of polished copper.

"When it was noon a cloud of red dust rose up from the flat rim of the land. When the Tartars saw it, they strung their painted bows, and having leapt upon their little horses they galloped to meet it. The women fled screaming to the waggons, and hid themselves behind the felt curtains.

"At twilight the Tartars returned, but five of them were missing, and of those that came back not a few had been wounded. They harnessed their horses to the waggons and drove hastily away. Three jackals came out of a cave and peered after them. Then they sniffed up the air with their nostrils, and trotted off in the opposite direction.

"When the moon rose I saw a camp-fire burning on the plain, and went towards it. A company of merchants were seated round it on carpets. Their camels were picketed behind them, and the negroes who were their servants were pitching tents of tanned skin upon the sand, and making a high wall of the prickly pear.

"As I came near them, the chief of the merchants rose up and drew his sword, and asked me my business.

"I answered that I was a Prince in my own land, and that I had escaped from the Tartars, who had sought to make me their slave. The chief smiled, and showed me five heads fixed upon long reeds of bamboo.

"Then he asked me who was the prophet of God, and I answered him Mohammed*.

'When he heard the name of the false prophet, he bowed and took me by the hand, and placed me by his side. A negro brought me some mare's milk in a wooden dish, and a piece of lamb's flesh roasted.

"At daybreak we started on our journey. I rode on a red-haired camel by the side of the chief, and a runner ran before us carrying a spear. The men of war were on either hand, and the mules followed with the merchandise. There were forty camels in the caravan, and the mules were twice forty in number.

"We went from the country of the Tartars into the country of those who curse the Moon. We saw the Gryphons guarding their gold on the white rocks, and the scaled

---

* Abū al-Qāsim Muhammad ibn Abd Allāh ibn Abd al-Muttalib ibn Hāshim, as known as Muhammad, or Mohammed, an Arab religious and political leader and, according to the Islamic religion, the latest and last prophet of the God of Abraham.

Então ele chegou mais perto e reclinando sobre a água rasa, apoiou a sua cabeça nas mãos e escutou.

*** *** ***

E a Alma disse para ele, "Ao deixar-te, voltei o meu rosto para o Oriente e segui viagem. Do Oriente vem tudo o quanto é sábio. Por seis dias viajei, e na manhã do sétimo dia cheguei a uma colina que fica no país dos Tártaros. Sentei-me à sombra de uma tamargueira para abrigar-me do sol. A terra estava seca e queimava com o calor. Na planície, as pessoas iam de um lado para outro como se fossem moscas rastejando sobre um disco de cobre polido.

"Ao meio-dia, uma nuvem de poeira vermelha ergueu-se da borda plana da terra. Quando os tártaros viram isso, enfileiraram os seus arcos pintados, e a saltar sobre os seus pequenos cavalos, galoparam ao encontro dela. As mulheres fugiram a gritar para as carroças, a esconder-se atrás das cortinas de feltro.

"No crepúsculo os Tártaros retornaram, mas cinco deles faltavam e daqueles que voltaram não eram poucos o que não estavam feridos. Eles arrearam os cavalos às carroças e partiram rapidamente. Três chacais saíram de uma caverna e sondaram-nos. Então eles farejaram o ar com as suas narinas e trotaram na direção oposta.

"Quando a lua ergueu-se, vi uma fogueira de um acampamento ardendo na planície e segui na sua direção. Um grupo de mercadores estava sentado ao redor dos seus tapetes. Os seus camelos estavam guardados atrás deles e os negros, que eram os seus servos, estavam armando tendas de pele curtida sobre a areia e erguendo um muro alto de opúncia espinhosa.

"Tão logo aproximei-me deles, o chefe dos mercadores levantou-se e puxou da sua espada e perguntou-me sobre a minha ocupação.

"Eu respondi que eu era um príncipe em minha terra e que tinha escapado dos Tártaros que tinham tentado fazer-me um escravo deles. O chefe sorriu e mostrou-me cinco cabeças fixadas sobre longas varas de bambu.

"Então ele perguntou-me quem era o profeta de Deus e eu respondi-lhe que era Mohammed[*].

"Ao ouvir o nome do seu profeta, ele curvou-se e tomou-me pela mão e colocou-me ao seu lado. Um negro trouxe-me um pouco de leite de égua num prato de madeira e um pedaço de carne de carneiro assada."

"Ao amanhecer começamos a nossa jornada. Montei num camelo de pelos vermelhos ao lado do chefe, e um corredor seguiu à nossa frente a carregar uma lança. Os guerreiros iam dos dois lados e as mulas seguiam com as mercadorias. Havia quarenta camelos na caravana e as mulas contavam o dobro disso.

"Saímos da terra dos Tártaros para a terra dos que amaldiçoam a Lua. Vimos os Grifos guardando o ouro sobre rochedos brancos e Dragões escamosos a dormir

---

[*] Abū al-Qāsim Muhammad ibn Abd Allāh ibn Abd al-Muttalib ibn Hāshim, mais conhecido como Maomé, líder religioso e político árabe e, segundo a religião islâmica, o mais recente e último profeta do Deus de Abraão.

Dragons sleeping in their caves. As we passed over the mountains we held our breath lest the snows might fall on us, and each man tied a veil of gauze before his eyes. As we passed through the valleys the Pygmies shot arrows at us from the hollows of the trees, and at night-time we heard the wild men beating on their drums. When we came to the Tower of Apes we set fruits before them, and they did not harm us. When we came to the Tower of Serpents we gave them warm milk in howls of brass, and they let us go by. Three times in our journey we came to the banks of the Oxus[*]. We crossed it on rafts of wood with great bladders of blown hide. The river-horses raged against us and sought to slay us. When the camels saw them they trembled.

"The kings of each city levied tolls on us, but would not suffer us to enter their gates. They threw us bread over the walls, little maize-cakes baked in honey and cakes of fine flour filled with dates. For every hundred baskets we gave them a bead of amber.

"When the dwellers in the villages saw us coming, they poisoned the wells and fled to the hill-summits. We fought with the Magadae[**] who are born old, and grow younger and younger every year, and die when they are little children; and with the Laktroi who say that they are the sons of tigers, and paint themselves yellow and black; and with the Aurantes who bury their dead on the tops of trees, and themselves live in dark caverns lest the Sun, who is their god, should slay them; and with the Krimnians who worship a crocodile, and give it earrings of green glass, and feed it with butter and fresh fowls; and with the Agazonbae, who are dog-faced; and with the Sibans[***], who have horses' feet, and run more swiftly than horses. A third of our company died in battle, and a third died of want. The rest murmured against me, and said that I had brought them an evil fortune. I took a horned adder from beneath a stone and let it sting me. When they saw that I did not sicken, they grew afraid.

"In the fourth month we reached the city of Illel. It was night-time when we came to the grove that is outside the walls, and the air was sultry, for the Moon was travelling in Scorpion. We took the ripe pomegranates from the trees, and brake them, and drank their sweet juices. Then we lay down on our carpets, and waited for the dawn.

"And at dawn we rose and knocked at the gate of the city. It was wrought out of red bronze, and carved with sea-dragons and dragons that have wings. The guards looked down from the battlements and asked us our business. The interpreter of the caravan answered that we had come from the island of Syria with much merchandise. They took hostages, and told us that they would open the gate to us at noon, and bade us tarry till then.

'When it was noon they opened the gate, and as we entered in the people came crowding out of the houses to look at us, and a crier went round the city crying through a shell. We stood in the market-place, and the negroes uncorded the bales of figured cloths and opened the carved chests of sycamore. And when they had ended their

---

[*]   Amu Darya or Amudarya is the most extensive river in Central Asia, formed by the junction of the Vakhsh and Panj rivers. In Classical Antiquity, the river was known in Greek as Oxus (sometimes also referred to as Oxo) and in Arabic as Jayhoun or Gihon.

[**]   Inhabitants of the ancient Indian kingdom of Magadha that corresponds to the territory of the modern districts of Patna, Gaya and southern Bihar, and to parts of Bengal in the East.

[***] Laktroi, Aurantes, Krimnians, Agazombae and Sibans are fictitious peoples created by the author.

nas cavernas. Enquanto passávamos por sobre as montanhas, seguramos a respiração para que a neve não caísse sobre nós e cada homem amarrou um véu de gaze à frente dos olhos. Ao passarmos pelos vales, os Pigmeus atiraram setas dos buracos das árvores e à noite ouvimos selvagens batendo em tambores. Ao chegarmos à Torre dos Macacos, pusemos frutas em frente deles e não nos feriram. Ao chegarmos à Torre das Serpentes, demos a elas leite morno em tigelas de bronze e nos deixaram passar. Por três vezes em nossa viagem fomos à margem do Oxo[*]. Cruzamo-lo em jangadas de madeira que tinham por baixo grandes bexigas cheias de ar. Os hipopótamos enfureceram-se conosco e tentaram nos matar. Os camelos tremeram quando eles os viram.

"Os reis de cada cidade cobravam-nos pedágio, mas não permitiam que entrássemos. Atiravam-nos pães pelos muros, bolinhos de trigo cozido com mel e bolos de farinha refinada recheados com tâmaras. Para cada cem cestos, dávamo-lhes uma conta de âmbar.

"Quando os moradores das vilas viram-nos chegar, envenenaram os poços e fugiram para o topo das colinas. Lutamos com os Magadenses[**], que já nasciam velhos, e rejuvenesciam mais e mais todos os anos, e morriam quando tornavam-se criancinhas; e com os Lactros que diziam-se filhos dos tigres e pintam-se de amarelo e de preto; e com os Aurantes que enterram os mortos no topo das árvores e vivem em cavernas escuras para que o Sol, que é o seu deus, não os mate; e com os Krimnianos que adoram o crocodilo, dão a ele brincos de cristal verde e alimentam-no com manteiga e aves frescas; e com os Agazombanos que têm cara de cão; com os Sibanos[***] que têm pés de cavalo e correm mais depressa que cavalos. Um terço de nosso grupo morreu em combate e outro terço pereceu pelas privações. O restante cochichava contra mim, dizendo que trouxera má-sorte. De baixo de uma pedra, peguei uma víbora com chifres e deixei que picasse-me. Quando viram que eu não passava mal, eles amedrontaram-se.

"No quarto mês alcançámos a cidade de Illel. Era noite quando chegamos ao arvoredo que fica fora dos muros. O ar estava abafado, pois a Lua estava transitando por Escorpião. Colhemos as romãs maduras das árvores, quebramo-nas e bebemos do seu doce suco. Então deitámos em nossos tapetes e esperamos pelo amanhecer.

"Ao raiar do dia levantamo-nos e batemos no portão da cidade, que era forjado com bronze vermelho e entalhado com dragões do mar e dragões alados. As sentinelas olharam para baixo de dentro das ameias, perguntando qual era o assunto. O intérprete da caravana respondeu que havíamos vindo da ilha de Síria com muitas mercadorias. Tomaram alguns de nós como reféns e disseram-nos que abririam o portão ao meio-dia, e permitiram que esperássemos até lá.

"Quando soou o meio-dia abriram o portão e assim que entramos as pessoas saíram das casas aos montes para ver-nos enquanto um pregoeiro circulava a cidade a berrar através duma concha. Permanecemos na praça do mercado e os negros desamarraram os fardos de roupas desenhadas e abriram os baús de plátano

---

[*]   O Amu Dária ou Amudária é o rio mais extenso da Ásia Central, formado pela junção dos rios Vakhsh e Panj. Na Antiguidade Clássica, o rio era conhecido em grego como Óxus (por vezes também aportuguesado como Oxo) e em árabe como Jayhun ou Gihun.

[**]   Habitantes do antigo reino indiano de Mágada que corresponde ao território dos modernos distritos de Patna, Gaya e Bihar meridional, e a partes de Bengala no Este.

[***]   Lactros, aurantes, krimnianos, agazombanos e sibanos são povos fictícios criados pelo autor.

task, the merchants set forth their strange wares, the waxed linen from Egypt and the painted linen from the country of the Ethiops, the purple sponges from Tyre and the blue hangings from Sidon, the cups of cold amber and the fine vessels of glass and the curious vessels of burnt clay. From the roof of a house a company of women watched us. One of them wore a mask of gilded leather.

"And on the first day the priests came and bartered with us, and on the second day came the nobles, and on the third day came the craftsmen and the slaves. And this is their custom with all merchants as long as they tarry in the city.

"And we tarried for a moon, and when the moon was waning, I wearied and wandered away through the streets of the city and came to the garden of its god. The priests in their yellow robes moved silently through the green trees, and on a pavement of black marble stood the rose-red house in which the god had his dwelling. Its doors were of powdered lacquer, and bulls and peacocks were wrought on them in raised and polished gold. The tilted roof was of sea-green porcelain, and the jutting eaves were festooned with little bells. When the white doves flew past, they struck the bells with their wings and made them tinkle.

"In front of the temple was a pool of clear water paved with veined onyx. I lay down beside it, and with my pale fingers I touched the broad leaves. One of the priests came towards me and stood behind me. He had sandals on his feet, one of soft serpent-skin and the other of birds' plumage. On his head was a mitre of black felt decorated with silver crescents. Seven yellows crescents were woven into his robe, and his frizzed hair was stained with antimony.

"After a little while he spake to me, and asked me my desire.

'I told him that my desire was to see the god.

"'The god is hunting', said the priest, looking strangely at me with his small slanting eyes.

"'Tell me in what forest, and I will ride with him', I answered.

"He combed out the soft fringes of his tunic with his long pointed nails. 'The god is asleep', he murmured.

"'Tell me on what couch, and I will watch by him', I answered.

"'The god is at the feast', he cried.

"'If the wine be sweet I will drink it with him, and if it be bitter I will drink it with him also', was my answer.

"He bowed his head in wonder, and, taking me by the hand, he raised me up, and led me into the temple.

"And in the first chamber I saw an idol seated on a throne of jasper bordered with great orient pearls. It was carved out of ebony, and in stature was of the stature of a man. On its forehead was a ruby, and thick oil dripped from its hair on to its thighs. Its feet were red with the blood of a newly-slain kid, and its loins girt with a copper belt that was studded with seven beryls.

"And I said to the priest, 'Is this the god?', and he answered me, 'This is the god'.

entalhados. Quando terminaram a tarefa, os mercadores exibiram os estranhos produtos: linho encerado do Egito e linho tingido do país dos Etíopes, esponjas púrpura de Tiro e tapeçarias azuis de Sídon, cálices de âmbar frio e finos vasos de cristal e curiosos vasos de cerâmica queimada. Do telhado de uma casa um grupo de mulheres observava-nos. Uma delas usava uma máscara de couro dourado.

"E no primeiro dia vieram os sacerdotes para negociar conosco, no segundo dia vieram os nobres e no terceiro dia, os artesãos e os escravos. E esse é o costume para com todos os comerciantes durante o tempo em que permanecerem na cidade.

"E permanecemos lá por uma lua e quando a lua ficou minguante, cansei-me e vaguei pelas ruas da cidade até chegar ao jardim do deus deles. Os sacerdotes em túnicas amarelas moviam-se silenciosamente por entre as árvores verdes e sobre uma calçada de mármore negro ficava a casa vermelho-rosado em que o deus fazia a sua morada. As portas eram revestidas de verniz e touros e pavões de ouro polido estavam esculpidos em relevo. O teto inclinado era de porcelana verde-mar e as bordas ressaltadas traziam grinaldas com sinos pequeninos. Quando as pombas brancas passavam voando, tocavam os sinos com as suas asas fazendo-os tilintar.

"À frente do templo havia uma piscina de águas claras pavimentada com ônix raiado. Deitei-me ao lado e com meus dedos pálidos toquei as folhas largas. Um dos sacerdotes veio até mim e ficou ao meu lado. Trazia sandálias aos pés, uma de pele de cobra macia e outra de plumas de pássaros. Na cabeça usava uma mitra de feltro negro decorada com luas crescentes prateadas. Sete crescentes amarelos estavam bordados na túnica e o cabelo crespo era tingido com antimônio.

"Após certo tempo ele falou comigo, e perguntou-me qual era o meu desejo.

"Disse-lhe que o meu desejo era o de ver deus.

"'O deus está a caçar', disse o sacerdote, a olhar estranhamente para mim com pequenos olhos oblíquos.

"'Diga-me em qual floresta e cavalgarei com ele', respondi eu.

"Ele alisou as franjas macias da sua túnica com as unhas compridas e pontia-gudas. 'O deus está adormecido', murmurou ele.

"'Diga-me em qual divã e velarei por ele', eu respondi.

"'O deus está em um festim', ele exclamou.

"'Se o vinho for doce, beberei com ele, e se o vinho for amargo, beberei com ele ainda assim', foi minha resposta.

"Ele inclinou a cabeça, surpreso, e, ao tomar-me pela mão, levantou-me e conduziu-me até o templo.

"Na primeira câmara vi um ídolo sentado num trono de jásper orlado com grandes pedras orientais. Era entalhado com ébano e tinha a altura de um homem. Em sua testa havia um rubi e um óleo denso gotejava de seu cabelo até as coxas. Os seus pés estavam vermelhos com o sangue de um cabrito recém-sacrificado e preso em seus quadris havia um cinturão de cobre enfeitado com sete berílios.

"Então eu disse ao sacerdote, 'É este o deus?', e ele respondeu-me, 'Este é o deus'.

"'Show me the god', I cried, 'or I will surely slay thee'. And I touched his hand, and it became withered.

"And the priest besought me, saying, 'Let my lord heal his servant, and I will show him the god'.

"So I breathed with my breath upon his hand, and it became whole again, and he trembled and led me into the second chamber, and I saw an idol standing on a lotus of jade hung with great emeralds. It was carved out of ivory, and in stature was twice the stature of a man. On its forehead was a chrysolite, and its breasts were smeared with myrrh and cinnamon. In one hand it held a crooked sceptre of jade, and in the other a round crystal. It ware buskins of brass, and its thick neck was circled with a circle of selenites.

"And I said to the priest, 'Is this the god?'

"And he answered me, 'This is the god.'

"'Show me the god', I cried, 'or I will surely slay thee.' And I touched his eyes, and they became blind.

"And the priest besought me, saying, 'Let my lord heal his servant, and I will show him the god.'

"So I breathed with my breath upon his eyes, and the sight came back to them, and he trembled again, and led me into the third chamber, and lo! there was no idol in it, nor image of any kind, but only a mirror of round metal set on an altar of stone.

"And I said to the priest, "Where is the god?"

"And he answered me, 'There is no god but this mirror that thou seest, for this is the Mirror of Wisdom. And it reflecteth all things that are in Heaven and on Earth, save only the face of him who looketh into it. This it reflecteth not, so that he who looketh into it may be wise. Many other mirrors are there, but they are mirrors of Opinion. This only is the Mirror of Wisdom. And they who possess this mirror know everything, nor is there anything hidden from them. And they who possess it not have not Wisdom. Therefore is it the god, and we worship it.' And I looked into the mirror, and it was even as he had said to me.

"And I did a strange thing, but what I did matters not, for in a valley that is but a day's journey from this place have I hidden the Mirror of Wisdom. Do but suffer me to enter into thee again and be thy servant, and thou shalt be wiser than all the wise men, and Wisdom shall be thine. Suffer me to enter into thee, and none will be as wise as thou."

But the young Fisherman laughed. "Love is better than Wisdom", he cried, "and the little Mermaid loves me."

"Nay, but there is nothing better than Wisdom", said the Soul.

"Love is better", answered the young Fisherman, and he plunged into the deep, and the Soul went weeping away over the marshes.

*** *** ***

"'Mostre-me o deus', exclamei, 'ou certamente matar-te-ei'. E toquei-lhe a mão e ela tornou-se seca.

"O sacerdote implorou-me, dizendo, 'Possa o meu senhor curar este teu servo e mostrar-lhe-ei o deus'.

"Então soprei sobre a sua mão com o meu hálito e ela tornou-se sadia novamente. Ele estremeceu e levou-me à segunda câmara, e vi um ídolo em pé sobre uma lótus de jade de onde pendiam grandes esmeraldas. Era esculpido em marfim e a sua estatura media o dobro da de um homem. Em sua testa havia um crisólito e seu peito estava untado com mirra e canela. Numa das mãos segurava um cetro curvo de jade e na outra, um cristal esférico. Vestia borzeguins de bronze e o pescoço robusto estava envolto com um círculo de selenitas.

"E eu disse ao sacerdote, 'É este o deus?'

"E ele respondeu-me, 'Este é o deus.'

"'Mostre-me o deus', exclamei, 'ou certamente matar-te-ei'. E toquei-lhe os olhos e tornaram-se cegos.

"O sacerdote implorou-me, dizendo, 'Possa o meu senhor curar este teu servo e mostrar-lhe-ei o deus.'

"Então soprei os seus olhos com o meu hálito e a visão tornou a eles. Estremeceu novamente e levou-me à terceira câmara, e, veja!, não havia nenhum ídolo ali, nem imagem de qualquer tipo, só um espelho redondo de metal num altar de pedra.

'Então eu disse ao sacerdote, 'Onde está o deus?'

"Ele respondeu-me, 'Não há nenhum deus exceto este espelho que vês, pois este é o Espelho da Sabedoria. Ele reflete todas as coisas que estão no Céu e na Terra, menos o rosto daqueles que miram-no. Isso ele não reflete, então quem mirar-se nele pode tornar-se sábio. Existem muitos outros espelhos, mas são espelhos da Opinião. Este é o único Espelho da Sabedoria. E aqueles que possuem este espelho conhecem a tudo, nem há nada que possa ser-lhes oculto. E aqueles que não o possuem não têm a Sabedoria. Portanto este é o deus, e nós cultuamo-no.' E eu olhei dentro do espelho e era mesmo como ele havia dito-me.

"Então eu fiz uma coisa estranha, mas o que fiz não importa, pois em um vale que encontra-se a um dia de viagem deste lugar, escondi o Espelho da Sabedoria. Apenas permite que eu entre em ti novamente e que eu seja o teu servo e serás mais sábio que todos os homens sábios, e a Sabedoria será tua. Permite que eu entre em ti e ninguém será tão sábio como tu."

Porém o jovem Pescador riu. "O Amor é melhor do que a Sabedoria", ele exclamou, "e a pequena Sereia ama-me."

"Não, não há nada melhor do que a Sabedoria", disse-lhe a Alma.

"O Amor é melhor", respondeu o jovem Pescador, e mergulhou para dentro das profundezas, e a Alma seguiu pelos pântanos, a lamentar-se.

*** *** ***

And after the second year was over, the Soul came down to the shore of the sea, and called to the young Fisherman, and he rose out of the deep and said, "Why dost thou call to me?"

And the Soul answered, "Come nearer, that I may speak with thee, for I have seen marvellous things."

So he came nearer, and couched in the shallow water, and leaned his head upon his hand and listened.

*** *** ***

And the Soul said to him, "When I left thee, I turned my face to the South and journeyed. From the South cometh everything that is precious. Six days I journeyed along the highways that lead to the city of Ashter, along the dusty red-dyed highways by which the pilgrims are wont to go did I journey, and on the morning of the seventh day I lifted up my eyes, and lo! the city lay at my feet, for it is in a valley.

"There are nine gates to this city, and in front of each gate stands a bronze horse that neighs when the Bedouins come down from the mountains. The walls are cased with copper, and the watch-towers on the walls are roofed with brass. In every tower stands an archer with a bow in his hand. At sunrise he strikes with an arrow on a gong, and at sunset he blows through a horn of horn.

"When I sought to enter, the guards stopped me and asked of me who I was. I made answer that I was a Dervish[*] and on my way to the city of Mecca, where there was a green veil on which the Koran[**] was embroidered in silver letters by the hands of the angels. They were filled with wonder, and entreated me to pass in.

"Inside it is even as a bazaar. Surely thou shouldst have been with me. Across the narrow streets the gay lanterns of paper flutter like large butterflies. When the wind blows over the roofs they rise and fall as painted bubbles do. In front of their booths sit the merchants on silken carpets. They have straight black beards, and their turbans are covered with golden sequins, and long strings of amber and carved peach-stones glide through their cool fingers. Some of them sell galbanum and nard[***], and curious perfumes from the islands of the Indian Sea, and the thick oil of red roses, and myrrh and little nail-shaped cloves. When one stops to speak to them, they throw pinches of frankincense upon a charcoal brazier and make the air sweet. I saw a Syrian who held in his hands a thin rod like a reed. Grey threads of smoke came from it, and its odour as it burned was as the odour of the pink almond in spring. Others sell silver bracelets embossed all over with creamy blue turquoise stones, and anklets of brass wire fringed with little pearls, and tigers' claws set in gold, and the claws of that gilt cat, the leopard, set in gold also, and earrings of pierced emerald, and finger-rings of hollowed jade. From the tea-houses comes the sound of the guitar, and the opium-smokers with their white smiling faces look out at the passers-by.

[*]   Member of an ascetic order of Islam.
[**] Sacred book of the Muslims which serves as the foundation for the Islamic religion, Islamic sacred writings revealed by God to the prophet Muhammad.
[***] Galbanum is an aromatic resin produced from Persian shrubs; nard is an aromatic balm derived from the valerian that grows in the Himalayan mountains.

E depois que o segundo ano terminou, a Alma desceu até a enseada e chamou pelo jovem Pescador, e ele ergueu-se das profundezas e disse, "Por que tu chamaste-me?"

E a Alma respondeu, "Achega-te para que eu possa falar-te, pois tenho visto coisas maravilhosas."

Então ele chegou mais perto, e ao reclinar-se sobre a água rasa, apoiou a cabeça nas suas mãos e escutou.

*** *** ***

E então a Alma disse-lhe, "Quando deixei-te, voltei o meu rosto para o Sul e segui viagem. Do Sul vem tudo o que é precioso. Por seis dias viajei ao longo das estradas que conduzem à cidade de Ashter, por estradas tingidas de poeira vermelha pelas quais os peregrinos costumam ir eu viajei, e na manhã do sétimo dia ergui os meus olhos e, veja!, a cidade repousava sob os meus pés, pois situava-se em um vale.

"Há nove portões nessa cidade, e em frente a cada portão ergue-se um cavalo de bronze que relincha quando os Beduínos descem das montanhas. Os muros são revestidos com cobre e as torres de vigia dos muros possuem telhados de bronze. Em cada torre postam-se arqueiros com arcos nas mãos. Ao amanhecer o arqueiro golpeia um gongo com uma flecha e no crepúsculo sopra através duma trompa de chifre.

"Ao tentar entrar, os guardas barraram-me e perguntaram quem eu era. Formulei uma resposta dizendo que era um Dervixe[*] a caminho da cidade de Meca, onde há um véu verde no qual o Corão[**] está bordado em letras prateadas pelas mãos dos anjos. Eles ficaram completamente surpresos e suplicaram-me para que eu entrasse.

"Dentro era igual a um bazar. Com certeza deverias ter estado comigo. Pelas ruas estreitas as alegres lanternas de papel flutuavam como imensas borboletas. Quando o vento soprava acima dos telhados, elas subiam e desciam como bolhas coloridas. Em frente às tendas sentam-se os mercadores em tapetes sedosos. Têm barbas longas e negras, os seus turbantes são cobertos com lantejoulas douradas, e longos fios de âmbar com pedras de pêssego lapidadas que deslizam por entre dedos frios. Alguns vendem gálbano e nardo[***], e perfumes curiosos das ilhas do Mar da Índia, e o espesso óleo de rosas vermelhas, mirra e pequenos cravos-da-índia como pregos. Quando alguém pára pa falar com eles, atiram pitadas de olíbano sobre um braseiro de carvão a tornar doce o ar. Vi um Sírio que segurava nas mãos uma vara fina como um junco. Fios de fumo cinza saíam dela e o odor enquanto queimava exalava como flores de amêndoas na primavera. Outros vendiam braceletes de prata inteiramente incrustados com leitosas pedras de turquesa; tornozeleiras de fios de bronze orladas com pequenas pérolas; garras de tigre engastadas em ouro; garras daquele gato dourado, o leopardo, também engastadas em ouro; brincos de esmeraldas perfuradas e anéis de jade. Das casas de chá vinham sons de violões e os fumantes de ópio, com as faces brancas e sorridentes, observavam as pessoas que passavam.

---

[*]   Membro de uma ordem ascética do Islamismo.
[**]   Livro sagrado dos muçulmanos que serve como a fundação para a religião islâmica, escritos sagrados islâmicos revelados por Deus ao profeta Maomé.
[***] Gálbano é uma resina aromática produzida a partir de arbustos da Pérsia; nardo é um bálsamo aromático derivado da valeriana que cresce nas montanhas do Himalaia.

"Of a truth thou shouldst have been with me. The wine-sellers elbow their way through the crowd with great black skins on their shoulders. Most of them sell the wine of Shiraz, which is as sweet as honey. They serve it in little metal cups and strew rose leaves upon it. In the market-place stand the fruitsellers, who sell all kinds of fruit: ripe figs, with their bruised purple flesh, melons, smelling of musk and yellow as topazes, citrons and rose-apples and clusters of white grapes, round red-gold oranges, and oval lemons of green gold. Once I saw an elephant go by. Its trunk was painted with vermilion and turmeric, and over its ears it had a net of crimson silk cord. It stopped opposite one of the booths and began eating the oranges, and the man only laughed. Thou canst not think how strange a people they are. When they are glad they go to the bird-sellers and buy of them a caged bird, and set it free that their joy may be greater, and when they are sad they scourge themselves with thorns that their sorrow may not grow less.

"One evening I met some negroes carrying a heavy palanquin through the bazaar. It was made of gilded bamboo, and the poles were of vermilion lacquer studded with brass peacocks. Across the windows hung thin curtains of muslin embroidered with beetles' wings and with tiny seed-pearls, and as it passed by a pale-faced Circassian looked out and smiled at me. I followed behind, and the negroes hurried their steps and scowled. But I did not care. I felt a great curiosity come over me.

"At last they stopped at a square white house. There were no windows to it, only a little door like the door of a tomb. They set down the palanquin and knocked three times with a copper hammer. An Armenian in a caftan of green leather peered through the wicket, and when he saw them he opened, and spread a carpet on the ground, and the woman stepped out. As she went in, she turned round and smiled at me again. I had never seen any one so pale.

"When the moon rose I returned to the same place and sought for the house, but it was no longer there. When I saw that, I knew who the woman was, and wherefore she had smiled at me.

"Certainly thou shouldst have been with me. On the feast of the New Moon the young Emperor came forth from his palace and went into the mosque to pray. His hair and beard were dyed with rose-leaves, and his cheeks were powdered with a fine gold dust. The palms of his feet and hands were yellow with saffron.

"At sunrise he went forth from his palace in a robe of silver, and at sunset he returned to it again in a robe of gold. The people flung themselves on the ground and hid their faces, but I would not do so. I stood by the stall of a seller of dates and waited. When the Emperor saw me, he raised his painted eyebrows and stopped. I stood quite still, and made him no obeisance. The people marvelled at my boldness, and counselled me to flee from the city. I paid no heed to them, but went and sat with the sellers of strange gods, who by reason of their craft are abominated. When I told them what I had done, each of them gave me a god and prayed me to leave them.

"That night, as I lay on a cushion in the tea-house that is in the Street of Pomegranates, the guards of the Emperor entered and led me to the palace. As I went in they closed each door behind me, and put a chain across it. Inside was a great court with an arcade running all round. The walls were of white alabaster, set here and there

"Realmente devias ter estado comigo. Os vendedores de vinho abrem caminho a cotoveladas por entre a multidão com grandes ódres negros aos ombros. A maioria deles vende vinho de Shiraz, tão doce quanto o mel. Servem-no em tacinhas de metal e espalham folhas de rosa em cima. Na praça do mercado ficam os vendedores de frutas que vendem de toda espécie: figos maduros com a carne roxa ferida, melões com aroma de almíscar e amarelos como topázios; cidra e jambo rosa; cachos de uvas brancas; laranjas redondas vermelho-ouro e limões ovalados ouro-verdes. Uma vez vi um elefante passar. A tromba estava pintada com vermelhão e açafrão e sobre as orelhas trazia uma rede de seda carmesim trançada. Parou na frente de uma das tendas e começou a comer laranjas e o homem apenas riu. Não podes imaginar o quão estranho é esse povo! Quando estão alegres, vão ao passarinheiro, compram-lhe um pássaro engaiolado e soltam-no para que a alegria seja ainda maior, e quando estão tristes, açoitam-se com espinhos para que a tristeza não diminua.

"Numa tarde encontrei alguns negros a carregar um pesado palanquim por entre o bazar. Era feito de bambu dourado e as varas de laca vermelha, enfeitadas com pavões de bronze. Sobre as janelas pendiam finas cortinas de musselina bordada com asas de besouros semeadas com pequeninas pérolas; ao passar, uma pálida face circassiana olhou e sorriu para mim. Segui atrás e os negros apressaram o passo, zangados. Mas não me importei. Senti uma grande curiosidade que abateu-se sobre mim.

"Por fim eles pararam em uma casa branca retangular. Não havia janelas nela, apenas uma pequena porta, como a porta de um sepulcro. Baixaram o palanquim e bateram três vezes com um martelo de cobre. Um Armênio em um cafetã de couro verde espiou através da portinhola; e quando ele viu-os abriu a porta, estendeu um tapete no chão, e a mulher caminhou por ele. Ao entrar, ela virou-se e sorriu para mim novamente. Nunca tinha visto ninguém tão pálido.

"Quando a lua ergueu-se, retornei ao mesmo lugar e procurei pela casa, mas ela já não estava mais lá. Quando vi aquilo, soube quem era a mulher e o motivo pelo qual ela tinha sorrido para mim.

"Por certo deverias ter estado comigo. Na festa da Lua Nova o jovem Imperador saiu do seu palácio e foi à mesquita rezar. O seu cabelo e a sua barba estavam tingidos com pétalas de rosas e as bochechas estavam polvilhadas com pó de ouro fino. As plantas dos pés e as palmas das mãos estavam coloridas de amarelo com açafrão.

"Ao amanhecer ele saiu do seu palácio numa túnica de prata, e ao anoitecer, retornou numa túnica de ouro. As pessoas atiraram-se ao chão escondendo o rosto, mas não agi assim. Permaneci em pé ao lado da tenda de um vendedor de tâmaras e esperei. Quando o Imperador viu-me, ergueu as suas sobrancelhas pintadas e parou. Mantive-me imóvel e não lhe fiz nenhuma reverência. As pessoas espantaram-se com a minha ousadia e aconselharam-me a abandonar a cidade; mas não dei atenção para elas, em vez disso, fui sentar-me com os vendedores de deuses estranhos, que por causa do seu ofício são abominados. Quando disse-lhes o que eu havia feito, cada um ofertou-me um deus e rogou que eu os deixasse.

"Naquela noite, assim que deitei-me numa almofada na casa de chá da Rua das Romãs, os guardas do Imperador entraram e levaram-me ao palácio. Ao entrar, fecharam cada porta atrás de mim, cruzando-as com correntes. Dentro havia um grande pátio com uma arcada ao redor. As paredes eram de alabastro branco adornadas

with blue and green tiles. The pillars were of green marble, and the pavement of a kind of peach-blossom marble. I had never seen anything like it before.

"As I passed across the court two veiled women looked down from a balcony and cursed me. The guards hastened on, and the butts of the lances rang upon the polished floor. They opened a gate of wrought ivory, and I found myself in a watered garden of seven terraces. It was planted with tulip-cups and moonflowers, and silver-studded aloes. Like a slim reed of crystal a fountain hung in the dusky air. The cypress-trees were like burnt-out torches. From one of them a nightingale was singing.

"At the end of the garden stood a little pavilion. As we approached it two eunuchs came out to meet us. Their fat bodies swayed as they walked, and they glanced curiously at me with their yellow-lidded eyes. One of them drew aside the captain of the guard, and in a low voice whispered to him. The other kept munching scented pastilles, which he took with an affected gesture out of an oval box of lilac enamel.

"After a few moments the captain of the guard dismissed the soldiers. They went back to the palace, the eunuchs following slowly behind and plucking the sweet mulberries from the trees as they passed. Once the elder of the two turned round, and smiled at me with an evil smile.

"Then the captain of the guard motioned me towards the entrance of the pavilion. I walked on without trembling, and drawing the heavy curtain aside I entered in.

"The young Emperor was stretched on a couch of dyed lion skins, and a gerfalcon perched upon his wrist. Behind him stood a brass-turbaned Nubian, naked down to the waist, and with heavy earrings in his split ears. On a table by the side of the couch lay a mighty scimitar of steel.

"When the Emperor saw me he frowned, and said to me, 'What is thy name? Knowest thou not that I am Emperor of this city?' But I made him no answer.

"He pointed with his finger at the scimitar, and the Nubian seized it, and rushing forward struck at me with great violence. The blade whizzed through me, and did me no hurt. The man fell sprawling on the floor, and when he rose up his teeth chattered with terror and he hid himself behind the couch.

"The Emperor leapt to his feet, and taking a lance from a stand of arms, he threw it at me. I caught it in its flight, and brake the shaft into two pieces. He shot at me with an arrow, but I held up my hands and it stopped in mid-air. Then he drew a dagger from a belt of white leather, and stabbed the Nubian in the throat lest the slave should tell of his dishonour. The man writhed like a trampled snake, and a red foam bubbled from his lips.

"As soon as he was dead the Emperor turned to me, and when he had wiped away the bright sweat from his brow with a little napkin of purfled and purple silk, he said to me, 'Art thou a prophet, that I may not harm thee, or the son of a prophet, that I can do thee no hurt? I pray thee leave my city tonight, for while thou art in it I am no longer its lord'.

"And I answered him, 'I will go for half of thy treasure. Give me half of thy

aqui e ali com azulejos azuis e verdes. As colunas eram de mármore verde e o piso de uma espécie de mármore cor de pêssegos em flor. Nunca vira nada como aquilo antes.

"Ao passar pelo pátio, duas mulheres com véus numa sacada olharam para baixo e amaldiçoaram-me. Os guardas apressaram-se e os cabos das lanças ressoavam no chão polido. Abriram um portão feito de marfim e encontrei-me num jardim irrigado por sete terraços. Estava cultivado com tulipas em taça, margaridas-dos--campos e aloés enfeitados de prata. Como uma vara delgada de cristal, uma fonte erguia-se no crepúsculo. As árvores de ciprestes eram como tochas apagadas. Numa delas, cantava um rouxinol.

"No fim do jardim erguia-se uma tendinha. Ao aproximarmo-nos, dois eunucos saíram para encontrar-nos. Os seus corpos obesos balançavam ao andar e olharam para mim rapidamente, curiosos, com os seus olhos de pálpebras amarelas. Um deles puxou de lado o capitão da guarda e sussurrou-lhe em voz baixa. O outro continuou a mascar pastilhas perfumadas, tiradas de maneira afetada duma caixa oval de esmalte lilás.

"Depois de alguns minutos, o capitão da guarda dispensou os soldados. Eles voltaram ao palácio, seguidos pelos eunucos, que caminhavam atrás lentamente, apanhando das árvores amoras doces enquanto passavam. O mais velho deles virou-se uma vez e sorriu para mim de um jeito maligno.

"Então o capitão da guarda fez-me um sinal para que eu entrasse na tenda. Caminhei adiante sem estremecer e, ao afastar a pesada cortina para o lado, eu entrei.

"O jovem Imperador estava estendido sobre um divã de pele pintada de leão, com um gerifalte pousado em seu pulso. Atrás dele erguia-se um Núbio de turbante de bronze, despido até a cintura, com brincos pesados nas orelhas perfuradas. Numa mesa ao lado do divã repousava uma potente cimitarra de aço.

"Quando o Imperador viu-me, franziu os cenhos, e disse-me, 'Qual é o teu nome? Não sabes que sou o Imperador desta cidade?' Mas eu não lhe respondi.

"Apontou a cimitarra com o dedo e o Núbio agarrou-a e, avançando, golpeou-me com grande violência. A lâmina zumbiu através de mim, mas não chegou a ferir-me. O homem caiu estatelado sobre o chão e quando ergueu-se, os seus dentes batiam com horror e ele escondeu-se atrás do divã.

"O Imperador pôs-se de pé, pegou uma lança da estante de armas e atirou-a contra mim. Eu peguei-a ainda no ar e quebrei a haste em duas partes. Atirou em mim uma flecha, mas ergui os braços e a parei em pleno ar. Então desembainhou a adaga de um cinto de couro branco e apunhalou o Núbio na garganta para que o escravo não revelasse a sua desonra. O homem contorceu-se como uma serpente pisada e uma espuma vermelha borbulhou dos seus lábios.

"Tão logo morreu, o Imperador voltou-se para mim e após limpar o suor brilhante da testa com um guardanapinho de seda púrpura enfeitado, disse-me, 'És um profeta para que eu não possa fazer-te mal ou o filho dum profeta a quem não posso ferir? Rogo-te que deixes a cidade esta noite, pois enquanto estiveres aqui não serei o senhor dela por muito tempo'.

"E respondi-lhe, 'Partirei apenas se deres-me metade do teu tesouro. Dá-me a

treasure, and I will go away'.

"He took me by the hand, and led me out into the garden. When the captain of the guard saw me, he wondered. When the eunuchs saw me, their knees shook and they fell upon the ground in fear.

"There is a chamber in the palace that has eight walls of red porphyry, and a brass-sealed ceiling hung with lamps. The Emperor touched one of the walls and it opened, and we passed down a corridor that was lit with many torches. In niches upon each side stood great wine-jars filled to the brim with silver pieces. When we reached the centre of the corridor the Emperor spake the word that may not be spoken, and a granite door swung back on a secret spring, and he put his hands before his face lest his eyes should be dazzled.

"Thou couldst not believe how marvellous a place it was. There were huge tortoise-shells full of pearls, and hollowed moonstones of great size piled up with red rubies. The gold was stored in coffers of elephant-hide, and the gold-dust in leather bottles. There were opals and sapphires, the former in cups of crystal, and the latter in cups of jade. Round green emeralds were ranged in order upon thin plates of ivory, and in one corner were silk bags filled, some with turquoise-stones, and others with beryls. The ivory horns were heaped with purple amethysts, and the horns of brass with chalcedonies and sards. The pillars, which were of cedar, were hung with strings of yellow lynx-stones. In the flat oval shields there were carbuncles, both wine-coloured and coloured like grass. And yet I have told thee but a tithe of what was there.

"And when the Emperor had taken away his hands from before his face he said to me, 'This is my house of treasure, and half that is in it is thine, even as I promised to thee. And I will give thee camels and camel drivers, and they shall do thy bidding and take thy share of the treasure to whatever part of the world thou desirest to go. And the thing shall be done tonight, for I would not that the Sun, who is my father, should see that there is in my city a man whom I cannot slay'.

"But I answered him, 'The gold that is here is thine, and the silver also is thine, and thine are the precious jewels and the things of price. As for me, I have no need of these. Nor shall I take aught from thee but that little ring that thou wearest on the finger of thy hand'.

"And the Emperor frowned. 'It is but a ring of lead', he cried, 'nor has it any value. Therefore take thy half of the treasure and go from my city'.

"'Nay', I answered, 'but I will take nought but that leaden ring, for I know what is written within it, and for what purpose'.

"And the Emperor trembled, and besought me and said, 'Take all the treasure and go from my city. The half that is mine shall be thine also'.

"And I did a strange thing, but what I did matters not, for in a cave that is but a day's journey from this place have, I hidden the Ring of Riches. It is but a day's journey from this place, and it waits for thy coming. He who has this Ring is richer than all the kings of the world. Come therefore and take it, and the world's riches shall be thine."

metade do teu tesouro e irei embora'.

"Ele tomou-me pela mão e conduziu-me para fora, para o jardim. Ao ver-me, o capitão da guarda espantou-se. Quando os eunucos viram-me, os seus joelhos tremeram e caíram no chão, amedrontados.

"Existe uma câmara no palácio que tem oito paredes de porfírio vermelho e um teto forrado de cobre com lâmpadas pendentes. O Imperador tocou uma das paredes e ela abriu-se; então, atravessamos um corredor iluminado com muitos archotes. Em nichos laterais erguiam-se grandes jarras de vinho cheias até a borda com moedas de prata. Quando alcançamos o centro do corredor o Imperador falou a palavra que não pode ser dita e uma porta de granito girou para trás sobre molas ocultas e pôs as mãos à frente do rosto para que os seus olhos não ficassem ofuscados.

"Não podes crer o quão maravilhoso era aquele lugar! Havia gigantescos cascos de tartaruga repletos de pérolas e enormes selenitas lapidadas empilhadas junto a rubis vermelhos. O ouro estava armazenado em cofres de pele de elefante e o ouro em pó, em garrafas de couro. Havia opalas e safiras, as primeiras em taças de cristal e as últimas em taças de jade. Esmeraldas verdes e redondas estavam alinhadas ordenadamente sobre finas bandejas de marfim e em um dos cantos havia sacos de seda lotados, uns com pedras turquesa, outros com berílio. Presas de marfim estavam repletas de ametistas púrpura e presas de bronze, de calcadôneas e sardos. Nas colunas, feitas de cedro, estavam suspensas fileiras de pedras amarelas de lincúrios. Em escudos planos e ovais havia carbúnculos, uns cor-de-vinho e outros da cor da relva. E ainda não te contei sequer um décimo do que havia lá.

"E quando o Imperador tirou as mãos da frente do seu rosto, ele disse-me, 'Esta é a minha casa do tesouro, e metade do que está nela é teu, como eu prometi a ti. Dar-te-ei três camelos, e também os condutores de camelos e eles ficarão sob o teu comando e levarão a tua parte do tesouro para qualquer lugar do mundo que tu desejes ir. E isso será feito esta noite, pois eu não desejo que o Sol, que é o meu pai, veja que existe em minha cidade um homem a quem eu não posso matar'.

"Mas eu respondi-lhe, 'O ouro que está aqui é teu, e a prata também é tua, e tuas são as preciosas joias e as coisas de valor. Quanto a mim, eu não preciso de nada disso. Não tomarei absolutamente nada de ti a não ser esse pequeno anel que trazes no dedo de tua mão'.

"O Imperador franziu o cenho e disse, 'Mas é só um anel de chumbo, não tem valor nenhum. Portanto, pegue a tua metade do tesouro e saia da minha cidade'.

"'Não', respondi, 'não levarei nada além desse anel de chumbo, pois eu sei o que está escrito nele, e qual é o seu propósito'.

"E o Imperador estremeceu e implorou-me, e disse-me, 'Pegue todo o tesouro e saia da minha cidade. A metade que é minha será tua também'.

"E eu fiz uma coisa estranha, mas o que eu fiz não importa, pois em uma caverna a não mais que um dia de viagem daqui, escondi o Anel da Riqueza. Não fica a não mais de um dia de viagem deste lugar e espera pela tua chegada. Aquele que possuir esse anel será mais rico que todos os reis do mundo. Vem portanto e pega-o, e as riquezas do mundo serão tuas."

But the young Fisherman laughed. "Love is better than Riches", he cried, "and the little Mermaid loves me."

'Nay, but there is nothing better than Riches,' said the Soul.

"Love is better", answered the young Fisherman, and he plunged into the deep, and the Soul went weeping away over the marshes.

*** *** ***

And after the third year was over, the Soul came down to the shore of the sea, and called to the young Fisherman, and he rose out of the deep and said, "Why dost thou call to me?"

And the Soul answered, "Come nearer, that I may speak with thee, for I have seen marvellous things.'

So he came nearer, and couched in the shallow water, and leaned his head upon his hand and listened.

And the Soul said to him, "In a city that I know of there is an inn that standeth by a river. I sat there with sailors who drank of two different-coloured wines, and ate bread made of barley, and little salt fish served in bay leaves with vinegar. And as we sat and made merry there entered to us an old man bearing a leathern carpet and a lute that had two horns of amber. And when he had laid out the carpet on the floor, he struck with a quill on the wire strings of his lute, and a girl whose face was veiled ran in and began to dance before us. Her face was veiled with a veil of gauze, but her feet were naked. Naked were her feet, and they moved over the carpet like little white pigeons. Never have I seen anything so marvellous; and the city in which she dances is but a day's journey from this place."

Now when the young Fisherman heard the words of his Soul, he remembered that the little Mermaid had no feet and could not dance. And a great desire came over him, and he said to himself, "It is but a day's journey, and I can return to my love", and he laughed, and stood up in the shallow water, and strode towards the shore.

And when he had reached the dry shore he laughed again, and held out his arms to his Soul. And his Soul gave a great cry of joy and ran to meet him, and entered into him, and the young Fisherman saw stretched before him upon the sand that shadow of the body that is the body of the Soul.

And his Soul said to him, "Let us not tarry, but get hence at once, for the Sea-gods are jealous, and have monsters that do their bidding."

So they made haste, and all that night they journeyed beneath the moon, and all the next day they journeyed beneath the sun, and on the evening of the day they came to a city.

And the young Fisherman said to his Soul, "Is this the city in which she dances of whom thou didst speak to me?"

And his Soul answered him, "It is not this city, but another. Nevertheless let us enter in". So they entered in and passed through the streets and, as they passed

Mas o jovem Pescador riu. "O Amor é melhor que a Riqueza", ele exclamou, "e a pequena Sereia ama-me."

"Não, não há nada melhor que a Riqueza", disse-lhe a Alma.

"O Amor é melhor", respondeu o jovem Pescador, e mergulhou para dentro das profundezas e a Alma seguiu pelos pântanos, a lamentar-se.

*** *** ***

E depois de passado o terceiro ano, a Alma desceu para a enseada e chamou pelo jovem Pescador, e ele ergueu-se das profundezas e disse, "Por que chamaste-me?"

E a Alma respondeu, "Achega-te para que eu possa falar-te, pois tenho visto coisas maravilhosas."

Então ele chegou mais perto, reclinou-se sobre a água rasa e apoiou a sua cabeça nas mãos e escutou.

E a Alma disse-lhe, "Em uma cidade que conheço há uma pousada que fica junto de um rio. Sentei-me lá com marinheiros que bebiam vinhos de duas cores diferentes, e comiam pão feito de cevada, e peixinhos salgados com vinagre em folhas de louro. E enquanto nós nos sentávamos e alegrávamos, um homem velho entrou carregando um tapete de couro e um alaúde que tinha dois chifres de âmbar. Após estender o tapete no chão, tangeu com uma pena as cordas de arame do alaúde; uma jovem com a face coberta por um véu correu para dentro e começou a dançar diante de nós. O seu rosto estava coberto por um véu de gaze, mas os seus pés estavam nus. Nus estavam os seus pés, e moviam-se sobre o tapete como pombinhas brancas. Nunca vira nada tão magnífico e a cidade em que ela dança fica a apenas um dia de viagem deste lugar."

Dessa vez quando o jovem Pescador ouviu as palavras da Alma, lembrou-se de que a pequena Sereia não tinha pés e que não podia dançar. Um grande desejo o invadiu e disse para si, "Não fica além de um dia de viagem e poderei retornar para o meu amor", e riu e ergueu-se da água rasa e caminhou com pressa em direção à costa.

E quando ele alcançou a areia seca, riu novamente, e estendeu os braços para a sua Alma. E a sua Alma deu um grande grito de contentamento e correu ao seu encontro, fundindo-se nele, e o jovem Pescador viu estender-se à sua frente, na areia, aquela sombra do corpo que é o corpo da Alma.

A Alma disse-lhe, "Não demoremo-nos, mas saiamos imediatamente daqui, pois os Deuses do Mar são ciumentos e têm monstros sob o seu comando."

Então eles apressaram-se; durante toda a noite viajaram sob a lua, e por todo o dia seguinte viajaram sob o sol, e no entardecer daquele dia eles chegaram a uma cidade.

E o jovem Pescador disse para a sua Alma, "É nesta cidade na qual dança aquela de quem tu falaste-me?"

E a sua Alma respondeu-lhe, "Não é nesta, é em outra. Mesmo assim vamos entrar." Então entraram, caminharam pelas ruas, e quando passavam pela Rua dos

through the Street of the Jewellers, the young Fisherman saw a fair silver cup set forth in a booth. And his Soul said to him, "Take that silver cup and hide it."

So he took the cup and hid it in the fold of his tunic, and they went hurriedly out of the city.

And after that they had gone a league from the city, the young Fisherman frowned, and flung the cup away, and said to his Soul, "Why didst thou tell me to take this cup and hide it, for it was an evil thing to do?"

But his Soul answered him, "Be at peace, be at peace."

And on the evening of the second day they came to a city, and the young Fisherman said to his Soul, "Is this the city in which she dances of whom thou didst speak to me?"

And his Soul answered him, "It is not this city, but another. Nevertheless let us enter in." So they entered in and passed through the streets, and as they passed through the Street of the Sellers of Sandals, the young Fisherman saw a child standing by a jar of water. And his Soul said to him, "Smite that child." So he smote the child till it wept, and when he had done this they went hurriedly out of the city.

And after that they had gone a league from the city the young Fisherman grew wroth, and said to his Soul, 'Why didst thou tell me to smite the child, for it was an evil thing to do?'

But his Soul answered him, "Be at peace, be at peace."

And on the evening of the third day they came to a city, and the young Fisherman said to his Soul, 'Is this the city in which she dances of whom thou didst speak to me?'

And his Soul answered him, "It may be that it is in this city, therefore let us enter in."

So they entered in and passed through the streets, but nowhere could the young Fisherman find the river or the inn that stood by its side. And the people of the city looked curiously at him, and he grew afraid and said to his Soul, "Let us go hence, for she who dances with white feet is not here."

But his Soul answered, "Nay, but let us tarry, for the night is dark and there will be robbers on the way."

So he sat him down in the market-place and rested, and after a time there went by a hooded merchant who had a cloak of cloth of Tartary, and bare a lantern of pierced horn at the end of a jointed reed. And the merchant said to him, "Why dost thou sit in the market-place, seeing that the booths are closed and the bales corded?"

And the young Fisherman answered him, 'I can find no inn in this city, nor have I any kinsman who might give me shelter.'

"Are we not all kinsmen?", said the merchant. "And did not one God make us? Therefore come with me, for I have a guest-chamber."

So the young Fisherman rose up and followed the merchant to his house. And

Joalheiros, o jovem Pescador viu uma bela taça de prata exposta em frente de uma barraca. E a sua Alma disse-lhe, "Pegue essa taça de prata e esconda-a."

Ele pegou a taça e escondeu-a na dobra da sua túnica e fugiram apressadamente para fora da cidade.

Após terem se afastado uma légua da cidade, o jovem Pescador franziu o cenho, atirou para longe a taça e disse para a sua Alma, "Por que tu disseste-me para pegar essa taça e escondê-la, pois isso foi uma coisa má de fazer-se?"

Mas a sua Alma respondeu-lhe, "Fique tranquilo, fique tranquilo."

E no entardecer do segundo dia eles chegaram em uma cidade, e o jovem Pescador disse para a sua Alma, "É nesta cidade na qual dança aquela de quem tu falaste-me?"

E a sua Alma respondeu-lhe, "Não é nesta, é em outra. Mesmo assim vamos entrar." Então entraram, caminharam pelas ruas, e quando passavam pela Rua dos Vendedores de Sândalo, o jovem Pescador viu uma criança em pé ao lado de uma jarra de água. E a Alma disse-lhe, "Bata nessa criança." Então ele bateu na criança até que ela chorasse e depois de tê-lo feito, saíram rapidamente da cidade.

E depois de terem afastado-se uma légua da cidade, o jovem Pescador ficou furioso e disse à sua Alma, "Por que tu disseste-me para bater na criança, pois isso foi uma coisa má de fazer-se?"

Mas a sua Alma respondeu-lhe, "Fique tranquilo, fique tranquilo."

E no entardecer do terceiro dia eles chegaram a uma cidade, e o jovem Pescador disse à sua Alma, "É nesta cidade na qual dança aquela de quem tu falaste-me?"

E a sua Alma respondeu-lhe, "Pode ser que seja nesta cidade, por isso vamos entrar."

Então entraram e caminharam pelas ruas, mas em nenhum lugar pode o jovem Pescador encontrar o rio ou a pousada que erguia-se ao lado. As pessoas da cidade olhavam para ele curiosamente e ele sentiu medo e disse à sua Alma, "Vamo-nos deste lugar, pois aquela que dança com pés alvos aqui não está."

Mas a sua Alma respondeu, "Não, vamos demorar-nos mais um pouco, pois a noite está escura e poderá haver ladrões no caminho."

Assim ele sentou-se na praça do mercado e descansou; depois de algum tempo passou um mercador encapuzado, com um manto de tecido tártaro, exibindo uma lanterna de chifre perfurado fixada na ponta duma vara nodosa. E o mercador disse-lhe, "Por que senta-te na praça do mercado, sabendo que as tendas estão fechadas e os fardos amarrados?"

E o jovem Pescador respondeu, "Não encontro nenhuma pousada nesta cidade, e também não tenho nenhum parente que posa dar-me abrigo."

"Não somos todos parentes?", disse o mercador, "E não foi um Deus que fez-nos a todos? Assim sendo, vem comigo, pois tenho um quarto de hóspedes."

Então o jovem Pescador ergueu-se e seguiu o mercador até a casa deste. Depois

when he had passed through a garden of pomegranates and entered into the house, the merchant brought him rose-water in a copper dish that he might wash his hands, and ripe melons that he might quench his thirst, and set a bowl of rice and a piece of roasted kid before him.

And after that he had finished, the merchant led him to the guest-chamber, and bade him sleep and be at rest. And the young Fisherman gave him thanks, and kissed the ring that was on his hand, and flung himself down on the carpets of dyed goat's-hair. And when he had covered himself with a covering of black lamb's-wool he fell asleep.

And three hours before dawn, and while it was still night, his Soul waked him and said to him, "Rise up and go to the room of the merchant, even to the room in which he sleepeth, and slay him, and take from him his gold, for we have need of it."

And the young Fisherman rose up and crept towards the room of the merchant, and over the feet of the merchant there was lying a curved sword, and the tray by the side of the merchant held nine purses of gold. And he reached out his hand and touched the sword, and when he touched it the merchant started and awoke, and leaping up seized himself the sword and cried to the young Fisherman, "Dost thou return evil for good, and pay with the shedding of blood for the kindness that I have shown thee?"

And his Soul said to the young Fisherman, "Strike him", and he struck him so that he swooned and he seized then the nine purses of gold, and fled hastily through the garden of pomegranates, and set his face to the star that is the star of morning.

And when they had gone a league from the city, the young Fisherman beat his breast, and said to his Soul, "Why didst thou bid me slay the merchant and take his gold? Surely thou art evil."

But his Soul answered him, 'Be at peace, be at peace.'

"Nay", cried the young Fisherman, "I may not be at peace, for all that thou hast made me to do I hate. Thee also I hate, and I bid thee tell me wherefore thou hast wrought with me in this wise."

And his Soul answered him, 'When thou didst send me forth into the world thou gavest me no heart, so I learned to do all these things and love them.'

"What sayest thou?", murmured the young Fisherman.

"Thou knowest", answered his Soul, "thou knowest it well. Hast thou forgotten that thou gavest me no heart? I trow not. And so trouble not thyself nor me, but be at peace, for there is no pain that thou shalt not give away, nor any pleasure that thou shalt not receive."

And when the young Fisherman heard these words he trembled and said to his Soul, "Nay, but thou art evil, and hast made me forget my love, and hast tempted me with temptations, and hast set my feet in the ways of sin."

And his Soul answered him, "Thou hast not forgotten that when thou didst send me forth into the world thou gavest me no heart? Come, let us go to another city, and make merry, for we have nine purses of gold."

de atravessar um jardim de romãs e de ter entrado na casa, o mercador trouxe-lhe água de rosas num prato de cobre para que ele pudesse lavar as suas mãos; melões maduros para que pudesse saciar a sede, e pôs à sua frente uma tigela de arroz e um pedaço de carne de cabrito assado.

E depois de ele ter terminado, o mercador levou-o para o quarto de hóspedes, e desejou-lhe que dormisse e que descansasse. E o jovem Pescador agradeceu, e beijou-lhe o anel que trazia na sua mão, e atirou-se sobre os tapetes de pelo de cabra pintado. E depois de ele ter-se coberto com a lã negra de carneiro sentiu-se sonolento.

E três horas antes do amanhecer, e enquanto ainda era noite, a sua Alma o acordou e disse-lhe, "Levanta-te e vai para o quarto do mercador, até o quarto em que ele dorme, e matá-o e toma-te o seu ouro, porque temos necessidade dele."

E o jovem Pescador levantou-se e engatinhou em direção ao quarto do mercador; por sobre os pés do mercador repousava uma espada curva, e na bandeja ao lado do mercador havia nove bolsas de ouro. E ele estendeu a sua mão, tocou a espada, e quando ele tocou-a o mercador sobressaltou-se e acordou; e ao sobressaltar, agarrou ele mesmo a espada e clamou ao jovem Pescador, "Porventura voltais com o mal o bem que recebestes e pagais com o derramamento de sangue pela bondade que tenho-vos mostrado?"

E a sua Alma disse ao jovem Pescador, "Golpeia-o", e ele feriu-o de modo que o mercador desmaiou, e apanhou então as nove bolsas de ouro, e fugiu apressadamente pelo jardim das romãs e voltou o seu rosto em direção da estrela que é a estrela da manhã.

E depois de terem afastado-se uma légua da cidade, o jovem Pescador golpeou o seu próprio peito e disse à sua Alma, "Por que mandaste-me matar o mercador e tomar-lhe o ouro? Com certeza tu és má."

Mas a sua Alma respondeu-lhe, "Fique tranquilo, fique tranquilo."

"Não", gritou o jovem Pescador, "eu não posso ficar tranquilo, pois tudo o que obrigaste-me a fazer eu abomino. Odeio-te também e ordeno-te que diga-me porque agiste deste modo comigo."

E a sua Alma respondeu, "Quando mandaste-m embora para o mundo, tu não me deste um coração, então aprendi a fazer todas essas coisas e a amá-las."

"O que disseste-me?", murmurou o jovem Pescador.

"Tu bem o sabes", respondeu a Alma, "tu o sabes muito bem. Esqueceste que tu não me deste um coração? Eu não acredito. Portanto, não inquieteis nem a ti nem a mim, mas fique tranquilo, porque não há nenhuma dor que não passe, nem nenhum prazer que tu não possas receber."

E quando o jovem Pescador ouviu essas palavras, estremeceu e disse para a sua Alma, "Não, tu és perversa e fizeste com que esquecesse-me do meu amor, e tentaste-me com tentações e puseste os meus pés no caminho do pecado."

E a sua Alma respondeu-lhe, "Não esqueceste de que quando tu mandaste-me embora para o mundo tu não me deste um coração? Vem, vamo-nos para uma outra cidade e alegremo-nos, pois temos nove bolsas de ouro."

But the young Fisherman took the nine purses of gold, and flung them down, and trampled on them.

"Nay", he cried, "but I will have nought to do with thee, nor will I journey with thee anywhere, but even as I sent thee away before, so will I send thee away now, for thou hast wrought me no good". And he turned his back to the moon, and with the little knife that had the handle of green viper's skin he strove to cut from his feet that shadow of the body which is the body of the Soul.

Yet his Soul stirred not from him, nor paid heed to his command, but said to him, "The spell that the Witch told thee avails thee no more, for I may not leave thee, nor mayest thou drive me forth. Once in his life may a man send his Soul away, but he who receiveth back his Soul must keep it with him for ever: and this is his punishment and his reward."

And the young Fisherman grew pale and clenched his hands and cried, "She was a false Witch in that she told me not that."

"Nay", answered his Soul, "but she was true to Him she worships, and whose servant she will be ever."

And when the young Fisherman knew that he could no longer get rid of his Soul, and that it was an evil Soul and would abide with him always, he fell upon the ground weeping bitterly.

*** *** ***

And when it was day the young Fisherman rose up and said to his Soul, "I will bind my hands that I may not do thy bidding, and close my lips that I may not speak thy words, and I will return to the place where she whom I love has her dwelling. Even to the sea will I return, and to the little bay where she is wont to sing, and I will call to her and tell her the evil I have done and the evil thou hast wrought on me."

And his Soul tempted him and said, "Who is thy love, that thou shouldst return to her? The world has many fairer than she is. There are the dancing-girls of Samaris who dance in the manner of all kinds of birds and beasts. Their feet are painted with henna, and in their hands they have little copper bells. They laugh while they dance, and their laughter is as clear as the laughter of water. Come with me and I will show them to thee. For what is this trouble of thine about the things of sin? Is that which is pleasant to eat not made for the eater? Is there poison in that which is sweet to drink? Trouble not thyself, but come with me to another city. There is a little city hard by in which there is a garden of tulip-trees. And there dwell in this comely garden white peacocks and peacocks that have blue breasts. Their tails when they spread them to the sun are like disks of ivory and like gilt disks. And she who feeds them dances for their pleasure, and sometimes she dances on her hands and at other times she dances with her feet. Her eyes are coloured with stibium, and her nostrils are shaped like the wings of a swallow. From a hook in one of her nostrils hangs a flower that is carved out of a pearl. She laughs while she dances, and the silver rings that are about her ankles tinkle like bells of silver. And so trouble not thyself any more, but come with me to this city."

Porém o jovem Pescador tomou as nove bolsas de ouro, atirou-as ao chão e pisoteou-as.

"Não", ele gritou, "não tenho nada para fazer contigo, nem irei viajar contigo para parte alguma, pelo contrário, vou até mesmo mandar-te embora antes; assim, mandar-te-ei para longe agora, pois tu não me fizeste bem." E ele virou-se de costas para a lua e com a pequena faca com cabo de pele de serpente verde esforçou-se para cortar dos seus pés aquela sombra do corpo que é o corpo da Alma.

Contudo a sua Alma não se apartou dele, nem deu atenção ao seu comando, mas disse-lhe, "O feitiço que a Bruxa contou-lhe não te serve mais, pois não posso deixar-te, nem podes expulsar-me. Só uma vez na vida pode um homem mandar embora a sua Alma, mas aquele que recebê-la de volta deverá mantê-la consigo para sempre: é sua punição e sua recompensa."

E o jovem Pescador empalideceu, cerrou os punhos e lamentou-se, "Ela era uma falsa Bruxa por não me ter dito isso."

"Não", respondeu a Alma, "ela foi sincera com Aquele a quem ela cultua e de quem será serva por toda a eternidade."

E quando o jovem Pescador soube que não poderia mais libertar-se da sua Alma e que aquela era uma Alma perversa que sempre o dominaria, lançou-se ao chão chorando amargamente.

*** *** ***

E quando amanheceu, o jovem Pescador levantou-se e disse à Alma, "Amarrarei as minhas mãos para que eu não possa obedecer às tuas ordens; selarei os meus lábios para que não possa dizer tuas palavras e retornarei ao lugar em que aquela a quem amo faz a sua morada. Até o mar eu retornarei e à pequena baía em que ela costuma cantar; e chamarei por ela e di-la-ei o mal que fiz e o mal que tu fizeste-me."

E a sua Alma tentou-o e disse, "Quem é o teu amor para que não possas retornar para ela? O mundo possui muitas jovens mais belas do que ela. Há as dançarinas de Samaris que dançam à maneira de todos os tipos de pássaros e feras. Os seus pés são pintados com hena e nas mãos elas trazem sininhos de cobre. Elas riem enquanto dançam e o riso delas é tão límpido quanto o riso da água. Vem comigo e mostrar-las-ei a ti. Por que preocupa-te com coisas pecaminosas? Acaso o que dá prazer ao paladar não foi feito para aquele que deseja comer? Há veneno naquilo que é doce para beber-se? Não te aflijas, mas vem comigo para uma outra cidade. Existe uma cidadezinha não muito longe daqui em que há um jardim de tulipas. E nesse agradável jardim moram pavões brancos e pavões que possuem o peito azul. As caudas, quando eles abrem-nas para o sol, são como discos de marfim e como discos cobertos de ouro. E aquela que alimenta-os, dança para que eles deliciem-se; às vezes ela dança com as mãos e outras vezes com os pés. Os seus olhos são pintados com antimônio e as suas narinas têm a forma de asas de andorinhas. De um gancho em uma das suas narinas, pende uma flor que é esculpida numa pérola. Ela ri ao dançar e os anéis prateados ao redor dos seus tornozelos tilintam como sinos de prata. Não atormente-te mais, e vem comigo até essa cidade."

But the young Fisherman answered not his Soul, but closed his lips with the seal of silence and with a tight cord bound his hands, and journeyed back to the place from which he had come, even to the little bay where his love had been wont to sing. And ever did his Soul tempt him by the way, but he made it no answer, nor would he do any of the wickedness that it sought to make him to do, so great was the power of the love that was within him.

And when he had reached the shore of the sea, he loosed the cord from his hands, and took the seal of silence from his lips, and called to the little Mermaid. But she came not to his call, though he called to her all day long and besought her.

And his Soul mocked him and said, "Surely thou hast but little joy out of thy love. Thou art as one who in time of death pours water into a broken vessel. Thou givest away what thou hast, and nought is given to thee in return. It were better for thee to come with me, for I know where the Valley of Pleasure lies, and what things are wrought there."

But the young Fisherman answered not his Soul, but in a cleft of the rock he built himself a house of wattles, and abode there for the space of a year. And every morning he called to the Mermaid, and every noon he called to her again, and at night-time he spake her name. Yet never did she rise out of the sea to meet him, nor in any place of the sea could he find her though he sought for her in the caves and in the green water, in the pools of the tide and in the wells that are at the bottom of the deep.

And ever did his Soul tempt him with evil, and whisper of terrible things. Yet did it not prevail against him, so great was the power of his love.

And after the year was over, the Soul thought within himself, "I have tempted my master with evil, and his love is stronger than I am. I will tempt him now with good, and it may be that he will come with me."

So he spake to the young Fisherman and said, 'I have told thee of the joy of the world, and thou hast turned a deaf ear to me. Suffer me now to tell thee of the world's pain, and it may be that thou wilt hearken. For of a truth pain is the Lord of this world, nor is there any one who escapes from its net. There be some who lack raiment, and others who lack bread. There be widows who sit in purple, and widows who sit in rags. To and fro over the fens go the lepers, and they are cruel to each other. The beggars go up and down on the highways, and their wallets are empty. Through the streets of the cities walks Famine, and the Plague sits at their gates. Come, let us go forth and mend these things, and make them not to be. Wherefore shouldst thou tarry here calling to thy love, seeing she comes not to thy call? And what is love, that thou shouldst set this high store upon it?"

But the young Fisherman answered it nought, so great was the power of his love. And every morning he called to the Mermaid, and every noon he called to her again, and at night-time he spake her name. Yet never did she rise out of the sea to meet him, nor in any place of the sea could he find her, though he sought for her in the rivers of the sea, and in the valleys that are under the waves, in the sea that the night makes purple, and in the sea that the dawn leaves grey.

And after the second year was over, the Soul said to the young Fisherman at night-time, and as he sat in the wattled house alone, "Lo! now I have tempted

Porém o jovem Pescador não respondeu para a sua Alma; selou os lábios com o lacre do silêncio e com uma corda apertada, atou as mãos, e viajou de volta ao lugar de onde tinha vindo até a pequena baía na qual o seu amor costumava cantar. Durante o caminho, a sua Alma tentava-o constantemente, mas ele não lhe deu resposta, nem fez nenhuma das maldades que ela procurou forçá-lo a cometer, tão grande era a força do amor que havia dentro dele.

E quando ele alcançou a costa do mar, desatou as cordas das suas mãos, tirou dos seus lábios o lacre do silêncio e chamou pela pequena Sereia. Mas ela não veio ao seu chamado, embora ele chamasse-a durante todo o dia e rogasse por ela.

E a sua Alma zombou dele e disse, "Certamente tu tens pouco gozo fora do teu amor. Tu és como aquele que na hora da morte derrama água dentro de um vaso quebrado. Despojaste-te do que tens e nada te é dado em troca. Será melhor para ti se viéreis comigo, pois sei onde fica o Vale dos Prazeres e que coisas são feitas por lá."

Mas o jovem Pescador não respondeu para a sua Alma, mas dentro de um nicho de pedra, construiu para si uma cabana de vime e morou lá pelo tempo de um ano. E a cada manhã chamava pela Sereia, e ao meio-dia chamava-a de novo, e à noite clamava pelo nome dela. Mesmo assim, ela nunca ergueu-se do mar para encontrar-se com ele, nem em nenhum lugar do mar ele pode encontrá-la, embora procurasse por ela nas cavernas e na água verde, nas piscinas da maré e nos poços que existem na parte inferior do fundo.

E a sua Alma sempre tentava-o com maldades, a sussurrar-lhe coisas terríveis. Contudo, não conseguiu triunfar contra ele, tão grande era o poder do seu amor.

E depois que o ano acabou, a Alma pensou consigo mesma, "Tenho a tentar o meu mestre com maldades, mas o amor dele é mais forte do que eu. Agora tentá-lo-ei com o bem, e pode ser que ele venha comigo."

Assim ela falou com o jovem Pescador e disse, "Tenho-te falado sobre as alegrias do mundo, e tu me fizeste ouvidos moucos. Permita-me falar-te sobre as dores do mundo, e pode ser que dê-me atenção. De fato, a dor é a Senhora deste mundo, e não há ninguém que possa escapar das suas redes. Existem aqueles que carecem de vestimentas e outros que carecem de pão. Existem viúvas que envergam-se de púrpura, e aquelas que envergam-se de farrapos. Por toda parte leprosos caminham sobre pântanos e são cruéis uns com os outros. Mendigos vem e vão pelas estradas e as suas bolsas estão vazias. Pelas ruas das cidades caminha a Fome e a Praga senta-se nos portões. Vem, vamos adiante melhorar essas coisas e fazer com que não ocorram. Por que deves demorar-te aqui a chamar pelo teu amor, visto que ela não atende ao teu chamado? E o que é o amor para que dê-lhe tanta importância?"

Mas o jovem Pescador nada respondeu-lhe, tão grande era o poder do seu amor. E a cada manhã chamava pela Sereia e ao meio-dia chamava-a de novo e à noite clamava pelo nome dela. Ainda assim, ela nunca ergueu-se do mar para encontrá-lo e em nenhuma parte do oceano ele pode encontrá-la, ainda que ele tivesse procurado por ela nos rios do mar, nos vales que ficam sob as ondas, no mar que a noite torna-se púrpura e no mar que o amanhecer deixa cinza.

E depois que o segundo ano terminou, a Alma disse ao jovem Pescador numa noite, enquanto ele estava sentado sozinho na cabana de vimes, "Veja! até agora

thee with evil, and I have tempted thee with good, and thy love is stronger than I am. Wherefore will I tempt thee no longer, but I pray thee to suffer me to enter thy heart, that I may be one with thee even as before."

"Surely thou mayest enter", said the young Fisherman, "for in the days when with no heart thou didst go through the world thou must have much suffered."

"Alas!", cried his Soul, "I can find no place of entrance, so compassed about with love is this heart of thine."

"Yet I would that I could help thee", said the young Fisherman.

And as he spake there came a great cry of mourning from the sea, even the cry that men hear when one of the Sea-folk is dead. And the young Fisherman leapt up, and left his wattled house, and ran down to the shore. And the black waves came hurrying to the shore, bearing with them a burden that was whiter than silver. White as the surf it was, and like a flower it tossed on the waves. And the surf took it from the waves, and the foam took it from the surf, and the shore received it, and lying at his feet the young Fisherman saw the body of the little Mermaid. Dead at his feet it was lying.

Weeping as one smitten with pain he flung himself down beside it, and he kissed the cold red of the mouth, and toyed with the wet amber of the hair. He flung himself down beside it on the sand, weeping as one trembling with joy, and in his brown arms he held it to his breast. Cold were the lips, yet he kissed them. Salt was the honey of the hair, yet he tasted it with a bitter joy. He kissed the closed eyelids, and the wild spray that lay upon their cups was less salt than his tears.

And to the dead thing he made confession. Into the shells of its ears he poured the harsh wine of his tale. He put the little hands round his neck, and with his fingers he touched the thin reed of the throat. Bitter, bitter was his joy, and full of strange gladness was his pain.

The black sea came nearer and the white foam moaned like a leper. With white claws of foam the sea grabbled at the shore. From the palace of the Sea-King came the cry of mourning again, and far out upon the sea the great Tritons blew hoarsely upon their horns.

"Flee away", said his Soul, "for ever doth the sea come nigher, and if thou tarriest it will slay thee. Flee away, for I am afraid, seeing that thy heart is closed against me by reason of the greatness of thy love. Flee away to a place of safety. Surely thou wilt not send me without a heart into another world?"

But the young Fisherman listened not to his Soul, but called on the little Mermaid and said, "Love is better than wisdom, and more precious than riches, and fairer than the feet of the daughters of men. The fires cannot destroy it, nor can the waters quench it. I called on thee at dawn, and thou didst not come to my call. The moon heard thy name, yet hadst thou no heed of me. For evilly had I left thee, and to my own hurt had I wandered away. Yet ever did thy love abide with me, and ever was it strong, nor did aught prevail against it, though I have looked upon evil and looked upon good. And now that thou art dead, surely I will die with thee also."

And his Soul besought him to depart, but he would not, so great was his love. And the sea came nearer, and sought to cover him with its waves, and when he

tentei-te com o mal, e tentei-te com o bem, mas o teu amor é mais forte do que eu. Por isso não tentar-te-ei mais, porém, permite que entre em teu coração, assim poderei unir-me a ti e sermos um, como éramos antes."

"Certamente que tu podes entrar", disse o jovem Pescador, "pois nos dias em que tu vagavas pelo mundo sem coração, deves ter sofrido muito."

"Ai de mim!", lamentou a sua Alma, "não consigo encontrar nenhum lugar por onde possa entrar, tão cercado de amor encontra-se este teu coração."

"Mesmo assim gostaria de poder ajudar-te", disse o jovem Pescador.

E quando ele disse aquilo, veio do oceano um grande lamento de pesar, igual ao choro que os homens escutam quando morre alguém do povo do Mar. O jovem Pescador deu um salto e deixou a cabana de vime, e desceu a correr para a enseada. E ondas negras vinham apressadas para a praia, a trazer consigo um fardo que era mais branco do que prateado. Branco como a rebentação ele era, e balançava como uma flor sobre as ondas. A rebentação tomou-o das ondas, a espuma tomou-o da rebentação e a areia recebeu-o, e a jazer aos seus pés, o jovem Pescador viu o corpo da pequena Sereia. Morta aos seus pés ela jazia.

E chorando como alguém ferido pela dor, atirou-se ao lado dela, beijando os lábios vermelhos e frios, brincando com os úmidos cabelos cor de âmbar. Atirou-se ao lado dela na areia, chorando como alguém trêmulo de prazer, e em seus braços bronzeados envolveu-a no peito. Frios estavam os lábios, ainda assim beijou-os. Salgado era o mel dos cabelos, ainda assim provou-o com amarga alegria. Beijou as pálpebras fechadas, úmidas não pela água salgada mas pelas lágrimas que ele derramava.

E ao corpo morto ele fez a sua confissão. Dentro das orelhas em concha, verteu o vinho amargo da sua história. Pôs as pequeninas mãos dela ao redor do seu pescoço e com os seus dedos tocou a haste delicada da garganta dela. Amarga, amarga era a sua alegria e plena de estranho prazer era a sua dor.

O mar negro aproximou-se e a espuma clara gemia como um leproso. Com brancas garras de espuma o mar agarrava-se à areia. Do palácio do Rei do Mar surgiu novamente um lamento de pesar e, longe sobre o mar, os grandes Tritões sopraram asperamente as suas trompas.

"Foge", disse a Alma, "pois mais e mais o mar se aproxima, e se demora-te, matar-te-á. Foge, pois tenho medo ao ver que o teu coração está fechado para mim por causa da grandeza do teu amor. Foge para um lugar que seja seguro. Certamente não me mandarás sem um coração para um outro mundo?"

Mas o jovem Pescador não escutou a sua Alma, só chamou pela pequena Sereia e disse, "O Amor é melhor do que a sabedoria, mais precioso do que as riquezas e mais belo do que os pés das filhas dos homens. O fogo não pode destruí-lo, nem as águas pode extingui-lo. Chamei-te ao amanhecer e não vieste ao meu chamado. A lua escutou o teu nome, mesmo assim não me deste atenção. Por maldade deixei-te e para o meu próprio dano vaguei para longe. No entanto, o teu amor sempre permaneceu comigo e sempre foi forte e nada prevaleceu sobre ele, embora eu tenha olhado para o mal e para o bem. E agora que estás morta, certamente morrerei contigo também."

E a Alma implorou para que partisse, mas não o fez, tão grande era o seu amor.

knew that the end was at hand he kissed with mad lips the cold lips of the Mermaid, and the heart that was within him brake. And as through the fulness of his love his heart did break, the Soul found an entrance and entered in, and was one with him even as before. And the sea covered the young Fisherman with its waves.

*** *** ***

And in the morning the Priest went forth to bless the sea, for it had been troubled. And with him went the monks and the musicians, and the candle-bearers, and the swingers of censers, and a great company.

And when the Priest reached the shore he saw the young Fisherman lying drowned in the surf, and clasped in his arms was the body of the little Mermaid. And he drew back frowning, and having made the sign of the cross, he cried aloud and said, "I will not bless the sea nor anything that is in it. Accursed be the Sea-folk, and accursed be all they who traffic with them. And as for him who for love's sake forsook God, and so lieth here with his leman slain by God's judgment, take up his body and the body of his leman, and bury them in the corner of the Field of the Fullers, and set no mark above them, nor sign of any kind, that none may know the place of their resting. For accursed were they in their lives, and accursed shall they be in their deaths also."

And the people did as he commanded them, and in the corner of the Field of the Fullers, where no sweet herbs grew, they dug a deep pit, and laid the dead things within it.

And when the third year was over, and on a day that was a holy day, the Priest went up to the chapel, that he might show to the people the wounds of the Lord, and speak to them about the wrath of God.

And when he had robed himself with his robes, and entered in and bowed himself before the altar, he saw that the altar was covered with strange flowers that never had been seen before. Strange were they to look at, and of curious beauty, and their beauty troubled him, and their odour was sweet in his nostrils. And he felt glad, and understood not why he was glad.

And after that he had opened the tabernacle, and incensed the monstrance that was in it, and shown the fair wafer to the people, and hid it again behind the veil of veils, he began to speak to the people, desiring to speak to them of the wrath of God. But the beauty of the white flowers troubled him, and their odour was sweet in his nostrils, and there came another word into his lips, and he spake not of the wrath of God, but of the God whose name is Love. And why he so spake, he knew not.

And when he had finished his word the people wept, and the Priest went back to the sacristy, and his eyes were full of tears. And the deacons came in and began to unrobe him, and took from him the alb and the girdle, the maniple and the stole. And he stood as one in a dream.

And after that they had unrobed him, he looked at them and said, "What are the flowers that stand on the altar, and whence do they come?"

And they answered him, 'What flowers they are we cannot tell, but they come from the corner of the Fullers' Field." And the Priest trembled, and returned to his

E o mar veio, procurando cobri-lo com as ondas, e quando o fim chegou, beijou com ardor os lábios frios da Sereia e o coração que estava dentro dele partiu-se. E por causa da plenitude do seu amor, o coração partiu e a Alma encontrou uma brecha e entrou, e uniu-se como um só era antes. E o mar cobriu o jovem Pescador com as ondas.

*** *** ***

E pela manhã o Padre seguiu para abençoar o mar, pois esse estivera agitado. E com ele seguiram os monges e os músicos, e aqueles que portam os círios, e os aspersores de incenso, além duma grande comitiva.

E quando o Padre chegou à praia, ele viu o jovem Pescador a jazer, afogado, na rebentação e a trazer apertado nos seus braços o corpo da pequena Sereia. E afastou--se com cara feia, e fazendo o sinal da cruz, clamou em voz alta e disse, "Não abençoarei o mar nem nada que há nele. Maldito seja o povo do Mar e malditos aqueles que envolvem-se com eles. E quanto a esse que por causa do amor renunciou a Deus e que por isso jaz aqui com a sua amante, morto pela justiça de Deus, levem o corpo e o corpo da sua amante e enterrem-nos num canto do Campo dos Pisoeiros, e não deixem nenhuma marca sobre eles, nenhum sinal de nenhum tipo para que ninguém saiba o local onde descansam. Pois amaldiçoados eles foram em vida e amaldiçoados deverão ser na morte também."

E as pessoas fizeram da forma como ele mandara, e num canto do Campo dos Pisoeiros, em que nenhuma erva aprazível crescia, cavaram uma cova profunda e deitaram nela os corpos mortos.

E ao final do terceiro ano, num dia considerado sagrado, o Padre seguiu até a capela, pois deveria mostrar às pessoas as chagas do Senhor e falar para elas a respeito da ira de Deus.

E depois de ele ter se vestido com os seus paramentos e de entrar e inclinar-se diante do altar, viu que o altar estava coberto com estranhas flores que nunca tinham sido vistas antes. Eram estranhas de ver-se e de rara beleza; e a beleza delas perturbou-o e o perfume era doce para o seu olfato. E sentiu-se feliz, mas não compreendeu o porquê daquela felicidade.

E após abrir o tabernáculo e incensar o ostensório que estava dentro dele e mostrar a bela hóstia para as pessoas, e escondê-la novamente por detrás do véu dos véus, começou a falar para as pessoas, alertando-as sobre a ira de Deus. No entanto, a beleza das flores brancas perturbava-o e o perfume era doce para o seu olfato; outras palavras vieram-lhe aos lábios e ele não falou sobre a ira de Deus, mas sobre o Deus cujo nome é Amor. E o porquê de estar falando sobre aquilo, ele não sabia.

E ao final do seu sermão as pessoas choraram, e o Padre retornou para a sacristia e os seus olhos estavam cheios de lágrimas. Os diáconos vieram e começaram a despi-lo, tirando-lhe a alva e o cíngulo, o manípulo e a estola. E ele permaneceu em pé como se estivesse dentro de um sonho.

E depois que eles despiram-no, ele olhou para os diáconos e disse, "Que flores são aquelas que estão sobre o altar e de aonde elas vieram?"

E eles responderam, "Que flores são aquelas não sabemos dizer, mas vieram

own house and prayed.

And in the morning, while it was still dawn, he went forth with the monks and the musicians, and the candle-bearers and the swingers of censers, and a great company, and came to the shore of the sea, and blessed the sea, and all the wild things that are in it. The Fauns also he blessed, and the little things that dance in the woodland, and the bright-eyed things that peer through the leaves. All the things in God's world he blessed, and the people were filled with joy and wonder. Yet never again in the corner of the Fullers' Field grew flowers of any kind, but the field remained barren even as before. Nor came the Sea-folk into the bay as they had been wont to do, for they went to another part of the sea.

do canto do Campo dos Pisoeiros." E o Padre estremeceu e retornou para a sua própria casa e rezou.

E pela manhã, quando ainda era madrugada, ele saiu com os monges e os músicos, e aqueles que portam os círios, e os aspersores de incenso, além de uma grande comitiva, seguiram até a encosta do mar, e ele abençoou o oceano e todas as coisas que existem nele. Aos Faunos ele também abençoou, e também às pequeninas criaturas que dançam na floresta, e às criaturas de olhos brilhantes que espiam por entre as folhas. A todas as coisas que existem no mundo de Deus ele abençoou, e as pessoas encheram-se de alegria e espanto. Porém nunca mais no canto do Campo dos Pisoeiros cresceram flores de qualquer tipo e o chão permaneceu estéril como era antes. Nem o povo do Mar voltou a frequentar a baía como costumavam fazer, pois eles foram para outra parte do mar.

THE STAR-CHILD

TO

MISS MARGOT TENNANT*.

Once upon a time two poor Woodcutters were making their way home through a great pine-forest. It was winter and a night of bitter cold. The snow lay thick upon the ground, and upon the branches of the trees; the frost kept snapping the little twigs on either side of them, as they passed; and when they came to the Mountain-Torrent she was hanging motionless in air, for the Ice-King had kissed her.

So cold was it that even the animals and the birds did not know what to make of it.

"Ugh!", snarled the Wolf, as he limped through the brushwood with his tail between his legs, "this is perfectly monstrous weather. Why doesn't the Government look to it?"

"Weet! weet! weet!", twittered the green Linnets, "the old Earth is dead and they have laid her out in her white shroud."

"The Earth is going to be married, and this is her bridal dress", whispered the Turtle-doves to each other. Their little pink feet were quite frost-bitten, but they felt that it was their duty to take a romantic view of the situation.

"Nonsense!", growled the Wolf. "I tell you that it is all the fault of the Government, and if you don't believe me I shall eat you." The Wolf had a thoroughly practical mind, and was never at a loss for a good argument.

"Well, for my own part", said the Woodpecker, who was a born philosopher, "I don't care an atomic theory for explanations. If a thing is so, it is so, and at present it is terribly cold."

Terribly cold it certainly was. The little Squirrels, who lived inside the tall fir-tree, kept rubbing each other's noses to keep themselves warm, and the Rabbits curled themselves up in their holes, and did not venture even to look out of doors. The only people who seemed to enjoy it were the great horned Owls. Their feathers were quite stiff with rime, but they did not mind, and they rolled their large yellow eyes, and called out to each other across the forest, "Tu-whit! Tu-whoo! Tu-whit! Tu-whoo! What delightful weather we are having!"

---

* Margot Tennant (1864-1945), Countess of Oxford and Asquith, was a friend of Oscar Wilde from Dublin and wife of Sir H. H. Asquith, the Home Secretary and the future Prime Minister of the United Kingdom from 1894 to 1928.

O FILHO-DA-ESTRELA

PARA

MISS MARGOT TENNANT[*].

Era uma vez, dois pobres Lenhadores que caminhavam para casa numa grande floresta de pinheiros. Era inverno, e uma noite de frio cortante. A neve estendia-se espessa sobre o solo e sobre os galhos das árvores; a geada fazia estalar os pequenos ramos de cada lado deles na medida em que passavam; e ao chegarem à Corrente da Montanha, ela estava suspensa no ar, imóvel, pois o Rei do Gelo havia-a beijado.

Fazia tanto frio que mesmo os animais e os pássaros não sabiam que atitude tomar.

"Argh!", rosnou o Lobo, enquanto ele mancava pelos arbustos com o seu rabo por entre as pernas, "este tempo está perfeitamente monstruoso. Por que o Governo não olha para isso?"

"Weet, weet, weet!", gorjearam os Pintarroxos verdes, "a velha Terra está morta e eles deitaram-na sobre uma mortalha branca."

"A Terra vai se casar e esse é o seu vestido nupcial", sussurraram as Rolinhas entre si. Os seus pezinhos rosados estavam completamente enregelados, mas elas acharam que era o dever delas extrair uma visão romântica da situação.

"Disparates!", rosnou o Lobo. "Disse-lhes que é tudo culpa do Governo, e se não me acreditarem, eu devorar-lhe-ei a todos." O Lobo tinha um pensamento completamente prático e nunca havia-lhe faltado um com bom argumento.

"Bem, de minha própria parte", disse o Pica-pau, que era um filósofo nato, "não dou a mínima para uma teoria atômica de explicações. Se algo é assim, assim o é, e no presente momento está terrivelmente frio."

Terrivelmente frio com certeza estava. Os pequenos Esquilos que viviam dentro de um grande abeto ficavam esfregando os narizes um no outro para manterem-se aquecidos e os Coelhos enrolavam-se nas suas tocas e não arriscavam sequer olhar para fora da porta. As grandes Corujas-de-chifres eram as únicas que pareciam aproveitar. As suas penas estavam completamente duras com a geada, mas não se importavam e ao girar os enormes olhos amarelos, chamavam umas às outras através da floresta: "Tu-whit! Tu-whoo! Tu-whit! Tu-whoo! Que tempo delicioso está fazendo!"

---

[*] Margot Tennant (1864-1945), Condessa de Oxford e Asquith, era uma amiga de Oscar Wilde, de Dublin, e esposa de Sir H. H. Asquith, Ministro do Interior e futuro Primeiro-ministro do Reino Unido de 1894 a 1928.

On and on went the two Woodcutters, blowing lustily upon their fingers, and stamping with their huge iron-shod boots upon the caked snow. Once they sank into a deep drift, and came out as white as millers are, when the stones are grinding; and once they slipped on the hard smooth ice where the marsh-water was frozen, and their faggots fell out of their bundles, and they had to pick them up and bind them together again; and once they thought that they had lost their way, and a great terror seized on them, for they knew that the Snow is cruel to those who sleep in her arms. But they put their trust in the good Saint Martin, who watches over all travellers, and retraced their steps, and went warily, and at last they reached the outskirts of the forest, and saw, far down in the valley beneath them, the lights of the village in which they dwelt.

So overjoyed were they at their deliverance that they laughed aloud, and the Earth seemed to them like a flower of silver, and the Moon like a flower of gold.

Yet, after that they had laughed they became sad, for they remembered their poverty, and one of them said to the other, "Why did we make merry, seeing that life is for the rich, and not for such as we are? Better that we had died of cold in the forest, or that some wild beast had fallen upon us and slain us."

"Truly", answered his companion, "much is given to some, and little is given to others. Injustice has parcelled out the world, nor is there equal division of aught save of sorrow."

But as they were bewailing their misery to each other this strange thing happened. There fell from heaven a very bright and beautiful star. It slipped down the side of the sky, passing by the other stars in its course, and, as they watched it wondering, it seemed to them to sink behind a clump of willow-trees that stood hard by a little sheepfold no more than a stone's-throw away.

"Why! There is a crook of gold for whoever finds it", they cried, and they set to and ran, so eager were they for the gold.

And one of them ran faster than his mate, and outstripped him, and forced his way through the willows, and came out on the other side, and lo! there was indeed a thing of gold lying on the white snow. So he hastened towards it, and stooping down placed his hands upon it, and it was a cloak of golden tissue, curiously wrought with stars, and wrapped in many folds. And he cried out to his comrade that he had found the treasure that had fallen from the sky, and when his comrade had come up, they sat them down in the snow, and loosened the folds of the cloak that they might divide the pieces of gold. But, alas! no gold was in it, nor silver, nor, indeed, treasure of any kind, but only a little child who was asleep.

And one of them said to the other, "This is a bitter ending to our hope, nor have we any good fortune, for what doth a child profit to a man? Let us leave it here, and go our way, seeing that we are poor men, and have children of our own whose bread we may not give to another."

But his companion answered him, "Nay, but it were an evil thing to leave the child to perish here in the snow, and though I am as poor as thou art, and have many mouths to feed, and but little in the pot, yet will I bring it home with me, and my wife shall have care of it."

Os Lenhadores continuaram e continuaram avançando, soprando com vigor sobre os dedos, e pisando os torrões de neve com as enormes botas de solado de ferro. Certa vez mergulharam numa violenta nevada, e emergiram tão brancos como ficam os moedores de trigo quando as mós estão moendo. E certa vez deslizaram sobre o gelo duro e liso onde a água do pântano congelara; os feixes caíram dos fardos e tiveram que recolhê-los e amarrá-los juntos novamente. Doutra feita, pensaram haver perdido o caminho e um grande terror apoderou-se deles, pois sabiam que a Neve é cruel com aqueles que dormem nos seus braços. Mas confiavam no bom São Martinho que zela por todos os viajantes e reorientaram os seus passos e seguiram cautelosamente; por fim, alcançaram as cercanias da floresta e viram ao longe, no vale abaixo deles, as luzes do vilarejo no qual eles moravam.

Então ficaram tão exultantes por terem-se livrado daquilo que riram alto e a Terra pareceu-lhes como uma flor de prata e a Lua como uma flor de ouro.

Porém, depois de rirem eles ficaram tristes, pois lembraram-se da sua pobreza e um deles disse para os demais, "Por que alegramo-nos, vendo que essa vida é para os ricos, e não para aquilo que somos? Seria melhor se tivéssemos morrido de frio na floresta ou que alguma fera selvagem caísse sobre nós e matado-nos."

"Verdade", respondeu o seu companheiro, "muito é dado para alguns e pouco é dado para outros. A injustiça parcelou o mundo e não existe divisão absolutamente igual, exceto a da tristeza."

Mas enquanto lamentavam a miséria um com o outro aconteceu algo estranho. Do céu caiu uma estrela muito brilhante e bonita. Deslizou vindo do céu, oblíqua, passando pelas outras estrelas no seu curso e enquanto observavam maravilhados, pareceu-lhes que ela mergulhou atrás de um grupo de salgueiros que erguiam-se junto de um pequeno redil a não mais do que um arremesso de um pedra de distância.

"Ora! Existe um pote de ouro para quem quer que encontre-o", eles exclamaram e puseram-se a correr, tão ansiosos que estavam pelo ouro.

E um deles correu mais rápido que o seu companheiro, deixando-o para trás; e forçou a passagem pelos salgueiros e saiu pelo outro lado e eis que existia mesmo algo dourado a repousar sobre a neve branca. Então ele acelerou na direção daquilo e ao abaixar-se pôs as suas mãos sobre aquilo: era um manto de tecido de ouro, cuidadosamente feito com estrelas e coberto por muitas dobras. Gritou para o companheiro dizendo ter encontrado o tesouro caído do céu e quando o companheiro chegou, sentaram-se na neve e soltaram as dobras do manto para poderem repartir as peças de ouro. Mas, eis que não havia ouro algum, nem prata, na verdade, não havia nenhum tipo de tesouro, apenas uma criancinha adormecida.

E um deles disse para o outro, "Este é um amargo fim para a nossa esperança e não temos nem boa sorte, pois qual é o lucro de um filho para um homem? Vamos deixá-lo aqui e seguir o nosso caminho, visto que somos pobres e temos nossos próprios filhos de quem não devemos tirar o pão para dar para um outro."

Mas o seu companheiro respondeu-lhe, "Não, seria uma maldade deixar a criança para perecer aqui na neve e mesmo sendo eu tão pobre quanto a ti e tendo muitas bocas para alimentar, apesar do pouco que há na panela, ainda assim levá-la-ei comigo para casa e minha esposa cuidará dela."

So very tenderly he took up the child, and wrapped the cloak around it to shield it from the harsh cold, and made his way down the hill to the village, and his comrade marvelling much at his foolishness and softness of heart.

And when they came to the village, his comrade said to him, "Thou hast the child, therefore give me the cloak, for it is meet that we should share."

But he answered him, "Nay, for the cloak is neither mine nor thine, but the child's only", and he bade him Godspeed, and went to his own house and knocked.

And when his wife opened the door and saw that her husband had returned safe to her, she put her arms round his neck and kissed him, and took from his back the bundle of faggots, and brushed the snow off his boots, and bade him come in.

But he said to her, "I have found something in the forest, and I have brought it to thee to have care of it", and he stirred not from the threshold.

"What is it?", she cried. "Show it to me, for the house is bare, and we have need of many things." And he drew the cloak back, and showed her the sleeping child.

"Alack, goodman!", she murmured, "have we not children of our own, that thou must needs bring a changeling* to sit by the hearth? And who knows if it will not bring us bad fortune? And how shall we tend it?" And she was wroth against him.

"Nay, but it is a Star-Child", he answered; and he told her the strange manner of the finding of it.

But she would not be appeased, but mocked at him, and spoke angrily, and cried, "Our children lack bread, and shall we feed the child of another? Who is there who careth for us? And who giveth us food?"

"Nay, but God careth for the sparrows even, and feedeth them", he answered.

"Do not the sparrows die of hunger in the winter?" she asked. "And is it not winter now?"

And the man answered nothing, but stirred not from the threshold.

And a bitter wind from the forest came in through the open door, and made her tremble, and she shivered, and said to him, "Wilt thou not close the door? There cometh a bitter wind into the house, and I am cold."

"Into a house where a heart is hard cometh there not always a bitter wind?", he asked. And the woman answered him nothing, but crept closer to the fire.

And after a time she turned round and looked at him, and her eyes were full of tears. And he came in swiftly, and placed the child in her arms, and she kissed it, and laid it in a little bed where the youngest of their own children was lying. And on the morrow the Woodcutter took the curious cloak of gold and placed it in a great chest, and a chain of amber that was round the child's neck his wife took and set it in the chest also.

---

* According to the legend of some countries, fairies and elves used to kidnap human children and exchange them for enchanted ones.

Então pegou a criança afetuosamente, envolveu o manto ao redor para protegê-la do frio cortante e tomou o seu caminho colina abaixo até o vilarejo; e o seu companheiro estava muito admirado com a sua tolice e com a docilidade do seu coração.

E quando eles chegaram ao vilarejo, o seu companheiro disse-lhe, "Tu tens a criança, portanto dá-me o manto, pois é necessário que nós partilhemos."

Mas ele respondeu-lhe, "Não, pois o manto não é nem meu tão pouco teu, é só da criança", e desejou-lhe Boa Sorte e seguiu para a sua própria casa e bateu.

E quando a sua esposa abriu a porta e viu que o seu marido retornara-lhe a salvo, pôs os seus braços ao redor do pescoço dele e beijou-o, e tirou das suas costas o fardo de feixes, e escovou a neve das suas botas, e mandou que ele entrasse.

Mas ele disse para ela, "Encontrei algo na floresta e trouxe-lhe para que tu cuides dele", e ele não se moveu do solado da porta.

"O que é?", ela exclamou, "Mostre-me, pois a casa está vazia e necessitamos de muitas coisas". E ele puxou o manto para fora e mostrou-lhe a criança adormecida.

"Por Deus, bom homem!", ela murmurou, "não temos nossos próprios filhos para que necessites trazer-nos uma criança trocada* para sentar-se à lareira? E quem sabe se ela não nos trará má sorte? E como iremos sustentá-la?" E ela estava furiosa com ele.

"Não, este é um Filho-da-Estrela", respondeu, e contou-lhe a estranha maneira como encontraram-no.

Mas ela não ficou satisfeita, mas zombou dele, e esbravejou com raiva e então disse, "Nossos filhos carecem de pão e devemos alimentar a criança de outro? Quem cuidará de nós? Quem dar-nos-á comida?"

"Não, Deus cuida até dos pardais e os alimenta", ele respondeu.

"Os pardais não morrem de fome durante o inverno?", perguntou ela. "E não é inverno agora?"

E o homem não respondeu nada, mas não se moveu do solado da porta.

E um vento cortante entrou pela porta aberta a vir da floresta, e fez com que a mulher estremecesse com um calafrio, e ela disse para ele, "Não vais fechar a porta? Está entrando um vento cortante na casa e estou com frio."

"Numa casa onde um coração é duro não entra sempre um vento cortante?", perguntou ele. E a mulher não lhe respondeu, apenas arrastou-se para perto do fogo.

E depois de um tempo ela voltou-se e olhou para ele e os olhos dela estavam repletos de lágrimas. E ele entrou rapidamente e colocou a criança nos braços dela e ela beijou-a e deitou-a na caminha na qual o mais novo dos filhos deles estava dormindo. E pela manhã o Lenhador pegou o curioso manto de ouro e guardou-o dentro de uma grande arca; e a corrente de âmbar que estava ao redor do pescoço da criança, a esposa tirou e pôs na arca também.

---

*   Segundo a lenda de alguns países, fadas e duendes costumavam raptar crianças humanas e trocá-las por outras encantadas.

*** *** ***

So the Star-Child was brought up with the children of the Woodcutter, and sat at the same board with them, and was their playmate. And every year he became more beautiful to look at, so that all those who dwelt in the village were filled with wonder, for, while they were swarthy and black-haired, he was white and delicate as sawn ivory, and his curls were like the rings of the daffodil. His lips, also, were like the petals of a red flower, and his eyes were like violets by a river of pure water, and his body like the narcissus of a field where the mower comes not.

Yet did his beauty work him evil. For he grew proud, and cruel, and selfish. The children of the Woodcutter, and the other children of the village, he despised, saying that they were of mean parentage, while he was noble, being sprang from a Star, and he made himself master over them, and called them his servants. No pity had he for the poor, or for those who were blind or maimed or in any way afflicted, but would cast stones at them and drive them forth on to the highway, and bid them beg their bread elsewhere, so that none save the outlaws came twice to that village to ask for alms. Indeed, he was as one enamoured of beauty, and would mock at the weakly and ill-favoured, and make jest of them; and himself he loved, and in summer, when the winds were still, he would lie by the well in the priest's orchard and look down at the marvel of his own face, and laugh for the pleasure he had in his fairness.

Often did the Woodcutter and his wife chide him, and say, "We did not deal with thee as thou dealest with those who are left desolate, and have none to succour them. Wherefore art thou so cruel to all who need pity?"

Often did the old priest send for him, and seek to teach him the love of living things, saying to him, "The fly is thy brother. Do it no harm. The wild birds that roam through the forest have their freedom. Snare them not for thy pleasure. God made the blind-worm and the mole, and each has its place. Who art thou to bring pain into God's world? Even the cattle of the field praise Him."

But the Star-Child heeded not their words, but would frown and flout, and go back to his companions, and lead them. And his companions followed him, for he was fair, and fleet of foot, and could dance, and pipe, and make music. And wherever the Star-Child led them they followed, and whatever the Star-Child bade them do, that did they. And when he pierced with a sharp reed the dim eyes of the mole, they laughed, and when he cast stones at the leper they laughed also. And in all things he ruled them, and they became hard of heart even as he was.

*** *** ***

Now there passed one day through the village a poor beggar-woman. Her garments were torn and ragged, and her feet were bleeding from the rough road on which she had travelled, and she was in very evil plight. And being weary she sat her down under a chestnut-tree to rest.

But when the Star-Child saw her, he said to his companions, "See! There sitteth a foul beggar-woman under that fair and green-leaved tree. Come, let us drive her hence, for she is ugly and ill-favoured."

*** *** ***

Assim o Filho-da-Estrela cresceu junto com os filhos do Lenhador e sentou-se à mesma mesa com eles e foi o seu companheiro de brincadeiras. E a cada ano tornava-se mais belo de ver-se e todos os que viviam no vilarejo encheram-se de espanto, pois, enquanto eram todos morenos de cabelos negros, ele era branco e delicado como uma placa de marfim e os seus cachos eram como anéis de narciso. Seus lábios eram como pétalas de flores vermelhas, os seus olhos como violetas de um rio de água pura e o seu corpo como o narciso num campo onde o ceifador não entrara.

Contudo, a beleza fê-lo perverso, pois cresceu orgulhoso, cruel e egoísta. Aos filhos do Lenhador e às outras crianças da vila, menosprezava, dizendo serem de ascendência inferior enquanto ele era nobre, tendo brotado duma Estrela e ele fez-se líder deles a quem chamava-os de servos. Não tinha nenhuma piedade pelos pobres ou por todos aqueles que eram cegos, mutilados ou aflitos de algum modo, pelo contrário, atirava-lhes pedras e punha-os para fora na estrada a pedir-lhes que implorassem por pão em outro lugar, de modo que ninguém, exceto os proscritos voltavam duas vezes a essa aldeia para pedir esmolas. Na verdade, ele era apaixonado pela beleza e zombava dos fracos e dos feios, e ridicularizava-os; e a si mesmo ele amava e no verão, quando os ventos sossegavam, deitava-se ao lado da nascente no pomar do clérigo e admirava o seu maravilhoso rosto e ria com o prazer que dava-lhe a sua própria formosura.

Com frequência o Lenhador e a sua esposa repreendiam-no e diziam, "Nós não o tratamos como tu tratas aqueles que foram abandonados e que não têm ninguém para socorrê-los. Por que és tão cruel com aqueles que necessitam de piedade?"

Com frequência o velho padre mandava buscá-lo e procurava-o ensinar o amor pelos seres vivos dizendo-lhe, "A mosca é a tua irmã. Não lhes cause dano. Os pássaros silvestres que vagueiam pela floresta têm a própria liberdade. Não os aprisione para o teu prazer. Deus fez a cobra-cega e a toupeira e cada um tem o seu lugar. Quem és para que tragas dor ao mundo de Deus? Até mesmo o gado dos campos louvam-No."

Mas o Filho-da-Estrela não prestava atenção às palavras dele, apenas fazia uma carranca e zombava e voltava para os companheiros a quem liderava. E os seus companheiros seguiam-no, pois ele era belo, tinha pés rápidos e sabia dançar, tocar a flauta e compor músicas. E para onde quer que o Filho-da-Estrela guiasse-os, eles seguiam-no e o que quer que o Filho-da-Estrela ordenasse que fizessem, eles faziam. Ao perfurar com uma vara pontiaguda os olhos escuros da toupeira, eles riram, e ao atirar pedras no leproso, riram também. Em todas as coisas ele comandava-os e tornaram-se duros de coração quanto ele era.

*** *** ***

E eis que um dia passou pela vila uma pobre mendiga. Seus trajes eram puídos e esfarrapados, os seus pés sangravam devido à estrada dura pela qual viajara e estava em péssima condição. E fatigada, ela sentou-se sob um castanheiro para descansar.

Porém o Filho-da-Estrela viu-a e disse aos seus companheiros, "Vejam! Senta-se ali uma mendiga imunda sob aquela árvore de folhas belas e viçosas. Venham, vamos tirá-la daqui, pois é feia e repulsiva."

So he came near and threw stones at her, and mocked her, and she looked at him with terror in her eyes, nor did she move her gaze from him. And when the Woodcutter, who was cleaving logs in a haggard hard by, saw what the Star-Child was doing, he ran up and rebuked him, and said to him, "Surely thou art hard of heart and knowest not mercy, for what evil has this poor woman done to thee that thou shouldst treat her in this wise?"

And the Star-Child grew red with anger, and stamped his foot upon the ground, and said, "Who art thou to question me what I do? I am no son of thine to do thy bidding!"

"Thou speakest truly", answered the Woodcutter, "yet did I show thee pity when I found thee in the forest."

And when the woman heard these words she gave a loud cry, and fell into a swoon. And the Woodcutter carried her to his own house, and his wife had care of her, and when she rose up from the swoon into which she had fallen, they set meat and drink before her, and bade her have comfort.

But she would neither eat nor drink, but said to the Woodcutter, 'Didst thou not say that the child was found in the forest? And was it not ten years from this day?"

And the Woodcutter answered, 'Yea, it was in the forest that I found him, and it is ten years from this day.'

"And what signs didst thou find with him?", she cried. "Bare he not upon his neck a chain of amber? Was not round him a cloak of gold tissue broidered with stars?"

"Truly", answered the Woodcutter, "it was even as thou sayest". And he took the cloak and the amber chain from the chest where they lay, and showed them to her.

And when she saw them she wept for joy, and said, "He is my little son whom I lost in the forest. I pray thee send for him quickly, for in search of him have I wandered over the whole world."

So the Woodcutter and his wife went out and called to the Star-Child, and said to him, "Go into the house, and there shalt thou find thy mother, who is waiting for thee."

So he ran in, filled with wonder and great gladness. But when he saw her who was waiting there, he laughed scornfully and said, "Why, where is my mother? For I see none here but this vile beggar-woman."

And the woman answered him, "I am thy mother."

"Thou art mad to say so", cried the Star-Child angrily. "I am no son of thine, for thou art a beggar, and ugly, and in rags. Therefore get thee hence, and let me see thy foul face no more."

"Nay, but thou art indeed my little son, whom I bare in the forest", she cried, and she fell on her knees, and held out her arms to him. "The robbers stole thee from me, and left thee to die", she murmured, "but I recognised thee when I saw

Então ele aproximou-se e atirarou-lhe pedras e zombou dela; e ela olhou para ele com terror em seus olhos, mas não afastou o olhar dele. E quando o Lenhador, que estava rachando lenha numa clareira próxima dali, viu o que o Filho-da-Estrela estava fazendo, correu e repreendeu-o e disse-lhe, "Certamente tu és duro de coração e não conheces misericórdia, pois que mal fez-te esta pobre mulher para que trate-a deste modo?"

E o Filho-da-Estrela ficou vermelho de raiva, bateu com os seus pés no chão e disse, "Quem és tu para questionar-me o que eu faço? Não sou o teu filho para obedecer às tuas ordens!"

"Tu falas a verdade", respondeu o Lenhador, "ainda assim eu demonstrei-te misericórdia quando encontrei-te na floresta."

E quando a mulher ouviu essas palavras deu um grito alto e caiu no chão desmaiada. E o Lenhador carregou-a para dentro da sua casa e a sua esposa cuidou dela; e quando ela recobrou-se do desmaio que ela sofrera, eles puseram comida e bebida diante dela e ofereceram-lhe conforto.

Contudo ela não comeu tão pouco bebeu, mas apenas falou para o Lenhador, "Tu dissestes que aquela criança foi encontrada na floresta? E isso não ocorreu há dez anos a partir deste dia?"

E o Lenhador respondeu, "Sim, foi na floresta que eu encontrei-a e isso ocorreu há dez anos a partir deste dia."

"E quais os sinais que encontras-te com ela?", clamou ela. "Não trazia ela uma corrente de âmbar no seu pescoço? Não estava ela envolta num manto de tecido de ouro bordado com estrelas?"

"Verdade", respondeu o Lenhador, "aconteceu exatamente como tu dizes". E ele retirou o manto e a corrente de âmbar de dentro da arca na qual repousavam e mostrou-os a ela.

E ao vê-los, ela chorou de contentamento e disse, "Ele é o meu filhinho que eu perdi na floresta. Rogo-te que mandes buscá-lo imediatamente, pois à sua procura eu tenho vagueado pelo mundo todo."

Então o Lenhador e a sua esposa saíram e chamaram pelo Filho-da-Estrela, e disseram-lhe, "Entre na casa e lá tu encontrarás a tua mãe que está esperando por ti."

Então ele correu para dentro, cheio de espanto e de grande contentamento. Mas quando ele viu quem estava esperando lá, riu com desprezo e disse, "Mas oras, onde está a minha mãe? Pois eu não vejo ninguém aqui além desta vil mendiga."

E a mulher respondeu-lhe, "Eu sou a tua mãe."

"Estás louca por dizeres isso", gritou com raiva o Filho-da-Estrela. "Não sou o teu filho, pois tu és uma mendiga, feia e esfarrapada. Portanto sai daqui e não me deixes nunca mais ver a tua face imunda."

"Não, tu és de verdade o meu filhinho a quem eu perdi na floresta", exclamou ela a cair sobre os seus joelhos, e envolveu-o com os seus braços. "Ladrões roubaram--te de mim e depois abandonaram-te para que morresses", murmurou ela, "mas eu

thee, and the signs also have I recognised, the cloak of golden tissue and the amber chain. Therefore I pray thee come with me, for over the whole world have I wandered in search of thee. Come with me, my son, for I have need of thy love."

But the Star-Child stirred not from his place, but shut the doors of his heart against her, nor was there any sound heard save the sound of the woman weeping for pain.

And at last he spoke to her, and his voice was hard and bitter. "If in very truth thou art my mother", he said, "it had been better hadst thou stayed away, and not come here to bring me to shame, seeing that I thought I was the child of some Star, and not a beggar's child, as thou tellest me that I am. Therefore get thee hence, and let me see thee no more."

"Alas! my son", she cried, "wilt thou not kiss me before I go? For I have suffered much to find thee."

"Nay", said the Star-Child, "but thou art too foul to look at, and rather would I kiss the adder or the toad than thee."

So the woman rose up, and went away into the forest weeping bitterly, and when the Star-Child saw that she had gone, he was glad, and ran back to his playmates that he might play with them.

But when they beheld him coming, they mocked him and said, "Why, thou art as foul as the toad, and as loathsome as the adder. Get thee hence, for we will not suffer thee to play with us", and they drave him out of the garden.

And the Star-Child frowned and said to himself, "What is this that they say to me? I will go to the well of water and look into it, and it shall tell me of my beauty."

So he went to the well of water and looked into it, and lo! his face was as the face of a toad, and his body was sealed like an adder. And he flung himself down on the grass and wept, and said to himself, "Surely this has come upon me by reason of my sin. For I have denied my mother, and driven her away, and been proud, and cruel to her. Wherefore I will go and seek her through the whole world, nor will I rest till I have found her."

And there came to him the little daughter of the Woodcutter, and she put her hand upon his shoulder and said, "What doth it matter if thou hast lost thy comeliness? Stay with us, and I will not mock at thee."

And he said to her, "Nay, but I have been cruel to my mother, and as a punishment has this evil been sent to me. Wherefore I must go hence, and wander through the world till I find her, and she give me her forgiveness."

So he ran away into the forest and called out to his mother to come to him, but there was no answer. All day long he called to her, and, when the sun set he lay down to sleep on a bed of leaves, and the birds and the animals fled from him, for they remembered his cruelty, and he was alone save for the toad that watched him, and the slow adder that crawled past.

And in the morning he rose up, and plucked some bitter berries from the trees and ate them, and took his way through the great wood, weeping sorely. And of every-

reconheci-te assim que eu vi-te e também aos sinais eu reconheci, o manto tecido de ouro e a corrente de âmbar. Portanto rogo-te que acompanhe-me, pois pelo mundo inteiro tenho procurado por ti. Vem comigo, meu filho, porque tenho necessidade do teu amor."

Mas o Filho-da-Estrela não se moveu do seu lugar, mas fechou as portas do seu coração contra ela e nenhum som ouviu-se senão o som da mulher chorando de dor.

E por fim ele falou com ela e a sua voz era dura e amarga. "Se na verdade tu és minha mãe", disse, "seria melhor que tivesse-te mantido longe e não viesse aqui para trazer-me vergonha, visto que eu pensava ser o filho de alguma Estrela e não o filho de uma mendiga como dize-me que eu sou. Por isso saia-te daqui e não permitas que eu veja-te novamente."

"Ah! meu filho", exclamou ela, "não vais beijar-me antes de eu ir? Pois muito sofri para encontrar-te".

"Não", disse o Filho-da-Estrela, "pois és muito repulsiva de se ver e antes eu beijasse uma serpente ou um sapo a ti."

Assim a mulher ergueu-se e enveredou pela floresta, chorando amargamente; e quando o Filho-da-Estrela viu que ela já tinha partido, alegrou-se e correu de volta para os seus companheiros para brincar com eles.

Mas quando eles viram-no chegar, zombaram dele e disseram, "Oras, tu és tão horrendo quanto o sapo e tão repulsivo quanto a serpente. Vai-te daqui, porque não toleraremos que brinques conosco", e expulsaram-no do jardim.

E o Filho-da-Estrela franziu a testa e disse para si mesmo, "O que é isto que eles dizem para mim? Irei até o poço de água e olharei para dentro dele e ele contar-me-á sobre a minha beleza."

Então ele foi até o poço de água e olhou para dentro dela e, vejam!, o seu rosto era igual a de um sapo e o seu corpo tinha escamas como o corpo de uma serpente. E ele afundou-se na relva chorando, e disse para si mesmo, "Certamente isso recaiu sobre mim por causa do meu pecado, pois reneguei a minha mãe e mandei-a embora, fui soberbo e cruel com ela. Por isso, irei procurá-la por todo o mundo e não descansarei enquanto não a encontrar."

E chegando-lhe a filhinha do Lenhador, ela pôs a sua mão sobre o ombro dele e disse, "Mas o que importa se perdeste a tua beleza? Fica conosco e não zombarei de ti."

E ele disse para ela, "Não, eu fui cruel com a minha mãe e como um castigo este mal foi enviado para mim. Por isso eu devo seguir por aí e vaguear pelo mundo todo até que eu encontre-a e ela dê-me o seu perdão."

Então correu para a floresta e gritou para que a sua mãe viesse até ele, mas não obteve resposta. Durante o dia todo chamou por ela e, quando o sol pôs-se, deitou-se numa cama de folhas para dormir; e os pássaros e os animais fugiram dele, pois lembraram-se das suas crueldades e ele ficou sozinho, salvo pelo sapo que observava-o e duma vagarosa serpente que rastejava.

E pela manhã ele levantou-se e apanhou das árvores algumas bagas amargas e comeu-as e, ao tomar o seu caminho através da grande floresta, chorou compulsi-

thing that he met he made inquiry if perchance they had seen his mother.

He said to the Mole, "Thou canst go beneath the earth. Tell me, is my mother there?"

And the Mole answered, "Thou hast blinded mine eyes. How should I know?"

He said to the Linnet, "Thou canst fly over the tops of the tall trees, and canst see the whole world. Tell me, canst thou see my mother?"

And the Linnet answered, "Thou hast clipt my wings for thy pleasure. How should I fly?"

And to the little Squirrel who lived in the fir-tree, and was lonely, he said, "Where is my mother?"

And the Squirrel answered, "Thou hast slain mine. Dost thou seek to slay thine also?"

And the Star-Child wept and bowed his head, and prayed forgiveness of God's things, and went on through the forest, seeking for the beggar-woman. And on the third day he came to the other side of the forest and went down into the plain.

And when he passed through the villages the children mocked him, and threw stones at him, and the carlots would not suffer him even to sleep in the byres lest he might bring mildew on the stored corn, so foul was he to look at, and their hired men drave him away, and there was none who had pity on him. Nor could he hear anywhere of the beggar-woman who was his mother, though for the space of three years he wandered over the world, and often seemed to see her on the road in front of him, and would call to her, and run after her till the sharp flints made his feet to bleed. But overtake her he could not, and those who dwelt by the way did ever deny that they had seen her, or any like to her, and they made sport of his sorrow.

For the space of three years he wandered over the world, and in the world there was neither love nor loving-kindness nor charity for him, but it was even such a world as he had made for himself in the days of his great pride.

*** *** ***

And one evening he came to the gate of a strongwalled city that stood by a river, and, weary and footsore though he was, he made to enter in. But the soldiers who stood on guard dropped their halberts across the entrance, and said roughly to him, "What is thy business in the city?"

"I am seeking for my mother", he answered, "and I pray ye to suffer me to pass, for it may be that she is in this city."

But they mocked at him, and one of them wagged a black beard, and set down his shield and cried, "Of a truth, thy mother will not be merry when she sees thee, for thou art more ill-favoured than the toad of the marsh, or the adder that crawls in the fen. Get thee gone. Get thee gone. Thy mother dwells not in this city."

And another, who held a yellow banner in his hand, said to him, "Who is thy mother, and wherefore art thou seeking for her?"

vamente. E a todos a quem encontrou, fez perguntas se não tinham visto a sua mãe.

Disse para a Toupeira, "Tu podes ir para debaixo da terra. Diz-me, viste a minha mãe por lá?"

E a Toupeira respondeu, "Tu cegaste os meus olhos. Como poderia eu saber?"

Disse ao Pintarroxo, "Tu podes voar sobre o topo das árvores altas e podes avistar o mundo todo. Diz-me, podes ter visto a minha mãe?"

E o Pintarroxo respondeu, "Tu cortaste as minhas asas para a tua diversão. Como poderia eu voar?"

E para o Esquilinho que vive no abeto e estava solitário, ele disse, "Onde está minha mãe?"

E o Esquilo respondeu, "Tu mataste a minha mãe. Procuras a tua para matá-la também?"

E o Filho-da-Estrela chorou e curvou a sua cabeça e rezou para que o Deus de todas as coisas perdoasse-o, e seguiu pela floresta, procurando pela mendiga. E no terceiro dia ele chegou ao outro lado da floresta e desceu até a planície.

E ao passar pelas vilas, as crianças zombavam dele e atiravam-lhe pedras; e os aldeões não permitiam sequer que dormisse nos estábulos, pois poderia trazer mofo para o milho armazenado de tão horrendo que era olhar para ele; e os empregados puseram-no para fora e não havia ninguém que se compadecesse dele. Em nenhum lugar conseguia obter notícias da mendiga que era sua mãe, apesar de ter vagueado por três longos anos pelo mundo; com frequência tinha a impressão de vê-la na estrada e chamava por ela e corria atrás dela até que os pedregulhos afiados fizessem seus pés sangrarem. Mas não conseguia alcançá-la, e quem morava à beira da estrada negava tê-la visto ou a alguém parecido com ela e escarnecia do seu sofrimento.

Ao longo de três anos vagueou pelo mundo e no mundo não havia nem amor, nem bondade tão pouco caridade para ele, porém era um mundo semelhante a esse que fizera para si nos dias da sua grande soberba.

*** *** ***

E numa noite ele chegou aos portões de uma cidade fortemente murada que ficava ao lado de um rio, e, fatigado e com os pés feridos como estavam, tentou entrar nela. Mas os soldados que estavam de guarda puseram as alabardas cruzadas em frente à entrada e disseram asperamente, "O que queres nesta cidade?"

"Procuro por minha mãe", respondeu, "e rogo para que vós permitais que eu passe, pois pode ser que ela esteja nessa cidade."

Mas eles zombaram dele e um daqueles guardas, sacudindo a barba negra, baixou o seu escudo e gritou, "Na verdade, a tua mãe não se alegrará ao ver-te, porque tu és mais horrendo do que o sapo do pântano, ou do que a serpente que rasteja sobre o feno. Vai-te embora. Vai-te embora. A tua mãe não habita nesta cidade."

E o outro que segurava uma bandeira amarela nas suas mãos disse para ele, "Quem é a tua mãe e por que estás procurando por ela?"

And, as he turned away weeping, one whose armour was inlaid with gilt flowers, and on whose helmet couched a lion that had wings, came up and made inquiry of the soldiers who it was who had sought entrance. And they said to him, "It is a beggar and the child of a beggar, and we have driven him away."

"Nay", he cried, laughing, "but we will sell the foul thing for a slave, and his price shall be the price of a bowl of sweet wine."

And an old and evil-visaged man who was passing by called out, and said, "I will buy him for that price", and, when he had paid the price, he took the Star-Child by the hand and led him into the city.

And after that they had gone through many streets they came to a little door that was set in a wall that was covered with a pomegranate tree. And the old man touched the door with a ring of graved jasper and it opened, and they went down five steps of brass into a garden filled with black poppies and green jars of burnt clay. And the old man took then from his turban a scarf of figured silk, and bound with it the eyes of the Star-Child, and drave him in front of him. And when the scarf was taken off his eyes, the Star-Child found himself in a dungeon, that was lit by a lantern of horn.

And he answered, "My mother is a beggar even as I am, and I have treated her evilly, and I pray ye to suffer me to pass that she may give me her forgiveness, if it be that she tarrieth in this city."

But they would not, and pricked him with their spears.

And the old man set before him some mouldy bread on a trencher and said, "Eat", and some brackish water in a cup and said, "Drink", and when he had eaten and drunk, the old man went out, locking the door behind him and fastening it with an iron chain.

*** *** ***

And on the morrow the old man, who was indeed the subtlest of the magicians of Libya and had learned his art from one who dwelt in the tombs of the Nile, came in to him and frowned at him, and said, "In a wood that is nigh to the gate of this city of *Giaours** there are three pieces of gold. One is of white gold, and another is of yellow gold, and the gold of the third one is red. Today thou shalt bring me the piece of white gold, and if thou bringest it not back, I will beat thee with a hundred stripes. Get thee away quickly, and at sunset I will be waiting for thee at the door of the garden. See that thou bringest the white gold, or it shall go ill with thee, for thou art my slave, and I have bought thee for the price of a bowl of sweet wine." And he bound the eyes of the Star-Child with the scarf of figured silk, and led him through the house, and through the garden of poppies, and up the five steps of brass. And having opened the little door with his ring he set him in the street.

And the Star-Child went out of the gate of the city, and came to the wood of

---

* Giaour (a Turkish adaptation for the Persian word gdwr, whose meaning is "infidel") is a word used by the Turks to describe all those who are not Muslim, with special reference to Christians. The word, first used as a term of contempt and reproof, has become so common that, in most cases, no insult is referred for its use nowaday.

E enquanto ele afastou-se chorando, alguém cuja armadura incrustada de flores de ouro e cujo elmo ostentava um leão alado, chegou e perguntou aos soldados quem era aquele que procurava entrar. E eles disseram-lhe, "É um mendigo, o filho de uma mendiga, e nós mandamo-lo embora daqui."

"Não", exclamou ele, a rir, "mas vamos vender essa coisa horrorosa como um escravo e o seu preço será o mesmo que o de uma garrafa de vinho doce."

E um homem velho e malvado, que estava a passar, gritou e disse, "Comprá-lo-ei por esse preço", e, depois que ele havia pago o valor, tomou o Filho-da- Estrela pelas mãos e levou-o para dentro da cidade.

E depois de terem atravessado muitas ruas, chegaram a uma pequena porta que estava colocada num muro coberto por uma romãzeira. O homem velho tocou a porta com um anel de jaspe lapidado e ela abriu; desceram cinco degraus de bronze junto de um jardim repleto de papoulas negras e vasos verdes de barro queimado. E o homem velho tirou do turbante um lenço de seda desenhado e vendou os olhos do Filho-da-Estrela e levou-o na frente dele. E quando o lenço foi retirado dos seus olhos, o Filho-da-Estrela encontrou-se dentro de uma masmorra que era iluminada por uma lanterna de chifre.

E ele respondeu, "A minha mãe é uma mendiga igual a mim e tratei-a com maldade; rogo-te que permita-me passar pois, caso ela esteja demorando-se nesta cidade, preciso que dê-me o seu perdão."

Mas eles não permitiram e cutucaram-no com as suas lanças.

O homem velho pôs diante dele um pedaço de pão embolorado sobre uma tábua e disse, "Coma", e um pouco de água salobra num copo e disse, "Beba"; e quando comeu e bebeu, o homem velho saiu, trancou a porta atrás de si e cruzou-a com uma corrente de ferro.

*** *** ***

E no dia seguinte o homem velho, que era de fato o mais astuto dos feiticeiros da Líbia e tinha aprendido a sua arte com uma pessoa que habitava as tumbas do Nilo, veio até ele, franziu o cenho, e disse, "Em uma floresta que está próxima do portão desta cidade de *Giaours** existem três peças de ouro. Uma delas é de ouro branco; a segunda é de ouro amarelo e o ouro da terceira delas é vermelho. Hoje tu deves trazer-me a peça feita de ouro branco, e se não a trouxeres, dar-te-ei cem chicotadas. Vai-te rapidamente, e ao pôr do sol esperarei por ti na porta do jardim. Vê que tragas a peça de ouro branco ou envenenar-te-ei, pois tu és o meu escravo e comprei-te pelo preço de uma taça de vinho doce." E ele vendou os olhos do Filho-da-Estrela com o lenço de seda desenhado e conduziu-o através da casa e através do jardim de papoulas e subiu os cinco degraus de bronze. E tendo aberto a pequena porta com o seu anel, ele pôs o menino para fora na rua.

E o Filho-da-Estrela saiu pelo portão da cidade e chegou até a floresta da qual

---

* Giaour (uma adaptação turca para a palavra persa gdwr, significando "infiel") é uma palavra usada pelos turcos para descrever todos aqueles que não são muçulmanos, com referência especial aos cristãos. A palavra, empregada pela primeira vez como um termo de desprezo e reprovação, tornou-se tão comum que, na maioria dos casos, nenhum insulto refere-se mais ao seu uso.

which the Magician had spoken to him.

Now this wood was very fair to look at from without, and seemed full of singing birds and of sweet-scented flowers, and the Star-Child entered it gladly. Yet did its beauty profit him little, for wherever he went harsh briars and thorns shot up from the ground and encompassed him, and evil nettles stung him, and the thistle pierced him with her daggers, so that he was in sore distress. Nor could he anywhere find the piece of white gold of which the Magician had spoken, though he sought for it from morn to noon, and from noon to sunset. And at sunset he set his face towards home, weeping bitterly, for he knew what fate was in store for him.

But when he had reached the outskirts of the wood, he heard from a thicket a cry as of some one in pain. And forgetting his own sorrow he ran back to the place, and saw there a little Hare caught in a trap that some hunter had set for it.

And the Star-Child had pity on it, and released it, and said to it, "I am myself but a slave, yet may I give thee thy freedom."

And the Hare answered him, and said: 'Surely thou hast given me freedom, and what shall I give thee in return?'

And the Star-Child said to it, "I am seeking for a piece of white gold, nor can I anywhere find it, and if I bring it not to my master he will beat me."

"Come thou with me", said the Hare, "and I will lead thee to it, for I know where it is hidden, and for what purpose."

So the Star-Child went with the Hare, and lo! in the cleft of a great oak-tree he saw the piece of white gold that he was seeking. And he was filled with joy, and seized it, and said to the Hare, "The service that I did to thee thou hast rendered back again many times over, and the kindness that I showed thee thou hast repaid a hundredfold."

"Nay", answered the Hare, "but as thou dealt with me, so I did deal with thee", and it ran away swiftly, and the Star-Child went towards the city.

Now at the gate of the city there was seated one who was a leper. Over his face hung a cowl of grey linen, and through the eyelets his eyes gleamed like red coals. And when he saw the Star-Child coming, he struck upon a wooden bowl, and clattered his bell, and called out to him, and said, "Give me a piece of money, or I must die of hunger. For they have thrust me out of the city, and there is no one who has pity on me."

"Alas!", cried the Star-Child, "I have but one piece of money in my wallet, and if I bring it not to my master he will beat me, for I am his slave."

But the leper entreated him, and prayed of him, till the Star-Child had pity, and gave him the piece of white gold.

And when he came to the Magician's house, the Magician opened to him, and brought him in, and said to him, "Hast thou the piece of white gold?" And the Star-Child answered, "I have it not." So the Magician fell upon him, and beat him, and set before him an empty trencher, and said, "Eat", and an empty cup, and said, "Drink", and flung him again into the dungeon.

o Feiticeiro havia-lhe falado.

Ora, aquela floresta era muito bela de se ver por fora e parecia repleta de pássaros cantantes e flores docemente perfumadas e nela o Filho-da-Estrela entrou alegremente. Mas, a beleza trazia pouco benefício, pois onde quer que fosse, espinhos e ásperas roseiras-bravas saltavam do solo e cercavam-no; urtigas ruins picavam-no e cardos espinhosos furavam-no como facas, causando-lhe doloroso sofrimento. Em parte alguma encontrou a moeda de ouro branco que o Feiticeiro falara, ainda que procurasse do amanhecer até a noite, e da noite ao nascer do sol. No alvorecer voltou o rosto para casa, chorando amargamente, pois sabia do destino reservado para ele.

Mas quando atingiu os limiares da floresta, escutou, vindo de dentro de uma moita, um grito de dor. E esquecendo a sua própria tristeza, correu de volta àquele lugar e viu uma pequena Lebre presa numa armadilha deixada ali por algum caçador.

O Filho-da-Estrela sentiu pena dela e libertou-a, e disse-lhe, "Eu mesmo não passo de um escravo, mas ainda assim eu posso dar-te a tua liberdade."

E a Lebre respondeu-lhe e disse, "Certamente tu deste-me a liberdade e o que devo eu dar-te em retribuição?"

E o Filho-da-Estrela disse, "Estou a procurar de uma peça de ouro branco, mas não consigo encontrá-la e se não levá-la ao meu mestre, ele baterá em mim."

"Vem-te comigo", disse a Lebre, "e guiar-te-ei até ela, pois eu sei onde ela está escondida e com qual finalidade."

Então o Filho-da-Estrela foi com a Lebre e eis que na fenda de um carvalho viu a peça de ouro que estava procurando. E ficou cheio de alegria, agarrou-a e disse para a Lebre, "O serviço que prestei-te tu retornaste-me muitas e muitas vezes, e a bondade que demonstrei para contigo, devolveste-me cem vezes em dobro."

"Não", respondeu a Lebre, "da maneira que tu trataste-me eu tratei-te", e correu para longe agilmente; e o Filho-da-Estrela partiu na direção da cidade.

Ora, à entrada da cidade estava sentado alguém que era um leproso. Sobre o seu rosto pendia um capuz de linho cinza e pela abertura deste os seus olhos cintilavam tal qual um carvão em brasa. E quando ele viu o Filho-da-Estrela chegando, golpeou sobre uma tigela de madeira, retiniu o seu sino, chamou alto por ele e disse, "Dá-me uma moeda de dinheiro ou eu morrerei de fome. Pois eles expulsaram-me da cidade e não há ninguém que compadeça-se de mim."

"Ai de mim!", gritou o Filho-da-Estrela, "tenho só uma peça de dinheiro na minha bolsa e se não a levar a meu mestre, ele bater-me-á, pois sou o seu escravo."

Mas o leproso implorou-lhe, e suplicou-lhe, até que o Filho-da-Estrela se compadecesse e desse para ele a peça de ouro branco.

E quando ele chegou à casa do Feiticeiro, este abriu-lhe a porta, trouxe-o para dentro e disse, "Tens tu a peça de ouro branco?" E o Filho-da-Estrela respondeu, "Eu não a tenho". Então o Feiticeiro pulou sobre ele e espancou-o; e pôs à sua frente uma tábua vazia e disse, "Coma", e um copo vazio, e disse, "Beba", e arremessou-o novamente para dentro da masmorra.

And on the morrow the Magician came to him, and said, "If today thou bringest me not the piece of yellow gold, I will surely keep thee as my slave, and give thee three hundred stripes."

So the Star-Child went to the wood, and all day long he searched for the piece of yellow gold, but nowhere could he find it. And at sunset he sat him down and began to weep, and as he was weeping there came to him the little Hare that he had rescued from the trap,

And the Hare said to him, "Why art thou weeping? And what dost thou seek in the wood?"

And the Star-Child answered, "I am seeking for a piece of yellow gold that is hidden here, and if I find it not my master will beat me, and keep me as a slave."

"Follow me", cried the Hare, and it ran through the wood till it came to a pool of water. And at the bottom of the pool the piece of yellow gold was lying.

"How shall I thank thee?", said the Star-Child, "for lo! this is the second time that you have succoured me."

"Nay, but thou hadst pity on me first", said the Hare and it ran away swiftly.

And the Star-Child took the piece of yellow gold, and put it in his wallet, and hurried to the city. But the leper saw him coming, and ran to meet him, and knelt down and cried, "Give me a piece of money or I shall die of hunger."

And the Star-Child said to him, "I have in my wallet but one piece of yellow gold, and if I bring it not to my master he will beat me and keep me as his slave."

But the leper entreated him sore, so that the Star-Child had pity on him, and gave him the piece of yellow gold.

And when he came to the Magician's house, the Magician opened to him, and brought him in, and said to him, 'Hast thou the piece of yellow gold?' And the Star-Child said to him, "I have it not." So the Magician fell upon him, and beat him, and loaded him with chains, and cast him again into the dungeon.

And on the morrow the Magician came to him, and said, "If today thou bringest me the piece of red gold I will set thee free, but if thou bringest it not I will surely slay thee."

So the Star-Child went to the wood, and all day long he searched for the piece of red gold, but nowhere could he find it. And at evening he sat him down and wept, and as he was weeping there came to him the little Hare.

And the Hare said to him, "The piece of red gold that thou seekest is in the cavern that is behind thee. Therefore weep no more but be glad."

"How shall I reward thee?", cried the Star-Child. "For lo! this is the third time thou hast succoured me."

"Nay, but thou hadst pity on me first", said the Hare, and it ran away swiftly.

And the Star-Child entered the cavern, and in its farthest corner he found the piece of red gold. So he put it in his wallet, and hurried to the city. And the leper seeing

E na manhã seguinte o Feiticeiro veio até ele e disse, "Se hoje não me trouxeres a peça de ouro amarelo, certamente manter-te-ei como o meu escravo, e dar-te-ei trezentas chicotadas."

Assim, o Filho-da-Estrela seguiu para a floresta e durante todo o dia procurou pela peça de ouro amarelo, mas não a encontrou em parte alguma. E ao pôr do sol sentou-se e começou a chorar, e enquanto chorava a pequena Lebre, a mesma que ele havia resgatado da armadilha, veio até ele.

E disse-lhe a Lebre, "Por que estás chorando? E o que procuras na floresta?".

E o Filho-da-Estrela respondeu, "Procuro por uma peça de ouro amarelo que está escondida aqui e se não encontrá-la, meu mestre bater-me-á e manter-me-á como um escravo."

"Segue-me", exclamou a Lebre e correu pela floresta até chegar junto de um tanque de água. E no fundo do tanque a peça de ouro amarelo repousava.

"Como posso agradecer-te?", disse o Filho-da- Estrela, "pois veja! essa é a segunda vez que tu socorre-me."

"Não, tu que te apiedaste de mim primeiro", disse a Lebre e fugiu agilmente.

E o Filho-da-Estrela pegou a peça de ouro amarelo, pôs dentro da sua bolsa e correu para a cidade. Mas o leproso o viu chegando, correu ao seu encontro, ajoelhou-se no chão e lamentou-se, "Dá-me uma moeda de dinheiro ou eu morrerei de fome."

E o Filho-da-Estrela disse, "Tenho na bolsa apenas uma peça de ouro amarelo e se não levá-la para o meu mestre ele bater-me-á e manter-me-á como seu escravo."

Mas o leproso implorou dolorosamente e então o Filho-da-Estrela compadeceu-se dele e deu-lhe a peça de ouro amarelo.

E quando ele chegou à casa do Feiticeiro, este abriu-lhe a porta, trouxe-o para dentro, e disse, "Tens tu a peça de ouro amarelo?" E o Filho-da-Estrela respondeu-lhe, "Eu não a tenho". Então o Feiticeiro pulou sobre ele e espancou-o; acorrentou-o e arremessou-o novamente para dentro da masmorra.

E na manhã seguinte o Feiticeiro veio até ele e disse, "Se hoje trouxere-me a peça de ouro vermelho, libertar-te-ei, mas se não me trouxeres, com certeza matar-te-ei."

Assim, o Filho-da-Estrela seguiu para a floresta e durante todo o dia procurou pela peça de ouro vermelho, mas não a encontrou em parte alguma. E ao pôr do sol sentou-se e começou a chorar, e enquanto chorava a pequena Lebre veio até ele.

E a Lebre disse-lhe, "A peça de ouro vermelho que tu procuras está na caverna que está atrás de ti. Por isso não chores mais e alegra-te."

"Como poderei recompensar-te?", disse o Filho-da-Estrela. "Pois veja! essa é a terceira vez que tu socorre-me."

"Não, tu que te apiedaste de mim primeiro", disse a Lebre e fugiu agilmente.

E o Filho-da-Estrela entrou na caverna e no canto mais afastado encontrou a peça de ouro vermelho. Colocou-a dentro da bolsa e correu para a cidade. Ao ver que

him coming, stood in the centre of the road, and cried out, and said to him, "Give me the piece of red money, or I must die", and the Star-Child had pity on him again, and gave him the piece of red gold, saying, "Thy need is greater than mine". Yet was his heart heavy, for he knew what evil fate awaited him.

*** *** ***

But lo! as he passed through the gate of the city, the guards bowed down and made obeisance to him, saying, "How beautiful is our lord!" and a crowd of citizens followed him, and cried out, "Surely there is none so beautiful in the whole world!" so that the Star-Child wept, and said to himself, "They are mocking me, and making light of my misery." And so large was the concourse of the people, that he lost the threads of his way, and found himself at last in a great square, in which there was a palace of a King.

And the gate of the palace opened, and the priests and the high officers of the city ran forth to meet him, and they abased themselves before him, and said, "Thou art our lord for whom we have been waiting, and the son of our King."

And the Star-Child answered them and said, "I am no king's son, but the child of a poor beggar-woman. And how say ye that I am beautiful, for I know that I am evil to look at?"

Then he, whose armour was inlaid with gilt flowers, and on whose helmet crouched a lion that had wings, held up a shield, and cried, "How saith my lord that he is not beautiful?"

And the Star-Child looked, and lo! his face was even as it had been, and his comeliness had come back to him, and he saw that in his eyes which he had not seen there before.

And the priests and the high officers knelt down and said to him, "It was prophesied of old that on this day should come he who was to rule over us. Therefore, let our lord take this crown and this sceptre, and be in his justice and mercy our King over us."

But he said to them, "I am not worthy, for I have denied the mother who bare me, nor may I rest till I have found her, and known her forgiveness. Therefore, let me go, for I must wander again over the world, and may not tarry here, though ye bring me the crown and the sceptre." And as he spake he turned his face from them towards the street that led to the gate of the city, and lo! amongst the crowd that pressed round the soldiers, he saw the beggar-woman who was his mother, and at her side stood the leper, who had sat by the road.

And a cry of joy broke from his lips, and he ran over, and kneeling down he kissed the wounds on his mother's feet, and wet them with his tears. He bowed his head in the dust, and sobbing, as one whose heart might break, he said to her, "Mother, I denied thee in the hour of my pride. Accept me in the hour of my humility. Mother, I gave thee hatred. Do thou give me love. Mother, I rejected thee. Receive thy child now." But the beggar-woman answered him not a word.

And he reached out his hands, and clasped the white feet of the leper, and said

ele vinha, o leproso ficou de pé no meio da estrada, chamou e disse para ele, "Dá-me a peça de dinheiro vermelho ou morrerei", e o Filho-da-Estrela compadeceu-se dele de novo, deu-lhe a peça de ouro vermelho, e disse, "Tua necessidade é maior que a minha". Ainda assim seu coração estava pesado, pois sabia o vil destino que aguardava-o.

*** *** ***

Mas eis que assim que ele cruzou os portões da cidade, os guardas inclinaram--se, fizeram-lhe reverência e disseram, "Como o nosso senhor é belo!" e uma multidão de cidadãos seguiu-o e clamava alto, "Por certo não existe ninguém tão belo em todo o mundo!", então o Filho-da-Estrela chorou e disse para si mesmo, "Estão zombando de mim, fazendo pouco da minha desgraça." E tão grande era o concurso do povo, que perdeu a direção do seu caminho e finalmente viu-se numa grande praça, onde havia um palácio de um Rei.

E o portão do palácio abriu-se, e os sacerdotes e os altos oficiais da cidade correram ao encontro dele, e inclinaram-se diante dele, em sinal de submissão, e disseram, "Tu és o senhor pelo qual temos esperado, e o filho do nosso Rei."

E o Filho-da-Estrela respondeu-lhes e disse, "Eu não sou nenhum filho de um rei, sou o filho de uma pobre mendiga. E como podes dizer que sou belo se sei que sou horrível de olhar-se?"

Então aquele que possuía a armadura incrustada com flores de ouro e em cujo elmo estava ostentado um leão alado, sustentou o seu escudo e clamou, "Como podes o meu senhor dizer que não és belo?"

E o Filho-da-Estrela olhou e eis que o seu rosto estava igual ao que costumava ser, a sua formosura havia-lhe retornado e ele viu nos seus olhos algo que ele não tinha visto ali até então.

E os sacerdotes e os altos oficiais ajoelharam-se e disseram-lhe, "Há muito tempo estava profetizado que neste dia chegaria aquele que governar-nos-ia. Por isso, permite o nosso senhor tomar esta coroa e este cetro e ser o nosso Rei na justiça e misericórdia."

Mas ele disse-lhes, "Não sou digno, pois reneguei a minha mãe que encontrou--me e não devo descansar até que encontre-a e receba dela o seu perdão. Por isso deixem-me ir, pois devo vaguear novamente pelo mundo e não posso demorar-me aqui, embora oferecei-me a coroa e o cetro." E enquanto ele falava, virou o seu rosto na direção da rua que conduzia ao portão da cidade e eis que no meio da multidão que comprimia os soldados viu a mendiga que era a sua mãe e ao lado dela estava o leproso que tinha sentado-se na estrada.

E um grito de alegrou irrompeu dos seus lábios e ele correu até eles; e ao ajoelhar-se, beijou as feridas dos pés da sua mãe e molhou-as com as suas lágrimas. Curvou a sua cabeça na poeira, soluçando, como alguém cujo coração pudesse se partir e disse para ela, "Mãe, eu reneguei-a na hora da minha soberba. Aceita-me na hora da minha humildade. Mãe, eu dei -te ódio. Tu deste-me amor. Mãe, eu rejeitei--te. Aceita agora o teu filho." Mas a mendiga não lhe respondeu uma palavra sequer.

E estendeu as mãos e abraçou os pés brancos do leproso e disse-lhe, "Por três

to him, "Thrice did I give thee of my mercy. Bid my mother speak to me once." But the leper answered him not a word.

And he sobbed again and said, "Mother, my suffering is greater than I can bear. Give me thy forgiveness, and let me go back to the forest." And the beggar-woman put her hand on his head, and said to him, "Rise", and the leper put his hand on his head, and said to him, "Rise", also.

And he rose up from his feet, and looked at them, and lo! they were a King and a Queen.

And the Queen said to him, "This is thy father whom thou hast succoured."

And the King said, "This is thy mother whose feet thou hast washed with thy tears." And they fell on his neck and kissed him, and brought him into the palace and clothed him in fair raiment, and set the crown upon his head, and the sceptre in his hand, and over the city that stood by the river he ruled, and was its lord. Much justice and mercy did he show to all, and the evil Magician he banished, and to the Woodcutter and his wife he sent many rich gifts, and to their children he gave high honour. Nor would he suffer any to be cruel to bird or beast, but taught love and loving-kindness and charity, and to the poor he gave bread, and to the naked he gave raiment, and there was peace and plenty in the land.

Yet ruled he not long, so great had been his suffering, and so bitter the fire of his testing, for after the space of three years he died. And he who came after him ruled evilly.

vezes dei-te minha compaixão. Pede à minha mãe que fale comigo uma vez." Mas o leproso não lhe respondeu uma palavra sequer.

E ele soluçou novamente e disse, "Mãe, o meu sofrimento é maior do que eu posso suportar. Dá-me o teu perdão e deixa-me voltar para a floresta". E a mendiga pôs a sua mão sobre a cabeça dele e disse, "Levanta-te", e o leproso pôs a sua mão sobre a cabeça dele e disse, "Levanta-te", também.

E ao levantar-se sobre os seus pés, olhou para eles e eis que eram um Rei e uma Rainha.

E a Rainha disse para ele, "Este é o teu pai, a quem tu socorreste."

E o Rei disse, "Esta é a tua mãe, cujos pés lavaste com as tuas lágrimas". E envolveram-lhe o pescoço e beijaram-no e trouxeram-no para dentro do palácio e vestiram-no com belos trajes e puseram a coroa sobre a sua cabeça e o cetro em sua mão; e sobre a cidade que ficava ao largo de um rio ele governou e foi o seu senhor. Muita justiça e compaixão demonstrou para com todos e o Feiticeiro mal ele baniu; e para o Lenhador e a sua esposa enviou ricos presentes e para os filhos destes concedeu altas honrarias. Não permitiu que ninguém fosse cruel com as aves ou com os bichos, ao contrário, ensinou o amor, a bondade e a caridade; e para os pobres deu pão e para aqueles que estavam nus deu roupas, e havia paz e abundância na terra.

Porém não governou por muito tempo; tão grande tinha sido o seu sofrimento e tão amargo o fogo das suas provações que depois de passados três anos ele morreu. E aquele que sucedeu-o governou com grande crueldade.

OSCAR FINGAL O'FLAHERTIE WILLS WILDE

16 DE OUTUBRO DE 1854 - 30 DE NOVEMBRO DE 1900

OSCAR WILDE, nascido em Dublin, Irlanda, viveu na efervescente capital inglesa, a frequentar ciclos de escritores e figuras de destaque da época e enaltecido por importantes figuras literárias, como o dramaturgo George Bernard Shaw, o poetas norte-americano Walt Whitman e o escritor francês Stéphane Mallarmé. Tornou-se realmente uma pessoa indispensável e comentada nos eventos sociais, a espalhar glamour e comentários por onde passava.

Casado em 1884 com Constance Lloyd, ele teve dois filhos a quem se devotava de corpo e alma e cujo afastamento por decisão de Constance, após a sua prisão, foi devastador. Possuía uma aparência que atraía os olhares: vestia-se elegante e extravagantemente bem, com roupas e adereços que, segundo as suas próprias palavras, refletiam sempre o que de mais íntimo existia dentro do seu ser. Embora bem conhecido nos círculos sociais, Wilde recebeu pouco reconhecimento pela sua obra durante muitos anos até à estreia de "O Leque de Lady Wildermere" que consolidou a sua fama literária a partir de 1892. O simulacro, o homem e o seu retrato eram a maneira pela qual o autor se utilizava para se relacionar com o mundo, mas o período do seu sucesso foi extremamente curto.

Na noite da estreia da sua obra-prima teatral "A Importância de Ser Constante" em 1895, o Marquês de Queensberry, pai de Lorde Alfred Douglas, jovem aristocrata com quem Wilde se relacionava na época, iniciou uma campanha pública contra o autor. Por influência de lorde Douglas, Oscar Wilde decidiu mover uma ação contra o pai do rapaz, acusando-o de difamação. Quinze semanas mais tarde, Wilde perderia o processo e, em 1895, era preso e condenado a dois anos de trabalhos forçados. Ao ser libertado em 1897, Wilde muda-se da Inglaterra em direção ao continente europeu. Lá adota o pseudônimo de Sebastian Melmoth e, na companhia de Robert Ross, publicou "A Balada do Cárcere de Reading" e "A Alma do Homem sob o Socialismo", as suas últimas produções literárias. Logo após, fixa residência em Paris, onde corrige e publica "Um Marido Ideal" e "A Importância de Ser Constante", demonstrando que se encontrava no comando de si mesmo e de todo o seu talento literário. Todavia recusa-se a escrever qualquer novo material, declarando que "posso continuar a escrever, mas perdi a satisfação para tal".

Em 30 de novembro de 1900, Wilde, empobrecido, esquecido e doente, veio a falecer num quarto do Hôtel d'Alsace, em Paris. Como legado, deixou-nos uma obra admirável representada por contos, romance, poesias e peças teatrais que até hoje são encenadas.